Stefanie Gerstenberger
Bella Musica

Stefanie Gerstenberger

Bella Musica

Roman

DIANA

Von Stefanie Gerstenberger sind im Diana Verlag erschienen:
Das Limonenhaus
Magdalenas Garten
Oleanderregen
Orangenmond
Das Sternenboot
Piniensommer
Gelateria Paradiso
Bella Musica

Sollte diese Publikation Links auf Webseiten Dritter enthalten,
so übernehmen wir für deren Inhalte keine Haftung,
da wir uns diese nicht zu eigen machen, sondern lediglich
auf deren Stand zum Zeitpunkt der Erstveröffentlichung verweisen.

Penguin Random House Verlagsgruppe FSC® N001967

Originalausgabe 08/2021
Copyright © 2021 by Diana Verlag, München,
in der Penguin Random House Verlagsgruppe GmbH,
Neumarkter Straße 28, 81673 München
Dieses Werk wurde vermittelt durch die Literarische Agentur
Thomas Schlück GmbH, 30161 Hannover.
Redaktion: Antje Steinhäuser
Umschlaggestaltung: Favoritbüro, München
Umschlagmotiv: © Trevillion Images (Ildiko Neer; Elisabeth Ansley);
Shutterstock.com (Aliaksandr Antanovich; Miljan Zivkovic)
Satz: Leingärtner, Nabburg
Druck und Bindung: GGP Media GmbH, Pößneck
Printed in Germany
Alle Rechte vorbehalten
ISBN 978-3-453-36091-4

www.diana-verlag.de
Dieses Buch ist auch als E-Book lieferbar.

Prolog

Langsam, mit stetigem Strich, zog Anna den Wölbungshobel über das Holz, aus dem einmal die Geigendecke werden würde. Sie spürte mit der Klinge den Verlauf der Fasern nach, lauschte dem schabenden Klang. Wenn das Hobelgeräusch rau wurde, musste man aufpassen, die Holzfasern rissen sonst ein. Kleine Flocken des Fichtenholzes blieben nach jeder Bewegung ihrer Hand auf der Werkbank liegen, sie ließ sie mit einem Windstoß ihres Atems ein paar Zentimeter davonwirbeln. Diesen Teil der Arbeit liebte sie am allermeisten, es gab nichts, bei dem ihre Aufmerksamkeit größer war, nichts, was sie mehr erfüllte, und dennoch war es, als ob sie an gar nichts dachte, während sie den Hobel wieder und wieder über das Holz zog, es schien wie von selbst zu geschehen.

Für einen Moment hielt Anna inne, sie streckte ihren Rücken und strich ein paar Strähnen aus dem Gesicht, die sich aus ihrem Zopf gelöst hatten. Das stundenlange Beugen über die Werkbank verspannte Nacken und Wirbelsäule, doch meistens merkte sie es gar nicht. Sie ging völlig auf in dem, was sie tat, es war beinahe eine heilige Handlung, die allein nur von ihr vorgenommen werden konnte. Hier, in diesem Augenblick gab es nur sie und das Holz. Sie hatte es kurz vor dem Tod des

Vaters aus ihrem gemeinsamen Versteck geholt, und sie würde ihn stolz machen, sie würde ihr Können in der Stadt beweisen, und besonders Antonio Zampa und Giuseppe Torre von der Geigenbauschule überzeugen, die ihre Fähigkeiten bislang nicht anerkennen wollten. Die Sechzehntelgeige, so klein sie auch war, würde ihr Meisterstück werden und die Menschen zum Staunen bringen!

Drei Monate später lag endlich der schmale, nur fünf Zentimeter lange Papierstreifen vor Anna auf der Werkbank. Es war so weit, ihre Arbeit war beinahe abgeschlossen, jetzt kam es darauf an! Wofür würde sie sich entscheiden? Sie nahm den hölzernen Stil des Griffels und tauchte die Feder feierlich in das Tintenfass, wie sie es schon einige Male bei ihrem Vater gesehen hatte. Sie hielt inne und ließ ihren Blick noch einmal prüfend über das kleine Instrument gleiten, das vor ihr lag. Es war vom Untersattel bis zu der Schnecke am Ende des Wirbelkastens nur fünfunddreißig Zentimeter lang. Das Tageslicht, das durch das Werkstattfenster auf die Werkbank fiel, brach sich in den Pigmenten der mehrfachen Lackschicht und ließ das Fichtenholz der Decke und seitlichen Zargen aufschimmern. Anna ließ die Feder im Tintenfass stehen und drehte die Geige in ihren Händen, um auch den Boden aus Ahornholz zu bewundern, dessen geflammte Maserung ebenso goldorange leuchtete. Sie hatte den Lack und auch die Pigmente dafür selbst hergestellt. Ein stundenlanger Prozess des Kochens, bei dem sie ihrem Vater schon oft geholfen hatte, Mastixharz, Sandarak und Leinöl kamen hinein, als Pigmente Cochenille und Zinnober, doch erst durch die Zugabe des Zinksulfats hatte es bei ihr diese besonders kräftige Nuance bekommen, die bei unterschiedlichem Lichteinfall und Betrachtungswinkel variierte. Mit den Fingern strich sie über die Saiten, die exakt angepassten Füßchen des Stegs wurden durch die Spannung an die Wölbung des zierlichen Korpus gedrückt. Die Schnecke wand sich in einer feinen Spirale, auf die Anna sehr stolz war. Für die letzten beiden Geigen des Vaters hatte sie die Schnecke auch schnitzen dürfen! Mach du das, Anna, hatte er gesagt. Du hast ein instinktives Gespür für das Gleichgewicht auf beiden Seiten.

Anna atmete tief ein, es war beschlossen, sie würde ihn nicht heiraten, und auch bei dieser Frage wusste sie bereits, wie sie sich entscheiden würde, hatte es von Anfang an gewusst! Mit der linken Zeigefingerspitze hielt sie den Zettel an seinem Platz und setzte die Feder auf das Papier und schrieb den ersten Buchstaben. *A ...* und fuhr dann fort: *Anna Battisti – Cremona fecit, anno 1951.* Mit ruhigem Atem blies sie auf die Tinte, um sie zu trocknen. Dann bestrich sie das kleine Stück Papier von der Rückseite mit Leim und führte es mithilfe einer langen Pinzette in das linke, f-förmig ausgeschnittene Schallloch der Kindergeige. Konzentriert positionierte sie den Zettel an die Stelle, an die er der Tradition nach hingehörte. Vorsichtig tippte sie mit der abgerundeten Spitze darauf, um ihn am Boden festzukleben. »Tradition«, wisperte sie vor sich hin. »Mit der Tradition hast du gerade gebrochen, doch es wird Zeit, ihnen zu zeigen, dass auch Frauen in der Lage sind, Geigen zu bauen und dafür zu zeichnen!«

1

Luna zog die Tür zum *Ristorante* auf. Sie hätte den hinteren Eingang nehmen sollen, doch sie war schon spät dran, und die Toilette neben der Küche war kaputt. Jetzt, wo sie es gekauft hatte, sollte sie *das Ding* in ihrer Handtasche schließlich auch benutzen. So war das immer; sie wusste, was sie tun *musste*, aber nicht, was sie wirklich wollte. Die Tür ging hinter ihr zu, und der kleine Windfang, in dem sie jetzt stand, fühlte sich an wie eine Falle. Doch sie hatte keine Zeit, weiter darüber nachzudenken, sondern öffnete die zweite Tür und betrat den Gastraum. Lorenzo saß mit zwei versprengten Mittagsgästen vorne an Tisch zwei, auf jung getrimmte Männer in den Fünfzigern, die sich darin sonnten, den Chef des angesagten Italieners im Glockenbachviertel persönlich zu kennen. Wir waren neulich wieder bei Lorenzo! Ihr müsst mal zu unserem Freund Lorenzo!

»Ah, das Fräulein Schwester! *Bella, bella!*«

›Das Fräulein Schwester‹. Luna schnaubte unwillkürlich. Wer redete denn noch so? Uralte Männer ... Das nicht gerade dezent blondierte Haar des einen war definitiv zu lang, sein Hemd zu rosa. Luna taufte ihn Surferboy.

»*Bella*, wie immer.«

Luna schaltete auf ihr Geschäftslächeln um und tat ihnen den Gefallen. *»Buon giorno, Dottori!«* Jeder fühlte sich geschmeichelt über einen *dottore,* und niemand protestierte, auch wenn kaum einer diesen Titel wirklich verdient hatte.

Luna war müde, in den letzten Wochen war sie so müde, dass ihre Knochen davon wehtaten. Was willst du eigentlich hier, fragte eine Stimme in ihrem Kopf. Bist du überhaupt gut genug, um einen eigenen Laden zu haben? Keine Ahnung, vermutlich nicht, ach, lass mich doch in Ruhe! Lasst mich alle in Ruhe!

Was mit ihr los wäre, hatte Diamantino sie heute Morgen gefragt, als er sie verführen wollte und von ihr abließ, als Luna wieder keine Lust hatte. Ohne sauer zu werden, hatte er sich stattdessen darangemacht, die Daten von ihrem alten auf ihr neues Handy zu übertragen. Luna schüttelte den Kopf. Es gab Menschen, die hatten Spaß an diesem technischen Kram. Und sie? Woran hatte sie Spaß? Schlafen. Sich alleine in ihrem gemütlichen Bett vergraben und abzutauchen, nicht mehr da zu sein. Etwas anderes fiel ihr im Moment nicht ein, seit einiger Zeit schon war sie antriebslos. Lustlos. Planlos. Sie verstand sich selbst nicht mehr.

Er wird mich trotzdem heiraten, dachte Luna. Davon spricht er doch die ganze Zeit. Wir sind so gut wie verlobt, wir arbeiten zusammen, er ist unser sizilianischer Küchenchef, und ich koche als Souschefin neben ihm. Herd an Herd. Na also, das alles mache ich hier. Ist das nicht genug? Das muss genug sein. Sie seufzte. »Lorenzo! Hast du mal einen Moment?«

Lorenzo sprang sofort auf. Wahrscheinlich war er froh, von den beiden wegzukommen.

»Was machen wir mit Mamas Geburtstag?«, fragte sie, als sie zusammen hinter das Getränkebuffet traten, obwohl sie das gar nicht hatte fragen wollen. Sie tat neuerdings oft etwas, das sie nicht wollte, und seufzte aus diesem Grund gleich noch einmal. In den letzten Tagen tat sie das andauernd, auch Diamantino war das heute Morgen aufgefallen. Diamantino. Den sie abgewiesen hatte. Sollte eine Frau ihren Mann dauernd abweisen? Wohl kaum. Sie war nicht mehr nett zu ihm, und sie mochte diese Person nicht, die sie dann war.

»Hoffentlich gehen die bald«, raunte Luna und verdrehte die Augen. »Es ist vier Uhr! Haben die dich die ganze Zeit vollgequatscht?« Sie redeten Deutsch untereinander, deswegen flüsterte sie nur.

»Warum? Ist doch okay, sind doch Gäste. Was ist mit Mama?«, fragte Lorenzo dann wieder, gab sich aber selbst die Antwort: »Klar. Wir fahren hin, ist ja ein Sonntag! Margherita hat schon ein Geschenk besorgt, eine Leselampe für Mamas Schreibtisch im Wohnzimmer, Ellen hat eine schrecklich hübsche rote 66 gebastelt, Alice hat ihr geholfen. Ich besorge am Samstag noch Blumen, und du, was bringst du mit …? Kommt Diamantino auch? Natürlich kommt er.«

Luna biss die Zähne zusammen. Ihr Bruder war ein liebevoller Mensch, ausgeglichen, loyal, großzügig, und eigentlich sollte sie dafür dankbar sein. Er hatte alles schon geplant, ja, er freute sich darauf, mit seiner Familie an seinem einzigen freien Tag zwei Stunden durch den Sonntagsstau zu seiner sechsundsechzigjährigen Mutter nach Oberbayern zu fahren, um ihr zu gratulieren und eine Schreibtischlampe zu schenken.

»Espresso?« Er machte sich schon an der Maschine zu schaffen, weil er wusste, dass Luna vor Arbeitsbeginn ihren ersten und einzigen Kaffee des Tages trank. Klar, sie nickte. »Ich meine bloß …«

Was? Was wollte sie ihm eigentlich sagen? *Das Ding* schwelte immer noch in ihrer Handtasche vor sich hin. Sie wechselte den Schulterriemen auf die andere Seite. »Ich dachte nur ...«

Er wandte sich ihr zu. Drei Jahre jünger als sie, war er mit seinen dreißig, dem Dreitagebart und den dunklen, kurz geschnittenen Haaren ein überdurchschnittlich gut aussehender Mann und überragte sie mit eins achtzig genau um fünfzehn Zentimeter. Die schwarze Schürze mit dem Logo des Lokals trug er eng um seine schmalen Hüften gewickelt. Typ Latin Lover aus der Averna-Werbung. Kein Wunder, dass halb München bei Lorenzo essen ging und die Frauen ihn anfassen wollten.

»Luna.«

»Ja?«

»Was ist los?«

»Nichts!«

Ein strenger Blick, so hatte er sie auch früher schon angeschaut, wenn sie ihm beim Spielen irgendwelche Lügen erzählt hatte, um ihn loszuwerden. Sie seufzte. »Ist das eigentlich schlimm? Hast du nie Angst gehabt, bevor du ... also, ich habe keine Ahnung, ob ich das alles wirklich möchte!« In den letzten Tagen fühlte es sich an, als ob Diamantino ein Fremder ist, dachte sie, während sie Lorenzo beinahe flehend anschaute. Er *ist* ein Fremder, der neben mir im Bett liegt, den ich nicht kenne. Den ich gar nicht kennen *will*. Ist das normal? Nein. Ist es nicht.

»Wie? Hat er ...? Hat Diamantino dir etwa ein konkretes Datum vorgeschlagen?«

»Ach, Mensch, nein!«

»Aber das wird er. Irgendwann.«

»Dafür sorgt schon seine Mutter!« Luna flüsterte den Satz nur und ließ den Blick nicht von der Schwingtür zur Küche, hinter der sie den Fremden pfeifen hörte. Sie kippte den Espresso in einem Schluck hinunter. Bitter und heiß. »Pina hat das schon alles geplant, organisiert, ausgerechnet und ausgemalt. Kirche, Standesamt, und ihr puffärmeliges Kleid von dem zahnlosen Schneider aus Catania, damals 1985, will sie auch für mich umarbeiten lassen.«

»*Dai!* Italienische Mütter sind so, *sorellina*. Die machen so was. Und die aus Sizilien erst recht, die können gar nicht anders.«

»Aber seine Schwestern! Die bekommen wir dann auch noch gratis dazu.«

»Ja, die sind allerdings ...« Selbst der gutmütige Lorenzo konnte seine Abneigung gegen Diamantinos Schwestern nicht gänzlich aus seinem Gesicht wischen. »... schlimm.«

»Sage ich doch.«

»Du heiratest Diamantino, das ist ein Guter! Vertrau mir.« Lorenzo nahm sie in die Arme. »Besser noch: Vertrau dir selbst! Mit dem wirst du happy!«

Die beiden Typen vom Tisch glotzten hinüber zu ihnen, der mittägliche Wein hatte ihre Gesichter gerötet, sie grinsten. Hach, italienische Familienbande, herrlich, und wir mittendrin!

Ihr habt doch keine Ahnung. Hier stehen die bayerischsten Menschen vor euch, die ihr euch vorstellen könnt, dachte Luna. Die paar italienischen Gene sind tief in uns verschüttet, alles andere ist angelernt. Die Sprache, die Mentalität, *la dolce vita*, auf das ihr alle so steht. Bis auf unser Aussehen, da haben die Gene dann doch zugeschlagen. »Ich muss anfangen.« Luna wandte sich der Küchentür zu.

»Du siehst wirklich verdammt blass aus«, stellte Lorenzo mit einem Mal fest. »Wenn du willst, mach doch frei heute Abend. Es ist Dienstag, wir haben bisher nur drei Tische reserviert,

Diamantino hat wieder Piero zur Probe da, der macht sich ganz gut, er kapiert schnell, und Adamo ist ja auch wieder zurück. Wenn wir nicht klarkommen, rufen wir dich an, okay?«

»*Va bene.*« Luna umarmte ihren Bruder kurz und machte, dass sie aus dem Lokal kam. Beim Hinausgehen streifte ihr Blick die rötlich-goldene Geige, die in einem Glaskasten über der Tür hing und dem »Il Violino« seinen Namen gab. Das kleine Instrument schaute irgendwie vorwurfsvoll auf sie herab. Schon seit Jahren tat es das. Ich habe euch alle so satt, dachte sie, und schämte sich sofort für ihre Feindseligkeit, fügte aber dennoch hinzu: und dich da oben auch, du halbe Portion.

Auf der Straße atmete sie tief ein und wieder aus, doch das unglückliche Gefühl, das sich seit ein paar Tagen in ihrem Brustkorb eingenistet hatte, blieb. Würde sie für immer in diesem grässlichen Zustand verharren? Das wäre ja furchtbar!

Drei Frauen, wahrscheinlich so alt wie sie, schoben ihre Kleinkinder lachend und laut miteinander redend durch die Kapuzinerstraße. Die schienen keine Probleme zu haben, sie lebten einfach und liefen mit sogenannten Zielen durch die Gegend, wussten genau wohin, hatten keine Zweifel. Luna flüchtete vor ihnen und der eigenen unerklärlich schlechten Laune auf den Alten Südfriedhof, doch sie folgten ihr und blieben auch noch wenige Meter neben ihrer Bank stehen, auf die sie sich erschöpft gesetzt hatte. Sie plauderten über gute Kitas, Gemüsebrei und Aktienmärkte. Dabei behielten sie ihren Nachwuchs, der über die Wege tappte und sich Kieselsteine in den Mund stopfte, stolz im Blick.

Die haben es gut, dachte Luna, und badete noch tiefer in ihrem Selbstmitleid, die fragen gar nicht erst, was das alles für einen Sinn hat. Vielleicht hört das auf, sobald du als Frau ein

Kind hast, dann musst du nur noch reagieren und vergisst die Sinnlosigkeit der Welt. Luna erhob sich wieder und ging an der hohen Ziegelsteinmauer des Friedhofs entlang. Vielleicht würden die Grabsteine unter den ausladenden Baumkronen sie ein bisschen trösten. Sie las einige der Inschriften und schaute den Engelsköpfen in die Augen, als ob sie die Antwort parat hätten. Die hier lagen, waren alle schon tot. Hatten es hinter sich. Mein Gott, wie bist du denn drauf, beschimpfte sie sich selbst. Lass dein blödes Selbstmitleid und freu dich doch mal! Aber worüber denn? Es fiel ihr nichts ein. Nichts. Selbst das dunkelgrüne sommerliche Blätterdach, der kommende Spätsommer, Altweibersommer, irgendwann mal ihre Lieblingsjahreszeit, konnte sie an diesem Nachmittag nicht retten. Erschöpft sackte sie auf die nächste Bank nieder und schloss die Augen. Fünf Minuten später klingelte ihr Handy. Lorenzo. »Lunetta! Du musst doch kommen, gerade sind zwei Reservierungen reingekommen, ein Achtertisch und Dr. Gust mit seiner Praxis, fünfzehn Leute, Diamantino sagt, er braucht dich!«

Dreieinhalb Stunden später, pünktlich um halb neun, wie die Münchner es liebten, war das Chaos am größten, alle sechzig Plätze waren besetzt, drinnen und natürlich auch die begehrten Tische auf dem Bürgersteig. Doch dank Diamantinos Organisation und der umfassenden Vorbereitungen, die sein Team jeden Nachmittag in seiner Küche durchführte, funktionierte der Betrieb wie eine gut geölte Maschine. Es wurde nicht gebrüllt, im Gegenteil: Wenn die Bestellungen ihnen wie Geschosse um die Ohren flogen, wurde Diamantino ganz ruhig, und seine sonst manchmal auf Sizilianisch genuschelten Ansagen sehr viel klarer. Luna warf ihm einen verstohlenen Blick zu. Er sah gut aus mit der roten Kochmütze auf seinen Locken und dem typischen Franzosenschnäuzer, den jeder zweite Mann in München momentan zu tragen schien. In diesem Moment trafen sich ihre Augen, er lächelte ihr zu. Er schaute sie oft an in letzter Zeit, und sie tat so, als merke sie es nicht. Hatte er Angst, spürte er, dass sie ihn verlassen wollte? Wollte sie ihn verlassen? Sie erschrak bei dem Wort, es klang brutal und nach Einsamkeit ... Sie spürte ein Ja in sich, gefolgt von einem Nein. Sie war schrecklich, das hatte er nicht verdient.

»Geht's?«

Sie wusste nicht, was Lorenzo ihm erzählt hatte. Luna nickte. »War der Kreislauf«, sagte sie. Er zog sie an sich und wollte sie auf den Mund küssen, doch sie drehte sich weg, also erwischte er nur ihre Wange. Um nicht grob zu wirken, umarmte sie ihn und drückte ihm ein pickendes Vogelküsschen auf den Hals. Sie roch seinen Küchengeruch und hielt die Luft an, um nicht zu würgen. Sie war einfach nicht mehr glücklich mit ihm.

»*Amuri, amuri!*«, sagte Adamo. Er kam aus Sizilien und sprach meistens Dialekt und überhaupt kein Deutsch.

Diamantino grinste: »Mach, dass du fertig wirst! Ihr alle!«, nun wieder ganz Chef.

Luna biss die Zähne zusammen und ab und zu mal von einem harten Stück Weißbrot ab, das ihren flauen Magen für die nächste Viertelstunde beruhigte. Schnell arbeitete sie die nächsten Vorspeisenbestellungen herunter, die reinkamen. Zweimal Büffelmozzarella mit Tomaten, dreimal *Vitello tonnato*. Sie strich die frisch zubereitete Soße über das hauchdünne Kalbfleisch, es roch grässlich. Seit wann mochte sie keinen Thunfisch mehr? Ohne nachzudenken richtete sie vier Antipasti-Teller für Tisch fünf an. Ein aus dem Handgelenk geschütteltes Dekor aus der Olivenölflasche, Basilikumblätter dran, ein paar zerstoßene Körner von rotem Pfeffer, ab damit. Manuela und

Adriana vom Service eilten hin und her. Die Küchentür schwang unaufhörlich, ab und zu ließ Lorenzo sich mit Sonderwünschen sehen. Weiter, weiter, schnell, nur nichts vergessen, es war heiß, ihre Bewegungen konzentriert, doch automatisiert. Der Neue aus Palermo stellte sich nicht ungeschickt an, er tänzelte um sie herum und war dabei noch keinmal mit ihr zusammengestoßen. Ein Kunststück in der engen Küche. Wie hieß er doch gleich? Piero.

Um zehn flaute das Geschäft ab, nur noch wenige Hauptgänge, dafür mehr Desserts. »Piero, komm, ich zeig dir, wie wir das Tiramisu auf dem Dessertteller anrichten.«

»Ja, Chefin!«

Danach brauchte Luna eine Pause. Sie nickte Diamantino zu und ging in die kleine Kammer, in der sie sich umzogen. Aus ihrer Handtasche ließ sie den länglichen Gegenstand in den langen Ärmel ihrer Kochjacke schlüpfen. Warum jetzt?

Warum nicht!

Auch egal. Ein Moment ist so gut wie der andere, um endlich Gewissheit zu haben.

Der *Lugana*, von dem Lorenzo die Küchenbesatzung ein kleines Glas hatte probieren lassen, war neu auf der Karte. Die wenigen Schlucke auf leeren Magen waren ihr sofort in den Kopf gestiegen und hatten sie ein wenig gleichgültig gemacht.

Ach, verdammt, die Toilette war ja seit gestern kaputt, also musste sie doch die der Gäste benutzen. Sie warf einen kurzen Blick in den Spiegel und nahm die weiße Kappe ab, löste den Pferdeschwanz, bürstete ihr dunkles, schulterlanges Haar und schnupperte unter der Achselhöhle ihrer Kochjacke. Nicht besonders frisch, ging aber noch. Die Gäste freuten sich doch immer so, mit der Chefin in der entzückenden schwarzen

Kochkleidung palavern zu können. Die Blässe und die Ringe unter den Augen stehen dir sogar, sagte sie unhörbar zu ihrem Spiegelbild. Du siehst damit so zerbrechlich aus.

Ach, halt doch die Klappe.

Luna durchquerte die Küche und betrat den Gastraum. »Wann kommt jemand für die Toilette hinten bei uns?«, fragte sie Lorenzo im Vorbeigehen, er stand an der Kasse und ließ eine Rechnung hinaus. »Gleich morgen früh! Margherita hat da heute schon dreimal angerufen!«, antwortete er.

Luna nickte. Natürlich. Lorenzos Frau Margherita war zuverlässig. Sie hielt sich im Hintergrund, machte aber die komplette Buchhaltung, plus Lohnabrechnung, schrieb die Speisekarten, kümmerte sich um träge Lieferanten, falsche Bestellungen und alles, was kaputt ging. Eine Bilderbuchschwägerin, die Luna zwei echt süße Nichten beschert hatte, die sich nicht einmischte, sich nicht beschwerte, dennoch über alles Bescheid wusste und das »Il Violino« tatkräftig unterstützte.

Luna überblickte den Raum, an den Tischen saßen nur noch Pärchen, die neuen Lampenschirme aus Kupfer waren ihre Idee gewesen und sahen richtig gut aus. Sie merkte, wie sie die Blicke auf sich zog, na klar, das kam von der schwarzen Kochuniform, die sie trug. Die Männer reckten sich und nahmen unmerklich Haltung an, die Frauen checkten sie zwischen zwei Löffeln *Panna Cotta* mit einem beiläufigen Blick ab und wandten sich dann wieder ihren Begleitern zu.

»*Buona sera!*« Doktor Gust, klein und quadratisch, kam von draußen hereingesprungen, als ob er ihr aufgelauert hätte. Er küsste ihr die Hand. Luna hielt den Gegenstand krampfhaft in ihrem linken Ärmel fest. »Ich rieche nach Küche!«, wehrte sie ab, doch das hatte ihn noch nie ferngehalten. »Meine Liebe,

Sie haben mal wieder gezaubert heute Abend! Mein Praxisteam ist begeistert!«

»Grazie, aber sagen Sie das unserem Küchenchef, dem Diamantino! *È fantastico lui, no?*« Mit den deutschen Gästen sprach sie eine Mischung aus Deutsch und Italienisch, sie wären sonst enttäuscht gewesen. Nach dem typischen Gust'schen Hin- und Hergeplänkel verabschiedete sie sich in Richtung Toilette.

»Ah, *Bella!*« Bauunternehmer Stevie erhob sich von seinem Espresso und umarmte sie. Er war ziemlich kräftig, wie jemand, der sein Leben lang körperlich gearbeitet und ordentlich mit angefasst hatte, auch jetzt, obwohl er das sicher nicht mehr musste. Sie mochte Stevie, sie war sogar so etwas wie befreundet mit seiner Frau Gitta. Ganz genau wusste sie das nicht. »Wo ist die Gattin?« Gittas teure Jacke hing über der Stuhllehne.

»Draußen. Eine rauchen. Gewöhnt es sich gerade ab.« Stevie wandte sich wieder grinsend seinem Handy zu, und Luna konnte ihren Weg fortsetzen.

Sie hatte Glück, die Toiletten waren leer, und es kam auch niemand herein, als sie im Schutz der Kabine das kleine Päckchen öffnete, die Schürze abband, sich umständlich die Hose herunterzog und konzentriert auf den weißen Stab zielte. Ihr war schlecht, der Lavendelgeruch würgte in ihrer Kehle. Dieses widerliche Raumparfüm sollten wir auswechseln, dachte sie. So, wie lange dauert das jetzt, was hat da gestanden? Doch sie hatte keine Zeit mehr, die Gebrauchsanweisung durchzulesen, denn die beiden blauen Striche waren mehr als deutlich zu sehen. »Scheiße«, entfuhr es Luna. »Was für eine …« Jemand kam in die Toilette, Luna erstarrte, sie hörte die Tür nebenan klappen, die Person atmete stoßweise aus und fing dann an, zu lachen. »Sagst du mir das Ergebnis?«

Luna schnalzte unhörbar mit der Zunge. Das war Gitta. Noch mal scheiße. Jetzt sah sie eine perfekt manikürte Hand unter der Wand hervorkommen und nach der Papierhülle angeln. »Sorry, aber so was erkenne ich.«

Sie antwortete nicht.

»Luna?! Das bist du doch, nebenan?«

»Ja.«

»Und?«

»Nicht gut.«

»Ach, dann beim nächsten Mal!«

Luna seufzte und wusste nicht, wohin mit dem verdammten Stab. Am liebsten hätte sie ihn im Klo versenkt und vergessen. Sie zog sich wieder an und trat aus der Kabine, und dann, nach tagelangem innerem Tränenstau und als Gittas mitleidiger Blick unter dem kurzen hellblonden Pony sie traf, brach das Weinen endlich aus ihr hervor. Sie warf das Beweisstück in das Waschbecken, stürzte sich in Gittas ausgebreitete Arme und schluchzte an ihrem kaum vorhandenen Busen. Gitta sagte zunächst nichts, sie drückte sie nur fest und blies ihren Raucheratem auf sie, was Luna die Luft anhalten und mit dem Weinen aufhören ließ.

»Du willst es gar nicht?«

Luna schüttelte den Kopf, sie schaute Gitta nicht an, denn sie schämte sich. Nach mehreren vergeblichen Befruchtungsversuchen im Labor hatte Gitta sich in den letzten Jahren mit der Eröffnung einer Boutique, in der es erlesene Damenmode von afrikanischen Designern gab, und diversen anderen Aktivitäten abgelenkt. Stevie trug sie auf Händen, doch auch sie selbst war mit dem, was sie machte, höchst erfolgreich. Es war ihr eigenes Geld, das sie ausgab, um Drachenfliegen zu lernen, eine Kunstgalerie zu eröffnen und zu führen, sie begann, selbst zu malen … Luna hatte den Überblick verloren.

»Und jetzt?« Gitta wertete ihre Entscheidung nicht, sie war nur ehrlich interessiert. Oder einfach neugierig.

»Ich weiß es nicht. Ich weiß nur, dass alle sich freuen werden.« Luna zuckte mit den Schultern, wieder stiegen die Tränen in ihr hoch. Verdammt, sie weinte doch sonst nie – und nun dauernd. Die neuen Hormone in ihrem Körper machten sie zu einem völlig fremden, unzurechnungsfähigen Wesen.

»Alle werden sich freuen, außer dir.«

Danke, Gitta.

»Ich bin ja keine Expertin, leider nicht, aber ich habe gehört, dass es mindestens achtzig Prozent der Frauen so geht.« Gitta schaute sich im Spiegel an, während sie redete, und zupfte sich die kurzen Haare zurecht, die sie weißblond gefärbt hatte. Sie war vermutlich etwas größer als Michelle Williams, aber sehr darauf bedacht, ihr zu ähneln, denn wie immer hatte sie den typisch knallroten Lippenstift aufgetragen, den die Schauspielerin manchmal benutzte. »Am Anfang sind auch die völlig überfordert, die sich ein Kind gewünscht haben … Lass das erst mal sacken, morgen weißt du mehr. Sag es deinem Diamantino vielleicht noch nicht …«

»Nein, auf keinen Fall!« Luna riss die Augen auf, und dabei fiel ihr Blick auf sich selbst im Spiegel. Sie sah aus wie ausgespuckt. Mama sagte das immer, allerdings auf Bayerisch. Ausg'rotzt.

»Und wenn du reden willst, meine Nummer hast du ja!«

»Danke, du bist echt eine tolle Freundin.« Sie würde sie nicht anrufen. Gitta doch nicht, die Gefahr, dass halb München morgen über ihre ungewollte Schwangerschaft Bescheid wusste, war jetzt schon viel zu groß! »Du behältst das für dich, ja?«

»Ich sehe zwar nicht so aus, aber ich kann auch schweigen!«

Na klar. Luna atmete flach, um den Lavendelgeruch des Raumparfüms nicht noch tiefer in ihre Lungen zu lassen. Ihr Leben schien gerade nur noch eins zu sein: zum Kotzen.

Sie selbst verriet es am gleichen Abend noch Diamantino, der extra früher Schluss machte und das Team alleine die Küche putzen ließ, was nicht oft vorkam, um sie nach Hause zu bringen. Sie schlenderten über die Straßen. Der Sommer war nach zwei völlig verregneten Augustwochen noch mal zurückgekommen, und die Nacht war außergewöhnlich warm. Seine zärtliche Stimme, mit der er sie fragte, was los sei, und der Druck seiner kräftigen Hand brachten sie nach kaum hundert Metern wieder zum Weinen. Sie musste es ihm endlich sagen. »Ich bin schwanger!«

»*No! Si?!*« Er stoppte. Sie warf sich in seine Arme. Alles loslassen, *ihm* überlassen, er würde wissen, was zu tun sei, die Gedanken überfluteten sie warm. Wollte sie nicht doch bei ihm bleiben? Es wäre so einfach ... Diamantino machte das schon, zuverlässig würde er ihrer beider Leben im Griff haben, ach nein, das Leben zu dritt, organisiert und geordnet, wie seine Küche im Restaurant. Sie lehnte sich innerlich zurück und fühlte sich erleichtert. Aber nur einen Moment lang, denn nun fing auch er an, zu weinen, ging auf dem Pflaster auf die Knie, umarmte ihre Hüften, ihren flachen Bauch und redete vor Rührung Italienisch gemischt mit Sizilianisch. Sie schaute auf seinen Hinterkopf, auf die Stelle, wo sein Haar schon sehr gelichtet war. Irgendwann ist er kahl, wahrscheinlich schon in zwei Jahren, außerdem muss er unbedingt mal zum Zahnarzt, warum drückt er sich vor einem normalen Vorsorgetermin, dachte sie und schämte sich für ihre Gefühllosigkeit. Eine Tochter würde es werden, ein kleines niedliches Mädchen, murmelte Diamantino unterdessen an ihrem Bauchnabel, sie müsse sich sofort ausruhen, warum sie denn nicht schon früher etwas gesagt hätte, er hätte doch gespürt, dass sie anders war, schon seit Tagen. Stolz schaute er aus seinen dunklen, strahlenden Augen zu ihr hoch. »Aber wann haben wir das gemacht, *amore mio*, wir haben doch immer mit …?«

Sie zuckte mit den Schultern. »So ganz sicher sind die Dinger eben doch nicht«, sagte sie schwach. Sie vertrug die Pille nicht, und Diamantino verstand auch das, und hatte immer ausreichend Kondome dabei, die er nach Benutzung mit schöner Regelmäßigkeit unter ihr Bett schleuderte. Auch nach dem letzten Mal, als sie im Tal ihrer Lustlosigkeit überhaupt miteinander geschlafen hatten, und dann so was.

»Ich hätte vorsichtiger sein müssen, aber es ist doch gleichzeitig unfassbar großartig! Darf ich heute bei dir bleiben?«

Passanten, die vorübergingen, guckten belustigt. War das hier ein Heiratsantrag, wie romantisch; sollte man sein Handy zücken und alles auf YouTube stellen? Sie hob wieder nur die Schultern. Diamantino schlief beinahe jede zweite Nacht bei ihr, denn in seiner winzigen Wohnung in Neuperlach war es nicht besonders gemütlich, und außerdem wohnten in dem Hochhaus auch seine furchtbare Mutter Pina sowie seine beiden Schwestern, die alle einen Schlüssel zu seinem Appartement hatten.

»Ich glaube, ich muss ein bisschen allein sein!«, sagte Luna leise auf Italienisch. Nicht ihre Muttersprache, sondern erst in der Grundschule erlernt. Sie wusste nicht, was nun aus ihrem Leben werden würde, sie wusste nicht einmal, was sie wollte, dass aus ihrem Leben würde. »Und warte bitte noch ein paar Tage, bevor du es verrätst. *Mi dispiace.*« Es tat ihr wirklich leid. Doch allein bei dem Gedanken, dass die drei Frauen von dem, was sich da in ihrem Körper eingenistet hatte, erfahren und es in Besitz nehmen würden, wurde ihr schlecht.

Dann stellte er doch noch die Frage aller Fragen, und bevor Luna überlegen konnte, wie sie ihm antworten könnte, ohne ihn zu verletzen, fuhr sie das Mädchen mit dem Handy an: »Hallo!? Du da! Unterstehe dich, uns zu filmen!«

Zu Hause stellte sie sich vor den Spiegel über dem Waschbecken, sah sich tief in die dunkelbraunen Augen und sagte so oft *schwanger, schwanger, schwanger*, bis sie nicht mehr wusste, ob es dieses Wort überhaupt gab. Sollte sie sich nicht freuen und tiefe Gefühle haben, wenigstens Sorge, ob sie das alles schaffte, irgendetwas, das sie zu einem Menschen, einer Frau, machte? Ihr war nur flau im Magen, und alles roch ekelhaft, der Rest von ihr fühlte nichts, als ob ihre Nervenenden abgestumpft seien. Sie drückte die Zahnpastatube aus. Auch von der Zahnpasta wurde ihr neuerdings schlecht. Ihr Leben würde sich komplett ändern, das Kind würde dauernd im Vordergrund stehen, ja und? Das hatten andere Frauen vor ihr doch auch schon überstanden, und die waren sogar glücklich darüber. Stell dich nicht so an, fuhr sie sich selbst an, doch da liefen die Tränen schon über ihre Wangen, liefen einfach und hörten nicht mehr auf.

Am nächsten Morgen stand Diamantino mit einem Becher Milchkaffee, Brötchen aus der besten Bäckerei der Nachbarschaft und noch immer mit dem Strahlen des werdenden Vaters auf dem Gesicht vor der Tür. Danke. Wortlos nahm sie seine Gaben, sah ihn dabei aber nicht an. »Ich weiß nicht, was los ist, aber ich kann jetzt nicht.« Was konnte sie nicht? Neben ihm stehen? Mit ihm über die Zukunft sprechen. Zusammen ein Brötchen essen?

Diamantino war so wunderbar zu ihr, dass sie sich gleich noch schlechter fühlte. »Kein Problem, *Amore*! Ich liebe dich, ich musste die ganze Nacht an dich denken.«

Sie nickte. Wenigstens sprach er nicht von dem Kind.

»Kommst du heute zur Arbeit? Es muss nicht sein, wenn es dir schlecht geht. Besser, du schonst dich! Wir schaffen das auch ohne dich ...«

»Nein, nein. Ich komme. Hier zu Hause werde ich wahnsinnig.« Sie umarmte ihn und schob ihn fort, in Richtung Treppe, erst bei fast schon geschlossener Tür rief sie ihm hinterher. »Danke, dass du so bist!« Das meinte sie sogar ernst.

Doch als sie gegen fünf das Restaurant betrat, hätte sie ihn am liebsten umgebracht. Er hatte ihre Bitte nicht erhört, und da saßen sie schon, drei bunte Krähen, die sofort kreischend von Tisch zwei aufflatterten, als sie sie sahen.

»Madonna, du siehst schlecht aus!«

»Da ist sie ja endlich!«

»*Mamma*, wenn sie schlecht aussieht, wird es ein Mädchen, oder?«

»Wann ist es so weit?«

»Luna, Luna, du machst ja Sachen.« Der erhobene Zeigefinger von *mamma* Pina wackelte empört. Ich hasse sie, dachte Luna, auch wenn es spaßig gemeint ist, sie macht mir, einer erwachsenen Frau von dreiunddreißig Jahren, tatsächlich moralische Vorwürfe, nur weil ich ihren geliebten Sohn gevögelt habe, ohne mit ihm verheiratet zu sein.

»Hast dir meinen Sohn geangelt ...!«

»*Mamma*, Diamantino gehört das alles hier bald, wenn sie heiraten ...«

»Genau, wer hat hier also wen ...?« Die beiden Schwestern

hielten sich die Hände vor die Münder und taten verschämt, als ob sie ein riesiges Geheimnis verraten hätten, doch da rief Pina schon: »Komm her, liebste Schwiegertochter, lass dich an mein Herz drücken, ich freue mich ja so!« Luna ließ sich umarmen und hielt dabei die Luft an, um nicht den Wohnungsmief riechen zu müssen, der in Pinas Kleidern steckte und durch kein Parfüm der Welt überdeckt werden konnte.

»Ihr müsst heiraten, am besten Weihnachten!«

»Aber an Weihnachten, *mamma*?«

»Warum denn nicht, ich selbst habe an Weihnachten geheiratet, dann wird Diamantino doch auch …«

»Aaaah, jetzt gehörst du ganz zu uns!«, sagte ihre künftige Schwägerin Mariella und tappte mit ihrer Hand auf Lunas Unterarm. An den Spitzen ihrer Kunstnägel klebte Glitterstaub. Ihre Schwester Valeria nickte dazu. »*Sì sì!*«

Luna roch das Durcheinander dreier süßlicher Eaux de Toilette, jedes einzelne haftete nun auch an ihr. Die Falle ist zugeschnappt, konnte sie nur noch denken, dann rannte sie von wohlwollendem Gelächter verfolgt in Richtung Toiletten.

2

In den folgenden Wochen versuchte sie, sowohl Diamantino als auch seine Familie zu meiden, schwierig genug, da sie zusammen in einer Küche arbeiteten, doch auch die bunten Krähen ließen sie nicht entkommen. Sie fielen am frühen Abend unangemeldet bei ihnen im »Il Violino« ein und planten Lunas und Diamantinos weiteres Leben. »Der Kleine muss natürlich heißen wie sein Großvater: Alberto! Gott habe ihn selig!«

»Und wenn es ein Mädchen wird?« Valerias Wimpern waren künstlich, wie auch ihre Lippen und ihre Haar-Extension.

»Ich bestehe nicht auf meinen Namen«, meldete Pina sich, »Giuseppina kann gerne erst an zweiter Stelle stehen!«

Wie großzügig, dachte Luna.

»Sag mal, wollt ihr diese Lampen über den Tischen behalten? Wie findet Diamantino die?«

»Schön. Glaube ich.« Luna runzelte die Stirn. »Er steht den ganzen Abend in der Küche, Valeria. Die Lampen sind ihm nicht so wichtig.«

»Aber er könnte schon mal ein Wörtchen mitreden, also, bald ist er ja …«

»Ist er was?«

»Hier mehr beteiligt, oder?« Valeria schaute interessiert auf ihre Fingernägel.

Luna schielte zur Küchentür, wann kam Diamantino endlich, um sie zu erlösen? Er hatte geschworen, nichts von der Schwangerschaft verraten zu haben. »Bei meinem Leben, Luna! Ich habe im Bett gelegen und es Raffa erzählt. Am Handy.«

Raffaele war sein bester Freund und lebte weit weg, auf Sizilien. »*Mamma* stand wohl vor meiner Zimmertür und hat gelauscht.« Du bist fünfunddreißig Jahre alt, warum um alles in der Welt lässt du zu, dass sie sich unangemeldet in deine Wohnung schleicht, hätte Luna ihn am liebsten angeschrien. Doch die Kraft fehlte ihr.

»Und warum sollten sie es auch nicht erfahren? Sie sind doch *famiglia*!« Diamantino war sich keiner Schuld bewusst gewesen, im Gegenteil: Er füllte seine Rolle als Sohn doch nur zu hundert Prozent aus, wie es sich gehörte. Außerdem liebte er sie! Dieser Mann liebte sie, und sie behandelte ihn nur noch schlecht! Liebte *sie* ihn denn noch? Das kann ich jetzt im Augenblick doch gar nicht mehr sagen, dafür spielen meine Hormone gerade einfach zu verrückt, verteidigte sie sich selbst, doch sie wusste, sie drückte sich vor der ehrlichen Antwort, die in ihr bereits seit Wochen lauerte.

»Ihr werdet in Catania heiraten«, quasselte *mamma* Pina weiter, »die Kathedrale bekommen wir am zweiten Weihnachtsfeiertag hat Padre Agostino mir versprochen, ich habe schon angerufen, ich habe die besten Beziehungen zu ihm.«

»Aber die Freunde von Diamantino, werden die da alle hinfliegen?« Mariella spielte an ihrem reich verzierten Handy.

Niemand spricht von meinen Freunden, stellte Luna fest.

»Ich hoffe, du bist nicht aus der Kirche ausgetreten, *signorina*?«, fragte Pina streng. »Sonst haben wir ein Problem.«

»Tritt sie eben wieder ein«, sagte Valeria gelangweilt.

Nein. Luna schüttelte den Kopf. Sie war aus Bequemlichkeit im Katholiken-Zirkus geblieben, obwohl sie schon lange nicht mehr an ›die Institution Kirche‹ glaubte. Luna sehnte sich plötzlich nach ihrer Mutter, die die Nachricht an ihrem Geburtstag mit einem ruhigen »Geht es dir gut?« aufgenommen hatte. Dabei hatte sie Luna in die Augen geschaut und sofort ihren Zwiespalt gewittert. Typisch Mama. Sie wusste immer viel mehr, als sie sich anmerken ließ. Luna nippte an ihrem Tee, das Einzige, was sie noch zu sich nehmen konnte, ohne sich zu übergeben. Dennoch arbeitete sie weiter in der Küche, wenigstens ein paar Stunden am Abend. Alles war besser, als zu Hause auf dem Bett zu liegen und gegen die Decke zu starren.

»Du trinkst schwarzen Tee? Das ist aber nicht gut für den Kleinen!«

In Pinas Augen musste es ein Junge, *un maschietto*, werden, sonst hatte Luna etwas falsch gemacht.

»Aaaah, da ist er ja, mein Junge, Diamantino, lass dich umarmen.« Luna verzog ihre Lippen zu einem Lächeln. Wenn er da war, konnte sie abhauen, es ging sowieso nicht um sie, sondern um Pinas göttlichen Sohn und um Pinas erstes Enkelkind, für das sie der Austrage-Behälter war. »*Allora*, sag deiner Frau, sie darf nicht …« Mehr hörte Luna nicht, denn sie ging einfach in die Küche, wo sie sich sofort auf den Hocker sinken ließ, der dort neuerdings für sie bereitstand. Adamo brachte ihr eine Kiste mit Austernpilzen, die sie dankbar putzte. Normalerweise war es undenkbar, während der Arbeit zu sitzen, aber für sie als schwangere Chefin wurde selbstverständlich eine Ausnahme gemacht. Sie fühlte sich elend, sie fühlte sich schwach, vor allem in den Beinen.

»*Buona sera!*« Lorenzo kam durch die Hintertür herein, hinter ihm seine Frau Margherita und Lunas Nichten Ellen und Alice. Großes Hallo, zärtliche Umarmungen, wie geht es dir? Luna seufzte und zuckte mit den Schultern. »Immer noch nicht gut?!« Ellen war fünf, ihre kleine warme Hand tätschelte Lunas Knie in der karierten Kochhose. »Wir haben dir was mitgebracht, für das Baby!«

»Nein, Elli, doch nicht für das Baby!«, berichtigte die siebenjährige Alice ihre Schwester. »Für Tante Luna, damit es ihr nicht mehr so schlecht geht.« Sie hielten ihr gemeinsam eine zerknitterte Tüte hin, in der sich gebrannte Mandeln befanden.

»Die haben mir damals geholfen«, erklärte Margherita mit sanfter Stimme. »Diese Übelkeit geht vorbei, glaub mir!«

»Spätestens nach neun Monaten«, scherzte Lorenzo.

»Wenn du sie nicht magst, essen wir sie!«

Luna betrachtete ihre beiden Nichten mit einem Gefühl der Zuneigung, in das sich aber sofort eine unerklärlich große Portion Angst mischte. Was, wenn Lorenzo und seiner kompetenten Margherita mal etwas passierte? Dann würde sie für die beiden sorgen müssen. Diese Tatsache machte ihr schon Sorgen, seitdem Lorenzo ihr das Versprechen abgenommen hatte.

»Alice!« Lorenzo unterbrach Lunas düstere Gedanken und zog die Augenbrauen hoch. »Lass deiner lieben *ziarella* doch erst einmal die Chance zuzugreifen.«

Erwartungsvoll schauten alle sie an, auch Adamo hörte auf, seine Kräuter zu hacken. Luna grabbelte eine der klebrigen Mandeln aus der spitzen Tüte. Sie roch nach Jahrmarkt und viel zu süß. Tapfer steckte sie sie in den Mund.

»Und?«

»Merkst du schon was, Luna?«

Luna merkte nur eins, dass ihr schon wieder die Tränen in die Augen stiegen, weil alle so lieb zu ihr waren. Ihre Nichten waren so goldig, wollte sie nicht auch zwei derart wunderbare Mädchen und gleich noch einen Jungen dazu? Alle anderen konnten scheinbar Mutter werden, ohne auszurasten oder depressiv zu werden, nur sie nicht.

»Wo ist sie? Wo ist die Braut denn hin?« Diamantinos Mutter steckte den Kopf durch die Schwingtür. »Ah, hier hast du dich versteckt! Schau mal, *cara*, hier habe ich schon mal das Kleid zur Anprobe mitgebracht, damit wir es ändern können.«

»Aber *mamma*, das passt ihr doch im Dezember dann gar nicht mehr.« Mariella quetschte sich hinter ihre Mutter und lugte ebenfalls in die Küche.

»Egal, sie soll es anprobieren!«, verlangte Pina. »Zwischendurch, wenn sie mal aufhört, zu weinen.«

Luna zögerte den Besuch bei ihrer Frauenärztin hinaus. Vielleicht passierte ja noch etwas, das sie erlöste? Einen Tag, zwei Tage, eine Woche. Die Träume begannen. Es waren altbekannte Träume, von King Kong, dem Zwergkaninchen, das sie früher einmal besessen hatte. Sie hatte es Kimmi getauft, doch Lorenzo hatte King Kong daraus gemacht, um sie zu ärgern, und bei diesem Namen war es geblieben. Nach der anfänglichen Begeisterung hatten sie nicht mehr oft mit King Kong gespielt, ab und zu hatten sie ihn sogar ganz vergessen. Mama war dann immer mit dem Füttern eingesprungen und sauer auf sie gewesen.

Die Träume waren immer gleich. Luna war vor irgendetwas auf der Flucht, die Luft war stickig und verqualmt, doch sie musste vorher noch King Kong retten! Manchmal war der Stall leer, manchmal lag das Tier tot darin, das kannte sie schon, doch nun wandelten die Kaninchen-Träume sich ab. Es war nicht King Kong, es war ihr Kind, das sie komplett vergessen hatte, im Traum fiel es ihr siedend heiß ein, während sie rannte: Ich habe ein Kind, das ich unbedingt mitnehmen und retten muss, mein Gott, wo ist es eigentlich?! Ich habe es seit Tagen nicht gesehen geschweige denn gestillt oder gewickelt! Sie hatte keine Zeit mehr, die Luft wurde immer dicker und war einfach zu giftig, um eingeatmet zu werden. Immer wachte sie mit einem beklemmenden Gefühl in der Brust auf, ihr Herz klopfte panisch, und sie brauchte lange, um wieder regelmäßig zu atmen und sich zu beruhigen.

Und dann war alles vorbei. Eines Morgens, Luna war in der zehnten Woche, wachte sie davon auf, dass es in ihrem Bauch ganz fürchterlich zog. Sie sprang aus dem Bett, rannte zur Toilette, in der sie ein dunkelrotes, klumpiges Blutbad anrichtete. Sie schaute bestürzt, aber irgendwie auch fasziniert zwischen den Oberschenkeln hindurch in die Kloschüssel. War da unten irgendwo zwischen den dickeren Stücken ihr …? Ach ja, jetzt, wo alles vorbei ist, denkst du von dem kleinen Zellhaufen auf einmal als *Kind*, stellte sie fest und hasste sich für ihre unentschlossene Art. Wahrscheinlich hatte sie es mit ihren ewig negativen Gedanken und ihrer übertrieben großen Zukunftsangst getötet!

Die Frauenärztin beruhigte sie am Telefon, das sei zu diesem frühen Zeitpunkt leider nicht selten, sagte sie, nein, mit Gedanken könne man keinen Abortus hervorrufen. »Was meinen Sie, wer von uns sonst überhaupt auf die Welt gekommen wäre … kaum jemand.« Luna müsse nichts weiter tun. Eine Ausschabung wäre nicht dringend notwendig, die Natur würde das übernehmen, sie könne sich natürlich immer noch dafür entscheiden. »Ruhen Sie sich aus, nicht schwimmen, nicht baden. Machen Sie schöne Dinge!«

Was denn für schöne Dinge?

Ein winziger Teil von Luna war erleichtert, doch sie fühlte sich nicht besser, im Gegenteil. Obwohl der große Wandel in ihrem Leben, vor dem sie offenbar solche Angst gehabt hatte, an ihr vorübergegangen war, blieb sie unglücklicher zurück als zuvor! Diamantino weinte an ihrer Schulter, das machte sie nervös und, als er einfach nicht aufhörte, zu schluchzen, auch wütend. *Sie* hatte dieses Kind verloren, nicht er. Gleichzeitig wusste sie, sie war ungerecht. Sie war gefühllos. Sie war nicht mehr Herrin ihrer Gefühle, sondern einfach nur gemein!

Als er endlich gegangen war, fand sie sich vor dem Spiegel wieder. War sie eine andere, wirkte sie anders? Sie zuckte mit den Schultern, sie hatte keine Ahnung, nur eins war offensichtlich: Sie versiebte jede Rolle, die ihr das Leben zugewiesen hatte, nahm sie gar nicht erst an oder füllte sie nicht zuverlässig aus. Sie war keine gute Mutter, keine geeignete Ehefrau, Schwiegertochter schon gar nicht (okay, bei *der* schlimmen *suocera* verzieh sie sich das sogar …), doch auch als Schwägerin versagte sie, als Tante ebenso, und war sie wirklich eine gute Chefin? Alles, was wichtig war, überließ sie doch sowieso Lorenzo. Oder der Schwägerin Margherita. Was war mit der Vergangenheit? Auch da hatte sie ziemlich oft versagt. Als Tochter, als junges Geigentalent, auf dem die höchsten Hoffnungen ruhten, selbst als Kaninchenbesitzerin … »Nicht mal King Kong habe ich versorgen können!«

Sie warf ihr durchgeblutetes Nachthemd, Bettbezug, Laken in die Waschmaschine, legte sich auf die blanke Matratze und fühlte sich so leer wie nie in ihrem Leben. Sie konnte nichts, aber sie wollte auch nichts. Die dunkle Wolke um sie herum ließ nichts zu.

Sie nahm drei Tage frei, bat Diamantino, sie bis auf Weiteres nicht mehr zu besuchen und anzurufen, quälte sich durch den Anfang einer Netflix-Serie, gab es auf, wechselte die Binden in ihrer Unterhose, stand am Küchenfenster und sah in den Hinterhof, ernährte sich von Knäckebrot und grünem Tee. Die Leere blieb. Nur die Träume wurden schlimmer. Jede Nacht war sie auf der Flucht. Sie musste raus, nur weg, sie bekam keine Luft mehr, sie durfte nicht einatmen, doch da war ja noch das Kind! Jedes Mal war es jetzt das Kind, das sie einfach vergessen hatte. Wie konnte sie nur?! Sie irrte mit angehaltenem Atem durch fremde Räume, die aber doch ihr Zuhause waren, das wusste sie, und am Ende fand sie es immer. Es war im Kaninchenstall, der genau wie in ihrer Kindheit an einer Backsteinwand stand. Dort, hinter dem Draht, lag es zwischen dem Heu, doch während sie darauf zuging, wusste sie, dass ihre Befürchtungen sich bewahrheitet hatten: Sie war zu spät. Ihr Kind war tot, und nicht nur das, es war auch ganz weiß, schon von Schimmel überzogen, und sie allein trug die Schuld daran, weil sie sich nicht gekümmert hatte!

Es war erlösend, gleichzeitig aber auch schrecklich, zu erwachen, denn das erstickende Gefühl blieb noch lange in ihrer Brust haften. Keuchend saß sie im Bett und machte sich Vorwürfe. Sie war nicht normal, ihre Psyche war drauf und dran überzuschnappen. Warum sonst wurde der gute alte King-Kong-Traum zu diesen furchtbaren Bildern?

Nach drei Tagen, als sie wieder arbeiten wollte, konnte sie nicht mehr aufstehen. Ihr Körper tat weh, sie war wie gelähmt. Jemals in die Küche des »Il Violino« zurückzukehren, mit Diamantino über die Tageskarte zu beraten oder Auberginenwürfel und rote Zwiebeln zu einem typisch sizilianischem *agrodolce* abzuschmecken, schien ihr auf einmal undenkbar. Sie konnte sich nicht rühren, wenn sie daran dachte. Wen sollte sie anrufen? Lorenzo? Der war schon gestresst genug durch ihren Ausfall. Und was sollte sie ihm auch sagen?

Diamantino? Auf keinen Fall. Wenn sie sich sein Gesicht mit dem albernen Franzosenschnäuzer vor Augen rief, wurde ihr gleich wieder schlecht, dabei war sie doch gar nicht mehr schwanger. Ihre Freundinnen aus München? Mila? Im fünften Monat schwanger und sooo glücklich. Josina? Voll und ganz mit ihrer Karriere als Staatsanwältin beschäftigt. Antonia? Erfolgreich als Architektin, jedoch kurz vor der Trennung, weil Ehemann Arno plötzlich keine Kinder mehr wollte, dafür aber fremdging und es nicht einmal verheimlichte.

Mama!

Ihre Mutter hörte ihren kraftlos vorgetragenen Sätzen zu und bot sich an, sie abzuholen. »Dann bleibst du eben noch eine Woche weg. Hier bei uns kannst du dich ausruhen, Ronald ist gerade unterwegs auf Konzertreise, der kommt erst in einer Woche wieder, ich kann mich also ganz auf dich konzentrieren, und die Onkel freuen sich doch immer, dich zu sehen!«

Luna lächelte. Das erste Mal seit Wochen, wie es ihr schien. Ronald war Mamas cooler Freund, gut fünfzehn Jahre jünger als sie und ein begnadeter Musiker. Hubert und Willi, die Onkel, dagegen schweigsame Genossen, die sich am liebsten in die familiäre Geigenbauwerkstatt zurückzogen und dort Bögen mit Pferdehaar bespannten oder besonders aufwendige Schneckenwindungen schnitzten. Doch für ihre geliebte Nichte hatten sie immer einen trockenen Witz auf Lager.

Luna schleppte sich stöhnend ins Bad, stellte sich unter die heiße Dusche und dehnte ihre schmerzenden Glieder im prasselnden Strahl, bis sie wieder ein wenig elastischer waren. Beim Packen der Reisetasche fühlte sie sich schon besser. In Mittenwald, diesem idyllischen Ort am Fuße der Alpen, war ihr

Kleinkind-Zuhause, so nannte sie es, dort hatte sie mit Mama und Lorenzo gewohnt, bis sie vier war. Auch Daniele, ihr Vater, war noch bei ihnen gewesen. Dann waren sie nach München gezogen, wo sie zwei Jahre später eingeschult wurde … und Papa … Ihr Handy klingelte. Diamantino. Sie ging nicht ran, was sollte sie ihm sagen? Mach dir keine Sorgen? Ich komme bald wieder? Als sie ihn vor drei Jahren kennenlernte, weil er sich um den Posten des Souschefs bewarb, hatte sie ihm die Hand gegeben, und sofort gedacht, das ist er, er wird uns retten, er wird *mich* retten! Ihre Kochkenntnisse aus den vielen Küchenjobs, die sie im Laufe ihres Lebens schon angenommen hatte, hatten eben nicht gereicht, ohne Lehre fühlte sie sich ihren zahlreichen Köchen, die nie lange blieben, unterlegen. Diamantino aber hatte dieses Versprechen, von dem er nichts wusste, tatsächlich recht schnell eingelöst. Er hatte die Karte des »Il Violino« völlig umgekrempelt und ihren Ruf um einiges verbessert. Sie hatten in allen Portalen mindestens viereinhalb Sterne. Margherita prüfte das jeden Tag und erzählte es stolz ihrem Mann. Ihr Bruder hatte wirklich Glück gehabt. Und sie? Sie seufzte wieder. Auch die Rolle der Küchenchefin hatte sie alleine nicht ausfüllen können. Was war jetzt mit ihr und Diamantino? War da überhaupt noch was? Wenn sie ihn heiratete, würde ihm ein Teil des »Il Violino« gehören. Wollte sie das? Liebte sie ihn überhaupt noch, wenn sie über so etwas nachdachte?

Vielleicht würde sie nach ein paar Tagen Natur und Ruhe eher wissen, was sie noch fühlte und für ihn empfand.

Ihre Mutter kam leichtfüßig die Treppe hoch, sie strich über die frisch gestrichene hellgelbe Wand, das Treppengeländer, die Topfpflanze auf der Fensterbank und sah sich dabei zufrieden um. Sie hatte das Haus als junges Mädchen von ihrer Mutter geerbt, wie auch das in der Kapuzinerstraße, in dem Lorenzo und Luna fünf Jahre zuvor das »Il Violino« eröffnet hatten. Bei den Mieten in diesem Viertel hätten wir uns das sonst niemals leisten können und würden immer noch Schulden haben, dachte Luna, während sie ihre Mutter weiterhin beobachtete. Isabell Kreutzner wirkte nicht wie eine der typisch reichen Münchnerinnen, die so gerne ihr Lokal besuchten. Sie trug einen gewebten Poncho und irgendwelche Ökoschuhe, ihr Haar war im Nacken zu einem lockeren Knoten zusammengefasst. Sie sah eher aus wie eine nette Flötenlehrerin, die zudem noch Yogastunden gab. Luna lächelte. Bis zu ihrem sechsundsechzigsten Geburtstag hatte Mama sich die vollen, ehemals kastanienbraunen Haare noch hennarot gefärbt, auf der Geburtstagsfeier jedoch verkündet, es ab diesem Zeitpunkt nicht mehr zu tun. »Als zukünftig dreifache Oma kann ich gut und gerne ergrauen, oder?« Nun, kaum drei Wochen später, war sie nur noch zweifache Oma, der Ansatz wurde dennoch schon grau. Isabell hatte den dritten Stock erreicht und schloss sie wortlos in die Arme.

Auch die Fahrt über redeten sie kaum. Luna schaute aus dem Fenster und genoss es, einfach nur in die vielen Grünschattierungen starren zu können, die sie umgaben. Die Blätter an den Bäumen färbten sich, der Herbst war in den letzten Tagen mit aller Wucht gekommen, es war merklich kühler geworden.

»Ich weiß nicht, ob ich ihn noch liebe, Mama!«, sagte Luna, als sie schon auf die Mittenwalder Hauptstraße einbogen. Touristen mit Wanderrucksäcken und Walking-Stöcken schoben sich in Trauben auf den Bürgersteigen vorbei, vor den Andenkenläden baumelten Mini-Kuhglocken und Bierkrüge an Drehständern.

»Diamantino ist so lieb, er hat überhaupt keine Schuld an dem Drama, er hat mir sogar einen Heiratsantrag gemacht, und ich bin ihm die Antwort schuldig geblieben. Ich bin innerlich ein Eisklotz, und weiß nicht warum, alle Gefühle für ihn sind wie abgestorben! Auch schon vorher.«

Mama nickte nur und nahm den Blick nicht von der Straße.

»Kennst du so was?«, fragte Luna leise.

»Nein.«

»Bei mir ist es aber so! Ich habe es mir alles ganz anders vorgestellt. Wenn ich ein Restaurant eröffne, arbeite ich gerne da. Wenn ich mit einem Mann zusammen bin, liebe ich ihn. Wenn ich schwanger bin, freue ich mich. Warum ist das jetzt alles weg? Nichts passt mehr zusammen.«

Sie wartete atemlos. Ob Mama ihre persönliche Liste noch fortsetzen würde? Wenn ich eine Ausbildung machen will, brenne ich für meinen zukünftigen Beruf und unterwerfe mich allen Prüfungen, um aufgenommen zu werden. Wenn ich die Chance habe, im Familienunternehmen zu arbeiten, nehme ich sie mit Kusshand an. Wenn ich mit einer Begabung geboren werde, bin ich dankbar dafür und nutze sie.

Nichts von dem hatte sie getan. Ein großes, ein gigantisches Gebiet in ihrem Leben war nicht ausgewogen, in ihr breiteten sich riesige Felder aus, unfruchtbar wie Aschehalden, auf denen nichts wuchs, so sehr sie sie auch beackerte. Beackerte? Sie machte einen Bogen darum, und was für einen.

»Es gibt Abschnitte im Leben, in denen muss man sich noch mal neu sortieren, vielleicht ist gerade so eine Zeit für dich?«

Luna zuckte mit den Schultern. Sie wusste nicht, was für eine Zeit für sie war. Als sie schwanger war, hatte sie das Kind auf keinen Fall haben wollen, und nun war sie plötzlich todtraurig darüber, kein Kind zu bekommen. »Wohne ich in meinem alten Zimmer?«

»Na freili, wennst moagst!«

Mama redete nur hier, in ihrer Heimatstadt, tiefstes Bayerisch, und auch Luna legte den Dialekt jetzt an, wie einen gemütlichen Mantel.

Als sie abends zu viert am Küchentisch saßen und zu Lunas Ehren Onkel Huberts berühmten Linseneintopf aßen, merkte sie, dass sie ihrem Inneren nicht entfliehen konnte. Sie hatte die verdammte Traurigkeit aus München mitgebracht, die ihr immer noch den Magen zuschnürte. Niemand sprach über das, was geschehen war. Ob die Onkel überhaupt noch wussten, dass sie schwanger gewesen war? Es kam ihr selbst schon ganz unwirklich vor. In ihrem alten Zimmer zog sie sich die Decke über den Kopf und weinte sich in den Schlaf.

Auch am nächsten Morgen wurde es nicht besser. Der knallblaue Himmel, die Berge, die klare Luft, die bunten Lüftlmalereien an den Wänden der Häuser, die ihr entgegensprangen, wenn sie aus ihrem Fenster schaute, all das, was ihr hatte helfen sollen, wirkte nicht. Ein enger Ring presste sich noch immer um ihre Brust und ließ nicht locker, ihr Hals war immer noch wie zugeschnürt, jederzeit war sie kurz davor, in Tränen auszubrechen. Luna fühlte sich schlapp und unendlich müde. Langsam ging sie mit einem Becher Kaffee die Treppe hinunter, in die Werkstatt. Als sie die Tür öffnete, sog sie den durchdringenden Geruch von Holz, verschiedenen Lacken, Bienenharz und Krappwurzeln ein, der ihr entgegenschlug. Mmmmh, sie schnupperte noch einmal, und eine kleine Flamme loderte irgendwo in ihr auf. Das waren Gerüche, die sie von klein auf kannte und ihr Kleinkind-Gedächtnis aufjubeln ließen.

Wie sehr sie sie vermisst hatte, merkte sie erst jetzt. Doch schnell machte sich ein anderes Gefühl breit, denn auch auf diesem Gebiet, in dem die Familie so viel Hoffnung auf sie gesetzt hatte, hatte sie versagt. Sie hatte sich der Aufnahmeprüfung der Geigenbauschule nicht gestellt, in der wahnsinnigen Angst, nicht genommen zu werden. Ihr wart einfach schon zu perfekt, dachte sie trotzig und betrat die Werkstatt. Diese Leidenschaft, die Anbetung von Komponisten und Musikern, die Diskussionen über Dichte und Seele und Klangfarben eines Stück Holzes, aus dem dann eine Geige, eine Bratsche oder ein Cello wurde. Wie hätte ich dagegen ankommen sollen? Wie hätte ich diese Schmach überlebt, wenn sie mich nicht genommen hätten?

Onkel Hubert stand an der Ladentheke und versuchte, eine Geigerin zu beruhigen. Sie sprach mit hoher Stimme über ihre Geige namens *Lisa* wie über ein verwöhntes und deswegen schwer erziehbares Kind, bei dem die A-Seite plötzlich *sirrte*. Die Frau Kreutzner sollte *Lisa* sofort begutachten, die Geigerin wollte *Lisa* zu diesem Zweck aber nicht aus der Hand geben. Onkel Hubert tat sein Bestes, um an das Instrument zu gelangen.

Onkel Willi dagegen saß hinten in seiner angestammten Ecke und stach eine Schneckenwindung aus dem Ahornholz. Er konnte ganze Tage dort verbringen, ohne auch nur aufzuschauen. Luna drehte sich einmal um sich selbst. Überall war es blitzblank aufgeräumt, die Stemm- und Hohleisen hingen an ihrem Platz an der Wand, selbst die Geigen, die von der Decke hingen und in den Regalen standen, waren nach Größe geordnet. Auch ein paar Stücke Klangholz gab es, doch es war von niederer Qualität und nur zum Vorzeigen bestimmt. Hubert demonstrierte damit gerne, wie aus zwei ungefähr vierzig Zentimeter langen und fünfzehn Zentimeter breiten Stücken Holz die obere oder untere Seite einer Geige entstehen würde. An der einen Längsseite waren sie drei Zentimeter dick, zwei auf der anderen, sie wurden an der breiteren Seite zusammengeleimt, und dann musste man mit Stechbeitel, Hobel und Ziehklinge lange und mit höchster Konzentration daran hobeln und glätten, um die nur ein paar Millimeter dünne Decke oder den Boden herauszuarbeiten.

Neben dem Eingang thronte wie immer das wunderschöne, imposante Cello, das Opa Johann 1955 gebaut hatte. Nirgendwo sah man auch nur die kleinste Staubschicht, nur um Willi herum lagen Späne auf Tisch und Boden. Obwohl das einzige Fenster das Schaufenster zur Straße war, lag die Werkstatt doch in hellem, freundlichem Licht, denn auch am Morgen brannten an verschiedenen Stellen große weiße Kugellampen. Wo war Mama? Nur ganz selten arbeitet sie an der Werkbank, die man von der Straße her durch das Schaufenster einsehen konnte. »Präsentierteller«, sagte sie manchmal, »dein Opa, der hat da gerne gesessen, aber ich? Ich nicht!«

Luna lächelte versuchsweise, um den Dauerkloß, der sich in ihrem Hals eingenistet hatte, wegzubekommen. Sie selbst würde Zuschauer gar nicht merken, so versunken war sie immer beim Aussägen und Hobeln der Böden und Decken, beim Biegen der Zargen und Aufbringen der zahlreichen Lackschichten gewesen. Die drei Jahre, in denen sie bei den Onkeln mitgearbeitet und nach und nach gelernt hatte, waren mit die schönsten ihres Lebens gewesen. Bei ihnen musste sie kein Wunderkind im Geigenspiel sein, um die eigenen Instrumente ausprobieren und stimmen zu können. Sie musste sich mit ihrem bekannten Kreutzner-Namen nicht gegen die Namen der anderen berühmten Geigenbauerfamilien, die aus dem Ort kamen, behaupten.

Sich an der Schule gegen Klotz, Leonardt, Sandner und wie sie alle hießen, nicht durchsetzen. Nach den Jahren in der Werkstatt der Onkel – ihre Mutter arbeitete damals noch in ihrer Münchner Werkstatt, in dem Haus, in dem Luna jetzt wohnte – war sie unruhig weitergezogen. Obwohl ziemlich glücklich und zufrieden mit sich und dem Leben, war ihr eine Meisterschaft in diesem Bereich unerreichbar vorgekommen. Waren die Söhne von Stradivari nicht auch nur durchschnittliche Geigenbauer geworden? Von der Geschichte kaum in einem Nebensatz erwähnt? Würde sie nicht das gleiche Schicksal erleiden? Eine gefragte Expertin wie ihre Mutter Isabell Kreutzner konnte sie nie werden, sondern immer nur *die Tochter* bleiben, diese Ahnung hatte sie gelähmt und aus dem bevorstehenden Berufsleben ausbrechen lassen. Sie hatte sich damit abgefunden, es in keinem Bereich ihres Lebens zu einer Meisterschaft gebracht zu haben, aber warum hatte sie kaum etwas zu Ende geführt? Warum nicht wenigstens ihre Rolle wirklich mit Freude ausgefüllt, bei all den vielen Dingen, die sie probiert hatte?

»Aber ich muss sie sprechen, jetzt sofort«, beschwerte sich die Musikerin, die ihre *Lisa*-Geige wieder an sich genommen hatte.

»Sobald die Frau Kreutzner a bissl' Zeit hat, schaut sie sich Ihr Instrument an.« Hubert sprach wie immer sehr langsam, ihn konnte nichts aus der Ruhe bringen.

Luna öffnete leise die Tür zu Mamas Arbeitsraum. Isabell saß an ihrer Werkbank und schaute mit einer kleinen Falte zwischen den Augenbrauen unwillig auf, freute sich aber, als sie sie erkannte. »Und? Gut geschlafen? Wie geht es dir?«

Luna zuckte mit den Schultern. Der Kaninchentraum war auch in dieser Nacht mehrfach aufgetaucht, überall Rauch, und aus King Kong war am Ende wieder das Kind geworden, ein Junge, sie hatte sein bleiches Gesichtchen sogar vor sich gesehen …, doch das erzählte sie ihrer Mutter nicht.

»Ich weiß nicht. Ich fühle mich schwach. Ich kann nicht mal eine Faust ballen.«

»Möchtest du denn eine Faust ballen?«

Luna seufzte nur.

»Vielleicht tut dir eine kleine Wanderung gut?« Mama legte den Geigenboden, dessen Dicke sie gerade mit den Augen ausmaß, behutsam auf die Werkbank, stand auf, sah auch sie prüfend wie ein Instrument an und nahm sie in die Arme. Sofort schossen Luna die Tränen in die Augen. Wütend wischte sie sie weg. »Ach Mensch. Keine Ahnung, was mit mir los ist«, sagte sie schluchzend.

»Mir haben die Berge immer geholfen, wenn ich mir über irgendetwas klar werden wollte«, sagte ihre Mutter und wandte sich wieder dem Geigenboden aus Ahornholz zu. Die Decke aus Fichtenholz war schon fertig, es fehlten nur noch die kunstvoll hineingeschnitzten F-Löcher, die der Geige so etwas wie ein Gesicht gaben. Die Kunden warteten mittlerweile drei Jahre auf eine Geige von Isabelle Kreutzner und zahlten ohne zu zögern bis zu dreißigtausend Euro dafür. Luna schaute zu, wie ihre Mutter nach dem richtigen Werkzeug suchte, um den Boden weiter zu glätten, und seufzte. So war Mama. Sie bot Hilfe an, doch nur für eine gewisse Zeit. Luna bewunderte sie dafür. Sie kannte niemanden, der so klar, so ruhig, so gelassen war.

Auch als Lunas und Lorenzos Vater sich von ihr getrennt hatte, war kein böses Wort über ihn gefallen. Er wollte gehen, war Mamas Erklärung für Lunas damals sechsjähriges Ich gewesen. Er liebt dich immer noch, und Lorenzo auch, er kann es nur nicht zeigen. Isabell hatte Daniele gehen lassen, ihn aber zu keiner Zeit gesucht, soweit Luna wusste. Sie selbst hatte ab diesem Tag nicht mehr von ihm gesprochen und auch die kleine Kindergeige nicht mehr angerührt, die nun einsam und orange leuchtend über der Tür im »Il Violino« hing. Dabei war sie doch ein Ausnahmetalent gewesen, das hatte ihr Geigenlehrer behauptet, zu dem sie mit drei schon gegangen war, und dabei ihre Stofftiere mitgeschleppt hatte. Hündchen Pontus. Affe Paul. Cordula, das Nashorn ... Er hatte sie alle vor jeder Stunde mit ihren Namen begrüßt. »Was ist eigentlich aus dem Herrn Walser geworden? Lebt der noch?«

»Der Walser Hannes?« Falls ihre Mutter überrascht war, ließ sie es sich nicht anmerken. »Der lebt, aber ja, der ist noch sehr rüstig mit seinen fast siebenundachtzig! Willst du ihn besuchen?«

»Nein.« Es war nur eine dumme Idee gewesen, sie konnte sich jetzt nicht den Geschichten eines alten Mannes aussetzen, der wahrscheinlich nur ihr ach so vergeudetes Talent betrauern würde. »Ich geh einmal um den Lautersee. Also. Könnte sein.« Sie hatte eigentlich überhaupt keine Lust dazu und schleppte sich mit gesenktem Kopf aus der Werkstatt.

Als ob sie es geahnt hätte: Auch nach dem zweistündigen Spaziergang hatte sich der Nebel von Traurigkeit und Verzweiflung, der sie umgab, nicht verflüchtigt. Im Gegenteil: Die gut gelaunten Menschen um sie herum, die sie mit einem nordisch klingenden »Pfüati« grüßten und glücklich grinsend in nagelneuen, teuren Wanderschuhen durch die Landschaft marschierten, die nahe Bergkette des Karwendelgebirges, das ruhige Wasser des Sees, die Wanderwege voller Herbstlaub, machten sie nur noch trauriger. Sie gehörte einfach nicht hier hin. Als Josina sie anrief, machte Luna den Fehler, ihr diese

Erkenntnis mitzuteilen. Josina hatte keinen Freund oder Mann, dafür eine vielversprechende Karriere, als jüngste Staatsanwältin von München.

»Ich gehöre einfach nicht hier hin, aber nach München gehörte ich auch nie. Wenn ich darüber nachdenke, habe ich noch nie irgendwohin gehört.«

»Warum? Verstehe ich nicht. Wir waren zusammen in der Grundschule und sind bis zum heutigen Tag doch 'ne prima Clique.«

Luna hatte das Wort *Clique* noch nie leiden können. »Ich weiß nicht.« Selbst in ihren eigenen Ohren hörte sich ihr Ton quengelig an.

»Was ist los? Du klingst böse nach Selbstmitleid«, sagte Josina. In der Boulevardpresse hatte man sie schon als »Madame Unerbittlich« betitelt.

»Ich bin … ich *war* schwanger, und es ging mir schlecht, weil ich nicht schwanger sein wollte, und dann ist das Kind in der zehnten Woche von selbst gegangen und nun …«

»Willst du es doch.«

»Ja.«

»Kindsvater ist Diamantino, nehme ich an.«

»Ja, natürlich! Was denkst du denn?«

»Entschuldigung, sollte vorher abgeklärt werden. Was sagt er?«

»Ich glaube, ich liebe ihn nicht mehr.«

»Oh Luna. Musst du immer so …«

»Was muss ich immer so?« Sie schrie so laut in ihr Handy, dass ein mittelaltes Pärchen in den genau gleichen grünen Jacken sie erschrocken anschaute.

»… beruhig dich! Musst du immer so auf *Außenseiterin* machen?«

»Ich mache nicht, ich *bin* ...«

»Wieso? Dein Vater war nicht der einzige, der nicht da war. Meiner war tot. Und dein südländisches Aussehen war auch nichts Besonderes, da hätte sich Antonia mit ihrer Mutter aus Ghana viel mehr als Außenseiterin fühlen müssen. Haben wir solche Dinge wie Hautfarbe, emotionale oder tatsächliche Halbwaise zu sein jemals zum Thema gemacht?«

»Nein.«

»Na siehst du!«

Gar nichts sah sie! Josina hatte keine Ahnung, wie sie sich fühlte.

»Du, ich habe hier noch einen Richter sitzen, lass uns nächsten Montag bei mir drüber reden, ja? Nur ganz kurz, magst du Schnecken?«

Montag war im »Il Violino« Ruhetag. Alle vier Wochen trafen sich die vier Freundinnen zum Essen und Trinken bei einer von ihnen. Diesmal war Josina mit dem Kochen dran.

»Keine Ahnung.« Ich weiß nicht, ob ich komme, dachte Luna. Ich weiß nicht, ob ich überhaupt noch mal zu diesen Treffen komme.

»Da ist viel Knoblauch dran, du wirst sie lieben, bis Montag also.«

»Ja. Wenn du meinst. *Ciao.*«

Wütend stapfte sie weiter voran. Sie war ungerecht, sie war weinerlich, wie sollte sie jemals aus dieser Laune herauskommen? Nenn es lieber Depression, sagte sie sich. Aber ob die Hormone daran überhaupt noch schuld sind, ist fraglich!

Sie wollte nichts. Sie wollte nicht mehr wandern, sie wollte sich am liebsten gar nicht mehr bewegen. Sie wollte nicht essen, ihr Magen hatte kein Interesse, irgendetwas anderes als heißen

Tee aufzunehmen. Sie wollte keine Musik hören, erst recht keine Geigenmusik, danke, sie wollte nicht reden. Sie wollte nur noch in ihrem schmalen, alten Bett liegen und an die hölzernen Deckenpaneele starren. Die Tränen flossen unaufhörlich aus ihren Augen, und wenn sie es einmal nicht taten, sammelten sie sich nur für einen weiteren Angriff. Ihr Gesicht war geschwollen, ihre Haut fleckig, die Mundwinkel eingerissen. Mama sagte nicht viel, sie schien noch nicht mal nach einer Antwort auf Lunas Schmerz zu suchen, sondern beobachtete sie nur. Dreimal am Tag kam sie zu ihr hoch in das Gästezimmer, brachte frischen Tee, drückte ihre Hand und versuchte, sie zum Duschen zu ermuntern. Luna spürte nicht viel, doch das Gefühl der Dankbarkeit schon. Onkel Hubert kochte hintereinander die drei K von Lunas Lieblingsgerichten: Kaiserschmarrn, Krautwickel und sogar die klassischen handgeschabten Käsespätzle, doch erst am vierten Tag hatte er mit der goldgelben Gemüsebrühe Erfolg, in der auch winzige Grießnockerl schwammen.

Luna verspürte Hunger, und sobald er aus der Tür war, nahm sie tatsächlich ein paar Löffel und schleppte sich dann mit der Schale hinunter. Die Mittagssonne stand hoch am Himmel und wärmte die Mauern des sonst etwas dunklen Hofes, der zwischen den Häusern lag, an die sie sich jetzt lehnte. Willi trat aus der Hintertür der Werkstatt, sah sie und kehrte um. Mit einem Hocker kam er zurück und stellte ihn wortlos vor sie hin.

»Wo ist Mama?« Sie setzte sich, die Suppenschale auf den Knien. Die Wärme der Sonne tat unendlich gut.

»Nach München gefahren.«

»Aber sie hasst es, während der Ausarbeitung der Bodenstärke etwas anderes tun zu müssen.« In der intensiven Phase, wenn die Wölbungen des Geigenbodens und der Decke aus dem wertvollen Klangholz ausgearbeitet wurden, um optimal aufeinander abgestimmt zu sein, ließ sich kein Geigenbauer gerne stören. Jede Unterbrechung stoppte den Fluss des Prozesses, lenkte von der angestrebten Ausgewogenheit der Erhebungen ab, und das wollte man unbedingt vermeiden, wusste auch Luna, obwohl sie die Geigenbauschule *nicht* besucht hatte. Schon dass ihre Mutter sie abgeholt hatte, war außergewöhnlich gewesen.

»Sie holt was dammisch Wichtiges, hat sie g'sagt.«

Am frühen Abend, als Luna sogar mit den Onkeln am Tisch saß, um den hundertsten schwarzen Tee zu trinken, Essen wollte sie nicht, nein wirklich nicht, kam Mama endlich zurück. In ihrer Hand trug sie einen alten, sehr kleinen Geigenkasten, der Luna schon aus der Entfernung vage bekannt vorkam, doch sie wollte nicht darüber nachdenken. Ihre Mutter war extra durch den höllischen Verkehr nach München gefahren, um eine Sechzehntelgeige ins Haus zu holen?

»Das ist für dich.«

Luna schüttelte den Kopf. Was sollte das? Die Brüder nickten wissend und lächelten. »Na, nun schau halt amol nach!«, sagte Hubert.

Okay. Na super, eine Geige, was für eine Überraschung. Es war zu allem Überfluss auch noch ihre alte Kindergeige, die seit dem Tag der Eröffnung über der Tür des »Il Violino« hing. Jetzt aus der Nähe erkannte sie das Instrument sofort. Der hellorangefarbene Lack hatte über die Jahre nichts von seiner auffälligen Leuchtkraft eingebüßt. »Mama.« Sie seufzte mal wieder. Das brachte doch nichts.

»Ich denke, die wird dir helfen.«

Nicht dein Ernst, dachte Luna, klappte den Kasten wieder zu und ließ die Schultern noch ein wenig tiefer sacken. »Wieso sollte diese Geige mir helfen? Was hat Lorenzo gesagt, als du sie aus dem ›Il Violino‹ geholt hast?« Es klang aggressiv, und das freute sie.

»Ich habe sie durch eine andere ersetzt. Das merkt eh keiner.«

»Ich werde nie mehr spielen, ich bin fünfunddreißig, ich hätte bereits seit fünfundzwanzig Jahren spielen müssen, die Chance ist vorbei!« Sie stand auf.

»Aber nein …«, setzte Mama an, »hör mir bitte nur einen Moment zu.« Doch Luna lief schon aus dem Raum. Es war Zeit, wieder zu gehen, sie wusste zwar nicht wohin, doch sie musste hier weg. Nach München, in ihre Wohnung? Vielleicht. Sie würde ihr Kapital natürlich im »Il Violino« lassen, aber sie wollte auf keinen Fall dahin zurück, das war undenkbar. Obwohl sie keine Kraft dazu hatte und nicht wusste, wie sie es anstellen sollte, würde sie sich lieber einen neuen Job suchen, so viel stand fest.

3

Nach einer Nacht voller panischer Fluchten durch leere Zimmer wachte Luna nach Luft ringend auf. Sie hatte die Räume nicht gekannt, aber dennoch gewusst, dass sie ihr Zuhause waren, und natürlich hatte alles wieder mit einem verhungerten Säugling in einem Kaninchenstall geendet und dem tiefen Schrecken über ihre Unfähigkeit, ein Kind zu versorgen. Ein Gefühl, das noch lange in ihr wie ein dumpfer Schmerz pochte. Gerädert saß sie morgens in der Küche. Ihre Reisetasche war gepackt, sie musste sich nur noch von Mama und den Onkeln verabschieden. Den Weg zum Bahnhof konnte sie zu Fuß zurücklegen, es war nicht weit.

Mama kam herein und zog ihren Freund Ronald an der Hand hinter sich her. Er war gestern Abend von seiner Konzertreise wiedergekommen, sie hatte sie in der Werkstatt lachen hören, nun hielten die beiden sich an den Händen und schauten sich tief in die Augen. Beneidenswert, dachte Luna. Bei anderen Menschen ergeben Beziehungen irgendwie Sinn, nur bei mir nicht.

Sie stand auf und gab Ronald förmlich die Hand. »Ich fahre gleich nach München zurück. Danke für alles, mir geht es schon viel besser.« Der letzte Satz war für Mama bestimmt und gelogen, das wussten sie beide. Aber nun war es an Isabell, mit den Schultern zu zucken. »Gut. Wenn es das ist, was du willst. Ich wollte dir nur noch etwas zu der Sechzehntelgeige erzählen und dir und ihr einen kleinen Auftrag geben.«

Einen Auftrag? Mir und der Geige? Soll ich etwa wieder anfangen, zu spielen? Vergiss es, dachte Luna. Aber dafür war das Instrument ja auch viel zu klein.

»Wusstest du, dass dein Vater seinen Nachnamen ändern wollte, nachdem du geboren warst?«

Luna schaute auf. Ronald machte sich am Herd zu schaffen und setzte die Espressokanne auf. Mama stand ruhig mitten im Raum, als ob sie eine Rede halten wollte.

»Er wollte ihn in Kreutzner ändern? Um so zu heißen wie du und ich?«

»Nein, um dir einen anderen Namen weitergeben zu können, der nicht sein Familienname war.«

»Er wollte nicht, dass ich wie er, Vivarelli, heiße?«

»Nein, das hat er vehement abgelehnt. Er überlegte ernsthaft, zum Konsulat zu gehen, und den Familiennamen seiner Mutter anzunehmen. Battisti. Damit du diesen Nachnamen bekommen konntest, wenn ich einverstanden wäre.«

»Verstehe ich nicht.« Luna schüttelte den Kopf und schob den Geigenkasten von sich, der immer noch auf dem Küchentisch vor ihr lag. »1987 überlegt er plötzlich, seinen Namen in Battisti zu wechseln? Wie alt war er da? Mitte dreißig?« Sie hatte ihren Vater noch nie verstanden und sich auch keine Mühe gegeben. Warum auch? Er war abgehauen. Es stimmte übrigens doch nicht, dass sie es in keinem Bereich zu einer Meisterschaft gebracht hatte, sie war äußerst erfolgreich darin gewesen, die Existenz ihres Erzeugers aus ihrem Leben auszublenden. Gewinnerin der Goldmedaille in dieser Disziplin.

»Genau. Und das hat mit dieser Geige hier zu tun. Sie wurde nämlich ...« Mama machte eine kleine Pause und holte das Instrument aus dem Kasten. »Aber sieh selbst.« Sie reichte das Instrument an Luna weiter. Zärtlich, als hielte sie einen Säugling, dachte Luna.

»Muss das sein?« Sie verdrehte die Augen.

»Guck auf den Geigenzettel.«

»Es ist die Geige, die er aus Italien mitgebracht hat und bei euch reparieren ließ, das weiß ich doch.« Wenn es irgendwie ging, vermied Luna auch das Wort *Vater*. Papa hatte sie ihn sowieso nicht mehr genannt, seitdem er weg war.

»Guck auf den Geigenzettel.« Isabells Stimme war sanft, duldete aber keinen Widerspruch. Auch Ronald kam jetzt näher, als Luna die Geige unter die Küchenlampe, die über dem Tisch baumelte, hielt, um mehr Licht in die Tiefen des Instruments fallen zu lassen. Ihre Augen waren gut, doch es war kaum möglich, die verblichenen schwarzen Buchstaben auf dem kleinen Stück Papier, nicht breiter und länger als ihr kleiner Finger, zu entziffern. Sie nahm die Taschenlampe ihres Handys zur Hilfe und leuchtete in die Geige. »*Anna Battisti – Cremona fecit, anno 1951*«, las sie vor. »Genau, Anna Battisti! Deine Großmutter!«

Klar, sie hatte den Namen schon mal gehört, schließlich war ihr zweiter Vorname Anna.

»Sie hat das Instrument 1951 in Cremona gebaut, und da wir wissen, dass damals Frauen zwar Geigen gebaut haben, aber nicht mit einem Zettel zeichnen durften, ist das etwas ganz Besonderes!«

Luna nickte, doch innerlich seufzte sie schon wieder. Und? Was sollte sie mit diesem Wissen anfangen? Sie drehte die kleine Geige in den Händen und griff nach dem winzigen Bogen, der in dem Kasten lag. Mit drei hatte sie die Geige halten wollen und angefangen, zu spielen. Aus freien Stücken. Sie hatte die Violine geliebt, sie sogar mit ins Bett genommen. Es gab ganz entzückende Fotos von ihr, dem kleinen Mädchen mit den dunklen Augen und den zwei Zöpfen und dem Instrument. Eines davon hing immer noch über der Werkbank von Onkel Willi, hatte sie gesehen. Sie klemmte die Violine unter ihr Kinn. Als sie sah, mit welch' gespannten Gesichtsausdrücken Mama und auch Ronald sie beobachteten, legte sie beides wieder zurück und klappte den Deckel zu. Sie hätte ihnen den Gefallen tun können, fühlte sich aber zu schwach dazu. Es ging einfach nicht. Aus. *Basta. Finito.* Cremona und Großmutter Anna interessierten sie nicht, sie hatten keinen Zutritt zu ihrem Leben, mussten also leider draußen bleiben.

»Anna hat sich dem ungeschriebenen Gesetz widersetzt und mit ihrem Namen gezeichnet! Sie war eine Revolutionärin!«

Toll. Da hat sie mir etwas voraus, dachte Luna.

»Wie wäre es, wenn du eine Reise nach Italien machst, nach Cremona, um genauer zu sein. Manchmal hilft es, sich mit seinen Wurzeln zu verbinden!«

»Mama! Ich möchte mich nicht *verbinden*. Ich weiß nicht, was ich überhaupt machen will. Es erscheint mir alles so bedeutungslos. Bei allem, was ich anfange, entgleitet mir nach einiger Zeit der Sinn.« Sie hielt inne. Das war mehr Persönliches, als sie ihrer Mutter in den vergangenen sieben Tagen eingestanden hatte.

»Dann brauchst du vielleicht mehr Achtsamkeit. Ein anderes Land, eine fremde Umgebung hilft manchmal dabei.«

Luna zuckte nur mit den Schultern. *Achtsamkeit!* Das war auch nur so eine Erfindung, um andere Leute belehren zu können, was ihnen fehlte. Sie fühlte sich wie in der Pubertät, bockig, unsachlich und unendlich unglücklich.

»Eine Freundin von dir ist auf dem Weg hierher, sie hat mich gestern in der Werkstatt angerufen, weil dein Handy anscheinend seit Tagen ausgeschaltet ist.«

»Natürlich ist mein Handy ausgeschaltet, ich brauchte Ruhe!«

»Sie kommt heute Vormittag, sagte sie. Ich wusste ja nicht, dass du auf dem Sprung bist. Wohin eigentlich?«

Keine Ahnung, wollte Luna schon sagen, stattdessen fragte sie: »Wer war das? Josina?«

»Nein. Gitta.« Isabell lächelte in Lunas ratloses Gesicht. »Ich muss weiter an der neuen Geige für Robert Gessner arbeiten. Roni, du wolltest auch noch etwas mit mir besprechen?«

»Ja, ein Kollege hat mich gefragt ... ach, das hat Zeit, ich bring dir gleich den Kaffee in die Werkstatt, dann reden wir.« Er schaute Isabell dabei so verliebt an, dass Luna den Blick abwenden musste. *Roni!* Sie freute sich ja für ihre Mutter, aber für dermaßen viel geballte Liebe unter Familienmitgliedern war sie zurzeit einfach nicht empfänglich. »Gitta!«, stöhnte sie. »Was will *die* denn nun wieder?«

»Das wirst du schon hören.« Mama gab ihr einen Kuss auf die Stirn und schwebte mit ihrem federleichten Yogalehrerinnen-Gang aus der Küche.

»Wie, hören? Ich hoffe, ihr habt euch nicht irgend so ein *Rettungsprogramm* für mich ausgedacht!«, rief Luna. »Das hasse ich nämlich«, sagte sie zu Ronalds Rücken.

»Wenn ich mich einem Stück in der Musik annähern möchte und es nicht wirklich schaffe, versuche ich, meinen Abneigungen und den Unruhen in mir auf die Spur zu kommen.« Ronald war immer noch mit dem Espresso beschäftigt. »Aber wenn ich nicht mit mir verbunden bin, habe ich keine Chance.«

»Ah, okay«, sagte Luna höflich. Was hatte das jetzt mit ihr zu tun?

»Und du? Bist du mit dir verbunden?« Er stellte die silberne *caffettiera* auf einen Untersetzer mitsamt einer kleinen Tasse vor Luna auf den Tisch, nahm dann das Tablett, welches er für Isabell liebevoll vorbereitet hatte, und verließ den Raum.

Ob sie mit sich verbunden war? Natürlich, was für ein Quatsch, mit wem denn sonst? Oder? Sie goss sich Espresso ein und schaute auf die tickende Küchenuhr. Ihr Leben verging, egal, wo sie war und was sie tat, ob nun glücklich oder so beschissen drauf, wie in der letzten Zeit, es vertickte einfach so, jede Sekunde ... Noch fünf Minuten, dann würde sie zum Bahnhof aufbrechen. Sie konnte auf die Gittas dieser Welt jetzt keine Rücksicht nehmen.

»Hall-oo-hooo! Jemand zu Hause?«

Oh, nein, war sie das etwa schon? Fuck, warum war sie nicht sofort abgehauen? Einer der Onkel schien Gitta aus der Werkstatt bis vor die Küchentür geführt und dort stehen gelassen zu haben, Luna schloss kurz die Augen, sie war auf dieses Zusammentreffen nicht vorbereitet, sie wollte sich nicht rechtfertigen, sie wollte nichts ... Als sie sie wieder öffnete, stand Michelle Williams mitten in der Küche. Also Gitta. »Meine Liebe!« Sie schoss auf sie zu. »Es tut mir so leid mit deiner Schwangerschaft, aber ich glaube, es ist gut, wenn wir das jetzt machen, du wirst sehen, so ein Ortswechsel ist manchmal sehr heilsam!« Sie entdeckte Lunas Reisetasche auf dem Boden. »Ich sehe, du hast schon alles gepackt? Super, dann kann es ja losgehen! Ich dachte, ich müsste dich erst noch lange überreden.«

Luna sah den ungebetenen Gast nur an und ließ sich von ihm umarmen, Gitta roch nach teurem Parfüm und nach ihrer typischen, konfusen Energie.

»Was meinst du mit *Ortswechsel*?«, fragte sie und freute

sich, wie schwach und leidend ihre Stimme ganz ohne ihr Zutun klang.

»Na, wir fahren doch zusammen nach Cremona. Wegen dieser Nachforschungen über die Geige und so!« Gitta zeigte auf den Geigenkasten und ließ sich auf einen der Stühle fallen. »Es ist übrigens toll, dass du hier aus diesem berühmten Ort kommst. Dieses uralte Haus, die Werkstatt, diese ganze Tradition, dein Onkel hat mir alles gezeigt, der ist ja echt knuffig!« Luna holte Luft, doch Gitta ließ sie nicht zu Wort kommen. »Dass die das alles von Hand machen und so unglaublich viele Stunden brauchen, dreihundert für eine Geige, dreihundert Stunden, oder was hat er gesagt, das ist ja schon wieder echt lustig. Deine Mutter durfte ich nicht stören, aber die ist ja auch ziemlich gefragt, oder? Ich habe sie mal gegoogelt. Eure Familie lässt sich ja zurückverfolgen bis zu diesem ... diesem absolut berühmten Geigenbauer hier im Ort, von Anno dunnemals.«

Ja genau. Die zehnte Generation. Isabell Kreutzners Urururgroßmutter war die Ururenkelin des berühmten Sebastian Klotz. Luna schüttelte den Kopf. Wie oft hatte sie diese Geschichte schon erzählen müssen. »Sorry, Gitta, aber ich wollte gerade nach München zurück, tut mir leid!«

»Ach nein, was willst du denn *da*?« Gitta sprang auf und schaute aus den niedrigen Küchenfenstern. »Cool, wie das hier aussieht. So urig, mit dieser Schlüpfel-Lüpfel-Malerei an den Häusern, oder wie heißt das noch mal? In München vergisst man ja oft, dass man in Bayern ist. Das ist schade, aber lass uns doch los! *Bella Italia* wartet auf uns. Das Auto ist getankt, das Navi weiß, wo es langgeht, heute Abend essen wir die weltbesten *Spaghetti Carbonara* in Cremona! Schatzi hat alles schon für mich gebucht, das macht er immer so gerne. Also lasse ich ihm den Spaß, und du kommst einfach mit! Du musst auch nichts bezahlen, wir wohnen in einem süßen kleinen Hotel direkt an einem Park und an der Piazza Roma. Und das ehemalige Haus von Stradivari ist auch nicht weit!«

»Das ist alles sehr lieb, aber nein, wieso sollte ich mitkommen?«

»Na, sage ich doch, wegen der Geige! Und dir! Deine Mutter hat gesagt, das wäre für dich irgendwie jetzt sehr wichtig. Und ich habe auch noch etwas Besonderes vor! Ein neues Projekt, ich bin total gespannt, was mir alles begegnen wird, denn das wird kein Urlaub, was ich dort mache, sondern ein ernsthafter Arbeitsaufenthalt.«

»Arbeitsaufenthalt? Echt?« Gittas neues Projekt interessierte sie wirklich. Ein junger italienischer Designer, dem Gitta unter die Arme greifen wollte, indem sie eine Boutique für ihn in München eröffnete? Oder wollte sie etwa wieder malen? Beim letzten Mal waren es rote Quadrate gewesen. Oder Straßenhunde aus Oberitalien adoptieren, um mit ihnen ein Münchner Hundeheim zu eröffnen? Was immer es war, es würde verquer, versponnen oder unrealistisch sein, auf alle Fälle eine schöne Ablenkung.

Sie schaute Gitta an, die zurückschaute und dabei selbstbewusst lächelte. Was plante sie? Das wusste man bei ihr nie.

»Verrate ich dir auf der Fahrt. Das Wetter wird ab zehn Uhr besser, sagt meine App, dann können wir offen fahren.«

Natürlich, Frauen wie Gitta benutzten Wetter-Apps, statt in den Himmel zu schauen, und fuhren Cabriolets. Luna seufzte mal wieder, doch jetzt erschien ihr die Reise mit Gitta gar nicht mehr so schlimm. Sie würde sich zurücklehnen und ihr einfach nur dabei zuschauen, wie sie sich in Italien durchschlug.

»Okay«, sagte Luna, »aber ich habe zwei Bedingungen. Erstens: Ich bin nicht deine Reiseleiterin, nur weil ich Italienisch spreche. Zweitens: Wir reden nicht über die Schwangerschaft, nicht über Diamantino, nicht über Kinder, die Liebe, das Leben und schon gar nicht über Geigen!«

»Okay, abgemacht.« Gitta reichte ihr ihre mehrfach beringte Hand. »Mit Stevie rede ich auch manchmal tagelang nur über die Qualität von Rigipsplatten und falsche Aufmaße. Also, er redet, und ich höre zu.« Gitta lachte. »Wären dir diese Themen genehm?«

»Eine Alternative zumindest, ja«, sagte Luna und musste unwillkürlich grinsen, ja, beinahe mitlachen. Das erste Mal seit wie viel Tagen? Sie stand auf. »Na gut, warum nicht. Aber du bleibst hier«, sagte sie zu der Geige und klappte den Deckel des Kastens zu. Aus. Basta. *Finito*.

Vor dem Haus verabschiedete sich die Werkstattbesatzung von Luna, als ob sie zu einer Weltreise aufbrechen würde. »Du machst das Richtige, Madl!«, murmelte Onkel Willi ihr durch seinen dichten Bart ins Ohr. Hubert machte sich am Kofferraum des schnittigen Saab-Cabriolets zu schaffen, das Gitta völlig unbekümmert in der Fußgängerzone geparkt hatte, dann kam er zu ihr und klopfte ihr auf den Rücken: »I hob eich a kloane Brotzeit zamg'stellt und ei'backelt! Esst's immer g'scheid und kimmts g'sund wieda hoam!«

»Ich finde das ganz prima und sehr mutig von dir!«, sagte nun auch Mama und umarmte ihre Tochter lange. Na ja, mutig stimmt schon, dachte Luna. Gitta ist schließlich keine gute Freundin, sondern nur eine Bekannte, vielleicht geht sie mir schon auf der Höhe von Innsbruck auf die Nerven.

Aber die ersten Stunden vergingen wie im Flug, die Berge verschlugen Luna wie immer die Sprache, obwohl sie doch hier geboren war, und es gab einfach nichts, um sich zu beschweren. Ja, sie dachte überhaupt nicht mehr darüber nach, was sie an der Situation auszusetzen haben könnte, sondern genoss die Geschwindigkeit, die Luft, den blauen Himmel, die kurvige Autobahn und die Musik, die aus den Lautsprechern kam und ihr gute Laune machte.

Sie reckte sich auf dem Beifahrersitz und betrachtete ihr Gesicht im kleinen Spiegel der Sonnenblende. »Wir sehen aus wie zwei reiche Damen aus den Fünfzigern mit diesen Tüchern!«

»Schick, oder? Ist aber auch nötig, sonst kannst du dir nachher stundenlang die Knoten aus den Haaren kämmen.« Gitta zupfte an ihrem Seidentuch, das auch sie kunstvoll um den Kopf geschlungen trug. Die dunkle Sonnenbrille von irgendeiner teuren Marke machte sie zu einem echten Star, der nicht erkannt werden wollte.

Schon passierten sie den Brenner, verließen Österreich und rollten über die italienische Grenze. »Ab jetzt geht's bergauf«, rief Gitta, als der Wagen wie von selbst die abschüssige, gut ausgebaute Autobahn hinunterrollte. »Das wird super, ich fühle schon die Inspiration in mir aufsteigen, wie ein Rülpser, der unbedingt rauswill, nachdem man gegrillte Paprika bei euch im ›Il Violino‹ gegessen hat. Kennst du das?«

Luna lachte und nickte. Ein Rülpser, der unbedingt rauswill, na klar, dachte sie wieder, so damenhaft und elegant du manchmal auch wirken willst, liebe Gitta, hier kommt dein wahres Wesen hervor. Aber gut so, mach, was du willst, ich schaue dir einfach dabei zu, wiederholten sich ihre Gedanken. Sie lehnte sich zurück und versuchte, an gar nichts zu denken, was ihr erstaunlich gut gelang.

»Warst du schon oft in Italien?«, fragte Gitta ungefähr hundert Kilometer später. »Ich meine, früher, als dein Vater noch bei euch war?«

Luna hielt die Luft an. Sie hätte auch ihren Vater in die Liste der Dinge aufnehmen sollen, über die auf dieser Fahrt nicht gesprochen werden durfte. »Nein. Kann mich jedenfalls nicht dran erinnern.«

»Also warst du noch *nie* da? Aber du sprichst doch fantastisch Italienisch.«

»Na ja, fantastisch geht anders ...«

»Ach komm, für mich klingt das super!« Gitta sah sie so lange an, dass Luna auf die Straße zeigen musste. »Augen auf im Straßenverkehr!«

»Nur, wenn du etwas über dein Italienisch erzählst!«

»Das ist Erpressung, aber okay: Lorenzo und ich sind in München auf eine italienische Schule gegangen, Mama wollte das so, obwohl mein Vater da schon längst weg war.« Luna wischte mit der Hand durch die Luft, um ihren gleichgültigen Ton zu unterstreichen. Das stimmte nicht ganz, er war genau am Tag ihrer Einschulung verschwunden. »Echte Italiener merken durchaus, dass irgendwas mit unserer Sprache nicht stimmt, ich denke nun mal auf Deutsch, und mein Wortschatz ist echt begrenzt, glaube ich. Ich kenne zum Beispiel so schwierige Worte wie Bruttoinlandsprodukt nicht auf Italienisch, weil ich sie eben nicht brauche.«

»Wie oft warst du also schon in Italien?« Mann, Gitta konnte echt hartnäckig sein.

»Nicht oft. Wir sind manchmal im Sommer an den Gardasee gefahren, Freunde von Mama hatten in Malcesine ein Haus und eins dieser Motorboote aus Holz.«

»Ah, etwa ein Riva-Boot? So eins hatte Alain Delon mal!«

Luna nickte. Alles, was teuer war und einen Markennamen trug, kannte Gitta. »Lorenzo und ich fanden das immer cool, wir lernten im See schwimmen, durften das Boot steuern und verstanden alles, was die Erwachsenen nicht verstanden. Aber als richtige Italiener haben wir uns nie gefühlt. Da fehlte einfach was.« Eine Hälfte, dachte sie.

»Das merkt man heute aber nicht mehr, wenn man Lorenzo so sieht«, sagte Gitta und gab Gas. Die Geschwindigkeitsbegrenzung auf Autobahnen in Italien schien ihr egal zu sein. »Du dagegen ...«

»Was ist mit mir?«

»Na ja ... darf ich ehrlich sein? Ich habe mir vorgenommen, ehrlich zu sein, das brauche ich für mein Projekt nämlich, ich will ehrlich und unverblümt auf die Leute zugehen, sie beobachten, und dann alles, was dieses Land zu bieten hat, verarbeiten zu einem ... aber ach, das verrate ich dir erst später.«

»Ich dagegen ...?«, fragte Luna erneut.

»Ach so, also manchmal habe ich das Gefühl, du willst gar nicht italienisch sein, du bist immer so genervt, wenn man dich darauf anspricht, sorry. Dein Daddy, oder?«

Daddy?! »Ja, der hat Schuld«, sagte Luna nur und kommentierte bis Cremona nur noch ab und zu die Landschaft, die nun flacher wurde, abgeerntete Felder zeigte und hin und wieder von einem verfallenen Gehöft oder einer hässlichen modernen Fabrikhalle unterbrochen wurde.

Das Navi führte sie von der Autobahn in die Stadt hinein, die Häuser waren in angenehmen Ocker- und Orangetönen gestrichen oder bestanden aus den typisch braunroten Backsteinen. Die Straßen wurden zu Gassen, sie umkurvten die für Autos gesperrte Altstadt. Das »Hotel Primavera« lag an einem Park, es war klein, hatte aber bestimmt fünf Sterne, wenn man nach der Ausstattung der Eingangshalle ging. Stevie ist wirklich nicht geizig, dachte Luna bewundernd, er tut alles, um es ihr schön zu machen und die Karriere seiner Frau zu unterstützen, in welche Richtung auch immer. Sie konnten das Cabriolet hinter einem großen Holztor in einem schattigen Hof abstellen, ihr Gepäck wurde auf ein hübsch eingerichtetes Zimmer ganz oben, im dritten Stock, mit Blick auf den Park gebracht.

»Ich habe sogar einen Schreibtisch!«, jubelte Gitta, als sie das winzige Barocktischchen zwischen schweren Vorhängen und Streifentapeten entdeckt hatte. »Hier kann ich gleich anfangen, zu arbeiten, wenn mir danach sein sollte.«

Was hast du denn vor, wollte Luna fragen, als ihr Blick auf einen Gegenstand fiel, der auf einem der Koffer lag. »Ach Shit, was soll das denn!? Wo kommt *die* denn her?!«

»Die Geige?« Gittas Stimme klang gespielt überrascht. »Keine Ahnung!«

»Jetzt verarsch mich nicht! Du wolltest nicht mehr lügen, ehrlich und unverblümt, schon vergessen?«

»Sorry, aber kein Grund, sich so aufzuregen. Dein Onkel Hubert hat darauf bestanden, sie einzupacken. Das wäre ein besonderes Stück, deine Oma hat sie gemacht, wusstest du das? Da konnte ich doch nicht Nein sagen.«

Nein, natürlich nicht. Luna holte tief Luft und warf sich auf die rechte Seite des Bettes, da Gitta schon die linke in Besitz genommen hatte.

»Wie hieß sie noch mal, was hat er gesagt? Anna Barista …?«

»Anna Battisti.« Luna schloss die Augen. Mama hatte Hubert darum gebeten, die Geige in Gittas Auto zu schmuggeln, das war offensichtlich. Was dachte sie denn, was Luna mit dem Instrument tun würde? Es durch die Straßen von Cremona tragen und laut nach Anna Battisti rufen? Nein, die Geige würde hier auf dem Zimmer bleiben, bis sie wieder abreisten, und das war's.

»Willst du dich frisch machen, und dann schauen wir, ob wir etwas zu trinken finden?« Gitta schien Luna ihren Wutausbruch nicht übel zu nehmen, sie schminkte sich in aller Ruhe die Lippen knallrot, ihr Markenzeichen. »Ich brauche jetzt Alkohol zum Entspannen! Aber das hier nehme ich auch mit, eine wahre Schriftstellerin hat immer ihr Notizbuch dabei.«

Schriftstellerin also ... Luna schnaubte unwillkürlich durch die Nase und musste grinsen. Das war das neue Hobby. »Aha! Was wird es denn? Ein Krimi? Sorry wegen eben ... bin ein bisschen gereizt.«

»Kein Ding! Es wird ein Liebesroman mit heißen Szenen, ich glaube, die Welt ist reif für ein neues ›Shades of Grey‹, aber diesmal mit starken Frauen und jeder Menge Latin Lovern! Ich brauche Vorbilder!« Sie schaute sich um, als ob das nächste *Vorbild* hinter den Brokatvorhängen hockte, nur darauf wartend, von ihr entdeckt zu werden.

Luna lächelte: »Oh, da kannst du ja gleich den *portiere* nehmen, der darauf bestand, unser gesamtes Gepäck alleine zu tragen und dabei fast zusammengebrochen ist.«

»Der war leider zu alt, aber hier wimmelt es doch bestimmt von knackigen Typen. Wir sind im Land, wo nicht nur die Zitronen blühen!«

»Wie oft warst du denn schon in Italien?«

»Auch nicht oft. Einmal waren Stevie und ich in Apulien, aber da haben wir das Hotelresort kaum verlassen, und dann ein Städtetrip nach Rom, na ja, Stevie ist nicht so der Sehenswürdigkeiten-Typ. Außerdem war es August und brüllend heiß, wir haben außer dem Inneren des wirklich erstklassigen Rocco Forte Hotels nicht viel gesehen.«

»Also sind wir beide Anfänger.« Luna hatte sich erhoben

und den Geigenkasten in einem der Kleiderschränke verschwinden lassen.

»Aber warst du mit Diamantino nicht bei ihm zu Hause? Er kommt doch aus Sizilien, oder?«

»Nein, irgendwie haben wir das nie geschafft. Dafür waren wir Ski fahren in den Dolomiten. Beide das erste Mal auf den Brettern und von nichts eine Ahnung, das war echt lustig.« Luna seufzte. Da habe ich ihn noch geliebt, schoss ihr durch den Kopf. Na ja, ich habe eben das empfunden, was ich für Liebe halte. Und im Skifahren konnte ich auch so schlecht sein, wie ich wollte, keiner hat Glanzleistungen von mir erwartet.

»Aber seine Mutter und die Schwestern sind ja sowieso in München, den Teil seiner Familie kennst du ja schon.« Gitta schaute Luna prüfend an. »Sind ein bisschen gewöhnungsbedürftig, die drei, oder?«

»Gewöhnungsbedürftig?«, rief Luna. »Das ist noch milde ausgedrückt, die sind echt furchtbar! Reden wir nicht mehr davon, ich ziehe mir nur schnell was anderes an, dann können wir gehen.«

Sie traten aus dem Hotel, und während sich ihnen gegenüber die *Giardini pubblici Papa Giovanni Paolo II* ausbreiteten, waren auf der eigenen Straßenseite Boutiquen und Geschäfte angesiedelt, die mit letzten Sommer-Sonderangeboten lockten und gerade wieder öffneten, dazwischen Cafés und kleine Trattorien.

Sie schlenderten los, das warme Abendlicht wurde von den Farben der Fassaden zurückgeworfen, die Luft war mild und sommerlich, es roch nach geschnittenem Gras, Kaffee, Parfüm und einem Hauch Abgasen. Luna sah sich neben ihrer Spontan-Reise-Begleiterin in einer der Schaufensterscheiben gespiegelt. Gitta, einen halben Kopf größer als sie, hatte ihr blondes, kurzes Haar mit einem bunten Schal versehen, sie trug ein ebenso farbenfrohes Hängekleid und mit Strass besetzte Flip-Flops an den Füßen. Ich dagegen sehe aus wie eine Witwe, dachte Luna, als sie ihre einfache schwarze Jeans, das schwarze, ärmellose Top und den strengen Haarknoten mitten auf ihrem Kopf betrachtete. Obwohl, nicht ganz. Die neue Sonnenbrille reißt es wieder raus. In Trauer war sie trotzdem, oder wie sollte man dieses Gemisch aus planloser Gleichgültigkeit und Steingefühl in der Herzgegend sonst nennen? Sie seufzte. Doch die Stadt gefiel ihr, und in der warmen Abendluft zu stehen anstatt im verregneten München oder herbstlichen Mittenwald, war allemal besser. Aber sie brauchte unbedingt neue Schuhe und ein paar luftige Kleider, kein Problem, in den Läden waren die Sommersachen alle gerade reduziert.

»Frühstück bei Tiffany«, sagte Gitta da auch schon neben ihr und stieß sie in die Seite. »Wir sind ein gutes Paar, für jeden Geschmack etwas dabei, ich spüre schon die Blicke der heißblütigen Italiener in meinem Rücken.« Sie kicherte. »Gut, dass Stevie nicht hier ist!«

Luna schaute sich um. Von heißblütigen Italienern war nichts zu sehen, und auch niemand sonst beachtete sie. Pärchen schlenderten vorbei, Fahrradfahrer schlängelten sich zwischen den Passanten über das Kopfsteinpflaster. Die wenigen attraktiven Männer, die sie sah, trugen weiße Stöpsel im Ohr oder Kinder auf den Schultern. Niemand war alleine unterwegs.

Sie bummelten durch die Straßen, kauften zwei Sommerkleider für Luna, schlenderten weiter und kamen auf ihrem Weg auch an zwei Geigenbauerwerkstätten vorbei. Etwas verwirrt stellte Luna fest, dass die Geigen und Celli in den Schaufenstern nach ihr zu rufen schienen. Komm! Komm doch näher, oder traust du dich nicht?

Lasst mich in Ruhe, ich bin nur zum Zuschauen hier, gab Luna zurück und war froh, dass Gitta mehr von den Boutiquen als von allem anderen in Anspruch genommen war. Sie gingen weiter, bis sie an den nicht zu übersehenden Dom mit seinem großen Platz kamen.

»Hier müssen wir uns setzen, guck dir das an!« Gitta zückte ihr Handy und fotografierte die eindrucksvolle Fassade des Doms und den Turm mit der aufgemalten, riesigen Sonnenuhr daneben. Luna suchte sich einen der vielen freien Tische im Schatten aus und setzte sich. Sie war erschöpft, sie würde sich in Gittas Fahrwasser ein paar weitere Tage ausruhen, gut essen, viel schlafen, nicht viel denken. Doch ihre Gedanken machten den letzten Punkt der Liste sofort wieder zunichte. Hier, über dieses Pflaster war ihre Großmutter garantiert mehr als hundert Mal gegangen, das war eine Tatsache, die sie nicht verleugnen konnte. Na und? Hat sie das eben getan, sagte sie unhörbar und griff nach der Karte auf dem Tischchen. Lieber einen Kaffee oder doch schon einen *aperitivo*? Sie hatte sich noch nicht entschieden, als Gitta an den Tisch trat. »Ich brauche Zigaretten, gibt es die da vorne in dem Zeitungskiosk, an dem ›La Repubblica‹ dransteht?«

»Ich glaube, die gibt es nur beim *tabaccaio*, neben den Zeitungen ist ein kleiner Laden, siehst du das T oben über der Tür?«

»Okay! Du brauchst keine?«

»Danke, ich habe mit dem Rauchen immer noch nicht angefangen.«

Gitta zog los. Nach drei Minuten war sie zurück. »Hey, ich habe was entdeckt«, rief sie, ziemlich atemlos. Sie sollte nicht so viel qualmen, dachte Luna, und blickte dem Kellner entgegen, der sich ihnen näherte.

»Was *richtig* Tolles habe ich entdeckt«, wiederholte Gitta. »Wie heißt deine Großmutter noch mal?«

»Warum?«

»Nun sag schon!«

»Battisti. Anna Battisti«, antwortete Luna widerwillig.

»Genau! Habe ich's mir doch richtig gemerkt, das war der Name! Neben dem Tabakladen ist ein ziemlich schicker Geigenladen, von einem gewissen, na, rate mal! *Angelo* Battisti! Hier, ich habe ein Foto gemacht, weil diese Namen für mich alle so ähnlich klingen und ich sie immer verwechsle. Schau!«

Sie hielt ihr das Handy hin. Ein Schaufenster, auf dem eine schön geschwungene Schrift prangte. *Angelo Battisti. Liutaio.* Dahinter eine sehr rote, sehr dunkle Geige. Luna fühlte, wie ihr Herz plötzlich losraste. Konnte das denn sein? Hatte sie die Nachfahren ihrer Großmutter sofort gefunden, ohne überhaupt gesucht zu haben? *Es könnten meine Großcousins und -cousinen sein oder vielleicht sogar Onkel und Tanten…* dachte Luna. Nein, das war ihr alles zu viel!

»Die haben jetzt geöffnet, ich glaube, ich habe einen Mann darin gesehen! Wie hieß der Vater deiner Großmutter, weißt du das?«

»Nein.«

»Dann ruf deine Mutter an, die kann dir das bestimmt sagen!« Gitta schaute Luna an. War da ein Vorwurf in ihrem Blick? »Aber jetzt brauche ich erst mal einen Drink!«

»Ich auch!« Luna war froh, dass ihre Freundin von ihrem Vorhaben abgelenkt zu sein schien. *Warten wir ab, ob sie nach zwei, drei Drinks wirklich darauf besteht, mich zu dem Geigenbauer zu schleifen,* dachte sie.

Erster Rückblick
Anna Battisti - 1937 (10 Jahre)

Anna lief über den Domplatz, ihre Holzsandalen klapperten über die quadratischen Steine, die Gummibesohlung war schon wieder abgelaufen. Sie war auf dem Weg nach Hause, froh, die Schule für diesen Tag geschafft zu haben. Sie ging nicht gerne in die Schule, sie träume zu oft, sagte die *maestra* und knallte dann mit dem Zeigestock auf ihr Pult, nachdem sie sich durch die Reihen angeschlichen hatte. Jedes Mal fuhr Anna der Schreck bis in die Fußspitzen.

In den Klassenzimmern der Schule hingen überall dieselben Dinge an der Wand. Zwischen dem Foto des Königs und dem von ihrem Führer, dem Duce, hing immer das Kreuz. Darunter eine kleine italienische Flagge, eine Bronzetafel für den unbekannten Soldaten und ein Kalender, in dem alle Feier- und Festtage eingetragen waren. Für den Duce mussten sie sich in der Schule anstrengen. *Glauben, gehorchen, kämpfen* stand an der Mauer des Schulhofs. Auf den Schulbüchern war eine Zeichnung ihres Führers, außerdem Jungen und Mädchen in Uniform, die ihm salutierten. Sie und alle ihre Klassenkameradinnen waren bei den *Piccole Italiane*, die Jungen aus der Schule nebenan, bei den *Balilla*. Für die Uniform, das weiße Hemd, den schwarzen Rock und das blaue Halstuch hatte sie nur wenige Lire bezahlen müssen. Sie machten Spiele dort und sangen die Lieder, die sie nun auch in der Schule sangen, und waren bei den Aufmärschen durch die Gassen der Stadt dabei. Am Samstag, dem *sabato fascista*, machten sie Gymnastik im Hof, und die Jungs nebenan marschierten, die älteren übten mit ihren Musketen. Viel Spaß machte es Anna nicht, doch wenn man nicht krank war, musste man daran teilnehmen.

Papa wollte nicht, dass Anna dort mitmachte, es wäre gefährlich gewesen, als Einzige nicht dabei zu sein. Sie saß doch schon in der zweitletzten Reihe, denn sie gehörte zu den ärmeren Schülerinnen, aber noch nicht zu den ganz Armen, die in der Via del Sale wohnten und zusammen mit den Wiederholerinnen ganz hinten sitzen mussten. Vorne saßen die Reichen, in der Mitte die, deren Eltern einen Laden hatten oder in der Gemeinde angestellt waren. Wie konnte die *maestra* wissen, wer zu Hause viel Geld hatte und wer keines, hatte Anna sich in der ersten Klasse gefragt. Wo jedes Mädchen doch die Uniform trug? Erst als sie älter wurde, hatte sie alles verstanden. Es war ganz einfach: Die Lehrerin musste sich nur anschauen, von wem sie zur Schule gebracht wurden, und was für Kleider diese Personen trugen. Und noch ein anderes Zeichen gab es, das nie trog: die Strümpfe. Die der Mädchen aus der ersten Reihe reichten ihnen bis an die Knie, im Winter waren sie noch länger. Je weiter man nach hinten kam, desto kürzer wurden die Strümpfe, langten nur noch bis zu den Knöcheln, und die in der hintersten Bank kamen entweder ganz barfuß oder trugen Holzpantoffeln wie Anna. Sie spürte die Ungerechtigkeit, ihr gefiel diese Unterscheidung nicht, deswegen unterhielt sie sich in den Pausen mit denen aus der Via del Sale, obwohl sie wusste, dass die *Signora Maestra* das nicht gerne sah. Die Mädchen aus dem armen Viertel hatten lustigere Sachen zu erzählen als die aus den vorderen Bänken, und sie teilten ihr Pausenbrot untereinander, das wegen seiner Form *'na pistola* genannt wurde, während die reicheren Kinder feines *veneziana* aus der *pasticceria* Lanfranchi verdrückten.

Anna warf einen Blick nach oben. Hier am *duomo* war die Stadt weit und offen, der blaue Himmel spannte sich vom hohen Torrazzo und von der Domfassade bis zum Baptisterium, über die Loggia dei Militi und das Rathaus, und die Sonne strahlte auf die schönsten und reichsten Geschäfte. In ihrem Viertel waren die Straßen nicht so prächtig gepflastert, sondern schlammig, wenn es geregnet hatte. Heute war der 22. September, ihr Geburtstag, der Duce war in München bei seinem Freund und Verbündeten Adolf Hitler, schrieben die Zeitungen, die am Kiosk hingen, doch für sie war es bis jetzt ein Tag wie jeder andere. Papa hatte ihr früher manchmal etwas geschnitzt, wunderschöne kleine Holzfiguren, aber in diesem Jahr war er noch nicht in der Lage, ihr etwas zu schenken. Wenn er überhaupt noch daran denken würde, ihr zu gratulieren, wäre das schon viel. Anna merkte, wie ihr die Tränen in die Augen stiegen. *Mamma* war seit drei Monaten, zwei Wochen und vier Tagen von ihnen gegangen. Sie war immer dünner geworden, hatte am Ende das Bett nicht mehr verlassen können, und Anna hatte sich vor dem Geruch, der sie wie eine Wolke umgab, ein wenig geekelt, denn *mamma* hatte gerochen wie die Felle der Hasen beim Schlachter, wenn sie in der Via Carpucci in der Sonne lagen. Anna schämte sich für den Vergleich, aber so war es eben gewesen. Zia Maria und die Frauen, die jeden Tag gekommen waren, um *mamma* zu waschen, hatten sich zum Schluss ein Tuch vor Mund und Nase gebunden, auch dafür hatte Anna sich geschämt.

Teresina Cavicchioli war hinweggeschmolzen wie ein oft

benutztes Stück Seife, hatte aber eben nicht so gerochen, ihre Haut wurde überall an ihrem Körper gelblich und feucht, sie war einfach nicht mehr gesund geworden, und jetzt war sie weg. Unter dem Stein auf dem Friedhof war sie jedenfalls nicht, Anna konnte sie da nicht spüren, sie spürte sie nirgendwo. Nur noch sie und *babbo* waren da. Und natürlich *mammas* Schwester Maria, übrigens Annas Patentante und mit einer Herzschwäche geschlagen, die sie aber nie von einem Arzt hatte untersuchen lassen. Den ganzen Tag klagte und hoffte sie, dass ihr Mann Vincenzo noch aus dem Afrikafeldzug zurückkehren würde. Der Krieg war seit einem Jahr beendet, nachdem die Hauptstadt Addis Abeba eingenommen worden war, aber es wurde immer noch gekämpft, stand manchmal in den Zeitungen. Marias Sohn Giacomo war gerade mal drei Jahre alt, aber irgendetwas stimmte nicht mit seinem Kopf, der war nämlich schon seit seiner Geburt zu groß, und er hatte noch nicht mal angefangen, zu sprechen.

Anna mochte Giacomo trotzdem, doch es ist schon sehr traurig bei uns, dachte sie in diesem Moment. Als ob jemand eine Decke von Unglück über uns geworfen hat, unter der wir ersticken sollen. Die Werkstatt, der bisher schönste Platz im Haus, ist auch nur noch dunkel und beinahe gruselig, weil es immer so still darin ist. Sie sehnte sich danach, wieder an der Werkbank zu stehen und ihrem Vater zuzuschauen, wie er das Holz für eine Geige aussuchte. Er klopfte daran und hielt es sich ans Ohr, er wog es in den Händen, er rieb mit seinen kräftigen Daumen daran herum.

Anna hatte es ihm mit einem anderen Stück Holz nachgemacht, sie horchte auf den Klang und ließ sich von *babbo* immer wieder erklären, worauf sie achten musste. Wenn er dann die beiden schräg geschnittenen Hölzer aus Fichte zusammenleimte und das richtige Stück Ahornholz für den Boden gefunden hatte, wusste Anna, er würde wieder mit einer Geige beginnen! Sie verfolgte liebend gern jeden seiner Arbeitsschritte, die sie schon von klein auf kannte. Das Aufzeichnen der Form, dann das Aussägen und schließlich das wochenlange vorsichtige Abtragen des Holzes. Erst mit dem Abstoßeisen, dem sogenannten *sgorbia*, dann mit immer feineren Instrumenten, die er selbst gebaut hatte. Er bog die dünnen Streifen für die Seiten auf einem erhitzten Rundeisen zurecht und schnitzte tagelang an den Schneckenwindungen, dem *riccio*, bis sie in besonders feinen Kreisen geschwungen waren. Sein Markenzeichen.

Als Anna an diesem frühen Nachmittag in die Viale Etrusco bog, biss sie die Zähne zusammen. Seit dem Tod der Mutter hatte ihr *babbo* nur noch auf seinem Hocker gesessen und seine Hände nicht einen Millimeter bewegt. Er hatte nicht gearbeitet, und wenn Anna nicht von Zia Maria und den Nachbarfrauen zu essen bekommen hätte, wären sie verhungert. Doch heute war etwas anders. Sie sah es schon von außen: Die Fenster standen auf. Schnell trat sie ein, warme Luft und Licht erfüllten die kleine Werkstatt, es war, als ob der milde Herbsttag die Hoffnung auf etwas Neues, was bald beginnen würde, mitgebracht hätte.

»*Figlia mia!*« Ihr Vater nahm sogar wahr, dass sie eingetreten war.

»Ja?«

Zögernd näherte sie sich ihm. Er konnte manchmal recht streng sein, und wenn er so traurig wie in den letzten Wochen war, auch ungerecht. Ob er an ihren Geburtstag gedacht hatte? Sie wagte nicht zu atmen in seiner Gegenwart.

»Hier, nimm dieses Stück Holz, und sag mir, ob es gut ist!«

Anna lächelte. Sollte sie wirklich die Probe machen? Sie nahm das leichte Stück Fichtenholz, das auf einer Seite dicker war als auf der anderen, und klopfte an mehreren Stellen dagegen.

»Ich möchte, dass du dich daran versuchst, mein Kind! Herzlichen Glückwunsch zum Geburtstag!«

»Danke *babbo*!« Ihn zu umarmen traute sie sich nicht. Er war einfach kein Vater, bei dem das ging. »Ich soll ... wirklich? Aber es ist doch kostbar!«

»Vielleicht ist auch schon der Holzwurm drin, von außen sieht man nichts, aber das kann sich auch spät noch zeigen. Ein Stück vom selben Baum war bereits ruiniert. Hoffen wir, dass dieses nicht befallen ist!«

Anna schüttelte den Kopf. Bestimmt nicht. Sie war so glücklich wie schon lange vor *mammas* Tod nicht mehr. Und dabei hatte die Krankheit über zwei Jahre gedauert. Aber nun! Sie durfte tatsächlich Papas Arbeit machen!

»Vorher lauf aber doch bitte noch in die Via del Re und hol dort bei Signore Tommaso etwas ab für mich. Ich brauche Mastix und Kampfer, um den Lack herzustellen. Muss die Rote noch einmal lackieren, die steht jetzt schon fünf Jahre im Regal.«

»Wenn du sie wieder schön machst, vielleicht kauft sie dann ja jemand?«

Babbo nickte, doch Anna wusste, dass sein Geschäft schon einige Zeit vor *mammas* Tod nicht gut gelaufen war. Es war schon lange kein Kunde mehr da gewesen, kein Musiker, keine Eltern, die für ihre Kinder ein Instrument kaufen wollten, keine Händler, die mit den Cremoneser Geigen woanders in der Welt ihr Glück versuchen wollten.

Anna machte sich sofort auf den Weg, um dann Zeit für ihr Holz zu haben. Ihr eigenes Stück Klangholz! Sie musste an der großen Baustelle am Piazza Francese vorbei. Monate zuvor waren viele kleine Häuser abgerissen worden, an einer Seite hatten sie mit Pferdekarren eine große Baugrube ausgehoben, abgestützt mit zahlreichen Holzpflöcken. *Babbo* sagte, die Faschisten würden eine Menge Geld ausgeben, um überall neue Gebäude zu errichten. Auch die Galleria 23 Marzo war entstanden, nach dem Tag benannt, an dem der Duce die Partito Nazionale Fascista im Jahre 1919 gegründet hatte. Leider hatten Stradivaris ehemalige Werkstatt und sogar der kleine Friedhof, auf dem er begraben worden war, der riesigen Halle mit den Marmorsäulen und den vielen Geschäften darin weichen müssen.

Anna lief am Palazzo Comunale vorbei. In einigen Räumen sollte es bald eine große Ausstellung geben, in der alle noch erhaltenen Geigen, die der Maestro Stradivari in seinem Leben gebaut hatte, gezeigt würden. Der Bürgermeister, so hatte ihnen die *maestra* Gianetti mit stolzer Stimme erzählt, sagte, es sei eine Schande, dass sie irgendwo in der Welt verstreut seien. Also wurden sie pünktlich zum zweihundertsten Todestag von Stradivari nach Cremona zurückgebracht. Ob sie mit der Schule dort auch hineingehen würden, um Stradivaris Geigen anzuschauen? Sie würde alles dafür geben! Und sogar Rechnen dafür ausfallen lassen, ihr Lieblingsfach. Das Auto des Bürgermeisters stand davor. Der Bürgermeister, *il sindaco*, gehört auch zu denen, die uns ins Unglück führen werden, hatte *babbo* neulich gesagt, als sie vor dem Haus in der Gasse saßen. Und der Farinelle, dieser Betrüger, erst recht. Farinelle war vor einigen Jahren sogar zum Parteisekretär des Duces geworden. Er nannte sich seitdem seine »rechte Hand«, ausgerechnet … dabei fehlte ihm doch der ganze Arm. Jahre zuvor hatte Farinelle sich von Nino, dem Schneider im Ort, eine weiße Uniformjacke für den Afrikafeldzug nach Abessinien nähen lassen. Der Duce hatte sofort auch so eine haben wollen und bekam sie natürlich auch. Als Dank hatte der Duce dem Schneider zwei Wandteppiche geschickt, die nun in dessen Werkstatt hingen. Farinelle ist ein Lügner, hatte *babbo* behauptet, der hat dem Duce gesagt, er hätte seinen rechten Arm im Kampf in Afrika verloren. Dabei wissen wir alle genau, dass er beim Fischen mit einer Handgranate nicht aufgepasst hat. Ihr Nachbar Romolo hatte gezischt, dass er seine Meinung mal lieber für sich behalten sollte, es gäbe eben gerade keine anderen Möglichkeiten. »Entweder bist du Faschist oder du tust so oder du stellst dich todkrank oder hörst gleich auf zu existieren …!« Ob er nicht von Signora Maddalena gehört hätte? Die hätte man eines Abends auf dem Corso Garibaldi aufgehalten, sie hätte den Polizisten nicht die richtigen Antworten gegeben, man hätte sie verhört und nach Reggio Emilia gebracht, seitdem säße sie dort im Gefängnis, registriert als Antifaschistin. *Babbo* hatte unwillig vor sich hingemurmelt, war aber seitdem vorsichtiger. Außer der Signora Maddalena waren schon so viele andere Menschen verschwunden, hatte Anna später gehört, besonders die Juden hatten es schwer. Niemand beschützte sie, es sollte auch ein Lager in der Nähe geben, in dem sie leben mussten. Anna hatte vorher nicht gewusst, wer Jude war und wer nicht. Sie hätte gerne mit ihnen geredet, weil sie Mitleid mit ihnen hatte und es eine große Ungerechtigkeit war! Aber Mussolini war nicht die Signora *Maestra*, die man einfach übergehen konnte, indem man mit den Kindern sprach, die sie verachtete. Bei dem Duce musste man vorsichtiger sein, er war überall und hörte alles, was man über ihn sagte!

Anna überquerte den Platz vor dem Dom und lief weiter durch die enger werdenden Gassen. Minuten später stieß sie eine Ladentür auf. »*Buona sera*, Signore Tommaso!«, grüßte sie den alten Mann, der in seinem winzigen Kabuff hinter vielen

Flaschen, Gläsern, Säcken und Farbdosen beinahe unsichtbar war. Die Geruchsmischung im Laden war überwältigend. Bei dem Händler bekam man alles, von Kalk, Pigmenten und Terrakottapulver über Kolophonium, Gummi Elemi und Mastix bis Schellack und Propolis. Ihr Vater rührte daraus seine einzigartige Lackmischung zusammen. »Mein Vater braucht Mastix und Kampfer, können Sie es anschreiben lassen?«

»Natürlich, *ragazza*. Aber er hat doch wieder einen neuen Auftrag?«

»Ja ja, er baut wieder. Eine Neue! Eine Viola wird es diesmal.«

»Eine große also, da braucht er viel Lack!«

»Ich komme bestimmt bald wieder, Signore Tommaso, dann bringe ich Ihnen Geld, ganz viel!«

»Du bist ein gutes Mädchen, Anna, Gott schütze dich!«

Anna dankte dem alten Mann, nahm die Tüte an sich und eine letzte tiefe Nase des Duftes, bevor sie den kleinen Laden verließ.

Zurück im Haus in der Viale Etrusco konnte sie ihren Vater nicht finden. Weit konnte er nicht sein. Anna ging durch die leere Werkstatt, sie stellte die Tüte mit den Ingredienzien für den Lack auf die Werkbank und schlüpfte durch die Hintertür in den Hof, wo unter einer steinernen Pergola eine Menge Holz lag. Das gute Holz für die Geigen war hier im Freien natürlich nicht dabei, das bewahrten sie in der Halle dahinter auf. Anna drückte die Klinke hinunter, öffnete die hohe Tür und betrat das Lager. Die großen Fenster oben in den Wänden waren von Spinnweben bedeckt. Seitdem *mamma* tot war, hatte hier niemand mehr sauber gemacht. Und sie war zu klein und durfte nicht auf Leitern steigen. Und auf die Empore durfte sie auch nicht. Aber obwohl es nicht so sauber wie früher war, roch es auch hier köstlich, noch besser als bei dem alten Signore Tommaso oder in *babbos* Werkstatt. Das Holz musste trocken liegen, doch nicht *zu* trocken, und von allen Seiten belüftet sein. Ihr Vater hatte ihr genau erklärt, welches die optimalen Bedingungen waren, und sie hatte aufmerksam zugehört. Sie betrachtete den Vorrat an Klangholz aus dem Val di Fiemme, den der Vater gekauft hatte. Das muss jetzt zehn, zwanzig Jahre ruhen, hatte er gesagt, und ihm einen extra Platz in dem Regal gegeben, mit kleinen Klötzchen zwischen den Hölzern, damit die Luft von allen Seiten Zugang hatte. In zehn Jahren würde sie zwanzig und schon eine richtige Frau sein! In zwanzig Jahren war sie schon uralt, nämlich dreißig! Wie sie dann wohl war?

»Merkt euch, wie ich heute bin, und erinnert mich später daran«, flüsterte sie den Holzscheiten zu. Sie ging zurück in die Werkstatt, um auf *babbo* zu warten, denn er war immer noch nicht zurück.

Als sie die Tüte mit den Zutaten für den Lack auspackte und für *babbo* gut sichtbar auf die Werkbank stellte, fiel ihr der geöffnete Briefumschlag auf, der wie zufällig zwischen den Gläsern von neunzigprozentigem Alkohol und den Terpentinölen steckte. Anna stellte sich auf die Zehenspitzen, zog ihn hervor und schaute auf den Absender. Sie entzifferte den Namen ihrer Tante, *babbos* jüngste Schwester, die mit ihrem Mann nach Avignon gezogen war. Das lag weit weg, in Frankreich, hatte *babbo* ihr erklärt. »La Monica kommt nicht zurück, um sich um dich zu kümmern, Anna. Die nicht, die schwingt eher große Reden, denn sie ist mit Leib und Seele Kommunistin!«, hatte er wütend gerufen, als es *mamma* immer schlechter ging. »Aber als Kommunistin sperrt man sie hier sofort ein. Soll sie also lieber da bleiben …«

»Und Emilia?«, hatte Anna schüchtern gefragt. Emilia war *babbos* andere Schwester, die auf Sizilien in Marsala lebte. Sie wohnte in der Via Ballerino, in der Straße des kleinen Tänzers, den Namen fand Anna wunderschön, viel schöner als ihre Straße der Etrusker, aber dagegen konnte sie wohl kaum etwas machen …

»Die schon eher, aber das möchte ich nicht. Wie ich sie kenne, will sie dich gleich zu sich nehmen, sie hat ja keine Kinder, die Ärmste. Und ihr Mann, der Salvatore, nun, der ist einer von der undurchschaubaren Sorte, der gerne trickst und sich überall seinen Vorteil erschleicht …«

Anna war froh, dass niemand kommunistische Reden vor ihr hielt oder sie nach Sizilien holte, obwohl sie sowohl La Monica als auch Emilia gerne hatte. Sie nahm den Brief und las:

»Lieber Giorgio, ich hoffe, es geht euch wieder ein wenig besser. Der Tod von Teresina bricht mir immer noch das Herz! Möge sie in Frieden ruhen und ihr selbst auch Frieden finden. Michele und ich versuchen, uns einzugewöhnen, die Sprache ist schwer, doch eins ist gewiss, wir sind unter Gleichgesinnten! Wir haben eine recht schöne Wohnung mit fließendem Wasser und modernen Öfen, und der Handel mit Leinen und Stoffen auf den Märkten könnte besser nicht laufen. Ich könnte also wirklich glücklich sein, wenn da nicht Mussolini wäre und der andere Verrückte, Hitler, denn beide wollen nur eins: den Krieg – das Zerstörerischste, was es gibt auf der Welt. Wenn ich daran denke, dass ihr, meine Familie, meine Cousins und Onkel, und du, mein Bruder, euch vielleicht schon morgen gegen uns wendet, um uns zu töten, und wir gezwungen sind, wiederum etwas gegen euch zu tun, werde ich verrückt! Es ist furchtbar! Aber was mich vollends wahnsinnig macht, ist zu sehen, wie die Italiener immer mehr erblinden, sie gehen mit geschlossenen Augen durch die Welt, und je mehr sie zu Barbaren werden, desto größer ist ihr Durst nach Blut! Es ist mir schon klar, dass es nicht die

Schuld des italienischen Volkes ist, dass Mussolini euch streng an der Kandare hält. Er lässt euch schon so lange Lügenmärchen erzählen, die ihr bereitwillig glaubt. Dabei ist doch alles, was die italienischen Zeitungen schreiben, gelogen, alles, was sie im Radio erzählen auch. Es gibt nur eine Wahrheit: Mussolini und Hitler wollen es wie Napoleon machen, sie wollen die Länder und Kolonien besetzen, wollen rauben, was ihnen nicht gehört. Die Italiener haben mit ihren chemischen Waffen schon die Abessinier angegriffen und abgeschlachtet und dann einfach ihr Land genommen. Die Deutschen haben das Rheinland besetzt, das ihnen gar nicht zusteht, und nun wollen sie diese Methode auch gegen Frankreich, England und andere Länder einsetzen. Aber seid vorsichtig! Die freien Länder wollen frei bleiben, sie hassen den Krieg und die Aggression, doch wenn sie attackiert werden und ihre Freiheit beschnitten werden soll, werden sie sich wehren! Denn ihr wisst, dass Frankreich, England und die anderen Länder so viel stärker sind als Italia und sein Verbündeter. Mussolini ist dabei, euch in den Ruin zu treiben. Wenn er so weitermacht, werdet ihr kein Brot mehr essen, sondern Kanonen fressen!

Was macht die kleine Anna? Ich hoffe, sie wächst und wird schlau, damit sie eines Tages eine tapfere Kämpferin für den Frieden und die Gerechtigkeit auf dieser Welt wird! Ich vermisse euch: Monica

Anna zog die Augenbrauen hoch. Tapfere Kämpferin? Sie? Für den Frieden und die Gerechtigkeit würde sie gerne kämpfen. Aber wie? Würde sie ihre Uniform ausziehen und sich mit den kleineren *figli e figlie della lupa*, den Söhnen und Töchtern der Wölfin, prügeln müssen, um weiterhin Brot zu essen und keine Kanonen? Nein, das war unmöglich. Anna steckte den Brief wieder zwischen die Gläser, sodass man ihn kaum mehr sehen konnte. Denn das, was La Monica da über Mussolini und Hitler, den treuen Freund und Verbündeten Italiens, schrieb, war sehr gefährlich für sie alle, soviel wusste sie.

4

»Am besten, wir holen die Geige noch vorher aus dem Hotel und nehmen sie gleich mit, wenn wir bei diesem Battisti vorbeigehen«, drängte Gitta.

Luna zuckte mit den Schultern. Sollte sie wirklich in die Werkstatt reinplatzen?

»Meine Mutter wird immer sehr ungern gestört, wenn man nicht ein ernsthaftes Anliegen hat, das ein Instrument betrifft. Dieses Instrument sollte Geige, Bratsche oder Cello heißen, alles andere interessiert sie nicht.« Luna runzelte die Stirn, nach einer stärkeren Entschuldigung suchend. »Touristen, die einfach nur neugierig schauen, jede Menge Fragen stellen und weder von Musik noch von Geigen den leisesten Schimmer haben, werden von ihr mit einem freundlichem, aber unbeteiligten Blick an Onkel Hubert weitergegeben.«

»Aber du hast ein Anliegen *und* eine Geige«, sagte Gitta. »Und eigentlich ist es doch auch ganz spannend, ein paar Nachforschungen anzustellen, oder?«

Nein. Luna schüttelte den Kopf. Wie sollte sie das erklären? Was immer sie auch herausbekam, es würde ihre Zukunft beeinflussen, jede neue Information würde sie zum Nachdenken zwingen. Wem gehörte die Werkstatt jetzt? Wie waren sie miteinander verwandt? Wollte sie das wissen? Nein. Wozu? Sie würde sich keinesfalls in das Leben von Angelo Battisti einmischen, sie kam ja schon mit ihrem eigenen kaum klar.

»Nun erzähl doch mal von deinem Roman«, sagte Luna eine halbe Stunde und zwei Campari Orange später. Gitta probierte sich zum wiederholten Mal hoch konzentriert durch die reichlich servierten *stuzzichini*, die vor ihnen standen. Kleine Spieße mit Tomaten, Mozzarella und Oliven, weiche Weißbrotquadrate mit Sardellenpaste, briefmarkengroße Stücke Focaccia, Chips und Erdnüsse. »Köstlich«, sagte sie mit vollem Mund statt einer Antwort, »da brauchen wir ja gar nicht mehr essen zu gehen!«

»Das ist schon sehr lecker, was sie hier auftischen«, gab Luna zu. Die Kanapees mit den Sardellen könnte man im »Il Violino« auch als *amuse gueule* servieren, dachte sie, bevor ihr einfiel, dass sie über so etwas ja nicht nachdenken wollte. »Ist ja auch der Domplatz.«

»Ein magischer Ort, an dem sich zwei Unbekannte treffen!« Gitta ließ von den Nüsschen ab und fotografierte mit dem Handy einmal in die Runde. Klick. Klick. Klick. »Muss ich Stevie schicken!«

»Dein Roman soll also in Cremona spielen?«

»Vielleicht? Bin mir noch nicht sicher, aber wenn sich zwei Leute hier vor dieser Kulisse ineinander verlieben, das macht doch Eindruck, oder?«

»Klar.« Luna lächelte sie an und winkte den Kellner in seiner weißen Jacke heran. Wenn Gitta nur genug trank und ins Erzählen kam, würde sie für heute Abend den Geigenbauer vergessen. Doch Gitta wollte keinen dritten Drink, und das war vielleicht besser so, denn ihre Geschichte klang auch jetzt schon verwirrend genug … »Also, die Frau ist eine erfolgreiche Architektin, ihr Mann hat sie betrogen und sich danach für tot erklären lassen, und sie kommt nach Italien, um ihn zu suchen.«

»Also ist er gar nicht tot?«

»Nein, aber sie glaubt es. Und dann auf der Suche verliebt sie sich in einen gut aussehenden Unbekannten, der ihr folgt und dann einfach so hilft, aber sie fühlt sich deswegen natürlich schlecht!«

»Natürlich.« Luna musste sich das Lachen verbeißen. Was sollte das denn für ein Buch werden?

»Und als sie ihren Ex dann sieht, na ja, da passiert was Furchtbares, aber das weiß ich noch nicht so genau. Das Ganze spielt später auch noch auf einer Insel, weil ich das Meer so liebe.«

»Cremona ist aber keine Insel«, sagte Luna streng.

»Hey, das weiß ich doch«, Gitta schaute einen Moment lang verträumt auf die weißen Marmorfiguren an der Domfassade, »aber das ist ein super Titel! *Cremona ist keine Insel.* Wow, wie toll, ich sehe schon das Cover vor mir … Wellen und ein Boot und eine Geige …?« Sie hatte sich vom *duomo* losgerissen und strahlte Luna an. »Ich brauch nur noch ein paar Vorbilder für meine Hauptfiguren.« Ihre Augen wurden schmaler, während sie Luna fixierte.

»Auf keinen Fall. Nimm bloß nicht mich!«, wehrte Luna ab.

»Nur äußerlich, keine Sorge, aber warum nicht? Du siehst so hübsch aus mit deinen dunklen Augen und den Haaren und diesem weich geschwungenen Mund, das kann ich toll beschreiben, und dann einen markanten Typ dazu, das *Love Interest*, nicht der Ex-Mann, nein, der Ex-Mann ist hässlich. Der hat ein gespaltenes Kinn, so ein Popo-Kinn, weißt du, was ich meine?«

Luna schüttelte den Kopf, doch nun schnaubte sie laut, fast schon ein Lachen. Weich geschwungener Mund? Popo-Kinn? Die Geschichte fing an, ihr Spaß zu machen. »Was ist ein *Love Interest*?«

»Der oder die, in den die Hauptfigur sich verliebt!«

»Warum heißt das nicht einfach *der Lover*? *Die Loverin*?«

»Keine Ahnung. Das steht so in dem Buch, das ich gerade lese: ›Mein Bestseller in vier Wochen‹.«

»Und die Frau ist Italienerin?«

»Nein, wieso?«

»Wenn sie so dunkel ist wie ich?«

»Ach so, ach, keine Ahnung, vielleicht mache ich sie doch wieder rothaarig.«

Luna seufzte, diesmal erleichtert. Die Gefahr, in Gittas Buch zu landen, war relativ gering.

»So, dann wäre das ja geklärt«, sagte Gitta in diesem Moment, »ich zahle, und dann gehen wir los, zum Geigenmann!«

»Ich hole die Geige aber nicht extra aus dem Hotel.« Luna trank den Rest Campari aus.

Gitta verdrehte die Augen. »Aber das ist doch unser Beweisstück!«

»Das wir nicht brauchen. Ich frage erst mal nur nach Anna Battisti. Danach wissen wir mehr!«

»Wie du meinst, du sprichst ja schließlich Italienisch, und ihre Enkelin bist du auch, wenigstens das können wir *safe* sagen.«

Lunas Blick schweifte über den Domplatz. Die Schatten waren an der Fassade des Doms hochgeklettert, die zahlreichen Figuren aus weißem Marmor lagen nicht mehr im Sonnenlicht. Auch das Zifferblatt der großen Uhr, das auf den Turm neben der Domfassade aufgemalt war, wurde nicht mehr angestrahlt.

»Auf diesen Turm müssen wir unbedingt steigen, steht in meinem Reiseführer, die astronomische Uhr ist von 1583 und soll sehr sehenswert sein, und weißt du, meine Hauptfigur kann ja auch alles machen, was wir machen!« Gitta war blendender Laune. »Vielleicht trifft sie da oben ihr *Love Interest*. Sie wird regelrecht gejagt von den aufdringlichen *ragazzi* hier auf dem Platz, die ihr hinterherpfeifen, und flüchtet sich in seine Arme!«

Meinetwegen, dachte Luna, obwohl weit und breit keine pfeifenden aufdringlichen jungen Männer zu sehen waren. Gitta sollte schreiben, was sie wollte, nur das unnötige Vorhaben mit der Werkstatt sollte sie auslassen! Sie überlegte, wie sie den Tatendrang der Freundin verzögern könnte, doch nach wenigen Metern standen sie bereits vor dem Schaufenster des Geigenbauers, und es gab kein Entkommen mehr.

»Was heißt eigentlich dieses *Liutaio*, das hinter seinem Namen auf dem Glas steht?«, fragte Gitta.

»Das weiß ich auch nicht.« Luna googelte das italienische Wort in ihrem Handy. »Aha! Es heißt, welch Überraschung, ›Geigenbauer‹, also eigentlich ›Lautenbauer‹, weil es sich von der Laute, il *liuto*, ableitet.«

»Li-u-ta-io«, sang Gitta. »Das kann man ja kaum aussprechen.«

»Anna Battisti«, flüsterte Luna dagegen vor sich hin und übte den italienischen Satz ein, den sie sagen wollte: »Meine Großmutter war Anna Battisti, wissen Sie vielleicht etwas über sie?« Sie traten ein.

Das Erste, was Luna wahrnahm, waren die Schriftzeichen über dem Namen Battisti, der über einer Tür im hinteren Teil des Raumes angebracht war. Für die japanischen Klienten. Wie aufmerksam. Und ein großer, vielversprechender Markt ... Ein schmaler Mann löste sich von einem Regal voller Klangholzstücke, die in mehreren Stapeln angeordnet waren. Er hatte beigegraues Haar, das an altes Heu erinnerte, und war beige gekleidet, wie das Regal und das Holz selbst. Darum hatte sie ihn im ersten Moment nicht bemerkt. *»Prego?«*

»Buona sera!« Luna schaute sich um. »Eine schöne Werkstatt haben Sie«, sagte sie auf Italienisch, obwohl sie diesen Satz nicht geplant hatte. Alles war geschmackvoll dekoriert und sah gleichzeitig nach großem handwerklichem Können aus. Die Werkbank im hinteren Teil war aufgeräumt, jeder Gegenstand hing an seinem Platz. An den Wänden sah man die verschiedenen Formen der Geigenschablonen, mit denen die Umrisse der Geige auf das Holz von Decke und Boden gezeichnet wurden. Luna lächelte. Ob nun Stradivari, Guarneri, Amati oder die modernen Geigenbauer von heute, ob in Mittenwald oder in Cremona, überall wurden diese Formen gesammelt, beschriftet und aufbewahrt. Im vorderen Teil des Raumes hingen Geigen in allen Größen von der Decke, auch zwei wunderschöne, goldbraun lackierte Celli standen wie Zwillinge neben einem antiken Schränkchen im Schaufenster.

»Sie wünschen?«, fragte der Geigenbauer unbeeindruckt von dem Kompliment.

»Sind Sie Angelo Battisti, also ... persönlich?« Luna versuchte, ihre Hände ruhig zu halten, dafür zappelte Gitta neben ihr herum und trug ein geradezu beunruhigend gespanntes Grinsen zur Schau, welches den Geigenbauer aber nicht zu irritieren schien. *»Sì.«* Er schaute Luna selbstsicher in die Augen. »Was führt Sie zu mir?«

Eine Geige, hätte Luna am liebsten gesagt und bedauerte kurz, Anna Battistis Werk nicht doch mitgebracht zu haben.

»Ich treibe gerade ein bisschen Ahnenforschung und weiß nur, dass meine Oma hier in Cremona als Geigenbauerin gearbeitet hat. Sie hieß Anna Battisti, und da dachte ich …« Ja, was dachte sie eigentlich? »… Sie sind vielleicht mit ihr verwandt.«

»Nein.«

»Das wissen Sie ganz genau?« Ihre Stimme klang flehend, sie räusperte sich.

»Wann soll das gewesen sein?«

»Äh, na ja, so um 1951?«

»Um 1950 gab es kaum noch Geigenbauer in Cremona, *Signora*. Das Handwerk war endgültig tot, es war schon vorher abgewandert nach Torino, Milano und so weiter, und dann, durch den Krieg, kam es völlig zum Erliegen.« Er kämmte sich mit den Fingern sein schütteres Heu-Haar zurück. »Und Frauen? Das möchte ich bezweifeln, denn ich habe nie den Namen einer Frau im Zusammenhang mit dem Geigenbau gehört. Es gab meines Wissens keine. Keine Einzige.«

»Nun ja, Anna Battistis Vater war auch Geigenbauer.« Verdammt, sie war total unvorbereitet, sie wusste den Namen ihres Urgroßvaters nicht, sie wusste gar nichts! Und das war alles Gittas Schuld, die hatte sie so gedrängt! »Wie lange ist Ihre Familie schon in Cremona ansässig?«, fragte sie.

»Ich komme aus dem Veneto und bin seit 1985 in Cremona, hier habe ich die Geigenbauschule absolviert und bin geblieben. Wie so viele.«

»Und?!« Gittas Augen leuchteten noch immer, während ihre Hände unter den kritischen Blicken von Angelo über die Rundung von einem seiner Cellos streichelten. »Was hat er gesagt?!«

»*No*, keine Chance. Er ist nicht von hier, hat mit der Familie von Anna also nichts zu tun.« Mit *meiner* Familie, dachte sie plötzlich, es ist ja meine Familie. Sie sah ein weißes Blatt mit einem weitverzweigten Stammbaum vor sich, in dessen unterer Hälfte es vor Namen nur so wimmelte. Ihre Buchstaben waren verschlungen und mit schwarzer Tinte hingemalt, das Namensknäuel entwirrte sich dann immer weiter und wurde nach oben hin lichter, bis nur noch ein paar vereinzelte Namen an der Spitze standen: Anna, ihr Vater Daniele, verbunden mit Isabell, und dann kamen auch schon Lunetta und Lorenzo Kreutzner, der mit zwei Eheringen mit Margherita verknüpft war, an denen die letzten beiden Verzweigungen hingen, ihre Nichten Alice und Ellen.

»*Fuck*.« Gitta verschränkte die Arme vor der Brust. »Meinst du, er sagt die Wahrheit?« Jetzt flüsterte sie verschwörerisch. »Wenn es dir so gut geht wie ihm hier und jemand reinkommt, der womöglich etwas von deinem Besitz abhaben möchte und dazu sogar berechtigt ist, würdest du dann nicht auch vorgeben, nicht zu dieser Familie zu gehören?«

»Nein.« Luna zuckte mit den Schultern. »Lass uns gehen.«

»Tut mir leid, *Signora*. Vielleicht können Sie im Palazzo Comunale fragen, dort, im Standesamt, müsste ihre *nonna* doch irgendwie in den Büchern stehen, wenn sie hier geboren wurde, oder?«

»Danke, das ist eine gute Idee, wo ist das Gemeindeamt?«

»Gleich gegenüber dem Dom, durch die Gedächtnishalle, die Loggia dei Militi, hindurch, hinter zwei Glastüren, die finden Sie leicht.«

»Der Typ ist aber nicht uninteressant«, beharrte Gitta. »Er ist der geborene Bösewicht. Diese eng stehenden Augen, ja, ich glaube, den mache ich zu meinem Antagonisten.«

»Mensch, rede nicht so laut, vielleicht versteht er Deutsch!«, sagte Luna leise, dann bedankte sie sich noch einmal und blieb kurz vor dem Ausgang vor einer Geige stehen. Die Linie zwischen Decke und Zargen war recht dunkel und schön gearbeitet, außerdem war das Gesicht der Geige sehr freundlich, sie schaute sehr zufrieden aus ihren f-Löchern. »Ich mag die Art, wie sie das Ebenholz für den Adergraben verwendet haben.«

»Sie kennen sich aus!?«

»Ein bisschen. Ich habe bei meiner Familie in Mittenwald gelernt.«

»Ah, Mittenwald, da gibt es viele fantastische Geigenbauer!«

»Und heute auch erfolgreiche Geigenbauerinnen.« Luna lächelte und spürte so etwas wie Stolz in sich aufkommen, wenn sie an ihre Mutter dachte.

»Aber ja. Viel Glück!«, rief er ihnen hinterher.

»Und nun? Was ist Plan B?« Gitta hatte ihr Handy in der Hand und machte Luna ein Warte-mal-eben-Zeichen, dann hörte man, wie sie etwas diktierte: »Typ in Geigenladen, böse, eng stehende Augen, verfolgt Heike.«

»Heike? Heißt die Figur in deinem Buch etwa Heike?« Luna zog ihre Augenbrauen hoch.

»Ja? Warum nicht?«

»Wer heißt denn heute noch so?«

»Äh. Ist doch egal.«

»Findest du? Heike klingt freudlos!«

»Na gut, nenne ich sie eben ... keine Ahnung, Marie?«

»Besser.«

»Oder vielleicht einen italienischen Namen?«

Luna seufzte. »Aber *du* musst doch wissen, woher sie kommt, ob sie nun Italienerin sein soll oder nicht, ob ihre Mutter vielleicht ein großer Opernfan war und sie ihre Tochter deswegen Fidelia-Fiordiligi nannte, obwohl sie selbst keinen geraden Ton herausbringt und sich das kleine Mädchen später trotz aller Gesangsstunden leider als völlig unmusikalisch erweist ...«

»Wow!« Gitta sah sie mit offenem Mund an. »Weißt du was? Nicht ich, *du* solltest Bücher schreiben! Darf ich das übernehmen, was du da gerade so genial ...«

»... zusammengesponnen hast?« Luna kicherte, und weil sich das Geräusch so schön anhörte, probierte sie es gleich noch etwas lauter. Gut, dass wir hier sind, ging ihr durch den Kopf. In dieser Stadt kann man einfach besser atmen als anderswo.

Es war dunkler geworden, die Straßenlampen tauchten die Häuserwände in gelbliches Licht, die Ziegel strahlten die Wärme des Tages wieder ab. Die Luft war lau, und sie schlenderten entspannt zwischen den wenigen Menschen durch die Straßen, bis sie an einer Statue vorbeikamen. Es war ganz eindeutig Stradivari, der vor sich hin sinnierend auf einer Bank saß. Luna hatte natürlich schon die wenigen Zeichnungen und Bilder gesehen, die es von ihm gab. Ein Mann fotografierte gerade seinen kleinen Sohn, der neben Stradivari sitzen musste, aber eher an seinem Eis als an dem berühmtesten Geigenbauer der Stadt interessiert war.

»Guck mal, die Tafel da oben! Ich glaube, wir haben ganz zufällig das Haus gefunden, in dem Stradivari gelebt hat!«, sagte Gitta.

»Ja, mit seiner ersten Frau«, übersetzte Luna. »Von 1667 bis 1680.«

»Könnte doch sein, dass die Battistis auch berühmt waren und damals so eine Tafel irgendwo hatten. Wir sollten morgen darauf achten!« Gitta schaute sich um, als ob sie gleich am nächsten Haus eine solche Inschrift vermutete.

»Die Battistis?« Luna stellte fest, dass sie den Klang des

Namens immer mehr mochte. Ihr Vater hatte gewollt, dass sie ihn als Nachnamen bekam, er war extra im Konsulat gewesen deswegen, und Mama hätte auch nichts dagegen gehabt ... »Lunetta Anna Battisti«, wisperte sie vor sich hin, und obwohl es so warm war, rieselte eine leichte Gänsehaut über ihre Unterarme.

»Vielleicht gibt es ein Verzeichnis aller Geigenbauer hier in der Stadt, die von heute und die von früher«, überlegte Gitta laut. »Wir müssen das herausfinden!«

»Ja, klar, sofort«, murmelte Luna mit ironischem Unterton, immer noch den aus allen Winkeln fotografierenden Vater beobachtend.

»Wir fragen einfach jemanden, der das weiß. Bei Recherchen muss man frech sein, habe ich gelesen! Auch für so einen Roman, das ist das Erste, was man lernen muss, die Leute unbekümmert ausfragen!«

Luna hielt die Luft an, damit ihr kein gemeiner Kommentar entfuhr. Was hatte die angehende Schriftstellerin denn schon recherchiert, wenn sie noch nicht mal wusste, warum ihre Hauptfigur eigentlich Heike hieß und wo sie herkam? Aber das war jetzt egal. Es war schließlich ausgesprochen nett, dass Gitta sie aus ihrem komatösen Mittenwald-Exil erlöst und einfach ins Auto gepackt hatte, und das sagte sie ihr in diesem Moment auch.

»Ach, das ist lieb von dir!« Gitta umarmte sie und ließ sie für die nächste halbe Minute auch nicht mehr los, genug Zeit für Luna, das bekannte Gefühl in sich hochsteigen zu fühlen. Warum konnte sie nicht einfach so herzlich sein wie Gitta? Auch diese Rolle füllte sie mehr schlecht als recht aus, sie war keine gute Freundin!

»Der da, der sieht mir kompetent aus!« Gitta löste sich mit

einem Ruck von ihr und zeigte auf einen kleinen, etwa sechzigjährigen Mann, der eine weiße Plastiktüte mit Flaschen trug und langsam die Straße entlangging. »Der typische *Cremona-Nese*, der noch Mozzarella, Tomaten und einen einfachen Landwein gekauft hat und jetzt zum Abendessen nach Hause geht. Der kennt sich aus, den fragst du jetzt!«

»*Cremonese*, wenn überhaupt. Nee, den frage ich doch nicht!«

»*Scusa mi, Signor!*«, rief Gitta da auch schon und wedelte mit den Händen.

Verdammt, wo hatte sie diesen Satz gelernt?

»*Si?*« Er stoppte.

»Äh, entschuldigen Sie, ich würde Ihnen gerne eine Frage stellen«, sagte Luna auf Italienisch und warf Gitta einen genervten Blick zu.

»Auch zwei, Signorina!« Der kleine Mann lächelte charmant und setzte klirrend seine Weinflaschen ab.

Gitta stieß Luna in die Seite, siehst du, der ist der Richtige, sollte das wohl heißen.

»Gibt es in Cremona eine Aufstellung aller Geigenbauer, die jemals hier gearbeitet haben?«

»Oh, bei denen aus der Vergangenheit bin ich mir nicht sicher, aber diejenigen, die zurzeit eine Werkstatt hier haben, sind gleich neben dem Domplatz aufgelistet. Unter den Arkaden hängt ein großes Verzeichnis, das kann jeder einsehen.«

»Wirklich? Das wäre ja … wunderbar«, stammelte Luna überrascht und bedankte sich. Nun wollte sie doch herausfinden, was aus der Familie Battisti geworden war.

Doch in dem Verzeichnis kamen zwar neben Angelo Battisti auch noch acht andere Namen mit dem Anfangsbuchstaben B vor, doch ein weiterer Battisti war aber nicht dabei. Luna ging die Liste noch einmal durch und überschlug die Anzahl. Es mussten über hundert sein. Mist, und nun? Im Telefonbuch nachschauen? Aber gab es überhaupt noch Telefonbücher? In einer Bar vielleicht? Sie schaute sich um. Gitta hatte sich wieder an ihren alten Tisch auf dem Domplatz gesetzt und ein kleines Notizbuch hervorgezogen. Sie kaute an einem Stift und warf immer mal wieder Blicke um sich. Luna ging zu ihr. »Wartest du auf einen weiteren Drink oder machst du Notizen für die Recherche?«

»Man soll erste Impressionen sammeln und die dann im Buch verwenden, aber mir fallen die richtigen Wörter nicht ein.« Gitta knallte das Buch auf den Tisch. »Alles sieht so typisch toll italienisch aus und riecht so herrlich, wie es in italienischen Städten eben riecht, also so denke ich mir das, und die Leute reden so lustig mit ihrem *pitti-ti-patti-ti, ninzi-nonzo*, aber wenn ich es aufschreibe, klingt es irgendwie nur noch banal.«

Luna musste lachen. *Pitti-ti-patti-ti.* »Ich habe auch keine Ahnung, wie man das bei einem Roman macht, aber wenigstens mit dem Italienisch kann ich dir helfen. Und ab morgen steige ich dann in meine eigenen Nachforschungen ein!«

5

Nach einer Nacht, in der sie endlich einmal wieder tief und fest geschlafen hatte, milde umnebelt vom Weißwein, den sie zu den köstlichen *Spaghetti alle Vongole* getrunken hatten, stand Luna im Badezimmer des Hotels und betrachtete sich im Spiegel. Irgendetwas war anders in ihrem Gesicht. Machte dieses Land etwas mit ihr? Änderte es sie? Brachte es sie dazu, sich wirklich mal gehen zu lassen, sich nicht sofort wieder in einer Rolle zu sehen, die sie immer schlechter auszufüllen schien als der gesamte Rest der Menschheit? Du hast etwas vor, sagte sie sich, und jeder kann und wird beurteilen, wie erfolgreich du bist. Das Ergebnis wird gemessen: Findest du Anna Battistis Werkstatt und deine Vorfahren, oder scheiterst du? Luna sah sich mit der Geige durch Cremonas Gassen laufen, erfolglos und erhitzt eine *bottega* nach der anderen abklappern, während Gitta und ihre innere Stimme sie weiter antrieben. *Das kann doch wohl nicht so schwer sein, das muss man nur ordentlich recherchieren …*

»Basta!«, sagte sie laut und warf sich ein paar Handvoll Wasser ins Gesicht. »Ich mache das auf meine Weise«, murmelte sie, »und wenn ich es nicht hinbekomme, pfff, na und? Hänge ich die kleine Geige eben zurück ins ›Il Violino‹, und gut ist es!«

Aber Mama wäre enttäuscht, und Lorenzo würde sowieso

nicht verstehen, was das alles für einen Sinn hatte, und eigentlich sollten dich die Reise und die Geige ja auch vorwärtsbringen ... Aber wohin, verdammt?

Luna trocknete sich das Gesicht ab, verteilte mit kleinen, ungehaltenen Bewegungen ihre Tagescreme darauf und verließ das Bad, wobei sie die Tür lauter hinter sich zuknallte als beabsichtigt. Gitta hatte die Vorhänge zurückgezogen und saß schon in einem magentafarbenen Seidenkimono an dem zierlichen Schreibtisch. Sie hatte ihren Laptop aufgeklappt und war offenbar tief versunken in ihre Notizen, denn sie starrte ohne aufzusehen in ihr kleines Buch.

Luna riss die Tür zum Kleiderschrank auf, nahm den Geigenkasten heraus und öffnete ihn. Meine Güte, sie vergaß immer, wie winzig sie war! Sie hob sie heraus und drehte sie prüfend in den Händen. Okay, Anna, die hast du also gemacht. Und auffällig lackiert. Na und. Was soll mir das jetzt bringen?

»Meine Güte, du brennst ihr ja ein Loch ins Holz, so böse schaust du sie an«, meldete Gitta sich jetzt von ihrem Arbeitsplatz. »Was ist los, nicht gut geschlafen?«

»Doch, sehr gut sogar!«

»Du klingst aggressiv, *Amore*, gestern Abend war doch noch alles gut!«

»Ich weiß nur nicht ... ich will nicht ... Ich will Anna Battisti nun unbedingt finden, und das stresst mich!« Luna umfing den Hals der Geige fester.

»Es scheint immer noch, als ob du sie gleich gegen die Wand schmettern willst.«

»Nein«, sagte Luna und ließ das Instrument erschrocken sinken, »das würde ich niemals tun! Sie sieht so ... wie soll ich das beschreiben, sie sieht so frech aus. Ein bisschen aufmüpfig.«

»Sind die für dich echt so unterschiedlich?« Gitta war aufgestanden und schaute ihr nun über die Schulter. »Ich dachte immer, eine Geige sieht wie die andere aus, bis auf die Größe oder die Farbe meinetwegen, wie diese hier. Die ist echt grell! Cool irgendwie.« Schweigend betrachteten sie das spezielle Antlitz der Geige.

Piccola, fiel Luna plötzlich wieder ein. Sie hatte die Violine LA PICCOLA getauft, weil Papa sie auch immer so nannte. »Jede Geige hat ein Gesicht, und jedes Gesicht ist natürlich anders. Die Schalllöcher hier, die lassen sie lachen oder ernst dreinschauen.«

»Und diese hier guckt also …?«

»Frech. Beinahe aufmüpfig. Sie lacht!« Luna legte ihre andere Handfläche unter LA PICCOLA und trug sie behutsam, wie einen Säugling.

»Und was ist noch Besonderes an ihr?« Gitta war zum Schreibtisch gegangen und kam mit ihrem Notizbuch zurück.

»Anna hat eine besondere Form gewählt, sie ist etwas lang gestreckter hier oben, die Kurven der Zargen dagegen sind ein wenig gestaucht. Darum sieht sie so kompakt aus.«

»… gestaucht«, notierte Gitta in ihr Büchlein.

»Wird es jetzt doch ein Roman über Geigen?« Luna schüttelte skeptisch den Kopf.

»Keine Ahnung, könnte sein, aber was es auch wird, ich dachte, ich fang schon mal an. Guck mal, den ersten Satz habe ich gerade schon geschrieben.«

»Zeig her!« Luna trat an den Laptop:

1. Kapitel

Das Glück ist wie ein Schmetterling, denkt Annalena, während sie ihren kleinen, schnellen weißen Sportflitzer schnell die Serpentinen hinunterlenkt.

Ab hier blinkte der Cursor auf der weißen Fläche, hungrig auf die nächsten Worte, die folgen würden.

»Wie findest du es? Also, so als Anfang?« Gitta schien stolz und glücklich.

Zweimal *schnell* in einem Satz und was Glück mit einem Schmetterling zu tun hat, wissen wir auch noch nicht, dachte Luna, aber wenigstens kommt keine Heike mehr darin vor ... doch das sagte sie lieber nicht. »Schön! Und vielversprechend, ich will mehr über Annalena wissen!«

»Ja, nicht wahr? Ich auch! Das wird super, ich fühle es!«

Luna seufzte. Mit großem Selbstbewusstsein lebt es sich einfach besser, dachte sie ein wenig neidisch. »Ich gehe heute Morgen in das Gemeindeamt, gegenüber vom Dom«, sagte sie, »mal sehen, ob ich etwas herausfinden kann. Ich weiß zwar noch nicht, was Einwohnermeldeamt oder Katasteramt heißt, aber das werde ich vorher nachschauen.«

»Oh, wie spannend, darf ich mitkommen? Aber erst sollten wir in einer *typischen* Bar ein *typisches* Frühstück zu uns nehmen!« Gitta klappte den Computer zu und zog sich dann mithilfe eines Taschenspiegels die Lippen nach. »Ich habe das in Rom zwar schon miterlebt, wenn diese gut angezogenen Männer alle naselang reinkommen und ihren Espresso runterstürzen, aber diesmal sehe ich das ja unter einem anderen Aspekt. Dem der Schriftstellerin!« Sie klappte den Spiegel zu. *»Andiamo?«*

Anstelle einer Antwort streifte Luna sich eines ihrer neuen Sommerkleider über den Kopf. Sie wollte keine Zeugin haben, wenn sie in der Gemeinde nach den richtigen Worten suchte und man sie abwimmelte und auf später vertröstete, wie man das auf deutschen Ämtern ja auch manchmal machte.

»Wir frühstücken in einer Bar«, schlug sie vor, als ihr Kopf wieder auftauchte, »danach gehst du schreiben, ich recherchiere, und dann treffen wir uns mittags zum Essen wieder! Abgemacht?«

»Na gut.« Gitta schaute plötzlich etwas unglücklich drein. »Jetzt habe ich angefangen, jetzt muss ich auch weitermachen, oder?« Sie suchte nach ihrer Handtasche. »So eine leere Seite, das ist schon ein ganz schöner Druck, merke ich gerade.«

»Aber du weißt doch, was du schreiben willst. Lass es einfach raus, aufs Papier. Äh, auf die Seite der Datei.«

»Also, so ganz sicher bin ich ehrlich gesagt nicht, um was es eigentlich gehen soll.«

Luna schnappte sich den Geigenkoffer, sie verließen das Zimmer. »War es gestern nicht noch der Mann mit dem Popo-Kinn, der sich für tot erklären lässt«, fragte sie ihre Freundin, »und die arme Annalena sucht ihn und bekommt von ungeahnter Seite Hilfe? Von dem Mann mit dem markanten, *schönen* Kinn?«

»Ja. Genau. Aber was, wenn das keinen interessiert?«, entgegnete Gitta, als sie die Lobby des Hotels durchquerten.

»Danach darfst du nicht gehen, glaube ich. Schau mal: Mich interessiert, wie Annalena sich durchschlägt und ob sie es schafft. Aber wichtiger ist doch, dass es *dich* interessiert, denn du musst die Story schreiben und du solltest als Allererste richtig begeistert davon sein, sonst kann es doch nicht funktionieren, oder?«

»Stimmt.« Gitta seufzte plötzlich tief. »So steht es auch in meinem Buch über das Schreiben. Aber verdammt, es macht mir Angst! Was, wenn ich es nicht kann? Wenn ich eine totale Schreibniete bin?«

»Probier es aus«, sagte Luna. »Du musst doch keinem was beweisen, mir auch nicht. Wenn es nicht geht, hörst du eben wieder auf.« Das hört sich ganz leicht an, dachte sie, warum ist es dann so schwer, es bei dir selbst anzuwenden?

Gitta machte sich beim Frühstück in der Bar mit konzentrierter Miene Notizen, während Luna nach einem Telefonbuch fragte und sogar eins über die Theke gereicht bekam. Doch in ganz Cremona war außer dem Geigenbauer Angelo niemand mit dem Nachnamen Battisti zu finden. Schade. Wäre ja auch einfach gewesen, dachte Luna. Warum habe ich LA PICCOLA heute überhaupt mitgenommen?

Vor der Bar trennten sich ihre Wege. Luna musste nur wenige Meter über die Via Giovanni Baldesio gehen, links von ihr die Loggia dei Militi liegen lassen und eine Glastür aufdrücken, schon stand sie in der kleinen Eingangshalle des Palazzo Comunale. Vor dem Tresen hatten sich vier gleichlange Schlangen gebildet. Luna beobachtete, dass viele Menschen vor ihr wieder weggeschickt wurden. Na toll, dachte sie, das wird mir nicht anders ergehen, wahrscheinlich stehe ich sowieso vor dem falschen Schalter.

Endlich kam sie an die Reihe und erklärte ihr Anliegen. Ob sie irgendwo herausfinden könnte, wo ihre *nonna*, Anna Battisti, gewohnt habe.

»Und Sie sind … ?«

»Lunetta Kreutzner, die Enkelin.«

»Können Sie das beweisen?«

»Dass ich die Enkelin bin? Nein.« Wie denn? Sie klopfte die imaginären Taschen ihres Kleides ab, als ob sie nach einem vergessenen Portemonnaie suchte.

»Haben Sie keine Papiere von ihrer *nonna*?«

»Nein. Eben nicht.« Stünde ich sonst hier?

Das noch ziemlich junge Mädchen hinter dem Tresen zuckte

mit den Schultern und schaute sie gleichgültig an. »Dann müssen Sie eine Anfrage an das *Ufficio Anagrafe* stellen.«

Aha, beim Standesamt also, sie hatte es ja gewusst. »Das heißt, wenn meine Großmutter hier in Cremona geboren ist, finden die sie dort im Register?«

Das Mädchen nickte.

»Wunderbar.« Luna lächelte dankbar. »Das mache ich!«

»Da vorne liegen Anträge!« Die junge Frau zeigte auf die gegenüberliegende Wand. »Einen davon müssen Sie ausfüllen.«

»Und damit gehe ich dann in welches Zimmer?«

»*Signora* ... Sie geben den Antrag bei mir ab, und dann kann es drei bis vier Wochen dauern, bis Sie von uns Bescheid bekommen.«

»Drei bis vier Wochen!« Luna rollte mit den Augen. »Kann man das nicht irgendwie beschleunigen?«

Das Mädchen zog nur die Augenbrauen hoch. »Der Nächste bitte.«

Natürlich, das war ja vorauszusehen gewesen. Nichts ging hier schnell! Verdammt, und das mit den Telefonbüchern hatte sich auch erledigt. Luna umfasste den Griff des Geigenkastens fester und ging nach draußen. Und jetzt? Sie tippte eine kurze Nachricht an ihre Mutter. »Ciao Mama! Bei uns ist alles gut.« Das war zwar nicht die volle Wahrheit, aber sie hatte keine Lust auf lange Erklärungen. »Weißt du, wie der Vater von *nonna* Anna mit Vornamen hieß? Wäre echt sehr nützlich zu wissen!«

Sie schickte die Nachricht ab, aber große Hoffnungen machte sie sich nicht. Wer konnte schon sagen, wann Isabell sie lesen würde, sie schaute manchmal tagelang nicht auf ihr Handy. Doch die Antwort kam sofort: »Giorgio oder Giovanni, ich bin mir nicht mehr sicher. Aber irgendwas mit G! Macht es euch schön! Mama.« Irgendwas mit G, super, Mama, dachte Luna. Aber okay, ein G ist besser als nichts.

»Ah, Signora, wie schön, Sie wiederzusehen. Haben Sie gefunden, wonach Sie suchten?«

Der kleine Mann von gestern, der mit den Weinflaschen, war vor ihr stehen geblieben und strahlte sie an. Er trug ein T-Shirt mit einem übergroßen bunten Schmetterling auf der Brust. Die italienischen Männer trauen sich einfach mehr, dachte Luna, der Typ ist doch mindestens schon sechzig! *»Buon giorno«*, grüßte sie. Sieh an, sie wurde sogar schon auf der Straße erkannt. »Ja, das Verzeichnis dort vorne unter den Arkaden habe ich gefunden, doch der Name, den ich suchte, war nicht dabei.«

»Ach, wie schade! Aber was haben Sie da denn für ein Instrument?«, fragte er neugierig.

»Das ist eine Sechzehntelgeige, die hat meine Großmutter vor vielen Jahren gebaut.« Sie nahm den Geigenkasten in die Arme, als ob sie LA PICCOLA beschützen müsste, und hörte die Stimme von Angelo Battisti wieder in den Ohren. Frauen? Gab es nicht! »Oder vielleicht hat sie auch mein Urgroßvater gebaut.«

»Und was haben Sie jetzt vor damit?«

»Ich weiß nicht, ich habe gerade hier im Rathaus nach dem Namen meiner Großmutter gefragt, Anna Battisti, aber man sagte mir, ich müsste eine schriftliche Anfrage an das Standesamt stellen.« Sie hob die Schultern. »Das dauert natürlich alles sehr, sehr lange. Die Zeit habe ich nicht.«

»Nein, auf dem normalen Weg geht das nicht, aber … Sie haben Glück!« Er zeigte auf die Tüte, die er in der Hand hielt. »Ich bringe meiner Schwiegertochter gerade ihre richtige Brille, die hat sie nämlich vergessen!«

Ehe Luna auch nur den Satz *Das Glück ist wie ein Schmetterling auf einem T-Shirt* denken konnte, waren sie schon an der Theke mit den Schaltern vorbei und über eine Treppe auf dem Weg nach oben. »Carla arbeitet zwar nicht im Standesamt, sondern im Katasteramt, aber sie kann uns bestimmt helfen!«

»Das Katasteramt könnte mir auch nützen, um herauszufinden, wo die Werkstatt war.«

»Richtig! Von welchen Jahren sprechen wir?«

»Der Geigenzettel ist mit 1951 datiert.«

»Also ist sie ungefähr wann geboren?«

»Wahrscheinlich in den Zwanziger- oder frühen Dreißigerjahren?« Luna zuckte mit den Schultern. »Ich weiß wirklich nicht viel über sie.« Aber das werde ich ändern, ging es ihr durch den Kopf.

Der Palazzo schien uralt zu sein, Schwiegertochter Carla hockte in einem dämmrigen Büro mit hohen Deckens und war so dankbar, ihre Brille zu bekommen, dass sie sofort nach dem Telefonhörer griff, um Luna bei der Kollegin im richtigen Zimmer anzukündigen. In der Zwischenzeit würde sie nachschauen, was sie im Grundbuch unter dem Namen Battisti, insbesondere mit den Vornamen Giovanni, Giorgio oder Anna, finden würde.

Drei bis vier Wochen, dachte Luna, und bemerkte, wie sich ihre Mundwinkel zu einem glücklichen Grinsen hoben, als sie dem Schmetterlingsmann über den Flur folgte, und ich marschiere hier einfach so durch und bekomme alle Infos mit einem Fingerschnippen.

Und tatsächlich, eine Anna Battisti, geboren 1927, als Tochter von Giorgio Battisti und Teresina Cavicchioli, war dort eingetragen. Die Namen wurden für Luna auf einem Zettel ausgedruckt, sie trug ihn wie einen Schatz über den Flur zurück zur Schwiegertochter, denn eine Adresse, wo genau in Cremona das Ehepaar Battisti mit ihrem Töchterchen gelebt hatte, war leider nicht dabei gewesen. Schwiegertochter Carla hatte in der Zwischenzeit schon Nachforschungen angestellt. In der Viale Etrusco Numero due war ein Grundstück mit einem Haus auf den Namen Giorgio Battisti eingetragen, 1955 wurde es einer gewissen Emilia übertragen, die es 1956 an einen Davide Furso verkaufte.

»Und Davide Furso wohnte da auch? Und vielleicht immer noch?«

»Das sehe ich jetzt hier nicht, denn unser Register ist nicht immer aktuell. Da muss nur mal ein Notar vergessen, etwas umzuschreiben, dann sind die Infos veraltet. Aber das wissen wiederum die vom Einwohnermeldeamt.«

Also zum *Ufficio di Registrazione*. »Da schleichen wir uns rein, wo wir schon mal da sind«, beschloss der Schmetterlingsmann, doch hier war gerade das Computersystem zusammengebrochen, ein Defekt, der vor dem Nachmittag nicht behoben werden würde. »Das macht nichts«, beteuerte Luna, »ich bin schon so froh über die Informationen, die ich habe! Ohne Sie hätte ich das alles niemals herausbekommen!« Luna bedankte sich überschwänglich bei dem älteren Mann.

»Halten Sie mich auf dem Laufenden! Wenn ich etwas tun kann, mache ich das gerne, ich langweile mich sonst.« Er gab ihr ein Stück Papier mit seiner Nummer und seinem Namen. Schmetterlingsmann hieß eigentlich Federico Pippo.

Als Luna alleine war, zückte sie sofort ihr Handy und suchte auf Google Maps die Viale Etrusco. Es war ein kleiner Fußmarsch, doch nicht wirklich weit. Sie kaufte sich in der nächsten

Bar eine Flasche Wasser, trank sie in einem Zug zur Hälfte aus und ging los.

Ihr Weg führte sie durch die Straßen, bis die Cafés und Läden weniger und durch rotbraune, mächtige Ziegelsteinmauern abgelöst wurden, vorbei an wunderschönen Fassaden alter Häuser mit einladenden Toren zu Hinterhöfen, in die sie immer wieder einen Blick warf. Hier gab es Gärten mit schattigen Plätzchen, Springbrunnen und Mosaiken und den einen oder anderen Hund, der bellte, wenn sie durch die Gitterstäbe schaute. Lunas Herz klopfte, je mehr sie sich ihrem Ziel auf der Karte näherte. Sie trug LA PICCOLA dorthin, wo sie entstanden war. Die Geige kam nach Hause! Sie hatte den Gedanken zunächst nicht zugelassen, hatte sich gegen die ganze Reise gewehrt, aber jetzt fühlte es sich einen Moment lang so gut an, dass ihr die Tränen in die Augen stiegen. Sie wusste, nun konnte es nicht mehr weit sein, als sie auf ein Rondell stieß, auf dem unter ausladenden Bäumen einige Tische und Stühle standen, die offenbar zu der Bar auf der anderen Seite des Platzes gehörten. Doch nur ein einziger Stuhl war von einer sehr alten Frau besetzt, ihr Krückstock war in lange Leinen verheddert, an deren Enden zwei kleine weiße Hunde hingen. Es war erst elf. Touristen schienen sich nicht oft in diesen Stadtteil zu verlaufen. Die Straße da vorne musste die Viale Etrusco sein, und wo war *numero due*? Etwa das schöne Haus mit den üppigen Margeriten vor den Fenstern? Doch es schien eher das terrakottafarbene Eckhaus zu sein, dessen schmale Seite in den Platz hineinragte und von einem Bauzaun und einer dreckig grünen Plane verborgen war. Sie lugte mit Mühe hindurch. Die Mauer fehlte zum Teil, der Hof, der sich dahinter erstreckte, war ziemlich groß, doch mit Gerümpel zugestellt. Auch eine Betonmischmaschine war zu sehen und ein alter hellblauer Fiat Cinquecento mit offener Heckklappe, die den Blick auf den Motor freigab. Links von ihr zogen sich die steinernen Bögen einer Pergola entlang. Was dahinter lag, konnte sie nicht erkennen. Das eigentliche Wohnhaus hatte die Form von einem L, die Mauer des Hofes schloss sich nahtlos daran an. Im Erdgeschoss, ihr gegenüber, gab es zwei Fenster und eine abgeblätterte, zweiflügelige Holztür mit drei Stufen davor, die in der Sonne lagen. Da, wo das L einen Knick machte, war eine schmalere Tür zu sehen. Sie lag im Schatten. Luna sah sich einen Moment in der Sonne auf den Stufen sitzen. Was für ein schöner Platz, leider völlig im Chaos versunken. Na ja, die renovieren hier eben gerade, dachte Luna, vielleicht auch schon ein bisschen länger. Sie ging um die Ecke. Die Hausnummer bestätigte es, sie war richtig. Es gab zwei größere Fenster, eins davon war von innen fast ganz mit Pappe abgedeckt, das andere so schmutzig, dass man kaum hätte hindurchgucken können. Doch dafür lagen sie sowieso zu hoch. Am unteren Rand der verdreckten Scheibe klebte der Umriss einer Geige, den jemand aus Zeitungspapier ausgeschnitten hatte, sehr kindlich, zart und schon vom Licht vergilbt, dennoch in der Form sehr treffend. Luna schüttelte langsam den Kopf und betrachtete die Stufen, die zur Eingangstür führten. Eine Klingel gab es offenbar nicht, einen Namen auch nicht, sollte sie klopfen? Gehörte die Tür überhaupt zu einer Werkstatt oder zu einer Privatwohnung? Aha, ganz unten, eine Handbreit vor dem Boden, baumelte ein handgeschriebenes Schild an einem Stück Schnur: *chiuso!* Was immer es war – es war geschlossen.

Dich hat auch schon lange keiner mehr umgedreht, sagte Luna in Gedanken zu dem Schild und trat zurück, um das Tor zum Hof näher anzuschauen, das sich zwei Meter weiter einem kühn nach oben geschwungenen Bogen anpasste. Vielleicht konnte man dort hineinkommen? Doch die beiden Flügeltüren aus verblichenem Holz waren so fest verrammelt, nicht mal einen kleinen Schlitz zum Hindurchschauen gab es. Kein Zutritt möglich. Luna nahm den Geigenkasten fester in den Arm, nun wild entschlossen, an die Tür zu klopfen. Es wird sowieso keiner aufmachen, aber probieren will ich es! Sie klopfte und wartete. Was würde Gitta auch sonst sagen? Was!? Du hast noch nicht mal ... Natürlich habe ich! Es hat nur niemand aufgema ... Rumms, die Tür schleifte über den Steinboden und wurde mit einem fürchterlichen Quietschen nach innen aufgezogen. »Sie wünschen?«

Luna konnte den Mann hinter dem Türrahmen kaum erkennen, so groß war der Kontrast zwischen dem grellen Mittagslicht und dem Dunkel, das im Raum hinter ihm herrschte. »Ich kaufe keine Geigen«, sagte er mit einem düsteren Blick auf den Koffer in Lunas Arm. »Und ich repariere sie auch nicht!«

»Aber seit wann denn nicht mehr? Natürlich reparierst du!« Hinter dem Mann war ein anderer aufgetaucht. Luna erkannte, dass er etwas jünger sein musste, obwohl sie beide die gleichen dunkelbraunen Locken hatten, die ihnen ungekämmt auf die Schultern hingen. Der Jüngere trug eine über und über mit Zementspritzern bedeckte Hose, er war groß, etwas schlaksig, seine Arbeitshandschuhe steckten dekorativ im Hosenbund. Er grinste wirklich ... na ja, nicht nur nett, sondern auf gewisse Weise auffordernd, irgendwie rutschte sein Grinsen ihr von den Augen sofort in den Magen und tiefer. Schnell schaute sie weg, ihr Hals war mit einem Mal vor Aufregung wie zugeschnürt, *Dio*, was wollte der von ihr, warum machte der das überhaupt? Er kannte sie doch gar nicht!

»Ich komme nicht wegen einer Reparatur ...« Sie hatte ihre Stimme wieder.

»Nein? Ach, treten Sie doch ein, ist nicht besonders gemütlich bei uns, aber bald, bald ist alles wieder schön.«

»Ja? Wann soll *das* denn sein?«, knurrte Lockenhaupt Nummer eins und schlurfte zurück in die Dunkelheit.

»Keine Ahnung, bald eben. Vorsicht, nicht fallen.« Der Jüngere stützte sie genau in dem Moment am Arm, als sie zu stolpern drohte, und Luna spürte zwei Sekunden, wie warm sich seine kräftigen Finger auf ihrer nackten Haut anfühlten. »Wäre doch schade um Sie, und natürlich auch um die Geige. Sie haben da doch eine Geige drin oder ist es ein Mini-Maschinengewehr?« Sie konnte sein Italienisch mühelos verstehen, obwohl er die Vokale ein bisschen langzog, wahrscheinlich der Cremoneser Akzent.

Luna schüttelte lächelnd den Kopf und riss die Augen auf, um ihn und den Raum um sie herum besser sehen zu können.

Es war ein ... *casino*, ein einziges Durcheinander, anders konnte man es nicht beschreiben. Auf dem Boden lagen überall grobe und feine Späne, man watete praktisch darin. Sämtliche Arbeitsflächen waren mit irgendetwas bedeckt und zugestellt, soweit Luna in der Dunkelheit erkennen konnte. Kleinere Holzstücke, Geigenschablonen, Zwingen und Meißel, verschiedene Gläser mit Ölen und Lacken. An den Wänden hingen sowohl weitere Werkzeuge als auch Regale mit undefinierbarem Kram, Luna sah zugeschnittenes Klangholz in der typischen Form, allerdings nicht sehr geordnet, sondern an mehreren Stellen zu windschiefen Haufen geschichtet. Sie lächelte den jüngeren Typ an, der ältere Mann hatte sich schon wieder an seine Werkbank verzogen und wandte ihnen den Rücken zu.

»Ich bin tatsächlich wegen dieser Geige hier, aber nur, weil ich etwas über ihren Ursprung erfragen möchte.« Sie suchte nach einer Fläche, auf der sie den Kasten abstellen und öffnen konnte, fand aber keine.

»Repariere keine Geigen!«, kam es wieder von der Werkbank.

»Ach, halt die Klappe, Ignazio! Hier.« Mit dem Fuß angelte Lunas neuer Beschützer nach einem Hocker, der unter einem Tisch verborgen gewesen war. »Danke!« Sie lächelten sich wie zwei Verschwörer an, und Luna ging ein elektrisierendes Beben durch die Brust, das sich in ihrem Bauch angenehm wie eine warme goldene Wolke ausbreitete. Er sah gut aus. Hohe Stirn, dunkle Augen unter dichten Augenbrauen, ein frecher, herausfordernder Dackelblick ... Quatsch, Dackelblick, was war eigentlich noch mal der Grund ihres Besuches, hallo?! Sie holte die Geige hervor. »Sie arbeiten hier, äh, auch?«

»Ja!« Er nickte und betrachtete mit hochgezogenen Augen das kleine Instrument in Lunas Händen. Dabei kam er ihr so nahe, dass sie den Geruch seines lockigen Haars wahrnehmen konnte. Überraschenderweise roch es nach Wiese, Frühling, frisch gewaschen. »Eine schöne Arbeit! Ich würde schätzen, aus dem Jahr ... also mindestens ...«

»1951!«, sagte Luna atemlos nickend.

»Ja, genau, das kommt hin.« Er grinste und strich sich mit der flachen Hand über den Hinterkopf.

»Er weiß nicht, was er da sagt!«, meldete sich die Stimme aus Richtung der Werkbank.

»Mann, Bruderherz, nun verrate mich doch nicht!«

»Also, haben Sie keine Ahnung von Geigen?« Luna sah ihn kopfschüttelnd an, doch obwohl er sie angeflunkert hatte, war sie ihm seltsamerweise nicht böse.

»Ich habe von vielen Dingen Ahnung, aber Geigen sind

nicht mein Spezialgebiet. Ich glaube ja, jeder von uns kann etwas ganz besonders gut und weiß vielleicht sein ganzes Leben nichts davon. Ich versuche gerade herauszufinden, worin ich besonders gut bin ...«

»Dann beeil dich lieber mal«, brummte sein Bruder. »Sonst vergehen die nächsten fünfunddreißig Jahre deines Lebens genauso *erfolgreich* wie die ersten ...«

Aha, er war also fünfunddreißig. Wie Diamantino. Es schien Luna, als hätte sie drei Jahre nicht an ihren Verlobten gedacht, und auch jetzt drängte sie den Gedanken an ihn schnell beiseite, denn der jüngere Bruder lächelte sie wieder mit seinem speziellen Blick von unten an. »Entschuldigung, es tut mir leid! Darf ich?«

Zu ihrem eigenen Erstaunen ließ Luna ihn die Geige nehmen und zu seinem Bruder bringen. »Meine Großmutter hat sie gebaut, der Geigenzettel ist von 1951, hier, in dieser Werkstatt muss das gewesen sein.« Luna trat jetzt zu dem unfreundlichen Ignazio, der LA PICCOLA vorsichtig in seinen zierlichen Händen drehte. »Hier? Bei uns?«

»Ja, ich bin mir sicher! Anna Battisti war ihr Name. Seit wann haben Sie die Werkstatt?«

Ignazio antwortete nicht, sondern leuchtete mit einer kleinen Taschenlampe in das linke der f-förmigen geschnitzten Schalllöcher von LA PICCOLA. »Anna Battisti«, wiederholte er leise. »1951, Cremona.«

»Das hier war die Werkstatt ihres Vaters, also meines Urgroßvaters.«

»Und nun? Wollen Sie das alles wiederhaben, oder was?« Ignazio legte die kleine Geige zwar vorsichtig ab, schnaufte aber erbost. Er zupfte an seinem Bart und warf seine verzauselten Haare zurück, sodass eine Geruchswolke von fettiger Haut und muffigem Stoff in Lunas Nase stieg. »Aber nein, Signora, daraus wird nichts, wir haben alles rechtmäßig erworben!«

»Von wem? Von Davide Furso?«

»Aha! Hast du gehört? Den Namen kennt sie also auch schon!«, sagte Ignazio verächtlich zu seinem Bruder.

»Onkel Davide hat uns die Werkstatt vererbt. Er war eigentlich gar kein richtiger Onkel.«

Luna horchte auf. »Und wie heißen Sie mit Nachnamen?« Sie wandte sich hilfesuchend an den jüngeren der Brüder, den netten.

»Das geht sie doch gar nichts an, Fabio!«, sagte Ignazio.

»Da hast du ausnahmsweise mal recht.« Immer noch lächelte der sogenannte Fabio. »Wir heißen Amati, wie die große Geigenbauerfamilie, die seit dem sechzehnten Jahrhundert in Cremona lebte. Bei Nicola, dem berühmten Urenkel von Andrea, soll Stradivari sogar gelernt haben, wie Sie vielleicht wissen. Das mit dem Namen ist aber reiner Zufall, und obwohl er uns schon so manche Extraportion Aufmerksamkeit beschert hat, hat uns das am Ende nicht viel genutzt.«

Das wundert mich nicht, dachte Luna mit Blick auf den Dreck und das Durcheinander in der Werkstatt. »Ich will das Haus und die Werkstatt ja nicht einfordern, um Gottes willen, nein, ich will auch kein Geld oder so, das wäre ja vermessen.« Luna sprach jetzt nur noch zu Fabio. »Aber das hier alles, das hat meine *nonna* berührt, hier hat sie gelebt.« Sie zeigte über die Werkbänke in der Dunkelheit.

»Nichts hat sie berührt«, kam es knurrend von Ignazio. »Das Werkzeug gehört mir!«

Luna zuckte mit den Schultern. »Ich suche ja nur ihre Nachkommen, ich weiß recht wenig über meinen Vater, ich kenne ihn kaum …« Plötzlich stieg ein Schwall Tränen in ihre Augen und überschwemmte sie. Luna schaute gegen die dunkle Decke und biss sich auf die Lippen, sie wollte nicht schniefen, sie wollte nicht weinen, doch ihre Kehle war erneut wie zugeschnürt, und da flossen auch schon zwei Sturzbäche ihre Wangen hinunter.

Der, den sein Bruder Fabio genannt hatte, schien sich plötzlich weder für die kleine Geige noch mehr für Luna zu interessieren. Er guckte zu Boden, zog seine Arbeitshandschuhe aus seinem Hosenbund, schlug den Staub raus und wandte sich ab.

Eine Tür klappte, Licht fiel in das Werkstattchaos, und schon war er weg. Luna sah ihm verdutzt hinterher und wischte sich die Wangen mit dem Unterarm ab. »Hören Sie«, sagte sie und nahm LA PICCOLA wieder an sich. »Ich wollte nur wissen, was aus meiner *nonna* geworden ist und an wen das Haus verkauft wurde. Aus rein privaten Gründen.«

»Ach ja? Wer sagt mir, dass Sie nicht von der *Guardia di Finanza* sind und sich hier einfach mit einer Kindergeige reinschleichen, um mich auszuspionieren.« Ignazio schüttelte den Kopf und beugte sich wieder dichter über seine Arbeit. Er schnitzte gerade an der Schnecke, sah Luna. Eine etwas eigenwillige Führung der Spirale, doch nicht uninteressant, dachte sie, und genau das sagte sie ihm auch.

»*Come mai ...?*« Er schaute erstaunt auf. »Ah, verstehe, Sie bauen also auch?«

»Nein, ich entstamme zwar gleich zwei alten Geigenbaufamilien, wie ich erst neuerdings weiß, doch genau wie Ihr Bruder habe ich nicht allzu viel Ahnung davon.«

Weil ich mich nicht auf die Schule traute, dachte sie. Was für eine vergeudete Chance, es nicht wenigstens versucht zu haben.

»Soso.« Er wandte sich wieder seiner Schnitzarbeit zu.

Luna lächelte Ignazios Hinterkopf an. Das erste Mal in ihrem Leben hatte es ihr nichts ausgemacht, vor einem anderen Menschen zuzugeben, was sie nicht konnte. Wie hatte der geflüchtete Bruder es ausgedrückt? Jeder von uns kann etwas ganz besonders gut und weiß vielleicht sein ganzes Leben nichts davon. Zeit also herauszufinden, was es bei ihr war ... Mit einem wahren Hochgefühl packte sie LA PICCOLA behutsam wieder ein. Es ist mir egal, was du von mir denkst, und auch was dein Bruder draußen auf dem Hof von mir hält, geht mir am *culo* vorbei, schoss ihr durch den Kopf und ließ sie heimlich grinsen. Gitta wäre stolz auf mich!

Zweiter Rückblick
Anna Battisti - 1943-1945 (16-18 Jahre)

»Anna«, rief Giorgio Battisti, »hilf mir doch mal mit dem Brennholz.«

Anna sprang hinzu, beinahe wäre sie mit ihren Holzpantoffeln auf der dünnen Schneeschicht, die die Steine überzog, ausgerutscht. Sie lud Äste und Reisig in den Korb, um ihn über den Hof zu tragen. Seitdem *babbo* sich den linken Ellbogen zerschmettert hatte, durfte er ihn nicht mehr belasten.

»Nun behandel mich nicht wie einen Invaliden!«, beschwerte er sich da auch schon. »Der Arm ist nur etwas steif, aber Geigen bauen kann ich noch. Also könnte ich ...«

Ich weiß, wenn sie dir dann nur jemand abkaufen würde, dachte Anna bedrückt, du solltest lieber mehr Becher und Schalen mit mir schnitzen, die bekommen wir eher los. Doch dann lächelte sie. »Aber ja. Die Schönsten von ganz Cremona!«

Doch eigentlich war sie dankbar, der komplizierte Ellbogenbruch hatte den Einzug ihres Vaters in den Krieg verhindert, ja, es war der kleine Giacomo gewesen, der ihm das Leben gerettet hatte. Als ihnen vor mehr als einem Jahr, im September 1942, die Karte mit dem Einzugsbefehl ins Haus flatterte, hatten Anna und ihre Tante geweint. Schon einen Monat später sollte Giorgio Battisti mit seinem Regiment an die Front ziehen, doch vorher hatte er zehn Tage frei. Ein Freund von *babbo* besaß einen Lastwagen, der noch nicht von den Deutschen konfisziert worden war; zu Ehren von Annas Geburtstag waren sie alle zusammen in die Nähe von Brescia in die Berge gefahren, um im Wald eine Wanderung zu machten. Zia Maria hatte ihr schwaches Herz diesmal nicht als Ausrede vorgeschoben und sogar einen Kuchen mitgenommen, und natürlich auch den inzwischen achtjährigen Giacomo. Anna hatte das erste Mal in ihrem Leben auf einem, wenn auch bescheidenen, Gipfel gestanden und in die Landschaft geschaut. Auf dem Rückweg weigerte Giacomo sich, über einen kleinen Wasserlauf zwischen den Felsen zu springen. Er hatte manchmal auch vor Schatten an der Wand oder Blättern an den Bäumen Angst. *Babbo* hatte ihn auf den Arm genommen, war aber mit ihm auf einem glitschigen Felsplateau unglücklich ausgerutscht und hatte sich den Ellbogen mehrfach gebrochen. Einen Monat lang hatte er danach in der Militär-Abteilung im Krankenhaus S. Camillo gelegen. Als er endlich entlassen wurde, war sein Regiment, inklusive hundertfünfzig Mauleseln, längst an die Ostfront abberufen worden, wo es die Deutsche Wehrmacht unterstützen sollte. Erst Monate später erfuhren sie, dass Hunderte von ihnen bereits in den ersten Wochen gefallen waren, der Rest galt als vermisst oder war in Kriegsgefangenschaft geraten.

Er hat ihm das Leben gerettet, dachte Anna, als sie Giacomo jetzt hinter einem der Fenster im zweiten Stock quietschen hörte. Er sprach immer noch nicht, konnte sich aber gut verständlich machen, wenn er etwas wollte. Dort oben und auch im ersten Stock hatten sie mehrere Zimmer frei gemacht für die Verwandten von *mammas* Schwester, die beim großen Angriff der Engländer im Oktober 1942 auf Genua ausgebombt worden waren. Auch die kinderreiche Familie der Schwägerin Rosa die hier mit ihren drei Jungs eingezogen, acht, zehn und dreizehn Jahre alt und immer hungrig. Rosas Mann war mit der italienischen Armee 1940 in Griechenland einmarschiert und auf Korfu gefallen. Langsam wurde es eng im Haus. Und immer lauter. Schon kamen die drei in ihren Uniformen der *Balilla* in den Hof gestürmt, sie trugen wattierte Jacken darüber, einen Schal, aber kurze Hosen und das schwarze Barett. Als sie Anna sahen, die das Holz in die Küche gebracht hatte, nun aber wieder draußen vor den Kaninchenställen stand, verstummten sie.

»Wir gehen Patronenhülsen sammeln«, flüsterten sie ihr geheimnisvoll zu, »und die Splitter von Schrapnellen. Wehe, du sagst den Großen was!«

»Pfff. Ich bin sechzehn und selbst eine von den Großen, ihr kleinen Hosenscheißer«, erwiderte Anna und schüttelte den Kopf. »Ihr wisst, dass das gefährlich ist, seht lieber zu, wo wir etwas zu essen herbekommen!«

Sie hatte das Gefühl, die einzige Frau im Haus zu sein, die wusste, was zu tun war. Die Männer, ihr Vater mit seiner verhaltenen Schnitzkunst und die beiden stummen Greise, Onkel von Rosa aus Genua im zweiten Stock, waren nicht wirklich zu gebrauchen. Tante Maria hatte die lukrative Seidenraupenzucht schon im Sommer einstellen müssen, in ganz Cremona fanden sich einfach nicht mehr genug Maulbeerbäume, die nicht von Leuten mit derselben Idee ihres Laubes beraubt worden waren. Sie und Schwägerin Rosa nähten, sie wendeten zerschlissene Jacken und strickten, wenn Wolle da war, aber nur für den eigenen Gebrauch. Das brachte kein Geld. Geld war auch immer weniger wichtig, man musste etwas zum Tauschen haben! Das einzige Wertvolle, was sich in ihrem Besitz befand, war das Klangholz in der Halle, doch das war derzeit keine gefragte Währung, höchstens zum Feuermachen. Und dann war da natürlich *babbos* Werkzeug, aber das brauchten sie noch, um Teller und Becher zu schnitzen. Anna versuchte, die Sachen zu verkaufen, indem sie von Haus zu Haus damit ging. Ein mühsames Unterfangen, der Bedarf an Neuem war zwar da, doch Geld hatte kaum jemand in dieser Zeit und etwas zu essen auch nicht, das gab es nur auf dem Land.

Die Jungs liefen über die glatten Steine und spielten ›sich totschießen‹. Die Hühner gackerten empört und rannten in ihrem Verschlag unter den steinernen Bögen der Halle herum. Sie hatten bei sich daheim in Genua schon Tote gesehen, aber auch in dem ehemals so beschaulichen Cremona. Partisanen, von der SS erschossen, und auf den Straßen liegen gelassen. Zur Abschreckung. Anna sah nicht hin, wenn sie zufällig an diesen armen Menschen vorbeimusste, doch auch sie hatte sich an das Leben im Krieg gewöhnt. Der Beschuss aus amerikanischen und englischen Flugzeugen war beinahe normal geworden. Anna wusste, dass sie so wenig wie möglich auf den Straßen oder den Feldern um die Stadt herum unterwegs sein sollte. Doch was blieb ihr übrig, sie musste jeden Tag aufs Neue losziehen, um etwas Essbares, etwa die letzten übersehenen Kartoffeln in der halb gefrorenen Erde, zu finden. Oft tat sie das zusammen mit der drei Jahre jüngeren Elsa von gegenüber, denn auf die Männer war kein Verlass mehr, sie war praktisch die Ernährerin des gesamten Hauses. Schon ein paar Mal hatten sie sich einfach in den nächsten Graben geworfen, als die Maschinen plötzlich auftauchten. Sie waren schnell, und noch lebten sie.

»Lasst euch nicht von den Deutschen anhalten!«, warnte sie die Jungs.

»Die Deutschen sind unsere Verbündeten, während das kommunistische, perfide Pack in Rom unseren Duce verraten hat!«

»Sagt das die *maestra*?«, fragte Anna. Sie hatte ihre Schulpflicht beendet und ging seit zwei Jahren nicht mehr in die Schule. Und sie war alles andere als traurig darüber, der täglichen Kontrolle entkommen zu sein. Sie konnte sich nicht mehr um das Schicksal des Duces kümmern, den die Deutschen in einer spektakulären Aktion aus seinem Burggefängnis auf dem Gran Sasso befreit hatten, um ihn ausgerechnet hierher, zu ihnen in den Norden, zu bringen. Sie hatte genug im Haus zu tun. Seit ein paar Jahren hielten sie Hühner und Hasen, aber auch die mussten mit irgendwas gefüttert werden …

»Das sagt der Duce selber, hörst du nicht seine Reden auf Radio Monaco, wenn du in den Straßen bist?«

Anna nickte. In den größeren Straßen von Cremona waren an jedem dritten Strommasten Lautsprecher angebracht, durch die die Reden des Duces auf die Menschen herabschallten. Er brüllte so laut, dass die gewölbten Metalltrichter schepperten. Es ging um Pietro Badoglio, den Verräter in Rom und Marionette der Amerikaner und Engländer. Ihnen allen hatte die neu gegründete *Repubblica Sociale Italiana* den Krieg erklärt.

»Die Deutschen haben viel bessere Uniformen, warum haben unsere Soldaten keine schön gruseligen Abzeichen auf dem Barett?«, fragte Benito, der jüngste Sohn von Rosa.

»Die SS hat kein Barett, die tragen Mützen mit Schirm!« Der Älteste, der dreizehnjährige Andrea, war wie auch der zehnjährige Emilio ein *moschettiere*, das heißt, die beiden hatten am *sabato fascista* mit einem Holzgewehr durch die Straßen ziehen dürfen. Diese Aufmärsche gab es jetzt nicht mehr, und auch der *sabato fascista* war vom Wochenplan verschwunden, denn sie waren ja im Krieg gegen die Alliierten und die Partisanen.

»Und auf diesen Mützen haben sie den silbernen Totenkopf«, fügte Andrea mit einem bewundernden Seufzer hinzu.

Anna musste an sich halten, um nichts zu erwidern.

Ja, die Deutschen waren da. Das südliche Italien hatte sich nach der Landung der Amerikaner aus dem jahrelangen Bündnis mit dem Deutschen Reich gelöst. Die Deutschen, vom Duce als Freunde bezeichnet, waren nach dem Waffenstillstand von Cassibile in Norditalien einmarschiert. Sie hatten das Land bis hinunter nach Rom besetzt und fuhren plötzlich auch durch die Straßen von Cremona. Diese meist hochgewachsenen, blassen Männer mit den erstarrten Mienen konnten nur wenige Worte Italienisch, aber sie wohnten in den Kasernen und durften jeden kontrollieren. Die Zeitungen schrieben seitdem nur noch, was der Duce oder die Deutschen ihnen diktierten. Doch als Anna neulich den Platz vor dem Dom überquerte, kam ein Flugblatt vom Himmel geflattert. Sie hatte den Zettel rasch zusammengeknüllt, ihn beiläufig in ihren Schuh geschoben und erst zu Hause zusammen mit ihrem Vater gelesen. Der Duce sei eine Marionette von Hitler, der sich in Salo am Gardasee eher verstecke als regiere. Die Tage der *Repubblica Sociale Italiana* seien gezählt, denn die Alliierten rückten von Sizilien auf das Territorium dieser sogenannten Republik vor, es würde nicht mehr lange dauern, dass sie Rom einnahmen, hatte dort gestanden. Sie hatten das Flugblatt im Ofen verbrannt und sich gegenseitig geschworen, niemandem darüber etwas zu sagen. Außerdem beschlossen sie, das wertvolle Klangholz möglichst bald irgendwo in der Halle zu verstecken. »Wir bauen eine zweite Wand oder etwas Ähnliches. Nicht, dass die barbarischen Deutschen uns unser gutes Tonholz noch wegnehmen, um es zu verfeuern«, hatte *babbo* gesagt.

Die Jungs verließen den Hof. Anna zog die wollenen Strümpfe hoch, die Maria ihr gestrickt hatte, warf sich das weiße Tuch über, das einmal ihrer Mutter gehört hatte, und schlüpfte hinter ihnen hinaus. Sie warf einen Blick auf die andere Straßenseite. Dort drüben, zwei Häuser neben Elsa, wohnte er. Massimo. Der älteste Sohn der Campi, so hübsch, so stark, schon ein richtiger Mann, obwohl er nur ein Jahr älter als sie war, mit einem so feinen, guten Benehmen. Er starrte sie nie an, wie die anderen Männer, denen sie mit Elsa auf der Straße begegnete, sondern grüßte mit einem besonders netten Lächeln. Die wenigen italienischen Soldaten, die mit den Deutschen zusammen gegen ihre eigenen Leute im Süden kämpften, zogen sie mit den Blicken immer geradezu aus … Auch die eiskalten Blicke der Deutschen waren nicht besser, etwas Verschlagenes lauerte dahinter, das natürlich auch mit ihrem Körper zu tun hatte. Nein. Massimo war anders! Selbst als sie jetzt über das Kopfsteinpflaster, das neuerdings auf der Straße verlegt war, huschte, den Blick zum Himmel gerichtet, brachte er ihr Herz zum Schnellerschlagen. Vielleicht steht er ja am Fenster und sieht mich, dachte sie, dann klopfte sie bei Elsa. Doch ihre kleine Freundin lag mit geschwollenen Mandeln im Bett, also marschierte Anna ohne sie die ungefähr zwei Kilometer nach Süden, auf den Po zu, denn an der Böschung in der Nähe der Brücke gab es Haselnusssträucher. Vielleicht waren die ja noch nicht alle abgeerntet, vielleicht fand sie unten am Boden, im Dickicht der biegsamen Ruten, noch ein, zwei Handvoll der köstlichen Kerne. Mit einem etwas mulmigen Gefühl marschierte sie über die abgeernteten, schneebestäubten Felder. Der Wind pfiff über die Ebene unter ihren langen Rock, sie zog ihr wollenes Tuch enger um sich. Wenn jetzt eine Maschine der Alliierten auftauchte, bot sie ein gutes Ziel. Sie ging schneller, bis sie an den Fluss kam. Die Haselsträucher waren eine Enttäuschung, nichts, keine einzige Nuss war von den anderen Sammlerinnen übrig gelassen worden. Auch nicht auf dem Boden, unter den halbgefrorenen, aufgerollten Blättern. Annas Hände waren rot und vor Kälte ganz taub, als sie sich auf den Rückweg machte. Sie war erst einige Meter gegangen, als plötzlich jemand ihren Namen rief. »Anna!« Sie drehte sich um. Hinter ihr lief Massimo, er trug eine wollene Mütze, unter dem sein schmales Gesicht mit der geraden Nase und den geschwungenen Lippen noch klarer und schöner als sonst aussah. Sie blieb stehen.

»Was machst du hier so allein?«, fragte er und kam näher.

»Das könnte ich dich auch fragen!«

»Aber es ist gefährlich!«

»Für dich nicht?« Anna versuchte, ihrem Ton etwas Neckisches zu geben, was ihr nicht recht gelingen wollte, denn ihre Lippen und auch ihre Stimme schienen eingefroren.

»Ich bin ein Mann!«

»Du bist siebzehn, sie können dich holen und nach Deutschland schicken!«

Hinter vorgehaltener Hand hörte man viele grausige Geschichten von italienischen Soldaten, die sich geweigert hatten, mit den Deutschen zusammen zu kämpfen. Wie auch die wenigen stadtbekannten Kommunisten waren sie angeblich nach Deutschland zur Zwangsarbeit geschickt worden oder auch in die »Lager«, in denen man nichts zu essen bekam und sich zu Tode hungerte.

»Mein Asthma hat mich bisher gerettet, aber auch wenn das nicht mehr zählen sollte, haue ich ab zu den Partisanen in die Berge bei Florenz oder in die Abruzzen! Die kriegen mich nicht!« Er sah ihr tief in die Augen. »Kommst du mit mir?«

Sie nickte. Natürlich. Ehe man ihren geliebten Massimo zu den brutalen Totenkopf-Deutschen schickte, würde sie mit ihm gehen.

»Gut.« Er lächelte, und in seinen dunkelbraunen Augen sah sie den wärmsten, schönsten Schimmer, mit dem ein Mensch auf dieser Erde sie je angesehen hatte. »Hier, nimm die.« Er holte etwas aus seiner Manteltasche und hielt es ihr hin.

»Walnüsse«, rief sie erstaunt aus. Die drei Nüsse waren klein und ihre Schale ganz schwarz, doch es war ein wunderbares Geschenk.

»Ich habe noch mehr.« Er klopfte auf seine ausgebeulten Manteltaschen. »Auf der anderen Seite der Brücke, hinten beim Munitionslager der 232. *Divisione* in Piacentino, stehen ein paar Bäume, unter denen liegt noch einiges im Laub. Da traut sich keiner hin.«

»So weit bist du gegangen?« Anna wollte die Walnüsse schon nehmen, doch sie zögerte und hielt ihre Hand extralang über der seinen. Würde er es merken? Ja, er umfing sie, und nun hielten sie die Walnüsse zu zweit.

»Bekomme ich einen Kuss?«, fragte er und schaute hinter sich und nach oben an den Himmel. Niemand war zu sehen, außer einem mageren Hund hinten an der Uferböschung waren sie ganz alleine auf dem Feld. Anna sagte nicht Ja, nicht Nein, so überwältigt war sie von dem, was Massimo ihr da plötzlich alles anbot, sie spürte die Kälte nicht mehr, als seine Lippen sich ihren näherten. Dieser graue Dezembertag war der schönste Tag in ihrem Leben! Sie würde nach dem Kuss ihm gehören, kein Zweifel, denn die Nachbarn würden sofort reden, wenn man sie in der Straße zusammen sah. Aber sie war doch schon so lange verliebt in ihn, und *babbo* mochte ihn auch, und war er nicht ehrlich und gut erzogen …? Seine

Lippen lagen auf ihren, sie waren kalt, wie auch seine Nasenspitze, doch nun umfing er sie mit seinen Armen und wärmte sie mit seinem dicken Mantel. »Du bist das schönste Mädchen, das ich kenne«, raunte er mit heiserer Stimme ganz dicht an ihrem Mund, »und ich werde es meiner Mutter sofort heute sagen, dass ich dich heiraten werde, aber sonst niemandem, denn wir müssen vorsichtig sein!« Anna nickte und schob ihr Kinn etwas vor. Er sollte sie endlich küssen!

»Wenn ich eines Tages weg sein sollte und sie mich suchen, dann kommen sie zu dir und holen dich. Diesen Gedanken ertrage ich nicht.«

Aber du nimmst mich doch mit, wenn du gehst, dachte Anna und nickte wieder, und dann küsste er sie.

Wir haben unsere Liebe besser als das wertvollste Klangholz versteckt, dachte Anna zwei Jahre und einen Monat später, während sie im Hof stand, um Agata, eine der braunen Hennen, zu fangen, die sie schlachten wollte, bevor das arme, ausgemergelte Tier vor Entkräftung von selbst umfiel. Es war Januar 1945, wieder waren die Steine im Hof mit Schnee bestäubt, wieder war es ebenso kalt und unwirtlich wie damals, als sie den ersten Kuss auf dem Feld getauscht hatten. Huhn Agata ruckte mit dem Hals und kam vertrauensvoll auf sie zu. Anna presste die Lippen zusammen und entschuldigte sich in Gedanken bei der Henne für ihr bevorstehendes Ableben. Es blieb ihr nichts anderes übrig, als zu warten, denn obwohl Massimo es ihr versprochen hatte, war er ohne sie gegangen.

Sie hatten ihn nicht eingezogen, sondern im Frühjahr in die *Todt* geschickt, eine zivile Arbeitsorganisation, in der alte und junge Männer gezwungen wurden, Gräben auszuheben, von Bomben zerstörte Eisenbahnlinien zu reparieren und Bunker am Ufer des Po anzulegen. Massimo musste trotz seines Asthmas hart arbeiten. Ihre Treffen wurden immer seltener, doch er sagte, er habe die Stellungen der Deutschen bei dieser Gelegenheit schon einige Male ausspionieren können. Jedes Mal, wenn er schnell und heimlich zu ihr in den Hof gehuscht war, hatten sie sich in der Halle geküsst, sich umarmt und ihre Liebe gestanden.

Die Deutschen waren im Sommer 1944 endlich aus Rom vertrieben worden, sie hatten die besetzten Gebiete aufgegeben und sich bis nördlich von Florenz zurückgezogen. Die Alliierten rückten immer näher und bombardierten Milano, Genua, Torino. Am Tage aber auch in den Nächten waren die Flugzeuge gekommen, noch war Cremona verschont worden, doch sie hatten sie über sich gehört und das Flackern am Himmel sehen können.

Als die Alliierten-Flugzeuge am 12. Juli 1944 die Brücke über den Po zerstörten und am nächsten Tag, elf Uhr mittags, auch das Stadtgebiet bombardierten, war Massimo das letzte Mal zu ihr gekommen. Sie waren Hand in Hand in die Halle gegangen, in der die Nachbarn Wagen und Karren vor den Deutschen versteckten, und hatten sich dort unter den Detonationen der Bomben beraten. Massimo trug eine unauffällige dunkle Hose und eine graue Jacke, seine Haare waren kurz, er war unbewaffnet. »Wenn der Angriff vorbei ist, schlage ich mich in dem Chaos des Bombenhagels zu den Patrioten durch, ich lasse dir so schnell wie möglich eine Nachricht zukommen«, hatte er gesagt.

»Woher weiß ich, ob sie von dir ist?«

»Er oder sie wird dich fragen, ob du Walnüsse kaufen möchtest.« Sie hatten sich angelächelt, und Anna war sich wieder sicher, sie hatte den schönsten, mutigsten, schlausten Mann der Welt gefunden! Natürlich hatte sie Angst um ihn gehabt, doch sie wusste, er war vorsichtig. Er würde sich niemals einfach mit einer Gruppe von Widerständlern auf dem Corso Campi mit einem Maschinengewehr aufbauen und auf einen deutschen Panzer feuern, wie kurz vor dem Luftangriff auf die Stadt geschehen. Schnell waren die Partisanen damals überwältigt worden und lagen erschossen auf dem Pflaster. An den Mauern der Häuser waren die Spuren dieser Schießerei noch Wochen zu sehen.

»Am liebsten würde ich sofort mitkommen!«, hatte Anna gesagt, und sie hatten beide auf ihren Fuß geschaut. Sie war im Hof in eine Scherbe getreten, der Ballen war entzündet, rot und dick.

»In ein paar Tagen!« Er hatte sie noch einmal zärtlich geküsst, dann war er verschwunden.

Kurz darauf wurde das Waffen- und Munitionslager der 232. *Divisione* in Piacentino, nahe des Flusses, getroffen. Anna hatte an die Walnussbäume denken müssen, auch von ihnen war vermutlich nichts mehr übrig, bis auf die drei kleinen Walnüsse, die sie wie einen Schatz in einem kleinen Kistchen verwahrte. Kurz darauf hörte man, dass die Kasse der *Divisione* dabei abhandengekommen war, wie auch eine beträchtliche Anzahl von Waffen. Anna hoffte, dass ihr geliebter Massi sich hatte bewaffnen und den Partisanen anschließen können, die sich in den Wäldern der Umgebung versteckten. Doch es kam keine Nachricht von ihm. Nicht wie verabredet drei Tage später, nicht in der nächsten Woche. Dem nächsten Monat, dem nächsten Jahr.

Anna schnappte sich das Huhn und klemmte es sich unter den Arm. Wie lange würde es noch dauern, bis die Alliierten ganz

Italien eingenommen hatten? Würde das Jahr 1945 endlich das Ende bringen? Bologna war schon so oft bombardiert worden, man konnte es gar nicht mehr zählen, auch Parma war im Frühjahr vor einem Jahr schwer zerstört worden. »Ganz ruhig, dir passiert ja nichts«, wisperte sie Agata zu. Eine Lüge, so wie auch Mussolini sie angelogen hatte, als er sagte, dass die Deutschen ihre Freunde seien. Aber Massimo, der würde sein Wort halten, das wusste sie.

Im 24. April 45 fand Anna ein Flugblatt vor der Haustür, diesmal nicht vom Himmel flatternd, sondern vom CLN, dem *Comitato di Liberazione Nazionale,* bündelweise in den Straßen der Stadt verteilt:

Patrioti von Cremona! An alle Einwohner! Es schlägt die Stunde, von der wir alle seit langer Zeit geträumt haben, wir erheben die Waffen gegen die faschistischen Verräter, die unser Italien an die deutschen Besetzer verkauft haben, die lügnerisch, räuberisch und plündernd gegen die friedfertigen Bewohner des Landes vorgegangen sind. In Germania und in Italia schlagen die alliierten Truppen gerade den Feind, der sich auf der Flucht befindet. In dieser schweren, doch herbeigesehnten Stunde ruft der CLN von Cremona die Partisanen, die Patrioten und alle demokratischen Einwohner zum Kampf und zur Eintracht auf! Der nationale Aufstand wird sich in ganz Italien entzünden! Einwohner an die Waffen gegen die Faschisten und gegen die Deutschen! *Viva il CLN! Viva l'Italia libera!*

Tage des Chaos folgten, in denen Anna und ihre Familie sich nicht aus dem Haus wagten. Die verbliebenen Deutschen in der Region, immerhin tausendfünfhundert SS-Männer und dreitausend Soldaten, begaben sich auf den Rückzug, wo sie auf die immer zahlreicheren Partisanen trafen und sich die letzten Kampfscharmützel des Krieges abspielten. Bürgermeister Farinelle, dieser egoistische Ausbeuter der von den Deutschen gegebenen Macht, und seine Getreuen hatte noch großspurig verhandeln wollen, gingen die Gerüchte, doch das Komitee setzte ihn unter Druck. Es gäbe für ihn und die Deutschen nur die totale Kapitulation oder sie würden zugrunde gehen. Farinelle verließ Cremona dennoch zunächst unbehelligt am 26. April mit einem vollgeladenen Wagen, in Begleitung seiner Sekretärin, und dem Herausgeber der Zeitung *Regime fascista*. Bis nach Vimercate, kurz vor Monza, schaffte er es, stoppte dann aber nicht auf Geheiß der Partisanen und endete wie auch seine Begleiter im Kugelhagel eines Maschinengewehrs auf der Piazza der Stadt.

Cremona befreit! Lombardia, Piemont e Liguria in den Händen der Patrioten!, schrieb die eilig gegründete *Fronte democratico* am 29. April.

Auch Benito Mussolini hatten sie entdeckt, als er sich in einer deutschen Uniform auf einem Lastwagen Richtung Alpen machte. Die Partisanen hatten ihn sofort erschossen und ihn und seine Geliebte an einer Tankstelle an den Füßen aufgehängt. Anna hatte sich das Foto in der *Fronte democratico* mit einem Schaudern angeschaut. Irgendjemand hatte der Geliebten den Rock um die Beine gebunden, damit sie nicht völlig entblößt wäre. Anna fand alle Menschen nur noch widerlich. Sieger und Besiegte.

Als die Engländer und Amerikaner mit ihren Lkws voller Soldaten in Cremona einfuhren, stand Anna mit *babbo* und ihrer Nachbarin Elsa am Straßenrand des Corso Campi. Es war warm, vom Torrazzo-Turm neben dem Dom flatterte die italienische neben einer weißen Fahne im milden Wind. Die Menschen um sie herum waren euphorisch, auch Elsa rief mit den anderen »*Viva i liberatori!*« und winkte. In der ersten Reihe standen die drei Brüder aus Genua, die in Annas Haus wohnten, und die vor Kurzem noch die schwarzen Hemden getragen und bei jeder Gelegenheit den faschistischen Gruß gezeigt hatten.

»Schau sie dir an«, sagte *babbo* in Annas Ohr. »Ist die Welt schlecht oder einfach nur gleichgültig? Nun jubeln sie anderen Soldaten in anderen Uniformen zu. Und das wird immer so weitergehen …«

Anna zuckte mit den Schultern. Sie war zwar erleichtert, gleichzeitig aber auch angeekelt von den charakterlosen Menschen und vor Sorge ganz durcheinander. Wo war Massimo? In den letzten Tagen als die Deutschen aus den Kasernen und mit ihnen die letzten italienischen *fascisti* flohen, hatte es viele Tote gegeben. Manchmal wurde wild aus den fahrenden Wagen herausgeschossen, einige Patrioten, Partisanen und auch ganz normale Bewohner der Stadt hatte es getroffen. Anna winkte den fremden Lkws zu und zermarterte sich gleichzeitig den Kopf. An den Straßen gab es überall Kontrollen, um die letzten fliehenden Deutschen zu entwaffnen und gefangen zu nehmen. Die Patrioten würden Massimo doch wohl als den Ihren erkennen und ehren, wenn er seinen Fuß wieder in die Stadt setzte! Anna riss sich zusammen. Heute war ein Freudentag! Sie lachte nun doch mit den anderen und rief den glatten Gesichtern der Amerikaner und Engländer ein *benvenuti* zu.

Jetzt, wo sie Frieden hatten, würde sie endlich die Werkstatt wieder öffnen können. Vielleicht waren sie zunächst immer noch darauf angewiesen, andere Gegenstände aus Holz zu schnitzen, um Geld zu verdienen, doch auch diese Zeit würden sie überstehen! Einer der amerikanischen Soldaten sprang von seinem Kotflügel, auf dem er lässig gesessen hatte, und lief auf sie zu. Elsa, gerade fünfzehn, die sich zur Feier des Tages in ihr schönstes geblümtes Kleid geworfen hatte, rief *»hello, hello, welcome!«* und breitete die Arme aus. Aber der Soldat hatte es auf Anna abgesehen. Er grinste mit perfekten weißen Zähnen, blieb vor ihr stehen und zeigte mit dem Finger auf seine Wange. Er wollte einen Kuss von ihr! Einen Kuss! Niemals! *Liberatore* hin oder her! Sie lächelte ihn an und verneinte. »Ich tu's!«, rief Elsa, sie stellte sich auf die Zehenspitzen und knallte dem Soldaten von rechts einen Schmatzer ins Gesicht. Er zog zufrieden ab.

Babbo schaute sie nur an. Anna konnte seinen Blick nicht deuten. War er nun strafend oder zustimmend, fragte sie sich. Auch nach dem Krieg würde es nicht einfacher mit den Männern, wusste Anna plötzlich. Egal, ob die Sonne schien und der Wind warm wehte, Männer waren gefährlich, unberechenbar und wollten meistens nur das eine. Nur einer war anders! Wenn ihr Massimo nur bald zurückkäme!

6

»Und dann bist du einfach wieder gegangen? Und der jüngere Typ, wo war der?«, fragte Gitta.

»Den habe ich nicht mehr gesehen.« Fabio, dachte Luna. Ein kurzer, aber dennoch klangvoller Name. Fab-i-o. Ein attraktiver Mann, mit einem schönen Mund und tollen dunklen Augen ... Aber Manieren hatte er keine.

Gitta schüttelte den Kopf und schnalzte mit der Zunge. »Wir müssen da noch mal hin, du hast dich viel zu früh rausschmeißen lassen!«

»Niemand hat mich rausgeschmissen, sie waren nur nicht gerade sehr freundlich. Kann man ja auch verstehen, oder nicht?«

»Die hatten Angst, dass du ihnen ihre ranzige Werkstatt wegnimmst, na klar. War es wirklich so schlimm da?« Gitta zog sich vor dem Essen ihre Lippen noch einmal nach, mit dem einzigen Zweck, ein paar ordentliche Abdrücke auf Gläsern und Servietten zu hinterlassen, hatte sie Luna gestanden.

»Du kannst es dir nicht vorstellen, so ein Chaos habe ich noch nie gesehen, weder in einer Werkstatt in Mittenwald noch bei den Münchner Kollegen meiner Mutter.«

Gitta hob ihr Glas mit dem Weißwein. »Auf Anna Battisti! Und dass du sie gefunden hast!«

»Es ist ein tolles Gefühl, Mama hatte recht!« Luna stieß mit Gitta an. »Hätte nie gedacht, dass das so wichtig für mich sein könnte.«

»Aber wir sind ja erst am Anfang der Recherche. Dein Vater ist in Sizilien geboren, sagst du. Wie ist er da gelandet? Und vor allem: Wie ist *Anna* da gelandet?« Gittas blaue Augen leuchteten neugierig.

»Keine Ahnung.« Luna winkte ab, doch sie fühlte sich seit Langem wieder lebendig und verspürte den kribbelnden Wunsch, noch viel mehr über ihre *nonna* herauszufinden. Würde sie das allerdings vor Gitta eingestehen, hätte die bestimmt sogleich ein paar Vorschläge parat, die Luna nicht hören wollte. »*A proposito* Recherche. Was hast du heute erreicht?«, fragte sie.

»Ach.« Gitta seufzte genervt. »Ich habe mir das alles etwas einfacher vorgestellt, Italien ist so anders, wenn man nicht nur im Hotel ist, sondern mittendrin steht ... Mal denke ich, ich habe die italienische Lebensart kapiert, und dann bringt mich alles, was ich sehe, doch nur ordentlich durcheinander. Die Männer zum Beispiel ...« Während Luna ihre Gnocchi aß, hielt Gitta ihr eine lange Rede, warum es so schwierig für sie war, eine geeignete Hauptfigur für ihre Geschichte zu finden. »Ich wusste natürlich, dass sie hier in Italien nicht alle so schick und sexy sein können wie in der Ramazzotti-Werbung und mitnichten Tag und Nacht mit ihren Vespas durch die Gegend knattern, aber ... hier fahren sie Smart, das unsexyste Auto für einen Mann *ever*, wenn du mich fragst, oder Fahrrad und haben bollerige Jogginghosen an und tragen lange Haare oder Bärte oder beides und keiner spricht Englisch, dschast a littell-bitt, und das war's dann wirklich. Ich verstehe gar nicht, warum. Was lernen die denn in der Schule? Und wo ist der Latin Lover?«

Luna grinste hinter ihrer Serviette, mit der sie sich die Tomatensoße aus den Mundwinkeln tupfte. »Jogginghosen und Smarts? Ist doch noch gar nichts. Wir gehen nach dem Essen noch mal zu den Gebrüdern Amati. Dann zeige ich dir, wie schmutzig, ungepflegt und antiramazzottimäßig Italien sein kann.«

»Na prima, das wird cool: echte Italiener mit einem Sauberkeitsproblem.«

»Na ja, der Jüngere hatte gewaschene Haare. Und war rasiert. Immerhin.« Sie lachten.

»Vielleicht lasse ich die Familie von Morgana in dem Haus leben!«, sagte Gitta nun wieder voll entflammt. »Das sind die, die ihr dann richtig Ärger machen!«

»Wer ist Morgana?«

»Ach so, das kannst du ja nicht wissen, ich habe meine Hauptfigur schon wieder umbenannt. Den Namen habe ich heute Morgen auf der Straße gehört und finde ihn einfach toll! Morgana! Wie Fata!«

Es war gerade mal zwei, als sie den runden Platz mit den ausladenden Bäumen und den Tischen und Stühlen darunter erreichten. Er war leer, nur die alte Dame saß wieder, oder noch immer, auf ihrem Stuhl. Die zwei winzigen Hunde schnüffelten diesmal an langen Leinen um sie herum.

»Ich glaube, zu dieser Zeit macht man in Italien noch Mittagspause«, sagte Luna und zeigte Gitta aus der Entfernung das Haus mit dem Bauzaun. »Lass uns einen Kaffee trinken und die Brüder um Punkt halb drei aufscheuchen.«

»Aufscheuchen! So gefällst du mir«, sagte Gitta und kicherte. »Vielleicht kann ich heimlich ein paar Fotos schießen, Stevie hat mir seine teure Kamera mitgegeben. Die beste

Spiegelreflex der Welt, sagt er. Allein das Gehäuse kostet, ach ... egal.«

»Wenn sie uns überhaupt noch mal reinlassen.« Luna verzog skeptisch ihr Gesicht. »Dabei war dieser Fabio am Anfang eigentlich richtig nett, der hat mich echt ...« Sie brach ab.

»Angemacht?«

»Nein, äh. Ange*lacht*, so herzlich und offen, als ob ...«

»Also ging da was?« Gitta schob neugierig den Kopf vor, als sie sich auf einen der Stühle in den Schatten setzte. »Die Sache mit Diamantino ist für dich schon beendet, oder?«

Luna setzte sich ebenfalls. »Ja«, sagte sie, ohne nachzudenken und wusste im selben Moment, dass es stimmte. »Ich fühle gar nichts mehr für ihn, ich mag ihn noch, also ich hasse ihn nicht, aber wenn ich an ihn und seinen Körper denke, will ich ihn nicht neben mir haben, verstehst du?«

»Du fühlst *nichts* mehr?«

»Für ihn nicht, nein. Ich habe auch keine Lust, ihm zu schreiben oder so. Ich habe keine einzige seiner Nachrichten beantwortet.«

»Irgendwann musst du mit ihm reden!«

»Ja, ich weiß. Aber seit seinem peinlichen Heiratsantrag ist alles, was vorher noch da gewesen sein könnte, wie ausgeknipst. Auch körperlich, wenn du verstehst, was ich meine ...«

»Kenne ich! Klarer Fall von Entliebtheit«, sagte Gitta.

»Und dann sehe ich diesen Typ, diesen Fabio im Halbdunklen, und rieche seinen Körper und denke plötzlich, wow, ja, könnte ich mir glatt vorstellen ... Wie abartig ist das denn?«

»Da denkt ein anderes Körperteil für dich, meine Liebe, und das ist gut so!« Gitta grinste. »Champagner«, rief sie dem Mädchen zu, das mit einem Lappen an ihren Tisch trat und ihn abwischte.

»*No, no! Un caffè!*«, berichtigte Luna sie. »Wenn ich jetzt weitertrinke, lalle ich dem knurrigen Bruder nur noch ins Ohr!«

»Gut, aber ich nehme einen!«

Champagner gab es nicht, wie sich herausstellte, und Luna bestellte für Gitta einen Prosecco, als die beiden weißen Hunde auf einmal um die Wette bellten und um die Beine der alten Dame herumliefen.

»Herrje, die haben sie echt gefesselt, sie kann ja überhaupt nicht mehr aufstehen«, sagte Gitta, nachdem sie dem Hundetreiben eine Weile zugeschaut hatten. »Mach doch mal was, Luna!«

Das war typisch für Gitta, sie organisierte gerne, ließ aber andere Menschen die Arbeit machen. Luna erhob sich seufzend. Geseufzt hatte sie schon seit ein paar Stunden nicht mehr, aber es tat gut.

»Kann ich Ihnen helfen, Signora?«, sagte sie zu der alten Dame, »Sie sind ein wenig eingewickelt und können ja gar nicht mehr aufstehen.« Die kleinen Köter hatten sich unter dem Stuhl versteckt und kläfften sie jetzt in den höchsten Tönen an, zu denen sie fähig waren. Ihre dunklen Knopfaugen quollen beinahe aus ihren Köpfchen, jeder nur so groß wie ein Apfel, und ihr Gebell klang eher wie ein Niesen.

»Ah, ja. Brutus und Cesare treiben es gerne mal wild. Ich wollte aber noch gar nicht aufstehen und nach Hause gehen, danke. Meine Schwiegertochter holt mich ab, wenn mein Stündchen hier vorbei ist.«

Die Schwiegertöchter scheinen in dieser Stadt allesamt wichtige Aufgaben zu übernehmen, dachte Luna.

»Ich sitze hier jeden Morgen und mittags nach dem Essen, denn schlafen wie ein kleines Kind? Kommt für mich nicht infrage! Raten Sie mal, wie alt ich bin, junge Dame!« Die Frau lachte triumphierend aus ihren wässrigen Augen, ihr Gesicht war von Altersflecken jeder Größe und Schattierung übersät, ebenso ihre Handrücken.

»Oh, ich weiß nicht, Sie wirken noch so fit. Achtzig?«

»Einundneunzig Jahre, *tesoro*! Ich, Elsa Bergonzi. Ja, das bin ich.«

»Meine Güte, das hätte ich nicht gedacht. Dann sind Sie Jahrgang …?«

Luna rechnete.

»1930, meine Liebe! O ja, ich habe die Zeit mit dem *Duce* erlebt! Ein schrecklicher Mann war das, überall hingen Bilder von ihm, und er ließ jedes Jahr Postkarten in Heldenposen von sich drucken, aber bei uns zu Hause mochten wir ihn trotzdem nicht, wir waren froh, als die Zeit und der Krieg vorbei waren, und die Amerikaner kamen. Und am Ende haben ihn die Patrioten ja auch erwischt, bevor er fliehen konnte.«

Luna war auf einmal wie elektrisiert. »Und Sie haben immer hier in Cremona gelebt? Hier an diesem Platz?«

»Aber ja. Geboren, gelebt, den Krieg *überlebt*, geheiratet, meine Kinder bekommen, und hier werde ich auch sterben!«

»Dann kennen Sie vielleicht auch meine Großmutter, Anna! Anna Battisti, sie hat dort vorne in dem Haus gewohnt. In der Viale Etrusco.«

»Anna? Ja natürlich. Die habe ich gut gekannt, die war ja nur drei Jahre älter als ich. Sie ging ja schon vor mir in die Schule, da war ich neidisch!«

Luna zog sich einen Stuhl heran und setzte sich schnell, bevor ihre Knie vor Aufregung nachgaben. Sie sah, wie Gitta Fotos von ihr machte und lächelte. Stör uns nicht und sag mal nichts, bedeutete sie der Freundin mit den Händen. Das hier ist zu wichtig! »Anna war meine Großmutter! Erzählen Sie doch bitte! An was erinnern Sie sich, wie war sie?«

»Ja, ja«, die wässrigen Augen schauten sie versonnen an, »jetzt, wo du es sagst, du siehst ihr ähnlich, Kind!« Die alte Dame langte mit ihren gefleckten Händen nach Lunas Haar, das sie wie immer in einem Knoten auf dem Kopf trug, reichte aber nicht ganz heran. Luna beugte sich ein wenig vor. An dem leisen Klicken hörte sie, das Gitta weitere Fotos schoss.

»Du hast ihre Augen und ihre Nase, die dunklen Haare, genau die gleiche Farbe, aber sie trug sie immer in zwei Zöpfen, die sie seitlich flocht, sodass sie ihr Gesicht umrahmten! Hast du einen Kamm? Ich brauche einen Kamm!«

Luna sprang auf und holte einen Kamm aus ihrer Handtasche.

»Dreh dich um, Kind, ich habe ja allen in der Straße immer die Haare gemacht, hab's nie gelernt, das wollte mein Vater nicht, aber war darin richtig gut! Darf ich?«

Luna drehte den Stuhl um, setzte sich, streifte das Haargummi ab, ließ ihre Haare herabfallen und spürte, wie die alte Dame den Kamm sanft hindurchzog.

»Die hatte es nicht leicht, die Anna. Die Mutter war ihr gestorben, ach, noch vor dem Krieg, da war ich gerade sieben und sie zehn, ja zehn muss sie gewesen sein. Hat dem Vater immer geholfen, hat viel gearbeitet, aber nichts verdient, ich wurde oft mit einer *minestrone* rübergeschickt, damit sie was zu essen hatten.«

Luna wollte sich gerne umdrehen, doch das ging jetzt nicht, ihre Haare wurden schon mit sicheren Händen geteilt und seitlich geflochten. »Und Annas Vater?«

»*Il mano*, so wurde Giorgio ja genannt. Ein guter Mann, er war sehr ruhig und so geschickt mit den Händen. Während des

Krieges und auch danach, als dann erst recht keiner mehr Geigen kaufen wollte, da hat er schöne Sachen aus dem Horn von Kühen geschnitzt. Kleine Trinkbecher und Haarspangen und Nadeln zum Feststecken, die hat er verkauft. Anna hat ihm geholfen, und wir haben immer Blätter für die Raupen gepflückt, hier von diesen Maulbeerbäumen über uns, ganze Äste, bis die Bäume unten schon kahl waren und die Leute uns weggescheucht haben. Danach mussten wir weiter hinaus, bis vor die Stadt laufen. Ach, das war ein Gewimmel! Ihre Patentante, die bei ihnen wohnte, die hatte einen Sohn mit einem Wasserkopf, ach, der Giacomo, der war so lieb ... aber wo war ich stehengeblieben?«

»Blätter für die Raupen?«

»Ach ja, die Zia Maria hielt sie auf einem der halb eingezogenen Böden im Haus. Manchmal sind sie durch die Ritzen der Dielen gefallen und ihnen auf den Kopf und ins Essen.« Die alte Dame kicherte.

»Was für Raupen waren das?«

»Na, Seidenraupen, für die bekam man gutes Geld!«

»Sie haben Seide in ihrem eigenen Haus hergestellt?«

»Natürlich nicht, wir haben die Raupen gefüttert, bis sie sich verpuppten, die Puppen haben wir dann verkauft! Kleine bräunliche Dinger waren das.«

»Und die Geigen?«

»Oh, die Geigen, die waren Annas wahre Leidenschaft!« Die Finger der alten Dame bewegten sich jetzt immer schneller in Lunas Haar. »Sie saß stundenlang in der Werkstatt und hat *il mano*, ihrem *babbo* geholfen.«

»Wie alt war sie da?«

»Ach, sie war jung, schon als Kind hat sie damit angefangen.«

»Ich habe eine dabei, die sie gemacht hat.«

»Nein!« Die Hände der alten Dame ließen die verschiedenen Flechten fallen, und Luna spürte, wie der Zopf, der sich über ihrem Ohr entlangzog, weich auseinanderfiel. Sie sprang auf und holte LA PICCOLA vom Nebentisch. »Hier!« Sie schlug den Kastendeckel auf.

»Das ist sie, ich erkenne die Farbe, immer noch so kräftig!« Die alte Dame hielt sich die Hand vor den Mund, ihre faltigen Finger zitterten. »Nein, dass ich sie noch mal wiedersehe! *Oh no, oh no!* Wie lange ist das her …« Ihre Stimme wurde noch brüchiger. »Nur diese kleine Geige hat sie mitgenommen, als sie damals auf und davon ging. Sie hat Ärger bekommen, von den anderen Geigenbauern, den Männern, denn sie wollte ja nicht … Ach, sie hatte es so schwer, habe sie nie wiedergesehen. *Dio mio*, Anna, wie oft habe ich an dich gedacht!« Ihre Augen füllten sich mit Tränen, und Luna spürte, wie bei ihr dasselbe passierte, es war ihr peinlich, aber es war auch schön. Deswegen lachte und weinte sie gleichzeitig, während sie die Nässe aus ihrem Gesicht wischte. »Die Anna, die Anna ist wieder da!«, wiederholte die alte Dame, ohne Lunas Gesicht aus den Augen zu lassen.

Gitta erfasste den Ernst der Lage, sie legte die Kamera beiseite, versorgte sie beide mit Taschentüchern und drückte Luna ihre Tasse mit dem Espresso in die Hand. Für Elsa hatte sie ein Glas Wasser bestellt. Luna lächelte dankbar zu ihr hoch. »Ich übersetze dir gleich alles, okay? Sie kannte meine *nonna* Anna!«

»So viel habe ich auch verstanden!« Gitta zog sich wieder zurück, und Luna bombardierte die alte Dame mit Fragen.

»Warum ist Anna gegangen, warum hat sie Ärger bekommen, mit welchen Männern überhaupt, was wissen Sie darüber?«

»Ach, das ist eine lange komplizierte Geschichte, die anfing, nachdem der Giorgio unter diesen vermaledeiten Pferdewagen geraten war. Der Arme! Er hatte so viele Knochen gebrochen, die Beine, und seine schönen Hände auch. Zwei Tage später war *il mano*, die gesegnete Hand des Viertels, tot, Gott habe ihn selig.« Sie bekreuzigte sich. »Anna wollte die Werkstatt weiterführen, aber das haben die ihr verboten, obwohl es ja sowieso keine Aufträge gab.«

»Wer? Wer waren *die*?«

»Na, die wenigen Geigenbauer, die es noch gab. Und die von der Schule, die sagten, sie sei nicht berechtigt. Sie hat dann diese kleine Geige gebaut, weil sie denen beweisen wollte, dass sie das Handwerk beherrscht, aber sie haben sie gar nicht ernst genommen. Nur der Mollari, der nicht! Ferdinando Mollari: Der stammt aus der ältesten Familie der Geigenbauer hier bei uns, die hatten ihre Werkstatt schon damals direkt am Platz, um die Ecke von der Kathedrale. Der Mollari also, der wollte der Anna helfen, die Werkstatt behalten zu können. Dafür hätte sie aber seinen Sohn heiraten sollen, und das wollte sie nicht.«

»Die wollten sie zwingen …?«

»Manuele Mollari war ein Angeber, er kam zum Verlobungsbesuch und hat sie und das Haus schon wie seinen Besitz abgeschätzt und betrachtet. Anna war sehr schön, und er auch, sie hätte ihn schon gerne genommen, wenn er nicht so respektlos gewesen wäre. Er hat sie schon vor der Ehe haben wollen, na du weißt schon, und niemand glaubte ihr, denn sie hatte ja nur noch ihre Patentante, die Zia Maria. Die Frau war die Mutter vom kleinen Giacomo, aber der war schon tot damals, die Zia Maria also hat die Anna bekniet, bloß keinen Ärger zu machen. Sie habe ein schwaches Herz, behauptete sie immer, und wollte die Verantwortung für sie wohl schnell loswerden.«

Luna rauschte der Kopf von all den Namen, doch Elsa strich nur unablässig über den zierlichen Geigenhals von LA PICCOLA, sodass die Saiten leise sangen. »Und Mollari Senior, von dem sie so viel gehalten hat, der hat sie auch nicht verteidigt, da ist sie gegangen. Eines Morgens war sie nicht mehr da. Das Haus war leer. Die Werkstatt verlassen. Ich habe so geweint!«

»Wie alt waren Sie da?«, fragte Luna.

»Ich war zweiundzwanzig und gerade verlobt, und die Anna, die war eben noch nicht verlobt und schon fünfundzwanzig.«

Luna rechnete. »Und im gleichen Jahr ist sie damit verschwunden?«

»Ja.«

»Und wohin wissen Sie nicht?«

»Doch. Heute schon, aber das kam damals ja alles erst später heraus. Als die Schwester von *il mano*, vom Signor Battisti, aus Frankreich hier ankam und Haus und Hof verkauft hat, es muss Mitte der Fünfzigerjahre gewesen sein, vielleicht '54 oder '55, da erst wussten wir, dass Anna nach Sizilien geflohen war, zu ihrer anderen Tante.«

»Mein Vater ist in Sizilien geboren!«, sagte Luna aufgeregt.

»Wann?«

»1952. In Marsala.«

»Marsala?«, warf Gitta ein, die nur dieses eine Wort des Gesprächs verstanden hatte. »Soll ich euch einen bestellen?«

»Das ist zwar ein Dessertwein, aber auch ein Ort auf Sizilien«, erklärte Luna.

»Oh, ich dachte, den kann man nur trinken.«

»Also hat man sie dort sofort verheiratet.« Elsa verzog bekümmert ihr Gesicht.

»Aber vielleicht war es ja auch freiwillig? Vielleicht hat sie ja einen netten Mann gefunden? Keinen Angeber ...«, schlug Luna vor.

»Nein, nein, da war irgendwas nicht in Ordnung. Das habe ich damals gespürt.«

Luna seufzte. Sie tappte völlig im Dunklen, was diesen Teil der Familie anging. Sie musste unbedingt ihre Mutter anrufen und fragen, was sie wusste. »Mein Vater hat die Geige damals zu meiner Mutter nach Deutschland in die Werkstatt gebracht. So haben sie sich kennengelernt.«

»Also muss Anna die kleine Violine immer in Ehren gehalten haben, und deswegen war das Instrument auch dem Sohn lieb und teuer!« Elsa zeigte mit dem Finger auf sie. »Was wissen Sie noch? Hatte er Geschwister?«

»Ich weiß es nicht.«

»Und er ist in Sizilien aufgewachsen?«

»Keine Ahnung, ich glaube, er war lange in Torino, bei FIAT, Autos bauen. Davon hat meine Mutter mal erzählt.« Luna zuckte mit den Schultern. »Ich weiß kaum etwas über ihn.«

»Also ist er tot? Mein Beileid, *tesoro*! Du solltest dennoch mehr über ihn wissen, er war dein Vater!«

»Er *ist* mein Vater, ich denke, er lebt noch. Er hat uns verlassen, als ich noch klein war.«

»Aha. Verstehe.« Elsa sackte ein wenig in sich zusammen, bemerkte Luna, sie hatte Mühe, die Augen offen zu halten.

»Alles in Ordnung?«

»Liebes Kind, ich muss nach Hause. Ich habe manchmal Schlafattacken, das ist unangenehm, aber nicht zu ändern.« Sie versuchte, sich zu erheben. »Manchmal nicke ich auch hier auf meinem Stuhl ein. Meine Schwiegertochter schimpft dann mit mir, denn einmal bin ich einfach umgefallen und habe mir die Hüfte gebrochen.«

»Oh, das hört sich gefährlich an. Wir bringen Sie!«

»Nicht nötig, *tesoro*. Es ist doch gleich da drüben.«

Doch Luna bestand darauf, und auch Gitta, die rasch die Rechnung beglichen hatte, kam mit. »Frag sie, ob du sie wiedersehen kannst«, sagte sie leise zu Luna, nachdem sie die kläffend umherspringenden Hunde entwirrt hatten und Elsa sich, an Lunas Hand geklammert und auf den Stock gestützt, über die Straße führen ließ.

»Vielleicht bei ihr zu Hause, dann kann ich sehen, wie sie so leben und was es dort zu essen gibt.«

Luna gab ihr einen strafenden Blick. »Man wird nicht einfach so eingeladen«, sagte sie, als Elsa auch schon ihre Hand drückte. »Kommt doch heute Abend zum Essen zu mir. Ich mache uns *marubini*!«

»Aber nein, das macht Ihnen doch viel zu viel Arbeit!« Luna lehnte mehrmals höflich ab, doch Elsa Bergonzi bestand darauf, bis sie erschöpft zusagte.

Sie verabschiedeten sich vor dem Haus mit den schönen Margeriten, halfen Elsa Bergonzi aber noch mit dem Haustürschlüssel und bugsierten mit einiger Mühe auch die beiden Pinscher Brutus und Cesare in den Hausflur.

»Ist das nicht toll, wenn man im hohen Alter noch so selbstständig ist?«, fragte Gitta, als die Tür sich hinter Elsa geschlossen hatte. »Die bekommt aber auch einen Platz in meinem Buch, als alte Dame, die ganz wundervolle Ratschläge gibt! Das muss ich gleich notieren.«

Während Gitta nach ihrem Notizbuch kramte, starrte Luna

hinüber, zum Haus der Amati-Brüder. Annas Haus. Aus dem sie einst geflohen war, weil man sie hatte verheiraten wollen. Das Haus, das von der Tante aus Frankreich verkauft worden war.

»Lass uns jetzt die Brüder besuchen«, sagte sie zu Gitta. »Ich bin gerade in der richtigen Laune!«

»Okay.« Gitta steckte das Büchlein zurück in ihre Handtasche und fotografierte die Fassade des zweistöckigen Hauses. »Wie verschachtelt dieses Gebäude ist«, sagte sie. »Ich steige da nicht durch.«

»Hinter den unteren Fenstern liegt die Werkstatt, und hinter dem großen Holztor ein Hof voller Gerümpel, dessen Mauer an der linken Seite gerade abgerissen wird«, erklärte Luna. »Und dann gibt es da noch eine Art Halle oder Schuppen. Von dem erkennt man das Dach, siehst du?«

»Wir müssen da rein« stellte Gitta klar und tat so, als ob sie zu einem Sondereinsatzkommando gehörte und in ihr Headset sprach: »Zugriff. Sofort.« Sie hatte eindeutig zu viele Krimis in ihrem Leben gesehen.

»Nicht nötig, da macht uns jemand schon auf ...« Gemeinsam reckten sie die Hälse und beobachteten, wie die Torflügel sich langsam nach innen öffneten. Der hellblaue Cinquecento, den Luna am Vormittag gesehen hatte, fuhr langsam hinaus, bog nach rechts und tuckerte davon. Ein Junge saß am Steuer, höchstens zwanzig.

»Da ist er!« Luna sah, wie Fabio im Bogen der Toröffnung ein paar Geldscheine zählte, sie in seine Hosentasche stopfte und sich dann an einer der Türen zu schaffen machte. »Er hat uns nicht gesehen!«

Sie eilten über die Straße. »*Buona sera!*«, rief Luna, bevor Fabio das Tor wieder schließen konnte. Es war ihr plötzlich egal, dass er bei ihrem ersten Zusammentreffen so schnell verschwunden war. Dies war ihre letzte Chance, sich das Haus näher anzuschauen!

»Ah!« Er grinste wieder so charmant wie am Vormittag. »Da sind Sie ja wieder! *Buona sera!*« Er nickte auch Gitta zu und lächelte selbstsicher. »*Allora?* Was kann ich diesmal für Sie tun?«

Luna holte tief Luft. Sie hatte böse auf ihn sein, sie hatte irgendetwas Aggressives über ihn und seinen Bruder sagen oder einfach ihre Überlegenheit zeigen wollen, sie brauchte diese Werkstatt nicht, sie brauchte gar nichts von den chaotischen Brüdern, doch nun konnte sie ihn nur anlächeln. Sie spürte Gittas Ellbogen in ihrem Rücken, der ihr eine ganze Reihe winzig kleiner Püffe verpasste. Nimm den, der ist süß, würde sie ihr später in den Ohren liegen, sie hörte es förmlich.

»*Sì.*« Was sollte sie ihm sagen? »Ja, ich bin … also, *wir* sind wieder da, das ist meine Freundin Gitta, und ich …«

»*Piacere!* Ich würde ja gerne, aber …« Fabio hob entschuldigend die ölverschmierten Hände. »Habe gerade das Auto fertig gemacht.«

»Ah, das können Sie also auch!« Luna hörte, dass sich ein flirtiger Unterton in ihre Stimme geschlichen hatte.

Er zuckte mit den Schultern, wandte den Blick aber nicht ab.

»Ich war nur gerade in der Nähe … Ihre Nachbarin hat mir viel über meine *nonna* Anna erzählt!« Luna zeigte zu den Margeritenkästen hinüber.

»Ah, Elsa!« Er schlug sich mit dem sauberen Handgelenk vor die Stirn. »An die hätte ich früher denken können, die weiß noch alles, was den Krieg angeht und so weiter, die ist die wandelnde Chronik des Viertels.«

»Ich möchte Sie auch nicht lange belästigen …« Luna

konnte ihre Augen nicht von seinen losreißen. »Aber ich würde mir das Haus gerne noch einmal einprägen, bevor ich wieder nach Deutschland fahre.«

»Ja, warum nicht? Aber können wir uns nicht duzen?«, fragte Fabio. »Ist einfacher. Ich bin Fabio.« Er verbeugte sich.

»Gern. Ich bin Luna, das ist Gitta.«

»Kommt doch rein, hier ist zwar Chaos, aber irgendwo müssen wir mit dem Rundgang ja anfangen.« Er öffnete den Torflügel wieder ganz und ging zurück in den sonnigen Hof.

»*Grazie!*« Sie folgten ihm, und Luna merkte, dass auch Gittas Blick an seiner Rückseite entlangwanderte. Die langen dunklen Haare, das etwas verwaschene, ehemals teure Hemd, die schmale Taille, in einer anderen Hose jetzt, abgeschabt, ohne Zementspritzer, dafür mit Ölflecken, feste Arbeitsschuhe. Jetzt griff er nach einem Lappen, der auf einer aufgeklappten Werkzeugkiste lag, und wischte sich die Hände daran ab.

Guter Typ, sagte Gitta unhörbar, als ihre Augen sich trafen. Gott sei Dank zwinkert sie nicht auch noch, dachte Luna, doch sie schämte sich für die Gedanken, die ihr bei Fabios Anblick durch den Kopf gingen. Sie wollte ihn küssen, ja, sie wollte ihn überall berühren, sie wollte wissen, wie sich sein Hintern anfühlte, der da so verlockend in der Hose steckte ... Sah man ihr das etwa an? Wurde sie rot?

»Der ist ja *sweet*, das schreit nach einem Date«, sagte Gitta leise. »Und Handwerker ... Handwerker sind immer gut. Ich mache das, keine Sorge.«

»Das lässt du schön bleiben.« Jetzt schoss Luna wirklich die Röte ins Gesicht.

»Warum? Er steht auf dich, und du findest ihn auch toll!«

»Nein!«

»Doch.«

»Ich bin verlobt, schon vergessen?«

»In deinem Kopf längst nicht mehr. Hast du vor fünf Minuten zugegeben.«

Luna stieß Gitta in die Seite. Fabio hatte sich zu ihnen umgedreht. »Danke, dass wir uns ein bisschen umschauen dürfen!«, sagte sie.

»Kann ich fotografieren? *Possibile?*« Gitta zeigte auf die beste Spiegelreflexkamera der Welt in ihrer Hand.

»*Si si, perché no?*« Warum nicht.

Er wirkt viel sicherer als noch am Vormittag, dachte Luna, wahrscheinlich, weil sein schlecht gelaunter Bruder nicht in der Nähe ist. »Was ist dahinter?«, fragte sie und zeigte auf die steinernen Bögen der Pergola, die sich vor der Halle entlangzog. »Eine Art Lagerhalle? Und warum musstet ihr die schöne Mauer niederreißen?« Ihr Blick ging über die alten Ziegelsteine, die zu zahlreichen Haufen mitten im Hof aufgetürmt waren.

Während Fabio ihr über das Haus, die Halle und die Baufälligkeit von allem erzählte, hatte Luna Mühe, nicht immerzu auf seinen Mund zu schauen. Er hatte sogar schöne Zähne. Und schöne, wenn auch dreckige Hände. Und …

»Können wir gleich auch in die oberen Räume? Oder in die Werkstatt?«, rief Gitta. Sie kniete hinter der Betonmischmaschine, um das Tor und den gewölbten Gang aus einem besonderen Winkel aufzunehmen, doch Luna hatte keine Zeit, ihre Fragen zu übersetzen, denn Fabio berührte sie in diesem Moment ganz flüchtig an der Schulter, sodass sie sich zu ihm drehte. »Entschuldige noch mal für heute Vormittag, aber bei Frauen, die weinen, werde ich panisch. Kann echt nicht damit umgehen.«

»Habe ich geweint?!«

»Ja.« Er wandte sich ab.

»Das war doch kein Weinen, das waren nur …« Sie suchte nach dem richtigen Wort. »*Emozioni.*«

»Das war kein Weinen?«

»War keins.«

Sie lächelten sich an, bis Luna Gittas Kameraverschluss ganz in der Nähe klicken hörte und das Objektiv auf sich gerichtet sah. »Kannst du bitte damit aufhören?«, fuhr sie die Freundin an, ohne allerdings ihr breites Grinsen aus dem Gesicht zu bekommen.

»Du wirst mir noch dankbar für diese frühen Fotos von euch sein!«

Luna entschuldigte sich bei Fabio. »Kein Problem, wenn sie mir die Fotos schickt«, sagte er nur und im nächsten Satz: »Gehst du heute Abend mit mir essen?«

»*Si.*«

»Können wir deine Freundin alleine lassen?«

»*Si.*« Luna fiel vor freudiger Überraschung kein weiteres Wort mehr ein, so sehr lachte sie ihn an. Er lachte zurück und zuckte mit den Schultern. »Ich hatte Angst, du sagst Nein.«

No, sie schüttelte den Kopf. War sie verrückt, sofort zuzusagen? Sie kannte ihn doch gar nicht, doch es musste sein, sie wollte ihn unbedingt sehen. Alleine mit ihm sein, reden, herausfinden, wie er war, wer er war und was sonst noch hinter dieser Handwerkerfassade stecken mochte …

»Ach nein, das geht ja nicht«, sagte sie, und jetzt war *sie* es, die sich an die Stirn schlug, »wir sind ja später bei Elsa eingeladen.«

»Dann ein anderes Mal. Morgen?«

Luna nickte.

»Wie lange bleibt ihr noch?«

»Das steht noch nicht fest«, antwortete sie, als sie einen lauten Schrei hörte.

»Fuck!« Gitta rannte durch den Torbogen auf die Straße und sah sich hektisch um. »Meine Handtasche! Die haben meine Handtasche geklaut!«

Dritter Rückblick
Anna Battisti – 1950 (23 Jahre)

Anna wusch sich die Hände und schaute dabei in den kleinen Spiegel, der über dem Waschbecken in der Küche hing. Ihr Gesicht sah sehr schmal und sehr müde aus, obwohl ihre Wangen sogar leichte Sonnenbräune aufwiesen. Jetzt im April saß sie öfter im Hof und arbeitete an dem Spielzeug für Kinder. Kleine Wagen mit vier Vertiefungen, in die eine ganze kegelige Familie, Vater, Mutter und zwei Kinder hineingestellt werden konnten, eine wunderschöne Handwerksarbeit aus allerkleinsten Holzresten, doch immer noch schwer zu verkaufen. Die hohe Inflationsrate war zwar stark zurückgegangen, schrieben die Zeitungen, und ebenso die Arbeitslosigkeit, dennoch litten die Menschen in der Stadt Hunger und hatten kein Geld für diese Art von Luxus. Aber auch Gebrauchsgegenstände wie hölzerne Löffel, Schüsseln, Kellen und Forken erwarben sie nicht im Übermaß. Spangen und Haarnadeln aus Horn gingen dagegen wesentlich besser, *babbo* hatte ihr gezeigt, wie man das weiche Material formte, glättete und polierte, doch sie konnten in ganz Oberitalien kein Horn auftreiben, denn es gab kaum noch Kühe oder anderes Getier mit brauchbaren Hörnern.

Anna seufzte. Der Verdienst reichte gerade so, um überleben zu können. Fünf Jahre waren seit Kriegsende vergangen, sie war schon so alt, dreiundzwanzig Jahre! Und was hatten die Leute im Sinn, wenn sie sie sahen? Sie fragten nicht, wie es ihr ging oder ob sie ihr vielleicht mit dem Kauf einer Suppenkelle oder etwas zu essen eine Freude machen konnten, nein, sie fragten, wann sie denn heiraten wolle. Als ob sie irgendwann jemals wieder jemand lieben könnte!

Massimo war tot, umgekommen durch eine deutsche Mörsergranate, gleich in den ersten Wochen, als er sich in den Wäldern südlich von Piacenza versteckt hatte. Die Partisanen, die dabei gewesen waren, hatten ihn irgendwo zwischen zwei Bäumen begraben. Sie wussten nicht mehr, wo, das heißt, es gab noch nicht einmal eine Grabstelle, an die sie und seine Mutter hätten hingehen können, um ein paar Blumen abzulegen. Massimos Mutter. Anna biss die Zähne zusammen und trocknete sich die Hände ab. Die hatte sie recht kühl angeschaut, als sie sie damals, nachdem er fort war, besuchte und sich nach ihrem einzigen Sohn erkundigt hatte. Als ob sie gar nichts von ihr gewusst habe. Dabei hatte Massimo ihr doch bestimmt oft von Anna erzählt.

Im Haus war es still, es hatte sich einiges verändert. Giacomo mit dem großen Kopf war zwei Jahre zuvor an einem Fieber gestorben, die Tante Maria half seit diesem traurigen Ereignis in dem Kinderheim an der Via del Giordano aus, das voller Kriegswaisen aus dem Süden des Landes war, und kam kaum mehr nach Hause. Die zwei jüngeren Söhne der Schwägerin, Emilio und Benito, waren auf dem Land und arbeiteten bei einem Bauern, um die Saat in die Erde zu bringen. Wenigstens bekommen sie dort zu essen und lungern nicht hier in Haus und Hof herum, dachte Anna. Mittlerweile waren die Jungs fünfzehn und siebzehn Jahre alt und aßen wie die Scheunendrescher. Andrea, der Älteste, war zurück nach Genua gegangen und sogar bereits verheiratet. Seine Mutter Rosa lag mit einer schmerzhaften Gürtelrose im Bett und verlangte den ganzen Tag nach Brot und Suppe. Woher sollte sie die nehmen? Die beiden stummen alten Männer, ihre Onkel aus Genua, um die sie sich den ganzen Krieg hindurch gekümmert hatte, waren ohne viel Aufhebens innerhalb weniger Tage kurz vor Weihnachten gestorben.

Wieder wanderten Annas Gedanken zu ihrem geliebten Massimo. Sie hatte ihn nie vergessen können, der Schmerz über seinen Tod brannte war zwar nicht mehr so heiß in ihrem Herzen wie anfangs, doch er war immer noch da, erwachte jeden Tag, bei jeder kleinen Erinnerung, aufs Neue. Vielleicht würde ihr Leid abnehmen, wenn sie woanders lebte. Aber wo sollte das sein? Sie würde ihr Elternhaus, den Hof, die Halle und die Werkstatt doch nie verlassen! Gerne hätte sie mit *babbo* über Massimo geredet, doch der schweifte immer schnell ab, dabei wusste er doch, dass Massi über zwei Jahre lang immer wieder in ihr Haus gekommen war. Besser gesagt, in die Halle. »Du warst ein kleines Mädchen und zu jung, es nutzt nichts, in der Vergangenheit zu leben«, sagte er nur und fragte dann, wie so oft in letzter Zeit, nach Wein oder Bier. Anna sah ihre schwieligen Hände an, zog mit den Zähnen einen kleinen Holzsplitter aus ihrem Daumen und ballte dann ihre Fäuste. Sie war nicht gut auf *babbo* zu sprechen, für ihn war sie immer noch das kleine Mädchen und würde es wohl auf ewig bleiben, wenn sie nicht heiratete.

Sie wollte aber über Massimo reden! Mit seiner Mutter war das leider auch unmöglich, vielleicht nahm sie Anna übel, dass sie nie in die Kirche ging? Sie schien eine sehr gottergebene Frau zu sein. Seitdem ihr einziges Kind tot war, ließ sie keine Messe aus. Sein Vater war ohne sein rechtes Bein von der

Ostfront in Russland zurückgekehrt und saß den ganzen Tag hinter dem Fenster zur Straße und stieß Beleidigungen aus, sobald jemand vorbeikam.

In den meisten Familien sah es ebenso aus. Die Beinstümpfe und Schussverletzungen mochten zwar oberflächlich verheilt sein und die Toten begraben, der König Viktor Emanuel III. und sein Sohn Umberto II. hatten das Land verlassen müssen, sie lebten jetzt also in einer Republik und einer Demokratie, doch die Wunden tief in den Menschen, in ihrer Seele, ihrer *anima*, waren immer noch da.

Anna musste an die *anima* einer Geige denken, so wurde der kaum vier Zentimeter lange Stimmstock auch bezeichnet, der zwischen Geigendecke und -boden klemmte, um die Übertragungen des Klangs zu gewährleisten. Wenn der Stab auch nur etwas bewegt wurde, änderte sich der Ton einer Geige sofort. Bei vielen Menschen ist der Stab seit dem Krieg ganz verrutscht, dachte sie, und kullert irgendwo im Leeren herum. So auch bei mir. Er verbindet mein Inneres nicht mehr mit dem Äußeren, ein noch so herrlicher Sonnenuntergang, eine zarte Melodie oder der Duft von Rosen, nichts kann mich trösten … und dennoch …

Sie hatte mit einem Mal den unbändigen Drang, eine Geige ihres Vaters in den Händen zu halten, und obwohl sie wusste, dass es dort kein einziges Instrument mehr gab, ging sie in die angrenzende Werkstatt. Alles war aufgeräumt. Die Werkzeuge hingen ordentlich an der Wand, die beiden Werkbänke waren leer. Wir müssen wieder anfangen, dachte sie, und nahm eine der Korpus-Schablonen von der Wand, immerhin hat die Internationale Geigenbauschule von Cremona ihre Tore auch schon wieder geöffnet. Nun ja, Tore. Die Schule war kaum zu finden, sie war in einem Gebäude des ehemaligen Lehrer-Instituts untergebracht und hatte nur sehr wenige Schüler. Anna war eines Nachmittags dorthin gegangen, um zu fragen, ob sie ihren Vater nicht auch als Lehrer anstellen könnten, hatte aber niemanden angetroffen. Doch allein vor den Türen der Schule zu stehen hatte sie ein Stück aus ihrem Alltagstrott gerissen, der einzig daraus bestand zu schnitzen, zu verkaufen sowie Holz und Nahrungsmittel zu beschaffen. Es hatte sie bewogen, ihre Adresse auf einem Zettel zu hinterlassen, mit der Bitte, sie zu benachrichtigen, wann sie wieder vorsprechen könne.

Die Geigenbaukunst in Cremona kann wieder groß werden, wenn wir alle etwas dafür tun, dachte sie und hängte den hölzernen Umriss der Geige wieder an ihren Platz. Nach der Schaffensperiode von Amati, Stradivari und Guarneri war sie für gut zweihundert Jahre nach Milano und Parma abgewandert, doch die Geigenausstellung 1937 hatte den Grundstein eines neuen Zeitalters gelegt. »Leider waren es die Faschisten gewesen«, murmelte Anna, »vorneweg der Verräter Farinelle, aber ...« Sie zuckte mit den Schultern. »... da wollen wir mal nicht kleinlich sein, es war ein Neubeginn!« Sie strich über die leere Werkbank. Kein Stück Tonholz war zu sehen. Und das minderwertige Holz hatten sie bis auf die wenigen Reste im Hof für ihre Löffel und Spielzeugautos verbraucht. Ob sie ein paar Stücke von der Empore aus der Halle holen sollte, um *babbos* Schaffenskunst zu beflügeln? Sie hatten den kostbaren Vorrat damals so gut verborgen, niemand, nicht einmal die panischen SS-Männer, die das Wagenversteck in der Halle noch kurz vor Kriegsende entdeckt und zusammen mit den letzten beiden Geigen aus der Werkstatt geplündert hatten, waren ihrem Geheimnis auf die Schliche gekommen.

Vielleicht kann nicht nur der Anblick des Holzes, sondern auch *babbos* Schwester ihn bestärken, wieder mit seiner Arbeit zu beginnen, ging es Anna durch den Kopf, als sie jetzt die Fenster aufstieß, um frische Luft hineinzulassen. Emilia und ihr Mann Salvatore hatten geschrieben, sie würden sie gerne einmal im Norden besuchen, wo doch die Eisenbahnen wieder fuhren. »Wir sollen ihnen Geld für die Zugbillets schicken, und wahrscheinlich wollen sie dann noch mehr Geld«, hatte *babbo* ärgerlich gebrummt, als er den Brief gelesen hatte. »Salvatore drängt darauf, dass ich meiner Schwester den noch ausstehenden letzten Anteil gebe. Woher denn nehmen, wenn nicht stehlen? Sollen sie sich einen Teil des Hauses doch einfach einpacken und nach Sizilien schleppen ...« Dennoch hatte er ein paar der neuen Geldscheine, die es jetzt gab, in ein Kuvert gesteckt und nach Marsala in die Via Ballerino geschickt. Ihr Vater hing an seiner Schwester Emilia, auch wenn er das nicht zeigen konnte.

Wo er wohl wieder hingegangen ist, fragte Anna sich. Er war in den Jahren nach Kriegsende immer schwerhöriger geworden, dabei war er doch gerade mal fünfzig, verlangte oft schon am Nachmittag nach einem Glas Wein und lief gerne stundenlang durch die Straßen von Cremona, um nicht in der Werkstatt hocken zu müssen, vermutete sie.

Sie ging zurück in den Hof, doch als sie den Tisch mit dem Spielzeug und der einsamen Suppenkelle darauf sah, schnaubte sie beinahe verächtlich und schüttelte den Kopf. Kein Wunder, dass *il mano* sein Talent nicht mit diesem Kleinkram vergeuden mochte! Sie schnappte sich eine der schmalen Feilen, steckte sie hinten in den Bund ihres Rocks und eilte in die Halle. Die Leiter wackelte sehr unter ihrem Gewicht, so schnell kletterte sie empor, doch sie ließ sich nicht beirren. Im linken der beiden Räume war es stickig, sie ging auf dem Boden vor der Wand in die Knie, zog die Feile hervor und bohrte ihre Spitze vorsichtig in die sorgfältig verputzte Eckenfuge des Vorsprungs. Auch auf der anderen Seite verfuhr sie so. Mit ein paar geschickten Griffen lockerte sie das in der Wandfarbe bemalte Brett und legte es auf den Boden. Die Hölzer immer dahinter, akkurat mit schmalen Klötzchen voneinander getrennt, wie sie sie 1943 zusammen mit *babbo* dort aufgestapelt hatte. Ein Zwillingsstück aus Fichte für die Decke, ein doppeltes aus Ahorn für den Boden. Die wenigen Ahornstücke lagerten tiefer, sie musste ein paar der Fichtenscheite vom Stapel abräumen. Dabei fiel ihr das kurze breite Stück auf, das ganz oben auflag. Zu schmal für eine normale Geige, doch für eine Sechzehntelvioline gerade richtig und perfekt für sie. Ihre erste Geige, die sie komplett alleine bauen würde!

Zufrieden legte Anna die Hölzer neben sich auf den Tisch und schmirgelte gerade eines der kleinen Holzmännchen noch etwas glatter, als sie Hufgeklapper und mehrere aufgeregte Stimmen von der Straße hörte.

»Aus dem Weg!«, brüllte jemand. »*Attenzione*, Achtung!«
»Heilige Mutter Gottes!«, schrie eine Frau.
»Beiseite, so geh doch … *attenzione*!«
Anna sprang auf. Sie vernahm ein schreckliches, zu Tode erschrockenes Pferdewiehern auf der anderen Seite der Mauer, die Räder eines Wagens, schrille Schreie. Etwas Großes donnerte gegen das Hoftor, der Wagen selber? Jemand, vermutlich der Kutscher, schrie, »ruhig! ruhig!«, doch ohne Erfolg, denn die Räder entfernten sich und das Hufgeklapper wurde leiser. »*O Dio, o Dio!* Anna!«, kam es von der Straße. »Anna, bist du da?«

Mit zitternden Händen öffnete sie einen Flügel des Tores und sah ihn sofort. Mit seltsam gekrümmten Gliedern lag er direkt davor, mitten auf dem Kopfsteinpflaster, Blut sickerte aus seinen Haaren und färbte die Steine dunkelrot. Im nächsten Moment kniete sie bei ihm. Sein Kopf lag seitlich auf dem Pflaster, das durchgehende Pferd und der Wagen mussten ihn von hinten überrascht haben. Doch seine Augen waren offen und bewegten sich! Er lebte, er lebte noch, das war die Hauptsache! »*Babbo*«, schluchzte Anna, während die gesamte Nachbarschaft sich um sie versamelte. Sie legte die Hand ganz sachte an seine Wange. »Hab keine Angst, du wirst wieder gesund, und wir werden Geigen bauen, du und ich!«

Die Tante und der Onkel kamen gerade rechtzeitig zu den Beerdigungsvorbereitungen. *Babbo* hatte nur zwei Tage im Krankenhaus gelegen, dann war er am Abend eines wunderschönen Apriltages gestorben. Fünfzig Jahre, genauso alt wie das Jahrhundert, war er geworden. Die zahlreichen Brüche waren schlimm, aber nicht tödlich, schlimmer waren die verborgenen inneren Blutungen, die die Ärzte bei der Operation nicht schnell genug hatten finden können, war Anna gesagt worden.

Sie war die ganze Zeit nicht von seinem Krankenlager gewichen. Als Giorgio Battisti seinen letzten, leise röchelnden Atemzug tat und dann nicht weiteratmete, vielmehr einfach verstummte, war sie ganz ruhig geblieben und hatte minutenlang seine warme Hand gehalten, ohne jemanden zu rufen. Auch die anderen Männer in dem Acht-Betten-Zimmer hatten nichts gemerkt.

Zia Emilia führte sie nach Hause, machte ihr einen Tee, tat einige Tropfen hinein und brachte sie ins Bett. Gemeinsam mit Zia Maria, deren Herz angeblich auch kaum mehr weiterschlagen wollte, und Rosa kümmerte sie sich um alles, was zu tun war. Den *babbo* waschen, ankleiden, aus dem Krankenhaus holen, die Wohnung putzen, die Trauerkleider heraussuchen. Auch Onkel Salvatore machte sich nützlich, er beauftragte den Tischler, einen Sarg zu zimmern, übernahm die Gänge zu den Ämtern und bestellte den Priester ins Haus. *Babbo* wurde im Salon im ersten Stock aufgebahrt, Maria hatte für Anna von irgendwoher ein schwarzes Kleid besorgt, das sie wie betäubt überstreifte, die Nachbarn brachten Essen, Kaffee und Zucker. Elsa, seit Kurzem sehr glücklich frisch verlobt, weinte noch viel mehr als Anna, deren Gesichtszüge sich nach dem Krankenhaus wie versteinert anfühlten.

»Wovon bezahlen wir das denn alles?«, fragte Salvatore fünf Tage später, nur einige Stunden, nachdem sie *babbo* das letzte Geleit auf den Friedhof gegeben hatten.

Anna schüttelte den Kopf. »Ich weiß es nicht.«

»Es gibt doch irgendwo bestimmt noch Bargeld?«, fragte die Tante mit leiser Stimme.

»Nein.«

»Aber wovon habt ihr denn die ganze Zeit gelebt?«

»Vom Holz. Also vom Spielzeug und von den Löffeln, die wir geschnitzt und verkauft haben.« Anna konnte sich kaum mehr an diese Zeit erinnern, war sie wirklich dabei gewesen? Doch im Nachhinein kam sie ihr unbeschwert und fröhlich vor.

»Ja, aber das ging mehr schlecht als recht«, setzte Zia Maria hinzu.

»Du musst das Haus verkaufen!« *Zio* Salvatore stand auf und lief im Salon umher. »Deiner *richtigen* Tante hier steht sowieso noch ein Anteil zu, das weißt du ja! Und auch La Monica in Frankreich wartet darauf. Dein werter Vater hat seine Schwestern mit einer kargen Mitgift ausgestattet, aber den Löwenanteil, den hat er immer für sich behalten … die Herren

Eltern waren ja nicht mehr da, als die Mädchen im heiratsfähigen Alter waren. Wenn die das gewusst hätten!«

Anna schaute ihn nur an. Da, wo er entlangstapfte, hatte bis an diesem Morgen noch *babbos* Sarg gestanden.

»Nun lass sie, Salva, das müssen wir heute noch nicht entscheiden. Mein lieber Bruder, Gott habe ihn selig, ist doch kaum von uns gegangen …«, sagte nun auch Zia Emilia.

»Das stimmt«, lenkte Salvatore plötzlich ein. »Verzeih mir, Anna. Aber die Halle, diese große Halle kann man ja wohl vermieten, das ist ungenutzter Raum, der jeden Monat etwas einbringen könnte.« Seine Stimme wurde wärmer, beinahe liebevoll. »Warum habt ihr das denn nicht längst getan?«

Anna zuckte mit den Schultern. »Im Krieg haben die Leute ihre Wagen bei uns untergestellt, aber jetzt …«

»Ich bin ein findiger Geschäftsmann, ich weiß, wie man so etwas angehen sollte … ich werde dir helfen«, sagte er. Und nach einem Blick auf Zia Maria: »Nun gut, euch!«

Ein findiger Geschäftsmann?! Von ihrer Tante wusste Anna, dass er als kleiner Junge Schweine gehütet und dann in Palermo bei einem Schneider gelernt hatte. Nun aber würde er mit seinem Gehalt, das er bei der Gemeinde von Marsala verdiente, ein gutes Auskommen haben. *Babbo* hatte gesagt, für Salvatore würde immer etwas abfallen, wenn die Leute mit ihren Anträgen zu ihm kämen. Schon wieder kämpfte Anna mit den Tränen.

Doch Salvatore schaffte es tatsächlich; einen Tag vor der Abreise war die Halle an den gutmütigen Signor Guglielmo vermietet, der dort Baumwollballen für seine Stofffabrik zwischenlagerte, bis seine eigene Lagerhalle fertig würde.

Als die Tante sich von Anna in ihrem Zimmer verabschiedete, redete sie ihr gut zu. »Nur Mut, meine Liebe! Ich würde ja sofort wieder zurück nach Cremona ziehen, aber Salva hängt so an seiner Familie, an seinem Sizilien, der will dort nicht weg.«

Darüber bin ich gar nicht so traurig, dachte Anna. Ich mag ihn und seine schmeichelnde Stimme nicht, die einen immer zu etwas überreden will, auch wenn er uns geholfen hat.

»Komm uns doch besuchen, wenn du hier zu traurig bist, für meine kleine Nichte haben wir immer Platz! Das sagt auch Salva.«

Anna nickte, doch sie bezweifelte stark, dass sie jemals einen Fuß auf diese Insel dort unten im Süden setzen würde.

Die Tage verstrichen und damit die Wochen. Anna ging zunächst jeden Tag zum Friedhof, dann immer seltener. Sie redete sowieso immerzu mit ihrem *babbo*, er war bei ihr, wenn sie schnitzte, wenn sie Holz suchte, wenn sie ihre Ware auf dem Markt feilbot, auf dem sie sich neuerdings einen kleinen Stand leisten konnte. Schon war es Ende Mai, das Getreide auf den Feldern rings um die Stadt stand hoch, und die Hitze hing über dem Land. Wenn es nicht bald regnete, würde die Ernte verbrennen, bevor sie eingebracht werden konnte.

»Was willst du jetzt tun?«, fragte die Tante Maria immer öfter. »Wir müssen jemanden für dich finden, es ist nicht gut, keinen Mann im Haus zu haben!«

Rosa war mit beiden Söhnen nach Genua zurückgegangen, ihr Ältester hatte dort eine Wohnung für sie besorgen können. »Wir sind Stadtmenschen, aber auch von der Küste«, hatte sie entschuldigend gesagt, »ich habe den Hafen und das Meer immer vermisst.«

Anna war darüber nicht traurig. Emilio und auch Benito hatten sich in letzter Zeit nur noch aufgespielt und sie herumkommandiert, nur weil sie eine Frau war. Nein, solche »Männer« brauchte sie wahrlich nicht im Haus!

»Ich werde abwarten und mir etwas überlegen«, sagte sie der Tante, die sich offenbar verantwortlich für die Ehre ihres Patenkindes fühlte und deswegen von Tag zu Tag unruhiger wurde. Doch Anna überlegte nicht, stattdessen hatte sie heimlich begonnen, frühmorgens und abends an der kleinen Geige zu arbeiten, das besonders kleine Stück Klangholz dafür hatte nun schon lange genug auf der Werkbank auf sie gewartet. Anfangs mochte sie sich nicht gerne an *babbos* Platz setzen, weil sie dachte, er könne jeden Moment hineinkommen und fragen, was sie dort tat. Doch nach einigen Tagen merkte sie, wie gut ihr die Arbeit tat, in der sie immer mehr versank, und sie spürte, dass auch ihr Vater mit dem, was sie tat, einverstanden war.

Als es drei Wochen später am frühen Nachmittag an die Tür klopfte, war Anna gerade vom Markt zurück und saß schon wieder an der Geige. Das musste der Stoffhändler sein, der ihr die zweite Monatsmiete bringen wollte, immerhin konnte sie mit dem Geld neues Holz für Spielzeug, Schüsseln und Kellen kaufen und die Standmiete bezahlen. Sie sprang auf und öffnete ganz unbefangen. Vor ihr stand aber nicht Signor Guglielmo, sondern drei andere Männer. Sie trugen alle eine Brille, was sie irgendwie weniger bedrohlich erscheinen ließ. Dennoch rief Anna schnell nach ihrer Tante, die die Töpfe in der Küche mit Sand ausscheuerte.

»Entschuldigen Sie die Störung, wir kommen von der Geigenbauschule«, sagte einer von ihnen, er hatte schneeweißes Haar, das im Kontrast zu seinem erstaunlich jung aussehenden Gesicht stand, »dürfen wir eintreten?«

Anna erstarrte vor Ehrfurcht. Erst jetzt sah sie, *wer* da vor ihr stand. Es waren die bekanntesten Geigenbauer der Stadt, denen sie manchmal zufällig mit ihrem Vater in den Straßen von Cremona begegnet war. Besucht hatte Giorgio Battista seine wenigen Kollegen dagegen nie. Der weißhaarige Signor Mollari, der kleine Signor Zampa und von dem Dritten mit dem roten Gesicht war ihr gerade vor Aufregung der Name entfallen, aber sie waren tatsächlich gekommen!

»Wir haben von Ihrem Verlust gehört, *Signorina*!« Alle drei kondolierten ihr und auch der *Zia*, die sich die Hände an der Schürze abwischend in die Werkstatt gelaufen kam.

»Er war ein guter Mann, der Giorgio Battista. Solide Arbeit, wunderbares Handwerk.«

Anna lächelte stolz. Sie hatte immer gedacht, ihr Vater wäre bei den Kollegen nicht sonderlich beliebt gewesen, er hatte zumindest seinerseits kein gutes Haar an ihnen gelassen.

Aufmerksam schauten die drei sich um und wollten auch nicht Zia Marias Aufforderung nachkommen, hinauf in den Salon zu gehen.

»Ah, hier entsteht also eine sehr kleine Violine.« Der kleine Signor Zampa beugte sich über die Werkbank, auf der die Geigendecke langsam Form annahm.

»Interessant. Demnach gibt es einen Nachfolger für die Werkstatt?« Signor Mollari nickte Anna aufmunternd zu. »Er ist wohl gerade nicht da?«

»Äh. Doch.« Anna lächelte und schaute einen Moment zu Boden, bevor sie den Blick wieder hob. »Ich. Ich bin ja da.«

Schweigen und hochgezogene Augenbrauen. »Sie?«

»Ja«, sagte Anna leise und knetete ihre Hände. »Ich habe es von meinem Vater gelernt und würde …«

»Ach ja? Und wie viele Geigen haben Sie denn schon

gebaut?«, unterbrach sie der Rotgesichtige, dessen Namen ihr nun wieder eingefallen war. Signor Torre, *il professore*, hatte *babbo* ihn genannt. Der will immer etwas Besonderes, nie Dagewesenes machen, doch gleichzeitig die Tradition wahren. Wie soll das gehen, hatte er sich beschwert. »Und haben Sie die von Ihnen gebauten Geigen etwa auch gezeichnet? Mit einem Geigenzettel?«

»Nein. Das ist meine Erste, die ich ganz alleine baue.«

Alle drei Herren schüttelten mit ernsten Mienen den Kopf. »Als ob jeder hier einfach ...«, hörte sie und ein empörtes »Unglaublich!«.

»Die Anna kann aber auch wunderschöne Schalen und Suppenkellen schnitzen«, mischte sich Tante Maria jetzt ein. »Und sie ist ein anständiges Mädchen!«

»Ich würde gerne, also sehr gerne noch mehr ... lernen«, sagte Anna etwas lauter. »Auf der Schule.«

»Als Frau?!«

»Aber es gibt dort keine Frauen!«

»Wir haben noch nie eine Frau ...«

Sie sprachen durcheinander, und Signor Zampa schaute Anna an, als ob sie gerade behauptet hätte, dass Cremona in den Abruzzen läge. »Außerdem kostet das auch etwas, junge Dame, und ich glaube kaum, dass jemand ausgerechnet *Ihnen* ein Stipendium gewährt. Sie heiraten doch sowieso!«

»Nun ja, Lösungen gibt es immer«, sagte Signor Mollari und lächelte sie mit seinem geradezu jugendlich anmutenden Gesicht an. Da blitzte etwas in seinem Blick auf, das sie nicht zu deuten vermochte, aber Anna atmete dennoch auf, der weißhaarige, gut aussehende Mann schien zu verstehen, worum es ihr ging. »Vielleicht sollten wir mal in Ruhe darüber sprechen.«

»Sie können gerne noch einmal zu uns kommen.« Zia Maria fasste sich an ihr Herz, überschlug sich aber fast vor Freundlichkeit.

Die drei Herren verabschiedeten sich recht schnell, und Anna blieb erschöpft in der Werkstatt zurück.

»Er ist Witwer«, jubelte Zia Maria und schüttelte Anna sanft an den Schultern. »Vielleicht heiratet er dich ja, dann sind wir gerettet!«

»Wer? Mollari?«

»Aber ja!«

»Der ist zwar ganz nett und baut wahrscheinlich schöne Geigen, aber er ist mindestens sechzig!«, empörte Anna sich.

»Können wir Frauen uns nicht anders retten, außer durch eine Heirat?«

»Ich glaube, du verstehst den Ernst der Lage nicht, Anna! Ohne einen Mann wird dein ganzes Leben sehr schwierig werden.«

Mit dem Falschen aber auch, dachte Anna und setzte sich wieder an die Werkbank. »Ich will aber nicht irgendeinen! Ich will nicht gerettet werden, ich will echte Liebe und ich will Geigen bauen!«, rief sie trotzig. »Und wenn ich meine Liebe nicht haben kann, weil deutsche Soldaten ihn mir getötet haben, dann … dann …« Sie weinte. Sie hatte schon lange nicht mehr um Massimo geweint, doch nun brachen die aufgestauten Tränen ungehemmt hervor.

»Deine erste Liebe wird immer deine schönste bleiben, mein Kind.« Anna spürte eine warme Hand auf ihrer Schulter. »Aber mach dir keine Sorge, bald wirst du reif für die zweite Liebe sein, und dann kommen die Kinder, dann wird sowieso alles …« Zia Maria seufzte. »… noch schöner!«

Die zweite Liebe, die Tante Zia für Anna auserkoren hatte, klopfte schon zwei Tage später, an einem Samstag, an die Tür. Die Patentante hatte den ganzen Tag geputzt, kleine Kuchenkringel gebacken, das gute Service abgestaubt, Likör besorgt und im Salon gedeckt. Sie schwirrte im Haus umher wie eine aufgebrachte Hornisse. Anna dagegen hatte sich trotz Marias Gezeter, sie solle sich bitte ein bisschen bemühen, nicht besonders hübsch gemacht. Obwohl sich viele Frauen ihre langen Haare längst abgeschnitten hatten, trug sie ihre immer noch in zwei Zöpfen, die seitlich hochgesteckt ihr Gesicht rahmten. Ihr Kleid war sauber, aber nichts Besonderes.

Doch welch Überraschung, der weißhaarige Signor Mollari hatte noch jemanden mitgebracht, und sofort bereute Anna es, nicht doch das grüne Kleid mit den kleinen Punkten angezogen zu haben, das ihr so bombig gut stand, wie Elsa von gegenüber immer sagte. Als Anna umständlich von der Tante hineingerufen wurde und den Salon betrat, saß plötzlich ein junger Mann auf dem Sofa und schaute ihr etwas überheblich grinsend entgegen. »Darf ich euch bekannt machen? Mein Sohn Manuele«, sagte Signor Mollari, der sich sofort erhoben hatte und seinem Sohn erst einen Blick zuwerfen musste, damit der dasselbe tat. »Er unterstützt mich in meiner Werkstatt.« O ja, er gefiel ihr! Manuele war so groß wie Massimo, etwas kräftiger vielleicht, aber seine Augen waren ähnlich geschnitten.

Auch der breite Mund und die Farbe seiner Haare erinnerten sie an ihn. Er gab ihr die Hand und hatte wohl wirklich reichlich Kraft, denn er drückte ein wenig zu fest zu.

Anna setzte sich mit artig zusammengepressten Knien in einen Sessel. Ein Geigenbauer war er auch noch! Sie wollte ihn immerzu anschauen, doch sie verbot sich dieses Verlangen und konzentrierte sich auf die interessanten Dinge, die der Signor

Mollari über seine *bottega*, seine Werkstatt, erzählte, die keine fünfzig Meter vom Dom entfernt lag, wie sie natürlich wusste. Mit der Geigenbaukunst ginge es wieder bergauf, langsam gab es wieder den einen oder anderen Auftrag für ein neues Instrument, berichtete er, doch Annas Gedanken schweiften ab. Schon sah sie sich an Manueles Hand durch winterliche Felder streifen, sie würde ihm gleich zu Beginn alles über Massimo erzählen, damit ihre Liebe unbefangen wachsen konnte. Sie sah sich mit ihm an der Werkbank stehen und auch schon an der Geigenbauschule ein- und ausgehen, und wenn ihr Schwiegervater ein gutes Wort für seine Schwiegertochter einlegen würde und man ihr Talent sah, würde man sie vielleicht doch annehmen …

Schwiegervater, Schwiegertochter, erst einmal musst du diesen Manuele doch kennenlernen, schalt sie sich. Doch sie war bereits ganz eingenommen von ihm. Beide Namen fingen mit M an, und er gefiel ihr wirklich, obwohl er nur grinste und nicht viel sagte. Als der Besuch gegangen war, war die Tante Maria mehr als beglückt. »Er ist der Richtige für dich, ich sehe das Leuchten in deinen Augen!«

Doch Anna dachte über ihr Gespräch nach, das beim Abschiednehmen doch noch zustande gekommen war. Als sie Manuele nämlich atemlos fragte, wie viele Geigen er denn schon gebaut habe, hatte er nur mit den Schultern gezuckt. »Keine Ahnung, ich mache nur dies und das, habe noch keine ganz fertig gemacht. Ich bin da nicht gut drin, hab keine Geduld, mein Vater weiß das auch.« Bei diesen Sätzen hatte er ihr viel zu lange und zu frech in die Augen geschaut, daraufhin war sein Blick noch tiefer gerutscht, bis Anna unwillkürlich die Arme vor der Brust gekreuzt und sich zum Fenster gedreht hatte. Zusammen sahen sie in den Hof hinaus. »Was ist in der Halle?«, fragte Manuele. Sein Atem roch nach Zigaretten und überreifem Käse.

»Da ist zurzeit ein Lager für Baumwolle und Stoffballen drin.«

»Und wie groß ist das Haus?«

»Ähm. Wir haben noch ein Stockwerk über uns.«

»Aha. Und das gehört dir?«

Anna nickte stolz, doch er sah nicht gerade beeindruckt aus.

»Als ob das alles schon ihm gehöre, aber weit unter seiner Würde wäre«, klagte sie Elsa später ihr Leid.

»Sein Vater will den unter die Haube kriegen«, sagte Elsa, die ungeduldig auf ihre eigene Heirat wartete, doch noch hatten die Familien nicht das nötige Geld zusammen. Elsa machte einigen Frauen in der Nachbarschaft die Haare und war immer ungewöhnlich gut informiert über das, was in Cremona alles passierte. »Sie haben sich getrennt, seine Mutter ist adelig und um einiges älter als sein Vater, das war wohl damals ein Skandal. Nach der Trennung ist sie mit ihm nach Rom zurückgegangen, dort ist er aufgewachsen. Daher haben wir ihn hier nie gesehen, als wir in die Schule gingen. Die Familie ist anscheinend sehr reich, da musste er dann aber weg, und irgendwer hat es von irgendwo läuten hören, dass sein Großvater ihn wohl enterbt habe.«

»Warum?« Anna spürte, wie sich ein ungutes Gefühl in ihrem Bauch ausbreitete.

»Darüber wird wie immer geschwiegen, auch bei ihm, aber du kannst dir sicher sein, dass so was immer mit einem Mädchen oder einer Frau, Mord oder Totschlag zu tun hat!«

Anna nickte. Sie hatte nicht viel Ahnung von solchen Dingen.

Obwohl Anna immer weniger das Gefühl hatte, das Manuele der geeignete Ehepartner für sie war, verlobte sie sich einen Monat später mit ihm. Dem schwachen Herzen der Zia Maria zuliebe, seinem wunderbar höflichen Vater zuliebe, auch wegen der schönen Geigenwerkstatt und dem Verkaufsraum davor, den sie, seit sie ein kleines Mädchen war, im Vorbeigehen so oft bewundert hatte. Es wird schon gut gehen, beschwor sie sich. Sie trug nun einen schmalen Ring am Finger, aus echtem Gold, wie Manuele behauptete, sie waren sogar zusammen im Kino und im Theater gewesen, und nach außen hin wurde von überall bestätigt, dass sie ein reizendes Paar abgaben. Doch was geschah, wenn sie mit ihm alleine war, das heißt, wenn die Tante, die ja immer dabei war, einmal kurz aus dem Raum ging? Annas anfängliche Begeisterung war schnell abgeklungen. Er war träge, denn er ließ sich nur bedienen, er sprach meistens wenig, und wenn, dann nur über sich selbst. Niemals fragte er Anna, was sie interessierte und was ihr wichtig war. Er lamentierte über seine langweilige Arbeit in der Werkstatt seines Vaters, ihre eigene hatte er noch nie betreten, und von den Fortschritten, die sie mit ihrer kleinen Geige machte, wollte er nichts hören.

Auch wenn sie in Gesellschaft waren, schaffte Manuele es immer wieder, sie mit seinem großspurigen Verhalten vor den Kopf zu stoßen. Vor anderen Leuten erzählte er, Annas Haus, in dem sie demnächst zusammenleben würden, wäre ihm zu klein, die Stadt Cremona ebenso.

Er war schon fünfundzwanzig und gab damit an, Turnierreiten, Geigen- und Klavierspielen gelernt zu haben. Er wäre zu etwas Besserem bestimmt, doch das würde ja niemand bemerken! »Ich will nicht eingesperrt sein in so einem Haus. Was soll ich hier? Hühner züchten oder bis an mein verdammtes Lebensende Geigen bauen?«

Mit mir zusammen sein, wollte Anna schon nicht mehr vorschlagen.

»Was ist denn in Rom passiert, warum gehst du nicht wieder dahin zurück?« Sie war gekränkt und konnte es auch nicht verbergen.

»Das geht eben nicht«, schmetterte Manuele ihre Frage wie so oft ab. »Aber ein Freund meines Vaters sagt, wenn ich genug Ahnung von Geigen habe, kann ich Stradivari-Geigen und -Celli in der ganzen Welt aufspüren und sie teuer verkaufen! Der ist Geschäftsmann, der macht richtig Geld mit den alten Dingern!«

»Geigen muss man lieben!«

»Oh, *Dio*, was für ein Schwachsinn, das sagt mein Vater auch immer! Und dass ich mich anpassen, zusammenreißen und benehmen soll, sagt er auch.« Er schaute Anna an, als ob sie, nur sie allein, an seinem Dilemma Schuld hätte.

Über zehn Monate ging es so weiter, aus dem Juli wurde Spätsommer, dann Herbst, schließlich Winter und wieder Frühling. Manuele benahm sich Anna gegenüber gleichgültig, dann wieder bedrängte er sie heimlich mit feuchten Küssen, die sie abwehrte und schon gar nicht zurückgeben wollte. Nein, sie würde ihn nicht heiraten. An dem Tag, an dem sie die winzige Geige endlich vollendet habe, beschloss Anna, würde sie zu seinem Vater gehen und die Verlobung auflösen! Erst dann würde sie Mollari die Geige zeigen und fragen, ob das kleine Instrument nicht als Bewerbung für die Schule und auch für ein Stipendium gelten könnte.

Eines Tages, es war schon Ende Mai, war Manuele bei ihnen eingeladen. Zia Maria brauchte wieder mehr von ihren selbst gebrauten Herztropfen und machte sich immer größere Sorgen, wann denn nun die Hochzeitsfeierlichkeiten stattfinden sollten.

Anna sagte, sie wüsste es nicht, sie hatte der Tante noch nichts von ihren Plänen erzählt. Doch es wurde Zeit. Vor zwei Tagen hatte sie die letzte Lackschicht aufgetragen, nun war sie durchgetrocknet und das Instrument bis auf eine wichtige, letzte Sache fertiggestellt. Anna setzte sich an die Bank und zeichnete den Geigenzettel. Mit ihrem eigenen Namen! Dem einer Frau!

Kaum klebte er an Ort und Stelle im Inneren der Geige, stand sie auf. Es war vollbracht, *babbo* wäre stolz auf sie! Sie hielt das Instrument noch andächtig in den Händen, als Manuele vom Hof zu ihr hereinkam. Er grüßte nicht, er grüßte selten.

Anna legte die Geige vorsichtig beiseite, wandte sich aber nicht um. Sicher wollte er nur durch die Werkstatt in die Küche gehen, wo man Tante Emilia mit der *caffettiera* hantieren hörte. Doch plötzlich war er hinter ihr, und ehe sie sich wegdrehen oder die Arme abwehrend an sich pressen konnte, war er mit den Händen unter ihnen hindurch gefahren und umklammerte ihre Brüste. »Sag nix und halt still, ich will nur mal prüfen, was du da unter der Bluse hast«, raunte er in ihr Ohr. Sein Atem stank wie immer nach Nikotin.

Anna war viel zu überrascht, um einen Ton herauszubringen, was war denn in *den* gefahren? Er war ihr Verlobter, aber das durfte er trotzdem nicht! Nicht, wenn sie es nicht wollte, oder? Die Gedanken schossen wild durch ihren Kopf, doch in der nächsten Sekunde war sie sich wieder umso stärker seiner Gegenwart bewusst. Er drängte sich mit dem Unterkörper an ihren unteren Rücken, und alle seiner zehn widerlichen Finger griffen an Stellen zu, an denen sie noch nie jemand hatte berühren dürfen! Nicht einmal ihrem geliebten Massimo hatte sie das gestattet.

Sie folgte ihrem ersten Instinkt und versuchte, seine Hände wegzuzerren, doch vergeblich, er verkrallte sich nur mehr in das, was er anscheinend schon als seinen Besitz betrachtete. Sie wollte schreien, doch da war seine linke Hand schon fest auf ihrem Mund. »Halts Maul!«, fuhr er sie an, und die Rechte ließ von ihr ab, aber nur, um ihr damit hastig unter den Rock zu fahren und zwischen ihre Beine zu greifen. Sie dachte nicht nach, sie handelte nur noch: Blitzschnell streckte sie ihren freien Arm aus, griff sich einen der scharf geschliffenen Stechbeitel von der Wand und setzte die Klinge hinter sich, auf Höhe seiner Niere. Sie nahm den Griff fester in die Faust und drückte die Spitze durch den Stoff bis in sein Fleisch. Vor Schreck über diese Gegenwehr lockerte er die Hand auf ihrem Mund. »Lass mich sofort los oder das Ding steckt in deinen Eingeweiden, so tief, dass du's nicht mehr alleine rausziehen kannst!«

»Aua, Vorsicht, oh, nicht doch.« Er nahm seine Hände weg und trat zurück. Als sie sich umdrehte, den Beitel hoch in der Luft gegen ihn erhoben, grinste er schon wieder. »Meine Güte, du bist ja gemeingefährlich und hysterisch! Stell dich doch nicht so an, bald machen wir's doch sowieso … Ich wollte doch nur …«

»Was?!«

»Anna!«, kam es jetzt aus der Küche. »Ist Manuele schon da?«

»Nichts!«, flüsterte er. »Ich wollte nichts, ich bin wohl gegen dich gefallen und musste mich festhalten …«

»Du dummer Lügner!«, zischte sie. »Ich sag alles der Tante und deinem Vater!«

Seine Augen weiteten sich vor Schreck. »Nein«, flehte er, »sag der Tante nichts, sonst bekommt sie einen Herzinfarkt. Ihr Herz ist doch so schwach, und du hast Schuld, wenn sie stirbt!«

Statt einer Antwort nahm Anna die winzige Geige an sich und rannte hinaus.

7

»Was machen wir jetzt? Essen wir was? Unsere Verabredung bei Elsa haben wir ja eh schon abgesagt ...« Luna schaute zwischen Fabio und ihrer Freundin hin und her. Über drei Stunden hatten sie auf der *questura*, dem Revier, verbracht. Obwohl Fabio die Hälfte der ein- und ausgehenden *poliziotti* und Beamten zu kennen schien, konnte er nicht viel ausrichten, um den Vorgang zu beschleunigen.

»Ich mag nichts essen.« Gitta rannte einfach los.

Sie folgten ihr, aber auch Fabio lehnte es ab, den weiteren Abend mit ihr zu verbringen, er entschuldigte sich mehrfach und schien bedrückt zu sein.

»Aber du kannst doch nichts dafür«, beruhigte Luna ihn.

»Ich fühle mich verantwortlich, wenn so eine Scheiße passiert! Noch dazu in meinem Viertel, in meinem Haus!«

Gitta war stehen geblieben und sagte, »war ja auch nicht so schlau von mir, die Tasche an den Balken vom Tor zu hängen«, als ob sie seinen Satz verstanden hätte. »Die konnte ja jeder von der Straße aus sehen.« Doch ihre Coolness war aufgesetzt, denn zwischendurch hatte sie geweint und »Was mache ich denn ohne mein Handy?« geschluchzt. »Ich kann noch nicht mal die Nummer von Stevie auswendig!«

Nicht nur ihr Portemonnaie mit zweihundert Euro Bargeld und sämtlichen Kreditkarten und die teure Bottega-Veneta-Handtasche waren weg (Luna hatte auf der Wache erfahren dürfen, dass diese aus Lederbändern geflochtene Tasche mal eben sechstausendachthundertfünfzig Euro gekostet hatte), sondern ebenso ihr Schminkzeug, die Autoschlüssel des Leihwagens und eben auch Gittas Lieblingsspielzeug: ihr Handy.

Sie konnten Stevie über seine Firma erreichen, Google sei Dank, und dann begleitete Luna die so übel Bestohlene mit einem Stück *Focaccia* und einer Flasche eiskaltem Weißwein auf ihr Zimmer, wo sie hin- und herliefen, den Vorfall wieder und wieder durchspielten, bis Gitta total verkrümelt und betrunken quer über dem Bett liegend einschlief.

Alles nicht so schlimm! Ohne groß zu lamentieren, hatte Stevie es sofort übernommen, die Karten sperren zu lassen, und ihnen versprochen, sich um einen Ersatzschlüssel bei der Autovermietung zu kümmern. Luna nickte, während sie sich, auch sie nicht mehr ganz nüchtern, auf dem Bett zu Gittas Füßen kauerte. Stevie war ein toller Mann, auf den man sich verlassen konnte!

Und Fabio? Der hatte sich für ihren Geschmack viel zu schnell aus dem Staub gemacht. Er wolle sich ein bisschen in seinem Viertel umhören, man wisse ja nie, wer etwas beobachtet habe.

»Sehen wir uns? Später?«, hatte Luna noch gefragt und war sich dumm dabei vorgekommen, denn Fabio hatte den Kopf geschüttelt und »ich rufe dich an« gesagt. Na gut, meine Nummer hat er ja, dachte sie, doch die Stunden vergingen, ohne dass er sich meldete. Nur drei ausführliche Nachrichten von Diamantino trudelten auf ihrem Handy ein. Von *Ich liebe dich* über *Wir müssen auch nicht heiraten* bis *Ich verstehe dich wirklich nicht mehr* schöpfte er die ganze Bandbreite seiner Gefühle für sie aus. Er hatte ja recht. Es war nicht fair, ihm einfach so ihre Liebe zu entziehen und diese Aktivität nicht einmal mit angemessenen Worten zu erklären. Was war sie nur für ein hartherziges Monster! Das merkten auch andere Menschen und riefen nicht an, sondern ließen sie einen ganzen Abend hängen, wie ein gewisser Fabio. Und weil sie sich gerade so verloren fühlte, drückte sie auf das Mikrofonzeichen und sprach eine Nachricht für Diamantino auf. »Es tut mir leid, *tesoro*.« Sie mochte das Wort, das auch Elsa für sie an diesem Nachmittag verwendet hatte. Es bedeutete Schatz, klang aber viel wertvoller als im Deutschen. »Ich melde mich bald, ich denke ganz oft an dich und möchte auch, dass wir das alles hinbekommen, ich wollte dich auch nie verletzen, wie ich dich bestimmt schon verletzt habe, aber ich musste mir erst mal klar werden, was ich will.«

Luna nahm den Daumen vom Mikrofon. Sie redete sich hier gerade um Kopf und Kragen. Was wollte sie denn wirklich? Sie wusste nur, dass sie Diamantino nicht mehr an ihrer Seite ertragen konnte, und hatte ihm nun doch wieder Hoffnung gemacht.

Sie nahm den letzten Schluck Wein und schob Gitta so behutsam wie möglich auf ihre eigene Bettseite, sah sich auf ihrem Handy die letzte Folge von *Girlfriends* noch einmal an, putzte sich die Zähne und krabbelte dann endgültig neben dem ausgestreckten Körper der Freundin unter das Laken. *Dio!* Was für ein seltsamer Tag!

In ihren Träumen war alles neblig, doch diesmal war es das Haus von Anna, aus dem sie fliehen musste. Sie erkannte die steinernen Säulen der Pergola und den Hof voller Betonmischmaschinen. Wer braucht so viele Betonmischmaschinen, wunderte sie sich, und wieder fiel ihr erst sehr spät, doch mit eisigem Schrecken ein, dass sie ihr Kind vergessen hatte! Wie konnte das passieren, sie hatte es doch geboren, wie konnte man sein eigenes Kind vergessen?

Nach Luft schnappend, erwachte sie, ihr Herz schlug schnell, es war nur ein Traum, alles gar nicht wahr! Sie hatte kein Kind, und deswegen hatte sie es auch nicht verhungern lassen, doch das Gefühl, völlig unfähig zu sein und etwas falsch gemacht zu haben, ließ sich nur schwer aus ihrer Brust vertreiben. Es war erst fünf, sagte ihr ein Blick auf die Armbanduhr, die Vögel im Park erwachten gerade. Was war mit Gitta? Sie lag immer noch auf dem Rücken, hatte die Arme über dem Gesicht gekreuzt und schlief. Lunas zweiter Blick galt ihrem Handy, und ihr Herz zuckte sofort auf, eine rote Eins, eine neue Nachricht! Ja, er hatte sich gemeldet! Hatte er sich gemeldet!? Fabio?! Nein ... Nur Diamantino. Mit einer Sprachnachricht von dreieinhalb Minuten Länge. Verdammt. Sie ließ sich in das Kissen zurücksinken. Sie hatte keine Lust, sich sein Gerede jemals wieder anzuhören.

Nach einem Frühstück in der Bar, bei dem keine Notizen gemacht wurden, denn – das fiel Gitta erst jetzt auf – auch das kostbare Notizbuch war in der Handtasche gewesen, sank die Laune der beiden Reisegefährtinnen auf den Tiefpunkt. Während Gitta noch einmal zurück zu der Werkstatt wollte, konnte Luna sich nichts Unangenehmeres vorstellen. Fabio hatte nicht auf ihre WhatsApp-Nachricht (*Buon giorno*, gibt es Neuigkeiten?) reagiert, und ans Handy war er auch nicht gegangen, obwohl sie es lange hatte klingeln lassen. »Es gibt eben noch keine Neuigkeiten, lassen wir ihm Zeit!«, verteidigte sie ihn zwar, doch sie fühlte sich komisch, wenn sie an ihn dachte, und sie dachte ständig an ihn.

Gitta trank mit heruntergezogenen, ungewohnt ungeschminkten Mundwinkeln ihren Cappuccino und sprach beim Verlassen der Bar aus, was sich an Luna in den letzten Stunden wie ein beginnender Schnupfen herangeschlichen hatte: »Und was, nur mal rein hypothetisch, wenn er nun selbst daran beteiligt war? Dieser Fabio? Wir haben niemanden gesehen, das ist doch seltsam, und wir waren zu dritt. Sechs Paar Augen! Hätten wir nicht eine Gestalt bemerken müssen, die durch die Toreinfahrt kommt und fast schon den Hof betritt. Hat er uns abgelenkt?«

»Niemals!« Obwohl sie selbst daran gedacht hatte, war Luna beleidigt, dass Gitta ein solcher Verdacht überhaupt in den Sinn kam. »Komm, lass uns lieber ins Geigenmuseum gehen«, sagte sie mit belegter Stimme. »Das muss beeindruckend sein, und dieses Warten macht uns doch nur ganz irre. Heute Nachmittag, wenn die Autovermietung den Schlüssel ins Hotel gebracht hat, entscheiden wir, ob wir zurückfahren.«

»Was?! Ich kann jetzt unmöglich irgendwelche uralten, wurmstichigen Geigen anschauen!« Gitta stapfte mit großen Schritten davon, die Kameratasche in Ermangelung einer Handtasche umgehängt. Nach zwei Metern drehte sie sich prompt um und kam wieder zurück. »Ich brauche Geld!« Sie hielt die Hand auf. »Und wo ist dieses blöde Museum? Habe ja kein Handy und werde es ohne Google Maps wohl kaum finden! Wann soll ich dich da abholen?«

Luna seufzte, gab Gitta einen Fünfziger und nannte ihr die Adresse. »Das ist nicht weit, wenn du vor dem *duomo* stehst, rechts, die kleine Gasse ganz herunter, dann wieder rechts, das berühmte *Museo del Violino* müsste ausgeschildert sein, und wenn nicht, alle Leute kennen das!« Sie hielt Gitta am Arm fest. »Willst du nicht doch lieber mitkommen?«

»Nein! Ich hole dich in zwei Stunden wieder ab, reicht dir das? Sorry, ich brauche gerade mal Zeit für mich!«

Als Luna zwei Stunden später vor das Museum trat, war sie noch ganz erfüllt von dem, was sie alles gesehen hatte. Von wegen uralte wurmstichige Geigen! Die Instrumente von Guarneri, Amati und natürlich von Stradivari waren wunderschön und bestens erhalten! Eine Viertelvioline von Lorenzo Storioni, gebaut 1793 in Cremona, hatte es ihr besonders angetan. Diese kleine Geige hatte ihren Weg durch die Welt genommen, genau wie die von Anna. Diese hatte es bis in die USA geschafft und wurde gerade als Leihgabe aus South Dakota ausgestellt. Wäre es nicht auch toll zu wissen, welchen Weg LA PICCOLA gegangen war? Welche Route nach Sizilien hatte Anna mit ihr genommen, und was war dann geschehen? Luna atmete den Duft des Lavendels ein, der in großen Töpfen vor dem Museum stand. Er war auf immer verbunden mit ihrer Schwangerschaftsübelkeit und den Duftsteinen in der Gästetoilette des »Il Violino«. Mist. Der Lavendel war ihr für immer verleidet …

Als sie aufschaute, sah sie, wie Gitta ihr über den Platz vor dem Museum entgegenkam. Sie lief an der silbernen, künstlerisch zerbeulten Geigenstatue vorbei und schien ziemlich aufgebracht.

»Ich habe Fotos gemacht«, rief sie. »Ich wollte die Polizei holen, aber dazu brauche ich dich. Ich habe alles fotografiert, die Tasche ist bei ihm!«

»Deine Tasche?!« Luna riss die Augen auf.

»Ja! Stell dir vor, der hatte meine schöne dunkelgrüne Tasche in den Händen! Hat er dich angerufen? Nein, oder?«

Luna schaute verwirrt auf ihr Handy und schüttelte den Kopf. Natürlich wusste sie, wen Gitta meinte. Nein. Nichts. Keine Nachrichten von Fabio, keine Anrufe.

»Habe ich ja gesagt, der steckte da ganz tief mit drin!«

Gestern war er noch *sweet,* und ich sollte unbedingt ein Date mit ihm haben, dachte Luna. »Ich glaub das nicht!«, sagte sie. »Wie kommst du dazu, ihn zu fotografieren? Hast du ihm aufgelauert?«

»Nicht direkt. Aber als er zufällig aus dem Haus und über den Platz kam, dachte ich, ich schau mal, wohin er geht ... dieser Arsch!« Gitta war wütend. Sehr wütend.

»Zeig doch erst mal die Fotos!«

»Und der Typ mit dem Cinquecento hat auch was damit zu tun, der hat sie ihm nämlich gebracht!« Gitta holte ihre Kamera aus der Tasche. »Die haben das noch nicht mal heimlich gemacht, so sicher fühlen die sich in ihrem Viertel!«

Sie ließ die Bilder auf dem Display erscheinen. »Und hier, hier, hier!« Verdammt, Gitta hat recht, dachte Luna. Sie sah Fabio, klein und weit weg, aber unverkennbar vor einer Hauswand. Dann den Cinquecento vor dem Platz, zwischen den geparkten Autos und den Maulbeerbäumen. Fabio, der an die Tür herantrat, nächstes Foto: Die Tasche, die aus dem Fenster gereicht wurde. Da war sie ... ! Wie kann er nur, dachte Luna. Wie kann er nur so dreist sein! »Ich fasse es nicht«, sagte sie. »Wir gehen da sofort hin! Ist ja nicht weit.« Mittlerweile kannte sie sich in Cremona schon ganz gut aus, sehr groß war es wirklich nicht.

»Das will ich meinen! Bin ich froh, dass du jetzt nicht rumzickst und nach Entschuldigungen für ihn suchst!«

Warum sollte ich? Nur weil seine Haare besser rochen als erwartet und ich seinen Hintern ganz nett fand, dachte Luna, doch die Enttäuschung breitete sich in ihrem Magen aus wie Sodbrennen. Sie liefen die nächsten Minuten schweigend nebeneinanderher, vorbei an offenen Fenstern, aus denen es schon nach Mittagessen duftete, bis sie vor dem Haus in der Viale Etrusco standen. Leise gingen sie hintereinander die drei schmalen Stufen hoch, doch man hatte sie schon entdeckt, denn von drinnen ertönte es auf Italienisch: »Beeil dich ... Wir haben nämlich Besuch!«

Luna ballte die Fäuste. Wollten die da drinnen das Diebesgut verstecken? Vielleicht hätten sie doch die Polizei einschalten sollen ... da öffnete sich die Tür mit ihrem ohrenbetäubenden Quietschen, und Fabio stand vor ihnen. In seiner Hand: die Tasche! Gitta machte ein seltsames Geräusch, sprang vor und schnappte danach. »Sie ist wieder da, ich glaube es ja nicht!« Sofort hockte sie sich auf den Boden und wühlte darin herum.

»Es müsste alles noch drin sein, hoffe ich jedenfalls«, sagte Fabio auf Italienisch zu Luna und zuckte entschuldigend mit den Schultern. »Ich wollte dich gerade anrufen.«

»Aha. Bisschen spät, findest du nicht«, schnappte Luna zurück. Sie sah von Fabio zu Ignazio, der gebückt an seiner Werkbank saß, und schüttelte verächtlich den Kopf. Irgendwas stimmte hier doch nicht ...

»Ich hatte schon gestern einen Verdacht, wer es gewesen sein könnte, wollte aber erst ganz sicher sein.«

Soso. Einen Verdacht ...

»Mein Handy!«, rief Gitta. »Mein Portemonnaie, der Autoschlüssel ...! Alles noch da!«

»Kommt doch erst mal rein!«, sagte Fabio, während Ignazio ein abwehrendes Knurren ausstieß. »Ja, ja, keine Angst, Bruderherz, wir bleiben ja nicht hier.« Er zeigte auf die Tür, die in den Hof führte.

»Er möchte, dass wir reinkommen, Gitta. Ist das okay für dich?«, fragte Luna.

»Natürlich ist das okay! Nach diesen furchtbaren Stunden auf dem Polizeirevier und den Sorgen, die ich mir gemacht habe, darf er mir die ganze Aktion jetzt gerne erklären!« Gitta presste die wiedergefundene Tasche an sich, während sie wütende Blicke um sich warf. »Wie sieht es hier überhaupt aus? Warum sitzt der Zauseltyp denn im Dunklen mit seinen Geigen?«

»Das finden wir auch noch heraus.«

Sie folgten Fabio in den Hof. Auf der freien Fläche, zwischen Sandhaufen, alten Autoreifen und Paletten, waren drei unterschiedliche Stühle und ein Fünfzigerjahre-Tischchen aufgebaut, die gestern dort noch nicht gestanden hatten.

»Möchtet ihr *caffè*? Setzt euch doch.«

Auf dem Tisch stand eine Etagere mit *dolci*, drei unterschiedliche, leicht angeschlagene Teller, goldene Kuchengabeln, eine altmodische Zuckerdose. »Hat er gewusst, dass wir kommen?«, murmelte Gitta.

»Sieht fast so aus.«

Fabio nahm die drei Stufen vor der offen stehenden türkisen Flügeltür mit einem Satz und verschwand, vermutlich in eine Küche, denn sie hörten ihn dahinter mit Geschirr klappern. Luna und Gitta schauten sich um.

»Eigentlich ein schöner Hof«, sagte Luna. »Nur völlig zugestellt.« Sie hatte das Gefühl, Fabio irgendwie verteidigen zu müssen.

»Eine Einladung zum Kaffeekränzchen, sieh dir nur diese köstlichen *Tartelettes* mit Vanillecreme und Beeren an … Aber wir lassen uns jetzt nicht von dem einlullen«, sagte Gitta.

»Auf keinen Fall! Achtung, er kommt wieder.«

Nach den ersten höflichen, aber recht stummen zwei Minuten, platzte es aus Gitta heraus: »Also, frag ihn bitte, wie und wo die Tasche nun wieder herkam!«

Fabio hatte auch ohne Lunas Übersetzung verstanden und nickte: »Ich musste erst überprüfen, ob mein Verdacht stimmte, es war etwas schwierig in diesem Fall. Ein *Sonderfall*, könnte man sagen. Und deswegen möchte ich euch auch bitten, die Anzeige zurückzuziehen, oder jedenfalls nur zu melden, dass die Tasche wieder da ist. Sie lag auf einer Bank oder so. Der Rest verläuft dann sowieso im Sand, weil es keine Zeugen gibt.«

»Aber erfahren, wer sie genommen hat, würde ich schon gerne«, sagte Gitta, nachdem Luna übersetzt hatte.

»Das kann ich verstehen«, räumte Fabio ruhig ein, und Luna mochte ihn dafür plötzlich wieder. »Ich kann nur sagen, es war ein Junge. Ein kleiner Junge. Aus der Nachbarschaft.«

»Wie alt?«, insistierte Gitta.

»Sieben.«

»Sieben! So jung! Mein Gott, da ist seine Karriere ja schon vorprogrammiert!« Gitta schüttelte den Kopf.

»Und du kennst ihn? Laufen mehrere von denen rum? Sind das Kinderbanden oder so was?« Luna hatte nicht vor, sich mit Fabios spröden Antworten und einem Schulterzucken zufriedenzugeben.

»Nun ja. Sagen wir, der Kleine ist speziell. Ein Einzelfall, so sehe ich das.«

Luna übersetzte, und Gitta holte ihr Notizbuch aus der Handtasche. »Moment, das muss ich aufschreiben. Siebenjähriger, gewitzter Taschendieb. Auch ganz nützlich, so eine Erfahrung, das wird mein Joker, der immer alles durcheinanderbringt.« Sie hatte Fabio offenbar verziehen, denn sie lächelte ihn an. »Sag ihm, dass ich an einem Buch schreibe und dass sowohl der Kleine als auch er darin landen könnten!«

Luna tat ihre Pflicht als Übersetzerin.

»Oh, bitte nicht, ich bin nicht so interessant«, gab Fabio zur Antwort.

Luna hätte gern noch mehr über den kleinen Räuber erfahren. Aber wenn diese Sache für Gitta erledigt war, würde auch sie den Fall abhaken. Sie aßen noch mehr von den *dolci*, und Fabio bot ihnen an, ihnen den Rest des Hauses zu zeigen, »wobei wir um Ignazios Werkstatt und seine Küche hier unten einen Bogen machen sollten.« Er zeigte auf die abgeblätterte Flügeltür.

»Das ... wäre großartig«, stammelte Luna.

»Aber ja, du musst doch wissen, wo deine *nonna* gewohnt hat.«

Jetzt lächelte er wieder so charmant wie im ersten Moment, als wir uns begegnet sind, dachte Luna, und ihr wurde ganz warm in der Brust.

In den oberen zwei Geschossen, zu denen ausgetretene Steinstufen führten, gab es eine Küche, zwei sehr spärlich eingerichtete Salons, hohe Fenster hinter zugeklappten, hölzernen Läden und einige Zimmer, deren Türen verschlossen blieben. Nicht aufgeräumt, war Fabios Entschuldigung. »Ich wohne im zweiten Stock, Ignazio unten, er hat neben der Werkstatt eine Schlafkammer und eben seine Küche.«

»Aber das ist unheimlich viel Platz für zwei Leute«, sagte Gitta. »Wie viel Quadratmeter hat eine Etage? Siebzig? Achtzig?«

Luna übersetzte, doch Fabio zuckte nur mit den Schultern. »Ja, wir könnten auch vermieten, aber dann müsste ich oben im zweiten Stock ja eine weitere Küche einrichten, denn wir brauchen mindestens ein Stockwerk zwischen uns als Puffer, damit wir uns nicht in die Quere kommen.«

»Na, dann richtet ihr eben eine ein«, antwortete Gitta mit unbarmherziger Logik, doch Luna betrachtete die Decken und Wände, statt zu übersetzen. Sie spürte, wie Anna Battisti immer wichtiger für sie wurde, sie sich immer mehr zu ihr hingezogen fühlte. Als ob sie ein bedeutender Teil von ihr wäre, ohne den sie unmöglich weiterleben konnte. Hier hat sie Feuer gemacht, hier hat sie den Tisch gedeckt, aus diesem Fenster hat sie vielleicht in den Himmel geguckt, während sie einschlief, dachte sie.

»Oben unter dem Dach sind auch noch drei winzige Kammern, die nutzen wir aber nicht«, sagte Fabio.

Ihr nutzt hier *gar nichts*, ging Luna durch den Kopf, doch sie war eigentlich recht froh darüber, so konnte sie sich besser in die alten Zeiten zurückversetzen.

»Man könnte ein Paradies daraus machen!«, sagte Gitta, als sie wieder im Hof standen.

»Absolut!«, antwortete Luna. »Man müsste die Werkstatt vielleicht ein bisschen nach außen öffnen … und wenn man nur damit anfängt, indem man die Fenster putzt.« Sie schaute sich um. »Und hier im Hof, mit der Küche und den schönen Stufen … ein kleines Café. Mit den besten *dolci* der Welt.«

»Oder ihr könntet auf einer Internetplattform ein paar Zimmer vermieten«, schlug Gitta vor. »Cremona pur! Seien Sie zu Gast im Hause eines Geigenbauers! So was würde bestimmt gut ankommen! Dass der Geigenbauer nicht redet und ein Menschenfeind ist, muss man ja nicht dazuschreiben.«

Fabio hörte Lunas Übersetzung (das mit dem Menschenfeind ließ sie weg) aufmerksam zu. »Dazu einen Bereich für die eine oder andere Autoreparatur?«, fragte er grinsend.

»Meinst du wirklich?«, fragte Luna lachend.

»Nein!« Er schüttelte den Kopf. »Dann passen keine Tische mehr auf den Hof. Und ich bin auch nicht wirklich gut darin. Reicht nur für Freunde.«

»Wie Maurizio im hellblauen Cinquecento?«

»Genau.«

Fabio hatte ihnen erzählt, dass der junge Maurizio ihm bei der Suche nach der Handtasche geholfen hatte. Er wäre Sozialarbeiter und kenne die sozial schwächer gestellten Familien im Viertel besser als er.

»Und was ist da nun drin?« Gitta wies auf die Tür zwischen den steinernen Säulen.

»Nichts, in dem Schuppen ist nur ein bisschen wertloses Bauholz.«

»Können wir da rein? Das ist angesagter Industrie-Schick, die schwarz eingefassten Fenster da oben sehen super aus!« Obwohl Luna Fabios Antwort übersetzt hatte, ließ Gitta nicht locker, bis er ihnen das Gebäude aufschloss. »Ganz schön viele Schlösser für ein bisschen wertloses Bauholz«, sagte sie.

Sie traten ein und schauten sich um. Der *Schuppen* war eine kleine Halle. Mindestens fünf Meter hoch, die Wände von abbröckelndem Terrakottagelb, roch es hier drinnen nach Holz und Staub. Auf dem Boden lagen ein paar Stützbalken, Bretter und Paletten, eine nicht allzu vertrauenserweckende Leiter führte nach oben auf eine Art Empore mit schmiedeeisernem Geländer, von dem jedoch einige Meter fehlten.

Sie sahen staunend in die Höhe. »Das ist ja cool hier!«, sagte Gitta.

»Was war das mal?«, fragte Luna.

»Ganz früher mal eine Weberei, soweit ich weiß, aber schon vor dem Zweiten Weltkrieg wurde hier Holz aufbewahrt«, sagte Fabio. »Ist aber alles baufällig und einsturzgefährdet.«

»Da könnte man echt was draus machen«, rief Gitta. »Ich müsste das nur mal Stevie zeigen!«

Luna atmete tief ein. In diesem großen Raum mit den hohen Industriefenstern herrschte eine ganz besondere Atmosphäre, die sie gar nicht recht deuten konnte, die sie aber sofort zur Ruhe kommen ließ. Als ob sie in Sicherheit war. Als ob auf einmal alles in Ordnung war. »Gibt es da oben noch etwas?«

»Ja, zwei winzige Räume, ich weiß nicht, ob sie die früher mal als Lagerräume oder als Kontore benutzt haben.« Fabio schaute sie fragend an, dann wanderte sein Blick nach oben. »Vertraust du mir?«

Jetzt wieder, dachte Luna. Sie nickte.

»Dann zeige ich dir was!« Er griff nach ihrer Hand und ging mit ihr zu der Leiter.

»Du willst da doch nicht etwa hochklettern«, rief Gitta.

»Sie sieht zwar nicht so aus, aber die Leiter ist stabil, ich halte sie für dich fest«, sagte Fabio. »Bist du schwindelfrei?«

»Ja, ich glaube schon.« Luna setzte den Fuß auf die erste Sprosse.

»Nee, du willst da echt hochklettern?«, wiederholte Gitta und klang jetzt panisch. »Das sind mindestens vier Meter!«

»Na klar. Manchmal muss man für eine Recherche auch Körpereinsatz zeigen!« Luna grinste. Mit Erstaunen stellte sie fest, dass sie in diesem Moment völlig gelassen und angstfrei war. Ein Zustand, in dem sie sich manchmal in der Werkstatt der Onkel in Mittenwald befand, wenn sie ein Stück Holz mit einer scharfen Klinge glättete, eine Geige zum zehnten Mal überlackierte oder auch, wenn sie klassische Musik hörte. Lag das am Espresso, den *dolci*, dieser Halle hier oder der Nähe von Fabio? Mal sehen, wie lange es anhalten würde.

Von der Empore sah Gitta ganz schön klein aus, doch

Lunas Hochgefühl hielt an. »Mach noch ein Foto von mir«, rief sie nach unten.

»Ja, bevor du da runterkrachst und er vor Schreck von der Leiter fällt. Ich kann gar nicht hinschauen«, jammerte Gitta, doch sie tat Luna den Gefallen.

Kurz darauf stand Fabio neben ihr und strich wieder beiläufig über ihre Schulter. Ich mag es, wenn er mich berührt, dachte Luna unwillkürlich. »Komm mit!« Sie folgte ihm durch die linke Tür und stand in einem quadratischen Raum, höchstens neun Quadratmeter groß, an dessen einer Wand ein nicht sehr hohes, dafür aber breites Fenster eingelassen war.

»Und nun?« Sie schaute ihn an. Er würde doch jetzt nicht versuchen, sie zu küssen, so alleine? Hättest du denn was dagegen, fragte sie sich. Es wäre viel zu früh, aber grundsätzlich ... Schnell blickte sie wieder angestrengt durch die dreckige Fensterscheibe auf die Dächer der Nachbarhäuser.

»Man sieht nichts, oder?« Er hob die Arme und drehte sich einmal um sich selbst. Was sollte das jetzt heißen? Luna sah sich noch mal genauer um. Natürlich sah man nicht viel, der Raum war leer.

»Könnte man meinen, aber dieser Teil der Wand hier ist gar keine echte Wand. Dahinter habe ich etwas entdeckt!«

Er schaute sie ernst an. »Versprich mir, dass du mein Geheimnis für dich behältst! Ist auch nichts Illegales, keine Angst!«

»Klar.«

»Mein Bruder hat mir erzählt, dass du dich im Geigenbau auskennst!«

»Na ja. Ein bisschen. Ich bin keine Meisterin meines Faches, habe nicht einmal die Geigenbauschule in Deutschland besucht, sondern nur in der Werkstatt meiner Onkel gelernt.«

»Was heißt denn *nur*? Und überhaupt, wer ist denn schon Meister, so was wird völlig überschätzt!« Fabio grinste sie an. »Du suchst eben noch. Ist es nicht so? Ich übrigens auch …«

Luna nickte. Es hörte sich richtig an, so einfach, wie er es ausdrückte. Sie suchte noch. Nicht mehr und nicht weniger.

»Aber dann wird dir das, was ich dir jetzt zeige, etwas bedeuten.« Er schaute sie erwartungsvoll an, ohne sich zu rühren. »Du bist wunderschön, weißt du das«, sagte er mit belegter Stimme, um sich sofort zu räuspern. »Oh, *scusi*, das wollte ich gar nicht sagen.« Er wandte sich ab und machte sich an der Wand zu schaffen. »Musste wohl raus. *Emozioni* …« Er drehte den Kopf zu ihr und lachte verlegen.

»Kann passieren.« Luna lächelte leise. Und plötzlich kam zu ihrer angenehmen Gelassenheit auch noch das Gefühl von Glück hinzu, flutete sie von innen, und sie fragte nicht einmal, warum. Das ist es, fühlte sie. Diese Ruhe, dieses Sein, einfach nur Sein. Ein paar Momente vergingen, bis ihr Verstand einsetzte und diesen beneidenswert leichten, sorglosen Zustand festhalten wollte. Du stehst vier Meter über dem Erdboden mit einem unbekannten Mann im kahlen Obergeschoss einer abbruchreifen, wenn auch wunderschönen Halle in Cremona und bist glücklich! Einfach so! Na gut, genieße es, solange es dauert, und zerdenke es möglichst nicht vorher und mach es damit kaputt. Mach es nicht kaputt! Mach es bloß nicht … kaputt … zu spät, der Moment war vorbei.

»Hier!«, sagte Fabio da auch schon. »Dieser Vorsprung der Wand ist bemalt wie die anderen, der untere Teil ist jedoch aus Holz, das sieht man gar nicht, aber dahinter …«, er ging auf die Knie, nahm ein Brett weg und zog etwas aus der breiten Öffnung, die nun entstanden war: »Ein Vorrat von feinstem

Klangholz!« Er reichte Luna eines der oberen Stücke, es war Fichte, und geschnitten wie ein typisches Stück Klangholz, das man sowohl in Deutschland als auch in Italien und überall auf der Welt zum Geigenbau verwendete. Luna drehte es in ihren Händen, sie wog es, prüfte die Festigkeit, hielt es auf Höhe ihres linken Ohrs und klopfte dagegen.

»Klingt gut!«, flüsterte sie ehrfürchtig. »Wie alt ist das Holz?« Sie hockte sich wie Fabio auf den Boden vor den nun seitlich geöffneten Verschlag und betrachtete den Stapel, zu dem die zueinander gehörenden Zwillingsstücke sehr säuberlich, mit Querhölzern dazwischen, aufgeschichtet waren.

»Ich habe es prüfen lassen, nicht alles, aber Scheite von oben, unten und der Mitte.« Jetzt flüsterte auch Fabio. »Es ist hervorragendes Holz, sehr enge Jahresringe, deswegen fest, aber dennoch flexibel, nicht zu trocken, obwohl über siebzig Jahre alt!«

Altes Holz ist nicht gleich gutes Holz, dachte Luna. Das hatte Onkel Willi immer gepredigt. Doch wenn gutes Holz alt wird, kann es noch besser werden. So lautete der zweite Teil seiner Weisheit.

»Ich verkaufe ab und zu mal welches«, wisperte Fabio. »Ignazio weiß nichts davon, manchmal bringe ich ihm was mit. Er denkt, ich hätte es irgendwo zu einem günstigen Preis ergattert und freut sich. Dabei ist es von hier, aus *unserer* Halle!«

»Nur Fichte oder auch Ahorn?«

»Nur dreimal Ahorn! Besser so, gutes Fichtenholz ist viel schwerer zu finden als Ahorn.«

»Und kein Holzwurmbefall?«

»Nichts!«

»Das ist ein wahrer Schatz! *Un tesoro!*« Sie flüsterten beide, als ob sie sich über gerade erbeutetes Diebesgut unterhielten.

»Über siebzig Jahre alt?«, überlegte Luna etwas lauter. »Das waren die Zeiten, als mein Urgroßvater die Werkstatt hatte.«

»Ich wusste, du würdest darauf kommen. Aber deswegen habe ich es dir gezeigt, weil ich dir vertraue.« Fabio betrachtete seine großen, wieder mal leicht schmutzigen Hände. »Siehst du, ich nehme zwar ständig irgendwelche Arbeiten an, um etwas zu verdienen, aber das hier ist mein Taschengeld. Ich bekomme über hundert Euro pro Geigendecke. Von manchen Kunden auch das Zweifache! Beste Qualität ist ihnen das wert. Ich kenne mich gut aus mit Holz. Jetzt sag mir, ob du den Schatz hier beanspruchst!« Er schaute ihr in die Augen. Seine waren von einem außergewöhnlich dunklen Grün, die Wimpern sehr lang, und sie wurde sich bewusst, wie nah er bei ihr hockte. »Moralisch gehört er nämlich dir, ich weiß!«

Luna seufzte, doch diesmal war es eher ein wohliges Aufstöhnen. Er war so fair, ihr dieses Holz zu zeigen, das war mehr als in Ordnung, das war schon ein riesiges Geschenk. Aber konnte sie das annehmen? »Geh mit mir essen«, sagte sie. »Dann besprechen wir das!« Bei Elsa waren sie nun erst morgen eingeladen. Die alte Dame war sehr beschäftigt und hatte heute anderweitige Verpflichtungen.

»Verdammt gerne. Kleine Frage vorab: Ist der Ring nur zufällig an deinem Finger, oder bist du verlobt?«

Luna zuckte nur geheimnisvoll mit den Schultern und schwieg. Sie hatte keine Absicht, ihn über ihren Familienstand aufzuklären.

»Ich würde dich jetzt gerne küssen«, sagte Fabio mit rauer Stimme dicht neben ihrem Ohr.

»Hallo? Ihr da oben, lebt ihr noch?«, kam es von unten. Sie sahen sich nur an.

»Darf ich das?«, fragte Fabio.

»Nein«, sagte Luna und stand auf. Noch nicht, dachte sie, obwohl ich es möchte. Aber das wäre zu früh, das geht einfach nicht.

»*Scusa!*« Fabio erhob sich und klopfte sich den Staub von den Hosenbeinen. »War nur eine Frage.«

»War nur eine Antwort.«

Sie lächelten sich zu, Fabio legte das Holz wieder zurück, gemeinsam brachten sie die falsche Wand wieder an ihren Platz und machten sich an den Abstieg.

»Was war denn da oben?« Gitta schien vor Neugier zu platzen, als Luna wieder neben ihr auf dem Hallenboden stand.

»Nur ein Geheimnis!« Luna versuchte gar nicht erst, ihr Lächeln aus dem Gesicht zu bekommen.

»Ach so, toll! Danke!« Gitta grinste und schüttelte den Kopf. »Deine Wangen sehen ganz danach aus.«

»Wieso? Nein es ist nichts passiert.« Luna spürte, wie sie vollends errötete. »Wir gehen nur zusammen essen. Ich denke heute Abend, es sei denn, es kommt vorher noch ein Diebstahl dazwischen«, setzte sie hinzu.

»Ich finde das gut, ich gönne es dir«, beteuerte Gitta, »du sollst hier ja auf andere Gedanken kommen, und der Typ hat was, nein wirklich!«

Sie standen wieder auf dem Hof zwischen Bauschutt und dem Cafétischchen, auf dem noch ein einziges *dolce* auf sie wartete. Fabio schloss die Tür der Halle wieder gründlich ab und begleitete sie zum Hoftor, dessen rechte Tür er umständlich öffnete. »Ignazio ist unfassbar empfindlich, er mag es schon nicht, wenn ich Kaffee in seiner Küche koche … stören wir ihn also lieber nicht.«

Er fühlt sich als Geigenbauer nicht wertgeschätzt, ungerecht behandelt und vom Erfolg übergangen, dachte Luna, deswegen igelt er sich in seiner Werkstatt so ein, aber sie behielt ihre Gedanken für sich.

»Danke für den *caffè* und den tollen Rundgang«, sagte Gitta. »Ich weiß jetzt, wie das Elternhaus meiner Hauptfigur aussieht. Übersetz ihm das bitte, Luna!«

Luna war gerade dabei, ihr den Gefallen zu tun, als ein schmächtiger blonder Junge um die Ecke bog und in die Hofeinfahrt gerannt kam. »Fabi, Fabi, Fabi! Es tut mir leid, dass ich das mit der Tasche gemacht habe«, rief er noch im Laufen. »Maurizio hat gesagt, du willst mich nicht mehr sehen, aber zu Hause ist keiner, und ich muss dich doch immer sehen!«

Er warf sich an Fabios Hüfte und umarmte sie. Luna lächelte die beiden an und sah, wie Fabio die Augen verdrehte und die gute Laune aus seinem Gesicht wich, doch er ließ den Jungen gewähren, ja, er strich ihm sogar zärtlich über den Kopf. »Bist du etwa den ganzen Weg gelaufen?« Seine Stimme klang besorgt. Was passiert hier denn gerade, fragte Luna sich, als die Antwort auch schon geliefert wurde.

»Kannst du mir noch mal verzeihen? Ich mach das auch nicht mehr. *Babbo?* Bitte, *babbo*!«

8

»Sein *Sohn*?! Sein *Sohn* hat meine Tasche geklaut?«

»Ich befürchte, so ist es.« Luna war auf einem der drei Stühlchen in sich zusammengesunken und starrte auf die Tür, die zur Werkstatt führte und hinter der Fabio mit seinem Sprössling verschwunden war.

»Aber er hat nichts von ihm erwähnt, gar nichts? Und was ist das überhaupt für ein komisches Wort, warum sagen die nicht *papà*, sondern *babbo*?«

»Das ist nun mal das Wort dafür.« Luna war auf einmal sehr müde. Konnte nicht mal irgendetwas einfach so *sein*, wie es schien? Mussten irgendwelche Umstände sie in ihrem Leben stören, gerade dann, wenn es – was selten genug der Fall war – versprach, angenehm zu werden?

Wenn es angenehm zu werden versprach, warst immer *du* es, die alles sabotiert hat, sagte die bekannte Stimme in ihr. *Nur du*. Du hättest weiter in der Werkstatt in Mittenwald arbeiten können, du warst auf den besten Wege, gut zu werden, sagten die Onkel, du hattest Talent … Nein, du bekommst Angst vor der eigenen Leistung und ziehst lieber nach München. Eine solide Köchin im »Melgrano« in Bogenhausen werden, was für eine Chance, aber nein, bloß nicht. Eine erfüllte Liebesbeziehung leben? Nein, irgendwas in dir muss sich unbedingt entlieben, damit du gehen kannst! Immer, wenn es schön werden könnte, haust du ab. Auch das Geigenspiel hast du aufgegeben, dabei hättest du wirklich ... Das war nicht meine Schuld, schrie Luna die nervige Stimme an. Ich fühlte mich verraten! So wie jetzt ... Immer lügt mich jemand an, immer enttäuscht mich jemand ...

In diesem Moment kam Fabio wieder in den Hof. Er hielt den kleinen Blondschopf am Nacken gepackt und schob ihn voran.

»Der Kleine hat viel zu lange Haare, die hängen ihm ja schon in die Augen«, sagte Gitta leise, »kann ihm die denn nicht mal jemand schneiden?«

»Scheint in der Familie zu liegen«, antwortete Luna.

»In der Familie? Da waren dann aber Wikinger mit beteiligt.«

»Ich habe keine Lust auf die Lügengeschichten, die er uns jetzt wahrscheinlich auftischt«, Luna winkte ab und stand auf. »Lass uns gehen.«

»Nein!« Gitta kramte in ihrer Handtasche, drückte Luna wieder auf den Stuhl und setzte sich neben sie. »Jetzt wird's doch richtig interessant!«

Oh no, Recherche. Luna seufzte. Na gut, noch ein letztes Mal hier, in Anna Battistis Haus, aber dann gehen wir. Sie sah sich bedauernd im Hof um. Das Ganze war eine Baustelle, eine Bruchbude, und dennoch ... Sie mochte die Ausstrahlung dieser Mauern, sie mochte die Halle und die Pergola davor, die Fenster des Hauses, die verwitterte türkise Farbe der Fensterläden, sie mochte einfach alles.

Fabio schob den Jungen vorwärts und stellte sich vor sie hin. Wie ein Anwalt, der mit seinem unbelehrbaren Angeklagten vor dem Richtertisch steht, dachte Luna. Fabio sah zwar nicht mehr genervt aus, aber immer noch ernst, dennoch hatte er den Jungen aus seinem Griff entlassen.

»*Allora*«, sagte er ruhig auf Italienisch. »Das ist Valentino, genannt Vale, der sich bei euch entschuldigen möchte, also bei dir, *Bri-Gitta*! Na los, Vale.«

Valentino war klein und schmächtig, ob er überhaupt schon zur Schule ging? Er starrte auf den Boden. Sein Mund war breit und etwas verschmiert, seine Haare ungewaschen, er trug ein T-Shirt mit einem abgeblätterten Comic-Aufdruck und billige schwarze Turnschuhe, die beide vorne am großen Zeh ein Loch hatten. Man sah, dass er grüne Strümpfe trug. Er tat Luna augenblicklich leid.

»*Scusa*.« Valentino schaute Luna eine Sekunde lang in die Augen.

»Nein, die andere, bei *Bri-Gitta* musst du dich entschuldigen«, korrigierte Fabio ihn, »*ihre* Tasche hast du gestohlen und ihr dadurch einen großen Schrecken eingejagt und viel Arbeit gemacht!«

»*Scusa*«, er ging mit gesenktem Kopf zwei Schritte vor und gab Gitta die Hand. Luna sah, wie er dabei hinter seinen Haaren zwischen dem letzten Törtchen auf dem Tisch und der Tasche hin und her schielte, die an Gittas Stuhllehne hing.

»Macht er so was öfter? Ist er wirklich sein Sohn? Wohnt er hier? Warum kümmert er sich nicht besser um ihn? Mein Gott, ich würde ihm am liebsten neue Klamotten kaufen!« Gitta schluchzte fast, während Luna dabei war, alle ihre Fragen für Fabio zu übersetzen.

»Hier, für dich!« Gitta hielt dem Kleinen das *dolce* hin, das er in Windeseile verschlang. »Aber warum klaust du die Sachen anderer Menschen? Das ist nicht richtig, hat dir das niemand gesagt?«

Luna übersetzte Wort für Wort.

»Doch. Der da!«, sagte der Junge und zeigte auf Fabio, dessen Miene Luna nicht richtig deuten konnte. »Hat es gesagt. Ist nicht richtig. Und ich darf nicht wiederkommen.«

»Dein *babbo*?«, fragte Luna.

Der Junge nickte mit großen, traurigen Augen und hörte gar nicht wieder auf. »*Mamma* ist weg.«

»Jetzt verrate mir nur, warum du trotzdem mit ihm essen gehen willst«, sagte Gitta, als sie den Vorhang der Umkleidekabine zurückzog, um Luna zu betrachten. »Ich verstehe das immer noch nicht … Aber das Kleid steht dir!«

»Findest du?« Luna drehte sich vor dem Spiegel. Doch die Frage war rein rhetorisch, sie fühlte sich wirklich toll in dem grünen Kleid, das ihre Taille und ihren Busen betonte, das kurz war, aber nicht zu aufdringlich wirkte.

»Finde ich. Und wenn du mir meine Frage beantwortest, leihe ich dir vielleicht mal meine halbhohen Louboutins, die hervorragend dazupassen!«

»Warum ich …« Luna konnte den Blick nicht von sich abwenden. »… mit ihm essen gehe?«

»Er vernachlässigt seinen Sohn, er geht keiner richtigen Arbeit nach, er ist nicht ehrlich, denn er belügt seinen Bruder!«

»Er will mir ja einiges erzählen. Über Valentino, seinen Bruder, sich selbst! Allein aus Recherchegründen hätte ich da nicht Nein sagen dürfen, oder? Wer weiß, vielleicht kannst du noch was davon in deinem Roman verwenden.«

Gitta schien nicht sehr überzeugt. »Wo trefft ihr euch?«

»Er holt mich am Hotel ab. Außerdem wollen wir das mit dem Holz besprechen, er sagte, moralisch gehöre es mir.« Luna lächelte bei dem Gedanken daran. »Und das ist mehr wert als das Holz selber. Er hätte es auch geheim halten können vor mir.«

»Ach, wahrscheinlich kommt er gar nicht, solche Typen versprechen viel, kreuzen aber gerne mal nicht auf. Und wenn man sie dann zur Rede stellt, haben sie dumme Ausreden parat. Ich musste meine Tante ins Krankenhaus bringen, wir hatten einen Wasserschaden, der Kanarienvogel erlitt just in dem Moment, als ich das Haus verlassen wollte, eine Herzattacke.«

»Persönliche Erfahrungen?«, rief Luna durch den Vorhang, denn sie zog sich wieder um.

»Allerdings! Bevor ich Stevie traf, hatte ich *nur* so ein Glück!«

Doch als Luna um kurz nach halb neun durch die Lobby ging, sah sie Fabio schon draußen vor der Glastür auf- und abwandern. Sie bemühte sich, das Lachen zurückzuhalten, das aus ihr herausplatzen wollte, so sehr freute sie sich. Er schien etwas nervös zu sein, denn er schaute sich um, bevor er ihr zwei Wangenküsse gab. *»Buona sera!«*

Er roch gut und war frisch rasiert. Seine Jeans war dunkel, die Ärmel seines dunkelblauen Hemds lässig hochgekrempelt. »Du siehst toll aus!«, murmelte er, immer noch wirkte er verlegen. »Ich habe einen Tisch in der ›Trattoria Cattivelli‹ reserviert. Ist nicht weit.«

»Wunderbar!«

Sie gingen eine Weile schweigend nebeneinanderher, Fabio wurde mehrfach gegrüßt, er wechselte ein paar Sätze mit einigen Personen, stellte sie aber nicht vor. Luna empfand es nicht als störend, sie war froh, nichts sagen zu müssen, sie fühlte sich einfach nur wohl neben ihm. Die Straßenlaternen erhellten die Gassen mit warmem gelbem Licht, die Luft war lau, ihr Kleid schwang um ihre Knie, Gittas Schuhe waren höher als gedacht, aber bequem. Ein perfekter Abend um ... mit einem Menschen essen zu gehen. Einem neuen Menschen. Einem besonderen Menschen. Wirklich? Schon setzte ihr Verstand ein und hakte nach. Und wenn er nun doch nur ein charmanter Lügner mit dreckigen Händen ist?

»Und danke, dass du nicht abgesagt hast«, sagte Fabio in diesem Moment.

»Warum sollte ich?«, fragte Luna, doch sie ahnte schon, worauf er hinauswollte.

»Wegen Valentino. Das war wirklich eine seltsame Situation, heute im Hof.«

»Ich höre immer gerne die ganze Geschichte, bevor ich mir eine Meinung bilde«, sagte sie. *Du?!* Die ganze Geschichte? Das stimmt ja nun absolut nicht, polterte die Stimme in ihr los. Ach, sei endlich mal still, schimpfte sie, und verdirb mir nicht den Abend, wir sind fast da. Luna konnte schon das Schild der Trattoria erkennen. Es standen mehrere Tische davor, einer davon war für sie reserviert.

Aperitivo, Brot, eine Flasche Wasser, Wein, Antipasti, Vorspeise, Hauptgang ... Fabio kannte den Kellner und war ein aufmerksamer Tischherr. Er schenkte Luna nach, reichte ihr das Brot, während sie sich angeregt über ihre Arbeit im »Il Violino« unterhielten.

»Hätte ich gewusst, dass du aus der Branche kommst, hätte ich ein noch feineres Lokal gewählt«, sagte Fabio.

»Nicht nötig, die Küche ist großartig!« Luna drehte die Gabel in den Tagliatelle mit Steinpilzen.

»Wirst du etwas von der Karte übernehmen? Macht man das überhaupt als Köchin?«

Luna grinste ihn an. Sie mochte, dass er neugierig war und so viel fragte. Dass ich einige Sachen auslasse, weiß er ja nicht, dachte sie. Einige Sachen? Die Wichtigsten. Zum Beispiel meinen Verlobten Diamantino, dessen Nachricht ich immer noch nicht abgehört habe!

»Na klar«, antwortete sie. »Man lässt sich inspirieren, das ist normal, aber die Frage ist ja, ob man es dann am eigenen Herd auch hinbekommt.«

Sie sahen sich an. »*Grazie*«, sagte er wieder. »Ich war lange nicht mehr essen.« Ein Mann kam an ihrem Tisch vorbei, er grüßte Fabio lautstark, klopfte ihm gönnerisch auf die Schulter und warf Luna einen unverhohlen neugierigen Blick zu.

»Was ist mit Valentinos Mutter?«, fragte sie, als der Typ endlich abgezogen war.

Fabio runzelte die Stirn. »Evelina? Vor zwei Jahren ist sie einfach weggegangen.«

»Und was war mit dem Kleinen?«

»Zunächst wohnte er weiter bei mir, dann haben ihre Eltern sich eingemischt und ihn mitten im Schuljahr zu sich geholt. Das ist echt schwierig im Moment für ihn, er ist gerade in die zweite Klasse gekommen, ist aber schlecht in der Schule.« Fabio spielte jetzt mit einem Stück Brot neben seinem Teller und schaute sie nicht an.

»Aber du musst um ihn kämpfen! Er gehört doch zu dir!«

»Ja schon, aber ... dann wieder: nein.«

»Nicht!?«

»Es ist kompliziert. Evelinas Familie ... Sie sind ... eine Klasse für sich.«

»Eine arme Klasse?«

»Ja.«

»Wenn du nicht drüber reden willst ...« Luna schob ihren leeren Teller ein wenig von sich.

»Doch. Ich bin das Spiel nur bald leid. Ich gebe ihnen Geld, sie schmeißen es für Zigaretten raus oder einen neuen Fernseher. Ich kaufe Vale ordentliche Schuhe, er *verliert* sie angeblich. Mehrfach. Ich bringe Lebensmittel vorbei, er futtert tagelang nur Chips, erzählt er mir. Und nun begann das vor ein paar Monaten mit der Klauerei. Ich glaube, sie halten ihn dazu an.«

»Aber sie werden doch ein Kind nicht ...«

»Evelinas Brüder sind alle vorbestraft.«

»Du hast kein Sorgerecht?«

»Er ist nicht mein leiblicher Sohn.«

»Nicht!?« Irgendwie war Luna erleichtert, obwohl sie sich sofort dafür schämte. Für Fabio machte es offenbar keinen Unterschied. Er versuchte, sich zu kümmern. Mit nicht allzu großem Erfolg allerdings.

»Nein.« Fabio hob den Kopf.

»Weiß er das?«

»Ja, schon. Wir haben es ihm gesagt, aber er verdrängt's. Kinder machen so was wohl.«

»Erzähl! Kann auch ruhig die lange Version sein.« Luna nahm einen Schluck Wein und lehnte sich zurück.

»Die kurze reicht. Ist eh schon traurig genug ...« Er schenkte ihr Wein nach, bevor er begann: »Evelina und ich kamen vor vier Jahren zusammen, da war Vale schon drei Jahre alt. Sein Vater ist ein stadtbekannter Idiot und Alkoholiker, der sie sofort verlassen hat, als sie schwanger war. Alkoholprobleme hatte sie auch, aber ich habe mich trotzdem in sie verliebt, dachte, wir bekommen das hin.« Er zog die Augenbrauen hoch und lachte, doch es klang nicht sehr amüsiert. »Ich verliebe mich oft in hoffnungslose Fälle.«

Luna zuckte unmerklich zusammen. Na, da ist er ja bei dir goldrichtig, sagte die Stimme in ihr. Ach, halt die Klappe! Sie lächelte ihn an.

»Denn hoffnungslos war es. Obwohl eine Zeit lang alles gut zu gehen schien. Sie wohnten beide bei mir, ich hatte einen festen Job als Mann für alles bei einer Baufirma. Wir haben meistens private Pools gebaut, Luxusvillen umgebaut und eingerichtet. Sie begann eine Ausbildung zur Bauzeichnerin bei einem Freund von mir, sie war ja erst dreiundzwanzig, aber echt begabt, wenn sie die Drogen und das Saufen sein ließ.«

»Drogen?«

»Alles, an was sie herankam ...«

»Oh Mann.« Luna legte die Hand vor den Mund.

Er betrachtete seine Hände. »Irgendwann begann sie, immer öfter nachts wegzubleiben, Vale war bei mir. Ich brachte ihn morgens in den Kindergarten, ich machte nur noch Jobs, bei denen ich spätestens um vier zu Hause war, um ihn abholen zu können. Aber als Evi dann eines Tages ganz verschwand, kam alles durcheinander.« Er hob sein Glas. »Schönes Thema, um uns den Abend zu ruinieren. Du bist die erste Frau, mit der ich seit Langem essen gehe, und dann erzähle ich nur den Mist aus der Vergangenheit. Versprich mir, dass du auch was Übles auf Lager hast!«

Luna schüttelte den Kopf. Das werde ich dir garantiert nicht erzählen, dachte sie und merkte, wie ein Hauch Röte ihre Wangen überzog.

»Also nicht? Du bist brav verlobt, verstehst was vom Geigenbau und kochst in einem Restaurant?«

»Ja. Mehr gibt es da nicht zu sagen.« Luna schaute kurz in den Sternenhimmel über sich. »Aber noch mal zu Vales Mutter, du weißt, wo sie ist? Ich meine, lebt sie noch oder ist sie vermisst?«

»Sie lebt. In Milano. Bei dem Typ, der Vales richtiger Vater ist. Ein Penner, aber sie scheint nicht ohne ihn zu können ...«

»Wie war das mit den Luxusvillen?« Themenwechsel.

»Ach, die reichen Leute spinnen, was die manchmal für Wünsche haben. Aber ich bin Handwerker. Ich kann alles.«

Warum sieht es dann auf eurem Hof so chaotisch aus, wollte Luna schon sagen, doch sie stimmte stattdessen einem *caffè* zu und dann noch einem *Averna* und stellte ihm weitere Fragen. Solange er etwas erzählte, musste sie nichts von sich preisgeben.

Nachdem er die Rechnung beglichen hatte, bedankte sie sich. »Ach so, jetzt haben wir ja noch gar nicht über das Klangholz gesprochen. Im Namen von Anna, die dieses Holz vielleicht über den Krieg gerettet hat und der es bestimmt wichtig war, würde ich wirklich gerne ein paar Decken für die Werkstatt meiner Mutter und Onkel mit nach Deutschland nehmen. Bei dem tollen Holz kann ich nicht widerstehen.«

»Ein paar? Nimm mehr, nimm zwanzig oder die Hälfte. Es sind achtzig, ich habe sie durchgezählt!«

»Nein! Das ist zu viel, ich will dir doch nicht alles wegnehmen!«

»Nimm dreißig!«

Nach einigem Hin und Her erklärte Luna sich bereit, zwanzig hochwertige Geigendecken zu übernehmen. »Okay, dann sind wir jetzt quitt, und ich werde nie mehr irgendwelche Ansprüche auf das Haus, den Hof, die alte Halle oder das Holz geltend machen!« Sie lachte. »Hätte ich sowieso nicht getan!«

Er grinste, beugte sich über den abgeräumten Tisch, auf dem nur noch ihre Gläser standen, und schaute ihr in die Augen. Sie hielt dem Blick stand, doch in ihrem Inneren spielten sich ganz andere Bilder ab. Sie wollte sein Gesicht in beide Hände nehmen und ihn auf seinen Mund küssen, dessen volle Lippen dieses freche unbekümmerte M bildeten, sie wollte ihn umarmen, ihn an sich ziehen, sie wollte unter ihm liegen und ihn verschlingen ... Sie wollte Sex. Jetzt sofort. So ein wildes, rein körperliches Begehren hatte sie seit drei Jahren nicht mehr verspürt. Sie rückte auf ihrem Stuhl hin und her, stieß ihn schließlich nach hinten und stand auf. Basta! Meine Güte, Luna, geht's noch? Na und? Ich würde ja nie mit ihm mitgehen, auch wenn er mich jetzt dazu auffordern würde, so gut kenne ich mich dann ja doch ...

»Kommst du noch mit zu mir? Ich habe da eine Idee. Ein Geschenk!«

Herrlich. Er hat ein Geschenk für dich. Was das wohl ist, höhnte die Stimme in ihr. »Nein, das ist total nett, aber wirklich nicht, ich gehe ins Hotel!«

»Dann morgen? Umso besser, dann kann ich es noch etwas vorbereiten.«

Es waschen?, ätzte es in ihr. Manchmal konnte die Stimme echt ziemlich schweinisch sein ...

»Komm bei mir vorbei, bevor ihr zu Elsa geht, abgemacht?«

Siehst du, er wollte gar nichts von mir. Aber du etwas von ihm! Und natürlich steht er auf dich. Luna unterbrach ihren unbarmherzigen Gedankendialog mit aller Kraft, die sie aufbringen konnte: »Gern! Ich komme morgen vorbei und hole es.« Und weil sie so viel Wein getrunken hatte, griff sie sogar nach seiner Hand. Warum auch nicht. Ich bin ja wohl alt genug.

»Du kannst es nicht holen. Nur anschauen.« Er drückte ihre Hand und schlenkerte ganz selbstverständlich damit herum.

»Okay. Dann eben das.« Sag jetzt nichts, warnte sie die Stimme, sonst kannst du was erleben!

Hand in Hand wanderten sie zum Hotel zurück. Vor der Tür wusste Luna nicht, was sie jetzt tun würde, doch Fabio war so selbstsicher wie den ganzen Abend nicht. Er umarmte sie, gab ihr zwei schnelle Küsschen auf die Wangen und trat mit seinen langen Beinen einen Meter zurück. Die Frage, küssen oder nicht, hatte sich damit erledigt. Schade, sie hätte sich gerne noch ein bisschen an ihn gelehnt. Nur das!

»Bis morgen! Ich freue mich!« Er wandte sich um und ging. Luna schaute ihm nach. Er ging sehr aufrecht, dabei wie immer etwas schlaksig. Würde er sich noch mal umdrehen? Nein. Als er fünfzig Meter weit weg war, hob er den Arm und winkte. Pff, als ob sie ihm so lange hinterherschauen würde … Luna fühlte sich ertappt.

Egal, es war ein wunderbarer Abend gewesen, dachte sie, und atmete den Duft der Rosen ein, die in zwei Terrakottatöpfen vor der Eingangstür wuchsen. Das Essen war fantastisch, die Gespräche sehr interessant, ich bin angenehm betrunken, und Lust auf Sex hatte ich zwischendurch sogar auch mal wieder. Und zwar so richtig.

Am nächsten Morgen musste sie Gitta natürlich alles haarklein berichten, schon vor dem Aufstehen wurde sie von ihr im Bett bestürmt. »Und er war aufmerksam?«

»Ja.«

»Hat richtig zugehört?«

»Ja.«

»Hat er bezahlt?«

»Ja.«

»Und ihr habt euch nicht geküsst?«

»Nein. Aber hör mal, du wirst nicht glauben, was er über Valentino erzählt hat: Er ist gar nicht sein leiblicher Sohn!«

Nachdem Gitta alles über die Familiensituation des kleinen Valentino in sich aufgesogen, »Oh, ich würde ihn sofort adoptieren!« gerufen und sich Notizen gemacht hatte, gingen sie in aller Ruhe frühstücken.

»Wir sind angekommen, die kennen uns schon«, jubelte Gitta, als der sonst immer so zurückhaltende Barista sie beim Betreten der Bar mit einem wiedererkennenden Kopfnicken grüßte.

»Cremona ist so herrlich übersichtlich, oder?«

»Cremona hat eine ganz besondere Atmosphäre«, bestätigte Luna.

»Wie meinst du das? Von allen italienischen Städten?«

»Keine Ahnung. Ich kenn ja sonst keine!«

»Eben!« Sie brachen in so unbändiges Lachen aus, dass der Barkeeper aufschaute und sogar eine Art von Lächeln erkennen ließ.

»Das musst du aber ändern«, rief Gitta. »Herrje, du bist Italienerin! Und was für eine, guck dich an!«

Luna schaute in den Spiegel über dem Tresen. Ihre offenen Haare glänzten, und selbst auf die Entfernung sah sie, wie ihre Augen strahlten. »Heute Abend sind wir bei Elsa eingeladen, aber was machen wir vorher?«, fragte sie über dem ersten Cappuccino. »Und was bringen wir ihr mit?«

Sie bummelten durch ein paar Boutiquen, um Lunas Reisegarderobe zu ergänzen. Auch in Deutschland würde es nächstes Jahr wieder Sommer werden, dann müsste sie nichts mehr Neues kaufen, beschwichtigte sie sich, als sie zum vierten Mal ihre Kreditkarte zückte. Gitta kaufte aus Solidarität auch gleich ein paar Sommerkleider für sich selbst. Für Elsa erstanden sie in einem Blumenladen eine weiße Amaryllis. Nach einem ausgiebigen Lunch in einem kleinen Lokal an der Via Cortese, in dem Gitta einen Chirurg aus Milano in ein Gespräch über ihren Roman verwickelte und aus reinen Recherchegründen seine Visitenkarte annahm, wankten sie mit Pflanzentopf und Tüten bepackt in ihr Hotel und hielten erst einmal eine Siesta.

»Anstrengend, so ein Arbeitsurlaub in Italien«, murmelte Gitta, als sie sich gegen sechs wieder aus den Laken schälte, um sich fertig zu machen. »Immer muss man Wein trinken, Chirurgen abwimmeln, und all diese Kultur…!«

»Ganz deiner Meinung.« Luna rekelte sich wohlig und blieb noch einen Moment liegen. »Du warst noch nicht mal im Geigenmuseum…«

»Tja, man kommt eben zu nichts! Aber, ach, ich nehm das alles in mich auf«, sie warf sich ihren Seidenkimono über. »Ich atme Cremona ein und aus, das passt schon! Ha!« Sie hielt inne. »Siehst du, und schon wieder ist mir ein genialer Satz für meinen Roman zugeflogen!« Gitta verschwand im Bad. »Sie atmete Cremona ein und aus«, hörte Luna hinter der Tür. Sie stieß grinsend die Luft aus und betrachtete müßig die Streifen, die die Lamellen der Fensterläden an die Decke malten. Warum hatte sie keine Fensterläden in München? Ich möchte ein Zimmer mit Sonnenstreifen an der Decke, mindestens einmal am Tag. Ich möchte Wärme. Ich möchte eine Bar, in der man mich kennt und mir den Cappuccino hinstellt, bevor ich ihn bestelle. Ich möchte woanders als in einer Restaurantküche arbeiten. Ich möchte…« Aus einem Auto, das unten langsam vorbeifuhr, schallten Geigentöne herauf, es hatte offenbar ein ganzes Streichquartett geladen, das jetzt den »Schwanengesang« von Schubert spielte, eins ihrer absoluten Lieblingsstücke! Mama hatte sehr viele klassische CDs in ihrer Werkstatt im Regal über der Musikanlage stehen, Luna sah das Cover von Schuberts Sonatinen und Liedern deutlich vor sich. Ich möchte Musik, dachte sie. Und zwar schöne Musik. *Bella musica!* Jeden Tag! Das Auto war vorbeigefahren, die Töne der Streicher wehten wie eine Fahne hinter ihm her und verklangen.

»Wir müssen schnell noch bei Fabio vorbei«, sagte Luna zu Gitta, als sie zu Fuß in die Viale Etrusco einbogen.

»Warum das denn? Dauert das lange?« Gitta war eigentlich recht ausgeglichen, doch wenn sie hungrig war, konnte sie sehr ungeduldig werden, wusste Luna mittlerweile.

»Wir sind sowieso viel zu früh, und er wollte mir schon gestern Abend etwas zeigen, ein Geschenk oder so was.«

»Ein Geschenk? Bei sich zu Hause?« Gitta wurde hellhörig. »Aha …«

»Ich bin ja nicht mitgegangen. Aber jetzt würde ich gerne wissen, was es ist! Angeblich kann ich es nicht mitnehmen …«

»O, jetzt bin ich auch neugierig! Soll ich dabei sein?« Gitta schaute Luna an. »Okay, verstanden, lieber nicht«, sagte sie wissend und grinste. »Vielleicht ist das Geschenk ja an ihm befestigt?«

»Gitta!«

Sie lachten prustend los.

»Könnte doch sein, und da er für dich ja offenbar ein *Genetisches JA* ist, gönn ihn dir! Meinen Segen hast du!« Gitta zog ihren Lippenstift hervor und machte sich ans Nachschminken, obwohl sie erst vor zehn Minuten losgegangen waren.

»Er ist ein *was*?!«

»Ein *Genetisches JA*, das sind die Männer, mit denen du dich fortpflanzen möchtest. Das ist ein rein biochemischer Vorgang, dem können wir gar nicht groß gegensteuern …« Sie überprüfte ihre Arbeit in dem kleinen Spiegel, der in der Hülle des Lippenstifts eingelassen war.

»Fortpflanzen. Aha.«

»Deine Gene weitergeben, ja klar! So ein drängendes, körperliches Verlangen, das einen plötzlich überkommt, darum geht es natürlich auch in meinem Buch!«

Natürlich. Luna hatte Mühe, nicht die Augen zu verdrehen, doch sie lächelte. Ihr Herz klopfte aufgeregt, dann war Fabio eben ein Genetisches *JA*. Dem sie jetzt noch einen kurzen Besuch abstatten, den sie sich aber nicht *gönnen* würde, wie Gitta es ausdrückte. Sie übergab der Freundin den Topf mit der weißen Amaryllis. »Bin in zehn Minuten spätestens wieder da!«

»Ich setze mich auf den Platz, mach dir um mich keine Gedanken«, sagte Gitta. »Autorinnen können sich immer beschäftigen! Sie beobachten, sie verknüpfen ihre Gedanken, sie … ach, sie machen eben immer was.«

»Was für ein Glück, dass ich mit einer unterwegs bin!« Luna ging auf die Tür des Hauses zu, doch bevor sie die Stufen ganz hinaufgehen konnte, hörte sie, wie das Hoftor sich öffnete. »Hier herein, junge Dame! Immer herein, hier gibt es viel zu entdecken!« Fabios Stimme war tief und klang wie ein Ansager auf dem Jahrmarkt.

»Ich weiß nicht, mein Herr, das hört sich nach einem etwas unmoralischen Angebot an!« Luna sprang die Stufen wieder hinunter und wäre am liebsten in seine Arme geflogen, so sehr freute sie sich, ihn zu sehen. Seine Haare waren wieder frisch gewaschen und noch etwas feucht, er roch gut nach Shampoo, gebügelter Wäsche und Holz. »Ciao!« Sie küssten sich auf die Wange, und er zog sie mit sich.

»Wow, hast du aufgeräumt?« Sie schaute sich um. Auf dem Hof lag immer noch jede Menge Zeug herum, doch zwischen Fässern, Paletten, ziegelroten Backsteinen und Sandhaufen, nicht zu vergessen die Betonmischmaschine, war die freie Fläche tatsächlich um einiges größer geworden. Auch die Stufen vor der pittoresk abgeblätterten Holztür waren nun freigeräumt.

»Ein bisschen.«

»Seit heute Morgen um sechs hat er einen Mordslärm hier veranstaltet und ist mit einem Gabelstapler rein- und rausgedonnert!« Ignazio war mit seiner grünen Schürze voller Sägespäne vor die Tür, die zur Werkstatt führte, getreten und stützte die Hände in die Hüften. »Wo hattest du das Ding eigentlich her?«

»Geliehen.« Fabio schien es unangenehm, seinem Bruder gegenüberzustehen. »Irgendwann musste das alte Zeug ja mal weg. Habe es zu Zodiaco gebracht.«

»Als ob das nun helfen würde ...« Ignazio winkte ab und verschwand wieder.

Fabio seufzte. »Er ist nie zufrieden. Nie!«

Luna nickte und schaute sich um. Okay. Dann waren die freigeräumten acht Quadratmeter also ihr Geschenk? Sie hatte Mühe, sich das Lachen zu verbeißen, und hörte schon Gittas Kommentare. O, welch außergewöhnliche Idee! Und er hat nicht zu viel versprochen, *mitnehmen* konntest du die wirklich nicht!

»Dabei geht es gar nicht um den Hof«, unterbrach Fabio ihre Gedanken. »Ich wollte dir etwas anderes zeigen. Besser gesagt, schenken. Ist oben.« Er zeigte in den Himmel. Luna zuckte mit den Schultern. Meinte er vielleicht doch den Vorrat an Klangholz? Aber Fabio steuerte schon das Haupthaus an. Luna folgte ihm, als er ohne weitere Erklärungen begann, die schmalen Steinstufen des Treppenhauses emporzusteigen. Sie passierten die erste Etage und erreichten die zweite. Luna zögerte, sollte sie mit in seine Wohnung gehen? Aber warum nicht, es war nicht Nacht, sie war nicht betrunken und sie vertraute ihm, doch er stieg weiter, die Stufen wurden noch ein wenig schmaler. »Deine Freundin hat mich auf die Idee gebracht«, sagte er jetzt, »ich habe gestern Nacht noch angefangen, den Schrott da oben rauszuschmeißen. Auf den Hof.«

Sie gelangten auf einen kleinen Flur. Drei Türen gingen davon ab. »Es ist nicht sehr hoch, für hochgewachsene Leute etwas schwierig, aber ich wollte, dass du weißt …« Er öffnete die Tür unmittelbar vor ihr und stieß sie weit auf. »… dass es immer einen Platz für dich im Hause deiner *nonna* geben wird!«

Luna blieb der Mund offen stehen, als sie ein paar Schritte in das Kämmerchen hinein tat. Es war wirklich winzig, vielleicht sieben Quadratmeter groß, ein schmiedeeisernes einfaches Bettgestell, das ohne Matratze in einer Ecke stand, füllte beinahe den halben Raum. Die Wände waren leicht abgeschrägt und wirklich nicht hoch, und es gab kein Fenster, dafür eine Balkontür mit altem Holzrahmen und Glas, auf die sie automatisch zuging. »Für mich?!« Sie schaute Fabio ungläubig an, während sie die Tür öffnete. »Darf ich?«

»Aber ja!« Er grinste.

Luna ging hinaus und stand auf einem schmalen Austritt, der alle drei Kammern miteinander verband. Sie schaute über das Geländer, unter ihr lag die Straße, sie konnte Elsas Margeritenkästen und die ersten Bäume des Platzes sehen. Sie wandte sich um, und erst jetzt bemerkte sie die Fensterläden vor allen drei Türen, die an die Mauer geklappt waren. »Scheint hier manchmal die Sonne hinein?«

»Aber ja. Morgens! *Scusa*, ich habe zwar gewischt, aber die Fenster sind immer noch total schmutzig, und es müsste hier mal neu gestrichen werden …«

Luna kämpfte plötzlich mit den Tränen. Da hast du deine Streifen an der Wand im Morgenlicht, dachte sie. Nur für dich! »Das ist kein Weinen«, wisperte sie.

»Nein, ich weiß«, sagte Fabio. »Nur *emozioni*!«,

Sie lachten beide, bei Luna klang es eher wie ein Schluchzen. »Aber das kann ich nicht annehmen!«

»Doch.« Fabio strahlte sie an, er hatte schöne Zähne, das war ihr schon vor zwei Tagen aufgefallen. »Es sei denn, es gefällt dir nicht …«

»Es ist wunderschön, man könnte es sich hier echt gemütlich machen.« Sie ging wieder hinein und sah sich um. Ein Teppich auf dem gesprenkelten Steinboden, ein kleiner Schrank, ein Sessel. Vor ihren Augen entstand ein behaglicher, kleiner Unterschlupf. Auch das schmale Bett war gerade richtig, eine Zelle wie in einem Kloster, mehr brauchte sie doch nicht, alles andere könnte sie einfach in München zurücklassen. Vielleicht verkaufen, ja, am besten loswerden! Die maßlose Erleichterung darüber erstaunte sie. Es ist nur eine kleine Fantasie, beruhigte sie sich, nun mal nichts überstürzen, vielleicht ist das auch nur eine Spinnerei von ihm, von mir, doch das Glücksgefühl in ihrem Innern hielt an.

»Man könnte eine der Kammern zu einem Bad umbauen«, sagte Fabio, »und die dritte an Touristen vermieten.«

»An einsame, einzelne Touristen. Zwei bekommst du hier nicht rein!«

»Doch, wenn man zusammenrückt«, behauptete Fabio grinsend.

»Sehr eng zusammenrückt«, ergänzte sie. Aufeinanderliegt.

Sie sahen sich an. Niemand von ihnen sagte etwas, bis Fabio nach ihrem Haar griff und einen kleinen vertrockneten Zweig daraus hervorzog. Wie kam der da hin? Doch da streifte er schon mit der anderen Hand die Strähne, die ihr ins Gesicht gefallen war, zurück hinter ihr Ohr. Noch mal, wollte Luna sagen, mach das bitte noch mal. Sie hatte einen Verlobten, der sich nach ihr sehnte, der sie bekniete, zu ihm zurückzukommen, und was tat sie? Ließ sich von fremden Männern berühren und wünschte sich mehr …

»Ich dachte, wenn du die Kammer hier hast, kommst du wieder. Du kommst doch wieder?«, fragte Fabio leise.

»Na klar, wo ich doch hier umsonst wohnen kann!«

»Wir können auch einen Mietvertrag machen. Dieses Zimmerchen gehört Luna … wie heißt du eigentlich mit Nachnamen? Na egal, gehört ihr für immer und sie zahlt dafür nichts!«

Luna lachte. »Okay, das gefällt mir. Hast du das mit deinem Bruder abgesprochen?«

»Ach der, der hat doch an allem, was ich tue, etwas auszusetzen. Aber es ist auch mein Haus, von dem ich ein Stück verschenke, wenn mir danach ist!«

»Danke. Ich nehme es gerne an, und es … bedeutet mir sehr viel!«

Sie sahen sich an. Kaum einen Meter voneinander entfernt. Es war still hier oben, sie konnte ihren eigenen Atem hören.

»Ich weiß noch immer nicht, wer du bist …« Seine Stimme klang rau. »Hab gestern die ganze Zeit nur von mir erzählt, aber schon, als du mit der Geige vor der Werkstatttür standst, spürte ich, du gehörst hierher.«

»Ich auch.« Sie hatte das Gefühl, nicht mehr länger mit ihm in dem kleinen Raum stehen zu können, ohne sich auf ihn zu stürzen und sich an ihn zu klammern. »Ich komme wieder, aber jetzt … Gitta wartet auf mich, wir sind bei Elsa eingeladen.«

»Ja, sicher, du musst los!« Er schien beinahe erleichtert, dass sie gehen wollte, und verließ ohne ein weiteres Wort den Raum. Sie hörte, wie er die Stufen wieder hinunterging. »Bis bald«, flüsterte Luna dem Kämmerchen zu. »Bis ganz bald.«

9

Elsa hatte im Salon gedeckt. Mit den besten Gläsern und dem besten Service, wie sie kichernd zugab. »Mit einundneunzig sollte jeder Tag bester Service-Tag sein, nicht wahr?«

Auch Elsas Kinder lernten sie kennen: den Sohn, die Tochter, die Schwiegertochter, alle in ihren Sechzigern und sehr um *la mamma* besorgt. »Sie wollte unbedingt für Sie kochen!«

»Ach, das muss ja gar nicht sein.«

»Wir wussten gar nicht, wen sie da wieder eingeladen hat, sie erzählt ja so gerne …«

»Manchmal lädt sie auch wildfremde Touristen ein, um ihnen die Haare zu schneiden! Die dann hier auch tatsächlich vor der Tür stehen. Ja, haben diese Leute denn keinen Anstand?«

Luna war froh, nur die *marubini* zugesagt zu haben. »Es tut uns leid, wir wollten keine Umstände machen, aber Ihre Mutter hat meine Großmutter gekannt, und ich bin dankbar, noch etwas mehr über sie zu erfahren!«

»Wir lassen Sie auch gleich allein, aber wir müssen ja wissen, wen sie ins Haus bringt, meinen Sie nicht?«

Als sie feierlich zu dritt am Tisch saßen und die Brühe mit den *marubini* in den tiefen Tellern goldgelb vor sich hin dampfte, brauchte es nur ein paar Worte über die Topfpflanze, die sie mitgebracht hatten, und Blumen im Allgemeinen, bis Elsa bereits wieder in ihre Jugend abtauchte und ihnen erzählte, was sie mit Anna erlebt hatte.

»Sie war ein schönes Mädchen, ich wollte immer so aussehen wie sie! Sie hatten ja nicht viel zu Hause, aber sie trug den Kopf immer oben, überhaupt hatte sie etwas sehr Aufrechtes an sich, und sie hasste es, wenn jemand log.« Ihre Augen schweiften zwischen Luna und Gitta hin und her und blieben dann auf Lunas Gesicht hängen. »Sie sehen Anna so ähnlich, sagte ich das schon? Ich habe das Gefühl, sie sitzt wieder vor mir ... Anna, die Anna ist wieder da!«

Luna war glücklich. Als Elsa ihnen wenig später Rotwein in die Gläser goss, fragte sie: »Haben Sie vielleicht ein Foto von ihr?«

»Ach, ich weiß nicht, ich erinnere mich nicht ... aber vielleicht ist sie irgendwo mal mit drauf, wir haben ja oft vor dem Haus gesessen, und mein Vater hatte diese Kamera und ... wo sind denn die alten Alben? Ich frage meine Schwiegertochter!« Sie holte tief Luft: »Barbara!«

Luna merkte, wie Gitta sie unter dem Tisch mit dem Fuß anstieß. »Wir haben so ein Glück!«, zischte sie ihr zu. »Meinst du, ich darf die Bilder abfotografieren?«

Als die Fotoalben schließlich neben den Espressotassen auf dem Tisch lagen, wurde auch Luna sehr aufgeregt. »Das war unsere Straße, die Viale Etrusco!«, sagte Elsa.

Die Bilder waren verblichen, sepiabraun und etwas überbelichtet, man sah nur kahle Felder, hier und da mal ein einsames Haus.

»Da war ja nichts«, sagte Gitta. »*Niente!*«

»Das hat *babbo* mit der Kodak aufgenommen, so sah Cremona

damals aus und hier, der Fluss!« Elsa tippte mit dem Zeigefinger auf einen breiten Strom in Schwarz-Weiß. »Der Po! Da gab es früher ein richtiges Strandbad.«

Die Fotos von Elsa als Kleinkind, 1931 mit ihren speckigen Beinchen auf einem Stück Fell stehend, hatten gezackte Ränder und lösten sich beinahe von den schwarzen Seiten der Alben, als sie vorsichtig umblätterten. Auch ihre zahlreichen Verwandten hatten hier ihren Platz: *Caterina, Aldo e Magda nell'anno 1935*. Die Kinder steckten in Uniformen. Die Mädchen trugen dunkle Röcke und weiße Blusen, der kleine Aldo, mit schwarzem Barett, kurzen Hosen und weißen, überkreuz gelegten Hosenträgern, zeigte etwas, was ohne Probleme als Hitlergruß durchgehen konnte. »Meine Cousins und Cousinen. Mein Onkel war überzeugter Faschist, das gab immer Ärger in der Familie.«

Gitta konnte sich nicht mehr länger zurückhalten: »Frag Elsa bitte, ob ich ein Foto davon machen darf!«

»Aber davon habt ihr doch in euren Familienalben in *Germania* auch eine Menge, oder nicht?«, gab Elsa zurück.

»Stimmt«, sagte Gitta. »Obwohl meine Großeltern immer behauptet haben, die ganze Familie wäre im Widerstand gewesen. Kann aber nicht sein ...«

»Elsa! Erzählen Sie mir mehr über Anna!«, bat Luna. »Sie haben angedeutet, irgendetwas wäre da nicht in Ordnung gewesen, nachdem sie nach Sizilien gegangen ist. Wie kommen Sie darauf?«

»Nun, ich kann es nicht beweisen. Aber sie hat mir nie geschrieben und ist nie auf Besuch zurückgekommen, auch die Tante hat nie etwas von sich hören lassen. Nein, nein, das war nicht Annas Art. Wo sie doch so schnell ein Kind bekommen hat, das hätte sie mir doch mitgeteilt, sie schrieb ja gerne Briefe mit ihrer wunderschönen Handschrift!«

Luna nickte und übersetzte für Gitta, die daraufhin eine Weile vor sich hinstarrte. »Wo es doch damals keine andere Art gab, um zu kommunizieren«, sagte sie nachdenklich. »Keine SMS, kein WhatsApp, Telefon vielleicht noch … hatte man schon Telefon im Haus? Und wann überhaupt, von welchen Jahren sprechen wir?«

»Von den Fünfzigern. Elsa sagt, sie hätten erst in den Sechzigern einen Telefonanschluss bekommen.« Luna sah, wie die alte Dame sich weiter durch die Alben blätterte.

»Wissen Sie, wie die Tanten hießen?«

Elsa bejahte. »Anna wartete ja immer darauf, dass die sie besuchten, obwohl sie Angst hatte, von Emilia mit nach Sizilien genommen zu werden. Und La Monica, die war wohl eine Kommunistin, sie schrieb lange Briefe aus Frankreich und wollte Anna überreden, auch in den Völkerkampf einzutreten.

»Emilia und Monica Battisti«, wiederholte Luna. Frauen behielten in Italien nach der Heirat meistens ihren Nachnamen, das war also einfach.

»Also müssen wir wohl nach Sizilien!«, rief Gitta. »In diese Stadt mit dem leckeren Namen, wie hieß die noch …?« Sie hob ihr Glas, das mit schwerem dunklem Rotwein gefüllt war.

»Warum?« Luna schaute sie fragend an. »Was sollen wir denn in Marsala!? Da lebt doch keiner mehr, der sie gekannt hat.«

»Das weißt du doch gar nicht!« Gitta setzte ihr Glas wieder ab. »Hier lebte doch auch noch jemand. Ich finde, wir fliegen hin!«

»Wir fliegen hin, na klar.« Luna schnalzte mit der Zunge. »Auf nach Marsala, und was dann? Weißt du, wie schwer das ist, irgendwo eine Auskunft zu bekommen? Im Einwohnermeldeamt oder wo auch immer. Das dauert Wochen!«

»Wir nutzen unsere guten Kontakte von hier. Wozu hast

du denn den Schmetterlingsmann getroffen? Es gibt keine Zufälle, Baby!«

Gitta schaute ihr eindringlich in die Augen, und Luna bereute ein wenig, ihr von dem Zusammentreffen vor dem *Palazzo Comunale* erzählt zu haben.

»Anna Battisti hat dort deinen Vater und wahrscheinlich auch seine Brüder geboren, die finden wir in den Registern!«, beharrte Gitta.

»*Eccolo!*«, rief Elsa in diesem Augenblick. »Hier ist sie ja! Bei uns vor dem Haus, habe ich es doch gewusst!«

Luna und Gitta stießen über der Seite des Albums fast mit ihren Köpfen zusammen. »Die da hinten, die uns in der zweiten Reihe alle überragt.«

Da war sie. Anna Battisti! Luna durchfuhr ein freudiger Schreck. Sie wusste, dass sie ihrem Vater ähnlich sah, eine Tatsache, die Isabell nicht vor ihr erwähnen durfte, und die sie, wie so vieles mehr, erfolgreich in eine Ecke ihres Gehirns verbannt hatte. Doch dass ihr Vater wiederum seiner Mutter Anna sehr glich und Luna somit auch ihr, damit hatte sie nicht gerechnet. Sie schnappte nach Luft. »Wow«, sagte Gitta neben ihr. »Sie sieht toll aus. So stolz und aufrecht. Und guck, das ist *deine* Augenpartie, *dein* Haaransatz, *dein* Mund!«

»Ich glaube, wir müssen doch in die Stadt mit dem leckeren Namen ...«, sagte Luna leise. »Mach bitte ein Foto von dem Foto!«

Sie spürte, dass sie Anna nicht mehr alleine lassen wollte.

»Nichts überstürzen sagt Stevie immer.« Gitta buchte einen Flug, der erst in drei Tagen von Milano nach Palermo gehen sollte. »So haben wir noch zwei Tage in dieser schönen Stadt«, sagte sie, »ich kann schreiben, und du ...«

»Tja, ich …?« Aber Luna wusste schon genau, was sie tun wollte, und auch Fabio schien sich zu freuen, dass sie noch blieb. »Ich darf Valentino wieder öfter sehen, die Familie hat nach seinen Klau-Eskapaden Besuch vom Jugendamt bekommen. Ich gelte als Vertrauensperson und mein Haus als Ort, an dem er sich aufhalten darf.«

»Diese Familie … Was sind das für Leute?«

Fabio seufzte auf. »Das sind seine Großeltern und seine Onkel und Tanten, es sind viele, ich glaube sieben, und sie sind noch ziemlich jung … und nicht gerade gebildet. Sie rauchen alle Kette, wohnen in einem *casa familiare*, haben aber mindestens drei teure Fernseher und fünf Spielkonsolen in der Bude stehen.«

»Dann sollten wir Vale etwas anderes bieten.«

Weil Samstag war, musste Valentino nicht zur Schule, also saßen sie mit ihm im Hof. Luna hatte ihn überredet, die Sachen anzuziehen, die Fabio und sie noch am Morgen für ihn gekauft hatten. Neue Schuhe, stabil und mit ordentlichem Fußbett, ein paar T-Shirts und eine Jacke ohne Comics, ohne Aufschrift. Die Haare des Jungen waren immer noch zu lang, und sein Gesicht und seine Ohren hätte Luna am liebsten mit einem nassen Waschlappen gesäubert, doch damit würde sie sich augenblicklich einen kleinen Feind schaffen. Also ließ sie ihn in Ruhe.

»Ich habe einen Auftrag für dich, Vale. Du bist es doch, der diese Geige gebastelt hat, die am Fenster zur Werkstatt hängt?«

Valentino nickte stolz. »Ich kann nämlich auch Geigen machen. Aus Papier!«

»Ich weiß, sie sieht sooo toll aus! Und deswegen frage ich dich, ob du mir drei davon bauen kannst. Für die Werkstatt meiner *mamma* in *Germania*, für die Werkstatt meiner beiden Onkel, auch in *Germania*. Und für mein neues Zimmer, hier in Cremona.«

Sie sah, wie Fabio lächelte, und auch Valentino strahlte. »Ja!«, er sprang auf und lief wie ein übermütiges Hündchen auf dem Hof herum. »Ich fange sofort an, hast du ein Stück Zeitung, *babbo*? Oder Papier?«

»Wir wollen doch gleich in den *parco avventura* zum Klettern.«

»Eine könnte er doch jetzt schon machen«, bat Luna. Sie wollte das filigrane Werk unbedingt mitnehmen. Kurze Zeit später war Valentino am Werk, malte, schnitt aus und klebte den Geigenhals wieder an, der durch ein kleines Malheur abgetrennt worden war.

»Sie ist wirklich wunderschön geworden, genau wie die am Fenster«, sagte Luna. »Schreib doch bitte hinten noch deinen Namen drauf.«

»Kann ich nicht.« Valentino warf den Klebestift, den er in der Hand gehalten hatte, auf den Tisch.

»Ach, doch! Wie wär's mit dem kurzen V-a-l-e? Das kannst du! Hey, du bist doch jetzt schon in der zweiten Klasse.«

Nein. Er schüttelte zornig den Kopf, sodass die blonden Haare flogen. Seine Ohren färbten sich rot.

»Oder nur ein V wie Valentino?«

»Nein! Ich kann *gar nicht* schreiben, sagt die *maestra*!«

Fabio und Luna sahen sich alarmiert an.

»Die Buchstaben bewegen sich, wenn ich sie anschaue, und ich bekomme Schmerzen im Kopf.« Er schlug sich mehrfach an die Stirn. »Ich bin dumm.«

»Bist du nicht!«, sagten sie wie aus einem Mund.

»Ich male deinen Namen für dich, und du malst ihn einfach nach, okay?« Luna schnappte sich einen Stift. »Wie ging dein

Name noch mal? Pippo Pippolino?« So hatte ihre Grundschullehrerin die Jungs genannt, wenn sie zu sehr rumzappelten.

»*No!*«, Valentino jauchzte auf vor Vergnügen. »So doch nicht!«

»Ach echt, ich dachte … oder Paolo Pupsbacke?« Okay, das war ihre eigene Fantasie, Hauptsache, Valentino lachte.

Nach einem Nachmittag am Ufer des Po, an dem sie zwischen den Bäumen des Kletterparks auf Seilen herumspazierten, kehrten sie in das Haus zurück. Fabio bereitete oben in seiner Küche einen Teller Pasta zu, während Valentino Luna sein Zimmer zeigte. »Hier schlafe ich, wenn ich bei *babbo* sein darf.«

»Darfst du denn manchmal *nicht* hier sein?«, fragte Luna, obwohl sie die Antwort schon kannte.

»Nee. Die sagen, er will über mich bestimmen.«

Die. Die kettenrauchenden Großeltern und die jungen Onkel und Tanten bei ihm zu Hause, die ihm das Klauen beibrachten.

»Will Fabio denn über dich bestimmen?«

»Nee. Also, er ist streng, aber ich bin lieber bei ihm als … da.«

»Und das hier ist dein Zimmer, nur für dich?« Luna ließ den Blick schweifen über das wuchtige Ehebett mit der kahlen Matratze auf der einen und der Spiderman-Bettwäsche auf der anderen Seite, den dunklen Schrank, den kahlen Steinboden. Doch immerhin hatte der Junge einen Schreibtisch und einen Stuhl mit dickem Kissen, damit er an die Tischplatte reichte. »Wir könnten ein paar Bilder malen und an die Wände hängen.« Und vielleicht die düsteren Heiligenbilder mit den von Pfeilen durchbohrten Körpern mal abhängen, dachte sie, und nahm sich vor, Fabio behutsam darauf anzusprechen. Warum musste der Junge zwischen alten, klobigen Schlafzimmermöbeln leben? Warum hatte Fabio, als sein Ziehvater, das Zeug noch nicht längst entsorgt?

»Ich habe dein Zimmer gesehen, *babbo* hat es mir gezeigt«, sagte Valentino. Er schaute sie herausfordernd an. »Bist du jetzt eine Verliebte mit ihm?«

»Nein. Nur befreundet. Aber das Zimmer ist schön, oder?«

»Nein. Is' ja ganz leer. Und kein Bett mit Decke und so.«

»Stimmt, aber irgendwann habe ich auch ein richtiges Bett und Bilder an der Wand.«

»Und meine Geige aus Papier!«

»Natürlich! Die kommt als Allererstes an die Wand über das Bett!« Sie grinsten sich an, als Fabio auch schon rief: *»A tavola!«*

»Das ist 'ne Menge Pasta und riecht sehr gut!«, sagte Luna, als sie die große Schüssel *Carbonara* sah, die dampfend auf dem Tisch stand. »Wollen wir Ignazio nicht auch noch dazubitten?«

»Der kommt sowieso nicht«, brummte Fabio. »Hol bitte noch Gabeln für den Tisch, Vale!« Er gab mit der Pfeffermühle schwarzen Pfeffer über den Spaghettiberg.

»Ich frage ihn trotzdem, okay?«

»Wenn du meinst.« Er zuckte mit den Schultern, während Luna schon die Stufen der zwei Stockwerke bis hinunter zur Werkstatt hinabsprang.

Ignazio lehnte ab. Essen? Zusammen? Nein, nein, das wäre nichts für ihn. »Aber wir haben wirklich viel zu viel gemacht, also Fabio.«

»Ma! Denkt er jetzt, er könne kochen?« Der Geigenbauer beugte sich wieder über seine Schnecke oberhalb des Wirbelkastens, mit der er immer noch beschäftigt war, drehte und wendete sie.

»Ah, du bist bei der zweiten Seite«, sagte Luna. »Die Symmetrie und das Gleichgewicht zwischen beiden Windungen zu finden ist schwer, fand ich immer.«

»Man übt es und kann es irgendwann oder man kann es nicht.«

»Stimmt.« Sie lächelte. Okay, sie hatte es versucht. »Na ja. Wir sind oben.«

Unter dem Klopfen und Knartschen des Stechbeitels trat sie den Rückzug an. Doch als Fabio ihnen allen gerade aufgetan hatte, ging die Tür auf und Ignazio trat ein. »Denkst du jetzt, du kannst kochen?«, wiederholte er seinen Spruch, aber er band sogar seine grüne Schürze ab und aß mit ihnen. So könnte es sein, dachte Luna. Vater, Mutter, Kind. Plus ein Onkel. Oder eine Patentante, Gitta. Ein Haus. Ein Hof. Eine friedliche, wunderschöne Stadt in der Lombardei, mit Gassen und Werkstätten voller Geigen und Musik. Aber du bist ja nicht die Mutter. Was also ist deine Aufgabe hier? Sie erwartete, dass die höhnische Stimme in ihr loslegte, um ihre Verfehlungen und Unfähigkeiten aufzuzählen, doch es blieb still. Sie lauschte skeptisch, aber die Panik und Verzweiflung, die sich sonst in ihr breitmachten, wenn sie an ihre Berufung dachte, an ihre Rolle, die sie einnehmen sollte, blieben aus. Auch die Angst vor dem Versagen, welche sich bisher mit schöner Regelmäßigkeit in ihren Eingeweiden verbiss, war ausnahmsweise mal nicht anwesend.

»Und jetzt, was machen wir jetzt?« Vale zappelte auf seinem Stuhl herum.

»Jetzt lassen wir es uns gut gehen, was, Ignazio?« Fabio klopfte seinem Bruder auf die Schulter, doch der brummte nur: »*Ma!* Wenn du es sagst, dann wird es so sein.«

Luna schaute von einem zum anderen. Sie lächelte, aber

niemand erwartete eine Antwort von ihr. Sie musste nichts organisieren oder vorschlagen. War frei. Konnte alles tun.

Fabio sprach ihren Gedanken im nächsten Moment aus: »Wir können machen, was wir wollen.«

»Eis essen!«, rief Valentino. »Ganz viel!«

»Gute Idee«, sagte Luna und überlegte, wie sie das Viel-zu-dunkle-klobige-Möbel-Problem in Vales Zimmer am diplomatischsten schildern könnte.

Es war Montag geworden. Auf dem Flughafen in Milano warteten sie darauf, dass ihre Maschine nach Palermo aufgerufen wurde.

»Hätte nicht gedacht, dass du so spontan sein kannst!« Gitta hatte mal wieder Hunger, sie verschlang das dreieckige *tramezzino* mit großen Bissen und checkte gleichzeitig ihr Handy nach neuen Nachrichten.

»Hör mal, wer ist aus Mittenwald mitgefahren, zehn Minuten, nachdem du hereingepoltert gekommen bist, nur mit minimalem Gepäck?«, protestierte Luna. »Und partout keinen Sommerklamotten?«

»Dafür mit Geige!« Gitta pflückte ein Stückchen Weißbrot von ihrem Kleid, und Luna zog den kleinen Geigenkasten ein Stück näher an sich.

»Okay, ich nehme meine Aussage zurück, du *bist* spontan«, bestätigte Gitta. »Ich freue mich echt, dass wir das jetzt zusammen angehen! Und für mein Buch ist das auch megaspannend.«

»Viel Hoffnung mache ich mir allerdings nicht«, sagte Luna. »Das war ja sehr nett vom Schmetterlingsmann, noch mal seine Schwiegertochter zu bemühen, und ein ausgedruckter Zettel, auf dem um *Amtshilfe* gebeten wird, kann hier in der Lombardei vielleicht nützlich sein. Aber was ich von Diamantino über Sizilien gehört habe ... da funktioniert so was meistens überhaupt nicht.«

Diamantino ... Er wollte sie immer noch heiraten, es hörte sich geradezu besessen an, mit welcher Dringlichkeit er sie darum in seiner letzten Nachricht bat. Und Bilder hatte er geschickt. Einen Rosenstrauß. Ein Schokoladenherz. Ein lustiges Selfie, auf dem er echt gut aussah. Er hatte sich anscheinend sogar das alberne Bärtchen abrasiert. Verdammt. Sie war selbst schuld. Warum hatte sie ihn auch *tesoro* nennen müssen? »Wir gehören zusammen, meine Zukunft ist auch deine, sag mir, dass das noch immer so ist. Sonst ... Weiß ich nicht, was mein Leben noch für einen Sinn hat ...« Er hatte wirklich verzweifelt geklungen.

»Ja, auf Sizilien geht's bestimmt ab auf den Ämtern, wir werden jede Menge Leute bestechen müssen!« Gitta schien sich tatsächlich darüber zu freuen.

»Vergiss es!« Luna winkte ab und nahm LA PICCOLA jetzt ganz in den Arm. »Ich kann so was nicht!«

»Ach, das lernt man schnell, wenn man in arabischen Ländern gereist ist. Überlass das ruhig mir.« Gitta spülte mit einem Schluck Cola nach. Luna schüttelte den Kopf. Warum hatte Gitta diesen unbändigen Appetit? Sie konnte jetzt nichts essen.

»Jetzt aber noch mal zu Fabio, was hat er zum Abschied gesagt? War er traurig? Will er dich wiedersehen? Schreibt er dir Nachrichten?«

»Er hat mich noch mal daran erinnert, dass ich jetzt 2,5 Prozent von Haus und Hof besitze, und wiederkommen kann, wann ich will!« Luna presste die Lippen zusammen. Nach dem herrlichen Wochenende, das sie mit Fabio und Valentino verbracht hatte, war *sie* es, die so traurig über ihre Abreise war, dass es ihr den Magen zuschnürte. Die einzige WhatsApp von Fabio bestand nur aus drei Worten, doch sie war so charmant und herzerwärmend, dass sie sich noch nicht getraut hatte zurückzuschreiben, doch wenn sie an sie dachte, musste sie lächeln. *Tu: Bellissima. Sensibile.*

»Und der Kleine?« Gitta redete weiter und legte die Hand auf ihr Herz. »Sagte ich es bereits? Den hätte ich ja am liebsten adoptiert! Und ihm dann als Erstes die Haare geschnitten.«

»Valentino ist total lieb, aber er hat auch Probleme.« Luna zog die Stirn in Falten. »Seine Familie muss der Horror sein. Stell dir vor, er kann noch kein einziges Wort lesen, nicht mal seinen Namen! Dabei geht er schon in die zweite Klasse!«

»Legasthenie?« Gitta winkte ab. »Das ist heute doch nicht mehr so schlimm.«

»Aber wenn du dich als Kind dumm fühlst, dann ist es schlimm. Und man dir stattdessen beibringt, Sachen, die dir nicht gehören, mitgehen zu lassen.«

»Ich verstehe diese italienischen Familien nicht. Warum kümmert sich denn keiner um ihn? Und warum verbieten sie Fabio, der den Jungen mag, es zu tun?«

»Ach, das hat nichts mit italienischen Familien zu tun. Da musst du mal einen Nachmittag ›Brennpunkt Deutschland‹ schauen, dann weißt du, dass es so was auch überall bei uns gibt.« Luna erinnerte sich noch gut an die Sendungen, die sie stundenlang geguckt hatte, als sie zu Hause vor sich hinvegetiert hatte. Nicht mehr schwanger, aber auch zu keiner Tätigkeit in der Lage, außer fernsehen. Obwohl sie selbst nichts anderes machte als die Menschen, die dort gezeigt wurden, nämlich auf ihrer Couch herumzusitzen, hatte sie sich danach wenigstens ein bisschen besser gefühlt.

»Wirst du wieder herfahren?« Gitta wischte sich den Mund ab.

Natürlich. Würde man nicht jemanden wiedersehen wollen, der einen als *wunderschön* und *sensibel* beschrieb? »Es hört sich für dich vielleicht seltsam an. Aber in diesem abgewrackten Gebäude, dem Hof mit der eingefallenen Mauer und der leer stehenden Halle, fühlte ich mich direkt zu Hause, mehr als sonst wo. Es ist komisch wegzufahren, und das ist albern, ich weiß …«

»Bestimmt spürst du noch deine *nonna*! Könnte doch möglich sein? Vielleicht bis du ihre Reinkarnation?«

Luna prustete los. »*Oh no!*«

»Na ja, wahrscheinlich eher nicht, aber du hast ihre Energie wahrgenommen!«

Ich glaube nicht an so was, wollte Luna schon lauthals rufen, doch dann hielt sie ihre Worte zurück. Gespürt hatte sie auf jeden Fall etwas, sie wusste nur noch nicht, wie sie es nennen sollte. »Jedenfalls bin ich neugierig auf sie geworden, als ob uns …«

»… als ob euch ein Band verbindet, stimmt's?« Gitta packte Luna am Oberarm. »Und das ist ja auch kein Wunder, das Verbindungsglied ist ja niemand geringerer als dein Vater!«

Ach, lass mich doch mit dem in Ruhe, dachte Luna. »Können wir den nicht auslassen?«

»Ich fürchte nicht, meine Liebe«, Gitta grinste und kramte schon wieder in ihrer Handtasche. »Muss mir das schnell alles aufschreiben! Auch ein Thema: Reinkarnation, höchst spannend ist das, höchst spannend!«

In Palermo regnete es. »Was für ein Horror-Anflug! Wer ist denn auf die Idee gekommen, den Flughafen an dieser Stelle zu bauen? Ich bin froh, dass wir mit dem Flieger nicht im Meer gelandet oder gegen den Felsen gekracht sind, aber nun, wo wir knapp überlebt haben, könnte mal ein bisschen die Sonne scheinen oder etwa nicht?« Gitta rollte ihr Gepäck missmutig über die Straße bis zu dem überdachten Parkplatz, auf dem ihr Leihwagen stand.

»Wir haben Mitte September, da kann das schon mal vorkommen.«

»Ach, ich vermisse Cremona jetzt schon! Wie sieht es hier überhaupt aus, so viel hässlicher Beton in diesem Parkhaus, was nicht einmal ein oberes Stockwerk hat, und wo steht jetzt dieser verdammte Wagen?« Gitta hielt ihre Hand hoch und drückte auf den Türöffner des Schlüssels, doch kein Auto meldete sich.

Als sie endlich auf die Autobahn Richtung Marsala einbogen, regnete es stärker. »Anderthalb Stunden brauchen wir, sagt das Navi. Wenigstens hat Stevie uns ein anständiges Hotel ausgesucht, er liebt es, Webseiten und Angebote zu vergleichen. Ich könnte es jetzt nicht ertragen, in einer Bruchbude unterkommen zu müssen, wo es draußen so nass ist.« Gitta plapperte noch ein paar Kilometer weiter über die Qual des Reisens, doch Luna hörte gar nicht richtig hin. Sie bewegten sich langsam, aber stetig auf den Ort zu, an den Anna vor Jahren zu ihrer Tante Emilia geflüchtet war. Ihr erster Gang wäre morgen zum Standesamt, um nachzuforschen, wen Anna geheiratet hatte. Das ging wahrscheinlich nur über den Namen ihres Vaters. Na und, dachte sie, davon werde ich nicht gleich Bauchschmerzen bekommen. Ist Daniele Vivarelli zur Abwechslung eben mal zu was nutze, eine ganz neue Funktion für ihn.

Das Navi führte sie ohne Probleme zum Hotel, das Stevie für sie gebucht hatte, denn Gittas Kreditkarten waren noch gesperrt, und einen guten Geschmack hatte er ja schon in Cremona bewiesen. Luna schaute sich ehrfürchtig um, als Gitta den geliehenen Mercedes zwischen den beiden Palmen auf den Parkplatz des »Grand Hotel Principe« steuerte. Das hier waren mindestens fünf Sterne, Stevie hatte mal wieder nicht gespart. Warum gebe ich nicht ab und zu ein bisschen mehr für mich aus, dachte sie. Leisten könnte ich es mir doch. Vielleicht sollte ich mein Geld nicht einfach nur anlegen, sondern auch mein Leben damit verschönern. Leichter machen. Was auch immer ... Die fünfzigtausend Euro auf dem Girokonto fielen Luna ein. Noch hatte sie sich nicht entschieden, was sie mit dem Gewinn aus den Aktien machen sollte, die sie aus einer Laune heraus transferiert hatte. Jan anrufen, notierte sie im Geiste. Er war ihr Finanzberater, ihm vertraute sie.

Es waren tatsächlich fünf Sterne. Die Empfangshalle und der Pool in der üppigen Gartenanlage, den man von innen sehen konnte, waren wunderschön. Auch ihr Zimmer war luxuriös. Auf dem Tisch stand ein Kühler mit einer kleinen Flasche Champagner. Kanapees, Pralinen und ein Obstkorb waren darum herum arrangiert. Luna warf einen Blick hinaus auf die kleine Terrasse, die direkt über der ersten Reihe der Segelboote am Hafen lag, auf die der Regen allerdings unvermindert prasselte.

»Sind wir VIPs?«, fragte Luna, als Gitta hinter ihr den Korken knallen ließ.

»Stevie wird uns wohl so angemeldet haben!« Ein Schwall des eisgekühlten Getränks badete die Pralinen. »Außerdem bin ich stolz auf dich, dass du dich auf diese Reise gemacht hast! *Saluti*, meine Liebe!«

»*Salute!* Es heißt *salute* ...« Sie stießen an, und Luna trank ihr Glas in einem Zug halb leer.

Nach einem feudalen Abendessen im Hotel, bei dem Luna lächelnd und ohne mit der Wimper zu zucken eine hohe Rechnung beglich, taumelten sie auf ihr Zimmer. »Hast du Angst vor dem, was dich erwartet?« Gitta rülpste verhalten und goss den Rest aus der Champagnerflasche in die Gläser, die noch auf dem Tisch standen. »Der wird ja nicht besser, wenn er offen ist.«

»Ich habe Angst, nichts mehr von Anna Battisti zu finden. Es wäre schrecklich, wenn jemand wie sie keine Spuren hinterlassen hätte …«

»Du hast recht, noch wissen wir gar nichts. Aber eine Adresse, zu der wir fahren können, um vor einem weiteren Haus zu stehen, werden wir schon herausbekommen! Und noch mehr!« Gitta umarmte Luna, schob sie quer durch das Zimmer und führte ein kleines Tänzchen mit ihr auf, bis sie lachend an den Tisch stießen, und die leere Flasche auf den Boden fiel. »Schließlich bist du mit der hartnäckigsten *Recher-cheuse* der Welt unterwegs!«

Vierter Rückblick
Anna Battisti - 1951 (24 Jahre)

Auf dem Weg zum *duomo* wusste Anna ganz genau, was sie Manueles Vater sagen wollte. »Dein Sohn ist gewalttätig, er ist wegen einer Frauengeschichte in Rom knapp dem Gefängnis entkommen, deswegen willst du ihn mit mir verheiraten, damit er keine weiteren Schandtaten anrichtet!« Sie wusste, dass sie keine Beweise hatte, doch sie wusste auch, dass dies höchstwahrscheinlich die Wahrheit war!

Sie kam am Palazzo dell'Arte vorbei. Der Platz davor war mit roten Ziegelsteinen ausgelegt, auch die Fassade des Palazzo war aus diesem Material errichtet. Das Gebäude mit seinen klaren, rechtwinkligen Linien wirkte auf sie irgendwie gemein, geradezu unerbittlich. Für Anna hatten die meisten Objekte Gesichter, die nur sie sehen konnte. Auch jede Geige, die sie betrachtete, hatte für sie ein ihr eigenes Antlitz. Es war für Anna nichts Besonderes, sie konnte sie mühelos unterscheiden, wie damals die Mitschülerinnen in ihrer Klasse.

Als sie in die Ladenwerkstatt hineinstürzte und die Glocke an der Tür stürmisch klingelte, beriet Ferdinando Mollari gerade einen Kunden. Vor ihnen lagen mehrere wunderschöne Geigen auf dem Tisch, die einen hellbräunlich schimmernden, fast durchsichtigen Lack trugen. Anna versuchte, ihren wild gehenden Atem zu beruhigen.

»Ah, meine zukünftige Schwiegertochter!« Der Geigenbauer begrüßte sie mit einem Lächeln. »Ist es sehr wichtig?«

»Es sieht wichtig aus«, bemerkte der Kunde lachend, ein Herr mit einem Hut und dicken Siegelringen am Finger. Höchstwahrscheinlich kein Musiker, wie Anna sofort registrierte. »Und sie ist zudem sehr schön, herzlichen Glückwunsch, Maestro!«

Anna presste ihren Kiefer zusammen. Wäre es nicht herrlich, in dieser Werkstatt, Seite an Seite mit Ferdinando arbeiten zu dürfen? Konnte sie sich nicht doch zusammenreißen, die Ehe mit Manuele für diese wunderbar helle, warme Geigenwelt irgendwie aushalten? Wieder sah sie sein überhebliches Grinsen vor sich, sie spürte seine grapschenden, brutalen Hände und seinen an sie gepressten Unterleib. Wenn sie verheiratet waren, würde er ihr Gewalt antun dürfen, wann und so oft er wollte und danach neben ihr liegen, Nacht für Nacht. Später irgendwann würde er sie dann endlich betrügen und nicht mehr regelmäßig nach Hause kommen. Sie hatte von Frauen in der Nachbarschaft gehört, die froh waren, ihre Ruhe zu haben. Aber sollte sie darauf warten? Er war kein Mann, sondern ein verzogenes, unverschämtes Kind, sie hatte wieder sein ängstliches, feiges Gesicht vor Augen, als sie ihm drohte, alles seinem Vater und der Tante zu sagen.

»Wenn Sie mich kurz entschuldigen wollen«, sagte Signor Mollari in diesem Augenblick und winkte Anna mit einem Kopfnicken in den rückwärtigen Teil des Raumes, wo er hinter einem kleinen Durchgang seine Werkstatt eingerichtet hatte und man durch zwei große Fenster in einen weiten, begrünten Innenhof sah.

»Anna«, sagte er leise.

Sie schüttelte nur den Kopf, denn nun kamen ihr die Tränen. »Er hat mich …« Vor lauter Schluchzen konnte sie nicht weiterreden.

»Wann?«, fragte Ferdinando Mollari sofort.

»Gerade eben.«

Er stieß die Luft aus und raufte sich die weißen Haare, die ihm in die hohe Stirn fielen. »Er meint es nicht so«, flüsterte er, »Manuele ist eben manchmal etwas ungestüm, aber ihr seid verlobt und wenn ihr erst …« Er maß sie mit einem Blick von oben bis unten, den Bruchteil einer Sekunde nur, doch Anna hatte es bemerkt.

»Ich *kann* ihn nicht heiraten. Ich *kann* deinen Sohn nicht heiraten, er ist gemein, er ist brutal, er hätte mir eben gerade die Kleider vom Leib gerissen, wenn die Tante nicht in der Küche gestanden wäre.«

»Also ist gar nichts passiert?«

»Das nennst du gar nichts!?« Anna sah ihn entrüstet an.

»Na also, wenn er nicht … wenn du noch … du bist doch noch …?« Wieder ließ er den Blick an ihrem Kleid herabgleiten.

Unberührt? Wollte er das von ihr wissen? »Natürlich!« Sie merkte, dass sie immer noch den zarten Hals der Geige umklammert hielt und streckte sie ihm hin. »Hier, schau sie dir an! Sie ist gut, sie ist sehr gut geworden, lass mich auf die Geigenbauschule gehen, das ist mein größter Wunsch!«

»Und vorher heiratest du ihn?« Immer noch flüsterte er, rührte aber die Geige nicht an.

»Nein!«, rief Anna, nun beträchtlich lauter. »Lass mich auf die Schule, dann sage ich in der Öffentlichkeit nichts über die Absichten und Laster deines Sohnes!«

Ferdinando beugte sich vor und schaute nach vorne in den Laden. »Ach so«, raunte er, wieder zu ihr gewandt, »du willst mich also erpressen!«

»Nein, aber versteh bitte, ich kann nicht …« Anna hörte den bittenden Klang ihrer eigenen Stimme und wurde darüber wütend. Wieso benahm sie sich wie eine Angeklagte, wenn sie doch das Opfer war! »Ich löse die Verlobung auf«, sagte sie laut und deutlich und zog sich den Ring vom Finger. »Dein Sohn und ich …«

»Was, wenn er nun doch schon bei dir erfolgreich war?«, unterbrach der Geigenbauer sie. »Genau weiß ja keiner, ob du es nicht auch wolltest … und dich erst nachher geschämt und einen Rückzieher gemacht hast. Was, wenn diese Nachricht über dich sich hier in Cremona verbreitet?«

Anna sah ihn fassungslos an. Das würde er tun? Ein eiskalter Klumpen wuchs von ihrem Magen bis hinauf in ihre Brust.

»Nun gut, ein bisschen zu viel der Leidenschaft ist zwischen anderen Eheleuten auch schon passiert«, fuhr er fort, »aber wenn dann ein sündiges Fünfmonatskind zur Welt kommt, hat es doch zwei Eltern, die vor dem Altar den Bund der Ehe geschlossen haben. Die Leute vergessen so was irgendwann. Bei dir dagegen …« Er schnalzte mit der Zunge. »An deiner Stelle würde ich das Zeichen deiner Verlobung ganz schnell wieder dorthin stecken, wo es bis eben war.«

Anna wollte ihm am liebsten den goldenen Ring ins Gesicht werfen. »Vergiss die Schule für dich, vergiss die eigene Werkstatt. Du brauchst Manuele. Du brauchst uns!« Sein Gesicht war glatt. Sein weißes Haar leuchtete.

Anna ballte die Faust um den Ring, als sie an Mollari und auch an dem Käufer vorbeilief und den Laden verließ.

Auf dem Weg nach Hause weinte sie nicht, sie rannte auch nicht mehr, ihre Schritte wurden sogar immer langsamer, denn mit einem Mal sah sie ihre Lage ganz klar. Auch die Zia Maria würde ihr nicht helfen. Im Gegenteil, sie würde sie für verrückt erklären und auf eine Heirat bestehen. Jetzt erst recht, und zwar schnell, denn wenn Manuele dich nicht mehr will, reden die Leute bestimmt bald, Kind! Anna hatte die jammernden Sätze der Tante schon in den Ohren. Wie ungerecht, er ist doch der mit dem schlechten Ruf und dem ekelhaften Benehmen, sagte sie sich immer wieder. Das war egal. Manuele war ein Mann, sie nur eine Frau. Frauen hatten zwar 1946 bei der Volksabstimmung mitmachen dürfen, bei der entschieden wurde, welche Staatsform Italien in Zukunft haben sollte, tapfere Partisaninnen und Patriotinnen waren ausgezeichnet worden, aber im alltäglichen Leben behandelt man sie ohne Mann immer noch wie ein Nichts!

»Hallo, Anna«, wurde sie von einem Nachbarn gegrüßt, denn sie war in ihrem Viertel angekommen. »Was für eine winzige Geige trägst du da mit dir herum, soll die noch wachsen?«

Sie nickte und zwang sich zu einem Lächeln. Sie war eine Frau, die noch nicht einmal Geigen bauen durfte!

Sie musste weg, so viel stand fest. Vorläufig, bis sich die Sache beruhigt hatte und niemand sie mehr zur Heirat mit diesem rücksichtslosen Widerling zwingen konnte. Doch wo sollte sie hin? Sofort kam ihr der Name einer Stadt in den Sinn. Piacenza! Piacenza zog sie schon immer magisch an, denn in der Nähe war ihr Massimo gefallen, im heroischen Kampf der Partisanen gegen die Besatzer. Es schien ihr wie eine Zuflucht, dort kannte sie keiner, dort war sie ihm nahe, er würde ihr genug Sicherheit geben.

Mit diesen Gedanken im Kopf bog sie in ihre Gasse und

ging zurück ins Haus. Manuele war offenbar gegangen. Die Tante lag auf dem Sofa im Salon und schaute mit leidendem Blick zu ihr auf. »Wo warst du denn? Dein Verlobter hat endlich von einem Heiratsdatum gesprochen, und du bist einfach weggelaufen, hat er gesagt!«

Anna Teresina Battisti verließ bei Sonnenaufgang des folgenden Morgens das Haus, es war noch nicht einmal sechs Uhr, doch sie wollte den ersten Zug Richtung Piacenza erwischen. Sie zog den Umhang enger um sich, nahm den Beutel aus festem Stoff, der ihr als Reisetasche diente, und lief mit leisen Schritten über die Gasse. Zum Bahnhof brauchte sie zwanzig Minuten zu Fuß. Ohne sich noch einmal umzusehen, ging sie festen Schrittes die Viale Etrusco entlang, auch Massimos Haus schaute sie nicht mehr an. Sie war auf dem Weg zu ihm, näher an das Stück Erde heran, in dem er lag. Nur um Elsa tat es ihr leid. Die etwas jüngere Nachbarin war in den letzten Jahren zu ihrer einzigen Vertrauten geworden. Anna hatte sich in ihrer großen Familie immer wohlgefühlt, hatte an manchen Abenden mit allen zusammen vor der Treppe der Haustür gesessen und gesungen oder erzählt. Gestern Abend hatte man sie nicht zu Elsa gelassen, denn sie lag mit dem Verdacht auf Scharlach im Bett. Immer wenn ich dich brauche, bist du krank, dachte Anna, doch sie war der Freundin nicht ernsthaft böse. Sie würde ihr schreiben und alles erklären. Und irgendwann, wenn es an der Zeit war, würde sie zurückkommen und ihr Haus wieder in Besitz nehmen!

Sie war viel zu früh am Bahnhof. Als der Zug endlich einfuhr, setzte sie sich in einen der Wagons dritter Klasse auf die Holzbank, dicht am Fenster, und versuchte, sich unsichtbar zu machen. Kaum eine Stunde später war sie schon in Piacenza.

Auch diese Stadt war bombardiert worden, die Bedachung über dem Gleis, auf dem ihr Zug einfuhr, war noch nicht wieder repariert, wie ein eisernes Spinnennetz breitete es sich über ihrem Kopf aus. Am Ende des Bahnsteigs lagen immer noch Schuttberge.

Immerhin schien die Sonne auf den Bahnhofsvorplatz, auf dem trotz der frühen Stunde schon viele Menschen unterwegs waren. Anna blieb stehen und setzte den Beutel vorsichtig ab. Eingewickelt in ihre Kleider, befanden sich darin neben einem gerahmten kleinen Foto von *babbo* auch ihre Geige, vier Klanghölzer und drei Werkzeuge. Stechbeitel, Wölbungshobel, Ziehklinge. Wer wusste es schon, vielleicht bekam sie in dieser Stadt die Chance, in einer Geigenbauwerkstatt mitzuhelfen. Die Geigendecken konnten womöglich ihr Eintrittsgeld sein.

Optimistisch gestimmt, ging sie in eine Bar, bestellte an der Theke einen Kaffee und zog sich an das letzte Tischchen in der Ecke des Raumes zurück. Es war seltsam, alleine unterwegs zu sein, doch sie ließ die Blicke an sich abprallen.

Bereits wenig später war sie schon nicht mehr so überzeugt. Was genau hatte sie gedacht, in Piacenza zu finden? Ihren geliebten Massimo? Der lag irgendwo zwischen den Hügeln im Süden der Stadt. Wie konnte der sie schützen? Sollte sie ein Zimmer mieten, aber wie lange würde ihr Geldvorrat reichen? Würde sie irgendwo Arbeit finden? Sie bezahlte den Kaffee, an dem sie sich die letzte halbe Stunde festgehalten hatte, und stand kurz darauf wieder auf dem Platz.

Die Menschen strömten geschäftig an ihr vorbei, jeder Mann, jede Frau, jeder noch so kleine schmuddelige Zeitungsjunge hatte ein Ziel, nur sie nicht. Sollte sie zurück in die Bar gehen? Durch die Straßen wandern, um ein Zimmer zu finden? Oder zurück nach Cremona fahren? Aber Tante Maria hatte bestimmt schon gemerkt, dass sie nicht mehr in ihrem Bett lag, sie würde sich also nicht unbemerkt wieder ins Haus schleichen können und so tun, als ob nichts gewesen sei. Nein, und das wollte sie auch auf keinen Fall! Die Tante hatte ihrem Bericht zwar geglaubt, aber die Sache heruntergespielt. Männer haben ihre Bedürfnisse, hatte sie gesagt, ihr werdet euch schon noch aneinander gewöhnen, wir Frauen empfinden nun mal anders als die Männer. Und dann wieder die Sache mit den Kindern. Wenn die erst mal da wären, wäre Anna sicher die glücklichste Mutter der Welt. Tante Zia hatte sie diesem brutalen Mann wie ein Geschenk überreichen, sie hatte die Verantwortung für sie loswerden wollen!

Anna schaute sich um. Sie hatte nicht die geringste Vorstellung, was sie tun sollte. Planlos lief sie durch die Straßen. Ohne zu essen und zu trinken durchzog sie die Stadt, die Cremona nicht unähnlich war. Irgendwann saß sie auf einer Bank unter einem Baum am Rande der Stadt, nur Pferdekarren kamen vorbei und vereinzelte Autos, die knatterten und ihre Abgase in die Luft pufften. Es war schon Mittag, und noch immer war sie wie betäubt und ohne jeglichen Elan. Mehrere Männer hatten sie schon verfolgt, sich angeboten, ihr zu helfen, hatten versucht, sie auszufragen, ob sie alleine unterwegs war. Einer hatte sogar die Frechheit besessen, ihr den Weg in eines dieser Häuser zu weisen, der *case chiuse*, in denen Frauen auf Männer warteten, um wer weiß was mit ihnen zu machen.

Deswegen hob sie ihren Blick auch nicht mehr, wenn sie jemand ansprach oder ihr von den Karren herunter etwas zurief. Anna holte die kleine Geige aus dem Stoffsack und wickelte sie vorsichtig aus. Einen Bogen hatte sie nicht mitnehmen können. Die zwei, die noch in *babbos* Werkstatt hingen, waren zu groß gewesen. Leise zupfte sie an den Saiten, als neben ihr plötzlich ein Wagen mit quietschenden Bremsen hielt und eine Tür sich öffnete. Eine Frau sprang vom Beifahrersitz und rannte gebückt auf sie zu. »*Scusi*«, rief sie und lief an ihrer Bank vorbei. Anna hörte, wie sie sich hinter ihr auf der mickrigen Rasenfläche übergab.

»*Amore!*« Auch der Mann, der am Steuer gesessen hatte, war jetzt ausgestiegen. Besorgt nahm er sie in die Arme, als sie auf ihn zuschwankte, während sie sich mit einem Stofftaschentuch den Mund abwischte. »Es ist mir so peinlich, verzeihen Sie bitte«, sagte sie zu Anna, doch sie lachte schon wieder. Sie trug einen leichten kleinen Hut, den sie jetzt abnahm, um sich Luft zuzuwedeln. Ihr Kleid saß perfekt, und ihr Haar war blond und kurz geschnitten, sie sah aus wie ein Filmstar.

»Wir kommen gerade von unserer Hochzeitsreise zurück«, sagte der Mann in dem hellen Leinenanzug. Er stützte seine Frau immer noch und sah sie verliebt an.

»Und es ist definitiv zu früh, um in anderen Umständen zu sein.« Die Frau ließ sich auf der Bank neben Anna nieder. »Verraten Sie uns nicht!« Sie lächelte sie an, und Anna war ihr unendlich dankbar dafür. Endlich war wieder ein netter Mensch in ihrer Nähe.

»Was haben Sie denn da, schau mal, Umberto, was für eine winzige Geige!«

»Wo müssen Sie denn hin, Sie wirken so verloren«, sagte Umberto.

»Ich …«, sagte Anna. Ihr Blick fiel auf das Nummernschild des Wagens. Roma. »Ich muss nach Rom, aber … die Züge fahren heute nur bis … nicht so weit, nur bis Fidenza.« Gott sei Dank war ihr die Nachbarstadt noch eingefallen. »Die Gleise sind ab da unterbrochen.« Bitte, bitte, bitte, betete sie. Sie ertrug den Gedanken nicht, dass die beiden ohne sie wegfuhren und sie wieder alleine war.

»Können wir sie nicht … was meinst du, Umberto?«

»Bis nach Rom, Amore, das sind noch fünfhundert Kilometer! Außerdem wollten wir doch eventuell noch mal Halt machen, in Montepulciano. Das Hotel ist schon reserviert.«

»Ach, diese Türme dort habe ich schon hundertmal gesehen, mich zieht es jetzt nach Hause, in unsere gemeinsame Wohnung!«

»Hundertmal? Du übertreibst, Schatz!«

»Nehmen wir sie mit, wie heißen Sie? Ich bin Angelina di Gangi. Und seit drei Wochen nun eine verheiratete Gangi-Federico.« Die Frau setzte ihren Hut wieder auf. Sie war so elegant, so wollte Anna auch eines Tages aussehen, obwohl sie nicht mehr adelig werden würde, es sei denn, sie heiratete einen netten jungen Adligen! Sie schüttelte innerlich den Kopf über sich, was für eine absurde Idee.

»Anna Teresina Battisti, ich bin Geigenbauerin und auf dem Weg nach Sizilien.« Mit einem Mal wusste sie, was sie tun wollte. »In Rom nehme ich um Mitternacht den Nachtzug, den Rom-Palermo-Express!« Tante Emilia und Onkel Salvatore hatten dasselbe getan. Sie würde sich kurz bei ihnen in der Via Ballerino verstecken, höchstens zwei Wochen, und dann den Heimweg antreten.

»Sie ist Geigenbauerin, wie interessant und wie großartig, was Frauen heutzutage alles zustande bringen, findest du nicht, Umberto? Und nicht verheiratet, verlobt?«

Anna schüttelte den Kopf.

»Wenn du die Strecke ohne Zwischenstopp durchhältst, *Amore*? Ich warne dich, es wird anstrengend.« Umberto mit dem hellen Anzug nickte Anna zu. »Meine Frau kann alles von mir verlangen, ich liebe sie einfach, weil sie klug und schön ist, es ist schrecklich.«

Anna lächelte. Eine solche Liebe wollte sie auch, einen solchen Mann, zu dem sie aufschauen konnte, weil er auch zu ihr aufschaute!

»Anna, Sie müssen uns alles über sich und die Geige erzählen, bitte, Umberto, ich langweile mich sonst auf der Fahrt, ich brauche doch immer Abwechslung!«

Doch da hatte der frisch gebackene, verliebte Ehemann schon Annas Bündel ergriffen und zum Wagen getragen.

Obwohl die Straßen in nicht besonders gutem Zustand und manchmal recht kurvig waren, verging die Zeit wie im Fluge, auch, weil Anna sich auf der Rückbank zu einem Schläfchen zusammenrollte und erst nach drei Stunden wieder erwachte. Gegen zehn Uhr abends erreichten sie die *Stazione Termini* in Rom. Die Verabschiedung fiel recht kurz aus, denn Angelina fröstelte und konnte sich kaum noch auf den Beinen halten. Anna bedankte sich dennoch überschwänglich, dann sah sie sich um und machte sich erhobenen Hauptes und mit kerzengeradem Rücken auf die Suche nach einem Fahrkartenschalter.

Anderthalb Stunden später betrat sie ihr Zugabteil, um sie herum kramte und schnatterte eine Frauengruppe, Großmutter, Mutter, Schwiegertöchter, zwei kleine Mädchen, sogar ein Säugling ... Erleichtert legte sie das Bündel mit der Geige und dem Holz auf ihre Liege in halber Höhe und kletterte hinterher. Wieder hatte sie ein sicheres Plätzchen für die nächsten Stunden ergattert!

Trotz der lautstarken Unterhaltungen ihrer Mitreisenden, trotz der schlechten Luft im Abteil, trotz des Gerüttels und

Geratters und des Weinens des Neugeborenen schlief Anna wie ein Stein. Als sie am Morgen vom Licht der Sonne geweckt wurde, sah sie neugierig aus dem Fenster. Rechts von ihr huschten Bäume und Felsen vorbei, während die Räder des Waggons auf den Schienen in ihrem eintönigen Rhythmus sangen. Ab und zu pfiff es durchdringend, und der Zug tauchte kurz darauf in einen dunklen Tunnel. Wo waren sie? Schon in Kalabrien? Irgendwo im Süden jedenfalls. Mit einem Mal schreckte sie auf, die Felsen waren zurückgewichen, neben ihr ging es steil bergab, und unter ihr war … das Meer! Das musste das Meer sein, sie hatte es noch nie gesehen, aber hier war es, direkt neben ihr! So blau und weit, unglaublich, man konnte sein Ende nicht sehen. Sie aß das harte Stück Brot und die gekochten Eier, die ihr das frisch verheiratete Paar mitgegeben hatte. Als auch der Rest der Belegschaft erwachte und ihr Plappern und Rumoren gemeinsam mit dem durchdringenden Windelgeruch das Abteil erfüllte, ließ sie sich von einer der Frauen einen Becher Kaffee aus dem Speisewagen mitbringen. Die Gruppe hatte sie sofort aufgenommen, sie nicht sonderlich ausgefragt, sondern eher von sich erzählt. Anna hatte den Überblick verloren, wer mit welchem Mann aus dem Nachbarabteil verheiratet war und wem die ganzen Kinder gehörten, die zwischen den Abteilen hin und her sausten.

Zia Maria machte sich bestimmt größte Sorgen, sie musste gesehen haben, dass sowohl ein paar ihrer Kleidungsstücke als auch die Geige weg waren. Ob sie ahnte, dass Anna auf dem Weg nach Sizilien war? Bestimmt, wohin hätte sie auch sonst gehen sollen?

Gegen Mittag kamen sie nach Messina. Alle mussten aussteigen und an Bord der Fähre gehen. Anna bestaunte das Wasser, das jetzt noch näher war, und dauernd die Farbe zu wechseln schien, doch viel Zeit blieb nicht. Sie beeilte sich, mit dem jetzt doppelt so großen Familientross mitzuhalten, denn nur durch ihn war sie geschützt gegen die verwunderten, gierigen Blicke der Männer. »*Arancini! Arancini!*« Anna kaufte ein paar von den runden orangefarbenen Reisbällchen, die lautstark vor der Fähre angeboten wurden, und ging an Bord. Es war seltsam, das erste Mal im Leben auf dem Wasser zu sein, und sie klammerte sich zunächst an die Reling, doch es wurde ihr nicht übel, im Gegenteil, als sie von »ihrer« Familie aufgefordert wurde, ein Stück Käse, frische Mispelfrüchte und reichlich Sesamgebäck mit ihnen zu teilen, bot sie ihrerseits ihre *arancini* an und langte mit gutem Appetit zu.

Auf der anderen Seite der Meerenge wartete an der Mole schon ein anderer Zug auf sie, an dessen grünen Waggons die Aufschrift Messina-Palermo-Express zu lesen war. Wieder schloss Anna sich der Familie an, die auf einer Hochzeit in der Nähe von Rom gewesen war. Beruhigt machte sie es sich in dem neuen Waggon so bequem es ging, um aus dem Fenster zu schauen. Sizilien war eine ganz andere Welt als die norditalienische. So weit, so karg auf der linken Seite, dann wieder grüne Wiesen mit gewaltigen weißen Gesteinsbrocken, Wälder von Feigenkakteen und zur rechten das Meer. Die Stationen zogen vorüber, sie sah beschrankte Bahnübergänge mit wartenden Eselskarren davor, sie sah große Schiffe auf dem Wasser und kleinere Fischerboote in den Häfen und einmal sogar Delfine, die in den nachmittäglichen Sonnenstrahlen ihre Bögen über dem glatten Meeresspiegel sprangen. Alles war neu, alles war anders, es war deutlich wärmer als zu Hause im Norden, die Fenster standen halb auf, der Fahrtwind überzog alles mit einer leicht salzigen Schicht und machte einen Höllenlärm. die Leute redeten Sizilianisch, und auch wenn Anna sich die allergrößte Mühe gab, sie verstand nicht, wovon sie sprachen. Und immer noch waren es mehrere Stunden bis Palermo! Von da aus musste sie einen Anschlusszug nach Marsala bekommen. Der Fahrkartenkontrolleur schaute auf ihr Bitten in seinem dicken Kursbuch nach. »Anschlusszug? Nein, Signora, wir kommen erst gegen elf Uhr nachts in Palermo an, der erste Zug nach Marsala geht um sechs Uhr fünf, von Plattform 3.«

Oje, wie sollte sie die Zeit nur überbrücken und wo? Auf einer Bank im Bahnhof etwa, allein?

Überhaupt sank ihr Mut wieder, je müder sie wurde. Das Rattern der Räder machte ihr klar, dass sie mit jeder Minute, die verstrich, noch weiter, Kilometer um Kilometer, von zu Hause weggetragen wurde. Die musste sie alle wieder zurückfahren! Würde sie das überhaupt schaffen?

Der Zug passierte Milazzo, Capo d'Orlando, Cefalu, Termini Imerese und Bagheria, bevor er endlich in Palermo Centrale einlief. Allerdings mit Verspätung, es war nun sogar schon nach elf Uhr abends. Sie verabschiedete sich von der Familie, die selbst so erschöpft war, dass niemand mehr fragte, wo Anna bis zur Abfahrt des Zuges bleiben würde.

Sie saß kaum auf der Bank gegenüber den geschlossenen Schaltern, als sich ihr auch schon der erste Beschützer anbot, ein kleiner Mann mit dünnem Schnäuzer und Mauseaugen, der um sie herumschlich, bis er merkte, dass sie tatsächlich alleine war. Schon stieß er auf sie herab, doch Anna verstand nicht, was er sagte. Er redete auf Sizilianisch auf sie ein, erst ganz normal, dann schmeichelnd, dann drohend, schließlich verächtlich.

Sie zuckte mit den Schultern, sah ihn nicht mehr an, umklammerte ihr Bündel und stellte sich tot. Doch er gab nicht auf. Er setzte sich neben sie. Erst an das eine Ende der Bank, dann rückte er immer dichter. »Hau ab!«, rief Anna und machte eine abwehrende Geste, was ihn noch wütender werden ließ. Italienisch schien er zwar nicht zu sprechen, aber doch zu verstehen. Er beschimpfte sie. Andere Männer blieben stehen und mischten sich ein, auch sie nicht gerade sehr vertrauenserweckend, in ihren abgerissenen Hosen, den auseinanderfallenden Schuhen und den auffälligen Lücken im Gebiss. Woher sie käme, wurde sie auf Italienisch gefragt. Wo ihr Mann sei, was sie hier mache. Zwischendurch Gelächter. Jetzt war es schon ein ganzer Schwarm, der sich um sie versammelt hatte. Anna reichte es, sie stand auf, um einen Uniformierten suchen, irgendwen; einen Bahnbeamten, Kontrolleur, am besten einen Polizisten, doch im ganzen großen Bahnhof war niemand zu finden. Auch keine weibliche Person. Der Tross ihrer Bewunderer folgte ihr in einigem Abstand. Schließlich sah sie einen Kofferträger in einem dunkelbraunen, abgeschabten Kittel und einer ebenso braunen Kappe. Beides zusammen konnte zur Not als Uniform durchgehen und war besser als nichts! »Helfen Sie mir«, sagte sie atemlos. »Ich weiß nicht, wo ich mich hinsetzen kann.«

Der Mann schaute sie ernst an. »Was tun Sie hier?«, fragte er erstaunt, jedes Wort einzeln betonend.

»Ich warte? Mein Zug geht morgen um sechs Uhr fünf. Gleis drei!«

»Aber warum nehmen Sie denn nicht ein Zimmer in einer Pension?«

»Ach, das geht?« *O Dio!* Darüber hatte sie überhaupt nicht nachgedacht!

»Aber natürlich, Signora.« Er rief ihren Verfolgern, die, die Hände in den Hosentaschen, langsam wieder näher rückten, etwas auf Sizilianisch zu.

Sie schimpften ebenso laut zurück und gestikulierten wild mit den Händen.

»Über was für eine Summe können Sie denn verfügen?« Er beugte sich mit einem kleinen Lächeln zu ihr. Warum war der jetzt so nett zu ihr? Anna beschloss, ihm kein Geld zu geben, falls er einen Vorschuss haben wollte, um etwas für sie zu arrangieren. »Ich weiß nicht. Es wird schon reichen.« Ihr Vorrat an Geldnoten war schon sehr zusammengeschmolzen, doch zur Not konnte sie immer noch den Ring versetzen.

»Kommen Sie, ich führe Sie hin, keine Frau sollte um diese Stunde noch auf dem Bahnhof sein!«

Die Pension lag schräg gegenüber dem Bahnhof, Anna bekam ein Zimmer und ein einigermaßen sauberes Bett und bestieg nach einer schlaflosen, aber ungestörten Nacht am nächsten Morgen den Zug nach Marsala. Der Zug fuhr diesmal nicht an der Küste entlang, sondern mitten durch das Land. Vorbei an endlosen Weizenfeldern, durch saftig grüne Wiesen, dann wieder quälte er sich durch karge Bergregionen und hielt an jeder kleinen *stazione*, wie es schien. Anna hatte sich gleich beim Einsteigen an den Schaffner gewandt, ob er auf sie aufpassen könnte, und wurde von dem ersten an den nächsten Kollegen und nach ein paar Stunden wiederum an den nächsten weitergereicht. Im Laufe der Reise wurden ihr einige Geschichten über die Banden erzählt, die das Land hier unten durchstreiften, die raubten und Menschen entführten, um sich zu bereichern. Die Mafia helfe ihnen dabei. Es war das erste Mal, dass Anna das Wort bedrohlich erschien. Sie hatte »Im Namen des Gesetzes« im Kino gesehen, doch da fügte die Mafia sich am Ende dem tapferen, äußerst gut aussehenden Guido Schiavi.

Erst am frühen Abend kamen sie an. Sie war drei Tage unterwegs gewesen, sie war hungrig, durstig, ihr Portemonnaie war leer, die Haare staubig und sie roch nach Schweiß. Als sie sich mit ihrem Bündel durch die Via Ballerino schleppte, sprach man sie neugierig von allen Seiten an. Kaum hatte sie Zia Emilias Name allerdings ausgesprochen, kam diese auch schon angelaufen und streckte die Arme nach ihr aus. »Mein Mädchen, mein Mädchen, was für eine Überraschung, was ist passiert, warum bist du hier? Ganz alleine und diese lange Reise …«

Anna brach in Tränen aus und ließ sich in die Umarmung fallen. Ich muss hier weg, dachte sie nur, ich muss hier sofort wieder weg!

10

Das Rauschen des Regens und der viele Alkohol hatten Luna sofort einschlafen lassen, doch am nächsten Morgen schien die Sonne von einem knallblauen sizilianischen Himmel, und das Meer glitzerte so übertrieben, dass es in den Augen wehtat. Während des Frühstücks, das ihnen auf Wunsch auf der eigenen Terrasse serviert wurde, hörten sie die Möwen über sich schreien und die Takelage der Segelboote klappern.

Gut gelaunt, machten Luna und Gitta sich auf den Weg zum Standesamt. Sie hatten beschlossen, das Auto stehen zu lassen, es war nur ein Gang am Lungomare entlang und dann nach rechts in die Innenstadt, in der sie nur schwer einen Parkplatz finden würden.

»Hast du den Zettel aus Cremona dabei?«, fragte Gitta.

Luna bejahte. »Zur Sicherheit habe ich auch ein paar Scheine im Portemonnaie, falls die Fürsprache der Kollegin aus Cremona hier im Süden tatsächlich nicht helfen sollte, musst du mit deiner Bestechungsnummer ran. Wir müssen mit allem rechnen!«

Süden, Süden, Süden! Gitta war begeistert von den Palmen, die man überall im Garten des Hotels und an der Hafenpromenade sehen konnte. »Und es ist so warm hier in Marsala, wir sind wirklich fast in Afrika, oder?« Hausdächer, Autos, Palmen und Straßen waren vom gestrigen Regen blank gewaschen und getrocknet, ein warmer Wind blies. Luna betrachtete das Straßengewirr, in das sie jetzt einbogen. Die Häuser waren flacher und funktionaler, die meisten Fenster und Türen im Erdgeschoss waren mit Fensterläden verschlossen, der Müll türmte sich neben den Containern, Katzen flitzten darunter hervor, wenn sie vorbeigingen. Doch je näher sie der Innenstadt kamen, desto hübscher wurde es. Die Häuser waren frisch gestrichen, die Balkone wurden von alten, kunstvoll gebogenen Gittern geschmückt, und an der Via Giuseppe Garraffa hatte man Ausgrabungen stehen gelassen, die dem Platz vor der *Chiesa Madre* etwas Bedeutendes gaben. Hier ist unsere Vergangenheit, schaut her, sie ist wichtig, wir zäunen sie sogar ein!

Sie gingen über Marmorpflaster, schoben sich in den engen Gassen an den Tischchen der Cafés vorbei, an denen ein paar Touristen saßen. »Auch ganz schön hier, zwar nicht unser Cremona, aber …« Nach dem verregneten Start schien Gitta sich mit Marsala und Sizilien versöhnt zu haben.

Das Bürgeramt von Marsala war in einem alten Gebäude untergebracht, ein mit Flaggen geschmückter Bogen lud ein, durch einen gewölbten Gang in den großen Innenhof zu treten. Ein Springbrunnen plätscherte unter mehreren gewaltigen Ficusbäumen, deren Luftwurzeln sich malerisch um ihre Stämme wanden. Gitta zückte sofort ihre Kamera und diktierte nebenbei etwas in ihr Handy (die Sprachmemofunktion war ihre neueste Entdeckung), während Luna sich fragte, hinter welcher der vielen Türen das Standesamt liegen mochte. Doch sie kam gar nicht dazu, die Schilder neben den Türen zu lesen, denn nun näherte sich ihnen eine jüngere Frau, sie sah Gitta, blieb stehen und beobachtete sie eine Weile. Was will die nun wieder, dachte Luna, bereit die Freundin aus irgendeiner Verbotszone des öffentlichen Lebens zu retten. Und richtig, da sprach die junge Frau Gitta auch schon an. »Entschuldigen Sie, sind Sie Schauspielerin?«

Klar, die sieht auch wie ein richtiges Michelle-Williams-Fan-Girl aus, dachte Luna.

»*Sorry?*« Gitta hatte nicht recht verstanden, was ihr Gegenüber von ihr wollte, doch sie wedelte mit dem Handy und antwortete automatisch: »*Si, si, ricerca!*« Das Wort hatte sie als Erstes von Luna lernen wollen.

»Ah!« Die Gesichtszüge des Fan-Girls hellten sich auf. »Habe ich es doch gewusst«, fuhr sie auf Italienisch fort, »Sie sind diese Schauspielerin aus England, die auch mal Marylin gespielt hat! ›*La mia settimana con Marilyn*‹, das war ein toller Film!« Sie versuchte, den Titel des Films noch einmal auf Englisch wiederzugeben, doch ihre Aussprache war grottenschlecht und kaum verständlich.

Michelle Williams kommt nicht aus England, aber jetzt musst du mitspielen, Gitta, dachte Luna. Schnell ging sie auf die beiden zu und übersetzte auf Englisch, was das Mädchen gesagt hatte. »*If she works here somewhere in the office, we could get everything from her, Michelle!*«, setzte sie hinzu.

»*Ah, right…*« Gitta reagierte schnell, ohne ihr ruhiges Lächeln zu verlieren. »*Marilyn. Yes. That was fun! And a great movie!*«

»Kann ich ein Autogramm haben?«, fragte der Fan aufgeregt. »Auf was für einen Film bereiten Sie sich denn gerade vor?« Luna übersetzte.

»*A true, heartbreaking story! I brought my italian assistant and translator with me.*« Gittas Englisch geht nur als Muttersprache durch, wenn man partout keine Ahnung hat, dachte Luna, aber sie spielt ihre Rolle großartig!

Die Geschichte wäre wahr und herzbewegend, und deswegen würde die berühmte Schauspielerin vor Ort ein wenig in die nahe Vergangenheit Siziliens eintauchen, erklärte die zur Übersetzerin und Assistentin ernannte Luna bereitwillig, aber es wäre ja derart zeitraubend, sie hätten nur einen Tag in Marsala. Sie würde nicht zufällig hier in einem der Ämter arbeiten, fragte sie den Fan.

»Yes, yes. *No problem! I can help you!*«

Gitta und Luna schauten sich an. Na bitte!

Es dauerte keine zehn Minuten, da hielten sie die Geburtsurkunde von Lunas Vater Daniele Giorgio Vivarelli ausgedruckt in den Händen, außerdem den Namen seiner Mutter Anna Teresina Battisti und seines Vaters Ugo Libero Vivarelli, und das Datum ihrer Hochzeit. Es gab noch zwei weitere Brüder, Claudio und Rodolfo, alle im Abstand von einem Jahr geboren. Auch den letzten gemeldeten Aufenthaltsort von Anna in Marsala kannten sie nun.

»It will be a drama, Baby«, sagte Gitta zu dem Mädchen und der gesamten Besatzung des Standesamtes. *»A heartbreaking drama!«* Sie verteilte Autogramme auf eilig hingehaltene Notizblöcke und kritzelte sogar auf Papierservietten, und dann bat sie noch um Diskretion. *»I am exhausted. Like Marilyn.* Ihr wollt doch nicht, dass mir dasselbe passiert wie ihr?«

Nein, natürlich nicht, das wollte niemand. Die Angestellten nickten beeindruckt und ließen sie in Ruhe ziehen.

»Es ist Viertel nach zehn Uhr, und wir wissen bereits, wo wir hinmüssen!« Luna riss die Augen auf und drückte Gittas Unterarm, als sie den Innenhof überquerten, sie wollte am liebsten auf und ab springen, doch sie spürte die Blicke der Michelle-Williams-Fans noch im Rücken. »Ich fasse es nicht, wie cool du warst!«

»Danke!« Gitta grinste zufrieden. »Als Autorin ist man ja auch immer ein bisschen Schauspielerin, um sich in die Figuren hineinzuversetzen.«

Auf dem Weg zum Hotel überprüften sie die Adresse in Google Maps. Die Contrada S. Silvestro lag einige Kilometer außerhalb von Marsala.

»San Silvestro, das klingt doch gut«, sagte Gitta, als sie sich hinter das Steuer des Mercedes setzte und sich im Spiegel der Sonnenblende in aller Ruhe die Lippen in Knallrot nachzog. »Michelle, wir danken dir!«

»Ja«, stimmte Luna zu und sah sich kurz um, ob der Geigenkasten auch sicher auf dem Rücksitz angeschnallt war, »nimm uns unseren kleinen Betrug nicht übel, Michelle. Ohne dich hätten wir das nicht geschafft!«

Dann gab sie die Adresse in das Navi ein, und sie fuhren auf der Strada Statale 118 aus der Stadt. Die Häuser wurden seltener, die Grundstücke dazwischen größer, sie sahen Oleanderbüsche, Feigenkakteen und Palmen, aber auch brach liegendes Land, kahl und mit verwehtem Müll übersät, hässliche Lagerhallen und graue, grob verputzte Mauern, auf die noch mal ein Zaun und Stacheldraht gesetzt worden waren. Was sich dahinter versteckte, konnte man nicht einmal erahnen. Sie schwiegen, passierten abgeblätterte Reklametafeln und einen Supermarkt, als das Navi sie anwies, rechts in die Contrada San Silvestro abzubiegen.

»Hier ist es nun gar nicht mehr … schön.« Gitta warf Luna einen besorgten Blick zu, als sie der kleineren Straße folgten. »Na ja, viel Platz hatten sie vermutlich, vielleicht auch einen großen Garten …«

»Du musst mich nicht trösten«, sagte Luna strenger, als sie

vorgehabt hatte. »Die Gefahr, dass das Leben von Anna Battisti hier auf Sizilien vielleicht nicht sonderlich toll verlaufen sein könnte, war mir schon bewusst.«

»Ach, guck, hier sieht es doch wieder ganz gut aus.« Gitta zeigte auf eine Reihe riesiger Agaven, die jemand an den Straßenrand gepflanzt hatte, doch ein paar Minuten später wurde die Straße noch schmaler und war von beiden Seiten von hohen, unverputzten Mauern gesäumt. An ihrem oberen Rand sah man spitz herausragende Scherben, während sich unten an ihrem Fuße rechts und links Müll verteilte, hundert Meter lang, nichts als Müll.

»Wow«, sagte Gitta. »Ist auch 'ne Art, das Zeug loszuwerden. Dass niemand wenigstens die ganzen Plastikflaschen einsammelt, verstehe ich nicht, da liegt ja ein Vermögen!«

»Flaschenrecycling mit Automaten und so weiter gibt es in Italien nicht«, sagte Luna. Sie war im »Il Violino« schon manchmal von erbosten Italien-Urlaubern auf das Müllproblem des Landes angesprochen worden. Die stinkenden Müllcontainer im Sommer und all die Plastikflaschen, die in der Natur lagen, das war doch eine Schande!

Ja, schon richtig, aber was konnte *sie* dafür?

»Hat Fabio eigentlich schon geschrieben?«

»Nein.« Luna schloss für einen Moment die Augen. Seitdem sie gestern losgeflogen waren, wartete sie darauf, mochte es aber nicht zugeben. Und selbst als Erste schreiben? Was, wenn er dann nicht antwortete? Wie ein verabredetes Zeichen gab ihr Handy einen Ton von sich. Ping! »Ha!«, riefen sie beide gleichzeitig und quietschten hoch und herrlich albern-schrill.

»Das ist er!«, rief Gitta.

Nein, es war nur Diamantino. »Du fehlst mir! Herz, Herz, Herz, Emoji mit Herz, Kussmund«, las Luna vor.

»Wird das noch was mit ihm?«, fragte Gitta, ihre Stimme leicht ungläubig.

»Ich habe ein so schlechtes Gewissen, je länger ich weg bin.«

»So richtig fair ist es nicht«, gab Gitta zu bedenken.

»Ich weiß.«

Die Mauern waren zu Ende und wurden zu Brachland, dann tauchte ein vereinzeltes Häuschen auf, das von neu angepflanzten Olivenbäumchen umgeben war, und Luna schöpfte etwas Hoffnung, denn mit dem großen Feigenbaum davor sahen Grundstück und Haus sehr hübsch aus. Doch es war noch ein Stück, bis sie eine leichte Rechtskurve fuhren. Die Umgebung sah hier ziemlich verlassen aus. Auf einem Grundstück stand eine Bauruine aus Beton und verrosteten Stahlstreben, alles im Laufe der Jahre zerfallen. Hier ein Schuppen, da eine bröckelnde Mauer, Olivenbäume, Strommasten mit schlappen Kabeln, eine aufgerissene Wiese, bedeckt von Schutt und zwei Autowracks. Luna presste die Lippen zusammen. »Wir müssen bald da sein.«

»Meine Güte, wo sind wir hier gelandet?«, sagte Gitta leise. »Was ist aus dem wunderschönen Sizilien geworden?«

»Du hast recht«, platzte es aus Luna hervor. »Natürlich will ich, dass Anna in einem schönen Haus gewohnt hat, und glücklich soll sie mit ihrem Mann und ihren drei Söhnen bitteschön auch gewesen sein! Doch wenn ich an meinen Vater denke, scheint mir das schon jetzt unwahrscheinlich.«

»Warum?« Gitta fuhr langsam durch große Pfützen, von der die schlammige Straße jetzt bedeckt war.

»Weil er … keine Ahnung. Abgehauen ist? Wenn einer seine Frau verlässt, okay. Dass Liebe endet, auch wenn man es nicht will, kann ich mittlerweile verstehen. Aber wer seine kleinen Kinder verlässt, ohne sich jemals wieder zu melden, der muss doch einen Knall haben, oder?«

»Oder schwere seelische Probleme?«

»Ja. So *nett* wollte ich es nicht ausdrücken!« Luna seufzte. »Wo ist das jetzt, diese verdammte Straße hat noch nicht mal mehr einen Namen!«

»Ha raggiunto la sua destinazione«, vermeldete die warme Frauenstimme des Navis nach einer weiteren Minute.

»Fuck? Wir sind wirklich da?« Gitta fuhr noch langsamer, hielt dann an. »Okay, überzeugt, das scheint eine Sackgasse zu sein.«

»Seitdem die Straße Contrada San Silvestro heißt, gab es auch keine anderen Häuser, bis auf die Ruine da eben.« Luna sah zweifelnd auf die Gebäude, vor denen sie gehalten hatten. Auch wenn sie eine Hausnummer genannt bekommen hätten, es war keine zu sehen. Links standen zwei Wohnhäuser, beide abgekapselt hinter Mauern und Zäunen, rechts eines. Zwischen ihnen endete die Straße einfach und lief in eine endlose Fläche aus, auf der nur Unkraut und ein einziger kleiner Baum wuchs. Vor den Häusern sah man dagegen nichts Grünes. Hinter einem Zaun hingen mehrere Jeans in verschiedenen Blauschattierungen auf einer Leine.

»Schön hier, am Ende der Welt«, sagte Gitta. »Ich befürchte, ich muss da hinten in der Wiese wenden. Aber wir scheinen Glück mit Baustellen zu haben, guck, an dem einzelnen Haus wird auch herumrenoviert.«

»Eher abgerissen ...« Luna stieg aus und schaute auf den Bagger, der sich bereits durch die Wände des einstöckigen Gebäudes gefressen hatte und jetzt auf einem Schuttberg zu verschnaufen schien. »Aber wenigstens gibt es Leute, die wir fragen können.« Sie ging auf den Mann zu, der keine Haare mehr auf dem Kopf hatte, dafür aber eine sehr behaarte Brust plus Goldkette zur Schau stellte. Zwischen seinen dicken

Fingern steckte ein erloschener Zigarrenstumpen, er trug schlammige Halbschuhe, die irgendwie nicht zu der Baustelle und seinem eigenen Klischee passten. Er grinste ihr erwartungsvoll entgegen, sagte aber nichts.

»Entschuldigen Sie meine Neugier, ich würde gerne wissen, wer in diesem Haus gewohnt hat.«

»Das kann ich Ihnen nicht sagen, Signora, wir reißen es nur ab.«

»War es denn in so einem schlechten Zustand?«

»Auch das kann ich Ihnen nicht sagen«, wiederholte er. »Wer will das überhaupt wissen?«

»Na ja, niemand. Sie scheinen mir nur der Experte für solche Fragen zu sein.« Luna riss sich zusammen und lächelte ihn an. Italienische Männer, ach, alle Männer der Welt, fühlten sich geschmeichelt, wenn man ihnen Kenntnisse irgendeiner Art zutraute.

»Nun, da muss ich Ihnen Recht geben. Das Gebäude ist vor mehr als einem halben Jahrhundert nicht richtig instandgesetzt worden, den Bewohnern sind vor ein paar Jahren irgendwann die Balken auf den Kopf gefallen. Seitdem stand es leer. Sehen Sie die schwarzen Dinger da im Schutt? Die sind damals wohl bei einem Brand zu Schaden gekommen, man hat sie einfach mit irgendwas umkleistert und die Statik nicht weiter beachtet. Ein Wunder, dass die Bude nicht viel früher zusammengefallen ist!«

»Danke für die Auskunft. Vielleicht wohnten die Leute, die ich suche, auch in den beiden anderen Häusern.«

»Wen suchen Sie denn?«

»Die Familie meines Vaters. Vivarelli, Daniele, oder auch Battisti, wie meine Großmutter.« Luna widerstrebte es zwar, dem fremden Typ die Namen zu nennen, aber vielleicht wusste er ja etwas.

»Sagt mir nichts, aber versuchen Sie es. Der da kann Ihnen bestimmt weiterhelfen.«

Der Zigarrenstumpen zeigte auf einen alten Mann, der in Puschen, einem schlabbrigen Pullover und etwas, das aussah wie eine Pyjamahose, vor das Tor seines Hauses getreten war. Luna ging zum Auto zurück. Gitta zog die Nase kraus. »Und? Was sagte er? Puuh, diese Zigarre stinkt so ...«

Wie kann sie das riechen, der Stumpen war doch aus, dachte Luna. »Er erzählte, das Haus sei bei einem Brand vor Jahren beschädigt worden und dann später in sich zusammengekracht.«

»Okay. Und wer ist *Monsieur* hier hinter uns?«

»Das bekommen wir gleich heraus.«

Zusammen gingen sie auf den Mann vor dem Haus zu.

»Mein Verwandter vielleicht?«, fragte Luna.

»Besser als der Typ mit der Zigarre.« Gitta lachte und machte eine Bewegung, als ob sie sich gleich übergeben wollte.

»*Buongiorno, Signor!* Wir wollen nicht stören.« Luna schaute ihm in die Augen. Der Mann musste um die siebzig sein und wirkte ein wenig verwirrt.

»Wir suchen die Familie Vivarelli oder auch Battisti. Anna Battisti und Ugo Libero Vivarelli müssen vor sechzig, siebzig Jahren in einem dieser Häuser gewohnt haben. Sie hatten drei Kinder. Drei Söhne.« Wie viel ich schon über sie weiß, dachte Luna stolz. Anna, ich bin dir auf der Spur. Hattest du es gut hier? Sie schaute zweifelnd auf den kleinen Bagger, der sich jetzt rumpelnd wieder in Bewegung setzte und mit seiner Schaufel eine weitere Wand zum Einsturz brachte. Was hatten die Kinder hier in dieser Einöde nur gemacht? Aber vielleicht hatte es ja früher viele Bäume und viele Nachbarskinder gegeben ... Ob der alte Mann sich daran noch erinnerte?

»Drei Söhne?« Er schien sich diese Information lange durch

den Kopf gehen zu lassen. »Ich weiß nicht. Ich lebe hier seit … Wie lange lebe ich schon? Ich war ja früher in Palermo. Ist jetzt bald Frühjahr, oder was?«

»Was sagt er?«, fragte Gitta ungeduldig. Sie hatte ihre Kamera hervorgeholt und fotografierte das Nebenhaus und die Jeans-Parade hinter dem Zaun.

»Er weiß nicht mehr, wann Frühling ist.« Luna zuckte mit den Schultern und wandte sich wieder dem alten Herrn zu. »Sollen wir jemanden fragen, gibt es im Haus eine Person, die uns helfen könnte?«

»Nein!« Er wehrte erschrocken ab und schaute sich verängstigt um. »Die da drin sind alle böse!«

»Vergiss es«, sagte Luna zu Gitta. »Er scheint schon ein wenig dement zu sein. Probieren wir es beim nächsten Haus.« Der Motor des Baggers hinter ihnen drehte höher, seine Schaufel hackte auf die Mauer im Obergeschoss ein, bis sie in sich zusammenfiel.

»Die da drüben, die waren auch böse! Hat der Lodi auch gesagt. Der war ein Zeitungsmann. Ich war auch ein Zeitungsmann! Früher. Wie alt bin ich? Hundert? Ich bin ja schon hundert.«

»Ach, hundert bestimmt noch nicht …« Luna hatte noch nie unmittelbar mit Demenzkranken zu tun gehabt. Sollte man ihre verwirrten Gedanken berichtigen oder bestätigen? »Aber danke, Sie haben uns sehr geholfen, wir gehen mal nebenan fragen.«

»Er hat es aufgeschrieben, ich gehe rein und suche das Buch vom Lodi, das Buch ist wichtig, aber es haben nur wenige gelesen. Ist jetzt bald Frühling, oder was?«

»Ja, bald wird es Frühling, aber vorher kommt der Herbst und der Winter, nicht wahr?« Luna lächelte. »Wir sind gleich wieder da, dann können Sie mir das Buch zeigen!« Sie klopfte ihm besänftigend auf den Arm, der in dem zerschlissenen, viel zu dicken Pullover steckte, und ließ ihn stehen. Auf dem Weg zum Nachbarhaus übersetzte sie Gitta, was der ältere Herr gesagt hatte, und drückte auf die Klingel, die es dort tatsächlich gab, doch es meldete sich niemand. Alle Rollläden waren herabgelassen, nicht mal ein Hund bellte.

»Was für ein trauriger Ort«, sagte Gitta und ließ die Kamera sinken. Hinter ihnen krachte es. Der Wind trug die Flüche des Bauleiters und eine Staubwolke aus feinstem Bauschutt herbei. »Lass uns wieder fahren. Hier riecht es nach Verzweiflung, findest du nicht?«

»Und Einsamkeit.« Luna nickte. Wie war man von hier früher, als nicht jeder ein Auto besaß, weggekommen? Zu Fuß? Mit dem Bus?

Der alte Mann vor dem Haus war verschwunden. Sie warteten auf ihn. »Sollen wir klingeln?« Gitta besah sich ihre schicken Glitzersandaletten, die von braunen Schlammspritzern überzogen waren.

Luna nickte. »Ja!« Der ältere Mann war eine Verbindung zu Anna, die einzige, die sie an diesem Ort hatten. Sie drückte die Klingel mit dem Namen Carbone, doch nichts tat sich. »Mist.«

»Er ist *dement*, hast du gesagt. Vielleicht weiß er schon gar nicht mehr, wer wir sind, oder findet die Haustür nicht.«

Luna versuchte es noch einmal. Wieder ergebnislos. »Komm«, sagte sie, nachdem sie noch ein paar Minuten gewartet hatten. Sie stiegen in den Mercedes. Unter den grinsenden Blicken des Bauleiters und Baggerfahrers vollführte Gitta ein umfangreiches Wendemanöver, bis sie die Sackgasse verlassen konnten. Als sie langsam an dem Abrisshaus vorbeifuhren, schaute Luna in den Rückspiegel. Da stand er wieder, in seinen Pyjamahosen! »Stopp«, rief sie. »Er ist zurückgekommen!«

»Manchmal braucht man Glück!« Sofort hielt Gitta den Wagen an, Luna sprang hinaus und lief eilig den Weg zurück.

»Der Lodi!«, sagte der ältere Mann leise. »Der hat aufgeschrieben, was alle wussten, aber niemand sagen wollte.« Er hielt ihr einen braunen, abgestoßenen Buchumschlag aus Pappe entgegen. »*Volti e fatti di una Marsala nascosta* – Antonio Lodi«, las Luna. ›Gesichter und Fakten eines verborgenen Marsalas‹, das klang sehr vielversprechend, doch der Einband war leer, das gesamte Buch, nach dem Buchrücken zu schließen nur ein dünnes Exemplar, fehlte. »Das ist nicht schlimm«, sagte sie lächelnd. »Ich mache ein Foto vom Umschlag und kaufe es mir in einer Buchhandlung!« Mit dem Handy fotografierte sie die wenigen Zeilen, die über Antonio Lodi im Inneren der braunen Hülle standen. »Vielen Dank! Sie haben mir sehr geholfen!« Nun, wahrscheinlich eher nicht, aber das musste sie ihm jetzt nicht ins Gesicht sagen.

Die Haustür ging auf, eine mittelalte Frau trat heraus, die halblangen mausgrauen Haare ungewaschen. »Papa, redest du wieder mit den Leuten? Was hast du denn da? Komm, wir gehen rein!« Ihr Oberkörper steckte wie ein Käferpanzer in einem blaublumigen Kittel, getragen von dünnen Beinchen.

»Meine Schwiegertochter«, sagte der alte Herr entschuldigend zu Luna und dann lauter und völlig klar: »Patti, du störst!«

»Wer sind Sie? Entschuldigen Sie, aber mein Schwiegervater muss jetzt …«

»Gar nichts muss ich!«

»*Scusi*«, sagte Luna. »Ich habe ihn nur über meine Großmutter befragt. Anna Battisti? Verheiratet mit Ugo Libero Vivarelli?

Sagen Ihnen die Namen etwas? Das muss in den Fünfzigerjahren gewesen sein, da waren Sie natürlich noch nicht geboren ...«

»Nein. Und wir sind ja auch erst vor zehn Jahren hergezogen, als wir *ihn* hier zu uns nehmen mussten.« Sie seufzte. »Du willst doch gleich mit der Zoritza fahren, ja?«, sagte sie sehr laut und sehr langsam zu ihm.

»Wer ist das? Ich kenne keine Zoritza. Ist jetzt bald Frühling?«

Sie sehen ja ... Mit einer Geste hinter dem Rücken des alten Herrn gab die Käferfrau Luna zu verstehen, dass er nicht ganz richtig im Kopf sei.

»Danke«, sagte Luna, obwohl sie die Frau am liebsten geschlagen hätte. Sie biss die Zähne zusammen und schwor sich, ihre Mutter Isabell im Alter nie auf diese Weise zu bevormunden wie die unsympathische Käferfrau den alten Herrn.

»In den Fünfzigern, sagen Sie?« Die Käferfrau fasste sie nun interessierter ins Auge. »Das war doch nicht etwa die Verrückte aus dem Norden, vom Kontinent, die das Haus mit ihren drei Kindern angezündet hat? Die Kindsmörderin! Da drüben haben sie gewohnt, es war ein Drama, alle drei Söhne sind gestorben, das erzählt man sich hier noch in der *Contrada*.«

»Was? Wirklich?« Luna war schockiert. *Nonna* Anna eine Kindsmörderin? Ihr Mund wurde ganz trocken. Waren die Kinder tatsächlich alle gestorben? Aber das konnte nicht sein, denn einer davon war ihr Vater gewesen. Aber was musste mit Anna Battisti passiert sein, dass sie sich zu solch einer Tat hatte hinreißen lassen? Wenn es denn stimmte. »Was wissen Sie noch?«

»Der Lodi ...«, sagte der alte Mann. »Der hat aufgeschrieben, was alle wussten, aber keiner ...«

»Ja, ja, Papa, ist ja gut.« Doch die Frau schien jetzt bessere Laune zu haben. »Ob sie wirklich gestorben sind, weiß ich nicht, kann auch sein, dass der Schwager, der über ihnen wohnte, alle gerettet hat. Beide Geschichten habe ich gehört.«

»Das muss ja auch in der Zeitung gestanden haben!« Luna überlegte. Ob es ein Zeitungsarchiv zurück bis in diese Zeit gab?

»Bestimmt. So oder so, sie ist dann ins Gefängnis gekommen!« Die Käferfrau triumphierte, sie packte den alten Mann resolut an den Schultern und drehte sich schon um. »Wie sich das gehört«, vernahm Luna noch, bevor die beiden hinter der Tür verschwanden.

Luna ging zurück zum Auto und stieg ein. Sie atmete tief durch, dennoch konnte sie es nicht verhindern, dass ihr die Tränen in die Augen stiegen.

Gitta beugte sich vor, um ihr ins Gesicht zu sehen. »Soll ich losfahren?«

»Ja.« Luna schniefte. Verbrannt? Das Haus, die Kinder in Brand gesteckt? Konnte das sein? Das konnte nicht sein, oder? Es war schon so lange her, andererseits hatte sie selbst die verkohlten Balken gesehen, es fühlte sich an, als sei es gerade eben erst passiert. »Ich habe was erfahren, etwas sehr Heftiges ...« Sie nahm das Taschentuch, das Gitta ihr wortlos reichte, und erzählte, was die Käferfrau behauptet hatte. Dann schaute sie das Foto an, das sie von dem Umschlag gemacht hatte, und übersetzte Gitta den Titel und den kurzen Innentext. »Antonio Lodi, geboren und aufgewachsen in Marsala, hat in Catania Jura studiert und arbeitet seit 1975 als Gerichtsreporter und Journalist. Seiner Heimatstadt ist er immer sehr verbunden geblieben.«

»Ach du meine Güte«, sagte Gitta. »Das wird ja langsam zu einem richtigen Krimi! Meinst du, wir finden dieses Buch noch? In welchem Verlag ist es erschienen?«

»Marsala Editore. Ich google das gleich mal, klingt aber nach etwas sehr Kleinem ...«

»Und du denkst, da könnte etwas über den Fall drinstehen?«

»Ich weiß es nicht. Der alte Mann hat das behauptet.« Luna warf einen Blick auf den Rücksitz, wo LA PICCOLA immer noch angeschnallt thronte, und sackte ein Stück tiefer in den bequemen Sitz. »Ich muss mir das nur immer vorstellen ...«

»Ich auch ...« Gitta schüttelte den Kopf. »Wollte sie sich umbringen?«

»Dich selbst bringst du ja vielleicht noch um, aber doch nicht auch noch deine Kinder!«, rief Luna. »War sie denn derart verzweifelt?«

»An diesem Ort konnte einem schon einiges in den Sinn kommen ...«, sagte Gitta leise. »Aber vielleicht war es ja auch nur ein Unfall? Und keiner hat ihr geglaubt?«

»Sie ist angeblich ins Gefängnis gekommen«, sagte Luna.

»Und die Kinder?« Gitta hatte einen guten Orientierungssinn, ohne das Navi zu befragen, steuerte sie den Wagen zurück in die Stadt. »Was ist mit den drei Jungs passiert? Und wo war deren Vater? Hat dein Vater nie etwas erzählt?«

»Nie«, sagte Luna dumpf.

»Vielleicht ja auch nur dir nicht. Wie alt warst du, als er ging?«

»Sechs.«

»Na also, viel zu jung, um so eine Horrorgeschichte aufgetischt zu kriegen! Deine Mutter weiß möglicherweise Bescheid.«

»Ich muss sie anrufen!«

Gitta streichelte Luna über das Knie, das unter ihrem Kleid hervorschaute. »Ich bringe den Wagen zum Hotel, im Zimmer kannst du in Ruhe mit ihr telefonieren, während ich im

Internet schaue, ob das Buch und der Verlag noch ausfindig zu machen sind.«

»Okay.« Luna lächelte dankbar. Gitta war viel einfühlsamer und selbstloser, als sie vor dieser Reise gedacht hatte.

»So machen wir es«, sagte Luna, als in dem Moment ihr Handy klingelte. Lorenzo. Was wollte ihr Bruder jetzt von ihr? Falls er wissen will, wann ich wieder zurückkomme und in der Küche stehe, hat er Pech gehabt, ging ihr durch den Kopf. Es ist ja gar nicht klar, ob ich *überhaupt* je wieder ins »Il Violino« will.

»Lollo, *ciao*!« So hatte sie ihn genannt, als sie das schwierige Wort Lorenzo noch nicht aussprechen konnte.

»Luna, hi, wie geht es dir? Wo bist du? Immer noch in Cremona?«

»Nein. Wir sind auf Sizilien!«

»Oh. Echt? Was macht ihr da unten?«

»Sehen, wo *nonna* Anna gelebt hat.« Luna schluckte. Und versucht hat, sich umzubringen …

»Verstehe! Und das tut dir gut? Geht es dir besser, meine ich?«

»Es geht mir viel besser!« Luna warf Gitta einen Blick zu und hob die Augenbrauen. Auch wenn die Neuigkeiten über *nonna* Anna ein Schock gewesen waren; es war richtig, hier zu sein.

»*Bene, benissimo*, lass dir Zeit, Diamantino hat eine Vertretung für dich organisiert, Alfredo, der hat mal im ›Ciciorella‹ gearbeitet, drüben im Westend, den Laden kennst du doch, und der Junge ist super, alles läuft also wie immer.«

Ja, Lorenzo, dachte Luna, das ist schön, ist mir aber gerade ziemlich egal …

»Nur zwei Sachen wollte ich dich noch fragen, und deswegen rufe ich an: Du weißt schon, dass Diamantino bei dir wohnt?«

»Wie bitte?« Luna runzelte die Stirn.

»Na ja, die letzten Nächte jedenfalls. Ich habe das nur bemerkt, weil er deinen bunten Regenschirm und eine von diesen Vorratsdosen von dir dabeihatte, die Margherita und ich dir mal geschenkt haben. Hier gießt es übrigens seit Tagen.«

Vorratsdosen? Regenschirm? Luna versuchte, ihre Gedanken zu ordnen: »Also, einen Wohnungsschlüssel hat er noch. Glaube ich. Aber dass er ihn benutzt, war nicht verabredet.«

»Dachte ich mir schon. Dann klärt das. Und ... na ja ...«

»Was ist die zweite Sache?«, fragte Luna. »Ich regele das mit ihm, er soll den Schlüssel bei dir abgeben, okay?«

»Ähm. Ja. Gut.«

»Lollo? Sonst alles okay? Ist was mit Mama?«

»Nein. Aber. Also ... dass er spielt, wusste ich gar nicht. Du?«

»Wie? *Spielt?*«

»Na, Karten und so. Neulich war jemand da, bei dem hatte er wohl Schulden. Der stand plötzlich mitten in der Küche und lärmte da rum, warf mit Töpfen und Messern und so ... abends um acht, der Laden voll, alle haben es gehört.«

»Was?« Luna schnappte nach Luft. Diamantino? Ihr Noch-immer-Verlobter spielte? Sie spürte Gittas neugierige Blicke auf sich. »Diamantino hat Spielschulden?«, flüsterte sie fassungslos.

»Wäre für eine Autoreparatur«, hörte sie nun wieder Lorenzo, »private Sache unter der Hand, hat Diamantino gesagt. Aber Alfredo hat etwas von Poker gehört und gesehen, wie Diamantino ein Bündel Scheine aus der Hosentasche zog. Margherita hat ihn dann am Tag darauf mit dem Typ aus einer dieser Spielhöllen kommen sehen ...«

Luna schwieg entsetzt.

»Wir haben ihn darauf angesprochen, da gab er das mit den Karten zu, Pechsträhne und so weiter ... *Scusa, sorellina*! Wollte es dir nur sagen. Du hast nichts gemerkt davon?«

»Äh. Scheiße, nein!« Sie waren auf dem Hotelparkplatz angekommen. »Dass er am Wochenende immer Lotto spielt, weiß ich. Jeden Monat tippt er für richtig viel Geld, und dass er früher gerne ins Casino ging, hat er mir auch erzählt, aber das wäre vorbei. Ich habe mir nichts dabei gedacht.«

»Apropos Geld. Diamantino kann nicht an deine Konten, oder so? Weiß deine Zugänge hoffentlich nicht?«

»Äh ...« *O Dio*, Diamantino hatte ihr das alles neu eingerichtet, als sie neulich ein neues Handy gekauft hatte, der neue Zugang, die neue Push-Tan-App, der ganze Kram ... Auf dem alten Handy war die App auch noch drauf. Und das lag ... bei ihr im Regal. »Ich checke sofort meinen Kontostand!«

»Besser ist das. Es war verdammt heftig neulich abends in der Küche ... schien eine Menge Geld zu sein, das da den Besitzer wechselte ... Oh, da kommt unser neuer Fischlieferant, mit dem muss ich reden. *Ciao, sorellina!*« Er legte auf.

»O Gott«, Luna bedeckte ihr Gesicht mit den Händen und kauerte sich im Beifahrersitz zusammen. »Das wird mir gerade alles zu viel!«

Während sie aus dem Wagen stiegen, Luna die Geige wie ein Kind abschnallte, an sich nahm und sie sich gemeinsam im Laufschritt in Bewegung setzten, fragte Gitta sie aus. Oben im Zimmer wusste sie bereits alles.

»Es ist doch nicht zu fassen!«, sagte sie immer wieder. »Andererseits, wenn das wirklich stimmt, ist das der perfekte Trennungsgrund, und du brauchst kein schlechtes Gewissen mehr zu haben. Null!« Sie grinste Luna beruhigend an, während sie die Tür zur Terrasse öffnete. Luna schoss nach draußen, sie brauchte frische Luft. »Und was für eine Summe kann er schon genommen haben«, setzte Gitta hinzu, »so viel ist auf einem Girokonto ja meistens nicht ... « Sie stockte, als sie Lunas Gesichtsausdruck bemerkte. »... oder doch?«

»Doch. Habe gerade richtig was draufgepackt, wusste noch nicht so recht, wofür ich es einsetzen soll. Fünfzigtausend.« Luna merkte, wie ihre Hände zitterten, als sie auf ihrem Handy nach der Bank-App suchte. »Fuck!«

Gitta nahm sie an den Schultern und schob sie wieder in das Zimmer. »So. Setz dich. Hier sieht man besser. Und jetzt mal ganz in Ruhe!«

Eine Minute später ließ Luna das Handy sinken. »Es sind ...« Sie musste sich zweimal räuspern, bevor sie den Satz hinausbrachte: »Zwanzigtausend fehlen!«

11

»*No way!* Das glaube ich jetzt nicht!«

»Ich wollte etwas Besonderes damit machen. Mein Geld mal vor mir sehen, ausgeben und genießen, nicht nur auf den Konten vermehren …«

»Da geht der da dran … dein eigener Mann?!« Gitta war immer noch fassungslos. »Was machst du jetzt mit ihm?«

»Das Konto sperren, mein Passwort ändern, die Hochzeit endgültig absagen, die Verlobung lösen, meine Anwältin einschalten, das Geld zurückfordern! Und zwar genau in der Reihenfolge!«

Luna atmete in einem kurzen Stoß aus. Selten hatte sie sich so klar wie in diesem Moment gefühlt. »Ich muss ihn anrufen, ich hätte es ihm längst sagen müssen!«

»Dennoch ist eine unsichere Beziehung kein Grund, die Konten des anderen zu plündern!«

Luna nickte. »Ich möchte aber auch unbedingt meine Mutter anrufen. Ich will hören, was sie über die Geschichte meines Vaters weiß.«

»Ich lasse dich allein!« Gitta schnappte ihre Handtasche. »Bin unten in der Lobby.«

Luna schaute auf die Uhr. Halb zwölf, da war der Mann,

von dem sie beinahe ein Kind bekommen hätte, schon längst beim Großmarkt gewesen, hatte die Warenanlieferungen im »Il Violino« überprüft, weitere Bestellungen aufgegeben und trank gerade seinen zweiten Espresso. In drei Schritten änderte sie ihr Passwort, das neue hieß »IbgiCremona!« (Ich bin gerne in Cremona!, wer sollte das bitteschön herausfinden?), und rief ihn dann an.

»*Amore!* Endlich! Was für eine Überraschung, meine Schöne!« Seine Stimme klang warm wie immer. Ohne die Spur eines schlechten Gewissens. Ob er seinen Diebstahl gestehen würde? Sie übersprang Begrüßung und Small Talk: »Ich habe nachgedacht, Diamantino. Ich möchte unsere Verlobung auflösen. Wir passen einfach nicht zusammen, und ich liebe dich nicht mehr.« Sie schloss kurz die Augen.

»Wieso? Wie kannst du sagen, du liebst mich nicht mehr? Hast du einen anderen kennengelernt?«

»Nein.« Doch. Aber das würde sie ihm niemals erzählen.

»Nein, nein, du bist nur durcheinander! Ich vergesse das gleich wieder, was du gesagt hast.«

»Ich liebe dich nicht mehr!« Das Geld fiel ihr wieder ein. »Und irgendwie tut mir das noch nicht mal leid.«

»Du verlässt mich? Einfach so? Lässt mich stehen, mit den ganzen Hochzeitsvorbereitungen? Das kannst du doch nicht ernst meinen, *mamma* hat schon …«

»Nein!«, unterbrach Luna ihn. »Nicht *einfach so*. Für mich wäre das alles auch ohne Heirat gegangen. Und der Grund, es tun zu wollen, war ein ganz schlechter.« Luna schwieg. Auch Diamantino sagte kein Wort. »Den es ja nicht mehr gibt.« Plötzlich stieg die Traurigkeit darüber wieder in ihr hoch. Diamantino schien das zu spüren.

»*Das* war es, du bist seitdem nicht mehr du selbst. Wir

bekommen das wieder hin, *Amore*! Glaub mir! Aber nur zusammen!«

»Zusammen?! Ganz bestimmt nicht.« Luna spürte die Wut wie eine Gänsehaut über ihren Rücken hochkriechen. »Alleine! Jeder von uns ist ab jetzt nur noch alleine, so alleine, wie du auch mein Geld genommen hast, ohne mich zu fragen! Zwanzigtausend! Bist du eigentlich wahnsinnig?«

»Er stritt es gar nicht erst ab«, erzählte sie Gitta, während sie unten in der Lobby einen *Cappuccino* tranken. »Dafür weinte er. Dann drohte er mir, dass er sofort kündigen würde, und Lorenzo heute Abend alleine dastehen würde. Da hast du dein *alleine*, hat er gesagt.«

»Was für ein mieser Schachzug! Er klaut dein Geld und erpresst dich auch noch?!«

»Ich habe ihm gedroht, ihn anzuzeigen. Oder es mir noch einmal zu überlegen … Dafür muss er Lorenzo mindestens zwei Wochen Zeit geben, jemand Neues zu finden.« Luna stützte ihr Gesicht in die Hände. »*O Dio!* Ich müsste jetzt ganz schnell nach München, Gitta, um Lorenzo zu unterstützen, aber weißt du was? Ich will es einfach nicht! Bin ich egoistisch?«

»Nein, meine Liebe«, wischte Gitta ihre Befürchtungen beiseite, »du kümmerst dich nur gerade um dich selbst! Was hat deine Mutter gesagt?«

»Nichts. Nicht erreicht.« Luna schaute ihr Handy vorwurfsvoll an, das daraufhin prompt klingelte. Das Foto zeigte Isabell, Mama. »Das ist sie!« Luna sprang auf und eilte mit dem Handy am Ohr nach draußen. »Mama!« Schnell berichtete sie ihr, was sie in der Contrada San Silvestro über *nonna* Anna und ihre Söhne erfahren hatte. »Es war Anna, es muss Anna gewesen sein. Sie kam aus dem Norden, hatte drei kleine Söhne … Drei

Söhne, die sie mit in den Tod nehmen wollte! Wusstest du irgendetwas davon?«

»Nein«, antwortete Isabell leise. »Ich weiß nur, dass Daniele der Älteste war und mit seinen beiden Brüdern nach Turin in ein Kinderheim gekommen ist. Da war er acht.«

»Mehr hat er nicht darüber erzählt?«

»Seine Mutter war gestorben, der Vater hat sich schon vorher umgebracht. Angeblich.«

»Und wenn das stimmt, was ich heute erfahren habe?«, fragte Luna. Mehrere lange Sekunden sagte keine von ihnen etwas, bis Isabell seufzte: »Armer Daniele! Das ist kein Erbe, das dich als Kind zuversichtlich stimmt und mit Vertrauen in das Leben ausrüstet ...«

»Deswegen war er so ...? So haltlos?« Luna versuchte, sich ihren Vater als achtjährigen Jungen vorzustellen. Acht. Wie war sie mit acht gewesen? Sie war in München auf die italienische Grundschule gegangen, alle Jungs waren in sie verliebt, also die meisten jedenfalls, und das einzig Schlimme, was ihr passieren konnte, war, dass sie abends nicht einschlafen konnte, weil sie mal wieder vergessen hatte, King Kong zu füttern. Dann war Mama eingesprungen. Die Gedanken an ihren Vater hatte sie verdrängt. Und der achtjährige Daniele? War ebenfalls von seinem Vater verlassen worden, doch besonders musste ihn die Frage gequält haben, was an ihm so unliebenswert war, dass seine eigene Mutter ihn hatte sterben lassen wollen.

»Ich verstehe ihn«, sagte Luna. »Das erste Mal in meinem Leben. Ein Kinderheim alleine reicht da nicht. Ein Vater, der die Familie verlässt, auch nicht. Eine Mutter, die stirbt, ist hart, aber vielleicht auch noch zu verkraften, wenn man im weiteren Leben auf besonders liebevolle Mitmenschen trifft. Aber eine Mutter, die versucht hat, dich mit in den eigenen Tod zu nehmen …«

»Ja, jetzt ergibt das alles noch mehr Sinn«, sagte Isabell am anderen Ende in Mittenwald. »Er wurde so brutal verlassen, das war sein Muster, also hat er uns ebenso verlassen. Auch dass er an Turin immer so gehangen hat, verstehe ich nun besser. Als alles um ihn herum unterging, hat er sich dort an sein neues Leben geklammert und nicht mehr losgelassen. Ich war mit ihm oft da, in den frühen Jahren, als wir schon zusammen waren, er schwärmte von dem Arbeiterleben und FIAT und hat mir seine kleine Bude in Mirafiori gezeigt, das Viertel, in dem er so lange wohnte. Und nach unserer Weltreise, als wir so viele verschiedene Länder gesehen hatten, wo zog es ihn am ehesten wieder hin? In diese dreckige Stadt! Dort fühle es sich an wie Heimat, hat er gesagt. Würde mich nicht wundern, wenn er heute wieder dort lebt.«

»Ich vermisse dich, Mama!« Luna kämpfte mit den Tränen. Der achtjährige Junge tat ihr furchtbar leid, doch sie verstand auf einmal auch, wie es für ihre Mutter gewesen sein musste, mit dieser verstörten kleinen Kinderseele zusammenzuleben, die immer noch in dem erwachsenen Mann steckte und seine Handlungen stärker beeinflusste, als ihm selbst klar war. »Du hast unsere Kindheit gerettet, du hast es uns so schön wie möglich gemacht, trotz ihm! Trotz seiner …«

»… Verletztheit«, beendete Isabell den Satz ihrer Tochter. »Ach, ich habe auch nicht alles richtig gemacht mit euch, und mit ihm schon gar nicht …«

»Hast du je wieder etwas von ihm gehört? Bitte sag mir jetzt die Wahrheit!«

»Nein.«

Luna konnte förmlich sehen, wie Isabell bedachtsam den

Kopf hin und her wiegte. »Er hat sich nicht mehr gemeldet, all die langen Jahre nicht. Ich habe ihn aber auch nicht gesucht. Obwohl ich die wahre Geschichte nicht kannte, spürte ich damals schon, er kann nicht anders!«

Ja. Luna nickte stumm vor sich hin, sie war sich ganz sicher, dass ihre Mutter recht hatte. Sie verabschiedete sich von ihr und schickte einen dicken Kuss durchs Telefon. »*Ti amo, mamma!*«, sagte sie atemlos. »*Ti amo veramente!*«

»Ich weiß mein Schatz«, sagte Isabell. »Ich liebe dich auch!«

»Wie denkst du an deine Eltern, wenn sie dir in den Kopf kommen?«, fragte Luna Gitta, kaum dass sie wieder neben ihr auf den Barhocker geklettert war. Und als sie den ratlosen Blick der Freundin sah: »Na ja, irgendwas denkt man doch immer, oder?«

»Oje, keine Ahnung.« Gitta spielte mit dem Löffel auf der Untertasse.

»Nein, bitte nicht erst nachdenken, frei heraus damit, keine Zensur!«, forderte Luna.

»Na gut.« Gitta starrte an die Decke der Hotelhalle. »Also bei meinem Vater denke ich, meine Güte, Paps, der gute alte Besserwisser, und Mama, ach na ja, überfürsorgliche Klette, die keine Ahnung vom wahren Leben hat … Aber irgendwie mag ich sie alle beide und liebe sie vermutlich auch. Ehrlich!«

»Richtig! Aber stell dir vor, deine Mutter wollte dich umbringen, und du hast es direkt mitbekommen!« Sie erzählte der Freundin, was sie von Isabell erfahren hatte. »Es geschah neben dir, mit dir, du hast dich durch dichten Qualm retten müssen, durch ein Feuer, das sie gelegt hat.« Luna zuckte innerlich zusammen. Durch dichten Qualm laufen, die Gefahr hinter ihr, alles, wie in ihren Träumen! Darum hatte sie dort draußen so ein vertraut-mulmiges Gefühl in den Eingeweiden, darum wusste sie, dass sie dort richtig war, und Anna dort gelitten hatte. »Wie denkst du dann über sie? Dein Leben lang?«

»Das vergiftet dich!«, sagte Gitta. Sie sah Luna mit ernster Miene an. »Und als Kind verdrängst du den Albtraum, damit du überleben kannst. Man sagt, Kinder *vergessen*, aber ihr Unterbewusstsein natürlich nicht ... Ich habe mal ein Buch darüber gelesen.«

»Eigentlich also kein Wunder, dass er tiefe Bindungen gescheut hat.« Luna beugte sich über die Theke und stützte die Stirn in die Hände. In ihrem Kopf drehte es sich. Das Bild ihres Vaters, des Verräters, des egoistischen Mannes, änderte sich fortwährend. »Er musste uns wohl verlassen.«

»Vielleicht können wir durch den Journalisten noch mehr über den Fall herausfinden! Ich wollte ihn und auch den Verlag ja googeln, aber das war alles auf Italienisch, und ich hab nichts kapiert!«

Luna nickte und griff nach ihrem Handy. Viel war es nicht, was sie fand, schon nach einer Minute konnte sie der Freundin Bericht erstatten: »Also, Antonio Lodi scheint nicht mehr zu leben. Er hat jedenfalls seit 1995 nichts mehr veröffentlicht. Marsala Editore ist echt winzig, und über ihre Bücher erfährt man leider nichts. Aber es gibt eine Buchhandlung in der Stadt, die so heißt, die gehört vermutlich zu dem Verlag. Dort sollten wir zuerst fragen. Der Laden ist auch ein Antiquariat, liegt in der Nähe des Standesamts und macht um vier wieder auf.«

»Wow! Gute Recherche!« Gitta lachte auf. »Du solltest einen Roman über das alles hier schreiben.«

Die Buchhandlung lag im Kellergeschoss in einer kleinen Seitenstraße, auf der untersten der drei Stufen hielten sie erst einmal inne und schnappten tief Luft, denn die beiden Räume waren fensterlos und dermaßen mit Büchern zugestellt, wie sie es noch nie gesehen hatten. Deckenhohe Regale, in die die Bücher kreuz und quer hineingepresst schienen, aber auch überall sonst sah man Druckwerke in hohen, instabilen Stapeln emporwachsen.

»Mach du das alleine, ich warte draußen, da drin entwickele ich eine Klaustrophobie«, sagte Gitta und trat schon den Rückzug an.

»Ich muss ja nur fragen, ob sie noch ein Exemplar von Antonio Lodis Buch haben!«

»Falls sie wirklich noch eins haben, müssen sie es erst einmal finden, das scheint mir das größere Problem zu sein.« Gitta machte aus sicherer Entfernung ein paar Fotos mit ihrem Handy, während Luna sich in den Bücherdschungel stürzte. Der Buchhändler war ein mittelalter Mann mit einer randlosen Brille, der sich in seinem Chaos genauestens auskannte. »Antonio Lodi, natürlich, die Titel aus unserem eigenen Verlagsprogramm habe ich nebenan.« Er zwängte sich an einem Tisch voller Bücher vorbei, es dauerte einige Minuten, doch dann war er wieder zurück. »›Gesichter und Fakten eines verborgenen Marsalas‹, da haben wir es! Leider ziemlich angestoßen, ich kann Ihnen das gerne etwas günstiger geben.«

Luna bedankte sich, bezahlte neun Euro und kletterte ans Tageslicht zurück.

»Es scheinen Justizskandale zu sein, die dieser Lodi aufgeschrieben hat«, sagte sie zu Gitta, nachdem sie einen kurzen Blick in das Buch geworfen hatte. »Die größte Manipulation des Gemeinderates im Jahre 1965, Verstrickung der Parteiführung der Democrazia Cristiana Marsala in das mafiöse Netz. Die verhinderte Untersuchungskommission zum Bauskandal der Anbindung der SS 115, Interventionen aus Rom im Staudamm-Projekt, Prozessabbrüche, Korruption, private Spekulationen ... ich muss das in Ruhe lesen!«

»Hast du Annas Namen schon entdeckt?«

»Noch nicht.« Luna stolperte, weil sie die Augen nur auf die Buchseiten richtete. »Er nennt, wenn überhaupt, nur Anfangsbuchstaben. Oder benennt sie als ›der Lehrer‹, ›der Angeklagte‹, ›Gemeinderat M‹.«

»Komm, wir setzen uns in ein Café!« Gitta packte Lunas Ellbogen, führte sie durch die Gassen zurück in die breiteren Straßen und wählte einen Tisch aus. »So. Hier bist du sicher. Leg los.«

»Gerichtsurteile. Verhaftungen. Missbrauch zu Hause. Zurückgezogene Anzeigen. Bestochene Richter. Die Namen sind wirklich alle abgekürzt, wahrscheinlich hatte der Autor keine Lust, tot auf dem Pflaster zu enden, wie so mancher Zeuge sonst zu dieser Zeit.«

Da, der Fall einer jungen Mutter, das musste sie sein! Luna vertiefte sich in den Text und wusste schon nach wenigen Zeilen, sie hatte Anna gefunden.

1960 wurde die junge dreifache Mutter, A.B., wegen mutwilliger Brandstiftung verhaftet, erst nach sechs Jahren kommt es zur Gerichtsverhandlung. Einige Zeugen sind zu diesem Zeitpunkt bereits tot, andere nicht mehr auffindbar. Zwar soll A.B. noch am Tag zuvor ausgesagt haben: Jetzt habe ich einen Grund, mich umzubringen. Doch von ihren Kindern hat sie nicht gesprochen. Entlastungszeugen werden nicht gehört, obwohl es berechtigte Zweifel gibt, dass die Beschuldigte selbst das Feuer gelegt hat. Die Qualität und Bedeutung des Holzes, das die Beschuldigte niemals angezündet hätte, um das Feuer zu entfachen, wurde von dem Pflichtverteidiger angeführt, von der Anklage aber nicht berücksichtigt.

Der Schwager solle sich an der Angeklagten vergangen haben, deutete eine Zeugin an, die ihre Aussage jedoch später widerrief. Blaue Würgemale am Hals wären sichtbar gewesen. Eine weitere Zeugin habe gehört, wie der Schwager seiner Frau noch in der Brandnacht »Jetzt hast du die Jungs für dich!« zugeraunt habe. War dies ein Indiz, dass er den Brand gelegt hat, fragte sich der Autor, der zu dieser Zeit als Gerichtsreporter tätig war. A.B. wird vor Gericht als labil und gestört bezeichnet. Nicht geeignet, sich um ihre Kinder zu kümmern. Ihr Ehemann U.L., ein in den Staudamm-Fall verwickelter Notar, hat seinem Leben schon Monate zuvor mit seinem Freitod ein Ende gesetzt. Ohne weiteren rechtlichen Einspruch wird die in Cremona geborene Frau zu fünfzehn Jahren Haft verurteilt. Sie soll sie im Ucciardone-Gefängnis, Palermo, absitzen. Ihre Kinder wurden sofort nach dem Vorfall nach Torino in ein Kinderheim verbracht, da die einzig weibliche Verwandte mit dem mutmaßlichen Vergewaltiger verheiratet ist. Nach drei Jahren verstirbt A.B. an einer Lungenentzündung, ohne dass der Prozess noch einmal aufgenommen wird. Ein weiterer Fall von ungerechter Behandlung, Benachteiligung, Einschüchterung und Schweigen in unserer Nähe.

»Unglaublich!« Gittas geschminkter Mund blieb offen, nachdem Luna ihr den Artikel zusammengefasst und übersetzt hatte. »Stell dir vor, du sitzt im Gefängnis für etwas, was du definitiv nicht getan hast! Dein Mann hat sich schon vorher umgebracht und dich auf diese Art verlassen, na gut, den hat sie wahrscheinlich eh nicht geliebt, aber deine Kinder sind weg! Für immer!«

»Der Mann deiner Schwägerin macht sich an dich heran, sie hasst dich dafür, hilft dir aber nicht, als er ...« Luna schüttelte sich vor Abscheu und nahm den letzten großen Schluck Mineralwasser aus ihrem Glas. »Anna hatte niemanden, der sich für sie eingesetzt hat. Im Gegenteil, von allen Seiten wurde sie verraten!« Anna ist lange tot, dachte sie, doch was hat dieses Drama in seiner Kindheit in meinem Vater bewegt? »Wenn man das alles weiß, wird die Bedeutung von LA PICCOLA immer wichtiger in der Geschichte«, sagte sie und klopfte auf das schmale Buch. »Mein Vater war der älteste der Brüder, er hat die Geige an sich genommen, über die Jahre im Kinderheim gerettet und nicht wieder hergegeben, bis er damit bei Mama in der Werkstatttür stand. Und jetzt verstehe ich endlich, wie wichtig sie ihm war und warum er sie bei uns gelassen hat. Er wollte den Kontakt nicht ganz kappen, LA PICCOLA ist all die Jahre bei uns gewesen, sie ist die Verbindung zu ihm!« Es hielt sie kaum auf ihrem Stuhl: »Ich muss ihn suchen! Ich möchte ganz dringend mit meinem Vater reden und *seine* Version von allem hören!«

Gitta schien nicht im mindesten erstaunt über ihren Vorschlag. »Dann fliegen wir eben zu ihm. Äh, wohin noch mal?«

»Keine Ahnung. Meine Mutter sagte, er habe Turin immer sehr geliebt und würde nach seinen Jahren in Deutschland vielleicht sogar wieder dort leben. Es ist ein Risiko. Kann auch sein, dass wir ihn nicht finden. Einen Daniele Vivarelli gibt es allein sieben Mal in der Stadt. Ich habe schon nachgeschaut. Ein Arzt, ein Rechtsanwalt, aber die sind beide zu jung. Und kein direkter Hinweis, dass er einer von den restlichen fünf sein könnte.«

»Turin, das liegt im Norden, aber wo genau …?« Gitta bemühte ihr Handy und Google Maps. »Okay. Wir fliegen zurück nach Milano, mein Auto steht ja sowieso noch am Flughafen, und fahren nach Torino! Das sind nur hundertvierzig Kilometer.«

»Wann?« Luna versuchte ihre Ungeduld, die sie bei Gittas Sätzen ergriffen hatte, zu unterdrücken.

Gitta zuckte mit den Schultern. »Wie eilig haben wir es denn?«

»Ich weiß nicht. Möchtest du hier in Marsala weiter für deinen Roman recherchieren? Trotz all der Dramen solltest du dennoch deine Geschichte im Auge behalten.« Immerhin bezahlst du fast alles, dachte Luna. Das Hotel in Turin würde jedenfalls auf ihre Rechnung gehen, nahm sie sich vor.

Gitta schüttelte den Kopf. »Tja, das Städtchen ist zwar schön, aber diese Ödnis und der Müll da draußen haben mich geschockt ... Es ist schon sehr arm hier, oder? Der Norden Italiens ist reich, der Süden nicht ... Kann man das so schreiben?«

»Das *muss* man so schreiben, wenn man es als Autorin so sieht, denkst du nicht auch?« Luna lachte, sie hätte Gitta am liebsten umarmt. Nie hätte sie gedacht, dass sie eine so angenehme, unkomplizierte Reisebegleitung sein würde.

»Dann gib mir noch etwas Zeit, um die Armut und Schönheit des Südens zu begreifen, und wir fliegen in zwei, drei Tagen, wenn es dir recht ist?«

Luna sprang auf und umarmte Gitta jetzt doch. »Danke. Wir finden ihn, und ich bringe meinem Vater die Geige wieder, LA PICCOLA kehrt zu ihm zurück.«

»Und er zu dir. Also, als Vater, meine ich ...«

»Das wäre wunderschön, aber daran wage ich jetzt noch gar nicht zu denken.«

»An was oder wen *denkst* du denn sonst? Fabio?«

»Manchmal.« Luna lächelte, während sie einen Zehneuroschein auf den Tisch legte und damit auch ein ordentliches Trinkgeld hinterließ. »Viel öfter denke ich natürlich an den kleinen Raum, den er mir vermacht hat, und der jetzt meiner ist. Ich habe sozusagen ein winzig kleine Immobilie, mitten in Cremona!«

Gitta hakte sich bei Luna unter, und sie schlenderten durch die Straßen. »Sollen wir morgen auf den Friedhof gehen? Wer weiß, vielleicht gibt es ja doch ein Grab von Anna.«

Luna schüttelte skeptisch den Kopf. »Nach siebzig Jahren? Wenn sie in Palermo im Gefängnis gestorben ist? Wer sollte sie hierher geholt haben, wenn es noch nicht einmal Menschen gab, die sich um einen ordentlichen Verteidiger für sie bemühten?«

»Vermutlich hast du recht. Aber ich liebe nun mal Friedhöfe.«

»Du bist verrückt«, stellte Luna trocken fest.

»Ich bin Autorin, ich saug das alles in mich auf!«

»Okay, während du *aufsaugst*, werde ich dennoch nach ihrem Grab schauen und irgendwo in einer Kapelle eine Kerze für meine *nonna* anzünden.« Luna drückte Gittas Unterarm.

Als sie am nächsten Morgen bei blauem Himmel und strahlendem Sonnenschein den *cimitero* von Marsala betraten, kam Gitta gar nicht mehr heraus aus dem Staunen. »Wie abgefahren, so viele kleine Schubladen für die Toten, passt denn da überhaupt ein Sarg hinein? Und all dieser Marmor, dann die Fotos und Plastikblumen. Außerdem ist das ein wahres Namensparadies hier. Giuseppe Puma! Maria Santamaria! Paolo Pellegrino! Wie cool ist das denn, das kann man sich doch gar nicht ausdenken, ich muss mir das gleich aufschreiben!« Fotografierend und eifrig Notizen machend zog Gitta an den Wänden der Verstorbenen entlang.

Luna machte sich auf die Suche und fand tatsächlich eine kleine Kapelle, spendete einen Euro und zündete eine der kurzen weißen Kerzen an, die in einem Kästchen unter dem Altar lagen. »Für dich, Anna«, flüsterte sie. »Ich werde deinen ältesten Sohn finden und mich mit ihm versöhnen. Vielleicht wissen er und seine Brüder gar nicht genau, was dir widerfahren ist.« Sie blieb noch eine Weile in der angenehm kühlen Dämmerung stehen, betrachtete den abgeblätterten Putz an der gewölbten Decke und atmete den Geruch nach Feuchtigkeit und Weihrauch ein. Auch wenn sie für ihre arme *nonna* nichts mehr tun konnte, sie hatte die Lebenden wiederentdeckt, und was für eine Freude es war, sie um sich zu haben! Sie ging nach draußen und fand Gitta vor einer Wand kniend, in dem offenbar ein Kind lag, denn Geburts- und Todestag auf der viereckigen Grabplatte lagen nur drei Jahre auseinander. »Komm«, sagte sie leise und fasste Gitta bei der Schulter. »Wenn wir damit anfangen, sitzen wir morgen noch in Tränen aufgelöst hier.«

»Aber das ist doch gerade das Schöne an Friedhöfen, mit den anderen Menschen zu trauern!« Gitta nahm ihre mondäne Sonnenbrille ab und wischte an ihren Augen herum.

Luna schüttelte den Kopf. Noch vor wenigen Wochen hatte sie auf dem Münchner Südfriedhof Trost gefunden, allerdings auch die Toten in ihren Gräbern darum beneidet, es … hinter sich zu haben. Doch inzwischen war so viel passiert, und von ihrer tiefen Depression war glücklicherweise nichts mehr zu spüren. »Wir müssen uns um die Lebenden kümmern! Das ist unsere Aufgabe.«

»Stimmt!« Gitta erhob sich und klopfte sich den Staub von den nackten Knien. »Aber vorher gehen wir an den Strand, es ist Ende September, und das Wetter ist immer noch unfassbar gut!«

Sie zogen los. Kauften auf dem Markt zwei große Badehandtücher und zwei Strohhüte, erstanden in einer Apotheke noch mehr Sonnencreme und schließlich für jede von ihnen einen Bikini, da Luna Gitta an dem großen Schild »Sale« partout nicht vorbeiziehen konnte.

Sie googelten »schönster Strand von Marsala«, fuhren daraufhin mit dem Auto an den Lido di Mario, mieteten zwei Liegen und einen Sonnenschirm, und während Gitta die neuen Handtücher drapierte, lästerte sie ein wenig über ihren geliebten Stevie, der immer behauptet, dass einzig wahre Strandgefühl wäre ja am Ende des Tages, über und über mit Sand paniert zu sein. »Ich hasse Sand!«

»Und wir beide lieben eben den Luxus, ihn nicht in jeder Körperritze zu haben«, sagte Luna lachend und schaute sich nach einer Umkleidekabine um. In ihr kribbelte es vor lauter Unruhe, doch sie versuchte, sich zu beherrschen. Hatte die Freundin es nicht verdient, auch mal ein bisschen Strandurlaub zu machen, jetzt, wo sie unverhofft auf Sizilien und dazu noch so nahe am Meer gelandet waren? Ohne zu klagen, ist Gitta mir überallhin gefolgt, etwas Erholung steht ihr wirklich zu, dachte sie, als sie in der dunklen Holzkabine ihren neuen Bikini überstreifte und durch den warmen weißen Sand zu ihrer Liege zurückging. Das Meer war kristallblau und schlug in winzigen Wellen an den Strand. Es war nicht viel los, nur wenige Kleinkinder spielten am Wassersaum, stolz bewacht von ihren Eltern. Die Sonne schien, doch gleichzeitig wehte ein leichter Wind. Ein Tag im September, wie er schöner nicht sein konnte, dennoch war Luna immer noch unruhig. Sie hatte das Gefühl, etwas zu verpassen, sich beeilen zu müssen, um Daniele Vivarelli zu finden. Was, wenn er jetzt gerade in diesen Tagen starb und sie zu spät kam? Zu spät, wohin? Sie wusste ja noch nicht einmal, ob er überhaupt in Turin lebte. Um sich abzulenken, cremte sie sich sorgfältig ein.

Nach zwei schweigsamen Stunden, die sie mit Schwimmen,

Lesen und Dösen verbrachten, setzte Gitta sich plötzlich auf. »Ich halte es nicht mehr aus! Lass uns morgen schon zurück nach Milano fliegen und weiter nach Turin fahren!«

Luna schoss ebenfalls von ihrer Liege hoch. Sie wollte es verbergen, doch ein freudiges Grinsen breitete sich über ihr ganzes Gesicht aus. »Ich bin so froh, dass du das sagst«, platzte sie heraus. »Ich kann mich nämlich auch kaum zusammenreißen, immerzu muss ich an die tote Anna und die gerettete Geige denken, und an meinen Vater, und was ich ihm sagen möchte, wenn ich ihn gefunden habe!«

Gitta beugte sich seitlich von ihrer Liege und schaute Luna mit ihren hellblauen Augen beschwörend an: »Dann lass uns jetzt in dieser Strandbude da vorne ein paar Langusten essen, die sollen die besten in ganz Marsala sein, dabei googeln wir Flüge, und danach fahren wir in unser Hotel und packen. Am Strand können wir ja immer liegen, aber unsere Mission ist doch tausendmal wichtiger, oder nicht?«

»Ich wollte dich nicht drängen, aber ich finde es fantastisch, dass du das so siehst«, sagte Luna.

»Na ja, ein bisschen egoistisch fühle ich mich schon«, gestand Gitta, während sie ihr Gesicht in ihrem kleinen Handspiegel kontrollierte. »Denn ich denke eigentlich nur an meine Geschichte, mit der ich weiterkommen möchte. Und dazu muss ich wissen, was wirklich in dieser Nacht passiert ist. Ich habe heute Morgen nämlich entschieden, dass mein Buch ein Romantik-Thriller werden soll!«

12

Torino! Als sie in die Stadt hineinfuhren, regnete es leicht, der Asphalt war warm und dampfte förmlich, und trotz des geschlossenen Verdecks meinte Luna, den Herbst zu riechen, der in der Luft lag.

»Wann wird diese Stadt endlich schön?«, fragte Gitta. »Soll Turin nicht schön sein?«

»Wir sind noch außerhalb, da sieht keine Stadt besonders toll aus, oder?«

»Da rechts sieht man zwar die Alpen, aber sonst war alles ziemlich flach, was wir gesehen haben. Die Felder und Industriehallen erinnerten mich stark an die Peripherie von Cremona.« Gittas Seitenblick war auffordernd, doch Luna reagierte nicht darauf.

»Willst du dahin eigentlich noch mal zurück?« Gitta gab nicht auf. »Wir fahren sowieso über Verona, liegt also auf dem Weg.«

Na gut, Luna tat ihr den Gefallen: »Ob ich noch mal in Cremona Halt machen möchte?« Sie lächelte. »Ja, möchte ich! Ich möchte Fabio noch mal besuchen und den kleinen Valentino, das Haus und den Hof sehen und vielleicht sogar in meinem Zimmerchen unter dem Dach stehen und herumspinnen, wie ich es einrichten werde. Aber ich weiß nicht, was Lorenzo dazu sagt, wenn ich *noch* später nach München zurückkomme.«

»Wie seid ihr überhaupt verblieben, was sagt er zu Diamantinos Diebstahl?« Gitta folgte der Stimme des Navis, die sie aufforderte, sich an der nächsten Kreuzung links zu halten.

Luna biss sich auf die Lippen, bevor sie antwortete. »Ich habe es ihm noch nicht erzählt. Mein Bruder würde sich dermaßen aufregen, der würde ihn sofort rausschmeißen, und dann steht das ›Il Violino‹ ohne Koch da.«

»Zu Recht würde er sich aufregen! Wer weiß, was dein Ex-Verlobter noch alles klaut, wenn er die Gelegenheit hat!«

»Er hat verstanden, dass ich es ernst meine mit der Anzeige, wenn er vor Lorenzo auch nur irgendwelche Andeutungen macht. Außerdem will ich natürlich mein Geld wiederhaben!«

»Besteht da eine ernsthafte Chance? Wenn er ein richtiger Zocker ist, wird das schwierig.« Gitta schüttelte so vehement den Kopf, dass Luna sich gezwungen sah, in die Verteidigung zu gehen. »Ich habe das nicht gemerkt, absolut nicht. Nicht alle Leute, die jeden Samstag ihren Lottoschein ausfüllen, sind süchtige Spieler, oder?« Sie seufzte. »Ich glaube, das Geld kann ich vergessen. Weißt du, was ich machen würde? Jetzt, wo es weg ist? Also, wenn ich es noch hätte?«

»In das Haus in Cremona investieren?«

Luna starrte Gitta von der Seite an. »Woher weißt du das?« Bis vor ein paar Sekunden hatte sie selbst nichts von diesem Plan geahnt.

»Ich kenne dich mittlerweile ganz gut, und ich habe selbst Spaß daran, große Sachen anzugehen, die mir am Herzen liegen, und sie zum Besseren zu verändern!«

»Du hast recht.« Luna lehnte sich entspannt zurück. »Anna und die Geige, die Werkstatt und das Haus, all das liegt mir wirklich am Herzen!« Sie spürte, wie Wärme in ihrer Brust aufstieg. »Und mein Vater gehört neuerdings auch wieder dazu!« Sie schaute in ihr Handy auf die alten Schwarz-Weiß-Fotos, die Isabell ihr geschickt hatte. Auf einem hockten ihr Vater und ihre Mutter dicht beieinander auf dem Boden. Um sie herum sah man viel freien Platz und ein paar versammelte Menschen, es schien ein Musikfestival oder etwas in der Art zu sein. Mamas Haare waren lang, geteilt durch einen Mittelscheitel, sie trug einen grob gehäkelten Poncho mit Fransen, Jeans und war barfuß. Daniele hatte eine flache Mütze auf dem Kopf und eine Nickelbrille auf der Nase, er war eine verwegene Mischung aus Che Guevara und John Lennon. Sie kannte das Foto nicht. Doch sie mochte den jungen Mann da auf dem Foto. Wo steckst du, fragte sie ihn. Lass dich von mir finden, ich habe dir so viel zu erzählen und möchte hören, was du mir zu sagen hast!

»Noch drei Minuten, sagt das Navi!«, vermeldete Gitta und Luna schaute auf.

»Ach, guck mal, da vor uns ist ja auch schon das Gebäude mit dem auffälligen Dach, die *Mole Antonelliana*.«

»Ja, das Ding ist ja auf jedem Bild von Turin«, sagte Gitta. »Ist das eine Kirche?«

»Nein, *mole* heißt einfach nur ›sehr großes Bauwerk‹, habe ich gelesen. Ursprünglich wollte man eine Synagoge errichten, doch der Architekt hat sich wohl überschätzt. Das Ding wurde immer teurer, bis die jüdische Gemeinde pleite war. Es ist nie eine Synagoge daraus geworden, dafür ist die Kuppel weltberühmt, und elf Meter höher als der Kölner Dom ist das *sehr große Bauwerk* auch. Heute ist das größte Filmmuseum von Italien darin untergebracht.«

»Interessant. Wikipedia?«

Luna nickte. »Na klar. Ich bin doch keine Italien-Expertin, das weißt du doch!«

»Und wo wollen wir ihn suchen? Deinen Vater?«

Luna zuckte mit den Schultern. »Ich habe deswegen gestern Abend ja noch lange mit Mama telefoniert, sie sagt, er hat immer mal wieder bei FIAT am Band gestanden, war überzeugter Arbeiter, später auch kurz im Betriebsrat, bevor er rausgeschmissen wurde, er machte dann bei einer linken Theatergruppe mit, zog mit ihr durch die Lande, kam, wie man weiß, dadurch bis nach Deutschland. In dem Umfeld müsste man nach ihm forschen.«

»Hast du schon angefangen?«

»Ja, zwei von den restlichen Daniele Vivarellis sind noch übrig, bei denen rechne ich mir echte Chancen aus.«

»Das wird zu einem spannenden Krimi!«

»Bisschen weniger Spannung wäre mir lieb.«

»Stevie würde jetzt sagen, Hauptsache, der Wein in dieser Gegend ist gut und das Hotel hat fünf Sterne!«

»Wir sind im Piemont, hier gibt es tolle Weine. Im ›Il Violino‹ haben wir einen Barolo und einen Gavi auf der Karte. Und das Hotel hat immerhin vier Sterne, im Internet sah es großartig aus.«

Gitta lenkte ihr Cabrio durch die enger werdenden Straßen, kaum hatte der Regen aufgehört, ließ sie per Knopfdruck das Dach zurückfahren. Es herrschte viel Verkehr, immer wieder standen sie in langen Schlangen vor einer Ampel. Gitta schaute nach oben auf die klassischen Hausfassaden mit ihren schmiedeeisernen Balkonen, von denen es heruntertropfte. »Hier gefällt es mir jetzt! Eine richtige Großstadt. Und eine reiche noch dazu, das sieht man. Ganz anders als im Süden.«

»Irgendwann gab es einen Erlass, dass man keine offenen Höfe zur Straße hin anlegen durfte, damit die Fassadenfronten geschlossen und damit prachtvoller aussahen, dafür durften sie Arkaden bauen und haben das ausreichend genutzt. Achtzehn Kilometer sind es geworden.«

»Wow, du gehst bei Regen stundenlang shoppen und wirst nicht nass!« Gitta haute erfreut auf das Lenkrad, als das Auto vor ihr losfuhr und es endlich weiterging.

»Genau, damit machen die Turiner immer Werbung für ihre Stadt. Aber Turin war auch mal eine richtige Arbeiterstadt. Nicht nur FIAT und Lancia waren hier angesiedelt, auch Pirelli, die Reifenfabrik, und Superga, die Gummistiefel produzierten und irgendwann mal den berühmten Tennisschuh erfunden haben.«

»Wow, du hast Wikipedia wirklich auswendig gelernt, oder?«

»Ich will meinen Vater finden. Darum habe ich gestern am Strand so viel wie möglich über die Stadt und vor allen Dingen über die Arbeiterviertel gelesen. Da vorne!« Luna zeigte nach rechts. »›Hotel Vittoria‹, das ist unseres, die haben ein paar Meter weiter angeblich eine Garage, stand jedenfalls im Internet.« Sie klopfte Gitta auf das rechte Bein. »Ich bin so froh, dass wir hier sind!«

»Und ich erst! Ich schreibe einen Roman mit mindestens vier Städten, so was wie ein Roadmovie, der dann auch echt gut verfilmt werden kann.«

Luna nickte. Ob Gitta bei ihrem Roman jemals über die ersten Sätze hinauskam, geschweige denn, ihn zu Ende schreiben würde? »Das Glück ist wie ein Schmetterling, dachte ... wie heißt sie jetzt noch mal?« Luna versuchte, sich an den Rest des Satzes zu erinnern. »Während sie ihren kleinen Sportflitzer die Serpentinen hinunterlenkte.«

»Das hast du dir gemerkt, das muss ja ein super Anfang sein, wenn er so in deinem Kopf haften bleibt!« Gitta setzte den Blinker. »Hier ist überall Halteverbot, also fahre ich in diese Garage? Sie heißt übrigens Morgana!«

»Wer? Die Garage?«

»Na, meine Hauptfigur!« Gitta bog in die Zufahrt.

»Ach, richtig.« Luna verdrehte kurz die Augen, aber das sah die selbsternannte Autorin ja nicht.

Als sie zwanzig Minuten später ihr Zimmer betraten, fühlte Luna wieder die gleiche Unruhe in sich aufsteigen wie schon gestern am Strand. Sie wollte sofort auf die Suche gehen, zunächst im Internet, dann auch vor Ort. Mama hatte die Vermutung geäußert, dass Daniele eher in den Arbeitervierteln als in den reichen Gegenden der Stadt wohnen würde.

Gitta dagegen stellte in aller Ruhe ihr Gepäck ab, sie ging an eines der bodentiefen Fenster und zog die Vorhänge beiseite, sie musterte das Innere des Kleiderschranks, prüfte die Matratzen, inspizierte das Bad.

»Zu Ihrer Zufriedenheit, Signora?«, fragte Luna. »Wäre der Gatte einverstanden?«

»Absolut! Was für ein wunderschönes Bett mit dem hübschen Baldachin darüber und einen Platz zum Schreiben habe ich auch wieder!«

Während Luna durch das Zimmer tigerte, ohne etwas Sinnvolles zu tun, holte Gitta ihren Laptop und das Ladekabel hervor und richtete sich auf dem kleinen Tischchen ein. »So bitteschön«, sagte sie dann und zog den Stuhl zurück. »Für deine Recherche. Geht doch besser als auf dem Handy.«

»Danke!« Überrascht ließ Luna sich auf dem angebotenen

Platz nieder, Gitta legte Stift und Notizblock vom Hotel neben sie.

»Darf ich dich als Assistentin einstellen?«, fragte Luna lachend.

»Gern! Auf welchem Ermittlungsstand sind wir?«

»Wie schon gesagt, es gibt noch zwei Daniele Vivarelli, die vielversprechend sind, aber man findet keinerlei Angaben zu ihnen. Ich habe sie aus den *pagine bianche*, dem Telefonbuch.«

»Willst du bei denen anrufen?«

»Ja, klar.«

»Oh. Was wirst du sagen?« Gittas hellblaue Augen weiteten sich interessiert. »Also, ich würde vorsichtig anfangen, damit du den richtigen Daniele Vivarelli nicht gleich verschreckst.«

»Keine Ahnung, was ich sagen werde. Haben Sie mal in Bavaria, Germania, gelebt, oder so was? Doch zunächst schaue ich, wo die Danieles wohnen.« Luna machte sich ans Werk. »Ha!«, rief sie kurze Zeit später, »beide wohnen in ehemaligen Arbeitervierteln. Der eine im Barriera di Milano, im Norden, der andere beim stillgelegten FIAT-Werk im Süden der Stadt, also beinahe um die Ecke.«

»Versuch den bei FIAT!« Gitta wippte aufgeregt auf ihren Zehenspitzen.

»Einfach so? Jetzt?«

»Wie alt ist dein Vater noch mal?«, gab Gitta zur Antwort. »Was stand auf seiner Geburtsurkunde? Meinst du, er arbeitet noch?«

»Er ist 1952 geboren, also heute achtundsechzig.«

»Ist die Nummer ein Festnetzanschluss?«

»Ja.« Luna spürte, wie sich ihr Magen nervös zusammenzog, als sie nach ihrem Handy griff.

»Es ist jetzt drei Uhr.« Gitta überlegte laut. »Vielleicht kocht er sich und seiner Frau gerade ein spätes Mittagessen? Oder er liegt auf dem Sofa und schnarcht.«

»Oje, an eine Frau habe ich ja überhaupt nicht gedacht.« Luna warf das Handy wieder auf den Tisch.

»Du schaffst das! Sei nett und charmant, dann kann man dir sowieso nichts abschlagen.«

Luna hätte sie am liebsten umarmt. »Okay.« Sie holte tief Luft und tippte die Nummer ein.

»*Chi é?*«, meldete sich eine weibliche Stimme sofort nach dem ersten Klingeln.

»Äh. *Buona sera*«, begann Luna auf Italienisch. »Könnte ich bitte mit Daniele Vivarelli sprechen?«

»Wer ist denn da? Wer sind Sie?« Die Stimme klang jung, schrill und sehr misstrauisch.

»Ich bin auf der Suche nach meinem Vater. Er heißt Daniele Vivarelli und ist achtundsechzig Jahre alt.«

»*Nooo, Signora.*« Erleichterung auf der anderen Seite. »Mein Mann wird übermorgen achtunddreißig.«

»Dann kann er nicht mein Vater sein.« Obwohl die Enttäuschung wie ein schwerer Stein in Lunas Magen landete, lachte sie mit der Unbekannten am Telefon. *»Mille grazie!«* Sie legte auf. »Mist. Das war er schon mal nicht. Zu jung!«

»Dann ist es garantiert der Nächste!« Gitta zeigte ermutigend den erhobenen Daumen.

Aber auch dieser Daniele war nicht der richtige. Er war beinahe taub, was ihn veranlasste, seine halbe Lebensgeschichte in den Hörer zu brüllen. »*Signora*, ich bin Jahrgang 1934, ich bin mein Lebtag noch nie in Deutschland gewesen und werde auch nie zu diesen verdammten Deutschen fahren! Haben uns besetzt, diese Nazis, und der Ami hat uns dann zur Strafe bombardiert!«

»Verstehe, entschuldigen Sie die Störung«, sagte Luna knapp und legte auf. »Fehlanzeige. Ein uralter Mann, noch dazu ein Deutschenhasser.«

Gitta schüttelte den Kopf. »Und jetzt? Gibt es bei FIAT nicht eine zentrale Stelle, so eine Art Firmenchronik, in der man nach ehemaligen Arbeitern suchen kann?«

»Meinst du?«, fragte Luna skeptisch zurück. »Der Konzern ist von Chrysler aufgekauft worden und hat seinen Sitz jetzt in den Niederlanden. Ob es hier in Turin eine solche Datei gibt, ist fraglich.« Doch sie googelte schon Datei – Mitarbeiter – Fiat.

»Wir müssen alle Möglichkeiten ausschöpfen.« Gitta beugte sich dicht über den Bildschirm. »Oh, das ist ja alles auf Italienisch...«

Ein paar Minuten später lehnte Luna sich zurück: »Meine Mutter hat erzählt, dass er im Betriebsrat war, trotzdem finde ich hier nichts... Ob das jemand überhaupt für die Nachwelt festgehalten hat?«

»Eine Gewerkschaft vielleicht?« Gitta wanderte im Zimmer auf und ab. »Eine linke Partei?«

»In Deutschland wären solche Informationen bestimmt irgendwo akribisch notiert und abgeheftet, aber man käme trotzdem nicht dran, weil sie strenger mit dem Datenschutz sind.«

»Oder...« Gitta streckte ihre Zeigefinger in die Luft. »Wir probieren es wieder beim Einwohnermeldeamt! Wo Michelle Williams doch in Marsala schon so erfolgreich war!«

»Meinst du wirklich, wir schaffen das noch mal? Ginge aber sowieso erst morgen früh, die haben jetzt schon zu, sagt das Internet.«

»Ich habe das Gefühl, wir sollten rausgehen!« Gitta rieb sich die Hände. »Durch die Straßen laufen, die Stadt atmen,

vielleicht kommen wir auf eine tolle Idee, und vielleicht ...«
Sie schwieg bedeutungsvoll.

»Läuft er uns über den Weg?« Luna schnalzte mit der Zunge. »Bitte schreib so was niemals in deinem Buch! Viel zu viel Zufall und an den Haaren herbeigezogen, würde ich beim Lesen denken!«

»Na ja ... aber könnte doch ... sein.« Gitta verzog missmutig ihren Mund. »Man weiß das nie, das Leben ist manchmal viel absurder als jeder Roman!«

»Ich würde ihn doch sowieso nicht erkennen.«

»Du machst mir nicht gerade viel Hoffnung für unsere Mission«, murmelte Gitta.

»Ich rufe meine Mutter noch mal an. Sie soll uns sagen, wo er sich damals gerne aufgehalten hat, an welchen Orten sie zusammen waren. Meistens kreist man doch um genau die Bereiche seines Lebens, an denen man sich wohlgefühlt hat.«

Was wäre das bei mir, fragte Luna sich. Wohin kehre ich zurück? In Geigenbauwerkstätten? Oder ein Restaurant? Vielleicht, aber nur, solange mein Ex-Verlobter nicht darin arbeitet.

Als sie auf die Straße traten, war es fünf Uhr. Isabell hatte am Telefon noch einmal ihre Erinnerungen zusammengetragen, die von Luna in Stichworten zu einer Liste zusammengefügt worden waren. Das »Lanificio«, wo früher eine große Wollmühle stand, wurde in den Siebzigern bestreikt, und als Isabell mit Daniele das erste Mal nach Turin fuhr, hatten sie zusammen angeschaut, wie die stillgelegte Fabrik sich gerade wandelte. Die alten Produktionshallen und verfallenen Büros waren besetzt worden, daraus sprossen alternative Theatergruppen, Cafés und Ateliers wie Pilze an Baumstämmen hervor, unbeachtet von den Einwohnern der Stadt, doch für die Jugendlichen war es damals ein Paradies.

»Er hat mir auch die Teststrecke oben auf dem Dach des FIAT-Gebäudes zeigen wollen. Die Produktion lief ja damals noch. Die ganze Stadt lag in diesen Jahren übrigens unter einem grauen Schleier, das kam auch von der Reifenproduktion, die winzigen Gummiteilchen hingen in der Luft, man atmete sie ein, man konnte sie förmlich schmecken. Doch die Zuständigen bei FIAT haben seinen Ausweis haben wollen und ihn nicht reingelassen. Daniele war richtiggehend stolz, dass er so einen schlechten Ruf hatte!«

»Wann war das?«, hatte Luna gefragt. »Kannst du mir die Jahre genau aufschreiben? Also wenn du Zeit hast.«

Und Isabell hatte Zeit, denn kurz darauf kam eine detaillierte Beschreibung.

»2. Mai 1975 – erstes Treffen in unserer Werkstatt«, las Luna Gitta vor, als sie durch den *Giardino Aiuola Balbo* schlenderten. »Liebe auf den ersten Blick für ihn, als er mit seiner Sechzehntelgeige in der Tür stand und mich in der Werkstatt sah, wo ich gerade auf einer Geige Probe spielte, die mein Vater repariert hatte. Für mich erst auf den zweiten, einen Tag später. Das war ein Samstag, und das jährliche Volksfest in Mittenwald. Ich habe diesem gut aussehenden, immer sehr nachdenklich wirkenden Italiener beigebracht, wie man *a Maß* sagt und sie auch austrinkt. Herzchen-Smiley!« Luna ließ das Handy sinken. »Echt jetzt? Meine Mutter verschickt nie Herzchen-Smileys …«

»Moment mal, die haben sich 1975 ineinander verliebt, und wann wurdest du dann geboren?«

»1987.«

»Aber das war doch mindestens … «

»Genau. Zwölf Jahre später!«

»Kommt mir wie eine übertrieben lange Anlaufzeit vor«, sagte Gitta.

»Ich glaube, das war eine endlose On-off-Beziehung, aber ich weiß kaum etwas darüber.« Luna zuckte mit den Schultern. »Hier kommt die nächste Nachricht, diesmal gesprochen, sie hat ganze drei Minuten vierzig dazu gebraucht.« Luna stellte das Handy auf laut und ließ Isabells Nachricht abspielen.

»Entschuldige, das Tippen dauert bei mir endlos, geht schneller, wenn ich dir davon erzähle. Ich würde dich ja anrufen, aber ich erreiche dich gerade nicht, da geht nur die Mailbox dran. Also. Während Daniele mit seiner Theatergruppe in Garmisch gastierte, sollte ich seine kleine Geige reparieren, auf die sich jemand von seinen Mitspielern gesetzt hatte. Der Hals war angeknackst, und der Korpus am Stock gesplittert, du weißt ja genau wie ich, dass so was manchmal problematisch zu beheben ist. Ich sage ihm also, dass ich sie meinem Vater zeigen will. Er wurde ganz nervös. Diese Geige war wichtig für ihn, das habe ich gleich begriffen. Dass das Instrument aber viel zu schwer war für seine Größe, ist mir gleich aufgefallen. Auch mein Vater wog sie sofort skeptisch in der Hand. Die Geschichte mit den beiden Halsketten und dem Granat-Collier, die zum Vorschein kamen, als wir den Hals vom Korpus lösten, kennst du ja. Seine Mutter hat die Geige dafür auseinandernehmen müssen, um das Säckchen mit dem Schmuck darin festzuleimen ...«

»Was, halt mal an!« Gitta fasste Lunas Arm. »Anna hat Schmuck in der Geige versteckt? Das ist ja cool! Woher hatte sie den?«

»Keine Ahnung. Die Familiengeschichte geht so, dass mein Vater wohl selbst nichts davon wusste.« Als Kind hatte sie diese Geschichte geliebt!

»Offensichtlich hat nie jemand ernsthaft auf dem kleinen

Ding gespielt, sonst wäre das ja sofort aufgefallen.« Sie zuckte mit den Schultern. »Weiterhören?«

»Ja!«

Luna drückte auf das Play-Dreieck, Isabells Nachricht ging weiter: »Geld zu verdienen war *nicht* so wichtig, auch das war offensichtlich. Viel mehr bedeutete ihm das politische Theaterstück, das sie aufführen wollten, aber die konservativen Bayern verstanden das Gemisch aus Englisch und Deutsch nicht und grantelten derbe herum. Die Italiener haben dann einfach eine artistische Nummer daraus gemacht und den Hut rumgehen lassen.

Er ist von Garmisch ganz oft wieder hergefahren, nur um mich zu sehen. Er saß bei uns in der Werkstatt und genoss unser eingespieltes Hantieren mit dem Holz, den Saiten und den Bögen, ja, und auch die Musik. Er hat mich immer wieder gebeten zu spielen, hat die Musik in sich aufgesogen. Als er seine Geige wiederhatte, hat er mich zum Essen eingeladen, er war ja jetzt um einiges reicher ... und zum ersten Mal geküsst. Wir waren zwei Wochen zusammen, dann fuhr die Truppe wieder ab. Den Rest des Jahres 1975 haben wir uns unsere Liebe briefeschreibend versichert. Ich habe noch alle dreiundfünfzig Briefe von ihm, manchmal kamen zwei an einem Tag, die ich mir mithilfe eines Wörterbuchs übersetzte, und ich weiß noch genau, dass meine endlosen, falsch zusammengestopselten italienischen Ergüsse an ihn in die *Via Alba 1* nach Torino gingen, so oft habe ich die Adresse geschrieben. 1976 kam er wieder nach Mittenwald, mit dem einzigen Zweck, mich zu besuchen. Die Geige hatte er dabei. Zu Hause bei mir durfte er ja nicht übernachten, also suchte er sich einen Job als Tellerwäscher beim Stangl-Wirt und schlief im Hof in einem Schuppen, in dem Kartoffeln und Äpfel lagerten. Den Schuppen gibt es heute nicht mehr, aber, ach, wir haben so viele Stunden, wenn nicht Tage darin zugebracht, noch heute denke ich, wenn ich Äpfel rieche ...« Die Nachricht brach ab, doch es begann sogleich eine neue: »... nun gut. Ich musste mich auf die Abschlussprüfung der Geigenbauschule vorbereiten und lernen. Wenn Daniele nicht arbeitete, hat er mir zugeschaut, wie ich über den Büchern saß. Stundenlang. Oder er hat gelesen. Irgendwo hatte er das Manifest von Marx auf Italienisch aufgetrieben. Kaum hatte ich den Gesellenbrief der Schule in der Tasche, bin ich mit ihm losgereist. Wir waren auf Festivals in Portugal und Spanien, ich habe auf der Straße Geige gespielt und sogar das eine oder andere Instrument repariert, das mir über den Weg gelaufen ist. Es war ein Sommer voller Liebe, mit Hüten voller Kleingeld und Nächten voller Abenteuer!« Luna stoppte die Aufnahme. Gitta grinste breit: »Na prima, hört sich an, als hätten sie Spaß gehabt!«

»Will man das von seinen Eltern wissen?«, fragte Luna mit gerunzelter Stirn.

»Ach, klar, komm, wie sie sich verliebt haben schon, nur was sie dann später treiben, möchte man nicht hören! *Too much information!*« Gitta klopfte sich mit den flachen Händen auf die Ohren.

»Weiter?«

»Weiter!«, stimmte Gitta zu. »Ist doch voll interessant!«

»Es wurde Herbst, wir gingen nach Turin, aber im Winter bin ich wieder nach Hause gefahren«, hörten sie Isabells ruhige, besonnene Stimme. »Zu viel Ruß und feuchte Kälte dort in Torino. Meine Eltern haben mir keine Vorwürfe gemacht, sie mochten ihn, und fragten nur, ob ›dieser junge Kommunist‹ jetzt öfter vorbeikommen würde. Das ging dann tatsächlich mehrere Jahre so. Im Sommer waren wir in Europa per Interrail unterwegs, manchmal war ich bei ihm in Turin, manchmal besuchte er mich für ein paar Wochen in Bayern. Mittlerweile durfte er auch bei mir schlafen, obwohl die Leute im Dorf sich die Mäuler zerrissen. Die heiraten sowieso amol!, behaupteten deine katholischen Großeltern, sie waren ihrer Zeit weit voraus.«

Luna stoppte die Aufnahme erneut und starrte kopfschüttelnd auf den hübsch gepflasterten Parkweg, auf dem sie beide reglos standen.

»Hat sie dir jemals so viel über deinen Dad und ihre Beziehung zu ihm erzählt?«, fragte Gitta.

»Er hieß nie *Dad*!«, fauchte Luna.

»Ach nee, natürlich nicht«, gab Gitta unbeeindruckt von Lunas Aggressivität zurück. »Wahrscheinlich *Bippo-Bappo* oder wie hieß das komische Wort noch mal?«

»*Babbo*. So nannten wir ihn aber nicht. Lorenzo fragte öfter noch nach *Papa*. Ich nie.« Luna schaute Gitta strafend an, als ob sie etwas dafürkönne. »Und ich habe auch nichts über die Kennenlern-Geschichte wissen wollen oder ihre Beziehung, gar nichts! Wenn Mama irgendetwas in der Art erwähnte, bin ich schreiend aus dem Raum gelaufen und habe mir auf die Ohren gehauen, so wie du gerade!«

»Wow. Ein echtes Trauma.« Gitta zog anerkennend die Augenbrauen hoch.

»Ja. Das war es.« Luna schnaubte kurz durch die Nase, doch dann lächelte sie Gitta versöhnlich an. Die Freundin hatte keine Schuld am Benehmen ihres Vaters. Und auch bei ihr selbst hatten die letzten Tage dafür gesorgt, dass sie eher mit ihm und seinem Schicksal fühlte, als weiterhin wütend auf ihn zu sein. Ja, sie war sogar neugierig auf den Mann, der aus ihm in den letzten siebenundzwanzig Jahren geworden sein mochte. Sie schaute sich in dem Park um. Und was, wenn er nun nicht mehr lebte? Wäre ihre Mutter benachrichtigt worden? Wohl kaum, sie waren nie verheiratet gewesen. Ob man ihr als Tochter mit seiner Geburtsurkunde Auskunft im Einwohnermeldeamt gab? Auch wenn sie nicht so viel Glück haben sollten wie in Cremona und Marsala und der Antrag Wochen dauerte, sie musste es versuchen!

»Bereit?« Sie ließ die Nachricht ihrer Mutter weiter abspielen.

»Dann kam das Jahr 1980. Ich hatte mit Daniele eigentlich eine Reise nach Südamerika geplant, doch meine Mutter wurde ernstlich krank, wir beschlossen, dass Daniele trotzdem fahren sollte, ich wollte nachkommen, sobald es möglich war. Deine Großmutter starb dann leider sehr schnell, wie du weißt, dein Opa war monatelang völlig niedergeschlagen, meine Brüder und ich hatten Angst, er würde sich etwas antun. Ich hörte in dieser Zeit kaum etwas von Daniele und vermisste ihn schrecklich, aber ihm nach Peru hinterherzureisen war zu diesem Zeitpunkt undenkbar. Nun ja, manchmal rief er an, aber irgendwann nicht mehr, auch seine Briefe wurden seltener, blieben dann ganz aus. In dieser Phase meines Lebens habe ich ihn verloren. Und mich beinahe auch. Denn ich wusste nicht, was ich wollte. Die Werkstatt mit meinen Brüdern irgendwann vom Vater übernehmen? Eine eigene Werkstatt in einer anderen Stadt oder einem anderen Land aufbauen? Mit Daniele auf Weltreise gehen, falls er sich überhaupt noch einmal meldete? Ich war mittlerweile sechsundzwanzig, ich hatte das Gefühl, ich müsse mich auf irgendetwas festlegen. Zwei Jahre später hatte ich immer noch nichts bewusst entschieden. Ich war einfach in Mittenwald geblieben, mein guter Ruf als Geigenbauerin wuchs stetig, Vater ging jeden Tag auf den Friedhof, hatte sich aber wieder gefangen, mit Hubert und Willi kam ich bestens klar, ich hatte sogar ab und an einen *Gschamsterer*, so hieß bei uns ein Verehrer, ein Freund. Ein schlechtes Gewissen hatte ich nicht; von Daniele hörte ich gar nichts mehr.«

Die Nachricht brach ab. »Wie jetzt?«, rief Gitta. »Das war's?«

»Nein, sie ist wahrscheinlich nur mit dem Finger abgerutscht. Die nächste Voicemail ist schon da.«

»Lass uns weiterhören. Verdammt spannend, oder?«

Luna nickte.

»Oh, das war passend, mit *ihm* war Schluss, und hier war auch Schluss«, hörten sie Isabells Stimme, gefolgt von ihrem melodischen Lachen. »Am 2. Mai 1982, genau sieben Jahre nach unserem ersten Treffen und zwei Jahre nachdem er mich vor seiner Abreise nach Peru geküsst hatte, stand er wieder in der Werkstatttür. Das war natürlich Absicht, Daniele hatte ein Faible für solche Auftritte. Doch er sah furchtbar aus. Seine Haare waren lang und verfilzt, sein rechter Unterarm stand komisch ab und bereitete ihm Schmerzen. Er hatte ihn sich bei einem Busunglück in Südamerika gebrochen, und er war nicht korrekt zusammengewachsen. Er hatte in Kuba wegen einer Bagatelle im Gefängnis gesessen und dabei den Glauben an den Kommunismus verloren und sich in Indien einen Parasiten eingefangen, der ihn ganz gelb und ausgemergelt erscheinen ließ. Ich liebte ihn trotzdem noch, das spürte ich sofort, als ich kurz darauf neben der Badewanne kniete und ihm die Haare ein ganzes Stück abschnitt. Aber ich war auch sauer auf ihn. Warum hatte er mich nicht wissen lassen, wo er war, damit ich ihm folgen konnte? Wieso war er ohne mich nach Kuba und Indien gefahren? Er redete sich raus, wir stritten, ich schnitt ihm aus Rache die Haare noch kürzer. Wir sahen uns an und merkten, wir waren nicht mehr auf einer Wellenlänge, er hatte seltsam kuriose Ideen, was er mit seinem Leben machen wollte, und ich hatte das Gefühl, er schaue auf meine kleine bayerische Geigenbauerinnenwelt hinab. Wir trennten uns, obwohl wir ja gar nicht mehr richtig zusammen waren. Schon zwei Tage später ging er weg, ich sehe ihn noch mit seinem Tramper-Rucksack die Partenkirchener Straße entlanglaufen, er wollte zurück nach Turin. Ich war verletzt, ich wollte nie mehr wieder an ihn denken. Doch er begann, mir erneut Briefe zu schreiben. Sehr lange, intensive Briefe, diesmal auf Englisch. Darin erzählte er mir, was ihm am Tage so passierte, seine Meinung zur Weltpolitik, zu Bettino Craxi, dem ersten sozialistischen Ministerpräsidenten Italiens damals, und alle seine persönlichsten, intimsten Gedanken. Er schrieb sehr direkt, und sein Englisch war ganz passabel, ich fühlte mich ihm nahe! Trotzdem versuchte ich, mich auf meine Arbeit zu konzentrieren, wir hatten viele Aufträge aus Japan und China, doch ich verliebte mich immer mehr in diesen Briefeschreiber, irgendwann hielt ich es nicht mehr aus, und ich schrieb zurück. Wir telefonierten, und ich sparte, um wieder mit ihm auf Reisen gehen zu können.« Luna hielt die Nachricht an. »Meine Güte, was für ein Leben sie geführt hat! Das habe ich nicht gewusst!«

»Sie kommt mir sehr cool und auch sehr selbstbestimmt vor«, sagte Gitta. »Nicht schlecht für ein Mädchen in den frühen Achtzigern in Bayern. Und auch dass dein Opa und ihre Brüder sie einfach so machen ließen ... unglaublich!«

Zusammen hörten sie den Rest der Nachricht ab: »Wir fuhren nach Vietnam. Was für ein geschundenes, aber doch auch wunderschönes Land das war! Man spürte die Auswirkungen des Krieges mit den USA, und der Krieg, den Vietnam mit Kambodscha führte, war noch im vollen Gange. Dennoch haben wir eine sehr intensive Zeit miteinander erlebt. Von

Vietnam ging es für weitere vier Monate weiter nach Thailand, dort habe ich zufällig einen Deutschen kennengelernt, der Möbel baute und nach Europa verschiffte. Ich habe bei ihm mitgearbeitet, die Tischlerei hatte mich ja immer schon interessiert. Nach einem halben Jahr sind wir nach Australien weitergereist und nach einem weiteren halben Jahr wieder zurück nach Turin. Wovon wir gelebt haben, fragst du dich sicher, wenn ich nicht gerade Möbel baute. Oh, Daniele konnte auch arbeiten, ja, das konnte er, er fand überall eine Möglichkeit, Geld oder das nächste Mittagessen zu verdienen, er war sich für keinen Job zu schade, im Gegenteil, es machte ihm sogar Spaß, und er schaffte es jedes Mal, seine alternativ-sozialistisch angehauchte Welteinstellung währenddessen zum Besten zu geben! Ich dagegen reparierte nicht nur Geigen, o nein, in jeder Ecke der Welt haben mich die abenteuerlichsten Instrumente gefunden, es war herrlich, bis mir mein Geigenwerkzeug in Australien aus unserem Zelt geklaut wurde. Doch das hielt mich nicht ab, bei anderen Instrumentenbauern in die Lehre zu gehen. Im australischen Busch habe ich eine *dulcimer*, eine Zither, schnitzen dürfen, in Sydney gab ich Deutsch- und Geigenunterricht, wir trafen andere Rucksacktouristen und Leute, die uns einluden, bei ihnen zu wohnen ... wir brauchten nicht viel, wir waren glücklich, Neues zu lernen, und begierig, so viel Unbekanntes wie möglich aufzuschnappen. Ich war gar nicht mehr sooo jung, aber ich betrachte diese Zeit als Jahre der Ausbildung, ich habe sie nie bereut.«

Isabell seufzte, bevor sie weiterredete.

»Was auf unserer Reise so gut funktionierte, klappte in Turin dann leider nicht mehr. Wir wohnten zusammen in der Via Cesare Lombroso *numero otto*. Ich weiß es noch genau, das Zimmer war sehr schön, unsere Vermieterin hieß Mariella

Castronovo, eine alte Dame mit einer Vorliebe für Violinkonzerte, die mir zu meinem Geburtstag einen Kuchen backte mit dem Hinweis, dass ich nun mit dreißig bald mal heiraten müsste. Daniele und ich rissen den ganzen Tag Witze darüber, doch ich fühlte mich plötzlich uralt, und das Zusammenleben begann, uns beide nervös zu machen. Daniele trauerte seiner alten FIAT-Gewerkschaftstruppe und auch der linken Theaterwelt nach und nervte mich mit seinen stundenlangen Erzählungen darüber. Ich wusste nicht genau, was mir vorschwebte, aber ich wollte etwas anderes! Darum ging ich ohne ihn zurück nach Mittenwald. Ein halbes Jahr später, es war im Sommer 1985, stand er wieder in der Werkstatt. Diesmal um zu bleiben, wie er mir beteuerte. Und was im großen Turin so schwierig war, löste sich hier im kleinen Mittenwald vor unseren gigantischen Bergen in Luft auf. Also vorerst zumindest. Daniele lernte Deutsch, er führte den Onkeln und mir den Haushalt, ja, auch das konnte er. Wir wurden mit italienischer Pasta und asiatischen Fantasie-Gerichten bekocht, er machte sich auch im Städtchen nützlich. Vergessen waren seine politischen Reden. Vergessen, der Drang wegzugehen. Es hatte den Anschein, als wäre er angekommen. Dass *ich* angekommen war, wusste ich, denn ich hatte mittlerweile eine recht genaue Vorstellung von meinem zukünftigen Leben. Ich wollte eine Familie, ich wollte in Deutschland bleiben, ich wollte Geigen bauen. Im Frühjahr 1986 verhütete ich nicht mehr und wurde sofort schwanger. Wie es ausging, weißt du. Im Januar wurdest du geboren. Meine bis dahin beste Entscheidung. Meiner Meinung nach hat er uns verlassen, weil er dem Leben nicht trauen konnte. Obwohl oder gerade wenn es ihm Gutes gab, ist er geflohen.«

13

Stille. Nur die Vögel im Park zwitscherten von den Bäumen auf sie herab. »Was für eine Geschichte«, sagte Gitta, die Stimme noch belegt von Ergriffenheit. »Das würde ja jeden Roman sprengen, dieses Hin und Her!«

Luna stieß die Luft aus, sie fühlte sich erschöpft. »Familiengeschichten machen mich neuerdings wahnsinnig hungrig, vor allen Dingen meine eigene! Ich brauche etwas Gutes zu essen und viel piemontesischen Rotwein dazu.«

»Sollte es in dieser Stadt geben.« Gitta hakte sich bei ihr unter. »Deine Mutter ist so eine tolle Frau. So ruhig, so tiefgründig, dass sie mal 'n Hippie war, hätte ich nie gedacht.«

»Auf den Fotos, die sie mir geschickt hat, sah sie wirklich danach aus. Und mein Vater erst …«

Sie steuerten das erste Ristorante an, das an ihrem Weg lag und sogar geöffnet hatte. Die handgeschriebene Speisekarte, die draußen aushing, sah vielversprechend aus, das Lokal war leer, es war erst halb sechs, dennoch wurden sie freundlich empfangen.

Als sie nach einem Teller *Carbonara con Pecorino*, zwei Gläsern Barolo und einem wunderbar cremigen Tiramisu beim Espresso saßen, hielt Luna Gitta ihr Handy vor die Nase.

»Willst du meine Hippie-Eltern sehen? Meine Mutter hat die Fotos offenbar aus einem Album abfotografiert.«

»Klar, lass sehen!« Gitta zog Lunas Hand mit dem Display näher an sich heran und quietschte vor Vergnügen auf. »Wow! Allein diese Klamotten! Wie nannte man das damals? *Alternativ?*«

»Schätze schon.« Luna grinste, während sie die Bilder für Gitta mit dem Zeigefinger weiterschob. »Hier sind sie unter Palmen am Strand, keine Ahnung, in Thailand vielleicht? Hier ist das Foto, auf dem er wie ein Che Guevara für Arme aussieht, und könnte das da nicht eine Theatergruppe sein?«

»Drei Leute, die seltsam geduckt vor einer künstlich angeleuchteten Backsteinmauer stehen und sich offenbar anschreien?« Gitta nahm das Foto genauer in Augenschein. »Absolut!«

»Welcher von denen mein Vater ist, hätte sie ja auch mal dazuschreiben können«, sagte Luna.

»Die sehen alle gleich aus mit ihren Schiebermützen und den langen dunklen Haaren! Aber einer von denen ist er. Wie alt sind die Jungs? Fünfundzwanzig?«

Luna lachte. »Kann hinkommen. Auch typisch, dass das Foto in Schwarz-Weiß ist. Dabei gab es damals doch auch schon Farbfilme, wie man sieht.«

»Was für ein Name steht da über der Bühne?«

»*Teatro Ot...*‹, mehr kann man nicht erkennen, aber es könnte in Turin sein. Ich werde Mama fragen, ob sie sich an den Namen der Truppe erinnert.« Luna beobachtete Gitta, die ihr Notizheft aus der Handtasche holte. Wollte sie etwa wieder für ihren Roman recherchieren? »Wie soll dein Buch eigentlich heißen?«, fragte Luna, die ihr schlechtes Gewissen in sich aufsteigen spürte. Du hast dich noch kein einziges Mal ernsthaft mit Gittas Roman beschäftigt, sagte eine tadelnde Stimme in ihr.

Gitta zuckte mit den Achseln, doch ein Strahlen überzog ihr Gesicht. »Endlich fragst du mal!«, antwortete sie.

Luna lächelte verlegen. Siehst du, was für eine furchtbare Freundin ich bin!

»Ehrlich gesagt, bin ich mir nicht sicher«, sagte Gitta bestens gelaunt, »ich habe den Titel schon so oft geändert ... besonders abends, wenn ich nicht einschlafen kann, fallen mir die tollsten Ideen ein. Seit wir in Italien sind natürlich noch mehr als in Deutschland. Soll ich sie vorlesen?«

Klar! Luna nickte.

»Also, als ich losfuhr, hieß es noch ›Beim nächsten Mann tut's nicht mehr weh‹, es sollte ja auch lustig werden, aber dann in Cremona auf dem Domplatz kam ich ja mit deiner Hilfe auf ›Cremona ist keine Insel‹, weißt du noch? Oder was hältst du von, ›Schicksalsnächte in Cremona‹ oder ›Sommernächte in Cremona‹ oder, wenn auch vielleicht etwas zu profan: ›Glück unter den Sternen‹? Und dann gäbe es noch ›Die Geigenbauerin‹, ›Die Entführung der Geigenbauerin‹, ›Reise durch italienische Nächte‹ ...«

Luna nickte, doch ihre Gedanken drifteten ab. Wenn das Viertel nicht zu weit entfernt lag, könnte sie mit Gitta gleich nach dem Essen in der Via Cesare Lombroso Nummer 8 vorbeigehen, die Straße, die Mama in der Nachricht genannt hatte. Sie widerstand dem Drang, nach ihrem Handy zu greifen, um die Adresse zu googeln, sondern lächelte Gitta stattdessen an, die gerade sagte: »... oder, und das ist gerade mein Favorit: ›Mein toskanischer Verführer‹.«

»Aha.« Luna setzte eine interessierte Miene auf. »Warum denn aber *toskanischer*? Wir waren in der Lombardei, auf Sizilien, und jetzt sind wir im Piemont.«

»Weil lombardischer Verführer komisch klingt und man beim sizilianischen Verführer sofort an Mario Puzo, den Paten und die Mafia denkt, oder nicht?«

»Da hast du recht.« Luna suchte in ihrem Kopf nach einem Romantitel, den sie Gitta vorschlagen könnte, doch das erwartete die offenbar gar nicht, denn sie schlug eine neue Seite in ihrem Notizbuch auf. »Ich notiere mal, was unsere Anlaufpunkte sein könnten. Also: das Fabrikgelände von FIAT, das dein Vater deiner Mutter zeigen wollte, und die Arbeiterviertel drum herum?«

Luna schüttelte skeptisch den Kopf: »Aus der Fabrikanlage hat der Architekt Renzo Piano Ende der Achtziger ein modernes Kulturzentrum mit Hotel und so weiter gemacht, wobei er die äußere Form erhalten hat. Auch die Teststrecke auf dem Dach gibt es wohl noch, habe ich gelesen. Muss ziemlich cool aussehen, aber ob wir ihn da in der Nähe finden, ist fraglich.«

»Arbeiterviertel existieren also nicht mehr?« Gitta zückte ihren edlen Kugelschreiber und schrieb etwas auf.

»Na ja, ein paar abgebröckelte Hochhäuser und Wohnblocks werden schon noch übrig sein.«

»Wie hieß die Straße, in der sie bei der alten Dame mit dem Kuchen gewohnt haben, was hat deine Mutter in der Message gesagt?«, fragte Gitta, sie kniff ihre hellblauen Augen zusammen und sah jetzt hoch konzentriert aus.

»Via Cesare Lombroso 8. Da wollte ich auch vorbei!« Luna lächelte Gitta über die leeren Espressotassen an. Sie hatte die beste Reisebegleitung der Welt erwischt und im Laufe der vergangenen Tage noch eine echte Freundin hinzugewonnen! »Was ist mit linken Theatergruppen?«, fragte sie.

»Sind wahrscheinlich ausgestorben«, vermutete Gitta.

»Anzunehmen. Mal sehen, ob meiner Mutter der Name der Truppe einfällt und was man noch im Internet darüber findet.«

»Ich wollte eine Aufstellung machen.« Gitta kaute auf ihrem teuren Kugelschreiber herum. »Wie alt war dein Vater, als er euch verließ? Was hat er hier in Turin machen können?«

»Er ist '93 abgehauen. An dem Tag, als ich zur Schule kam.«

Gitta starrte sie an und schüttelte den Kopf. »Krass. So was vergisst man nicht.«

»Nein.« Luna spielte mit dem Löffel ihrer Espressotasse herum. »Und um deine Frage zu beantworten, er war vierzig.«

»Vierzig? Nur sieben Jahre älter als wir heute. Fängt man doch noch mal irgendwo neu an?«

»Niemand hat ihn gezwungen.« Luna presste die Lippen zusammen und spürte, wie sie erneut wütend auf ihn wurde. Schnell stellte sie sich ihn als den kleinen Jungen vor, der aus dem brennenden, verrauchten Haus gerettet wurde, der seiner Mutter vielleicht nicht mal mehr auf Wiedersehen sagen konnte und den man ohne viel Aufhebens nach Turin ins Kinderheim gebracht hatte. Es funktionierte.

»Was hat er denn gearbeitet, als er noch bei euch war?«, fragte Gitta, die eifrig Notizen machte.

»Ach, alles Mögliche. Als ich vier war, sind wir nach München gezogen. Mama hat unten in dem Haus, in dem ich jetzt noch wohne, ihre eigene Werkstatt eröffnet.«

»Und er?«

»Er hat Lorenzo und mich betreut, Kindergarten, Krabbelgruppe, einkaufen, kochen. Er hat die Dinge in der Werkstatt übernommen, die nicht direkt was mit dem Geigenbau zu tun hatten, und bekam das alles auch sehr gut hin. Warum auch nicht?«

»Hat er Italienisch mit euch geredet?«

»Ich glaube, ja.«

»Du glaubst es?« Gittas Stimme klang erstaunt.

Luna beugte sich vor: »Ich habe irgendwann verstanden, dass er nicht mehr wiederkommt und ihn ab dem Moment aus meinem Leben gestrichen, Gitta! Aus meinem Kopf. Wie in dem Buch, das du gelesen hast … Kinder können so was perfekt, wenn man sie nur genügend verletzt.«

Gitta schwieg einen Moment, bevor sie etwas sagte: »Ein Trauma war das für dich, ich weiß. Aber auch *er* hatte eins. Und je weniger man sich um so etwas kümmert, desto heftiger holt einen der Bumerang aus der Kindheit später wieder ein. Das kann sogar Generationen überspringen, wusstest du das?«

»Ja.« Luna musste an ihren Traum mit dem Qualm denken, vor dem sie immer wieder floh, und prompt stiegen ihr Tränen in die Augen, aber vor Gitta war das in Ordnung. »Seitdem ich die verkohlten Balken in dem Abbruchhaus gesehen habe, tut er mir so verdammt leid!«

Gitta sprang auf und umarmte sie. »Wir werden ihn finden, du wirst vor ihm stehen und ihm alle Fragen stellen können, die dir auf dem Herzen liegen, ganz bestimmt!« Luna nickte nur stumm und presste ihr Gesicht noch fester an Gittas Schulter.

»Wollen wir los, ein bisschen die Stadt entdecken?«, fragte die Freundin leise und drückte sie noch einmal, bevor sie sie losließ.

»Gerne!« Luna räusperte sich, und sie stritten ein bisschen darüber, wer bezahlen durfte. Luna gewann den Kampf.

Gestärkt und getröstet, traten sie aus dem Ristorante auf die kleine Straße, die sich nach wenigen Schritten auf einen sehr großen Platz öffnete. »Meine Güte, guck dir das an!«, rief sie spontan aus. »Ist diese Stadt schön!«

Die klassischen Fassaden der Häuser wurden durch das Licht der altmodischen Straßenlaternen angeleuchtet. Das nasse Pflaster schimmerte rötlich, es hatte anscheinend während sie aßen geregnet, doch wieder aufgehört, und sie bummelten wie etliche andere Menschen entspannt über den Platz. »Und da sind auch die Arkaden mit den Geschäften. Hermes, Gucci, alles da, was das Herz begehrt.« Gitta drehte sich einmal um die eigene Achse. »Ein bisschen wie die Place de la Concorde in Paris, aber gemütlicher, nicht so riesig, nicht so perfekt.« Sie drückte Lunas Hand. »Dieses Italien macht irgendwas mit mir, ich kann das gar nicht beschreiben, aber ich denke die ganze Zeit: Warum wohne ich eigentlich in Deutschland und nicht hier? Selbst auf Sizilien ging es mir so. Obwohl es dort teilweise abartig hässlich war ... aber dann auch wieder ... Schau dir zum Beispiel diesen Platz und diese Bögen an, überall haben sie diese Bögen! So viel Schönheit macht doch etwas mit dir!«

»Stimmt«, antwortete Luna einsilbig, doch sie spürte, wie sich eine neue Zuversicht in ihr ausbreitete. Völlig grundlos, aber ihr Inneres fühlte sich warm und optimistisch an. Sie hatten nur sehr vage Hinweise, um ihren Vater ausfindig zu machen, und doch schöpfte sie gerade neuen Mut, auch was ihr eigenes Leben betraf. Die schönste Zeit ihres Lebens war noch nicht vorbei, sie würde auch nicht in vier Wochen oder zwei Jahren kommen, wenn sie erst ... Ja, was denn? Welchem Zukunftstraum sie auch hinterherhetzte, der schönste Augenblick ihres Lebens war jetzt, in dieser Sekunde, hier mit Gitta auf diesem Platz, von dem sie nicht einmal wusste, wie er hieß. Mehr würde es nicht geben als diesen Augenblick und dieses Jetzt, verstand sie plötzlich. Und jede Sekunde würde immer wieder schlicht und einfach das Jetzt sein, in dem sie tatsächlich lebte. Nicht das Gestern und Morgen, über die man sich ständig Sorgen machte. Überhaupt am Leben sein zu dürfen war genug und alles, um das es ging.

»Es geht mir wie dir«, sagte sie zu Gitta. »Auch ich habe in Italien einen ganz anderen Blick auf mein Leben bekommen.«

»Sind ja auch viele neue Infos dazugekommen. Und ein winziges Dachzimmer!«

»Und ein winziges Dachzimmer!«, bestätigte Luna lachend.

»Und ein Fabio.«

»Ja, auch der.«

»Schreibt er dir?«

»Ja.«

»Was genau?«

»Er fragt, wann ich wiederkomme.«

»Und?«

»Na ja, wenn wir weiter hier rumstehen, wird das wohl noch dauern«, sagte Luna und packte lachend Gittas Hand. »Komm, wir gehen in die Via Cesare Lombroso, die ist ungefähr zwanzig Minuten von hier, sagt Google Maps.«

Aber nein, hier würden sie ihn nicht finden, erkannte Luna, als sie vor dem Haus standen und an der Fassade emporschauten. Zu schön die Straße, zu gepflegt die Häuser, obwohl das Viertel nicht weit weg vom Bahnhof lag und sie auch an Outlet-Stores und Spielhallen vorbeigekommen waren. Gitta schien ihre Gedanken zu erraten. »Du meinst, er muss unbedingt in einem Hochhaus mit abblätternder Fassade und trostlosen Balkonen hausen?«

Luna hob ratlos die Hände und ging auf das Klingelschild zu. »Hier ist er jedenfalls nicht«, sagte sie, nachdem sie die Namen darauf gelesen hatten. »Wir wissen ja noch nicht mal, ob

Mama sich nicht täuscht, und er überhaupt nicht in Torino wohnt, ob er überhaupt in *Italien* wohnt! Was, wenn er wieder nach Südamerika oder Vietnam gereist ist oder in Neuseeland eine Schaffarm gekauft hat?« Verflogen war ihr optimistisches, lebensumarmendes Hochgefühl, das sie auf dem Platz überschwemmt hatte, von dem sie inzwischen wusste, dass er San Carlo hieß.

»Dass wir ihn jetzt hier vor der Haustür antreffen, hat auch keiner von uns erwartet«, sagte Gitta. »Lass uns noch mal diesen vierzigjährigen Mann näher unter die Lupe nehmen, der nach sechs Jahren in Deutschland Frau und Kinder verlässt und in seine Heimatstadt zurückkehrt.«

»Heimatstadt? Du meinst, in die Stadt, wo sein Kinderheim gestanden hat. Wo er bei FIAT am Band malocht hat, auf Demos gegangen ist, Theater gespielt hat ... «

»Genau!«, rief Gitta so laut, dass Luna zusammenzuckte. »Das Kinderheim! Warum sind wir da nicht eher draufgekommen?«

»Da willst du doch nicht etwa hin?« Luna verspürte jedes Mal einen Stich im Magen, wenn sie an das Kinderheim dachte. Ihre Körper sträubte sich dagegen, sich das Gebäude auch nur von außen vorzustellen.

»Wir müssen überallhin«, beharrte Gitta. »Jede kleine Spur kann uns weiterbringen.« Sie zupfte an ihren kurzen blonden Haaren herum. »Was kann er hier gearbeitet haben, als er mit vierzig wiederkam?«

»Er konnte viele praktische Dinge, er konnte kochen, er konnte zupacken, du hast es doch gehört!«

»Ja, aber was hat ihn interessiert?« Gitta hüpfte ein Stück in die Höhe, um in eines der vergitterten Fenster schauen zu können.

»Keine Ahnung. Politik? Bücher? Er hat doch viel gelesen, marxistisches Zeug und so.«

»Bücher ...«, sagte Gitta leise. »Was macht man mit Büchern?«

»Weiß nicht. Gar nichts, höchstens drucken oder verkaufen, wenn man nicht studiert hat«, sagte Luna und wandte sich wieder der Fassade zu. »Schönes Haus, die Nummer Acht, Glückwunsch, Mama, hier hast du also deinen dreißigsten Geburtstag verbracht und Kuchen gegessen.« Sie machte ein Foto, um es ihrer Mutter zu schicken. »Lass uns zurückgehen.«

Sie kehrten um. Doch für den Weg zurück zum Hotel brauchten sie zwei Stunden, so verlockend waren die Straßen mit den teils herrschaftlichen Häusern, die Schaufenster der Geschäfte, die Arkaden davor und die Cafés, die es wiederum vor den Arkaden gab. Der Abend war herbstlich, das Klima ganz anders als noch gestern auf Sizilien, dennoch war es nicht zu kühl für die leichten Jacken, die sie über Jeans und T-Shirts trugen. Sie gerieten auf eine breite Brücke, die sie über den Po führte, und nach einem kleinen Abstecher hinauf zu den beeindruckenden, an einen griechischen Tempel erinnernden Säulen der Chiesa della Gran Madre gingen sie zurück.

»Das gibt es doch gar nicht, er ist im Internet nicht existent«, sagte Luna eine Stunde später, als sie geduscht im Bett lag und Gittas Laptop auf ihrem Bauch balancierte. »Kann es tatsächlich sein, dass er in seinem achtundsechzigjährigen Leben nirgendwo Spuren hinterlassen hat?«

Isabell hatte sich noch an den Namen der Theatergruppe erinnern können und ihr geschickt. Als sie *Teatro Ottimo, Torino* googelte, waren zwar auch drei Fotos aus den Achtzigerjahren erschienen, doch sie waren mit anderen Namen versehen. Daniele Vivarelli war nicht unter ihnen.

»Spuren hinterlassen? Manche Menschen wollen eben das vermeiden«, sagte Gitta schläfrig. »Die haben auch kein Handy, oder wenn, dann so ein ganz altes Klappding aus dem Jahre 1998.«

»Komischerweise glaube ich dennoch, dass er in der Stadt ist«, sagte Luna.

»Also doch nicht in Neuseeland? Auf der Schaffarm?«

»Eher nicht.«

»Was ist mit der Theatergruppe?«

»Fehlanzeige.«

»Und wenn er wieder irgendwo aufgetreten ist, sich aber einen anderen Namen zugelegt hat? Tun Künstler das nicht manchmal?« Gitta gähnte herzzerreißend.

Luna stutzte. Warum war sie da nicht früher daraufgekommen? Ihr Vater hatte zum Konsulat gehen und den Familiennamen seiner Mutter annehmen wollen. Battisti! So hatte ihre Mutter es erzählt. Damit sie, Luna, diesen Nachnamen tragen konnte. Sie berichtete Gitta davon. »Es ist nie dazu gekommen, wie du schon bemerkt hast, denn ich hieß schon immer Kreutzner. Vielleicht hat er sich aber später nach seiner Mutter genannt. Daniele Battisti.«

»Dann such nach ihm!« Gitta hatte sich im Bett aufgesetzt, jetzt wieder hellwach.

»Bin schon dabei!« Luna tippte eifrig. Doch bereits nach wenigen Momenten sah sie, dass, außer dem jungen Arbeiter Daniele Battisti bei linked.in auch unter diesem Namen nichts angezeigt wurde. Dafür gab es mindesten zwanzig Daniele Battisti bei Facebook. Sie machte sich ans Werk. Auch hier gab es keine überzeugenden Ergebnisse, bis auf eines: Daniele Vivarelli, oder auch Daniele Battisti, war nicht daran interessiert, sich finden zu lassen.

Am nächsten Morgen harrten sie geduldig in der Schlange des Einwohnermeldeamtes aus. Nach einer Stunde schließlich durfte Luna ihren Antrag abgeben, in dem sie nach dem Verbleib ihres Vaters Daniele Vivarelli, eventuell auch Daniele *Battisti*, forschte. Die Dame hinter dem Schalter machte eine Kopie von der Geburtsurkunde, nahm die Quittung an sich, auf der stand, das Luna zwölf Euro Bearbeitungsgebühr bezahlt hatte, und legte alles auf einen hohen Stapel hinter sich. In drei Wochen hätte Luna den Bescheid. Nein, früher ginge es leider nicht.

Vor dem Gebäude nahm Luna dankbar Gittas Kaffeebecher entgegen, und sie machten sich mit dem Cabrio auf in den Nordosten der Stadt, zum ehemaligen *Teatro Ottimo*, an dessen Stelle jetzt angeblich die Theaterschule *Stage Academy Shakespeare Torino* ihre Tore geöffnet hatte.

Doch der Flachbau direkt neben einem Lidl-Markt sah nicht gerade einladend aus, die Glastüren, an denen Plakate längst vergangener Aufführungen klebten, waren fleckig und verschlossen. »Verdammt«, sagte Luna, »im Internet sah die Schule richtig toll aus!«

Gitta zuckte mit den Schultern. »Nicht gerade die beste Gegend hier.« Sie sah besorgt zu ihrem Mercedes, dessen Dach geöffnet war, denn die Sonne schien und es herrschten über zwanzig Grad. »Und schon wieder ein *Lidl*, wie auf Sizilien. Europa macht irgendwie alles gleich, wie soll man da eine rundum italienische Geschichte schreiben?«

»Keine Ahnung, wenn man das will, muss man als Autorin vielleicht auf was Historisches zurückgreifen.« Luna seufzte. »Ich bin megaenttäuscht von dieser Shakespeare-Bruchbude. Dass die es überhaupt wagen, den Namen zu tragen, außerdem wurde da behauptet, dass sie ab elf Uhr geöffnet haben!«

»Wir hätten vorher anrufen sollen. Also du«, murmelte

Gitta. »Da hinten hast du übrigens deine Hochhäuser«, setzte sie hinzu, »ein paar Industrie-Ruinen stehen auch noch nebenan oder soll das Kunst sein?«

Luna drehte sich um. Über dem Grün der Bäume ragten die orangefarbenen Pfeiler ehemaliger Fabrikhallen wie stählerne Stifte in den blauen Himmel. »Ich glaube, das ist einer dieser Parks, die sie dort angelegt haben, wo sich früher nur Industrie aneinanderreihte, ein paar *Erinnerungen* haben sie stehen lassen. Das ehemalige Gelände der Wollfabrik, von der meine Mutter erzählt hat, ist auch nicht weit weg.«

»Dann schließe ich eben das Dach, besser ist das, und wir gucken uns den Park an, wo wir schon mal hier sind«, meinte Gitta. Sie überquerten die Straße und sahen sich schon nach wenigen Schritten an. »Was für eine Atmosphäre!«, rief Gitta. »Man spürt die Jahre des Industriezeitalters, aber sie haben echt mal was für ihre Bewohner getan. Hier ist so viel Platz! Wie heißt das Ding?«

»Das ist der *Parco Dora*.« Luna hatte sich die Informationstafel am Eingang durchgelesen und übersetzte den Inhalt für Gitta. »Früher haben FIAT und Michelin hier produziert, und als die Firmen in den Neunzigern verkleinert oder ausgelagert wurden, lag das alles lange brach.«

»Na, das hat bestimmt nicht toll ausgesehen …« Gitta ging auf eine der mit Graffiti verzierten Skater-Rampen zu, die an diesem Mittag noch verwaist waren.

»Nein, eher superdeprimierend, die Turiner Bevölkerung hat dagegen protestiert und sich durchgesetzt. Ab 2004 hat man das Areal dann geräumt und Wohnungen gebaut, Spielplätze angelegt und Tausende von Bäumen gepflanzt. Aus einigen der alten Hallen wurden Kulturzentren und Orte für Musikfestivals gemacht.«

»Vielleicht wohnt dein Vater ja aus purer Nostalgie in einem der Hochhäuser … da kann er immer auf seine alte Arbeitsstätte schauen.« Gitta zeigte auf einen der bunten Hochhaustürme.

»Ich weiß nicht, ob das wirklich hier war.« Luna seufzte. »FIAT war ja nicht nur auf diesem Gelände, sondern auch weiter im Süden der Stadt, wo das Gebäude mit der Teststrecke auf dem Dach noch immer steht. Aber wenn man älter wird, macht man so was ja anscheinend, man geht dahin zurück, wo man sich mal sicher fühlte. Lass uns bei dieser Wollfabrik vorbeifahren!«

Das Eingangstor des ehemaligen *Lanificio Bona* lag zwischen zwei frisch renovierten, halbkreisförmigen Gebäuden ebenfalls im Stadtteil Barriera di Milano, die gelbe Farbe mit den fröhlich orangefarbenen Absätzen dazwischen lud ein, das Gelände dahinter zu betreten.

»Die haben was, diese Industriebauten«, sagte Gitta.

Luna stimmte ihr zu und konnte es kaum erwarten, bis die Freundin neben den Straßenbahngleisen einen Parkplatz gefunden hatte. Sie war nervös oder warum klopfte ihr Herz so freudig-aufgeregt? War das ein Zeichen?

Niemand hielt sie auf, als sie die leere Portiersloge an der Schranke vorbei passierten, den Innenhof betraten und sich umsahen. Es gab den Showroom eines unbekannten Modelabels, eine Druckerei, ein Lager für Stahlseile, für Farben und Teppiche und ungefähr dreißig weitere Läden. Dazwischen entdeckten sie ein Café, das 2019 mit einem Design-Preis ausgezeichnet worden war, wie ein stolzer Aufkleber an der Tür bestätigte.

»Noch einen *caffè*?«, fragte Luna.

»Absolut, ich könnte auch schon wieder etwas zu essen

vertragen, keine Ahnung, warum«, sagte Gitta und strich sich über ihren flachen Bauch. »Aber auch ohne meinen Appetit sollten wir da drin nach ihm fragen. Wenn dein Vater hier ein und aus gehen würde, kennen die ihn doch!«

Hinter dem modernen Tresen aus Beton stand ein junger Mann, der sich mit einem einsamen Geschirrhandtuch beschäftigte. Die Stühle waren gelb und petrol angestrichen, die Oberlichter kantig und mit Stahl verstärkt. »*Buongiorno*, was für ein cooler Laden«, begrüßte Luna ihn. »Allerdings ein bisschen abgelegen, habt ihr denn genug Gäste?«

Der Typ hinter der Bar war höchstens zwanzig, er sah gut aus und wusste das auch. »Hauptsache ab und zu kommen dir *richtigen* Leute herein«, sagte er und teilte sein charmantes Sonnyboy-Lächeln gerecht zwischen ihnen auf. »Wir haben nicht so viel Laufkundschaft, aber die meisten der Ladenbesitzer essen mittags hier bei mir, und wir machen viele Events, man kann uns, also das ganze Lokal, auch mieten!« Und mich auch, verkündet er gleich, dachte Luna, denn das freche Grinsen auf seinem Gesicht sah ganz danach aus.

Sie bestellten eins der appetitlichen *tramezzini* aus der Vitrine, einen Käsetoast und zwei *cappuccini*. Während sie auf das Essen warteten, suchte Luna auf ihrem Handy die besten Bilder ihres Vaters heraus und packte sie in einen Ordner mit dem Namen … mit dem Namen … na okay, Papa. Sie schluckte. Für die meisten ein ganz normales, kleines Wort, doch für sie jahrelang unaussprechbar! Nur weil sie inzwischen wusste, was ihrem *Papa* als kleiner Junge zugestoßen war, konnte sie es wieder benutzen.

»*Scusi*, wir haben da mal eine Frage«, begann Luna, sobald die Getränke vor ihnen standen und der Junge sich mit seinem leeren Tablett zum Gehen wandte, um das Essen zu holen.

»Ich suche meinen Vater, Daniele Vivarelli, der sich hier Ende der Siebzigerjahre herumgetrieben hat. Ich glaube, das Gelände ist in der Zeit mal besetzt gewesen? Vielleicht ist er ja heutzutage auch ab und zu hier?« Sie zeigte ihm die Fotos.

»*Ma é troppo giovani!*«, rief er aus.

»So sah er damals aus, ein aktuelleres Bild habe ich leider nicht.«

»Was sagt er?«, fragte Gitta.

»Daniele sei sehr jung!«

»Ja klar, wie du!« Gitta zeigte auf ihn.

»*Giovane, come lei!*«, gab er Gittas Feststellung sofort als Kompliment an sie zurück. »*Anche lei parla italiano?*«

»*No. Solo un po…*«, beteuerte Gitta und tat dabei nicht bescheiden. Ihr Italienisch war wirklich kaum vorhanden.

Aber nein, ihre Aussprache wäre doch *fantastico*, erwiderte er.

Er flirtete mit Gitta! Und sie flirtete zurück, stellte Luna fest. »Der ist gut fünfzehn Jahre jünger als du«, sagte sie lachend zu ihr, »aber mach ruhig weiter, er könnte uns nützlich sein.«

»Was ist also mit ihm?« Gitta tippte auf das Foto von Daniele mit Nickelbrille und Che-Guevara-Mütze. »*Conosci?*«

Der Junge schüttelte den Kopf und murmelte: »Die Siebziger, die Siebziger. Mein Opa war in den Siebzigern auch so ein Linker, der demonstrieren ging und bei FIAT vor dem Werkstor stand, wenn dort gestreikt wurde. Da war er ganz stolz drauf!« Er wartete geduldig, bis Luna Gitta seine Worte übersetzt hatte. Aber auch wenn er seine *fantasia* bemühen und vierzig Jahre auf dieses Gesicht draufrechnen würde, käme ihm niemand, den er kannte, in den Sinn, auf den die Fotos passen könnten, fuhr er fort.

»Aber dein Opa lebt doch noch?«

»Ja, aber er ist schon früh dement geworden, obwohl er erst sechsundsechzig ist.«

Oh. Dement. Gitta und Luna wechselten einen Blick. Das war natürlich auch eine drastische Möglichkeit, die sie für Daniele Vivarelli nicht ausschließen konnten.

»Gibt es denn Orte, wo sich diese ehemaligen Arbeiter von FIAT heute noch treffen?«

»Keine Ahnung, mein *nonno* war ja Student, kein Arbeiter. Aber es gibt einen Film von den Streiks und wie sich Arbeiter und Studenten zusammengetan haben, da ist er drin!« Doch an den Titel des Films konnte er sich nicht erinnern. Sich den Kopf kratzend, verschwand er hinter dem Tresen.

Als sie bezahlten, versuchte er tatsächlich, an Gittas Telefonnummer zu kommen. »Wie dreist«, sagte Luna. »Diese jungen Leute …«

»Wie süß«, gab Gitta zurück. »Sag ihm, er darf *dich* anrufen, aber nur wenn ihm noch was zu Daniele Vivarelli oder Battisti einfällt, und zur Belohnung spreche ich dann auch mit ihm!«

»Na klar, auf Italienisch …« Luna schnaubte durch die Nase, doch sie gab dem frechen jungen Mann, der sich als Beppe vorstellte, eine Visitenkarte vom ›Il Violino‹, auf der ihre Handynummer stand.

»Der wird sich Mühe geben«, sagte Gitta, als sie das Café verließen. »Männer wollen sich nämlich anstrengen, um zu gefallen. Eine Belohnung ist das Schönste, was du ihnen anbieten kannst!«

Der wird sich gar nicht melden, dachte Luna, doch ganz sicher war sie sich nicht. Gitta wusste immer so verdammt viel über Dinge, über die sie sich noch nie Gedanken gemacht hatte. Habe ich überhaupt schon mal einen Mann extra lange hingehalten, fragte sie sich, damit der sich ein bisschen mehr für mich anstrengt, bevor ich ihn dann *belohnt* habe? Wohl kaum. Diamantino war sie nach der ersten Küchenwoche und dem zehnten Kompliment gleich in die Arme gefallen, weil sie sich damals so schrecklich alleine fühlte. Wie die Sache ausgegangen war, hatte man ja gesehen. Sollte sie Fabio also irgendeine Belohnung in Aussicht stellen? Sie lächelte unvermittelt. Seine WhatsApp von heute Morgen hatte sie noch nicht beantwortet, weil sie etwas Lustiges hatte zurückschreiben wollen und immer noch nicht wusste, was.

Ihr seid in Torino? Tolle Stadt, aber mir persönlich zu groß. Cremona ist gemütlicher, klingt besser und wartet auf dich! Fabio

Sie überlegte, während Gitta mit ihr in Richtung Lingotto-Viertel fuhr, in dem das ehemalige Produktionszentrum von FIAT lag.

»Wir sind übrigens gleich da«, sagte sie und zeigte nach draußen: »Hier sind schon Siedlungen mit Hochhäusern, die aussehen, als ob sie 1930 erbaut worden wären, oder wann haben sie das Ding eröffnet?«

»Die Fabrik? 1923, wenn ich mich richtig erinnere«, sagte Luna abwesend, doch dann konzentrierte sie sich und tippte folgende Worte:

– Was ist noch schön an Cremona? Wenn deine Argumente mich überzeugen, komme ich vielleicht zurück …

Zum Abschluss ein Smiley, der nachdenklich schaute.

Kaum eine Minute später traf seine Antwort ein:

– Schön ist hier das Licht, auch nachts, die roten Ziegelmauern, mit denen die Gassen gesäumt sind, die Musik der Violinen, bella musica, *die zu jeder Stunde überraschenderweise durch ebendiese Gassen ziehen kann, und schön wäre sogar das Warten auf dich. Wenn ich denn sicher sein könnte, dass es ein Ende fände.*

Luna lächelte so sehr auf ihr Handy herab, dass selbst Gitta es von ihrem Fahrersitz aus bemerkte. »Was ist los? Was schreibt er?«

»Er hat sich gerade eine Belohnung verdient.«

– *Überzeugt. Außerdem möchte ich mein Zimmer noch mal ausmessen und berechnen, ob die Sofagarnitur hineinpasst, die ich gerade im Internet bestellt habe.*

Sie kicherte voller Vorfreude, als seine nächste Nachricht mit einem Pling! eintrudelte.

– *Wieso bestellst du Sofagarnituren im Internet? Ich habe gerade darüber nachgedacht, ob ich die Halle an einen Möbelhersteller vermieten soll, der verkauft Sofas in protzigen Lederausstattungen ...*

– *Nicht dein Ernst!*

– *Nein. War gelogen.*

– *Möbelausstellung,* ti prego*! Aus der Halle müssen wir etwas viel Schöneres machen!*

Natürlich bemerkte sie, dass sie ein *Wir* verwendet hatte, doch sie ließ es stehen und hoffte, ihm würde es auch auffallen.

– *Da hast du absolut recht! Einen Zoo?,* fragte er zurück.

– *Ein Gewächshaus!,* textete Luna zurück.

– *Ein Café mit vielen Blumen,* schlug Fabio daraufhin vor.

– *Gute Idee, aber die Halle ist zu groß und macht damit zu viel Arbeit. Vier Tische auf dem Hof bei schönem Wetter reichen. Bei Regen haben wir zu und spielen in der Halle Tischtennis!*

Schon wieder das *Wir,* und jetzt kommandierte sie auch schon.

– *Okay, Chefin!*

Das zaghafte Gefühl der Verliebtheit, dass sich in den letzten Tagen wie ein leichtes Ziehen in Lunas Bauch eingenistet hatte, wallte nun auf, als ob man eine Flamme darunter gehalten hätte. Es kribbelte, und goldene Funken sprühten, es wärmte, und sie fühlte sich plötzlich verdammt verführerisch und aufregend, sodass sie unruhig auf ihrem Sitz hin und her rutschte.

– Na, dann denk dir die Details dazu aus, damit ich deine Chefin bleiben möchte, und dir nicht kündigen muss …

War das zu viel? Zu unverschämt? Was erlaubte sie sich da nur?

»Zu viel? Niemals!«, rief Spezialistin Gitta, nachdem Luna ihr den Nachrichtenwechsel vorgelesen hatte. »Er muss sich anstrengen, um dich zu erobern, und das wird er lieben wie alle anderen Männer auch!«

Fünfter Rückblick
Anna Battisti - 1952-1956 (25-29 Jahre)

Anna stöhnte leise auf. Ihr Bauch war so dick, sie konnte sich kaum noch rühren. Bald war es so weit, jeden Tag konnte das Kind kommen. Sie schaute gebannt in den Spiegel des großzügigen Badezimmers, das sie seit der Heirat ihr Eigen nannte. Es gab sogar heißes Wasser, direkt aus der Leitung! Ihr Gesicht hatte sich verändert, es war rund, und alles darin sah größer aus als sonst. Die Haare, die sie sich endlich hatte abschneiden lassen, taten ihr Übriges dazu. Die Nase, die Wangen und der Mund. Sie sah aufgequollen aus, wie ein Hefeteig, doch sie fand sich nicht abstoßend, nur anders. Faszinierend, was die Natur mit einem Körper machen konnte. Sie hatte natürlich schon eine Hebamme, die ins Haus kam und sie mit tausend Tipps und abergläubischen Regeln versorgte, von denen sie kaum etwas glauben mochte. In anderen Umständen sollte man möglichst nicht die Haare waschen, kein Salzfass umstoßen, keine Amphore mit Öl zerbrechen, Gott bewahre, wie sollte sie ausgerechnet dazu kommen? Sich nicht auf einen Stuhl setzen, unter dem ein Messer liegt, sich nicht den bösen Blick von Nachbarn und anderen Frauen einfangen, aber warum sollte jemand auf sie böse sein? Sie war doch so freundlich empfangen worden. In den letzten Wochen hatte sie sich allerdings immer mehr ins Haus zurückgezogen, die geschlossenen Fensterläden und kühlen Steinfußböden waren bei der mörderischen Hitze eine Wohltat. Zwei Mädchen, dunkel und wieselflink, gingen ihr zur Hand, sie putzten den ganzen Tag, außerdem gab es eine Köchin, die hervorragende Speisen zuzubereiten wusste. Sie aßen anders hier unten in Sizilien, aber bis auf die kleinen Schnecken, die sie abstoßend fand, schmeckte es Anna, was immer sie auch probierte. Sie seufzte wohlig und strich sich über den Bauch. Sie hatte alles!

Begonnen hatte das Märchen, nachdem sie von ihrer Krankheit genesen war, die sie nach der Reise befallen hatte. Auf dem schmalen Bett in der Kammer wäre sie beinahe an Diphtherie gestorben, so hoch war das Fieber und so hartnäckig der Husten, der sie befallen hatte. Doch Zia Emilia hatte sie gepflegt und ihr auch zunächst die schlechten Nachrichten aus der Heimat vorenthalten, die mit einem Brief der Patentante ins Haus flatterten. Annas Flucht war als Schuldeingeständnis aufgefasst worden, denn die Familie Mollari hatte ihre Unberührtheit tatsächlich angezweifelt und diesen Zweifel in der ganzen Stadt verkündet. Wie niederträchtig! Anna wusste lange Zeit nichts davon, sie brauchte einen ganzen Monat, um wieder zu Kräften zu kommen, aber die Tante schonte sie, wo sie konnte.

Zia Emilias Mann war zwar nur ein kleines Licht im Gemeindeamt, das hatte Anna schnell herausgefunden, doch sein Ziel war es, seine Nichte zu verheiraten. Als sie wieder bei Kräften war, rissen die Besuche der Kandidaten nicht ab. Die Männer, die Salvatore für sie auserkoren hatte, waren zu klein, zu dumm, zu hässlich, zu alt, waren verwitwet mit einem Haufen Kinder, doch eins einte sie alle, sie besaßen Geld!

Anna wollte nichts davon wissen, sie schaute die Männer nicht einmal an, wenn sie bei ihnen im äußerst einfach eingerichteten dunklen Salon saßen, sondern schmiedete Fluchtpläne. Sie hatte sogar versucht, ihren goldenen Ring schätzen zu lassen, um zu sehen, ob das Geld für eine Rückfahrkarte in den Norden reichen würde, nicht wissend, wo sie überhaupt hinwollte. Die Sache war natürlich herausgekommen, alles kam in dieser kleinen Stadt heraus, es wurde getratscht und breitgetreten, und die erschrockene Tante hatte Anna nach dem heftigen Weinanfall das Versprechen geben müssen, sie nicht mehr gegen ihren Willen zu verkuppeln. Dennoch fühlte sie sich eingesperrt, keinen Gang durfte sie alleine machen, immer war die Tante dabei oder Salvatore oder sogar beide! Sie brüsteten sich mit ihrer hübschen Nichte und führten sie abends auf der Promenade aus. Die Kunde über ihre Schönheit machte die Runde in der Stadt, und Salvatore überlegte, mit wem er seine Nichte noch zusammenbringen könnte.

Annas neues Leben begann mit dem Abend, an dem Salvatore einen weiteren Kandidaten, den noch recht jungen Anwalt Ugo Libero Vivarelli, in die bescheidene Wohnung in die Via Ballerino einlud.

Ugo war normal groß. Er war zweiunddreißig und nicht fünfzig oder sechzig wie die anderen Anwärter. Er hatte hellbraune dünne Haare, eine angenehme Stimme und sah weder Massimo noch Manuele noch sonst jemandem ähnlich, den Anna kannte. Sein Gesicht war schmal, seine Augen intelligent, seine Schneidezähne klein, aber ganz intakt, kurz, er zeichnete sich durch keine besonderen Merkmale aus. Er ist ein Mann, an dessen Gesicht man sich kaum erinnert, der nirgendwo auffallen würde, dachte Anna, aber sie bemerkte ein anderes Detail, das ihr gefiel! Er trug einen leichten hellen Leinenanzug, wie der frisch verheiratete Umberto, der sie mit dem Auto nach Rom gefahren hatte. Der Anzug stand ihm gut, ihn mochte Anna am meisten. Ugo, Umberto, beide Namen begannen mit U. Ob das etwas zu bedeuten hatte?

Ugo fragte sie nach ihrer Mutter, ihrem Vater und dem Leben in Cremona. Anna erzählte von der Geigenbauwerkstatt, ein Thema, das ihn als erster Mensch dieser Welt zu interessieren schien. Und obwohl Zia Emilia ihr heimlich mit der Hand Zeichen machte, sie solle lieber schweigen und sitzen bleiben, holte sie das kleine Instrument aus ihrer Kammer.

»Ich würde gerne Geigen bauen wie die hier«, erklärte sie und überreichte sie ihm.

»Warum auch nicht«, war seine Antwort, als er die Violine betrachtete. »Sie scheint mir in ihrer Winzigkeit perfekt zu sein!« Er lächelte Anna an. Schüchtern und zugleich voller Zuneigung, wie man ein kleines Kätzchen anschauen würde. Der würde sie nicht begrapschen und ihr Gewalt antun. Er würde sie beschützen und ihr gleichzeitig die Möglichkeit geben, noch viel mehr Instrumente in ihrem Leben zu bauen!

Sie ging mit ihm spazieren, Tante Emilia zwei Meter hinter ihnen. Sie ging mit ihm ins Kino. Tante Emilia saß zwischen ihnen. Anna fand es lästig, alle Gespräche mit ihr teilen zu müssen. Ugo erzählte von seinen Fällen in der Kanzlei. Er verhandelte Verkäufe von Firmen und Häusern, setzte Verträge auf und legte Konditionen fest. Es schien eine anstrengende, nicht gerade spannende Arbeit zu sein, doch manchmal passierte auch etwas Lustiges, dann zog er beim Lachen die Luft ein wie eine kleine Seerobbe. Ich höre ihm gerne zu, dachte Anna, aber Tante Emilia muss wirklich nicht als Aufpasserin dabei sein. Berühren würde Ugo sie nämlich niemals, und auch sie wollte ihn nicht berühren, obwohl sein Wesen ihr nicht unangenehm war. Am Ende einer gemeinsamen *passeggiata* an der

Promenade entlang bat er sie um etwas: »Wenn du uns die Ehre geben würdest, *mamma* würde sich freuen, dich kennenlernen zu dürfen!«

Die Tante strahlte, sie brachte Anna wenige Tage später bis zu der Villa, die, abgeschottet hinter hohen Mauern, ausgerechnet in der Viale Cesare Battisti gegenüber den antiken Ausgrabungen lag, ein weiteres Zeichen für Anna. Sie kam aber dann nicht mit hinein. »So zeigen wir, dass wir ihnen vertrauen! Das ist deine Chance, mein Kind!«

»Anna!«, hörte sie ihre Schwiegermutter rufen und verließ schnell das Bad. Vor der Signora Vivarelli hatte man sie gewarnt. Sie hatte ihren Namen abgelegt und den ihres Mannes angenommen, eines Kaufmanns, der mit dem Salz der Salinen reich geworden war. Doch in den letzten Tagen des Krieges, kurz vor der Invasion der amerikanischen Truppen, erlag Roberto Filippo Vivarelli einem Herzinfarkt auf einer seiner Geliebten. Man sagte, dass sie seitdem verbittert wäre, doch sie entpuppte sich … man mochte es kaum glauben, als ein wahrer Segen für Anna!

Als sie damals die Villa betrat, wartete die Sechzigjährige schon auf dem Treppenabsatz auf Anna und nahm sie von oben bis unten ins Visier. Sie selbst war sehr beleibt und erinnerte trotz ihrer eleganten Kleidung an einen Teewärmer über einer besonders dicken Kanne. Sie hatte die junge Frau mit einem verschmitzten Lächeln zu sich gewunken, und sie waren zusammen in den Salon gegangen, wo Anna mit den köstlichsten Gebäckstücken bewirtet wurde, die sie je gegessen hatte. Es war Liebe auf den ersten Blick gewesen, Gemma Carolina Vivarelli hatte Anna über ihre Wünsche, Leidenschaften, Sehnsüchte und Träume ausgefragt, sie hatte munter von sich selbst und ihrer Heirat geplaudert und am Ende der Audienz war es beschlossen: Anna würde den netten, zurückhaltenden Sohn der Signora Vivarelli heiraten!

Anna betrat den Salon und ging mit wiegendem Gang auf ihre Schwiegermutter mit den sorgfältig ondulierten Haaren zu, die mit ihrem mächtigen Gesäß über das Stühlchen an ihrem Sekretär hinausquoll und einen Brief schrieb. »Da bist du ja! Hast du gut geschlafen? Hat Pia dir dein geschlagenes Ei mit Rotwein zur Stärkung bereitet?«

Anna nickte. Das aufgeschlagene Eigelb, das sie jeden Morgen zu sich nehmen musste, war zwar etwas ekelig und sie trank es nur ihr zuliebe, aber als sie sah, wie wohlgefällig ihr die *mamma*, so nannte Anna sie, mal wieder auf den Bauch schaute, entschädigte sie das für alles.

»Das Kleid verdeckt es nun kaum mehr …«, sagte die *mamma* in tadelndem Ton, doch sie lächelte dabei.

Anna umarmte ihre Schwiegermutter. Sie hatte zu Beginn der kurzen Verlobungszeit die schönsten Kleider von ihr bekommen, und auch für diese Zeit der anderen Umstände war extra eine ganz neue Garderobe für sie genäht worden, denn sie würde ja wohl noch mehr Kinder bekommen, hatte *mamma* vermutet. Die Familie war reich, und trotz des unrühmlichen Ablebens ihres Gatten war Signora Vivarelli noch oft in den adligen Kreisen von Marsala und auch Trapani eingeladen, weil man sie als lebhafte, scharfzüngige Unterhalterin schätzte. Einzig und allein Beatrice, ihre einzige Tochter, wurde von ihr nie erwähnt. Die zwei Jahre jüngere Schwester von Ugo war kurz nach Ende des Krieges mit einem Handelsvertreter für Haushaltswaren durchgebrannt, ein Vorfall, den ihre Mutter ihr nicht verziehen hatte. Denn das Mädchen hatte darauf bestanden, ihren *Entführer* zu heiraten.

»Dabei hatte niemand etwas von dieser angeblichen Entführung mitbekommen, und sie war noch nicht mal schwanger, sie hätte also zu uns zurückkommen können«, hatte Ugo Anna in einer ihrer sehr seltenen Unterhaltungen erzählt. Seitdem wohnte Beatrice weit draußen, außerhalb der Stadt, mit ihrem Mann, sie hielt Hühner, soviel wusste man, und niemand der Familie durfte mehr Kontakt mit ihr haben.

Das Leben mit Ugo war einfacher, als Anna gedacht hatte. Er war ein sehr sanfter Mann, der sich ihr nur selten körperlich näherte und wenn, dann war er vorsichtig gewesen und alles ging immer recht schnell. Nur dass er danach immer an ihrer Brust nuckeln wollte, hat sie etwas irritiert. Seitdem sie schwanger war, forderte er seine ehelichen Rechte natürlich nicht mehr ein.

»Du wirst wohl bald dein Kind kaufen gehen müssen!«, sagte *mamma* in diesem Augenblick.

Kaufen! Die Sizilianer benannten nichts, was mit Geburt und Zeugung zu tun hatte, bei seinem Namen. Das war im Norden anders.

»Wenn es ein Junge wird, nennen wir es nach meinem Vater, Daniele, nicht wahr?«

»Und als zweiten Namen Giorgio«, sagte Anna mit zärtlichem Ton in der Stimme.

»Wir können im Salon ein paar Patiencen legen, damit dir die Zeit nicht zu lang wird«, schlug ihre Schwiegermutter vor, »ich schreibe diesen Brief noch zu Ende. Gab es denn beim Onkel nicht doch mal Post für dich?«

»Nein.« Anna hatte die wunderbaren Botschaften von Hochzeit und ihrem Zustand der guten Hoffnung natürlich nach Hause geschrieben, mehrfach, an ihre Patentante, und auch an Elsa. Andere Menschen kannte sie dort oben im

Norden ja nicht mehr. Doch es war keine Antwort gekommen, dabei hatte Salvatore die Briefe doch immer zur besonders bevorzugten Post der Gemeinde gelegt!

»Aber das stört mich nicht«, sagte sie laut. »Meine Welt ist jetzt hier, bei euch!«

Vier Jahre später, im Sommer des Jahres 1956, war Annas Glück perfekt. Sie hatte mittlerweile drei Söhne: Daniele, vier Jahre, Claudio (den sie gerne Umberto genannt hätte, doch das war nicht angemessen, seitdem man den Monarchen selben Namens nach der Volksabstimmung aus dem Land gejagt hatte), er war drei, und der kleine Rodolfo, der mit seinen vierzehn Monaten gerade den ersten Schritt getan hatte. Anna war froh über das Kindermädchen, das ihre Schwiegermutter angestellt hatte, das Haus der *mamma* war nun jeden Tag erfüllt von Kinderlachen und -geschrei. Es wurde andauernd üppig und ausführlich gegessen. Sie hatten noch mehr Angestellte, auch einen Chauffeur, und die Schneiderin kam beinahe jede Woche ins Haus. Anna war zwar noch immer nicht ihre Pläne für die Geigenbauwerkstatt angegangen, aber ansonsten schien alles in bester Ordnung. Immerhin hing ihre Geige im oberen Salon an der Wand, Klangholz und Werkzeug bewahrte sie in einer Kommodenschublade in ihrem eigenen Schlafzimmer auf, im Salon stand *babbos* Foto in einem neuen silbernen Rahmen neben denen der anderen Familienmitglieder. Ugo und sie schliefen getrennt, denn ihr sonst so sanfter, stiller Mann, schnarchte weithin hörbar. Ab und zu fuhren sie mit dem Automobil aus und besuchten *mammas* Freunde, ansonsten spielte sich das Leben größtenteils zwischen den Mauern der Villa ab und in dem hochumzäunten, gepflegten Garten. Auch Zia Emilia und Salvatore sah sie nicht mehr oft. Salvatore, eröffnete Ugo ihr behutsam, würde nach außen hin mit seinem Gehalt, dass er bei der Gemeinde von Marsala verdiente, prahlen, doch es würde offenbar vorne und hinten nicht reichen. Er hätte schon krumme Dinger gedreht, hätte Leuten Versprechen gegeben, die er dann nicht gehalten hätte, in ihrem Einverständnis sogar Unterschriften gefälscht, weil der oder diejenige nicht vor Ort gewesen wäre, doch das sei ja gang und gäbe auf der Insel. Er habe sich dabei allerdings schon zweimal erwischen lassen und wäre wegen Betrugs angeklagt, aber jedes Mal freigesprochen worden.

Manchmal fragte Anna sich allerdings auch, wo das Geld für das Leben herkam, das *sie* führten. Warf die Salzmine immer noch so viel Geld ab, und wer leitete sie überhaupt nach dem Tod des Familienoberhauptes Vivarelli? Auf den Straßen in Marsala war die Armut überall zu sehen, in den Gassen von Palermo, wohin sie die *mamma* manchmal begleitete, sprang sie einem direkt ins Gesicht.

Viele Sizilianer wanderten aus, nach Amerika. Im Norden erlebte das Land gerade fast so etwas wie ein Wirtschaftswunder, im Süden fehlte es immer noch an Arbeit, und die Menschen waren gezwungen, ihr Geld als Hausierer, Taschendiebe, Prostituierte, Sammler von Brennholz, wilden Kräutern, Lumpen oder Schrott, wenn es besser lief als Erntehelfer, Wäscherinnen, Zimmer- oder Hausmädchen zu verdienen.

Anna war froh, mit dieser Welt nichts mehr zu tun haben zu müssen. Sie lebte sicher und geschützt und konnte ihren Kindern beim Aufwachsen zusehen.

Ugo war inzwischen Notar geworden, er sah die Kinder kaum, nur am Wochenende saß er mit ihnen im Garten oder bei zu heißem oder schlechtem Wetter im Salon und schaute still ihrem Treiben zu. Manchmal nahm er Daniele oder auch

Claudio auf den Schoß, doch er redete immer wie mit Erwachsenen mit ihnen und wurde ihrer schnell überdrüssig. Anna war zufrieden, sie hatte sich bei der Hebamme kundig gemacht, wie sie nicht mehr sofort schwanger werden würde. In ein paar Monaten würde sie kein neues Kind *kaufen* gehen, sondern Werkzeug und mit einer neuen Geige beginnen! *Mamma* hatte nichts dagegen, sie hatte ihr sogar schon ein Zimmerchen in Aussicht gestellt, wo Anna ›ihrer Leidenschaft frönen konnte‹, so nannte sie es.

Ugo war in letzter Zeit etwas nervös und bedrückt, angeblich litt er unter den schwierigen Verhandlungen mit Kaufleuten aus Palermo, die ihn immer später nach Hause kommen ließen. Er schlief nicht mehr mit ihr, was sie nicht bedauerte, denn obwohl sie glücklich über ihre Söhne war, war ihr Körper müde und ausgelaugt von den drei rasch aufeinanderfolgenden Schwangerschaften. Manchmal wollte er allerdings an ihrer Brust saugen, dann hielt Anna ihn wie eins ihrer Kinder und tröstete ihn wortlos.

Der Morgen des 15. Juli fing mit einem Unheil an. Später dachte Anna immer wieder an diesen Moment, von dem sie nicht hätte glauben können, dass er ihre heile Welt so dermaßen erschüttern würde, bis sie ganz zerschlagen war.

Als sie in das Zimmer der *mamma* kam, lag diese zusammengekrümmt im Bett, der Inhalt der Tasse in ihrer verkrampften Hand hatte sich über die Bettdecke ergossen. Anna schrie laut nach Rita, dem Mädchen, und versuchte in Panik, den braunen Fleck der flüssigen Schokolade, die sie morgens immer trank, wegzuwischen. *Mammas* Unterlippe hing an der einen Seite herunter, sie sah durch sie hindurch und reagierte nur mit einem unverständlichen Nuscheln auf ihr Rufen und ihre Fragen. Sie hatte einen Schlaganfall erlitten, doch das wusste Anna in dem Moment noch nicht. Sie rief den Arzt mit dem neuen Telefon an und versuchte, auch Ugo zu erreichen, der schon in seiner Kanzlei saß, doch bevor beide eintrafen, verwüstete ein neuer Anfall das Gehirn der geliebten Schwiegermutter und ließ sie gnädigerweise sterben.

Anna weinte, die Kinder und Angestellten weinten, das Haus lag plötzlich in gespenstischer Ruhe. Wie sollte es ohne Gemma Carolina Vivarelli weitergehen, fragte Anna sich immer wieder. Sie hatte in Marsala bisher recht abgekapselt gelebt, auch Tante Emilia und Onkel Salvatore hatte sie nicht öfter besucht und eingeladen als unbedingt nötig. Emilia hatte sich immer so an die Kinder geklammert, dass es ihnen Angst machte, und Salvatore hatte sich zum Verwalter des Hauses in Cremona aufgeschwungen und tatsächlich einen Teil der Mieteinnahmen für seine Arbeit eingefordert. All das war Anna lästig gewesen, sie war froh, wenn man sie in Ruhe ließ. Jetzt im Nachhinein fiel ihr auf, sie war mehr mit ihrer Schwiegermutter verheiratet gewesen als mit ihrem Mann!

Am dritten Tag der Trauer, *mamma* lag aufgebahrt im oberen Salon, der Priester, den sie nur von den Taufen ihrer Kinder kannte, saß mit anklagender Miene herum, da sie beide äußerst selten in seiner Messe erschienen waren. Fremde Besucher kamen ins Haus und redeten über eine fremde Signora Vivarelli, die Anna nie kennengelernt hatte. Anna nahm Beileidsbekundungen entgegen, sie kümmerte sich um die anstehende Beerdigung und die Kinder und fühlte sich in dem unwirklichen Nebel, der sie umgab, so verloren und haltlos wie damals auf ihrer Reise nach Sizilien.

Zia Emilia und Salvatore kamen. Sie fuhren jetzt ein Auto und waren in eine größere Wohnung umgezogen, wie sie stolz erzählten. Anna konnte ihren Worten nicht folgen, sie beobachtete Ugo, der die Hände rang, immer wieder den Kopf schüttelte und den Kindern über die Haare strich. Keiner seiner Züge hatte sich übrigens in ihren Gesichtern manifestiert, er war wie unsichtbar geblieben. Anna biss sich auf die Lippen, von denen sich die Hautfetzen schälten, seit die *mamma* tot war. Ihre Schwiegermutter war in den letzten Jahren das Schutzschild zwischen ihr und der Welt gewesen. Würde Ugo den Platz seiner Mutter einnehmen können?

Am frühen Abend ließ er sich von Chauffeur Santino in seine Kanzlei am anderen Ende der Stadt bringen, um nach dem rechten zu schauen. Anna wunderte sich, doch sie ließ ihn nach einer matten Umarmung gehen. »Verzeih mir«, flüsterte er. Wofür? Dass er jetzt ging und sie alleine ließ?

Das Telefon klingelte in den nächsten Stunden ein paarmal in der Villa. Niemand war am anderen Ende, also legte Anna wieder auf. An diesem Abend kam Ugo nicht zurück. Anna saß alleine an dem großen Tisch bei einem kleinen Imbiss, den die Köchin Pia liebevoll für sie bereitet hatte. *Mammas* Platz war leer. Sie vermisste sie so schrecklich, ihr ganzer Körper tat ihr bis in die Knochen weh. Oben im Salon murmelten die schwarzgekleideten Frauen, die der Priester mitgebracht haben musste, ihre Gebete. Sie wollte es nicht wahrhaben, doch sie ahnte, dass noch etwas Schlimmeres auf sie warten könnte als der *ictus* der Signora Vivarelli, so nannte es der Doktor, der den Totenschein ausstellte.

In der Nacht schickte sie Santino noch einmal zurück in die Kanzlei, die sie selbst nie betreten hatte. Das Nächste, was sie hörte, war die Türklingel. Zwei Polizisten betraten die Villa und fragten sie, ob Ugo Libero Vivarelli ihr Ehemann sei. Sie bejahte. Er habe sich erschossen, wurde ihr in sachlichem Ton mitgeteilt. In seinem Arbeitszimmer, an seinem Schreibtisch.

Santino, der Chauffeur, wollte ihr in dieser Nacht nicht erzählen, wie er ihren Mann aufgefunden hatte, doch er überreichte ihr einen Briefumschlag mit ihrem Namen darauf, der auf Ugos Schreibtisch gelegen und den er der Polizei nicht ausgehändigt hatte.

Anna!
Es geht nicht mehr, mein Leben ist verwirkt. Wenn ich den Mut gefunden hätte, hätte ich euch mitgenommen, doch ich bin schwach, und so muss ich dich mit der Schande des unwürdigen, käuflichen Notars und vor allen Dingen des unwürdigen Ehemanns leben lassen. Ich habe keine Kontrolle mehr, durch die Absprachen hier im Stadtrat und die vielen Beziehungen der externen Beteiligten untereinander sind mir die Dinge in den letzten Jahren immer weiter aus der Hand genommen worden. Sie haben mich erpressen können, mit Sachen, auf die ich nicht stolz bin. Meine liebe Mutter war immer die Instanz, vor der sie noch Respekt hatten, doch nun ist mein Leben nichts mehr wert.
Trau der Polizei und den Behörden nicht, die ehrenwerten Männer aus Trapani und Palermo werden sich ihr Geld schon holen, von dem sie behaupten, dass es ihnen gehört. Du darfst nicht einmal daran denken, gegen sie zu kämpfen, sie werden dir deinen letzten Besitz einfach nehmen können.
Geh also weg von hier, wenn du kannst, geh in den Norden! Ich habe meiner Schwester Geld für dich gegeben, sie wird dir helfen!
In Liebe, ich küsse dich und unsere Kinder: Ugo
P.S. Vernichte diesen Brief

Womit hatte ihr Ugo da zu tun gehabt? Sie hatte immer angenommen, er würde nur Verkaufsverträge aufsetzen und prüfen. Was waren das für Menschen im Stadtrat, wer waren die externen Beteiligten? Alles, was sie verstand, war: Sie musste zurück nach Cremona! Zurück in ihr Haus! Anna begann sofort, mit zitternden Händen ihre Sachen zu packen, doch dann fiel ihr die *mamma* wieder ein, die ja oben im Salon noch darauf wartete, in allen Ehren begraben zu werden.

Sie war schockiert, so wenig über Ugos Machenschaften und Schwierigkeiten gewusst zu haben, sie empfand in diesem Moment gar nichts für ihn, außer Mitleid. Er hatte sich selbst nicht vor diesen schmutzigen Verstrickungen in Sizilien retten können, eine Welt, in der er immerhin aufgewachsen war, von der sie aber nicht die geringste Ahnung hatte.

Am nächsten Tag wurde Carolina Gemma Vivarelli, geborene Marino, zum Friedhof geleitet. Der Trauerzug war sehr kurz, die Familien, die sie gekannt hatte, und bei denen sie einund ausgegangen war, schickten nur Kränze, die hinter Zug und Leichenwagen hergetragen wurden.

»Keiner seiner Mandanten war dabei, zu denen ich ihn immer gebracht habe«, sagte der Chauffeur, als sie vom Friedhof wegfuhren. »Sie haben ihn für eine Verhandlung benutzt, und das ist schiefgegangen. Er stand diesmal einfach auf der falschen Seite.« Anna wischte sich die Tränen aus den Augen. Ihr Chauffeur wusste besser über die Umstände von Ugos Tod Bescheid als sie, seine Frau!

Und obwohl sie seine Frau war, verlor sie keine Zeit damit, auch Ugo noch ein letztes Mal zu sehen oder begraben zu wollen, sondern kaum wieder zu Hause versammelte sie die Bediensteten um sich und erklärte ihnen die Lage. Da sie ihnen den ausstehenden Lohn nicht mehr zahlen konnte, sie hatte das Bargeld im Haus für die Boten und Lieferungen der Bestattung ausgegeben, verteilte sie Silberzeug und Besteck an sie, alles, was sich gut zu Geld machen ließ. Pia, Rita,

Santino und auch das Kindermädchen Silvana küssten ihr die Hand, als ob sie der Papst oder eine Adlige sei. Sie schämte sich, sie hatte sich schnell an das Bedientwerden, an das Fordern und Kommandieren gewöhnt, dabei war sie doch eine von ihnen ...

Mit *mammas* Schmuck und ihrem besten Mantel mit dem Zobelkragen, ihren eigenen Kleidern, den Sachen der Kinder und natürlich auch der Geige und den vier Klanghölzern ließ sie sich von Santino zu Tante Emilia und Onkel Salvatore fahren. Sie besaßen jetzt ein kleines, frei stehendes Haus an der Via Matteotti, einer Straße, die nach dem Krieg ganz neu angelegt und nach dem Sozialistenführer benannt worden war.

Im Salon brach sie erschöpft zusammen. »Wie kann Ugo mit den falschen Leuten Geschäfte gemacht haben, er hat doch nur Verträge aufgesetzt? Wisst ihr davon? War das in Marsala bekannt?«

Salvatore erhob abwehrend die Hände und verneinte. Er habe keinen Überblick über das, was die Herren Anwälte, Notare und Stadträte da miteinander ausgemacht hätten. »Könnte er mit der Mafia zu tun gehabt haben? Er schrieb mir, er sei erpresst worden!«

»Die Mafia gibt es nicht!« Salvatore schüttelte den Kopf. *»Non esiste!«*

»Aber ...?«

»Non esiste!«, wiederholte er in scharfem Ton.

Anna war fassungslos. Wie konnte er leugnen, was jeder wusste? Selbst zu ihr, die sich fast fünf Jahre von allen Nachrichten ferngehalten hatte, waren die Erschossenen, Ermordeten, Entführten durchgedrungen. Die Kinder tobten unter dem Tisch, Rodolfo weinte immerzu auf ihrem Schoß, und steckte sich die kleine Faust in den Mund, weil er zahnte. »Ich möchte in mein Haus zurück, nach Cremona! Im Norden bin ich in Sicherheit, schreibt er!«

»Ja, schreibt er das? Wo ist denn der Brief?« Zia Emilia benahm sich sehr zurückhaltend und schien nervös.

»Den habe ich verbrannt!« Nun weinte sie doch um ihren Ugo, diesen blassen, unscheinbaren Mann, der gut und sanft zu ihr gewesen war und der plötzlich auf der falschen Seite gestanden hatte. Welche war die falsche Seite unter unehrlichen Leuten?

»Hier kannst du nicht bleiben!« Salvatore zeigte auf die Kinder. »Wir haben ja keinen Platz.«

»Aber warum nicht, wir brauchen doch bloß ein Zimmer, wo soll ich denn hin? Ich dachte ... nur bis ich meine Reise geplant, die Fahrkarten für den Zug gebucht und die Schlafwagen reserviert habe. Die Fahrt dauert ja so schrecklich lange, kannst du mich nicht begleiten, Tante Emilia? Bitte!« Sie schaute ihre Tante an, die sofort den Blick senkte. »Die Schwester von Ugo hat Geld für mich, außerdem habe ich den Schmuck der *mamma* sie wollte ihn mir sowieso vermachen, da bin ich ganz sicher!«

»Ich bring dich zu ihr«, sagte Salvatore, »dort seid ihr besser aufgehoben als hier in der Stadt, wo dich alle kennen!«

»Mich? Mich kennt doch keiner!«

»Aber ja! Dein Mann hatte mit wichtigen Leuten zu tun!«

Anna sah ihn prüfend an. Auf einmal wusste er doch etwas darüber ... »Kommst du mit? Zia?«, versuchte sie noch einmal an das Mitgefühl ihrer Tante zu appellieren. »Mit den Kleinen?«

Es war still im Raum, Daniele und Claudio schienen die Frage ebenso wichtig zu finden wie der kleine Rodolfo, der sogar einen Moment mit dem Greinen innehielt.

»Jahrelang hast du dich von uns ferngehalten, und jetzt sind wir wieder gut genug?«, fragte Salvatore.

Anna hielt die Luft an, um vor Zorn und Enttäuschung nicht zu schreien. »Wer wohnt zurzeit in unserem Haus in Cremona?«, fragte sie mit gepresster Stimme. »Die Mieter müssen gehen, wenn ich selbst dort wohnen möchte, ist es nicht so?« Sie hatte ihre Zustimmung zum Vermieten gegeben, sogar mit ihrer Unterschrift. Genauso müsste der Vertrag ja auch wieder zu lösen sein, dachte sie.

»Das Haus? Vermietet?«, fragte Salvatore gedehnt. »Da muss ich nachschauen, und das geht nicht so schnell. Ich bringe euch zu der Schwester, na los Jungs, ihr mögt doch das Autofahren! Sie wohnt irgendwo in der Contrada San Silvestro, erzählt man sich.«

Woher hatte der Onkel diese Information? Und woher stammte eigentlich das Geld für das Haus und das Auto, fragte Anna sich. Wahrscheinlich machte er auch Geschäfte mit diesen Leuten, deren Existenz er soeben noch rundheraus abgestritten hatte.

»Erhol dich erst mal von dem Schmerz!« Tante Emilia drückte sie an sich.

»Wie kann mein Leben denn auf einmal so furchtbar sein, Zia?« Anna konnte vor Tränen kaum reden. »Ich will, dass alles wieder gut wird, dass das nicht ausgerechnet mir passiert! Warum passiert mir das?«

»Der böse Blick, jemand hat dich mit dem bösen Blick verzaubert!«

Als sie nach einer Viertelstunde Fahrt vor dem Gebäude hielten, konnte Anna nicht glauben, was sie sah. Beatrice wohnte mit ihrem Mann Sergio in einem flachen, schmucklosen Haus, weit draußen vor Marsala. Es lag an einem unbefestigten Weg voller Löcher, darum hatten sie die letzten beiden Kilometer nur sehr langsam fahren können. Es gab zwei weitere Häuser in der Nachbarschaft, ansonsten war es umgeben von Brachland, wilden Wiesen und Zitronenhainen. Jedes der Grundstücke war von Mauern umgeben, Staub und Sand flogen durch die Luft, die Stromkabel hingen tief zwischen den Masten, und es krähte und gackerte überall.

»Hier bleibe ich nicht«, sagte Anna, als sie die Wagentür öffnete.

»Nun schau erst mal, es wird gar nicht so schlimm sein!«

Es gab keine Klingel, aber die Hausnummer stimmte, also klopften sie an das große Tor, hinter dem das Gebäude verborgen lag und mehrere Hähne krähten.

Erst nach einigen Minuten kam jemand. Vorsichtig ging die Tür auf, eine verhärmt aussehende Frau mit einem Tuch um den Kopf lugte misstrauisch heraus. »Ja?«

»Beatrice?«

Sie nickte stumm.

»Ich bin's«, stammelte Anna und drückte ihren Jüngsten, den sie auf dem Arm trug, an sich. »Die Frau deines Bruders, Anna. Er schickt mich, denn er ist ... tot!« Sie konnte nicht weinen, sie war zu entsetzt über den erneuten Wandel, den ihr Leben in der vergangenen Stunde durchgemacht hatte. Tante und Onkel ließen sie im Stich!

»Ach. Tot also!« Beatrice spuckte die Wörter regelrecht aus. »Erst höre ich zehn Jahre nichts von ihm, und kaum kommt er hier vorbei, ist er im nächsten Moment hinüber und der Rest der Bagage steht vor meiner Tür! Drei Jungen hast du ihm also schon geworfen!«

Anna überhörte die Beleidigungen. Sie entdeckte in dem

von Wind und Wetter gegerbten Gesicht der Schwester einige Züge von Ugo, seine Augen, seinen viel zu sanften Mund, dessen Lippen aber verächtlich verzogen waren.

»Nur für ein paar Tage, liebe Schwägerin, dann sind wir wieder weg!«

Sie hörte, wie Salvatore die Koffer und Taschen hinter ihr auslud, er schien es eilig zu haben. Das Tor ging ein Stück weiter auf. »Kommt!«

Anna betrat den Hof, an ihren Röcken klammerte sich Daniele in seinem hübschen Anzug, der wiederum seinen kleinen Bruder Claudio an der Hand hielt. Der Boden war dunkel und mit kleinen spitzen Kieseln bedeckt, rechts und links sahen sie flache Verschläge, Volieren, in denen Hühner gehalten wurden, wenn man genauer hinschaute, sah man, dass es nur Hähne waren, die darin herumliefen. Der Weg führte auf das Haus zu, einstöckig, grau, mit kleinen Fenstern und einem Flachdach. Davor wuchs ein kümmerlicher Mimosenbusch, dessen Blüten längst abgefallen waren.

Anna schaute zurück, gedrängt von dem Gefühl, so schnell wie möglich wieder fort von diesem Ort zu müssen, doch direkt hinter ihr ging Salvatore. Er trug das Gepäck und versperrte ihr den Rückweg. In dem Moment ging die Haustür auf, ein Mann stand mit überkreuzten Armen in der Öffnung, er sah aus wie ein steinerner Wächter. Als sie mit ihrer kleinen Prozession näher kam, hob er den rechten Mundwinkel und grinste höhnisch. Erst da fielen ihr seine Augen auf, sie waren eisblau und irrten umher, als würden sie flackern. Anna spürte sofort, vor ihr stand ihr neuer Feind!

14

»Oh schau mal, hier fängt es an!« Gitta fuhr über dreispurige, großzügig ausgebaute Straßen. Ab und zu wurden sie von Fußgängerbrücken überspannt, rechts von ihnen lag ein hellverputztes, lang gestrecktes Gebäude hinter einer ebenso angemalten Mauer. Sehr sauber, keine Graffiti, nichts. Eine ehemalige Fabrik, das sah man, die nun einen anderen Zweck erfüllte, aber welchen?

»Meine Güte, ist das groß hier. Wo genau wollen wir hin?«, fragte Gitta.

»Na, zum Lingotto-Gebäude«, antwortete Luna, »auf dem oben die Teststrecke ist!«

Inzwischen fuhren sie an anderen Fabrikhallen vorbei, hier waren die ehemaligen Fenster durch quadratische, moderne Glasflächen ersetzt. »Ganz schön viel Grün und außerdem viele Parkplätze«, sagte Gitta. »Alle leer.«

»Ich glaube, das ist das Messegelände.« Luna warf einen Blick auf das Navi. »Das hat uns in einem Bogen herumgeführt, aber wir sind gleich da.«

Sie hielten auf einem bewachten Parkplatz und gingen über eine der Fußgängerbrücken. »Wir haben es gefunden!«, rief Luna am Ende der Brücke und blieb stehen. »Siehst du da oben diesen Glaskasten und die Kugel dahinter? Das ist eine Kunstgalerie mit der Sammlung des Ehepaars Agnelli, der berühmten Gründerfamilie von FIAT.«

»Na klar, kenn ich doch: Lapo Elkann, der Lieblingsenkel von Gianni. Immer gut angezogen, von Vanity Fair schon viermal zum bestgekleideten Mann der Welt gekürt worden, der ist doch dauernd in der Gala.«

Luna grinste. Mit Promis kannte Gitta sich bestens aus. »Eine Aussichtskuppel mit Tagungsraum plus Hubschrauberlandeplatz hat der Architekt gleich noch dazugebaut«, sagte sie. »Ich weiß nicht, war Renzo Piano auch schon mal bestgekleideter Mann der Welt?«

»Nein, der hat in London *The Shard* gebaut und in Berlin den Potsdamer Platz umgestaltet. Hat er in München auch was gebaut? Ich glaube nicht, aber Stevie ist ein großer Fan von ihm!«

»Aha, auf jeden Fall liegt auf dem Gebäude wohl auch die Teststrecke.«

»Wirklich cool, und das Beste, was sie aus diesen Hallen machen konnten!«, sagte Gitta, als sie näher kamen. »Das könnte sich manche Stadt zum Vorbild nehmen. Obwohl ...« Sie zögerte. »Das Ding da vorne sieht aus wie ein Mediamarkt.«

»Das *ist* ein Mediamarkt«, erwiderte Luna, und Gitta ergriff erneut die Gelegenheit, um sich über die Globalisierung zu beschweren, von der sie ja auch profitieren würde, ja, dass wüsste sie, aber schade sei es irgendwie doch, dass alles immer verwechselbarer aussähe.

In der nächsten Stunde erkundeten sie das weitläufige Gebäude. Sie gingen in die lichtdurchflutete Eingangshalle des Hotels, in dem zwischen modernen Sofas und der futuristischen Rezeption hier und da ein Fiat-Oldtimer stand. Sie kauften ein Ticket für die Pinacoteca auf dem Dach, die einzige

Möglichkeit, sich auch die Teststrecke anzuschauen. Nachdem sie die wenigen Bilder aus der Agnelli-Sammlung auf sich hatten wirken lassen, traten sie nach draußen. »Die Produktion fing mit Einzelteilen unten im Erdgeschoss an«, erklärte Luna, die mit ihrem Handy ein paar Fotos von dem alten Ziegelbelag der beeindruckend schrägen Außenkurve schoss. »Je weiter das Auto an den Fließbändern und Produktionsstraßen zusammengesetzt wurde, desto höher kam es, nach und nach über fünf Etagen, bis das fertige Modell dann hier oben seine ein Kilometer lange Proberunde drehte. Jedes Fahrzeug wurde hier getestet!«

»Wie genial ist das denn?« Gitta machte vor dem blauen Himmel ein Selfie von sich.

»Das war eine Zeit lang die modernste Autoproduktion der Welt!«

»Und wie kamen die Autos wieder vom Dach?« Gitta schaute sich um.

»Dafür gab es zwei Abwärtsspiralen im Gebäude, auf denen sie nach vollendeter Probefahrt nach unten gefahren sind, die gibt es immer noch, können wir uns gleich anschauen, wenn du …« Luna unterbrach sich, denn ihr Handy klingelte. Eine unbekannte italienische Nummer, sie ging ran, es war der junge Mann aus der Bar. »Mir ist eingefallen wie der Film hieß, besser gesagt, ich habe meine Mutter gefragt: *Senza chiedere permesso*. Auf YouTube gibt es den aber nicht …«

»Beppe, *ciao*!« Luna machte der neugierig herüberschauenden Gitta ein Zeichen. *Fuck!*, formte die mit den Lippen. Jetzt will der seine Belohnung, sagten ihre weit geöffneten Augen, doch sie lachte.

»Das finde ich toll, dass du noch mal nachgedacht hast und mir helfen willst!«, sprach Luna ins Telefon.

»Gerne. Mama war der Meinung, ihr sollt doch mal Signor Stefano Revello suchen, der ist immer noch bei der CGIL, bei der war *nonno* auch. Vielleicht kennt der deinen Vater.« Beppe begann, den Namen zu buchstabieren, brach aber ab. »Ach, Quatsch. Ich schicke dir 'ne WhatsApp.«

»Danke, und auch was dieses CGIL heißt, das wäre wirklich supernett!«

»Ja ja, mach ich, und kann ich jetzt noch mit deiner blonden Freundin reden?«, kam es drängend von der anderen Seite.

»Okay, sie spricht zwar nur Englisch …«

»Kann ich doch auch, na ja. *A lieetell bitt!*«

»Viel Spaß«, sagte Luna zu Gitta und reichte ihr Handy weiter. Sie atmete die klare Luft ein und sah hinüber zu den weiß überzogenen Spitzen der Berge, die Turin im Norden in einem Halbkreis umschlossen. Stefano Revello. Ob der ihren Vater gekannt hatte? Es wäre ein unglaublicher Zufall, aber wo sonst sollten sie anfangen? Daniele Vivarelli würde ihnen ja nicht am Ausgang des Mediamarkts mit großen Plastiktüten in der Hand über den Weg laufen. Und wenn, würden sie ihn nicht mal erkennen!

Als sie wieder zum Auto gingen, schickte Beppe die versprochene WhatsApp. »Also, ich weiß jetzt wie Stefano Revello genau geschrieben wird«, sagte Luna, »und wie die Gewerkschaft heißt: *Confederazione Generale Italiana del Lavoro.*«

»Gibt es die noch?«

»Ja, *postkommunistische* Gewerkschaft steht im Internet, dieser Revello ist da so was wie ein *veterano* hat Beppe geschrieben. Wie weit bist du übrigens mit deinem jungen *Love Interest* gekommen?«

»Gar nicht. Wir haben uns gegenseitig nur Komplimente gemacht, bis sein mageres Englisch aufgebraucht war.« Gittas knalliger Lippenstift glänzte auf ihrem schönen Mund, sie lächelte und zeigte auf Luna: »Das habe ich natürlich auch für meine Recherche getan, aber hauptsächlich für dich, und das weißt du! Fahren wir hin?«

»Ich google die Gewerkschaft gerade, Moment!«

Eine Minute später machten sie sich auf den Weg in den Westen der Stadt. »Was ist denn nun mit dem Kinderheim?«, fragte Gitta, nachdem sie die Adresse in das Navi eingegeben hatte. »Sollen wir das nicht auch suchen?«

Luna seufzte, und wieder zog sich ihr Magen in Abwehr zusammen. Wenn das Heim, in dem ihr Vater mit seinen Brüdern gelandet war, noch existierte, würde es ein furchtbar deprimierender Ort sein, und es war naiv zu glauben, dass es dort noch eine Spur von ihm gab. Völlig unnötig also hinzufahren! Wie konnte sie Gitta nur davon überzeugen?

»Stell dir vor, er lebt da wieder, arbeitet sogar irgendwie in dem Gebäude, wäre das nicht toll?« Gitta ließ das Dach zurückfahren und lenkte den Mercedes ein bisschen zu sportlich durch die Tempo-30-Zone.

»Du meinst, wir treffen ihn dort als zotteligen Hausmeister auf einem der langen, öden Flure, während er gerade den Wischmopp auswringt? Das hört sich eher nach einem Roman an.« Luna hörte, wie verärgert sie klang, doch sie setzte noch hinzu: »Einem schlechten Roman.«

»Och, ich finde die Idee eigentlich ganz reizvoll«, murmelte Gitta. »Könnte eine tolle Szene werden, habe nur leider keine Verwendung dafür. Na egal. In meinem nächsten Buch!«

Luna sah an den Häusern hoch, als sie durch begrünte Straßen fuhren. »Und trotzdem, das hier ist *seine* Stadt«, sagte sie vor sich hin.

»Du spürst also, dass er hier ist?«

»Ich glaube schon, aber das ist wirklich nur ein Gefühl«, antwortete Luna.

»Auf das du dich in letzter Zeit nicht wirklich verlassen hast?« Gitta lächelte sie mit ihrem schönsten Michelle-Williams-Lächeln an. »Ich frag ja nur!«

»Eher nicht.«

»Dann fang an! Intuition ist was Feines. Oft unterschätzt!«

»Intuition. Ja, klar, aber mein Verstand sagt mir gleichzeitig, dass er auch in jeder anderen Stadt in Italien leben kann, an jedem anderen Ort der Welt. Er war doch überall unterwegs.«

»Glauben wir jetzt mal daran, dass er hier ist!« Gitta tätschelte Lunas Knie. »Und überlegen, was er hier die letzten siebenundzwanzig Jahre gemacht haben könnte.«

»Okay, ich versetze mich in ihn: Was tue ich also … wenn ich mit vierzig Jahren hier ankomme und nicht an meine beiden Kinder denken will, die ich gerade in München, in *bella Germania*, zurückgelassen habe …« Luna hatte diesen Satz gar nicht sagen wollen, er war einfach so aus ihr herausgekommen. Doch der alte Groll und die übermächtige Wut waren daraus entschwunden. Sie spürte den Schmerz, der ihren Vater zu seiner Flucht angestachelt hatte. Das leere, verzweifelte Gefühl, nirgendwo zu Hause zu sein, das ihn immer begleitet hatte, und die ständige Angst, dem Leben nicht trauen zu können, auch wenn ihm Gutes begegnete.

»Er kam hierher, um zu vergessen«, vermutete Gitta. »Aber wenn du deine Probleme verdrängst, indem du sie in den Keller sperrst, schnappen sie sich die Hanteln, fangen an, zu trainieren, und werden immer stärker!« Sie schob ihre Sonnenbrille hoch, um Luna von der Seite einen ihrer Überzeugungsblicke zu schenken. »Gut, nicht? Sagt Stevie immer!«

Das Büro der linken Metall-Gewerkschaft lag in der Via del Pace. Auf der Tür klebten die unübersehbar großen Buchstaben CGIL, und da sie offen stand, traten sie ein. Gleich im Flur stand ein hoch aufgestapelter Turm von roten Plastikstühlen, dahinter Plakate und einige zusammengelegte Stoffbanner. Sie lugten in die erste Tür und sahen in ein Büro, in dem ein Chaos aus Zeitungsstapeln und mit Papieren übersäten Tischen herrschte, an den Wänden lehnten zusammengefaltete Umzugskartons. Mittendrin saß ein älterer kahlköpfiger Mann, der den Hörer eines alten Telefons an eines seiner großen, spitzen Ohren drückte. Er machte ihnen ein freundliches Zeichen, einen Moment!

»Booah, hier ist die Zeit aber auch stehen geblieben«, flüsterte Gitta Luna ins Ohr. »Nur das Poster da ist cool!« Sie wies auf den rot-weißen Druck an der Wand. Er zeigte eine stilisierte Fabrik mit Schornstein, über der FIAT stand. Darunter prangte der Umriss mehrerer Arbeiter, die ihre Fäuste erhoben. Einfach, aber genial.

»*Cosa vogliamo? Tutto!*«, las Luna vor. »Was wollen wir? Alles!«, übersetzte sie Gitta.

»So, Genossinnen, was kann ich für euch tun?« Der Telefonhörer wurde aufgelegt. »Wir sind nicht mehr lange hier, dieses Büro ist nur eine Außenstelle und zieht in unsere Zentrale um. Ihr habt Glück, mich überhaupt noch hier anzutreffen!«

Luna erklärte, dass sie auf der Suche nach Stefano Revello waren. »Vielleicht kennt er meinen Vater, den möchte ich nämlich finden.«

»War dein Vater auch in der CGIL?«

»Gab es auch noch eine andere Gewerkschaft?«

»Aber ja, Hunderte Splittergruppen, freie Protestgruppen, aber wir sind die Wichtigsten, nämlich der Dachverband, also einer von dreien. Wir standen und stehen der Kommunistischen Partei nahe. In welchem Jahr soll das gewesen sein?«

»Von 1975 bis '79 vielleicht?«

»Ah, die letzten wahren Kampf-Jahre!« Er tauchte hinter dem Tisch ab, kam aber gleich wieder empor. »Wisst ihr, bevor wir mit unserem Kampf anfingen, waren die Arbeitsbedingungen unerträglich am Band. Wir haben sechs Tage die Woche gearbeitet, neun Stunden am Tag, es gab noch nicht einmal eine Pinkelpause, man musste sich eine Vertretung für die paar Minuten suchen oder gleich in ein Glas am Band pinkeln!«

»Ach du meine Güte, umso toller ist es, was Sie ... was *ihr* alles erreicht habt!«, antwortete Luna, aber der ältere Herr war noch nicht fertig.

»Der Lärm, die Gifte in der Luft, gegen all das haben wir protestiert, aber uns Gewerkschaftsaktivisten wurde mit Entlassung gedroht, es herrschte ein Klima der Angst in den Fabriken! Unser Kampf war also bitter nötig, versteht ihr? Du solltest stolz auf deinen Vater sein!«

Klar war sie stolz auf ihn, Luna nickte schnell, Gitta schloss sich an.

»So.« Er rieb sich die Hände. »Wenn er tatsächlich bei uns war, dann könnten wir ihn nämlich hier drin haben.« Wieder bückte er sich und holte diesmal einen orangefarbenen Plastikkasten hervor, vollgestopft mit bräunlich vergilbten Karteikarten, der oben aufliegende Stapel fiel ihm herunter, wieder war er nur noch halb zu sehen. Luna zog die Augenbrauen hoch und spürte, wie Gitta sie von hinten anstieß. »*Der* ist ja süß. Ich habe zwar nicht verstanden, was er sagte, aber er klang so begeistert, und dann noch diese Ohren«, murmelte Gitta. »Er sieht aus wie Meister Yoda aus Star Wars.«

Sein Stichwort, Yoda erschien wieder auf der Bildfläche.

»Mein Vater heißt Vivarelli, Daniele«, sagte Luna schnell. »Geboren am 2. Juli 1952 in Marsala. Es wäre großartig, wenn Sie ... wenn du ihn finden würdest.« Sie warteten, während der Mann »*Vivarelli, Vivarelli, Vivarelli*« vor sich hinmurmelte und die Karteikarten durchwühlte. Luna lächelte. Sie mochte Meister Yoda. Und wenn mein Vater nun auch so ist, fragte sie sich. Wäre das wunderbar und ich wirklich stolz auf ihn! So agil und immer noch leidenschaftlich mit dem verbunden, was ihm sein ganzes Leben lang wichtig war ...

»Nein«, sagte Yoda in diesem Augenblick, »einen Vivarelli kann ich hier nicht finden. Aber wir haben manchmal auch nur die Spitznamen in diese Kartei notiert, Hauptsache, die Leute bezahlten ihren monatlichen Beitrag von fünf Lire, aber noch wichtiger waren natürlich ihre Aktivitäten!«

Luna seufzte. »Schade, trotzdem danke, dass Sie nachgeschaut haben!«

»Gern geschehen, Genossin, wir duzen uns hier alle. Und was Stefano Revello angeht, den könnt ihr nebenan im Café finden. Er macht gerade Pause. Wenn wir jemals mit dem Sortieren der alten Unterlagen fertig werden, kommen die jungen Leute, unsere Aktivisten, und packen hier alles ein.«

Luna erkannte ihn sofort. »Das muss der Genosse Stefano sein«, wisperte sie Gitta zu, als sie die Bar betraten. Hochgewachsen mit weißen Haaren und ebenso weißen Augenbrauen in dem länglichen Gesicht, stand er am Tresen der Bar und schaute ihnen aus braunen, warmen Augen entgegen. »Siehst du, du musst einfach deiner Intuition folgen«, antwortete Gitta, Bewunderung in der Stimme. »Er ist zwar der einzige Gast in der Bar, aber sei's drum.«

So soll mein Vater aussehen, dachte Luna und ging auf ihn zu. Mit dieser freundlichen Autorität, diesem hohen Maß an Lebensweisheit, das er ausstrahlt ... sie würgte ihre Gedanken ab, denn wenn sie dem Mann noch länger in die Augen starren würde, bekäme das Ganze etwas Peinliches.

»*Buon giorno*, Signor Revello!« Mist, das mit dem Duzen bekam sie offenbar nicht so locker hin. Luna stellte sich und Gitta kurz vor und erklärte noch einmal, wen sie suchten.

»Nennt mich Stefano!« Der Mann, der bestimmt schon weit in seinen Siebzigern war, hatte eine tiefe, ruhige Stimme. »Daniele Vivarelli?«, wiederholte er. »Da muss ich nachdenken. Hast du ein Foto?«

»Ja, eigentlich nur alte, aus dieser Zeit.«

»Setzen wir uns doch!« Sie nahmen an einem der weißen Plastiktische Platz, und Stefano betrachtete aufmerksam die Fotos, die Luna für ihn auf ihrem Handy weiterschob.

»Und er war wirklich ein Arbeiter? Kein Student?«

»*Un operaio, si!* Das weiß ich ziemlich genau! Er ist in einem Kinderheim aufgewachsen, hier in Turin, er hatte zwei jüngere Brüder, vielleicht hat er darüber ja mal erzählt.« Luna merkte, wie es in ihr vibrierte, sie wollte ihren Vater jetzt und hier finden, so unbedingt!

»Tja, also sicher bin ich nicht ...« Der Gewerkschafter schaute sie an und bemerkte offenbar die Enttäuschung in ihrem Gesicht. »Vielleicht muss ich euch erzählen, was für ein Wandel in den Jahren von 1969 bis 1980 stattfand, und wie viele wir waren! Es gab bei FIAT zu Beginn vierzigtausend Arbeiter, kaum Mitglieder der drei großen Gewerkschaften, und nur achtzehn einzelne, machtlose Betriebsräte. Am Ende waren wir circa dreihundertsechzigtausend Beschäftigte und über fünfhundert Gewerkschaftsdelegierte!«

Fünfhundert, dachte Luna, und mein Vater wahrscheinlich unter ihnen. Die können sich nicht alle gekannt haben.

»Von welchen Zeiten sprechen wir überhaupt?«, fragte Stefano. »War er vielleicht einer dieser maoistischen Aktivisten, die '69 die Werkhallen verwüstet haben? Die sind ja ausgesperrt, angezeigt und entlassen worden.«

Luna zuckte mit den Schultern, sie hatten ihn rausgeschmissen und er war auch noch stolz darauf gewesen, hatte Mama erzählt. Aber Maoist? Was war das überhaupt? »Zwischen 1975 und '80 müsste das gewesen sein«, antwortete sie.

»Aha, also schon in der vollen Kampfzeit! Ende der Sechzigerjahre haben wir uns als junge Studenten ja geschämt, angesichts unserer privilegierten Situation gegenüber den Arbeitern«, fuhr Stefano fort. »Wir hatten an der Uni unsere Theorien, aber keine Praxis! Nur die Arbeiter waren für uns die Handlungsmächtigen.« Er hob seine großen gepflegten Hände.

»Also haben Sie ... hast du nie bei FIAT am Band gestanden?«, fragte Luna. Mit diesen Händen ganz bestimmt nicht, dachte sie.

»Nein, wie gesagt, ich war Student, habe aber bei Olivetti in Ivrea, fünfzig Kilometer von hier, ein praktisches Werkjahr einlegt, bevor ich weiter Physik studierte. Die Bedingungen dort in der Produktion waren ähnlich schlecht wie bei FIAT. Mir war klar, wir mussten etwas tun! Bei unseren Flugblattaktionen vor den Fabriktoren entstanden dann die ersten Kontakte, und, da wir Metall verarbeitende Betriebe waren, auch mit den *operai* von FIAT. Ab da begannen wir, uns in freien Arbeiter- und Studentenversammlungen außerhalb der Fabrik zu treffen. Die Arbeiter, alles nur Männer, Frauen wurden ja erst ab 1975 eingestellt, waren zunächst skeptisch, aber gleichzeitig fasziniert davon, dass wir uns für sie interessierten. In dieser Zeit schlossen wir uns zusammen. Unsere Gruppe hieß ›Der Kampf geht weiter‹, *Lotta Continua*.« Es entstanden auch Wohngemeinschaften, in denen Studenten und Arbeiter zusammenlebten.«

»Ich stelle mir da eine riesige Menschenmasse vor …«

»Na ja, in der *Lotta Continua* kannten sich schon viele. Nicht alle persönlich, aber vom Sehen. Ganze Tage haben wir mit Flugblättern und Zeitungen vor den Werkstoren bei FIAT gestanden und sind von dort auch in die Stadt gezogen. Denn Turin wurde damals zum Ort von Auseinandersetzungen um Wohnraum und Bildung. Zusammen mit den Arbeitern besetzten wir Häuser.«

Mein Vater der Hausbesetzer, ging Luna durch den Kopf, auch davon hatte Mama ja schon erzählt.

»Als dann nichts mehr weiterging und die Bewegung in den Fabriken stagnierte, wurden die Auseinandersetzungen durch die bewaffneten Gruppen in der zweiten Hälfte der Siebzigerjahre *militarisiert*.« Stefano sah plötzlich wirklich aus wie ein alter Mann. »Das war nicht in meinem Sinne, die Grenzen zwischen Arbeiterkampf und roher Gewalt verwischten. Einige von uns wurden verhaftet, weil sie angeblich terroristischen Vereinigungen angehörten, und natürlich entlassen. 1976 wurde *Lotta Continua* aufgelöst.« Er betrachtete wieder den schwarzweißen Kopf von Daniele, der neben Lunas Mutter auf dem Platz saß, die Füße barfuß, das Käppi schräg auf dem Kopf. Doch trotz der Nickelbrille konnte man hier sein Gesicht am besten sehen.

Alle drei hoben den Kopf, Yoda kam herein.

»Ah, Gianni, du warst das?«, fragte Stefano. »Hast du sie mir geschickt?«

»Aber ja!«, der kleine Mann kam näher.

»Schau mal«, sagte Stefano. »Hier, ich weiß nicht, was denkst du?«

Die beiden beugten ihre Köpfe über das Display. »Früher hatte man noch ein ordentliches Stück Papier in den Händen, den Abzug eines Fotos eben, und heute …« Yoda, der offensichtlich Gianni hieß, schüttelte den blankpolierten Schädel. »Ich kann die Sachen auf diesen kleinen Telefonbildschirmen einfach nicht so gut erkennen.«

»Du musst deine Brille auch aufsetzen, wo du endlich eine hast!«, sagte Stefano. »Was meinst du, könnte das der *Biri* sein, der *Birichino*?«

»Der Biri, natürlich, das ist der Biri!« Yoda-Gianni schlug mit seiner faltigen kleinen Hand auf den Tisch. »Da hatte er seine lange Matte nicht mehr oder sie steckt unter der Mütze.«

»Was ist aus dem dann geworden, die beiden Genossinnen suchen nach ihm.«

»Ich weiß!« Gianni beeilte sich, zu erklären, dass er die antiquarische Mitgliederkartei schon nach einem gewissen Daniele Vivarelli durchsucht hatte. »Den Biri haben sie ja nach der Sache mit Mailand rausgeschmissen. Haben ihn zu Unrecht verdächtigt, aber das kam viel später erst raus.«

»Sie haben ihn in die terroristische Ecke gesteckt, weil er ja mit diesen Leuten sympathisiert hat, zumindest am Anfang.«

»Im Werk gab es Spitzel, die wie Arbeiter verkleidet waren, die haben die Leute in den Pausen so ganz nebenbei ausgehorcht, das blieb lange Zeit unentdeckt«, sagte Gianni.

»Habt ihr ihn irgendwann noch einmal wiedergesehen?«, fragte Luna und griff aufgeregt nach Gittas Arm, die den Tisch mit Wasser und Cola versorgt hatte und sich jetzt wieder zu ihnen setzte. »Ich übersetz dir später alles«, stammelte

Luna, »ich weiß nur, dass sie ihn auf diesem Foto erkannt haben!«

»Ja, klar, das meiste kann ich mir schon denken, da gab es eine ›Lotta‹ und wir sind alle *compagnos* und *compagnas*.«

»Wiedergesehen, den Biri? Nein. Nicht dass ich mich erinnern würde. Für uns hat der Kampf nie aufgehört, obwohl wir 1980 verheerend geschlagen wurden.« Stefano neigte sein gebräuntes Gesicht mit den dicken weißen Augenbrauen in Lunas Richtung. »Aber was er in der Zwischenzeit gemacht hat, sehen wir hier ja vor uns!« Er lächelte sie an, und auch Yoda-Giannis Augen leuchteten hinter seinen hängenden Lidern auf.

»Erzähl doch bitte, wie war das mit ihm als Vater, wo bist du aufgewachsen? Ich kann es nicht ganz deuten, aber dein Italienisch hört sich etwas fremd an, nur ein kleines bisschen, um Gottes willen, ich möchte dich nicht beleidigen!« Stefano Revello tätschelte ihren Arm, und wieder wünschte Luna sich, dass er ihrem Vater gleichen möge. Sie erzählte in knappen Sätzen ihre Lebensgeschichte und dass Daniele, genannt Biri, vermutlich wieder nach Turin zurückgekehrt war.

»Was würde er hier in der Stadt heutzutage machen?«, fragte sie, »was könntet ihr euch für ihn vorstellen?«

»Er war hier und hat sich die ganze Zeit vor uns versteckt?« Gianni kreuzte die Arme vor der Brust.

»Ja, das sähe ihm ähnlich. Er war ein Spaßmacher, schwang bei den Versammlungen große Reden, hatte immer diesen schwarzen Filzhut auf, weißt du noch, weil er doch auch Theater spielte. Ein Schauspieler, das war er!«

»Und Bücher hatte er bei sich. Der kleine Arbeiter vom Band, der ›Das Manifest‹ las. Ja, er fiel schon auf«, erinnerte sich Gianni.

»Aber wir wussten nicht einmal seinen richtigen Namen, so war das manchmal damals.«

»Bücher und Theater also«, wiederholte Luna. »Meint ihr, er beschäftigt sich damit noch heute?«

»Wenn er in linken, postkommunistischen Kreisen unterwegs wäre, hier in Torino, dann würden wir von ihm gehört haben, was Stef?«

»Aber ja. Dann wäre er hier. Wie wir! Auch er inzwischen zum alten Eisen gehörend, aber immer noch im Kampf!«

In diesem Moment kamen ein paar Jugendliche herein. Zwei von ihnen trugen quadratische Warmhalteboxen auf dem Rücken, ganz ähnlich denen, die Luna auch in München bei den Kurieren für Lieferando gesehen hatte. Nur dass diese knallrot waren und auf ihnen die Buchstaben CGIL standen. »Ciao, Stefano, ciao Gianni, wir kommen, um die Sachen in den Transporter zu laden, aber das Büro ist zu.«

»Wir sind ja sofort wieder drüben!« Die beiden alten Männer erhoben sich, verabschiedeten sich mit Handschlag von Luna und Gitta und wünschten ihnen viel Glück.

»Auf zum Kinderheim und keine Widerrede!«, sagte Gitta, als sie zu ihrem Wagen gingen. »Solche Häuser haben oft einen ganz speziellen Charakter, und man lernt viel über die Zeit und ihre ehemaligen Insassen ... oder Bewohner oder wie man sie auch nennen mag!«

»Kinderheim? Aber das bringt doch nichts! Wir wissen nicht mal, in welchem er war. Ich habe das schon gegoogelt, in Turin gab es etliche katholische Häuser, alle von Schwestern geleitet, Krankenhäuser und Armenstationen, die meisten auch für Kinder ohne Eltern, die können wir nie alle abklappern!«

»Aber es ist eine Spur!«, beharrte Gitta. »Viele andere Möglichkeiten haben wir nun mal nicht, und da er sich bisher scheinbar aus seinen alten Arbeiterkreisen und damit auch aus der Welt der linken Buchhandlungen und linken Theatergruppen rausgehalten hat, kann er überall stecken.«

»Ich weiß nicht ...« Luna schüttelte den Kopf. »In irgendeinem dieser Heime war er von seinem achten bis vielleicht achtzehnten Lebensjahr, womöglich noch kürzer. Lass es von 1961 bis '71 gewesen sein. Meinst du wirklich, das macht Sinn? Wie bereits gesagt, meinen Vater dort irgendwo im grauen Kittel als Hausmeister anzutreffen ist höchst unwahrscheinlich.«

»Davon gehe ich auch nicht aus«, sagte Gitta. »Trotzdem solltest du deine Mutter Isabell anrufen! Wenn jemand irgendetwas weiß, also etwa einen Namen gehört hat, dann sie!«

»Okay, okay, wahrscheinlich hast du recht.« Luna versuchte, ihre heruntergezogenen Mundwinkel unter Kontrolle zu kriegen. »Aber warum bist du so streng?«

»Weil du dich dagegen wehrst!«

»Ich wehre mich nicht!«

»Doch.« Gitta lenkte den Wagen aus der Parklücke am Straßenrand. »Ich weiß nicht, wohin wir jetzt überhaupt wollen, wieso fahre ich eigentlich los?«, beklagte sie sich im selben Moment.

»Okay, okay, ich rufe meine Mutter an, aber was immer wir auch finden, Gitta, es wird furchtbar werden.«

»Kann sein, dass es das wird. Dennoch: Alles, was du an Ängsten in den Keller packst, wird stärker, erinner dich. Und vergiss nicht, du hast ein Ziel!«

Isabell war sofort am Apparat. »Ja mei«, sagte sie auf Lunas Frage hin. »Das war halt irgendwie in einem ehemaligen Kloster mit so einem heiligen Namen, heilige Schwestern, ach, Luna, dein Italienisch ist doch viel besser als meins. Was heißt Nonne noch mal?«

»Eine *suora*, mehrere *suore*.«

»Genau, Haus der *suore*, also *casa delle suore* des heiligen Abendmahls oder so, darüber haben wir unsere Witze gemacht. Die Schwestern waren längst weg, aber es wurde immer noch so genannt, verdammt, wie war der richtige Name …? Es war ein grauer Kasten mit Erkern und Bögen, sah aus wie ein vernachlässigtes Schloss und lag im Norden von Torino. Wir sind mit der Straßenbahn hingefahren, das weiß ich noch, am selben Tag waren wir auch in der alten Wollfabrik, die muss also in der Nähe gewesen sein!«

»Danke, Mama. In der Wollfabrik war ich schon mit Gitta. Ein ehemaliges Kloster also?«

»Ja, glaube ich. Von außen, wie gesagt, nicht schön, doch Daniele hatte keine schlechten Erinnerungen, im Gegenteil. Die Zeit dort hat ihn gefestigt, hat er immer wieder betont.«

Luna schwieg einen Moment, und der Knoten um ihren Solarplexus löste sich.

»Kommt ihr gut voran?«

»Ja, wir sind ihm auf der Spur. Es ist ganz anders, ihm so nahe zu sein, als ich dachte …« Luna merkte, wie ihr die Tränen in die Augen stiegen, und dass eine gewaltige Gefühlswoge sogleich über ihr zusammenbrechen würde. »Ich muss Schluss machen, Mama«, sagte sie mit erstickter Stimme und beendete mit letzter Kraft das Gespräch.

Und dann weinte sie, so heftig und bodenlos, wie sie schon seit Jahren nicht mehr geweint hatte. Alles lief in ihr zusammen, ein mächtiger Strudel aus Angst und Vorwürfen, Sorgen und Enttäuschungen. Aus dem Unwohlsein und dem Druck, den sie sich jeden Tag ihres Lebens gemacht hatte, weil sie sich derart fehl am Platz fühlte, überall. Die Liebe der kleinen Luna für ihren bewunderten Papa, ihre Hoffnung, dass er wiederkommt, ihre Verzweiflung nach Tagen, weil er nicht mehr wiederkommt, all das bildete mit einem Mal einen Sog, in dem sie, diesmal ohne sich zu wehren, unterging. Erst später merkte sie, dass Gitta angehalten hatte und sie von ihrem Sitz aus so gut es ging umarmte. »Weine, weine ruhig!«, murmelte sie neben ihrem Ohr und schaffte es noch, ihr nebenbei ein Taschentuch in die Hand zu drücken. »Hol alles nach oben, ans Tageslicht, das muss alles aus dem Keller raus, alles!«

»Ja«, sagte Luna nach einer Weile. »Verdammter Keller!« Ihre Stimme klang grauenhaft, doch sie lachte rau und räusperte sich. Dann nahm sie das Taschentuch, um sich mit einem Trompetenstoß zu schnäuzen. Alles in ihr war plötzlich sehr klar, sie war fertig, einmal hinabgesunken bis auf den morastigen Grund ihrer Trauer, hatte sie sich dort unten abgestoßen, war emporgeschossen und wieder aufgetaucht. Sie fühlte sich erschöpft, aber auch glücklich, leichter als vorher, und keine ihrer Vorstellungen, keine der alten Überzeugungen hatte mehr die Bedeutung, die sie ihnen früher beigemessen hatte. Wie schon gestern Abend traten plötzlich alle Zeiten in den Hintergrund, sie freute sich in diesem Moment nur unbändig, am Leben zu sein.

15

»Ich weiß nicht, aber ...« Luna brach ab, doch sie grinste beschwingt durch die Scheibe.

»Nee, nee, sag jetzt mal nichts. Das muss sacken.« Gitta hatte wieder ihre Position hinter dem Steuerrad eingenommen. »Lieber ins Hotel, kleine Pause?«

»Nein, nein, wie sind ja schon fast im Norden der Stadt, lass mich schauen, was ich in diesem Gebiet an Kinderheimen finde!« Luna suchte ihr Handy, fand es im Fußraum vor ihrem Sitz und gab bei Google Maps unter ›In der Nähe suchen‹ Kinderheim, Kloster ein. »Okay«, sagte sie dann. »Hier gibt es die ›Freunde von Lazarus‹ und nicht weit entfernt davon eine moderne Organisation, die Familien hilft ... aber niemand von denen scheint in einem alten Kloster untergebracht zu sein.«

»Schreib das Jahr dazu. 1963 oder so«, sagte Gitta, während sie langsam die Straße in Richtung Norden fuhr.

Luna änderte den Eintrag und las die Texte der aufpoppenden Einträge durch. Die meisten der Einrichtungen existierten nicht mehr, doch einige schon. »Ah, hier, die *Suore Oblate dello Spirito Santo*! Mama hat den Orden ›Schwestern des heiligen Abendmahls‹ genannt, bestimmt meinte sie die heiligen Oblaten!«

»Klingt gut! Wo müssen wir also hin?«

»Via L. Rossi, Nummer 28«, sagte Luna, und Gitta hielt kurz am Straßenrand, um die Adresse einzugeben. »Was heißt das L? Das Navi zeigt mir zwei Straßen, die nach L. Rossi benannt sind. Ein gewisser *Lauro* Rossi und eine ... ach, das ist ja interessant ...« Gitta schaute sie triumphierend an. »Das zweite L steht in diesem Fall für Lunetta! Merkst du was?!«

»Lunetta Rossi«, wiederholte Luna, »das ist die richtige Straße. Aber das heißt ja nichts. Mein Vorname ist zwar eher selten, aber Rossi ist mit einer der häufigsten Namen in Italien. Wie bei uns Müller, Meier, Schulze.«

»Ja, aber das Kinderheim, in dem dein Vater aufgewachsen ist, befindet sich *zufällig* in der Straße Lunetta Rossi, und er nennt seine Tochter *zufällig* auch so? Finde bitte mal heraus, wer diese beiden Personen waren!«

Luna schluckte, doch ihr Hals war trocken. »Also Lauro Rossi war ein Komponist und Lehrer aus dem 17. Jahrhundert, der immerhin 1885 in Cremona gestorben ist ...«

»Ist mir egal, wo Lauro gestorben ist!«, rief Gitta und trommelte auf das Lenkrad. »Wer war diese Lunetta?!«

»Und Lunetta ... wurde 1903 in Mantua geboren, gestorben 1977 in Turin, Gründerin des Waisenhauses *Casa della Speranza*!«

»Wow! Das ist mehr als offensichtlich!«

»Ähm. Ja.« Luna ließ das Handy sinken. Ihr Vater hatte sie offenbar nach dieser Frau genannt, ob Mama davon wusste? Im Auto war es still.

»Ich muss meine Mutter anrufen!«, rief Luna, doch diesmal war Isabell nicht erreichbar. Nachdem sie ihr eine Nachricht mit den Neuigkeiten hinterlassen hatte, bog Gitta in eine kleine

Straße, und das Navi behauptete wieder auf Italienisch: »Sie haben ihr Ziel erreicht!«

»Nummer 28, das muss das da sein!« Gitta parkte zwischen verbeulten Müllcontainern, sie stiegen aus und warfen einen neugierigen Blick über die Mauer, auf deren oberer Kante sich Stacheldraht rollte. Das Gebäude war grau, die Schindeln des Daches moosbedeckt, hinter den Fenstern hingen Jalousien, jede von ihnen schief und kaputt.

»Scheint nicht mehr genutzt zu werden, komm, wir gehen zum Tor da vorne«, schlug Luna vor.

Vor den Gitterstäben der geschlossenen Torflügel stand eine ältere Frau mit einem Einkaufsbuggy in Tarnfarbe und starrte auf die dahinterliegende Fläche, die mit zertrümmerten Möbelteilen übersät war.

»*Scusi*, entschuldigen Sie, dass ich so neugierig frage, aber das war hier doch früher mal ein Kinderheim, oder?«

»Ja, ja, doch, das war ein Kloster und ein Kinderheim, bevor diese Schwarzen hineindurften, und nun sehen Sie mal, was die damit gemacht haben!« Sie wies auf den verwüsteten Hof, an deren Ende man so etwas wie einen Streifen Grün sehen konnte. Luna atmete tief ein. Hatte ihr Vater hier, hinter diesen Mauern, gespielt?

»Sie meinen Flüchtlinge?«

»Hach! Flüchtlinge!«

»Seit wann ist es kein Kinderheim mehr?«, versuchte Luna, die Frau abzulenken, doch die wollte bei ihrem Thema bleiben.

»Wissen Sie, was so ein Flüchtling am Tag bekommt? Dreißig Euro«, gab sie selbst die Antwort. »Dreißig Euro! Und ein Pensionär, den speisen sie im Monat mit dreihundert Euro ab!«

»Wer denn genau?«, fragte Luna. Die Verallgemeinerung der Frau ging ihr auf die Nerven.

»Na, unsere Regierung, dieser, wie heißt der noch mal ...? Und Europa! Europa hat Schuld an dem Elend, schauen Sie mal, alles haben die aus dem Fenster geworfen! Keinen Respekt haben die!«

»Was sagt sie?« Gitta machte ein Foto von der einst stattlichen Fassade mit den trübseligen Fenstern.

»Sie hetzt gegen Flüchtlinge.«

»Na, dann lass uns gehen. Hier ist er nicht.« Gitta hakte Luna unter.

»Nein, hier ist nicht mal mehr der Geist von Lunetta Rossi zu spüren.«

Doch der Geist ließ ihr keine Ruhe, und als sie abends erschöpft in ihrem Hotelzimmer saß, beschäftigte Luna sich noch einmal intensiver mit der Frau, der sie vermutlich ihren Namen verdankte. »Schau mal, hier ist sogar ein Foto von ihr«, sie hielt Gitta den Laptop hin, denn die lag schon im Bett. »Sieht nett aus, oder?«

»Stimmt. Als ob sie gerne lachen würde und diese Augen ... In manchen Büchern würde man sie *gütig* nennen. Sie strahlt Wärme aus, was damals bestimmt ungewöhnlich in diesem Job war, denke ich.« Gitta sah Luna mit ihren hellblauen Augen an: »Vielleicht hat sie deinem Vater das Leben gerettet. Also mental, meine ich!« Und dann, ohne Übergang: »Kannst du eigentlich gut Geigen malen?«

»Ich? Wieso?«

»Weil ich eine gut gemalte Geige brauche!«

Luna seufzte. »Wozu?«

Gitta setzte sich auf, plötzlich wieder voller Energie. »Ich finde, wir sollten Zettel aufhängen, mit der Geige drauf, mit Anna Battistis Namen drauf, vielleicht sogar noch den Worten

LA PICCOLA, alles, was deinen Vater triggern könnte, die Nummer zu wählen, die er darunter findet.« Sie zog auffordernd die Augenbrauen hoch: »Also, kannst du eine Geige malen?«

»Ja klar«, antwortete Luna, »ich habe hin und wieder die Umrisse der Korpus-Schablone auf Holz übertragen ... aber ...« Gittas Vorschlag scheuchte irgendetwas in ihr auf und machte sie unruhig. Was, wenn ihr Vater den Zettel in seinem Viertel entdeckte, was, wenn er ein Handy haben sollte und ihre Nummer wirklich wählen würde? Sie würde ihn plötzlich, ohne Vorwarnung, am Ohr haben und mit ihm sprechen müssen!

»... aber *was*?«, fragte Gitta.

»Na ja, aber es könnte ja auch sein, dass nur Spinner anrufen. Die eigene Handynummer an jeden Laternenpfosten zu kleben ist nicht so prickelnd, oder? Das musst du doch zugeben!«

»Dann kaufen wir eben ein Prepaid Handy und geben die Nummer an. Das können wir nachher wegschmeißen!«

»Ja, aber Turin ist auch nicht gerade klein, das wird eine ganz schöne Arbeit.«

»Die wir morgen erledigen werden. Wenn du müde wirst, mache ich weiter.«

Verdammt. Gitta hatte für jedes Problem eine Antwort. »Aber ...«

»Luna! Soll sich nichts ändern? Oder willst du ihn finden?«

»Ja«, sagte Luna kleinlaut. »Ja, ich will ihn finden.«

»Dann mal mir LA PICCOLA!«

Doch Luna malte nicht, sondern stand auf, holte den Geigenkasten aus dem Schrank und packte das Instrument aus. Sie griff nach dem Bogen, legte die winzige Geige zwischen Schulterblatt und Kinn und begann, ein Kinderlied zu spielen.

Den Hummelsong, den hatte sie immer besonders geliebt. Ihre Finger fanden automatisch die richtigen Stellen auf der Saite, und gingen über zu dem leichten Adagio, das einzige richtige Stück, das sie noch konnte. Die Töne waren sanft und vibrierten nahe an ihrem Herzen.

»Hey, du kannst es noch, es klingt wunderschön!«, sagte auch Gitta, nachdem Luna das Stück beendet hatte. »Wann hast du zum letzten Mal gespielt?«

»Na ja, als ich in der Werkstatt bei den Onkeln meine Ausbildung gemacht habe, habe ich natürlich die Geigen gestimmt und auch ausprobiert.« Ausschließlich mit diesem Stück, aber das musste sie ja nicht verraten. »Aber Unterricht hatte ich nicht mehr, seitdem ich sechs war.«

»Weil dein Papa dich verlassen hat ...« Gitta sah sie voller Mitgefühl an.

Luna setzte die Geige ab. Warum fing sie nicht wieder an, zu spielen? Ohne Druck, ohne Hintergedanken, allein der Freude wegen, die sie ganz offenbar daran hatte?

»Oder machen wir lieber ein Foto von ihr?« Sie betrachtete LA PICCOLA zärtlich. »Für alle anderen wird es nur eine Geige sein, doch mein Vater wird sie erkennen, wenn wir ihre außergewöhnliche Farbe beim Ausdrucken richtig hinbekommen.«

»So gefällst du mir!« Gitta warf sich nach hinten auf das Kissen und zog sich das Laken bis zum Kinn. »Spielst du mir ein Schlaflied?«

Am nächsten Morgen standen die beiden Freundinnen schon um Punkt zehn in einem gerade geöffneten Handyladen und kurz darauf im Copyshop nebenan. Sie diskutierten die unterschiedlichen Farbschattierungen, die der Drucker ausspuckte, und hielten sie zum Vergleich neben das Holz der echten Geige.

»Ist das ein Spielzeug?«, fragte der stark parfümierte Ladenbesitzer mit einem interessierten Blick auf das Instrument. »Ist ja viel zu klein zum Spielen.«

»Doch, doch, auf der kann man spielen, das ist eine Kindergeige«, antwortete Luna auf Italienisch, um dann auf Deutsch fortzufahren: »Ich glaube, wir sollten die letzte Version nehmen, was meinst du, Gitta?«

Gitta nickte. »Die kommt der echten Farbe sehr nahe!«

»*Allora,* also gut, von dem Flyer brauchen wir dann hundert Stück!«

»Hundert? Und die wollen Sie verteilen?!« Mr. Aftershave schaute skeptisch. »Also, Entschuldigung, dass ich mich einmische, aber was da steht: Anna Battisti – suchst du deine Geige!? So viel Mühe, um die Besitzerin wiederzufinden? Ist das ein Trick? Oder ein Spiel, so wie Pokémon?«

Luna lachte. »Ja, das ist ein Spiel, mit dem wir eine einzige Person finden wollen.«

Mit dem Packen der postkartengroßen Zettel und zwei Rollen Klebefilm in der Hand verließen sie den Laden. »LA PICCOLA sieht wunderschön darauf aus!«, sagte Gitta. »Aber du hast auch ein gutes Auge für Grafik und Schrift. Unser Flyer wird überall auffallen!«

Drei Stunden später gönnten sie sich ein üppiges Mittagessen in einer Taverna in der Nähe des alten Fiat-Geländes Mirafiori. »Den Norden und die Mitte haben wir schon mal«, sagte Gitta, während sie die letzten Spaghettini um die Gabel drehte.

»Ich spüre echt meine Knochen«, sagte Luna. »Raus aus dem Wagen, rein in den Wagen, das geht auf die Kondition.«

Sie checkte das neue Telefon und legte es wieder auf den Tisch. »Eins zum Klappen, so wie früher, dass es die überhaupt noch gibt.«

»Schick, oder?« Gitta lehnte sich zufrieden zurück. »Ah, das war *buonissimo*! Trüffel sind doch etwas Köstliches! Obwohl es hässliche Knollen sind, die nach nichts aussehen und eher unangenehm riechen, fast wie …«

»Angerufen hat trotzdem noch niemand!«, unterbrach Luna Gittas Trüffel-Betrachtungen.

»Kommt noch! Er wird sich melden!«, behauptete Gitta und winkte dem Kellner. *»Un caffè per favore!«*

»Due!«, sagte Luna. In diesem Moment klingelte das Handy. Beide zuckten sie vor Schreck und kreischten ein bisschen, und Luna schubste das Gerät dabei gleich ganz vom Tisch; die anderen Gäste schauten schon rüber.

»Shit!«

»Geh dran!«

»Ich kann das nicht!«

»Los, Luna!« Gitta klappte das penetrant bimmelnde Gerät auf und schob es neben Lunas Teller.

»Das ist eine italienische Nummer!«, stöhnte Luna.

»Ja, natürlich! Wir sind in Torino.«

Luna atmete tief ein und drückte den grünen Hörer. *»Pronto?«*

»Pronto!«, kam es vom anderen Ende. »Mit wem spreche ich?«

»Scusi, mit wem spreche *ich* denn?«

»Ääh, ich bin Musikalienhändler und an Ihrer Geige interessiert, die da auf dem Zettel stand, was ist das für ein Instrument, das darauf abgebildet ist?«

»Signor …?«

»Signor Rossi, entschuldigen Sie!«

Der Herr Rossi also, ausgerechnet … diesen Namen benutzte

man in Italien, wenn man nicht auffallen wollte. »Nein, *Signor* Rossi, vielleicht haben Sie es nicht richtig gelesen oder verstanden, wir verkaufen diese Geige nicht, wir suchen die Besitzerin!«

»Ah. Okay, dann ist sie also in Ihrem Besitz? Ich biete Ihnen zweitausend Euro für die Geige, zweitausend Euro, *Signora*, das ist eine Menge Geld, finden Sie nicht? Ist das eine Viertel- oder eine Achtelgeige?«

Luna beendete kopfschüttelnd das Gespräch. »Der wollte LA PICCOLA kaufen …«

»Wie kommt er denn darauf, dass sie zu kaufen ist?«

»Keine Ahnung. Manche Leute wittern anscheinend sofort auch die geringste Gelegenheit, jemanden betrügen zu können, oder wo es etwas zu holen gibt …«

Der Espresso kam, und Luna bat um die Rechnung. »*Lingotto*, *Mirafiori* und der ganze Rest von Torino warten auf uns, lass uns die letzten Zettel verteilen.«

Den Süden der Stadt gingen sie langsamer an, sie überlegten genauer, wo die wenigen verbliebenen Zettel am meisten Aufmerksamkeit erregen würden, und ließen sich Zeit, sie an Laternenpfählen festzukleben oder in Tabacchi-Läden auszuhängen. Währenddessen lauschte Luna fortwährend nach dem Handy in ihrer Hosentasche. Sie hatte Angst davor, dass es klingelte, sie wollte, dass es klingelte. Das Warten war zermürbend.

»So, und jetzt lenken wir uns ab!«, sagte Gitta, nachdem sie den letzten Zettel an das Häuschen einer Bushaltestelle namens *Giambone* geklebt hatte. »Shoppen oder Sightseeing, wonach steht dir der Sinn?«

»Für Shoppen habe ich jetzt keinen Kopf, du etwa?«

»Och, das geht bei mir immer«, sagte Gitta schulterzuckend. »Oder essen.«

»Ich würde mir gerne die *Mole Antonelliana* anschauen, das Filmmuseum darin muss toll sein und der Bau sowieso.«

»Okay, machen wir das, Kultur kann einer Autorin nie schaden!«

Sie fuhren zurück in die Innenstadt, parkten das Auto in der Garage am Hotel, und nach einem kleinen Gang standen sie vor dem gigantischen Bauwerk, dessen Zugang mit Seilen abgesperrt war, um die Mengen der täglichen Besucherinnen und Besucher in Zaum zu halten. Der Andrang hielt sich aber jetzt, eine Stunde vor Schließung, in Grenzen; nach nur fünf Minuten Wartezeit waren sie schon an der Kasse vorbei und befanden sich in einem gläsernen Aufzug.

»Dieser Saal ist wirklich gigantisch«, rief Luna, während die Kabine mit ihnen nach oben schoss und sie immer weiter der Kuppel entgegentrug.

»Wahnsinn, die Riesenfigur aus Pappmaschee da unten, ist bestimmt mal in einem Film vorgekommen.« Gitta klammerte sich an Lunas Arm, denn sie mochte Fahrstühle nicht und war nicht schwindelfrei.

»Wenn wir wieder unten sind, lege ich mich hin und lass mich von den Filmausschnitten berieseln. Die roten Liegen, die überall herumstehen, sehen verdammt gemütlich aus.« Luna merkte, wie schwer ihre Beine sich von der vielen Lauferei anfühlten, doch sie war auch froh, mit Gitta unterwegs zu sein. Es war besser, nicht allzu viel Zeit zum Nachdenken und Warten zu haben.

»Was für eine Stadt!«, rief Gitta, als sie auf die Aussichtsplattform traten, auf der zwei Kinder sich gerade lautstark um eine Tüte Chips stritten.

»Ja, wie wunderschön! Ich habe das Gefühl, sie jetzt schon ganz gut zu kennen, weil wir überall zu Fuß gewesen sind«, stimmte Luna ihr zu. »Da vorne ist das *Lingotto*, man sieht die Teststrecke!«

»Und da, ziemlich dicht neben uns, ist der Po! Wie sprechen die Italiener den Namen noch mal aus?«

Gemeinsam übten sie die richtige Aussprache, mit dem kurzen o, während die Sonne sich hinter den Bergen herabsenkte und die Familie mit den zwei schreienden Kindern die Plattform verließ. Luna atmete aus. »Frieden!«, sagte sie leise.

»Po! Po?«, fragte Gitta.

»*Pó!*«, korrigierte Luna, und in dem Moment schnarrte und klingelte das Handy in ihrer Tasche. Sie zuckte zusammen, zog es hervor und starrte darauf.

»Was ist?«, sagte Gitta, »du guckst es an, als ob es gleich explodieren würde, geh ran!«

Luna nickte. Also los, es musste sein. »*Pronto!*«

»Hallo«, meldete sich eine Frauenstimme, leicht außer Atem, »hier ist Battisti, Anna Battisti. Ich glaube, Sie haben meine Geige gefunden?! Ach, das wäre so wundervoll! Ich habe den Zettel gerade in der Via Roma gesehen.«

Nein, was für eine Unverschämtheit! Luna machte Gitta das Halsabschneide-Zeichen. Nur jemand, den ich am liebsten killen würde, sollte das bedeuten. »Ach, wie schön Signora Battisti! Wo haben Sie das edle Stück denn verloren?«

Gitta öffnete den Mund zu einem erstaunten »Oh!«. *Signora Battisti?*, wiederholte sie tonlos. Luna nickte.

»Im Bus, sie ist mir im 91er gestohlen worden«, kam es prompt, wie aus der Pistole geschossen.

Da hat sich jemand vorbereitet, dachte Luna, bevor sie zögernd antwortete: »Also, ich würde Ihnen die Geige natürlich gerne zurückgeben, aber vorher muss ich sicher sein, dass sie auch Ihnen gehört, das verstehen Sie doch?« Sie presste die Lippen vor Wut zusammen. Wieder eine Person, die nur darauf aus war, jemand anderen zu betrügen! Die Menschheit ging ihr auf die Nerven!

»Natürlich«, sagte die Frau abwartend. »Mein Ausweis für das Konservatorium war auch dabei, in so einer Plastikhülle. Haben Sie daher meinen Namen?«

Ausweis, Konservatorium? Für einen Moment lang war Luna versucht, der Frau zu glauben, was, wenn sie wirklich …? Ach Unsinn, das konnte nicht sein, sie konzentrierte sich: »Wie machen wir das? Haben Sie einen Kaufvertrag?«

»Nein, es ist ein altes Erbstück, wissen Sie. Von meiner Tante, der *Zia* Elisabetta!«

»Und wie alt ist das Instrument? Haben Sie eine ungefähre Vorstellung? Oder sagen Sie mir doch einfach, wer sie gemacht hat, sie wissen doch sicher, was innen auf dem Geigenzettel steht. Der *etichetta*!«

»Oh, da kenne ich mich nicht so aus, das weiß ich leider nicht …«

Luna verdrehte die Augen. Eine Geigerin am Konservatorium, die nicht wusste, woher ihre geliebte Geige stammte und wer sie gebaut hatte, war in etwa wie ein Formel-1-Rennfahrer, der nicht wusste, ob er für Ferrari oder Lamborghini fuhr!

»Können wir uns nicht treffen, dann erzähle ich Ihnen alles über meine Geige.« Ihre Stimme klang so echt, so herzzerreißend … doch das konnte Luna nicht täuschen.

»Aber Sie spielen schon selbst darauf?«

»Natürlich, ich liebe sie und muss sie unbedingt wiederhaben!«

Luna legte all ihr Wohlwollen in ihre Stimme, bevor sie weitersprach: »Signora Battisti? Anna?«

»Ja?!« Es klang hoffnungsvoll, ich habe dich am Haken, dachte die falsche Anna sich wahrscheinlich, und lachte sich innerlich kaputt.

»Wie groß sind Sie?«

»Warum, äh?« Es entstand eine Pause. »Ein Meter zweiundsechzig, ist das wichtig?«

»Ja, es ist wichtig, wie groß man ist, wenn man eine nur dreiundzwanzig Zentimeter kleine Kindergeige, das Griffbrett nicht mitgemessen wohlgemerkt, spielt. Über eins zwanzig sollte man da keinesfalls sein. Rufen Sie mich nicht mehr an oder ich zeige Sie sofort an, wegen Betrugs!«

Luna legte auf.

»Das war aber eine lange Verhandlung!« Gitta runzelte die Stirn. »Alles fake?«

»Alles.« Luna stieß die Luft zwischen den Zähnen aus. »Das sind die Arschlöcher dieser Welt, die immer nur andere Leute abziehen wollen!«

Wieder klingelte das Klapphandy.

»Verdammt. Jetzt hat ihr irgendjemand eingeflüstert, was sie noch sagen soll ... Na, die bekommt was zu hören!«

»*Sì!*«, bellte Luna ins Telefon.

»*Pronto!*«, gab eine männliche Stimme zurück. »Eine Frage, was soll das mit der Geige, woher haben Sie die? Und was haben Sie mit Anna Battisti zu tun?«

»*Scusi.*« Lunas Stimme war mit einem Mal so belegt, dass sie sich räuspern musste. »Können Sie mir *Ihren* Namen sagen?«

Stille auf der anderen Seite.

»Daniele?«, sagte Luna zögernd. »Daniele Vivarelli? Bist du das? Papa?!«

Ein kleines Geräusch drang an Lunas Ohr. Ein Luftschnappen, ein erschrecktes Einatmen. Doch dann antwortete er: »*Sì*. Ja, der bin ich.«

Sofort stiegen Luna die Tränen in die Augen und blockierten ihre Kehle, sodass sie mehrmals schlucken musste. »Ich bin's. Luna. Lunetta.«

Wieder nur Einatmen, dann schließlich von ihm: »Bist du in Torino?«

»Ja.«

»Und du hast die Geige dabei? Und bist hier? Das ist ...«

»Ja, ich habe *nonna* Annas Geige bei mir und habe auch ganz viel über ihr Leben erfahren. Ich war auf Sizilien.« Sizilien ging in einem Schluchzen unter, aber das war ihr egal. »In Marsala.« Luna wischte sich die Nase an ihrem Unterarm ab, bevor Gitta ihr ein Taschentuch reichte.

»In Marsala auch noch.« Er schwieg.

Und?, fragte Gitta Luna mit den Augen.

Keine Ahnung, ich glaube, er springt ab, er will mich vermutlich nicht sehen, gab Luna zurück und drehte das rechte Handgelenk in der Luft, während ihr die Tränen erneut über die Wangen liefen.

Das Schweigen am Telefon hielt an.

»Können wir uns sehen?«, stieß Luna hervor.

»Ja. Ja.« Er wurde immer leiser. »Wir können uns vielleicht morgen sehen.«

Luna atmete auf und nickte. Sie lächelte Gitta an. Yesss!, zeigte die mit beiden Daumen.

»Wo?«

»Vor der *Mole Antonelliana*, mitten in der Stadt, kannst du nicht verfehlen.«

»Okay, wann?«

»Morgens, um elf?«

»*Perfetto!*« Luna wischte sich die laufende Nase ab. »Und danke, ich werde da sein!«

»*A domani*«, sagte er noch, dann war er weg.

»Ich fasse es nicht. Er hat angerufen!« Wieder und wieder sagte Luna den Satz vor sich hin, während sie mit dem Fahrstuhl hinunterfuhren. Wie betäubt taumelte sie zwischen den Ausstellungsstücken des Filmmuseums hin und her, nicht in der Lage, irgendetwas wahrzunehmen. »Ich werde ihn treffen! Ich werde ihn wirklich in echt treffen!«

»Soll ich dabei sein? Ja oder nein. Ich kann mich auch verstecken.« Gitta ließ Lunas Arm nicht mehr los. »Schließlich siehst du ihn das erste Mal seit siebenundzwanzig Jahren wieder, da willst du sicher alleine mit ihm sein.«

»Das weiß ich jetzt noch nicht«, sagte Luna. »Fest steht, dass ich heute Nacht nicht schlafen werde, und, Mensch, ich muss Mama anrufen und auch Lorenzo Bescheid sagen!«

»Ach ja, dein Bruder, wie hat der das eigentlich verkraftet, als dein Vater auf einmal ging?«

»Besser als ich zumindest!«

Sie gingen an den Videoinstallationen vorbei, ohne ihnen einen Blick zu schenken. »Lorenzo hat es noch weniger kapiert und noch schneller verdrängt. Alles super, alles nicht so tragisch, er spielt schon seit Jahren den lachenden Halbitaliener, ohne dabei Bauschmerzen zu bekommen. Aber ich ... für mich war es eine Katastrophe, die mich völlig verändert hat, damals und bis heute.« Luna wühlte nach dem Taschentuch. Sie weinte schon wieder. »Wie kann er mich einfach alleine lassen, habe ich mich gefragt. Ich war doch seine PICCOLA, seine Tochter!«

Gitta sah Luna voller Mitgefühl an und nahm sie in den Arm. »Komm mal her!«

Luna lehnt ihren Kopf an die dargebotene Schulter. Vor ein paar Wochen hatte sie schon einmal mit Gitta so gestanden, in der Damentoilette des »Il Violino«. Was war seitdem alles passiert! Ihr Leben hatte eine Wendung genommen, nichts war mehr wie zuvor, und dennoch, sie mochte es! Es machte ihr zwar Angst, aber sie trat ihrer Angst endlich entgegen. Morgen!

Sechster Rückblick
Anna Battisti - 1956-1960 (29-33 Jahre)

Erst nach ein paar Tagen wurde Anna sich bewusst, was mit ihr passiert war und dass sie handeln musste. Sie hatte sich mit ihren Söhnen in den Raum verschanzt, der ihr zugewiesen worden war. Nachdem sie beobachtet hatte, wie Sergio die Kinder anschaute und vor ihren Augen einem der Hähne den Hals beiläufig umdrehte, fürchtete sie sich davor, die Kleinen mit Sergio alleine zu lassen. Alle ihre Bemühungen herauszufinden, wo das Geld war, das Ugo Beatrice gegeben hatte, scheiterten. Jetzt bereute sie es, den Brief verbrannt zu haben, wie Ugo es von ihr gefordert hatte. Denn die beiden behaupteten, nichts von ihm erhalten zu haben. Er hätte es angekündigt, ja, sei dann aber nicht noch einmal bei ihnen aufgetaucht.

»Ist schon ein paar Monate her. Hätte ihm mal ein bisschen früher einfallen können, deinem sauberen Ehemann und deinem verdammt überheblichen Bruder!« Auch Beatrice bekam einen abfälligen Blick zugeworfen. Anna war verzweifelt, doch sie gab nicht auf. Sie versuchte, mit den Nachbarn in Kontakt zu kommen, vielleicht konnte eine der Frauen, es musste hier doch ein paar Frauen geben?, auf ihre Kinder aufpassen, während sie in die Stadt ging. Warum hatte sie den

Kinderwagen nicht mitgenommen, den Nanny Silvana immer benutzt hatte? Sie konnte doch mit drei Kleinkindern nicht zu Fuß laufen!

Sie hatte Glück, zwar wohnte in einem der beiden anderen Häuser nur ein einzelner Mann, ein wortkarger Klempner, der jeden Morgen mit seinem klapprigen Lieferwagen verschwand und erst spätabends wiederkehrte, doch dann gab es noch Franca von gegenüber. Sie war eine etwas träge Frau, ungefähr Mitte vierzig, deren eigene Söhne bis auf ein schüchternes, zwanzigjähriges Jüngelchen bereits aus dem Haus waren. Franca erbarmte sich der Kinder, und Anna konnte es wagen, nach Marsala aufzubrechen. Eine Bushaltestelle gab es zwar auf halbem Wege, doch keinen Fahrplan und offenbar auch keinen Bus, also lief sie zu Fuß über die Landstraße.

Es war heiß und schon beinahe elf, die wenigen Autos, die sie überholten, hupten, doch niemand, außer zwei schmierigen jungen Typen in einem alten Militärjeep, hielt an, um sie mitzunehmen. Sie lehnte dankend ab. Der Wagen fuhr noch hundert Meter im Schritttempo hinter ihr her und machte ihr Angst, bis er endlich davonbrauste.

Auch der folgende Fußmarsch durch die Stadt war ein Spießrutenlauf, Anna hatte in den vergangenen Jahren komplett vergessen, wie es sich anfühlte, als Frau alleine unterwegs zu sein. Das elegante Kostüm der Schneiderin und der Hut schützten sie nur wenig. Erschöpft und verschwitzt, bog sie in die Viale Cesare Battisti ein, vor der Villa Vivarelli standen gleich zwei Polizeilimousinen. Anna traute sich nicht, näher zu gehen. Womöglich würde man ihr alle möglichen Vorwürfe machen, wenn sie sich zu erkennen gab? Womöglich behaupten, dass sie Ugos Geld an sich genommen hatte, das die Leute, mit denen er zu tun gehabt hatte, von ihm zurückhaben wollten? Sie traute der hiesigen Polizei alles zu, nur keine faire Behandlung von Frauen und mittellosen Verdächtigen.

Schnell kehrte sie um. In dem einzigen Schmuckladen an der Via Vespri, der dem Schild nach auch Silber und Gold ankaufte, versuchte sie, das Granat-Collier von *mamma* zu verkaufen. Der Mann hinter dem Tresen zog die Augenbrauen hoch, denn er erkannte die Arbeit des Juweliers aus Palermo sofort als echt, nannte ihr aber einen lächerlichen Preis für Gold und Edelsteine. Trotz ihres Protests beharrte er stumpf auf der Summe, sodass sie wutentbrannt den Laden verließ. Er wollte sie für dumm verkaufen, natürlich! Weil sie eine Frau war! Der Gang zu Zia Emilias Haus war kurz, sie klingelte Sturm und hämmerte an die Tür.

Verwunderte Blicke trafen sie, als sie direkt in den Salon stürmte.

»Ich muss zurück«, rief sie. »Hier hält mich nichts mehr! Ich werde *mammas* Schmuck in Palermo verkaufen, wo man ihn wertschätzt, und mit meinen Kindern nach Hause, nach Cremona fahren! Wer wohnt dort, und wie kann ich diese Leute auf anständige Art loswerden?« Ihre Stimme überschlug sich. »Ich brauche doch den Platz, ich brauche das Haus für mich selbst!«

Onkel Salvatore erhob sich vom *divano*, er hielt jeden Tag vor und nach dem Essen einen Mittagsschlaf, bevor er in sein Büro des Gemeindeamtes zurückkehrte. »Was ist denn in dich gefahren?« Er warf der Tante einen Blick zu, daran erinnerte Anna sich nachher noch. »Wir haben das Haus doch verkauft, weißt du nicht mehr, ich habe dich das doch unterschreiben lassen.«

»Wann?! Nein! Niemals!«

»Oh doch, meine Liebe, schon vor einem Jahr. Vielleicht

warst du so beschäftigt mit deinen Kindern und hast es gar nicht mitbekommen?«

»Das stimmt nicht!«, rief sie, ihre Kehle brannte. »Ich habe nur meine Zustimmung zur Vermietung gegeben! Vor der Hochzeit.« Ihr fiel die Unterhaltung mit Ugo ein über die Unterschriften, die Salvatore angeblich so oft und so erfolgreich gefälscht hatte, bis auf die zweimal, als er erwischt worden war.

»Wo ist dieses Dokument, mit der Unterschrift von mir, zeig es mir!« Anna ging mit kämpferischer Miene auf ihn zu.

»Aber ich habe deinen Anteil natürlich an Ugo übergeben!«, sagte Salvatore statt einer Antwort und brachte den gedeckten Esstisch zwischen sie und sich.

»Meinen Anteil? Und hast du auch selbst einen großen Anteil bekommen? Und La Monica auch?« Sie sah sich um. »Daher stammt also das Geld für das Haus und das neue Auto?« Anna schüttelte den Kopf und suchte den Blick ihrer Tante, doch die sah zu Boden. »Ich fasse es nicht«, sagte Anna leise. »Zia Emilia, du hast wirklich zugelassen, dass ihr meinen Besitz verkauft habt, meine letzte Zuflucht, die mir noch blieb?«

Die Tante verließ schweigend den Salon. »Nun lass sie«, polterte der Onkel. »Sie ist doch krank!«

»Aha. Krank. Von deinen Lügen, die sie mittragen muss?«

»Jetzt werd mal nicht unverschämt, wir haben dich damals liebevoll aufgenommen!«

»*Damals* ist lange her! Zeig mir die Überweisung, so was steht doch in deinen Büchern, oder? Zeig mir, auf welches Konto du meinem Mann Ugo meinen Anteil überwiesen hast! Der jetzt natürlich auch weg ist, denn ich komme nicht mehr an sein Geld ran.«

»Ach, ich habe es ihm doch in bar gegeben, ja, jetzt erinnere ich mich!«

»In bar? Wie viel war es?«

»Das weiß ich nicht mehr genau. Ungefähr ... also du hast jedenfalls mehr als die Hälfte bekommen, Monica und Emilia jeweils nur ein Fünftel. Monica brauchte das Geld, Schwager Giorgio hat seinen Schwestern ja auch nie ausgezahlt, was er ihnen versprochen hatte ...«

»Lass meinen Vater aus dem Spiel!«, fauchte Anna ihn an. Sollte sie Salvatore glauben? War das Geld tatsächlich bei Ugo gelandet und damit unwiederbringlich verloren? Aber das hätte ihr Mann ihr doch gesagt oder hatte er damals schon Schulden gehabt?

»Warum?«, fragte sie. »Warum hast du Ugo überhaupt von dem Haus erzählt? *Du* warst es doch, der mich vor der Heirat mehrmals bat und schließlich überredet hat, das Vorhandensein des Hauses geheim zu halten!«

»Nun.« Salvatore sah seiner Nichte das erste Mal, seitdem sie den Raum betreten hatte, voll ins Gesicht. »Das stimmt schon, aber letztes Jahr dachte ich dann, es ist nicht richtig.« Er lächelte so falsch, dass ihr übel vor Abscheu und Ohnmacht wurde.

Ugos Tod kam dir gerade recht, denn du hast ihm vorher nichts über das Haus gesagt, und warst froh, das Geld in Ruhe, ohne Spuren zu hinterlassen, einstecken zu können, dachte Anna. Sie spürte, wie etwas in ihr zerbrach. Ihre Familie hatte sie verraten. Mit gesenktem Kopf verließ sie den Raum. Irgendwo hinter einer Tür hörte sie ihre Tante schluchzen, sie ging hinaus. Sie hatte jetzt nur noch ihre Söhne, die einzigen Menschen, die sie liebte, und um die sie sich kümmern musste.

Alle ihre Versuche, aus dem kleinen, vermaledeiten Haus in der Einöde wegzukommen, scheiterten in den nächsten Wochen. Wo sollte sie hin, wenn es selbst bei ihrer Tante keinen

Platz mehr für sie gab, geschweige denn in Cremona? Sergio war Gott sei Dank oft über Land mit seiner Ape unterwegs, auf der, hochaufgetürmt, ein Berg von Haushaltswaren schaukelte. Er hielt in den vielen abgelegenen Dörfern, in denen es keine Läden gab, die Hausfrauen scharten sich um ihn und kauften ihm seine Lappen, Schwämme, Besen und Schüsseln ab. So verdiente er ein wenig Geld.

Auch die Hähne, die vor dem Haus in ihren Volieren scharrten und krähten, wurden verkauft, solange sie noch jung waren. Anna brauchte ein paar Monate, um zu verstehen, dass sie für Hahnenkämpfe gezüchtet wurden. Ab und zu kam ein Wagen, ein untersetzter Mann mit Schiebermütze und scheelem Blick holte die aggressivsten, kräftigsten unter ihnen ab. Irgendwo in den Hinterhöfen von Trapani oder sogar Palermo wurden sie dann trainiert, richtig wild gemacht, mit Drogen aufgeputscht und unter Schmerzmittel gesetzt, um für Geld kämpfen zu können. Die anderen landeten auf dem Markt oder im Suppentopf von Beatrice.

Sie ließ Anna übrigens bezahlen, wenn sie ihr von ihrem Essen abgab. Eins der Colliers war schon in ihren Besitz übergegangen, auch als Mietpreis für einen weiteren kleinen Raum, der ihr nach der ersten Woche abgetreten wurde.

Anna hängte die kleine Geige an die Wand über die Schlafstätte, die sie mit allen drei Kindern teilte, drapierte die Klanghölzer auf der Kommode neben dem Foto von *babbo* und versteckte den Rest des Schmucks; doch ihre Nächte waren schlaflos. Was, wenn Sergio herausfand, wo sie das Säckchen aufbewahrte?

Annas einzige Vertraute war die Signora Franca von gegenüber. Die Nachbarin war hilfsbereit und hatte ihr auch mehr über Beatrice erzählt, die nach ihrer überstürzten Heirat mit dem in der Provinz bekannten Taugenichts und einem kurzen Gefängnisaufenthalt des Paares wegen eines Betrugsverdachts hier bei ihnen gestrandet war. Nach einigen traurigen Fehlgeburten sei Beatrice dann in das Geschäft mit den Hähnen eingetreten.

Anna schüttelte ihr aufkommendes Mitleid für die Schwägerin ab und erzählte Franca von ihren Plänen und von den Ängsten um die Söhne. Sie hatte die drei früher nicht den ganzen Tag um sich gehabt und war recht schnell überfordert von ihren Bedürfnissen. Hier bei Ugos Schwester gab es nur den umzäunten Hof mit dem gestampften Boden und hinter dem Haus, bis zur Mauer, einen verwilderten Garten, in dem sich zwei tiefe, schlecht gesicherte Löcher befanden. Jemand hatte dort einen Brunnen bohren wollen, nach zwei Versuchen aber aufgegeben.

Aufgeben wollte Anna allerdings nicht. Sie zermarterte sich den Kopf, die Wochen vergingen, es war schon Mitte September, zwei Monate waren seit dem Tod der *mamma* vergangen, und immer noch hatte sie keinen Plan. Vielleicht wäre es doch besser gewesen, wenn Sergio uns alle erschossen hätte, dachte sie manchmal. Wenn er es im Schlaf getan hätte, hätten wir gar keine Zeit gehabt, etwas zu merken ...

»Ich werde nach Palermo fahren und den Schmuck schätzen lassen«, sagte sie eine Woche später zu Franca, die ihrem schweigsamen Sohn gerade eine Kompresse für die Augen machte, da er nicht gut sah. Rodolfo brabbelte auf Annas Schoß vor sich hin. »Und dann werde ich alles verkaufen.«

»Nicht alles, Anna, irgendwann ist das Geld wieder nichts wert, wie nach dem Krieg, weißt du noch, als man mit drei Riesenbündeln Geldscheinen nicht einmal ein Brot bekam, und dann? Dann hast du wenigstens noch Gold und Silber, der Wert bleibt!«

»Du hast recht, nicht alles, aber ich muss raus aus diesem Haus da drüben, es bringt mich um, die Kinder dort in dem Schmutz bei den Käfigen spielen zu sehen!« Sie senkte die Stimme, weil Daniele und Claudio vor ihr auf dem Küchenboden saßen und mit einem Stück Schnur spielten: »Und er, der ... du weißt schon. Der hat mir von Anfang an so Blicke zugeworfen, ich trau dem nicht, ich schließ mein Zimmer immer ab und lasse die Jungs alle bei mir schlafen!«

»Dann nähe ich dir eine Innentasche in eins deiner Kleider«, sagte Franca, »damit dir der Schmuck auf der Fahrt nicht gestohlen wird. Lass die Kleinen ruhig bei mir.«

Anna dankte ihr von Herzen und nahm sich vor, ihr eines der kleineren Schmuckstücke zu schenken, einen Ring etwa.

Die Zugfahrt nach Palermo verlief gut, Anna hatte ihr elegantestes Kostüm angezogen und darüber *mammas* besten Mantel mit dem Zobelkragen. Sie fuhr erster Klasse, damit sie nicht belästigt wurde. Doch auf den breiten Straßen der Hauptstadt merkte sie, wie die Leute sie anstarrten, weil sie alleine unterwegs war. Sie ging so aufrecht und beschwingt, als ob sie gleich ihren geliebten Ehemann treffen würde, und zwar keinen wie Ugo, sondern einen viel größeren, stärkeren Mann ... das half etwas. Beim Juwelier wurde ihr die Tür von dem Wachmann davor aufgehalten. Er denkt, er habe eine wohlhabende Dame vor sich, ging ihr durch den Kopf, doch ich kann auch hart arbeiten, ich habe das von Kind auf gelernt!

Der Juwelier wollte den Schmuck gleich dabehalten, sie aber lehnte ab, sie traute niemandem mehr. Ohne verlässliche Zeugen würde sie ihren letzten Schatz nicht hergeben! Auf dem Weg zum Bahnhof schaute sie sich dauernd um, ob ihr jemand folgte, doch unter ihrer Angst spürte sie auch Erleichterung.

Der Schmuck würde eine gute Summe erbringen. Sie hatte die Lebensmittelpreise auf dem Markt und in den Läden erfragt, sich nach Mietwohnungen erkundigt und rechnete auf der Zugfahrt hin und her. Ein Jahr würde sie mit dem Geld eine Wohnung mieten und überleben können.

Doch in Marsala wollte niemand an sie vermieten. Als verwitwete Frau wurde sie auch in den ärmeren Wohngegenden einem Verhör unterzogen, und sobald die Menschen erfuhren, mit wem sie verheiratet gewesen war und welchen Nachnamen ihre Söhne trugen, lehnten sie ab. Was für einen Ruf ihr Mann, der schüchterne blasse Ugo Libero Vivarelli, kurz vor seinem Ende hatte, erfuhr sie erst jetzt … Immer im Hintergrund, aber zur Stelle, wenn die Mächtigen etwas zu entscheiden und niederzulegen hatten, auch wenn es sich um eine himmelschreiende Ungerechtigkeit handelte. Wie zum Beispiel, als sie den Großgrundbesitz von Alfredo Dolci aufgeteilt hatten, der seine Länder nicht verkaufen, sondern an Bedürftige aufteilen wollte und daraufhin erschossen wurde. Wer hatte die Verträge gemacht? Ugo. Ihr Mann. Zusammen mit den Mächtigen, den wichtigen Männern. Der Begriff Mafia fiel nie.

Sie begann, sich Sorgen zu machen. Sie würde wegziehen müssen, vielleicht doch zurück nach Cremona? Die Sommer hier unten waren ihr sowieso zu heiß. Wenn der *scirocco* seinen Wüstensand aus Afrika über die Insel blies, konnte man kaum mehr atmen. Es war beschlossen, sie würde zurück in den Norden gehen!

Dann wurde der kleine Rodolfo krank, er bekam hohes Fieber und erbrach sich ständig und hielt den Kopf schief. Der herbeigerufene Arzt, der sich verdrossen die Schuhsohlen abstreifte, nachdem er durch den Matsch im Hof gewatet war, sagte, es sei eine Meningitis, das Kind würde es wohl nicht überleben, sie solle ihn isolieren, damit sich die anderen Kinder nicht auch noch ansteckten. In aller Hast versetzte Anna eins der Schmuckstücke bei dem knausrigen Händler an der Via Vespri, um die beste Behandlung für ihren Jungen zu bekommen. Nur einen Ring, doch bei dem blieb es nicht. Sie brauchte teure Medizin und viel gutes Essen! Weil Beatrice sich weigerte, für sie zu kochen, sprang Franca ein und übertraf sich mit ihren nahrhaften Brühen und Suppen selbst. Rodolfo überlebte. Voller Dankbarkeit verschenkte Anna das nächste Collier an die unermüdliche Köchin. Obwohl sie das Gefühl beschlich, dass Rodolfo seit seiner Krankheit nicht mehr gut hören konnte, ja beinahe taub war, schöpfte Anna wieder Mut. Vielleicht konnte sie mit den Kindern bei der Nachbarin einziehen, Franca kannte ihre Geschichte so gut wie keine andere und urteilte nicht über sie.

Ausgerechnet ihr großzügiges Geschenk allerdings verhinderte ihre Absicht, es brachte nämlich jemand anderen ins Haus.

Toto, der schüchterne Sohn, hatte das Collier der Frau, mit der er sich verloben wollte, als Hochzeitsgeschenk in Aussicht gestellt. Der Platz, den Anna mit ihren Kindern hatte einnehmen wollen, war innerhalb weniger Wochen besetzt, denn die plötzlich so zugängliche Verlobte hatte es sehr eilig, für das kleine Wesen, das aufgrund eines kleinen Missgeschicks in ihr wuchs, einen ordnungsgemäßen Vater zu präsentieren.

Anna konnte ihre zwei Zimmer also immer noch nicht verlassen. Der Herbst kam spät, aber er kam, und sie versuchte, den Hof und Garten für Daniele und Claudio etwa sicherer und sauberer zu machen, indem sie die Brunnenlöcher abdeckte und Bretter zwischen die Volieren legen ließ. Während sie die Kinder hinten im Garten beaufsichtigte, pflanzte sie Karotten, Rüben, Mangold und anderes Wintergemüse an. Im Februar des Jahres hatte es zwar im ganzen Land bitteren Frost und hohen Schnee bis weit hinunter nach Sizilien gegeben, doch ein zweites Mal würde das nicht passieren, so viel Pech konnte sie einfach nicht haben, selbst sie nicht! Sie erntete den wilden Fenchel an der Mauer, den Beatrice nicht entdeckt hatte, und begann, wieder Holzspielzeug zu schnitzen. Mit einem Lächeln hörte sie Danieles wilden Geschichten zu, die er von den kleinen Männchen in den Autos erfand. Sie würde durchhalten und ihren Kindern eine bessere Zukunft bieten!

Doch dann passierte etwas, mit dem sie nicht gerechnet hatte, Anna wurde krank. Wie schon so oft taten ihre Beine und Arme weh, sie hatte diffuse Schmerzen im Bereich ihrer Muskeln und Sehnen, teilweise waren auch ihre Gelenke betroffen. Morgens, wenn sie aufwachte, war sie ganz steif, sie litt unter einer dauernden Abgeschlagenheit, sie war leer und fühlte sich abgekämpft. Auch wenn ihr die Söhne zwischendurch Freude bereiteten, wurden ihre Gedanken immer öfter von schwarzen Wolken überschattet und schwertraurig; sobald sie nur ein wenig im Garten gearbeitet hatte oder zu Fuß in die Stadt gegangen war, war sie vollkommen erschöpft.

Wenn Sergio zu Hause war, wurde es noch schlimmer. Er strich immer noch mit diesem hungrigen Blick um sie herum. Anna nahm sich in seiner Gegenwart zusammen, sie hatte ihren Stechbeitel jederzeit parat in der Rocktasche stecken und ließ die Kinder keine Minute mit ihm allein. Sie spürte, er würde warten, vielleicht jahrelang, doch wenn er seine Chance sah, würde er zuschlagen. Wer konnte wissen, wie viele Frauen er auf seinen Reisen durch die Provinz bereits belästigt hatte, sein verschlagener Blick verhieß nichts Gutes.

Beatrice machte ihre Schwägerin vor ihrem Ehegatten schlecht, wo es nur ging, und schwärzte sie bei ihm an. Sie sei faul, dreckig und ließe sich gehen, wenn sie mit ihren eingebildeten Schmerzen im Bett läge. Franca half Anna, wo sie konnte, doch die Monate vergingen, ohne dass Besserung eintrat. Sie war so müde, lag aber nachts schlaflos wach, der Arzt in Marsala konnte ihr nicht helfen. »Reißen Sie sich zusammen, Sie haben schließlich Kinder«, sagte er nur und verschrieb ihr Schmerzmittel, die sie in hohen Dosen einnahm.

Die Monate vergingen. Schon war ein Jahr vorbei. Die Jungs wurden größer, sie zähmten heimlich ihre Lieblingshähne und brachten ihnen Kunststücke bei, sie halfen Beatrice beim Füttern und Säubern der Volieren. Sie halfen auch ihrer Mutter im Garten, bei den immer größeren Gemüseernten, da sie den Boden mit dem Mist der Hähne düngten.

Sie werden Bauern, und nicht Geigenbauer, ich kann es nicht verhindern, dachte Anna, wenn sie vor dem Haus in der wohltuenden Sonne saß, ihre schmerzenden Glieder bescheinen ließ und ihren Söhnen beim Spielen zusah. Rodolfo trug die feinen Anzüge und Spitzenhemden der Brüder auf, die die Älteren noch in der Villa Vivarelli getragen hatten, die ihnen aber schon längst nicht mehr passten. Daniele kletterte manchmal über die Mauer und streifte durch die umliegenden Zitronenhaine. Anna schimpfte mit ihm. Er würde bald in die Schule kommen und jeden Tag mit dem Bus fahren müssen oder die fünf Kilometer zu Fuß gehen. An manchen Tagen ging es ihr leidlich gut, doch an den meisten war sie schwach und brachte vor Schmerzen kaum etwas zustande. Man wusste immer noch nicht, woran sie eigentlich litt.

Mit letzter Kraft fuhr sie nach Palermo, die Zugverbindung

war jetzt besser, die Reise dauerte nur noch sechs Stunden. Aber auch hier konnten die schlauen Doktoren nichts Genaues herausfinden. Wahrscheinlich eine Art von Rheuma. Man könne nichts tun, außer Wärme und Ruhe.

Ruhe! Anna wollte keine Ruhe, sie wollte weg, ihr eigenes Heim bewohnen, statt das Leben mit Menschen zu teilen, die sie nicht mochten, ja, sie sogar hassten!

Die Jahre vergingen. Manchmal, wenn es ihr besser ging, nahm Anna die Sechzehntelgeige auf den Schoß, legte die Klanghölzer und das Werkzeug dazu und erzählte ihren Kindern, wie sie als kleines Mädchen ihrem Vater mit den Geigen geholfen hatte. Was man für Werkzeug brauchte, wie das Holz beschaffen sein musste und wie oft man die fertigen Instrumente lackieren musste. Zwölfmal. Mindestens!

Auch an diesem kühlen Novemberabend im Jahr 1960 saßen sie so beisammen. »Eines Tages werde ich wieder eine Werkstatt haben, eines Tages bringe ich euch alles bei!«

»Warum haben wir das Haus in Cremona, von dem du erzählt hast, nicht mehr?«, fragte Daniele. Er war jetzt schon acht, ging mit Freuden in die Schule und war sehr wissbegierig. Claudio dagegen hatte mehr Schwierigkeiten, er saß immer ganz hinten in der Klasse, weil er sich kaum etwas merken konnte und ständig seine Bücher und Hefte auf dem Schulweg verlor.

»Das haben uns böse Menschen weggenommen«, antwortete Anna wie schon so oft. »Sehr böse Menschen!«

Tante Emilia war im letzten Winter gestorben, an Auszehrung, sagte man. An Herzlosigkeit und Geldgier, dachte Anna. Sie war nicht zu ihrer Beerdigung gegangen.

»Und warum wohnen wir nicht mehr in der Villa?« Daniele

war der Einzige von ihnen, der sich noch schwach an die vielen Zimmer und die breite Treppe in der Villa Vivarelli erinnern konnte.

»Weil eure Großmutter, die *mamma,* gestorben ist. Und euer Vater kurz darauf auch.«

»Weil sie beide so krank waren!«, bestätigte Claudio. Er hatte ihre Antworten schon sehr oft gehört.

Rodolfo starrte ihr auf die Lippen, wenn sie sprach, er hörte nicht gut und redete deswegen kaum, und wenn, dann war es weitgehend unverständlich. Doch er war hübsch und verstand alles, und sie verstanden ihn! Außerdem war er der Liebling von Beatrice. Anna wunderte sich nicht darüber, denn ihr Jüngster benahm sich wie der schönste, aggressivste junge Hahn auf dem Hof, das mochte die Schwägerin.

Wenn Sergio zu Hause war, hatte sie das Paar schon manchmal in der oberen Etage belauscht, die es jetzt bewohnte. Sie lebte mit den Jungen immer noch im Erdgeschoss und hatte ihre eigene kleine Schlafkammer, nur die Küche teilten sie sich noch. Dabei hatte sie gehört, wie sie über ihre Jungen urteilten. Daniele war für sie der Schlaue, aber eine Memme, weil zu mitleidig, Claudio war der dumme Versager, Rodolfo der rücksichtslose Charmeur. Der würde es mal zu was bringen …

»Aber du bist auch krank! Du kannst auch sterben!« Daniele fasste besorgt nach ihrer Hand.

»Ich werde aber wieder gesund!«, sagte sie, und als wollte sie es sogleich beweisen, erhob sie sich trotz ihrer Schmerzen und füllte einen Topf mit Wasser für die Pasta. Sie würde ihre Jungs nie alleine bei diesem Paar aufwachsen lassen, das hatte sie sich geschworen. Und genau das sagte sie Sergio und Beatrice auch, als sie am selben Abend wieder einmal in Streit gerieten, über das Geld, das Anna ihnen angeblich noch für die Miete schuldete, und den Schmuck, auf den Beatrice in den letzten Jahren immer wieder Anspruch erhoben hat. Mindestens die Hälfte stünde ihr als Tochter zu. Sie drohte sogar, zum Rechtsanwalt zu gehen. »Wenn du stirbst, nützt dir dein unrechtmäßig an dich gebrachter Schatz auch nichts mehr in seinem Versteck, du verreckst, und deine Kinder bleiben als verarmte Waisen zurück!«

»Ihr seid furchtbare Menschen, wisst ihr das eigentlich?«, sagte Anna, müde von den täglichen Auseinandersetzungen, die immer schlimmer wurden, je länger Sergio wegen des schlechten Wetters im Haus war. »Ich würde meine Jungs nie bei euch aufwachsen lassen, wenn ich sterben müsste, würde ich sie eher mit mir nehmen!«

Beatrice kreischte los und überschüttete sie mit Verwünschungen. Sergio zeigte ihr nur sein kaltes Grinsen.

Ein paar Tage später grub Anna im Gemüsegarten die letzten Pastinaken aus, sie lag auf den Knien, die Erde war weich und dunkel, und sie war stolz auf all die frischen Sachen, die sie selbst anbauen konnte. Natürlich gab sie Beatrice einen Teil davon ab, es war ja schließlich ihr Garten und ihr Hahnenmist, den sie als Dünger verwendeten. Beatrice würde auch noch ihren eigenen Kot verkaufen, wenn ihr das Geld brächte, dachte Anna. Es ging ihr gut am heutigen Tag! Ihr Körper tat kaum weh, sie fühlte sich wie damals, bevor sie die Kinder bekam und gerade frisch mit Ugo verheiratet war. Ach, Ugo. Sie setzte sich auf. In was warst du da denn wirklich verstrickt, warum war nur alles so schrecklich schiefgelaufen …? Plötzlich packte sie jemand von hinten, der Schreck fuhr ihr eiskalt durch alle Glieder, sie wusste sofort, wer ihr Angreifer war, sie schrie auf, tastete aber auch im selben Moment nach ihrer

Waffe, dem Stechbeitel, den sie immer dabeihatte, doch da wurde ihr schon etwas in den Mund gestopft, ein ekelhaft stinkender Lappen, und jemand lag auf ihr, der ihr die Handgelenke auf den Rücken drehte und sie zwischen seinen Händen zusammenquetschte. Er war schwer, sie bekam keine Luft mehr, ihr Gesicht wurde in die Erde gepresst. Sie schrie, doch der Knebel in ihrem Mund unterdrückte den Schrei, und sie vernahm einen Laut wie von einem verzweifelt brüllenden Tier, aber es war zu leise, niemand hörte sie. Jetzt riss er sie an den Armen hoch, wühlte sich mit einer Hand unter ihre Röcke, zerrte brutal an ihrer Unterwäsche. »Wehe, du sagst jemandem was, du …« Er beschimpfte sie mit einer Reihe vulgärer Worte, die sie nie gehört hatte. Nein, dachte sie, nein, nein, helft mir! Wer kann mir helfen? Die Gedanken rasten durch ihren Kopf, Bilder blitzten auf: Franca? Ist auf der anderen Straßenseite in ihrem Haus, Rodolfo bei ihr, Gott sei Dank muss er mich nicht so auf allen vieren sehen, die beiden Älteren sind in der Schule, Savio, der Klempner, ist wie immer nicht da, und Beatrice? Füttert die schreienden Hähne, hört nichts.

Ein scharfer Schmerz, er hatte sich von hinten in sie hineingebohrt, und ihre Arme zwar losgelassen, doch jetzt würgte er sie und beugte sich vor: »Deine Söhne sind tot, wenn du zu den Carabinieri gehst, alle drei!«, zischte er in ihr Ohr. Dann stöhnte er auf und zog sich zurück. Sie sank in sich zusammen, da gab er ihr noch einen Stoß, sodass sie bäuchlings auf dem Beet lag.

»Und wasch dich mal, du Dreckstück!«

Anna wusch sich wirklich, sie war wie betäubt, doch sie wollte die Erde aus ihrem Gesicht, seine Spuren, seinen widerlichen Dreck und Geruch loswerden. Sie zog sich andere Sachen an, dabei fiel der Stechbeitel aus ihrem besudelten Rock klirrend auf den Boden. Diesmal hatte das Werkzeug sie nicht retten können. Im Spiegel sah sie, dass Sergios ekelhafte Hände blaue Flecken an ihrem Hals hinterlassen hatten. Sie band ein Halstuch darum, nahm die Geige von der Wand, dann schleppte sie sich hinüber zu Franca. Die Nachbarin trug ihr plärrendes, mittlerweile dreijähriges Enkelkind auf dem Arm, sie schreckte sofort zurück, als sie sie sah: »Was ist passiert, *cara*?«

Anna betrachtete ihren Jüngsten, der mit seinen Holzautos eine Karambolage auf dem Küchenboden veranstaltete, und zu ihr aufsah. Mit seinem runden Gesicht sah er aus wie ein strahlender Vollmond. »Nichts.«

Aber Franca ließ nicht locker, sie redetet so lange auf Anna ein, bis die zu weinen anfing. »Aha! Das Schwein!«, sagte die Nachbarin. »Wusste ich es doch!«

»Ich bringe ihn um!«

»Das lässt du schön bleiben, dann gehst du nämlich in den Knast!«

»Dann bringe ich mich und die Kinder um, dann bekommt er sie nicht«, flüsterte Anna mit einem Blick auf Rodolfo. »Ich kann so nicht mehr weiterleben. Nicht mit den täglichen Schmerzen und nicht mit dem da drüben unter einem Dach!«

»Ich gebe dir für heute Nacht was Starkes gegen die Schmerzen und frage Savio von nebenan, vielleicht könnt ihr morgen bei ihm unterschlüpfen, bis wir etwas Neues für dich gefunden haben. Hier bei mir geht es nicht.« Die Schwiegertochter lag oben im Bett in der Erwartung des zweiten Kindes, das erste Enkelkind, das tatsächlich von Toto stammte, aber das ahnte Franca ja nicht.

Anna riss sich zusammen, sie nahm ihre Geige in die eine und Rodolfo an die andere Hand und ging hinüber. Sergio war in ihrem Zimmer gewesen, ihr Bett, ihre Kommode, alles war durchwühlt, es war ihr gleichgültig, alles war ihr gleichgültig, doch den Schmuck hatte er nicht gefunden, das wusste sie. Sie wartete, bis die Jungs aus der Schule wieder da waren, brachte irgendwie den Nachmittag herum, bereitete schon früh das Abendbrot zu. Sergio ließ sich nicht blicken, auch Beatrice durchquerte nur stumm die Küche und blieb lange im Hof bei ihren Hähnen.

Anna schärfte den Jungs ein, in ihrem Zimmer zu bleiben, wo mittlerweile drei Betten standen. Sie nahm doppelt so viele von den Tropfen, wie Franca ihr geraten hatte, und ging zu Bett.

Mitten in der Nacht erwachte sie, es war dunkel und sie konnte kaum atmen. Ihr Kopf drehte sich, doch sie hatte Kinderschreien gehört, Schreie, die sich in ihr gedämpftes Bewusstsein gebohrt und ihre Instinkte wachgerufen hatten. Etwas war passiert, sie musste sie retten. Die Tür ging nicht auf, unter dem Türspalt sah sie es hellorange schimmern, es knackte und prasselte. Es brannte! Sie tastete an der Tür herum, der Schlüssel fiel herunter, sie musste husten, denn die Luft war voller Qualm. »Daniele!«, schrie sie. »Claudio! Rodolfo!«

Von draußen hörte sie sie im Chor antworten: »*Mamma!*« Sie musste wieder husten, der Rauch brannte in ihrer Lunge, machte sie ganz benommen. Sie tastete auf dem Boden herum, endlich fühlte sie den Schlüssel in ihrer Hand, sie schloss auf und öffnete die Tür! Mitten in der Küche waren die Stühle zusammengeschoben, ihre Polster aus Sisal brannten wie Zunder, doch darunter sah sie die vertraute Form ihrer Klanghölzer aufgeschichtet. Sie hatten heute Nachmittag schon nicht mehr auf ihrer Kommode gelegen, doch darauf hatte sie in ihrem

Schockzustand nicht weiter geachtet. Sie taumelte zurück, riss die Geige von der Wand und rannte durch den Qualm nach draußen. Sergio kam ihr mit einem Eimer Wasser entgegen. »Du Verrückte, willst du uns alle umbringen, reicht es nicht, wenn du allein abkratzt?«

Sie stürzte auf ihre Söhne zu, fiel hin, vor ihre Füße. Die Hähne waren erwacht und krähten aufgeregt, sie umarmte die Kinder, die barfuß in ihrer Unterwäsche im Dreck standen. Beatrice sah von oben auf sie herab. »Du wolltest sie umbringen, du wolltest sie mit dir nehmen, gib es zu!«

Anna schüttelte nur den Kopf, sie sah, wie auf der anderen Straßenseite die Lichter in Francas Schlafzimmer, in ihrer Küche angingen.

»Na, ich will die Blagen jedenfalls nicht behalten, Sergio!«, sagte Beatrice zu ihrem Mann, der mit dem Eimer herauskam und zum Brunnen rannte. »Was für eine hirnverbrannte Idee!«

»Hier, nimm die Geige, Daniele«, sagte Anna und küsste ihren Sohn, »halt sie gut fest und lass sie dir nie, hörst du, niemals wegnehmen!«

16

Elf Uhr zehn.

Elf Uhr zwanzig.

Elf Uhr dreißig.

Er war immer noch nicht da. Er war gar nicht erst gekommen. Er hatte sie alleine hier stehen oder vielmehr sitzen lassen. Mal wieder. In Lunas Kehle formte sich ein dicker Kloß und hinderte sie am Schlucken. Das konnte doch nicht wahr sein! Sie stand zum zehnten Mal von ihrem Cafétischchen auf und ging ein Stück die Straße entlang. Ihre Hände ballten sich zu Fäusten. Hatte sie ihn einfach nur verpasst, waren sie aneinander vorbeigelaufen? Was für eine dumme Idee von ihm, sich hier, in dieser doch recht schmalen Straße vor der *Mole Antonelliana* zu verabreden, wo ein Strom Passanten und anstehende Museumsbesucher für Chaos sorgten. Aber dort vorne, wo sie gesessen hatte, in der ersten Reihe der Tische, direkt gegenüber des Eingangs, war sie doch nicht zu übersehen!

»Dazu musst du alleine sein«, hatte Gitta gesagt, bevor sie sich um kurz vor elf vor der *Mole* trennten. »Das ist dein Moment, den du durchleben und aushalten musst. Versuche, ihn dennoch zu genießen!«

Genießen! Sie konnte ihren Zustand so sachlich analysieren und wohlmeinend zurechtlegen wie sie wollte, wenn man versetzt wurde, wurde man versetzt. Aus. *Basta. Finito!*

Luna kehrte zu ihrem Platz zurück und rief Gitta an, die sich in einer der zahlreichen Luxus-Marmor-Arkaden die Zeit mit Bargeld von Lunas Konto und Shoppen vertrieb.

»Luna!«

»Er ist nicht aufgetaucht!«

»Nein!«

»Er kommt nicht mehr.«

»Und wenn ihr euch verpasst habt?«

»Keine Ahnung, ich habe die ganze Zeit aufgepasst, alle Männer angestarrt, die halbwegs er hätten sein können. Aber es ist so verdammt voll hier!«

»Vielleicht hat er extra diesen Treffpunkt gewählt. Um dich anzuschauen und dann …«

»… und dann wieder abzuhauen?« Luna war den Tränen nahe. Sie wollte nicht mehr heulen, nicht wegen dieses Typen, der ihr Vater war, auf den man sich noch nie verlassen konnte! »Wo bist du?«, fragte sie. »Ich komme zu dir, ich habe jetzt keine Geduld mehr! Gut, dass ich LA PICCOLA erst gar nicht mitgenommen habe.«

»Hast du ihn angerufen?«

»Ja. Mehrmals. Es ist eine Festnetznummer. Geht keiner dran.«

»Fuck!«

»Kannst du laut sagen!«

»Und wie geht es jetzt weiter?« Luna rührte aufgebracht die Schaumhaube ihres Cappuccinos, den sie auf dem Piazza San Carlo tranken, kaputt.

»Es *geht* weiter, wir werden doch jetzt nicht aufgeben!« Gitta hatte ihr Notizbuch auf den Tisch gelegt und begann, zu schreiben, hob aber dann den Kopf: »Also, warum verabredet er sich mit dir an diesem Ort?« Sie klopfte mit dem Kugelschreiber auf das Papier.

»Weil er mitten in der Stadt liegt und schön unübersichtlich ist, damit er, falls er Panik bekommt, ungesehen wieder abhauen kann«, antwortete Luna. Sie war immer noch wütend, sie hatte Bauchschmerzen vor Ärger auf ihn!

»Richtig! Aber auch, weil er das Kino liebt und die *Mole* ihm etwas bedeutet.«

»Meinst du?« Luna schob die Tasse von sich.

»Und!« Gitta machte eine bedeutsame Pause. »Weil er hier in der Nähe seinen Unterschlupf hat, ja, in jedem Film wäre das so! Er zieht die Tür seiner ärmlichen Kammer hinter sich zu und macht sich auf – auf in die bunte, moderne Welt, die nur ein paar Gassen weiter beginnt. Er sieht seine wunderschöne Tochter mit den seidenweichen, gepflegten Haaren und dem eleganten Kleid in der ersten Tischreihe des Cafés sitzen und erstarrt. Sie ist ihm wie aus dem Gesicht geschnitten, doch das sieht er nicht, sie erinnert ihn vielmehr an seine Mutter ... Er kann es nicht, er schämt sich, er zieht sich zurück. Ab und zu klingelt sein Handy, sie ist es! Seine Tochter! Der Klang schmerzt ihn förmlich, doch er geht nicht dran.«

»Danke für den Film in meinem Kopf, aber es ist eine Festnetznummer gewesen, und außerdem: Ist das nicht ein bisschen weit hergeholt?«

»Na klar, aber etwas anderes haben wir nicht!« Gitta sah beinahe glücklich aus, als sie Luna jetzt ihre Vorstellung weiter erläuterte. »Er sitzt hier irgendwo in einer Nische, also nicht nur bildlich gesehen, er führt einen alten Laden, etwas

Öffentliches, längst Vergessenes, eine Bibliothek, ein altes Kino, eine Sozialstation für arbeitslose, ehemals heroinabhängige Ex-Sträflinge …«

Sie sollte wirklich Geschichten schreiben, dachte Luna zum ersten Mal, oder Drehbücher verfassen, sie hat Fantasie!

»Ruf ihn noch mal an!«

Luna tat ihr den Gefallen. »Nichts. Nicht erreichbar.«

»Und keine Mailbox? Äh, kein Anrufbeantworter?«

»Nein.«

»Dann werden wir die Gegend erkunden! Halte deinen Foto-Ordner parat, wir müssen sein Gesicht im Viertel herumzeigen, egal, wie jung er damals auch war.«

»Danke für deinen Enthusiasmus«, sagte Luna. »Ich bin kurz davor aufzugeben.« Sie stützte ihre Stirn in ihre Handflächen.

»Aber doch nicht jetzt, wo er so nahe ist, wir finden ihn, wir sind schon vor seiner Tür! Du suchst jetzt hier im Viertel alles bei Google Maps, was ich dir beschrieben habe, die einsamen Teeküchen, Leihbüchereien und städtischen Tafeln ohne Webseiten, die alle nicht schick genug für Instagram sind.«

Als sie sich auf den Weg machten, hatten sie eine Liste von Adressen dabei, an denen entlang sie sich durch das Viertel führen lassen wollten.

Alles zu Fuß gut erreichbar. »Er ist nicht weiter als sieben Minuten entfernt«, behauptete Gitta.

Das gibt dennoch einen ziemlichen Radius, den wir erfassen müssen, dachte Luna, doch sie hielt sich zurück. Sie wollte Gittas positive Stimmung nicht auch noch in den Keller hinabziehen, in dem ihre schon seit elf Uhr zwanzig hockte.

Sie klapperten das erste verrammelte Kino ab, rüttelten an Türen von verschlossenen Hinterhöfen und verwaisten Anonymen-Alkoholiker-Treffs.

»Die Gegend ist nicht schlecht, aber so richtig gut geht es manchen Menschen hier dennoch nicht«, stellte Luna fest, als sie durch die Via Oropa gingen, auf der Suche nach dem zweiten Kino auf ihrer Liste.

»Vieles war mal ganz schön, sieht aber vernachlässigt aus.«

Das Cinema Adua war ein einstöckiges Gebäude, hatte eine schmutzig graue Fassade und, wie konnte es anders sein, eine große, geschlossene Tür in einer Fensterfront aus braunem Rauchglas, das an die Siebziger erinnerte. »Zur Bücherausstellung – bitte durch den Hof«, las Luna von dem recht neuen Zettel, der von innen an der Tür klebte. »*Allora*, schauen wir uns die mal an!«

Auf der Rückseite des alten Kinos gingen sie an einer langen Mauer vorbei, bis sie zu einem Tor kamen, das offen stand. »Na also, wenigstens kommen wir etwas näher ran an den Laden«, sagte Gitta.

Luna zog die Augenbrauen hoch, als sie den gepflasterten Hof betraten. »Ach du meine Güte, was ist hier denn los … gewesen?« Es sah aus, als ob seit Jahren niemand mehr vorbeigekommen war. Gitta schien ihren Eindruck zu teilen. »Schick! Irgendwann war hier mal Party. Im letzten Jahrtausend.« Ein paar Lichterketten baumelten noch von dem kleinen Pavillon, der aus Holz zusammengezimmert worden war, und eine Seite des Hofes einnahm. Darunter standen alte Tische und Bänke, Efeu, das von nirgendwoher zu kommen schien, rankte sich daran empor, auch eine Kletterrose versuchte ihr Bestes, um den Unterstand romantischer wirken zu lassen. Davor standen zwei alte Weinfässer, die als Tische gedient hatten, und die uralte Box einer Stereoanlage, vom Regen längst zerstört. An der Wand verblassten rot hingepinselte Schriftzüge wie *»Viva la Libertà!«* und *»Forza per il popolo!«,* Ansonsten lagen viele Dinge herum, die offenbar niemand mehr haben wollte. Alte, ineinander verkeilte Fahrräder, das geschwungene Kopfteil eines geschmiedeten Bettes, auch mehrere von Patina überzogene mechanische Schreibmaschinen standen auf den Pflastersteinen und schienen sich strahlenförmig auszubreiten. »Olivetti«, sagte Gitta nach einem genaueren Blick.

»Jetzt wissen wir ja, wo die gemacht wurden«, fügte Luna hinzu. »In Ivrea, fünfzig Kilometer von hier. Auch da wurde gestreikt. Und zwar von Stefano.«

»Schön, dass die Maschinen an diesem Plätzchen so vor sich hin rosten dürfen, aber es sind die reinsten Stolperfallen. Oder ist das vielleicht Kunst?«, fragte Gitta. »Wenn, dann erkläre man mir die bitte!«

»Ich habe keine Ahnung«, sagte Luna. »Das hier ist eine andere Welt. Vielleicht bringt uns die Bücherausstellung ja weiter.« Sie ging auf den Notausgang des ehemaligen Kinos zu, auf dessen geriffeltem Glas immer noch *uscita di emergenza* stand. Überraschenderweise ließ er sich öffnen. Sie spähten hinein. Ein dämmriger Flur, uralte, gesprungene Bodenfliesen, rechts und links ein Standaschenbecher, die Schalen bis oben mit Sand gefüllt.

»Wow, die sind noch aus den Fünfzigerjahren und echt antik«, sagte Gitta. »Dass die noch keiner geklaut hat!« Sie ging auf einen der Zylinder zu und versuchte, ihn anzuheben. »Festgeschraubt«, rief sie über die Schulter.

»Hallo? *Pronto? Permesso?*« Luna streckte den Hals nach vorn wie eine witternde Schildkröte. Doch es zeigte sich niemand, also zog sie Gitta von den Aschenbechern weg, und sie gingen weiter in den Flur hinein, drückten die Flügel einer Schwingtür auf und blieben stehen.

In dem großen hohen Raum, der vor ihnen lag, gab es zwei eckige Marmorpfeiler, eine Marmortheke mit einer Kasse und einer Martini-Reklame dahinter. Es gab eine altmodische Garderobe und eine sehr breite, schmucklose Treppe, die in die obere Etage führte. An den Wänden sah man Schaukästen mit Filmplakaten und alten, mittlerweile welligen Manifesten, die auch hier dazu aufforderten, den Kampf weiterzuführen. Schmale Lampen hingen wie moderne Fledermauskästen von der Decke. Mussolinis Architektur trifft auf Elemente aus den Fünfzigerjahren und den Arbeiterkampf, dachte Luna. Leider wird dieser Mix auch noch von mehreren Regalen verschandelt, die sich windschief im Raum verteilen.

»Aah! Na wer sagt's denn, wenigstens die Buchausstellung haben wir nicht verpasst!«, sagte Gitta enthusiastisch wie immer. Sie ging auf eines der nahezu leeren Regale zu und griff mit spitzen Fingern nach einem Taschenbuch. »Mehrfach gelesen. Und Gott sei Dank keine beunruhigend große Auswahl«, sagte sie todernst, dann prustete sie los und steckte Luna mit ihrem Gekicher sofort an. Sie lachten und pressten sich die Hände vor den Mund und versuchten, leise zu sein, lachten aber nur noch mehr. Die Tränen stiegen Luna in die Augen, und sie ging in die Knie, krümmte sich, doch sie genoss das Gefühl zu lachen, es löste etwas in ihrem Inneren, schwemmte es fort und machte sie um Tonnen leichter. Sie richtete sich wieder auf, wischte sich die Lachtränen von ihrem Gesicht und sah sich die Filmplakate näher an. »Also hier lief zuletzt *Ostinato Destino*, ›Hartnäckiges Schicksal‹, mit Monica Bellucci, der muss aus den Neunzigern sein.«

»Schade, ich wäre gern in dieses Kino gegangen!« Auch

Gitta hatte sich wieder beruhigt. »Guck mal, wie hoch die Decke ist, und diese Empore da, das muss mal ein tolles Haus gewesen sein!«

»Klassische Naziarchitektur. Von außen eher fieser Stil der Sechziger.«

»Stimmt. Aber warum lässt man diese Architektur so verkommen, warum wird das Gebäude nicht genutzt, wo es doch schon mal da steht?«

»Wird es doch, ich sage nur: Buchausstellung!«

Wieder lachten sie los, doch dann hörten sie ein Geräusch.

»*Eccolo*, hast du mich doch gefunden«, sagte eine tiefe Stimme, und jemand kam hinter dem Pfeiler hervor.

»O Gott!« Luna griff sich vor Schreck an den Hals und machte einen Schritt zurück. Plötzlich stand er vor ihr. Ihr Vater! Daniele Vivarelli! Sie erkannte ihn sofort. Aus dem jungen Gesicht aus ihren Kindheitserinnerungen wurde blitzschnell, wie in einem Zeitraffer, ein immer älteres, Linien gruben sich in seine Haut, seine Haare wurden schütter und grau meliert, sein spitzes Kinn verschwand, alles an ihm verlor an jugendlicher Spannung, bis die Zeitmaschine endlich vor ihren Augen anhielt.

»*Buona … sera!*«, sagte sie stockend. Sie hatte sich oft gefragt, was sie tun würde, wenn sie ihrem Vater gegenüberstehen würde. Jetzt wusste sie es. Sie stammelte *Buona sera* und starrte sein älteres Ich einfach nur an. Starrte auf sein wirres Haar, das auf seine Schultern stieß, auf seinen ebenso schwarzgrau gescheckten Bart, seine Figur, seine Kleidung, die Schuhe … Sie merkte, dass sie ihn musterte, doch sie konnte ihren Blick nicht abwenden, geschweige denn, ein weiteres Wort herausbringen. Er war arm, die Sachen, die er trug, waren verwaschen und aus der Form geraten, er war alt! Vielleicht schaute er sie deswegen nicht an, sondern besah sich seine Turnschuhe, an denen sich vorne die Sohlen lösten. Luna musste kurz an den kleinen Valentino denken. Armut sieht man immer als Erstes an den Schuhen, dachte sie.

»Lunetta. Luna.« Seine Stimme klang dunkel und voll. Für den Bruchteil einer Sekunde trafen sich ihre Augen.

Keine Umarmung, kein Lächeln, dachte Luna. Dann bekommt er von mir auch nichts! »Wir waren verabredet.«

»Es tut mir leid«, sagte er auf Italienisch, er streifte Gitta mit einem irritierten Blick und klopfte an den Taschen seines Mantels herum, bis er fand, was er suchte. Aus einem Beutel nahm er Blättchen und Tabak und begann, sich eine Zigarette zu drehen. »Ich hatte dich gesehen, du warst so schön und so erwachsen, ich ...« Er schaute von seinen Händen an die Decke und beschrieb mit einem Arm einen Kreis, der alles, Theke, Bücher, Naziarchitektur, einschloss. »Ich habe mich geschämt. So, nun weißt du es. Weißt, wie dein Vater lebt und haust und dass er Feigling ist!« Er ließ seine schiefe, viel zu dünne Zigarette mitsamt dem Tabakpäckchen zurück in die Manteltasche gleiten. Er ist ein Loser, schoss Luna durch den Kopf, doch der scheue Blick in ihre Richtung, und die Art, wie er mit den Schultern zuckte, ließ in ihr plötzlich ein Gefühl von Liebe explodieren, ganz heftig und ohne Vorbehalte; niemals hätte sie geahnt, dass sie dazu fähig war. Es war die Zuneigung für den kleinen Jungen, dem man die unschuldige Mutter einfach weggenommen hatte, für das Heimkind, das sich an seine Ersatzmutter, die Heimleiterin, klammerte, für den jungen Mann bei FIAT am Band, der schlau war und dennoch nicht studieren konnte. Sie sah seinen Schmerz in seinen Gesten, und das Mitgefühl durchströmte sie und ließ die Gegend um ihr Herz ganz weich werden. Vor ihr stand derselbe Mann, der sich in einer kleinen Stadt in Bayern in eine Deutsche verliebte, weil sie mit ihren Geigen so schöne Musik machte. Musik, die sein Trost war. Sein Halt. Er hatte seine geliebte Geige reparieren lassen, später von der gleichen Frau eine Tochter bekommen und dann einen Sohn, gesunde, lebhafte Kinder, denen er am liebsten den Nachnamen seiner Mutter gegeben hätte. Er kümmerte sich liebevoll um sie, spielte mit ihnen, sang mit ihnen. Das Lied »Bellabellabimba« erklang plötzlich in ihren Ohren. Und dann, was war passiert, bevor er sie und Lorenzo verlassen hatte? Die tiefen Wunden, die ihm in seiner Vergangenheit zugefügt worden waren, die er nie hatte vergessen können, hatten ihn dazu bewogen.

»Ach, Papa.« Sie ging auf ihn zu. Er hob den Kopf, und nun lächelte er leise, sein Mund erinnerte sie an den von Lorenzo. »Ach, Papa!«, sagte sie noch einmal und umarmte ihn einfach. Nach einem Moment des Zögerns umarmte er sie endlich zurück. Sein Mantel roch nach Tabak, doch seltsamerweise auch nach frischem Hefeteig. Der Druck seiner Arme war fest, seine Schultern überraschend kräftig und gut zum Anlehnen. »Es tut mir leid«, sagte er mehrmals auf Italienisch. Luna weinte, und hinter sich hörte sie auch Gitta schniefen.

»Da bist du einfach wieder. Nach so einer langen Zeit«, sagte Daniele, als sie sich voneinander lösten und er gleich wieder ein wenig Abstand nahm. Er schüttelte den Kopf. »Ich bin so schwach gewesen. Bin's immer noch.«

»Aber nein, Papa. Sag das nicht. Ich möchte nur so gerne mit dir über alles reden.« Luna sah ängstlich in sein Gesicht, vor das sich ein Schatten aus Misstrauen geschoben hatte. Würde er sich weigern, ihre Fragen zu beantworten?

»Reden? Es gibt ja nicht viel zu sagen. Dein Vater ist eine

Katastrophe. Aber wenn's sein muss, gehen wir lieber raus, irgendwohin.«

»Ja, aber vorher möchte ich sehen, wie du lebst!«, sagte Luna.

»*No!*« Er schüttelte den Kopf. »Das ist keine gute Idee.«

Luna schnalzte unhörbar mit der Zunge. »Das ist übrigens meine Freundin Gitta«, sagte sie auf Deutsch. »Sie war es, die mich überredet hat, nach dir zu suchen. Also eigentlich nach der *nonna* Anna Battisti! Und Mama natürlich, ohne Mama wäre ich nicht hier!«

»Isa.« Seine Stimme klang plötzlich verträumt. »Wie geht es ihr?«

»Sehr gut, baut ihre Geigen, ist happy …«

Daniele nickte und gab Gitta die Hand. »Guten Abend!«

Luna lachte. Es war erst drei Uhr, aber auf Italienisch hieß es nach dem Mittagessen bereits *buona sera* … »Oh, sorry, verstehst du denn überhaupt noch Deutsch?«

»Ja, verstehen gut, aber sprechen – geht es nicht mehr leicht …«

»Wohnen Sie wirklich in diesem Kino?«, fragte Gitta und strahlte Daniele an. So wie sie ihn ansieht, plant sie in Gedanken schon, ihm die Haare zu schneiden, dachte Luna.

»Ja. Na ja. Iste nicht toll.« Daniele wandte sich auf Italienisch an Luna. »Ich habe heute Morgen einen Hefezopf gebacken, den können wir meinetwegen mit nach draußen nehmen.«

»Du hast eine Küche hier?«

»Ach, ja, na ja … Es ist mir unangenehm. Ich lebe im Wartezustand. Im Nirgendwo, ich bin hier geduldet, damit das Gebäude nicht verwüstet wird, bis jetzt gab es immer einen Aufschub, aber sie sagen, dass es noch in diesem Jahr abgerissen wird. Diesmal ganz bestimmt.«

»Ja, hol den Hefezopf. Wir kommen mit!«

Nach einigem Hin und Her ließ Daniele sich tatsächlich überreden, und so stiegen sie die Treppe hinter ihm hoch und kamen auf die Empore. Daniele war nicht mehr ganz so ablehnend und zeigte ihnen den Vorführraum, aus dem man hinunter in den ehemaligen Kinosaal schauen konnte. »1992 gab es hier die letzte Vorführung. Aber auch vorher war das Kino immer mal wieder pleite. Zwischen 1975 und 1980 haben wir den Raum für unsere Theaterproben und politische Versammlungen nutzen können. Außerdem fanden hier mehrere legendäre Konzerte und Aufführungen statt!«

Luna linste durch das kleine Guckfenster. Der Saal war leer, die Bestuhlung fehlte, die Leinwand wellte sich herab und auch die gefältelte Stoffbespannung der Wände war teilweise heruntergerissen. Sie überließ Gitta den Platz.

»Alles verrottet«, murmelte ihr Vater. »Einsturzgefahr.«

»Und du wohnst dennoch hier drin?«

»Ach ja, die wissen das ja. Ich passe auf.«

»Du musst hier raus!« Luna schaute sich um, als ob das Gebäude jeden Moment über ihnen zusammenbrechen würde.

»Ja, sollte ich wohl. Aber vorher holen wir noch den Zopf«, sagte Daniele. »Wäre schade drum!«

Sie folgten ihm durch einen kleinen Gang in eine fensterlose Kammer. »Tretet ein. Hier ist meine Eingangshalle. Und dahinter …« Er öffnete eine weitere Tür. »Küche und Schlafplatz.«

Luna übersetzte für Gitta, und sie sahen sich um. Es war alles sehr klein und nur die nötigsten Sachen darin untergebracht. Ein Haken mit einer Jacke, ein weiteres Paar Schuhe. Die Küche war ebenso spartanisch eingerichtet. Ein Ofen mit Herd. Ein Regal mit spärlichen Vorräten, ein steinerner

Ausguss. Ein Messi ist er schon mal nicht, dachte Luna erleichtert. Auf dem Tisch lag die goldbraune, geflochtene Brioche auf einem Holzbrett, ein sauberer Teller und eine Tasse daneben. Über der Lehne des einzigen Stuhls hing eine Strickjacke. Auf der Sitzfläche davor stand ein Telefon.

»Hast du mich von hier aus angerufen?« Luna zeigte auf den altmodischen grauen Apparat, der an einer langen, verdrehten Schnur hing.

»Ja. Ich mag diese Handys nicht, die Leute wanken durch die Straßen und schauen ja nur noch da drauf. Reine Zeitverschwendung.«

Luna sah, wie Gitta über die Strickjacke strich, aber auch ihren Vater nicht aus den Augen ließ, der sich in diesem Moment die rutschende, offensichtlich zu weite Hose hochzog. Sie schien abschätzen, wie viel er wog, und betrachtete ihn aufmerksam, als wolle sie hinter eine Kulisse blicken.

»Mein Schlafzimmer zeige ich euch jetzt nicht«, sagte er, »aber ich verrate euch, es hat ein großes Fenster!«

»Schon gut, Papa!« Luna schnürte es den Hals zu.

»Leider geht es auf eine Brandmauer hinaus.« Er zuckte wieder mit den Schultern. »Mein Bad ist unten, bei den Toiletten. Na ja, ein Waschbecken. Treppensteigen ist gesund. Manchmal dusche ich bei Freunden.«

Und wo wäschst du deine Klamotten, wollte Luna fragen, doch da fing sie Gittas Blick ein. Lass ihn, er schämt sich schon genug. Sie hatte recht, es war bedrückend ...

»Beim Backen vergesse ich meine schweren Gedanken. Ist wie Meditation für mich.« Ihr Vater steckte den Kranz mitsamt dem Brett und einem Messer in eine dünne Plastiktüte. »Lasst uns an den Fluss gehen!«

Schwere Gedanken. Luna warf noch einen letzten Blick auf

die karge Behausung, bevor sie Gitta und ihrem Vater folgte. Wahrscheinlich hat er Depressionen, dachte sie. Auch schon als junger Mann. Wohin soll auch sonst das alles, was er erlebt und nie jemandem erzählt hatte?

Als sie ins Freie traten, blieb Daniele stehen. »Wie ihr könnt sehen ...«, sagte er auf Deutsch und schaute sich mit einem Blick um, der eher hilflos als stolz war.

»Ach, das ist doch eigentlich ein schöner Platz!« Luna lächelte ihn an, denn sie wollte unbedingt etwas Positives antworten.

Auch Gitta beeilte sich, zu versichern, dass der Hof eine besondere Atmosphäre hatte.

»Hier fanden damals die unglaublichsten Feste statt, Diskussionen, Versammlungen, Lesungen. Das ganze Viertel war dabei. Aber das ist Vergangenheit.«

»Seit wann?«

»Seit vielen Jahren. Hier kommt ein Wohnkomplex hin, mit 'nem Supermarkt unten drin.«

Sie liefen die Via Oropa entlang, Daniele führte sie durch weitere Straßen bis hinunter ans Ufer des Po. Gitta kaufte unterwegs drei Becher Kaffee, der vierte an diesem Tag für Luna, und als sie an der Uferstraße angekommen waren, setzten sie sich auf eine Bank, die unter den dichten Bäumen der Uferpromenade stand.

»Ich lasse euch allein und gehe zurück ins Hotel«, sagte Gitta. »Dann könnt ihr Italienisch reden und müsst nicht auf mich Rücksicht nehmen.« Sie küsste Luna auf die Wange und drückte sie kurz. »Hör ihm gut zu, erzähl ihm deine Sicht, aber klage ihn nicht sofort an«, sagte sie leise. »Es wäre so schade, wenn du ihn wieder verlieren würdest!« Dann drückte sie Daniele die Hand. »Es hat mich gefreut, ich hoffe, ich sehe Sie ganz bald wieder!«

Er nickte ein wenig verlegen. Schämte er sich für seinen dünnen Mantel und den grobmaschigen Pullover darunter? Er sah ihr hinterher. »Eine aufrichtige Person.«

Luna nickte. »Ja, Gitta ist wunderbar!« Sie sah ihm dabei zu, wie er den Kranz aus der Tüte holte und ihr ein großes Stück davon abschnitt. Luna schnupperte an der goldbraunen Oberfläche und biss beherzt in das weiche, duftende Gebäck. »Mmh. Das schmeckt richtig gut! Und du backst oft?«

»Meistens nicht für mich. Es gibt da so ein paar Nachbarn, die es nötiger haben. Man hilft sich.«

Er nahm seinen Kaffeebecher und trank. Und sagte nichts mehr. Und trank. Seinen Hefezopf rührte er nicht an.

Luna versuchte, die Stille auszuhalten, doch vergeblich. »Schon seltsam mit dir hier nach … siebenundzwanzig Jahren so zu sitzen«, sagte sie. Er schaute sie nur an.

»Am Tag meiner Einschulung bist du abgehauen.«

Daniele nahm das Messer, sah es an, legte es dann wieder hin. »Es ist kein Tag vergangen, an dem ich nicht an euch gedacht habe.«

»Aber warum dann dieser absolute Bruch?« Vergessen war Gittas Ermahnung, ihn nicht anzuklagen. »Es kam kein Brief, kein Anruf, kein Besuch von dir!«

»Ich sagte es bereits, ich war so feige, Luna.« Wieder schwieg er.

»Dann rede jetzt endlich mit mir!«, fuhr sie ihn an.

»Was soll ich da groß sagen? Ich habe es auf euren Rücken ausgetragen, doch ich konnte nicht anders!«

»Was genau musstest du auf den Rücken von Lorenzo und mir austragen?« Luna rutschte auf der Bank vor, um besser in sein Gesicht schauen zu können.

»Nun ja. Es gab Probleme. Mit mir! Ich war an manchen

Tagen wie gelähmt, kam nicht aus dem Bett, habe mich nicht richtig um euch kümmern können.«

»Du hast dich manchmal morgens wieder hingelegt, und wir sind an diesem Tag nicht in den Kindergarten gegangen, sondern durften auf dir spielen!« Luna erinnerte sich plötzlich wieder an die zahlreichen Morgen in Papas Bett. Er hatte geschlafen, und dabei ganz still gelegen, und Lorenzo und sie hatten sich auf ihn gesetzt und ihn mit Lego oder Playmobil zugebaut ... »Und mittags haben wir Brote für dich gemacht. Und für uns. Und Lorenzo hat sich mal auf die Ketchupflasche im Bett fallen lassen und sie zusammengedrückt und dann war das Bettzeug überall rot ... Aber du hast gar nicht geschimpft. Du hast *nie* geschimpft.«

»Ich war eine Katastrophe. Isabell war so enttäuscht, sie sagte immer, sie müsse sich auf mich verlassen können, wenn sie in der Werkstatt war. Und sie hatte ja recht. Es gab Phasen, da war ich zu nichts zu gebrauchen!«

»Das habe ich gar nicht gemerkt ...« Luna überlegte. Hatte ihr Vater damals auch schon unter Depressionen gelitten? War das der Grund, warum er sich aus dem Staub gemacht hatte?

»Hat Mama dich unter Druck gesetzt?«

»Sie hatte es schwer mit mir.«

»Aber du warst doch immer so toll mit uns. Du warst immer da, wird sind im Winter rodeln gegangen, als wir noch in Mittenwald wohnten. Und in München hast du Lorenzo zu den Fußballminis begleitet und mich zum Geigenunterricht gebracht, und auf dem Weg dahin haben wir gesungen. Weißt du noch? Jeden Mittwoch fuhren wir zu Frau Bergmann in die Hohenzollernstraße.«

»Du hast wunderschön auf der Geige gespielt!« Mit einem Mal lächelte er sie an, seine Augen wurden weit und leuchteten wie früher. Luna biss sich auf die Lippen und wischte sich die Hefeteigkrümel von ihrem Schoß. Nach seinem Verschwinden hatte sie sich geweigert, zu Frau Bergmann zu gehen und seitdem nie mehr Unterricht genommen.

»Wollte Mama sich von dir trennen?«

»Sie war nicht mehr glücklich mit mir, das habe ich gemerkt. Und sie hatte ... na ja, einen Liebhaber, oder wie sagt man dazu auf Deutsch?« Er suchte nach dem Wort. »Ah, *si,* eine *Beziehung.*«

»Was? Mama ist fremdgegangen?« Luna blieb der Mund offen stehen. Dann warf sie den Kopf in den Nacken. »*Oh no.* Auch das noch. Davon hat sie nie erzählt!«

»Ich konnte sie verstehen, aber ich konnte es nicht ertragen.«

»Habt ihr darüber geredet?«

Er schwieg.

»Na, so wie es aussieht nicht!«, rief Luna und stand auf. Sein ewiges Schweigen machte sie wahnsinnig!

»Nicht viel, ich habe zugemacht, und ich weiß, ich hätte reden müssen und nicht weglaufen dürfen. Aber in mir war nur Leere. Nichts zählte mehr. Selbst ihr beide nicht.«

»Selbst wir beide nicht ...« Luna kamen die Tränen, aber diesmal nicht um der sechsjährigen Luna willen, sondern sie sah wieder den kleinen Daniele vor sich. »Ich war auf Sizilien«, sagte sie und wischte sich schnell die Augen trocken. »Ich stand vor dem Haus, in dem du gewohnt hast.«

Ihr Vater sah sie beinahe ärgerlich an. »Woher wusstest du denn, wo ... das Haus? Du hast das Haus gesehen?«

»Ja.« Dass es abgerissen wurde, musste er ja nicht unbedingt in diesem Moment erfahren. »Es hat dort mal gebrannt, wurde mir erzählt.«

»O ja. Das hat es.« Sein Mund wurde schmal. Er stand nun auch auf und ging auf die Flussböschung zu. Luna hatte Angst, dass er auf einmal nach rechts oder links losrennen würde, um von ihr wegzukommen. Doch er blieb stehen. Was sollte sie tun? Was ihm als Nächstes sagen? Sie entschied sich für die Wahrheit, vielleicht konnte sie ihn trösten. Sie wartete, bis eine Frau mit ihrem Hund vorbeigegangen war.

»Es hat eine Gerichtsverhandlung gegeben«, rief sie dann leise, »wusstest du davon?«

»Eine was?« Er drehte sich nicht um, rannte aber auch nicht weg.

»Gegen Anna Battisti, deine Mutter.«

»Ja? Nun ja.« Luna sah seinen sich abwägend neigenden Hinterkopf mit den zu langen Haaren. »Sie war wohl schuldig …«

»Papa!« Luna stand auf und stellte sich neben ihn. Früher hatte sie ihn immer so wahnsinnig groß in Erinnerung, nun war er nur noch einen Kopf größer als sie. Gemeinsam schauten sie auf den ruhig dahinziehenden Fluss. Luna überlegte ein paar Sekunden, ob sie ihn umarmen sollte, doch er schien körperliche Zuneigung nicht gewohnt. Schließlich legte sie ihre Hand nur ganz leicht auf seine Schulter. »Es gab einen Gerichtsreporter, der hat den Fall in einem Buch niedergeschrieben. Darin stand, dass sie zu Unrecht verhaftet und ins Gefängnis gesteckt wurde. Davon kann man ausgehen …«

An dem Blick, mit dem er sie jetzt bedachte, erkannte Luna, dass Daniele nichts von alledem gewusst hatte. »Zu Unrecht? Aber sie hat doch … das Feuer …«

»Die Schwester deines Vaters lebte doch mit euch im Haus, oder?«

»Ja. Zia Beatrice.«

»Und ihr Mann, der Onkel …?«

»Onkel Sergio?«

»Genau, dieser Onkel Sergio hat deine Mutter anscheinend … wie soll ich es sagen, schwer belästigt und sie auch noch mit euch erpresst. Dass man ihr ihre drei Söhne wegnehmen würde. Zeugen dafür gab es genug, die haben während der Verhandlung zunächst auch ausgesagt, ihre Aussage aber alle zurückgezogen, oder sind nicht mehr vor Gericht aufgetaucht, weil sie eingeschüchtert wurden.«

»Was?! Wo steht das?«

»In dem Buch von diesem Reporter Lodi, ich kann es dir geben, es liegt in meinem Hotel.«

»Onkel Sergio, der Drecksack! Den mochte ich nie!« Daniele ging zurück zu der Bank und ließ sich schwer neben seinen leeren Kaffeebecher fallen. Luna folgte ihm. »Ziemlich sicher hat Anna den Brand nicht gelegt, Papa!«

Er verbarg die Hände im Gesicht und blieb eine ganze Weile lang in dieser Haltung kauern. Endlich richtete er sich wieder auf: »Mein Mädchen, mein liebes Mädchen! Da musst *du* deinem alten Vater all das erzählen, was vor sechzig Jahren passiert ist!«

»Du hast nie nachgeforscht?«, fragte Luna, doch sie kannte die Antwort bereits. An etwas, was so wehtat, hatte sich die kleine Kinderseele in ihm nicht herangetraut. Keine Seele tat das freiwillig. Und so hatte der Schmerz größer und größer werden können, und die Verbindung zu den eigenen Gefühlen war irgendwann abgetrennt worden.

»Eine Tragödie«, sagte er leise. »Eine echte Tragödie.«

»Und deine Brüder? Was ist mit denen?«

»Claudio und Rodolfo? Ach, auch da hat sich so einiges zugetragen. Claudio ist nach Australien gegangen oder war es

Neuseeland? Ich habe seit dem Jahr 1983 nichts mehr von ihm gehört. Unser Kleiner, *piccolo* Rodolfo, der hat die Sache noch schlechter verkraftet als ich ... er hat sich schon im Heim mit den schlimmsten Typen zusammengetan, hatte immer was gegen ehrliche Arbeit, hat ein paar krumme Dinger gedreht, dabei war er ja fast taub, und dabei ist er dann erschossen worden. Von den eigenen Leuten vermutet man, bei einem Raubüberfall, gleich vorne auf dem Corso Belgio.«

»Oh Papa, das ist ja furchtbar. Wusste Mama davon?«

»Was aus meinen Brüdern geworden ist? Nein.«

»Warum nicht?«

»Ach, weißt du, ich wollte sie schonen, hatte sie doch schon mit so viel Elend aus meinem Leben belastet.«

Luna nickte, doch innerlich dachte sie, nein! Du hast ihr dein Herz und deine Seele eben nicht genug ausgeschüttet, sie hat dich gar nicht verstehen können!

»Anna Battisti. Unsere arme Mutter!« Er seufzte. »Du hast ihre Geige dabei?«

»Ja. Isabell hat sie mir mitgegeben. Sie wollte, dass ich meine Wurzeln finde.«

»Und da hast du meine gleich mitgefunden. Ich muss unbedingt lesen, was dieser Journalist über meine Mutter schreibt. Es ist, als ob ich sie jetzt, mit achtundsechzig, noch einmal ganz anders kennenlernen darf.«

»Sie wollte sich nicht selbst töten, und euch auch nicht!« Luna nahm seine Hand. »Stell dir vor, wenn du das gewusst hättest ...«

»Wäre einiges anders in meinem Leben gelaufen, da kannst du sicher sein.« Er lächelte zwar nicht, aber seine Augen schienen nicht mehr so müde wie zu Anfang ihres Gesprächs. Wieder schwiegen sie.

»Äh, willst du gar nicht wissen, was Lorenzo macht, wie es ihm geht?«

»Ach doch, doch!«

»Lorenzo und ich haben ein *ristorante* in München, das ›Il Violino‹!«

»Wer von euch kann denn kochen?«

»Ich.«

»Aha.« Es klang eher skeptisch als begeistert.

»Lorenzo macht den Service, und zwar richtig gut. Wir sind recht bekannt in der Stadt und schon oft ausgezeichnet worden. Du musst ihn besuchen, er hat eine tolle Frau, Margherita, sie wird dir gefallen, und die beiden haben zwei Kinder, Alice und Ellen. Die süßesten Mädchen überhaupt ... Mensch! Du bist ja Opa!« Luna lief eine Gänsehaut über den Rücken, doch sie merkte, wie viel weniger enthusiastisch er reagierte, als sie es tat. Schnell holte sie ihr Handy hervor und zeigte ihm die neuesten Fotos der beiden Mädchen, und natürlich von Lorenzo mit seiner Frau Margherita.

»Unglaublich«, wiederholte Daniele mehrmals, »unglaublich.«

Dann ließ er sich noch zu einem »wie niedlich, wie hübsch sie sind« hinreißen. »Hast du denn auch Kinder, Luna? Bist du verheiratet?«

»Nein und nein.« Die Worte hinterließen nicht einmal den kleinsten Stich in ihr. Dieses Kind wäre nicht an die richtige Stelle auf dieser Erde gekommen, dachte sie. Ich habe Diamantino nicht mehr geliebt. Das hat es gespürt und ist ganz früh wieder gegangen. »Aber ich möchte Kinder, und zwar bald, der richtige Mann kann sich schon mal bereithalten!« Hörst du mich, Fabio? Lass es, ermahnte sie sich im nächsten Augenblick.

Ihr Vater schaute auf das letzte der Fotos, die herumalbernde Familie von Lorenzo. »Sie lieben sich, das sieht man!« Er ließ die Schultern fallen und wurde ganz still.

Luna wartete. Das alles war ziemlich viel Neues für ihn, um es an einem einzigen Nachmittag zu verkraften.

»Ich bin ganz erschöpft«, sagte er da auch schon. »Wann fährst du wieder nach München zurück?«

»Ich weiß es nicht genau, vorher fahren wir jedenfalls noch in Cremona vorbei, dort steht Annas Haus ja noch, in der Werkstatt ihres Vaters gibt es wieder einen Geigenbauer, der ausgerechnet Amati heißt. Er und sein Bruder wohnen dort, sie haben mich freundlich empfangen.« Das stimmte zwar nicht ganz, der Anfang war mehr als holprig gewesen, doch diesen Aspekt konnte sie jetzt vernachlässigen.

»Das Haus meiner Mutter? Es steht noch? Du warst da?«

»Ja! Komm doch mit, es ist zwar etwas heruntergekommen, aber wunderschön.«

Er schnaubte. »Wie mein Kino?«

»So ungefähr.« Luna lächelte. »Auch dort gibt es einen Hof und eine noch größere Halle, in der ursprünglich einmal Holz gelagert wurde, mit der man aber alles Mögliche machen könnte.«

»Holz? Mein Großvater hat dort vermutlich sein Geigenholz aufbewahrt.«

»Ja, wir haben einen ganzen Vorrat voll zugeschnittener Klanghölzer aus Fichte gefunden, der ihm wahrscheinlich gehört hat. Allerdings vermuten wir, dass deine Mutter es versteckt haben könnte, bevor sie nach Sizilien ging, so gut wie es verborgen war …«

»Die Klanghölzer! Wie lange habe ich dieses Wort nicht mehr gehört? So hat sie sie immer genannt. Sie hat vier davon nach Sizilien mitgebracht, zwei Geigendecken konnte man daraus machen. Die Klanghölzer waren ihr größter Schatz, wie oft hat sie sie uns Kindern gezeigt und davon erzählt, wie eine Geige gebaut wird.« Er schien nur zu sich selbst zu sprechen. »Eines Tages werde ich wieder eine Werkstatt haben, hat sie zu uns gesagt, und dann werde ich euch alles zeigen, was ich von meinem *babbo* gelernt habe. Wie wir wissen, ist es nie dazu gekommen.« Er sackte noch ein bisschen tiefer in sich zusammen.

»Dann schau dir in Cremona an, wovon sie gesprochen hat, Papa! Ich stand in diesen Räumen, und ich habe sie spüren können, ehrlich!«

»Nein, Luna. Ich kann da nicht mit hin.«

»Warum nicht?«

»Was werden die Leute sagen, wenn wir da zu zweit auftauchen? Und noch dazu ich, in diesem Zustand.« Er schaute an sich herab.

»An dem Zustand können wir etwas ändern!« Luna rüttelte aufmunternd an seinem Arm. In unserem Hotel haben wir eine tolle Dusche, und Gitta ist gelernte Friseurin, dachte sie, die schneidet dir gerne die Haare. Aber du willst das wahrscheinlich nicht, so wie du dich benimmst. Ob ich ihn beleidige, wenn ich ihm Geld anbiete, damit er sich neue Klamotten kaufen kann, fragte sie sich. Absolut, lautete die Antwort. Um das zu vermeiden, muss man schon sehr geschickt vorgehen. Aber wie? Gitta! Wenn eine das hinbekam, dann Gitta!

»Und was diese beiden Brüder angeht …« Luna grinste unwillkürlich, und ein süßer Stoß Aufregung und Sehnsucht fuhr ihr in den Bauch, wie jedes Mal, wenn sie an Fabio dachte. »Sie haben mir sogar schon ein kleines Zimmer im Haus geschenkt.«

»Was geschenkt? Ein Zimmer, im Haus?«

»Ja. Eine Dachkammer, lebenslanges Wohnrecht inklusive. Ist das nicht cool?«

»Dann willst du also gar nicht zurück nach München?«

»Ich weiß es nicht, aber ich spiele mit dem Gedanken, noch mal woanders neu anzufangen.« Als sie den Satz ausgesprochen hatte, wusste sie plötzlich, dass sie genau diese *Gedankenspielerei* wahr machen würde. Erst einmal zur Probe, sie würde ein halbes Jahr die Münchner Wohnung untervermieten, ihre Finanzen ordnen, mit Lorenzo sprechen, nach Cremona fahren, etwas organisieren, aufbauen, ausprobieren … »In München war ich beinahe mein ganzes Leben lang. Die paar Jahre in Mittenwald zählen ja nicht wirklich. Ich bin jetzt dreiunddreißig, Zeit, etwas Neues zu wagen! Vielleicht lebe ich also bald in Cremona, dann kannst du mich besuchen.«

»O nein, daraus wird nichts.« Daniele seufzte, packte Hefekranz und Messer zusammen und erhob sich. »Ich kann hier nicht weg.«

Ach? Luna zog die Augenbrauen hoch, doch sie wusste, dass sie ihn keinesfalls drängen durfte. »Natürlich«, sagte sie. »Wegen deiner Arbeit. Und deinen Freunden, sicherlich.«

»Freunde?« Er winkte ab. »Die alten Freunde und Genossen sind nicht mehr auf meiner Wellenlänge, waren sie vielleicht noch nie. Ein bisschen Nachbarschaftshilfe ist geblieben. Mehr nicht. Ich bin allein.«

»Also bist du nicht mehr politisch aktiv? Ich habe hier in Torino viel über die Gewerkschaften und den Kampf der Arbeiter für bessere Bedingungen in den Fabriken erfahren.«

»Ach, das ist hoffnungslos in diesem Land. Nur im Kleinen kann man noch etwas bewegen. Gegen die Schließung einer Bücherei protestieren, den letzten Gemüsehändler in der eigenen Straße unterstützen, indem man nicht bei Lidl kauft.« Er sah ihr in die Augen. »Ich bin so müde, Luna. Ich bin achtundsechzig, bekomme kaum Rente, aber was viel schlimmer ist: Keiner braucht meine Arbeit mehr.«

»Du hast jetzt wieder Menschen in deinem Leben, die dich lieben«, sagte Luna. »Wenn du uns lässt.«

Und du könntest diese Menschen auch um dich herumhaben, dachte sie, doch ihm das vorzuschlagen wäre zu viel im Moment.

»Ja.« Er machte eine Pause. »Ja, wenn ich euch lasse. Das ist vielleicht das Problem ...«

17

Luna brachte ihren Vater nach Hause. Nach Hause? Als ob dieser winzige Verschlag über dem Faschisten-Filmpalast ein Zuhause sein könnte, dachte sie. Er muss da raus! So schnell wie möglich. Gitta soll ein Drehbuch entwerfen, wie wir das erreichen können.

Sie verabredeten, dass Daniele in zwei Stunden zu Luna ins »Hotel Vittoria« kommen sollte. Er könnte ihnen die Stadt ein wenig zeigen, dann würden sie essen gehen. »Wir können uns auch davor treffen«, sagte Luna, die schon ahnte, dass er von der blumengeschmückten Lobby und den schicken Uniformen der Pagen abgeschreckt sein würde. »Ruf mich an, wenn du losgehst, es ist ja nicht weit.«

»Okay. Mache ich.« Wie klein er manchmal wirkt, dachte Luna und umarmte ihn. »Versprich es. Und verschwinde bitte nicht wieder!«

»Nein. Nein. Keine Angst.« Er klopfte ihr sanft auf die Schulter, doch seine vorher noch kräftige Stimme klang wieder dünn und schleppend.

»Ich weiß, dass er nicht kommt«, sagte Luna zu Gitta, als sie wieder das Hotelzimmer betrat. Sie ließ sich auf ihr Bett fallen.

»Wieso, war es so schlimm?«, fragte Gitta, die an dem kleinen Schreibtisch saß und auf ihren Laptop schaute. Offenbar schrieb sie nicht, sondern sah irgendeinen Film im Internet.

»Ja, irgendwie schon, er war so schweigsam, so wenig begeistert.« Von mir. Von meinem Bruder, von uns, dachte sie. »Andererseits war es aber ganz okay, er weiß jetzt von mir und Lorenzo und dessen Familie, von seiner Mutter, dass die unschuldig verhaftet wurde, und dass sie ihn und seine Brüder ...«

»... nicht hatte umbringen wollen, hast du das etwa so gesagt?« Gitta hielt den Film an.

»Ja.«

»Puuh. Sehr direkt!« Sie schüttelte den Kopf.

»Ich wollte den Stolpersteinen erst ausweichen, aber es waren so viele ... ich wäre nicht vorwärtsgekommen.« Luna presste ihr Gesicht in das Kissen, doch im nächsten Moment drehte sie sich wieder um. Die Vogel-Strauß-Methode war in ihre Familie zur Genüge angewandt worden, sie selbst wollte ab jetzt nicht mehr in diese Falle tappen.

»Ich habe Lorenzo auf dem Weg zum Hotel angerufen und ihm alles erzählt. Er war natürlich begeistert, nahm die Sache aber ganz easy auf. Siehst du, alles kein Drama, sagte er ... «

»Typisch dein kleiner Bruder, oder?«, fragte Gitta.

»Ja! Manchmal möchte ich ihn schütteln dafür. Aber selbst *er* meinte, dass unser Vater hier heute vermutlich nicht mehr erscheint, weil er sich schämt. Er war jahrelang stolz, sich so durchzuwursteln, glaube ich, doch nun merkt er, er wird alt, seine Überzeugungen zählen nichts mehr in der Gesellschaft, und die körperlichen Kräfte verlassen ihn allmählich. Er tat mir so leid, wie er da heute in der Halle stand, das hat richtig wehgetan!«

»Mir auch, obwohl ich ihn gar nicht kenne«, sagte Gitta. »Wir werden seine seelischen Verletzungen nicht auf einen Schlag heilen können, aber sein Alltagsleben, das können wir verbessern.«

»Wie denn? Ich will ihn nicht demütigen. Und er ist in einem Zustand, da demütigt man ihn schon, wenn man ihm etwas zu essen kauft.«

»Ich weiß«, sagte Gitta. »Das habe ich mir alles schon durch den Kopf gehen lassen.«

Luna lächelte erleichtert. Es war wunderschön, seine Sorgen teilen zu können und jemanden zu haben, der daraufhin einen Plan schmiedete …

»Er braucht eine Aufgabe!«, rief Gitta, während sie im Zimmer auf und ab marschierte. »Und eine Gruppe, die ihm nahe ist, die ihn mag. Soziale Kontakte sind es, die uns glücklich machen und alt werden lassen. Und Olivenöl. Und Rotwein.« Gitta grinste. »Das ist wissenschaftlich erwiesen! Und was das Äußerliche angeht, das ist einfach: Steck diesen Mann in ein Outfit von Delaroy, und er wird wieder aufrechter gehen, in der richtigen Konfektionsgröße natürlich, seine jetzigen Klamotten sind viel zu groß, da sieht jeder aus wie ein … sorry.«

»Penner wolltest du sagen? Du wolltest Penner sagen.« Luna schloss einen Moment die Augen. »Ich bin dir gar nicht böse, genau dieses Wort ging mir ja auch als Erstes durch den Kopf, als ich ihn sah.«

»Er braucht eine gute fünfzig, statt einer vierundfünfzig, die er jetzt trägt, das sehe ich doch, habe nicht umsonst zwei Jahre in meinem Geschäft gestanden! Na ja, und außerdem sind seine Sachen uralt, die fallen ja schon auseinander.«

»Aber was soll ich tun? Ich kann ihm doch kein Geld geben,

los, Papa, kauf dir mal was Nettes! Und zusammen losziehen ist für ihn bestimmt auch der Horror.«

»Ich habe eine Idee. Ich werde ihm die Haare schneiden, klar ... schön in Ruhe bei einem Glas Wein, hier im Zimmer. Fast nebenbei, was denkst du?« Gitta lächelte voller Tatendrang.

»Wenn du meinst ...? Aber ja, vielleicht macht ihn ein Glas Rotwein ein kleines bisschen entspannter.«

Gitta hatte im Bad nach ihrer Schere gesucht und klapperte nun damit herum. »Ich glaube, er lässt mich das machen, denn er mochte mich.«

»Stimmt. Er hat dich aufrichtig genannt und eine gute Freundin.«

»Grazie, ich mochte deinen Vater übrigens auch, habe ich das erwähnt?« Gitta legte die Schere weg und warf sich zu Luna aufs Bett. »Und während du dich jetzt von dem Schock und der Aufregung des Wiedersehens erholst, gehe ich einkaufen für ihn. Ich fang mit ein paar Schuhen an. Schuhgröße 44, hab heimlich unter die Sohlen geschaut, bei den alten Galoschen, die im Flur standen. Ein paar Hemden, ein, zwei Hosen, zwei Pullover, coole Herrenunterwäsche von Jockey, also *mir* macht das Spaß.«

»Und dann?«

»Dann schneiden wir die Etiketten ab und geben ihm die Sachen mit, schön zusammengelegt, in deiner kleinen Reisetasche. Soll er einfach mal reinschauen, ob es ihm gefällt, ohne schicke Tüten und den ganzen Schnickschnack.« Gitta braucht gar kein Drehbuch, dachte Luna, die Ideen werden von ihr einfach aneinandergereiht, und schon ergibt es Sinn.

»So kann er unsere Gaben eventuell annehmen.« Gitta rieb sich voller Freude die Hände.

»Aber ich bezahle!«, rief Luna.

»Na klar, ich habe ja sowieso keine Karte, weil alles noch gesperrt ist. Ich hole mir mit deiner noch mal reichlich Bargeld am Bancomat.«

Er ist tatsächlich da, dachte Luna überrascht, als sie um sieben vor das Hotel trat, und ihren Vater gegenüber unter einer Straßenlaterne entdeckte, aber er wird nie mit hineinkommen. Den Hals hatte er eingezogen, seine Hände in den Taschen seines dünnen Mantels vergraben.

»Ich weiß ja nicht, ob unser Trick funktioniert«, flüsterte sie kaum hörbar.

»Immerhin, er ist gekommen«, wisperte Gitta mit unbewegten Lippen, wie eine Bauchrednerin. »Und er hat sich gekämmt. Sag ihm einfach das, was wir verabredet haben.«

»Hallo!« Luna ging über die Straße auf ihn zu. »Wie schön, dich zu sehen!« Sie umarmte ihn nicht, weil auch er keine Anstalten machte. Siebenundzwanzig Jahre ließen sich mal nicht eben so überspringen. »Können wir los?«

Gitta hingegen hatte keine Skrupel und umarmte ihn doch, was er leicht angespannt über sich ergehen ließ. »Oh, ihr seht wunderbar aus, alle beide!«

Na also, Komplimente konnte er noch. »Ich dagegen fühle mich ganz …« Er zeigte an sich herab und verstummte.

»Ach, das geht schon, Papa! Aber … nein, was für ein Mist, jetzt habe ich das Buch oben vergessen, das ich dir geben wollte!« Luna schlug sich an die Stirn. Im Schauspielern war sie noch nie wirklich gut gewesen.

»Egal, hol es doch eben.« Gitta lächelte Daniele Vivarelli an. »Wir warten hier.«

»Oder wollt ihr mitkommen?«, fragte Luna.

»Ach ja, unser Zimmer ist so schön, und wir können den Aperitif, äh, auf dem Balkon nehmen!« Sie hatten diesen Dialog vorher einstudiert, vom Balkon war da aber keine Rede gewesen.

»Wir haben keinen Balkon, Gitta«, sagte Luna irritiert.

»Aber wenn wir beide Glastüren öffnen, und die Stühle an das Gitter ranrücken, ist es fast dasselbe Gefühl! Und in der Minibar ist reichlich Campari …« Gittas verführerisch geschminkter Mund lächelte Lunas Vater an, schon hatte sie ihn untergehakt und den ersten Schritt mit sich gezogen.

»Lassen die mich da rein, in euren Edelschuppen?«, fragte er auf Italienisch. *»Ma certo!«*, antwortete Luna.

»Das hätte ich mir in deinem Alter gar nicht leisten können … und wollen.«

Pff. Was hatte Isabell über ihn gesagt, bloß kein Geld haben, Geld war schlecht? »Was hast du eigentlich mit dem Schmuck aus *nonna* Annas Geige gemacht?«

»Oh. Mir ein Fahrrad gekauft. Monatelang gelebt. Ein kleines Polster für meine Reisen angelegt. Damals habe ich es aber noch als Schmerzensgeld betrachtet. Aber seit heute …«

Sie betraten das Hotel, und als sie im Fahrstuhl waren, machte Luna drei Kreuze, weil niemand sie in der Lobby aufgehalten hatte. Aufmunternd lächelte sie ihrem Vater zu, der es vermied, in einen der zahlreichen Spiegel zu schauen, von denen sie umgeben waren. Im Zimmer angekommen, platzierte Luna ihn in einen der Sessel an dem kleinen runden Tisch und gab ihm das dünne Buch von Gerichtsreporter Lodi in die Hand. Dann öffnete sie die bodentiefen Türen und zog drei gepolsterte Stühle vor das schmiedeeiserne Gitter, wobei sie darauf achtete, dass sie nicht zu dicht beieinanderstanden. Ihr Vater sollte sich nicht bedrängt fühlen. Gitta kümmerte sich derweil um die Drinks.

Wenige Minuten später, als alles arrangiert war, ließ Daniele das Buch sinken. »Ich fasse es nicht. Das war eine Intrige, sie haben die *mamma*, sie haben uns Kinder ...«

»Sie haben deine *mamma* verleumdet und euch um die Kindheit mit ihr betrogen!«, antwortete Luna ebenfalls auf Italienisch und reichte ihrem Vater das Glas mit dem roten Campari-Soda, in dem Eiswürfel klimperten.

»Onkel Sergio war ein Schwein! Und Tante Beatrice auch!«

»Ja, wenn die Tante wenigstens ehrlich gewesen wäre, aber sie hat das Spiel offenbar mitgespielt!«, sagte Luna.

»Und mein Vater hat sich auch nicht mit Ruhm bekleckert, der hat sich seinen Problemen mit Selbstmord entzogen! Ich habe den mal in diesem Internet gesucht. Ugo Libero Vivarelli war ein Mafia-Handlanger, auf ein paar Einträge hat er es schon gebracht.« Daniele nahm einen Schluck, er stand auf und ging auf und ab. Als er merkte, dass beide Frauen ihn ansahen, blieb er stehen. »Und ich mache es auch genauso wie er und verlasse meine Kinder! Herrje noch mal, habe ich denn überhaupt etwas gelernt in meinem Leben?« Er raufte sich mit der freien Hand die Haare. »Habe ich etwas gespürt oder verstanden, andere Menschen verstanden? Meine Kinder nicht, meine liebe Isa nicht. Und früher? Ich hätte es doch spüren müssen, dass *mamma* unschuldig ist! Und sie aus dem Gefängnis holen müssen!«

»Du warst acht Jahre alt, Papa! Und von einem Tag auf den anderen praktisch elternlos!«

»Ja.« Er trat an den Tisch und blätterte wieder in dem Buch. »Wenn ich die in die Hände kriegen würde«, murmelte er, »aber sie sind ja alle tot ...«

Luna nickte bedauernd, bevor sie Gitta schnell die nötigsten Gesprächsbrocken übersetzte.

»Du hast seitdem gekämpft, Daniele!«, sagte Gitta langsam. »Aber deine Gefühle, die musstest du begraben, um nicht vor Kummer zu sterben. Kinder machen so was.« Sie lud ihn ein, sich neben sie auf den Stuhl am Fenster zu setzen. »Ist es okay, wenn ich dich duze?«

»Ja, natürlich, äh, Brigida?«

»Gitta, doch Brigida gefällt mir auch!« Sie prostete ihm zu, und sie tranken. »Aber ganz wichtig ist: Wie gehst du jetzt damit um?« Gitta beugte sich vor, um ihm in die Augen sehen zu können.

»Sag ihr, ich muss das verarbeiten«, sagte Daniele zu Luna auf Italienisch.

»Alleine wird das schwierig, Papa. Du brauchst jemanden, der dir zuhört, dem du alles erzählen kannst.«

»Du meinst doch nicht etwa so einen Psycho-Fritzen?«

»Doch. Ein Psychologe.«

»Und danach, wenn ich dem Seelenklempner mein Herz ausgeschüttet habe, kann ich ein neues Leben anfangen? Glaube ich nicht.«

»Kann auch eine Seelenklempnerin sein. Aber ja, genau das meine ich.« Luna setzte sich auf den dritten Sessel, sodass ihr Vater jetzt in der Mitte saß.

Er will nicht zum Psychologen?, fragte Gitta mit den Augen, die das italienische Wort *psicologo* natürlich verstanden hatte.

Nee, wo denkst du hin, er ist ein Mann, antwortete Luna auf die gleiche Weise, doch sie lächelte trotzdem, denn sie spürte, wie gut es ihr tat, ihren Vater hier neben sich zu haben und endlich alles ansprechen zu können.

»Saubermachen«, sagte Gitta langsam. »Von außen und innen, dann geht es Körper und Seele besser!« Sie hielt den Kopf schräg und schaute Lunas Vater mit ihren blauen Augen an.

»Darf ich dir die Haare schneiden, Daniele? Du hast noch so schönes volles Haar!« Sie streckte die Hand in Richtung seines Kopfes, berührte ihn aber nicht. Luna hielt die Luft an. Würde er ... zurückweichen? Aufstehen und fliehen? Nein, er hielt es aus, er grinste sogar und schaute sich gespielt gehetzt um. »Hier?! Sofort?!« Sein Lächeln erlosch, und er wurde wieder ernst. *»No!«*

Luna stieß die Luft aus. Mensch, Papa!

»Warum nicht? Ich habe das gelernt!« Gitta blieb charmant.

»Allora. Sì. Konnte man das ja mal machen. Aber nichte 'eute.«

»Aber heute ist *gut*!« Gitta erhob sich, um die Schere zu holen, und Luna zählte im Kopf zusammen, was Gitta für Fähigkeiten hatte beziehungsweise, was sie sich alles zutraute. Haareschneiden, eine Boutique führen, eine Galerie führen, schnell und unfallfrei lange Strecken mit dem Auto fahren, die Figur eines Menschen einschätzen und danach einkleiden, Bilder malen, einen Roman schreiben ... Vielleicht war sie nur in einigen dieser Bereiche eine Meisterin des Könnens, doch das störte sie nicht, denn ihr Selbstbewusstsein machte den fehlenden Rest mehr als wett. Davon solltest du dir echt was abschauen, sagte Luna sich. Wo steht denn, dass man überall Meisterin sein muss?

»So, *Signore* Vivarelli, wenn Sie dann bitte herüberkommen wollen, *prego?*« Gitta hatte den Hocker und ein kleines Handtuch aus dem Bad geholt, als ob sie seine Verweigerung gar nicht gehört hätte

»Vivarelli, Vivarelli. Ich wollte den Namen meines Erzeugers immer loswerden, habe es nie geschafft«, sagte Daniele auf Italienisch, während er sich mit einem kleinen Ächzen auf der neuen Sitzgelegenheit niederließ, das Glas immer noch in der Hand. Gitta warf ihm das Handtuch um die Schultern, sprühte etwas Wasser aus einem Fläschchen auf sein grau meliertes Haar und legte los.

»Du wolltest Annas Nachname an mich weitergeben, als ich geboren wurde, hat Mama mir erzählt«, sagte Luna. »Battisti.« Sie musste vorsichtig sein, der Alkohol stieg ihr in den Kopf und machte sie noch sentimentaler, als sie eh schon gestimmt war.

»Ja. Auch eine Sache, für die ich mich einsetzen wollte, die ich aber nicht weiterverfolgt habe.« Er seufzte.

»Du kannst es immer noch tun. Morgen ist der erste Tag vom Rest deines neuen Lebens!« Ein Kühlschrankmagnet-Spruch, dachte sie, aber passend.

»Mit einem neuen Haarschnitt wird wohl kaum alles anders werden.« Er verfolgte mit den Augen Gittas Handbewegungen, ohne den Kopf zu bewegen.

»Der Haarschnitt ist nur ein äußeres Zeichen, Papa.«

»Sie macht das gut, keine Frage. Sag ihr das.«

Luna tat ihm den Gefallen. »Es wird besser werden, aber bevor es besser werden kann, muss es erst mal *anders* werden«, sagte sie. »Die Veränderung wird dir auch Angst machen, so viel steht fest.«

»Ich habe eine sehr schlaue Tochter, das ist mir heute Nachmittag schon aufgefallen«, murmelte Daniele hinter seinen Haaren, die Gitta ihm lang und nass vor sein Gesicht gekämmt hatte. »Ich weiß nicht, ich war mein Leben lang immer wieder so mutlos, als ob nichts einen Sinn macht.«

Ja genau, das nennt man Depression, dachte Luna. »In einer Therapie findet man heraus, woran das liegt. Meistens ist ein Trauma in der Vergangenheit verantwortlich dafür.«

»Na ja, das war es allerdings, ein Trauma.«

»Und da musst du noch mal ran, richtig eintauchen, in diese Zeit.«

»Lieber nicht ...«

»Du sollst das auch nicht alleine machen. Da gibt es Leute, die das können, die dich da durchführen, ohne dass du untergehst.« Deinem Vater kannst du wunderschön predigen, was er tun soll, Luna, dachte sie. Aber *auch du* brauchst so jemanden! Dringend. Mache ich ja auch, sobald ich wieder in München bin. Aha. München. Aber willst du überhaupt noch zurück nach München?

Luna kehrte dem Friseurstuhl den Rücken und schaute von der geöffneten Doppeltür hinaus in die Dunkelheit, die sich langsam vollends über die Straße senkte. Im Wohnhaus auf der gegenüberliegenden Straßenseite gingen die Lichter hinter den Fenstern an. Eine Frau goss ihre Geranien, ein junger Mann rauchte bei offenem Fenster, in einer anderen Wohnung war ein einzelner Kopf hinter einem durchscheinenden Vorhang zu sehen. Waren die alle allein? Luna liebte es inzwischen, allein zu sein, doch sie sehnte sich nach einer ganz bestimmten Person. Sie tastete nach ihrem Handy. ›Du fehlst mir‹, tippte sie, um die Nachricht gleich wieder zu löschen. ›Habe meinen Vater heute endlich gefunden‹, schrieb sie stattdessen. ›Wir reden viel! In spätestens drei Tagen komme ich nach Cremona.‹ Um zu bleiben, setzte sie in Gedanken hinzu, denn das war ihr in diesem Moment klar geworden. Erst mal auf Probe, aber um zu bleiben.

»Die bekomme ich nicht alle weg«, sagte Gitta, als sie Daniele mit dem Handtuch nach getaner Arbeit die Haarschnipsel aus dem Nacken wischte. »Manche sind auch in dein Hemd gefallen. Wenn du magst, kannst du eben schnell duschen. Wir haben Berge von frischen Handtüchern hier.«

»*No*, das kann ich doch nichte ... Rieche ich etwa schon?!« Er sprang hastig auf und klopfte sich die Haare von der Hose, die um seine Hüften schlackerte.

»Nein, Papa, aber wo du doch keine Dusche hast. Übrigens, siehst du wirklich klasse aus!«

»Im Sommer hatte ich eine *doccia* in die Hof! Haben sie geklaut mir die ... *tubo*.«

»Den Schlauch.«

»Willst du dich anschauen?« Gitta führte ihn vor den Wandspiegel zwischen Kleiderschrank und Badezimmer.

»Ach herrje!« Sein Lieblingsausruf anscheinend. »Aber, nein, *bello*! Wer ist die Kerl da, der sieht gut aus!« Er betastete vorsichtig seine kurzen Haare, dann sein Gesicht. »*La barba* ... sollte ich wegmachen, die Bart ...«, murmelte er vor sich hin.

»Probiere es aus. Mir gefällt er, aber ein rasiertes Gesicht ist vielleicht auch gut«, sagte Gitta.

Nur keinen Druck, dachte Luna.

»Ich muss an der Rezeption anrufen, damit sie jemand vom Housekeeping schicken, wir brauchen einen Staubsauger. Aber wenn du in der Zwischenzeit duschen willst?« Gitta öffnete die Badezimmertür und zeigte hinein, »es ist alles da!«

»Konnte man mal machen, ja.« Er tat so, als ob er überlegte.

Luna hielt die Luft an, nur keinen Druck, dachte sie wieder, doch da schüttelte ihr Vater schon den Kopf und schaute sich noch mal im Spiegel an. »*No*. Gehe ich aber mal auf die Toilette.« Er schloss die Tür hinter sich.

»Fuck«, rief Luna leise aus. »Was für ein Sturkopf, war ja klar, dass er ablehnt!«

»Ja, fuck, aber gute Haarstruktur!«, sagte Gitta und fegte die Haare notdürftig mit dem Hotelprospekt auf dem Parkettboden zusammen.

»Er sieht völlig verändert aus, ich sehe plötzlich einen ernst zu nehmenden Mann vor mir!« Luna konnte ihre Enttäuschung kaum verbergen. »Nur leider ungeduscht. Und wann geben wir ihm jetzt die Klamotten?«

»Wenn der ernst zu nehmende Mann wieder in sein Kino geht.« Sie lächelten sich schulterzuckend an. Doch Daniele fragte natürlich wenig später, warum sie die Reisetasche mit hinausnehmen wollten und was darin sei.

»Na gut.« Luna streckte den Arm aus und reichte ihm die Tasche, in dem sie die von Gitta gekauften Sachen schön säuberlich zusammengelegt hatten. Selbst die neuen Schuhe hatten noch hineingepasst.

»Was ist das, woher kommt das?«

»Für dich. Kannst du mal anprobieren.«

»Ja? Konnte ich mal machen.«

Luna sah, wie Gitta mit den Augen rollte. Wieder nahm Daniele die Sachen nicht heraus, sondern schaute sie nur oberflächlich durch, dann richtete er sich plötzlich auf. »Es tut mir leid, Luna, du musst deinem alten Vater Sachen kaufen, weil der … weil der …« Er verdeckte seine Augen mit den Händen.

»Ich freue mich so dermaßen, meinen Vater wiedergefunden zu haben, alles andere ist doch jetzt gar nicht wichtig, Papa!«

Gitta übernahm die Initiative und zog mit einem Griff einen blauen Pullover hervor. »So. Der da. Der ist super für dich!«

»Außerdem hat Gitta alles besorgt«, sagte Luna, froh, dass ihr Vater den Pullover wenigstens überzog. »Sie hat den besseren Geschmack!«

»Ach, ihr Mädchen!« Er hatte Tränen in den Augen, als er wieder aufschaute. »Das ist zu viel, *no*!«

»Wer hat Hunger?«, fragte Gitta und brachte die kleine Gruppe damit auf andere Gedanken. »Also ich sterbe, wenn wir nicht bald losgehen!«

»Ich auch«, rief Luna.

»Meint ihr ... ich soll den Pullover gleich anlassen?«, fragte Daniele auf Italienisch.

»*Könnte* man mal machen«, sagte Gitta und lachte. »Aber natürlich nur, wenn er bequem ist.«

»Ist sehr bequem und weich und kommen von euch! *Grazie!*«

In den folgenden zwei Tagen waren Luna und ihr Vater fast immer zusammen. Sie machten Spaziergänge in den Parks der Stadt, er zeigte ihr seine alte Arbeitsstätte in Mirafiore, die Fabrikhalle stand noch, war aber inzwischen zu mehreren Ateliers für Künstler umgebaut. Sie liefen durch die umgestaltete Stadt und die neu angelegten Freizeit-Parks. Während sie in einer einfachen Taverne die zweitbesten Spaghetti Carbonara aßen, die Luna je gegessen hatte (die besten hatte natürlich Fabio gemacht ...), erzählte er von der Zeit, als er am Band stand, und über den Kampf gegen die Bonzen von FIAT. »Wir haben bei null angefangen, Luna. Du kannst dir nicht vorstellen, wie schlecht die Arbeitsbedingungen damals noch waren. Eine Achtunddreißigstundenwoche, so wie in den heutigen Metall verarbeitenden Betrieben? Nicht auszudenken!«

»Hast du auch in einer dieser WGs gewohnt, wo Arbeiter und Studenten zusammenlebten?«

»Ja, das habe ich. Oh, es war eine wilde Zeit, wir hausten mit bis zu zwanzig Personen in vier Zimmern, immerzu hatten wir Versammlungen, jeder Kleinkram wurde stundenlang beredet und ewig diskutiert, ob wir beim Sit-in an der Uni mitmachen, ob wir für die KPI Flugblätter verteilen, ob die weiblichen Studenten im Haus mit genügend Respekt behandelt wurden, so war das früher eben ...«

»Ich habe Stefano und Gianni von der CGIL getroffen.«

»Ach nein! Die kennst du?«

»Na ja, ich habe sie kennengelernt, als ich nach dir gesucht habe, Papa! Sie waren total nett, sie haben dich *Biri* genannt.«

»Oje ...«, Er winkte ab. »Das hatte ich ganz vergessen. Damals habe ich so viel politische Arbeit gemacht. Theater gespielt, abends gelesen, bis mir die Augen zufielen, und dennoch bei all dem Kampf die Leute noch zum Lachen gebracht. Ich war ein Kasper, ganz richtig also, mir diesen Namen zu verpassen. Und weißt du, warum ich das tat?«

»Warum?« Luna schaute ihrem Vater in die Augen. Sie liebte ihn, sie hatte ihre Wut auf ihn überwunden und liebte ihn wieder.

»Ich wollte die Leere in mir nicht gewinnen lassen.«

»Die immer wieder hochkam.«

»Und wie. Mit Gewalt.« Er griff über den Tisch nach ihrer Hand, ohne den Blick zu senken. »Damals hieß das noch ›melancholisch sein‹ oder ›frustriert sein‹, und frustriert waren wir ja alle in diesen Zeiten.«

»Heute nennt man diese seelischen Tiefs eine Depression.«

»Und du meinst, davon kann ich wegkommen? Und das Mittel dagegen ist einfach nur reden, reden, reden? Das hat uns in unseren Versammlungen und Aktionsgruppen auch nicht wirklich viel gebracht ...«

»Reden und es dadurch noch einmal durchleben, keine Ahnung; sich unter Anleitung damit beschäftigen.«

»Könnte man machen, aber ob das hilft ...« Daniele zog seine Stirn in Falten.

»Probier es aus.« Sie drückte seine Hand. »Würdest du sagen, dass deine Vergangenheit deine Zukunft sehr beeinflusst?«

»Ich denke schon, ich kann sie ja nicht … abschalten. Oder ändern.«

»Stimmt, ändern kannst du sie nicht. Aber die unbewussten Störfaktoren von damals, die kannst du abschalten. Eine Krankenversicherung hast du doch?«

Daniele nickte. »Das geht auf Krankenschein? Okay. Vielleicht werde ich mir mal anschauen, wie das funktioniert.«

Beim Hinausgehen fragte Luna den Kellner nach dem Rezept für die *Bagna Cauda*, die heiße, würzige Soße aus Sardellen, Öl und Knoblauch, in die man knackig frisches oder kurz blanchiertes Gemüse dippte. Als Daniele stolz erzählte, dass seine Tochter Köchin in München mit eigenem Restaurant sei, kam der Koch aus der Küche und diskutierte mit Luna die Zubereitung der Soße und schrieb alles für sie auf.

»Hier war ich früher oft«, sagte ihr Vater, als sie wieder draußen auf der Straße standen, »und dort vorne in der Straße habe ich mit deiner Mutter mal gewohnt.«

»Die Via Cesare Lombroso? Die Vermieterin mit dem Kuchen? Das hat sie mir erzählt. Sowieso wusste sie noch vieles von damals. Ihr seid ja echt weit rumgekommen in der Welt!«

»Ja, schon, dennoch war ich wohl kaum der Richtige für sie!«

»Ihr habt euch über mehr als fünfzehn Jahre hinweg nicht aus den Augen verloren und geliebt, jeder auf seine Art, oder?«

»Wir haben zwei fantastische Kinder miteinander, das steht fest!« Er nahm Lunas Hand, als sie neben ihm ging. »Ich habe alles falsch gemacht, Luna, und das fühlt sich schrecklich an.

Du hast mir scheinbar verziehen, hast mich sogar gesucht, doch was ist mit Lorenzo?«

»Lorenzo ist ganz anders als ich. Wenn du ihn besuchst, wirst du von ihm hören.«

»Das könnte ich mal machen, ja.«

Luna seufzte. »Merkst du, wie deine Zukunft beeinflusst wird, weil deine Vergangenheit dich nicht weglässt?«

»Ich will aber weg.«

»Das wirst du auch schaffen, Papa!«

18

»Ich bin in den letzten zwei Tagen nicht sooo erfolgreich gewesen mit meinem Roman.« Gitta bog auf die Autobahnauffahrt Richtung Milano. »Hab einfach mal drauflosgeschrieben, doch dann, auf Seite dreizehn, wusste ich nicht mehr weiter.« Sie fummelte am Radio herum. »Na, egal, Krisen haben alle Schriftstellerinnen mal ... Bist du traurig, dass du ihn zurücklassen musstest?«

»Papa? Ja, das war komisch, weil wir uns so intensiv gesehen haben. Er fehlt mir jetzt schon, aber er hat mich auch wahnsinnig gemacht.«

»Was für ein gestrafter Mann«, sagte Gitta. »Ich meine, man merkt ihm sofort an, dass er irgendwie fremdgesteuert ist, da muss ich gar nicht seine Sprache sprechen.«

»Werd doch Psychologin! Das meine ich ganz ernst!« Luna hatte die Musiksuche übernommen und bei einem Lied von Eros Ramazzotti innegehalten. *Adesso tu*, sang Eros inbrünstig. Und jetzt du, dachte sie, und schon sang sie lauthals mit, Gitta fiel ein. *Adesso tu,* grölten sie wieder und wieder, bis das Lied zu Ende war. Luna sah aus dem Fenster. Es gab nur einen in ihrem Leben, der damit gemeint sein konnte: Fabio.

»Wie willst du das jetzt anfangen, dein Cremona-Projekt?«, fragte Gitta.

»Mein Cremona-Projekt ... keine Ahnung!« Sollte sie Gitta wirklich ihren Plan verraten, war er gut genug?

»Also nur damit du es weißt, ich habe das Zimmer in unserem geliebten ›Hotel Primavera‹ bis zum 14. gebucht, aber dann fahre ich nach Hause. Stevie wartet schon ungeduldig auf mich. Aber du? Kommst du mit nach diesen zwei Tagen? Oder bleibst du?« Gitta grinste Luna mit hochgezogenen Augenbrauen erwartungsvoll an. »Du kannst gerne mitfahren, ich finde, du gibst eine ganz passable Reisebegleitung ab.«

»Danke! Das kann ich nur zurückgeben. Ob ich bleibe oder nicht, entscheide ich, wenn ich sehe, wie die Situation dort in Haus und Werkstatt ist.«

»Fabio ist ein Fan von dir, das steht fest, aber ob du diesen grantigen Bruder auf deine Seite ziehen kannst, ist die Frage ... der war schon *speciale*.«

»Gib mir doch mal einen Psychologinnen-Tipp, was mache ich mit dem?«

»Mmmh.« Gitta gab Gas und überholte einen Fiat Cinquecento. »Der Bruder wird sich bedroht fühlen, wenn du dort auftauchst und Territorium beanspruchst. Es ist *sein* Haus, *sein* Hof, *sein* Reich. Vielleicht müsstest du herausfinden, was sein Bedürfnis ist, wo er eigentlich hinwill mit seiner Geigenbauerei ...«

»Ich befürchte, er will in seiner dunklen Werkstatt sitzen.«

»Vielleicht möchte er aber auch einfach nur *gesehen* werden. Seine Geigen an jemand besonderen verkaufen oder von den Kollegen wertgeschätzt werden. Finde sein *Warum* heraus. Warum macht er das?«

»Und wenn es nur ist, um sich zu verstecken?« Luna runzelte die Stirn.

»Dann will er sich eben verstecken und darf das auch weiterhin tun. Behauptest du eben erst einmal. Du musst ihm das Gefühl geben, dass du seine Ziele und tiefe Bedürfnisse ernst nimmst und sogar die gleichen Ziele und Bedürfnisse hast! Dass er bei dir als weiblicher Chefin gut aufgehoben ist.«

»Weibliche Chefin, *O Dio*, und dann noch die Bedürfnisse von Fabio und meine eigenen, und den kleinen Valentino gibt es ja auch noch, der das Haus und seine Bewohner wie ein hungrig schreiendes Lämmchen umkreist, auf der Suche nach Mutterliebe …«

»Willst du nur dein Herzblut investieren oder auch Geld?«

Luna überlegte die nächsten drei Kilometer. »Ohne Geld geht es nicht. Da kommen wir mit der Bude kein Stück voran.«

»An deiner Stelle würde ich eine bestimmte Summe festlegen, die du nicht überschreitest, die du notfalls auch verschmerzen kannst. Du hast keine rechtliche Handhabe gegen die Brüder, falls es schiefgeht. Es sei denn, du machst einen Vertrag oder gründest mit ihnen eine Gesellschaft, eine Firma. Keine Ahnung, wie kompliziert so etwas in Italien ist.« Gitta stöhnte auf. »Hach, jetzt hätte ich doch wieder gerne eine Zigarette. Ist dir eigentlich aufgefallen, dass ich seit Sizilien keine mehr geraucht habe?«

»Ja. Finde ich super! Du siehst gleich noch etwas besser aus! Deine Haut und so …«

»Danke. *Bitch!*« Sie lachten, bevor Gitta fortfuhr: »Dir sollte nur klar sein, dass das Geld verloren ist, auch wenn du im Recht sein solltest. Wo nichts ist, kannst du zwar fordern, aber das nützt dir nichts.«

»Ich habe von meiner Mutter das Haus, in dem ich wohne, überschrieben bekommen, und einen Teil ihrer Aktien. Lorenzo hat das andere bekommen, Mama will, dass wir den Familienreichtum von Großmama nutzen, solange sie lebt und dabei zuschauen kann! Also solange Mama lebt, nicht meine Oma, die ist schon lange vor meiner Geburt gestorben.«

»Coole Mutter, die Isabell, alle Achtung!«

»Ich habe also Geld, Gitta. Und ich würde es gerne ausgeben, für etwas, das ich wirklich machen will. Leidenschaftlich! Aber jeder, dem ich erzähle, dass ich mich innerhalb von zwei Tagen in einen Typ aus Cremona verknallt habe und mit dem jetzt das Haus saniere, würde mich doch komplett für verrückt erklären!«

»Ja, und zwar völlig zu Recht!«

»Sag ich doch!« Sie schauten sich an und fingen an, zu kichern, bis Luna »Hallo! Augen auf die Straße!« rief.

»Außerdem wird es jetzt Herbst und Winter«, sagte Gitta, die hinter einem Laster abbremsen musste. »Wer weiß, wie Cremona sich dann verwandelt. Es ist nebelig, du zitterst morgens in nasskalter Luft, die vom Po heraufweht, sorry, aber das klingt völlig *weird* ...« Sie brachen in noch lauteres Lachen aus.

»Ach, Gitta! Ich werde dich vermissen«, sagte Luna.

»Also hast du dich schon entschieden.«

»Ja.« Luna holte tief Luft und während flache Wiesen und Felder an ihnen vorbeizogen, begann sie, Gitta zu erzählen, was sie sich in der letzten Nacht ausgedacht hatte.

»Ich habe den Einser-Plan aufgestellt. Eine Woche, einen Monat, ein Jahr.«

»Okay?«, sagte Gitta. »Lass hören, klingt spannend.«

»Wenn die ersten zwei Tage nicht eine Vollkatastrophe sein sollten, bleibe ich zunächst für eine weitere Woche in unserem Hotel. In dieser Zeit werde ich vordergründig rausfinden, ob das mit Fabio und mir und unseren gemeinsamen Plänen passt. Danach entscheide ich, ob ich für immer nach München zurückfahre oder dort nur alles ordne, mit Lorenzo spreche und so weiter, sodass ich einen weiteren Monat in Cremona bleiben kann. Mit der vagen Aussicht auf ein Jahr, aber auch das werde ich erst später festlegen, je nachdem wie der Monat gelaufen ist.« Gitta sagte nichts, sondern machte nur ein zustimmendes Geräusch, also sprach Luna schnell weiter, um den Plan in ihrem Kopf selbst noch einmal zu prüfen.

»Für die vier Wochen in Cremona suche ich mir ein Zimmer. Ich glaube, der größte Fehler wäre, zu ihm in das Haus, in diese Kammer zu ziehen.«

»Das würde ich auch auf keinen Fall tun, obwohl es ja deine ist …« Gitta nickte.

»In dieser Zeit kann ich schon besser abschätzen, ob ich ein Jahr bleiben möchte, ob überhaupt etwas zusammen möglich ist, wie wir harmonieren, wenn wir Wände einreißen und Räume streichen oder keine Ahnung, was wir mit einer gewissen Summe meines Geldes machen werden … Was meinst du, Frau Lebensberaterin?«

»Die Frau Lebensberaterin meint, dass du das schon sehr gut durchdacht hast. Kleine Schritte, begrenzte Zeiten, begrenzte Summen, nichts überstürzen, zusammenarbeiten, aber nicht abhängig sein. Immer wieder Punkte schaffen, an denen du reflektierst, ob es das ist, was du willst, und wenn nicht, gehst du.«

Luna merkte, wie ein wohlig warmes Gefühl in ihr aufstieg und sich zwischen Herz und Magen ausbreitete.

»Hey, wollen wir hier abfahren und 'ne kleine Sektprobe machen?«, rief Gitta. »Die nächste Ausfahrt ist Asti, kommt da tatsächlich der Spumante her?«

»Ja. Hier wird die Muskateller-Traube angebaut, aus dem das Zeug dann mit viel Gepansche und Verschneiden hergestellt wird. Habe ich im Weinseminar gelernt. Nein, kein Stopp bitte, ich will ankommen! Wie lange dauert es noch?«

»Meine Herren, du bist ja wie ein Kind, wir sind doch gerade erst losgefahren, noch zweihundertvierzehn Kilometer bis zum Ziel.«

Ihr Ziel! Luna konnte es kaum erwarten, Cremona und eine ganz neue Welt für sich zu entdecken. Gesichert, mit Seil und doppeltem Boden.

Im »Primavera« wurden sie am Empfang wie gute Freunde begrüßt und bekamen sogar ihr altes Zimmer wieder. »Hier fing alles an«, rief Gitta, als der Page das Gepäck auf dem Fußboden abgesetzt hatte und mit einem Trinkgeld von dannen gezogen war. »Weißt du noch, wie du dich aufgeregt hast, als du gesehen hast, dass ich LA PICCOLA mitgenommen hatte?«

»O ja!«, sagte Luna, die den Geigenkasten diesmal selbst wie ein Baby im Arm hochgetragen hatte. »Ich war stinkwütend!«

»Ich habe nur Isabells Bitte ausgeführt, und dein Onkel Willi hat sie ins Auto geschmuggelt.«

»Meine Familie kann hartnäckig sein, ich weiß.« Luna legte die kleine Geige wieder an ihren alten Platz in den Schrank. »*O Dio*, ich bin so aufgeregt, ihn zu sehen.«

»Er weiß, dass wir kommen?«

»Er hat mich alle zehn Kilometer gefragt, wo wir sind.« Luna sah lächelnd auf ihr Handy. »Soll ich uns anmelden?«

»Für heute Nachmittag? Gerne! Schreib ihm, wir bringen auch diese kleinen *dolce*-Dinger mit, wenn wir im Hof sitzen dürfen. Das Wetter ist doch gerade richtig dafür.«

»Nicht jetzt gleich?« Am liebsten wäre Luna zu Fuß und ohne anzuhalten durch die Straßen gerannt bis in die Viale

Etrusco Nummer 2, so sehr kribbelten die Sehnsucht und die Aufregung in ihr.

Gitta bedachte sie mit einem gespielt strengen Blick. »Mittags, kurz vor eins? Da würde man doch auch in Deutschland niemanden besuchen, oder? Außerdem brauche ich eine Dusche und eine kleine Pause, in der ich mich unbedingt meiner Arbeit als Autorin widmen möchte, mir ist nämlich auf der Fahrt eingefallen, wie es in meinem Buch weitergehen soll.«

Arbeit als Autorin. Dagegen hatte sie kein Argument. Luna nahm seufzend ihre Reisetasche und begann auszupacken. Sie könnte auch ein paar Teile auswaschen, das letzte Mal hatte sie das auf Sizilien getan, so langsam wurden die frischen Oberteile und Unterhosen knapp.

Als sie um kurz nach drei endlich vor dem offenen Hoftor standen und einen Moment innehielten, musste Luna sich dazu ermahnen, normal weiterzuatmen und das überglückliche Grinsen in ihrem Gesicht etwas zu mäßigen. Sie lugte in den Innenhof. »Sie haben die Stühle rausgestellt, Gitta, und sie haben aufgeräumt, ich sehe keine Sandberge mehr!«

»Nein, der grantige Bruder hat das bestimmt nicht getan, das war *er*. Dein Schnucki.«

»Nenn ihn nicht Schnucki! Das passt doch überhaupt nicht.« Doch eigentlich war es ihr egal, wie Gitta Fabio nannte, sie freute sich so dermaßen darauf, ihn wiederzusehen! Schon durch Cremona zu laufen war eine Art Heimkehr gewesen. Die Stadt war ein bisschen herbstlicher als vor einer Woche, doch die Atmosphäre immer noch so freundlich, warm und familiär wie bei ihrem ersten Besuch.

Irgendetwas rannte durch den Hof, sie sahen nur einen Haarschopf, einen blonden Blitz, der seine Kreise um den gedeckten Tisch zog. Valentino, das Lämmchen, dachte Luna, und ein weiterer freudiger Schreck durchzuckte sie. Nicht nur Fabio, auch dieser Junge mit den zu langen Haaren und kaputten Turnschuhen hatte sich in ihr Herz geschlichen. Als Valentino sie entdeckte, hielt er abrupt an und rannte wieder außer Sichtweite. Sie sind da, rief er auf Italienisch. »*Sono qua! Sono arrivati!*«

»Na, los!«, sagte Gitta. »Gib mir den Kuchen, damit du beide Hände frei hast … und dann schauen wir mal, ob du die ersten zwei Tage überstehst oder doch übermorgen mit nach München fährst.«

Luna verdrehte die Augen, sie war zu nervös für solche Späßchen, doch dann überreichte sie Gitta das Papptablett feinster Küchlein von der *Pasticceria Pace,* hob das Kinn und ging durch die gewölbte Hofeinfahrt voran. Ein neuer Abschnitt oder nur ein kleines Intermezzo in ihrem Leben? Noch wusste sie das nicht. Sie hatte sich vorgenommen, nur auf ihr Gefühl zu achten, ganz bei sich zu bleiben und anzunehmen, was kam!

Doch als sie Fabio sah, der ihr mit wehenden Haaren, ausgebreiteten Armen und seinen leuchtenden Augen entgegenkam, war es mit dem Ganz-bei-sich-Bleiben vorbei, sie stürzte auf ihn zu, ließ sich hochnehmen und herumwirbeln und drückte ihr Gesicht dabei an seinen köstlich riechenden Hals. »*Benvenuto!* Willkommen zurück!« Er küsste sie kurz, auf den Mund, auf den Mund!, und setzte sie vorsichtig ab. »*Ciao, Signora Bri-Gitta!*« Auch Gitta wurde umarmt und bekam zwei Wangenküsse, sie klopfte Fabio überschwänglich auf die Schulter. »*Amico mio! Piacere!*« Na bitte, sie hat doch etwas gelernt, dachte Luna, während sie Valentino glücklich über den Kopf strubbelte. »Hey, großer Junge, wie geht es dir? Hast du wieder Geigen gemalt?« Er nickte und streckte ihr sein Gesicht entgegen, also beugte sie sich zu ihm hinunter, küsste auch ihn und wurde zurückgeküsst.

»Ja, eine, ich wollte aber ganz viele malen und ausschneiden, aber dann musste ich erst immer Schularbeiten machen. Und die Buntstifte waren abgebrochen, und Papa hatte keinen Spitzer ...« Er sah erwartungsvoll zu ihr hoch: »Hast du deine Koffer nicht mitgebracht?«

»Nein. Erst mal nicht.« Sie grinste und schaute sich um. Da war die Halle, die alten Mauern und Dachschindeln in dieser unnachahmlich schönen Terrakottafarbe, die Stufen vor Ignazios Küche waren blank gefegt.

»Aber wenn du deine Koffer bringst, ist in denen dann das drin, was du mir mitgebracht hast? Ein Geschenk?«

»Vale!«, mahnte Fabio. »So was fragt man doch nicht!«

»Aber du hast ja mich auch gefragt, ob Luna mit ganz vielen Koffern bei uns im Kämmerchen einzieht oder mit ganz wenigen Koffern bei uns im Kämmerchen einzieht.«

Luna schaute ihn an, wurde er etwa rot? Ihre Blicke verhakten sich für einen sehr schönen, sehr langen Moment ineinander, bis Valentino an Fabios Hosenbein zog. »Die Frau mit den kurzen Haaren und der Tasche, die ich ihr weggenommen habe, und ja, das war ganz blöd von mir, hat *dolci* mitgebracht, und können wir die jetzt essen?«

»Die Frau heißt Gitta, und die Küchlein gibt es gleich, aber vorher habe ich noch was für dich, auch wenn ich ohne Koffer gekommen bin.« Luna holte das bunte Päckchen aus ihrer Handtasche und überreichte es ihm. Sie hatte in Turin einige Läden durchstreifen müssen, bevor sie den richtigen Farbkasten und dicke, stabile Filzmaler gefunden hatte. Die Italiener schienen ihren Kindern lieber irgendwelchen Plastikkram zu schenken.

»Oh, für mich!« Begeistert riss Valentino das Papier ab. »So schöne Stifte, die sind cool! Und Pinsel und ein Kasten mit noch was zum Malen …« Schon flitzte er los, um Papier zu holen.

»Und sag dem Ignazio Bescheid, er soll endlich aufhören, beleidigt zu sein, rauskommen und dabei gleich den *caffè* mitbringen«, rief Fabio ihm hinterher. »Oder will jemand ein Bier? *Una birra?*«

»Nein, danke!« Gitta und Luna lehnten lachend ab.

»Was ist sonst noch passiert? Hier sieht es so sauber aus, so leer!« Luna machte ein paar Schritte auf die Halle zu. »Ich vermisse die Zementmischmaschine.«

»Na ja, die haben sie, äh, abgeholt.« Fabio strich sich nachdenklich über die Stirn. »Wie lange bleibst du?«

»Ich weiß es noch nicht. Zwei Tage? Am dritten fährt Gitta wieder Richtung München.«

»*Yes, I have to go home*«, sagte Gitta, die nur ihren Namen und München verstanden hatte. »*I love Italy and Cremona, but my husband is waiting.*«

»*I understand*«, sagte Fabio, kehrte dann aber wieder zum Italienischen zurück. »Aber du, Luna, du wolltest doch länger bleiben als zwei Tage.«

»Zwei Tage oder eine Woche.« Luna lächelte ihn an und zuckte mit den Schultern. »Ich wusste ja nicht, wie ich hier empfangen werde.«

»Und ich wusste nicht, ob es dir wirklich ernst ist mit der Rückkehr und dem Besuch und allem. Dennoch habe ich einen Plan gemacht, na ja, eben einen *Biesines*-Plan für uns beide!«

Luna musste sich das Grinsen verbeißen, warum klang das Wort Business-Plan dermaßen süß aus seinem Mund? Weil seine Aussprache so typisch italienisch falsch war? »Wir haben ja Zeit, darüber zu reden. Ich bin hier, wie du siehst.«

»Und das finde ich wunderschön!«

»Der *zio* kommt nicht, der muss arbeiten.« Valentino schleppte seinen knallbunten Spiderman-Schulranzen nach draußen und holte schon im Gehen ein paar Hefte hervor, die ihm prompt auf den Boden fielen.

»Dann mach *ich* das eben mit dem Kaffee.« Fabio gab ein Knurren von sich und ging ins Haus. Aus der Werkstatt hörte man kurz darauf lautstarke, wütende Stimmen. Luna sah Gitta an, die mit den Schultern zuckte. »Tja, Bruder Ignazio ist wohl der Knackpunkt an dem ganzen Unterfangen ... Der klassische Bösewicht, der Hemmschuh und Antagonist.«

»Und was würde ich mit ihm machen, wenn ich jetzt deine Hauptfigur wäre? Ihn erledigen wie den Drachen im Märchen?«

»Keine Ahnung. Seine wahren Bedürfnisse erkennen und sie ihm geben?«

»Ach, ja, das sagtest du schon, na toll ...« Luna verstummte, denn Fabio kam mit der *caffettiera* aus dem Haus und lächelte, als ob alles in bester Ordnung wäre. Er goss den Espresso in die Tässchen auf dem Tisch. Sie setzten sich, packten die Köstlichkeiten der *pasticceria* aus und plauderten über die Lebensqualität in Turin, Valentinos Fortschritte im Lesen und das kommende Salami-Fest, das in Cremona freudig erwartet wurde. Zwischendurch sprang Fabio auf und lief in die Küche, um der neugierigen Gitta ein Stück der berühmten Cremoneser Salami zu bringen, er brachte auch gleich noch ein Stück Brot, Gläser und eine Flasche »anständigen Roten« mit, ohne den eine gute Salami keinen Sinn mache, wie er erklärte.

»Ich kann das alles nicht genießen, wenn ich den anderen da drinnen bitterböse an seiner Werkbank vor mir sehe«, murmelte Luna Gitta beiläufig zu.

»Ich habe keinen blassen Schimmer, wie das hier weitergehen soll, aber wenn das alles richtig ist, was du übersetzt hast, muss ich sagen: Small Talk können wir schon mal.« Gitta lächelte Fabio zu, wies auf die harte Wurst und sagte »*fantastico piccante!*« Sie bot Luna ein Stück an: »Sorry, für meine negativen Gedanken, aber das sieht alles fast zu schön aus. Bleib ein bisschen wachsam, ja? Nicht, dass ich das tatsächlich denke, aber vielleicht verspricht dein *Love Interest* sich auch nur etwas ganz Bestimmtes von dir. Geld oder so?«

»Bisher hat er noch nicht in diese Richtung vorgefühlt, sondern mir nur jede Menge feinstes Klangholz und eine Kammer geschenkt.« Luna zog ihre Mundwinkel zu einem Lächeln hoch, doch künstlich, wie es war, hielt es nicht lange vor. Gedankenvoll biss sie in die *piccante* Wurstscheibe. Sie lehnte auch ein Glas Wein nicht ab, während sie Valentino dabei zusah, wie er den Umriss einer lila Geige schwungvoll aufs Papier warf. Der Junge ist begabt, dachte sie, doch dann waren ihre Gedanken sofort wieder bei den Brüdern. Gegen Ignazio würde sie sich behaupten müssen, und wie war das mit Fabio? Waren seine Gefühle echt oder spekulierte er tatsächlich darauf, so viel Geld wie möglich aus ihr herauszuholen? War sie für ihn bloß die Deutsche, die so verrückt war, sich in das Haus ihrer unbekannten Großmutter zu verlieben? Und in ihn als Besitzer gleich dazu?

Wir werden sehen, dachte sie. Mein Vater hat gesagt, ich bin ein sehr schlaues Mädchen. *Una ragazza furba!* Sie trank ihren Rotwein viel zu schnell. Ein Mädchen, das sich nicht über den Tisch ziehen lässt. Der Barolo, den Fabio ihr sofort nachschenkte, funkelte dunkelrot in ihrem Glas. Er lächelte sie an. Sah er in ihr wirklich die potenzielle Geldgeberin? Konnte er sich wirklich so verstellen?

Sie plauderten, die Sonne schien mild auf ihre Köpfe, ein wundervoller Ort mit so viel Geschichte, dachte Luna, und mit einem Mal sah sie ihren Urgroßvater über den Hof gehen, mit einer Schiebermütze auf dem Kopf. Dahinter ihre junge Großmutter, in Schwarz-Weiß, so, wie sie sie auf dem Foto gesehen hatte. Sie trug einen Stapel Klanghölzer in den Armen. Sagt mir, was ich tun soll, bat sie die beiden Fantasiegestalten, damit das hier nicht alles schiefläuft ... ›Bleib einfach hier bei uns‹, sagte eine Stimme. ›Okay?‹ Luna schnaubte belustigt durch die Nase. Was für simple, aussagekräftige Antworten man bekam, wenn man nur fragte und genug Barolo trank ...

»Darf ich dich heute zum Essen entführen?«, fragte Fabio in diesem Moment. »Falls du nur zwei Tage bleibst, muss ich meine Zeit ja nutzen.«

»Ich bleibe länger, das habe ich gerade beschlossen. Mindestens eine Woche.«

»*Grazie!*« Er schlug sich voller Dankbarkeit an die Brust. »Morgen nehmen wir Gitta mit, aber heute ... möchte ich mit dir so viel besprechen, du warst so lange weg!«

»Nur ein paar Tage!«

»Es schienen mir sehr viele gewesen zu sein!«

Sie sahen sich an und versanken wieder im Blick des anderen. Wenn man lange zusammen ist, schaut man den anderen nicht mehr oft an, dachte Luna, da gibt es auch Studien darüber. Ich hoffe, ich möchte diesen Mann für immer und immer anschauen.

Als fast alle Törtchen und die halbe Salami aufgegessen waren, erhob Fabio sich. »*Vieni con me?*« Er lächelte Luna auffordernd an. »Kann ich auch mitkommen?«, rief Vale, er rutschte von seinem Stuhl und stellte sich ganz dicht neben Luna, sodass sie seinen süßlichen Kindergeruch wahrnehmen konnte. Spontan legte sie ihm die Hand auf den Rücken und zog ihn an sich. Er schmiegte sich noch enger an sie. Meine Güte, er ist wirklich ein liebeshungriges Lämmchen, ging ihr durch den Kopf.

»Nein, wir gehen in die Halle, und du sollst nicht auf die Empore, das weißt du doch«, sagte Fabio streng. »Du könntest *Zio* Ignazio die letzten zwei *dolci* bringen, würdest du das tun?«

»Ja klar!« Valentino schnappte sich mit beiden Händen das Papptablett und rannte damit über den Hof.

»Piano!«, riefen Luna und Fabio aus einem Mund, während Gitta ein deutsches »langsam!« beisteuerte. Zu spät, schon stoppte er wieder und bückte sich. »Nicht kaputt gegangen!«, rief er, pustete auf eins der Törtchen und legte es wieder auf das Tablett.

Fabio seufzte, doch er sah dem Jungen beinahe stolz hinterher. »Er hat sich auf dich gefreut!«, sagte er, »und da war er nicht der Einzige!«

Nur einer macht hier nicht mit, dachte Luna wieder. »Okay, gehen wir«, sagte sie.

»Ich bleibe mal besser sitzen«, sagte Gitta und blinzelte ihr zu. Fabio ging voraus und öffnete die Tür für Luna. »Tritt ein!« Schon etwas beschwipster als sie dachte, kam sie seiner Aufforderung nach und schaute sich um. In der Halle war es leerer als zuvor, sie wirkte deswegen noch größer, als Luna sie in Erinnerung hatte.

»Ich habe nicht alles abtransportieren lassen. Ein paar Bretter und Stützbalken können wir sicher noch gebrauchen.«

»Machen wir es wirklich?« Ihr Herz klopfte voller Vorfreude, wenn sie daran dachte, was in dieser Halle alles entstehen konnte …

»Das Gewächshaus meinst du? Oder das Café? Wir werden sehen, wir müssen reden!« Fabio ging zu der steil vor ihnen aufragenden Leiter und hielt sie fest. »Komm, ich will dir was zeigen.« Sie kletterte vor ihm hoch und war froh, an diesem Tag Hosen anzuhaben. Oben angekommen, wartete sie auf ihn, und zusammen gingen sie in den linken der beiden kleinen Räume, wo das Holzversteck war. Doch da war kein Versteck mehr, es stand offen, jemand hatte alle Geigendecken, mindestens achtzig Stück schätzte Luna, ordentlich an einer Wand gestapelt. Und noch etwas war anders in dem Raum, er war viel heller, bei genauerem Hinsehen wusste sie auch, warum: »Du hast das Fenster geputzt, wow, es ist gleich so viel mehr Licht hier drinnen!«

»Ja!« Er nickte stolz.

»Aber um die Mauer im Hof in Ordnung zu bringen, hat es nicht gereicht«, neckte sie ihn.

»Das wollte ich vorher mit dir besprechen, ob wir eine Tür hineinbauen oder Öffnungen lassen, zum Durchschauen …«

»Was? Du hast damit auf mich gewartet, weil du meine Meinung hören wolltest?«

Er nickte.

»Das ist aber echt … toll von dir!« Sie wollte ihn umarmen, doch sie zögerte noch, da zog er sie schon mit sich, über den freien Platz der Empore, um ihr den anderen der beiden Räume zu zeigen. Auch er war winzig, hatte ein – ebenfalls geputztes – großes Fenster, doch weil sein Grundriss keine acht Quadratmeter maß, war er kaum zu etwas zu gebrauchen.

»Das mit den Fenstern ist schon mal eine super Idee, aber was macht man mit diesen Zimmern, die sind ja noch kleiner als meine Kammer oben im Haus.« Luna hörte die typisch deutsche Vernunft in ihrer Stimme.

»Wir denken nach, irgendwas wird uns schon einfallen!« Fabio grinste sie an, ganz Optimist.

»Aber lohnt sich das denn? Sagtest du nicht, die Halle wäre einsturzgefährdet?«

»Ich habe in den letzten Tagen, während du weg warst, wirklich einiges angestoßen und neue Messungen veranlasst! Nur die Empore müssen wir verstärken, der Rest – Mauern, Dach – alles statisch okay!«

Sie schaute ihn misstrauisch an. »Versprich mir, dass das kein gefaketes Gutachten ist, Fabio!«

»*Ti giuro*, ich schwöre!« Er hob drei Finger. »Ich will doch nicht, dass dir der Schuppen über dem Kopf zusammenbricht! Oder Valentino. Oder uns allen ...«

Luna merkte, wie dicht er bei ihr stand, sie mochte seine Nähe, sie fühlte sich so wohl bei ihm. Hand in Hand gingen sie zu dem Geigenholz zurück.

»Die Hölzer habe ich durchgezählt, es sind dreiundachtzig Decken.« Er hob eines davon hoch, hielt es dicht an sein Ohr und klopfte mit den Fingerknöcheln dagegen. »Wenn wir für jede hundertfünfzig bis zweihundert Euro bekommen ...«

»So viel?!«

»Und ob! Diese Summe hat man mir schon gezahlt, *allora*, dann haben wir, na, zwischen zwölf- und sechzehntausend Euro!«

»Damit kann man schon eine ganze Menge machen, Fabio«, meinte Luna. Es brannte ihr auf der Zunge, ihrerseits eine Summe ins Spiel zu bringen, und sie musste die Lippen zusammenpressen, damit ihr die Sätze, die sie so gerne sagen wollte, nicht entwischten. Wieder sah sie ihre Vorfahren im Raum. Die schwarz-weiße Anna und ihren Vater, die sie ein wenig enttäuscht musterten. Ja, sorry, ich will es ja, aber ich kann mein eigenes Geld doch nicht jetzt schon erwähnen, sagte sie unhörbar zu ihnen. Erst wenn ich sicher bin, dass Fabio es ehrlich mit mir meint! Na gut. Beide schienen einverstanden.

»Luna.« Er nahm sie sanft an den Schultern und drehte sie

so, dass sie ihn ansah. »Ich weiß endlich, was ich machen möchte, weil ich glaube, es mit dir zusammen zu schaffen. Mir hat eine Vision gefehlt und auch die Leidenschaft, ich habe mich von Tag zu Tag durch mein Leben gequält. Obwohl Ignazio mich in meiner Jugend so großartig unterstützt hat, war ich leider immer nur darauf bedacht, mich durchzuwurschteln, es mir dabei so bequem wie möglich zu machen und den nächsten Augenblick zu überstehen …« Er sah ihr immer noch in die Augen. »Dabei sind mir so viele Augenblicke verloren gegangen.«

Er kam mit seinem Gesicht näher. Aus dem Hof hörte Luna einen Aufschrei von Gitta und Valentinos entzücktes Gelächter.

»Hoffentlich ist er nicht wieder mit ihrer Handtasche abgehauen …«, flüsterte Luna.

»Keine Sorge! Das macht er nicht mehr.« Wie gut es tut, wenn jemand ›keine Sorge‹ zu dir sagt, dachte Luna. Noch besser wäre es, wenn du dich wirklich darauf verlassen könntest … Mit einer Selbstverständlichkeit, die Luna erstaunte, nahm er ihr Gesicht in seine großen warmen Hände, Luna schloss unwillkürlich die Augen, als er noch näher kam. Er war so nah. Sogar ohne ihn zu berühren, spürte sie, wie schnell sein Herz klopfte, und dann lagen ihre Lippen fast aufeinander. Für einen Moment verharrten sie so, eine Sekunde, drei, fünf, dann lösten sich seine Hände, und sie war wieder allein.

»*Scusami!*«, flüsterte er heiser. »Es kam so über mich, dabei wollte ich es doch langsam angehen lassen.«

»Langsam finde ich gut«, flüsterte sie zurück und schaute ihm lächelnd in die Augen. »Vorfreude ist etwas sehr Schönes!«

Er seufzte. »Manchmal schon Unerträgliches!«

19

»Oh.« Das war alles, was Gitta sagte, als sie beide wieder in den Hof traten und Fabio zielstrebig an ihr vorbei auf das Haus zusteuerte.

»Ja«, gab Luna zurück. »Es war schön. Sehr schön.« Sie lächelte verlegen. »Aber wir haben uns nicht geküsst, nicht dass du das denkst.« Sie räusperte sich. »Äh, kommst du mit?«, fragte sie. »Fabio wollte dir noch das Zimmerchen zeigen.«

»Du übernachtest aber heute nicht hier?« Gittas Frage klang streng.

»Nein, das wäre echt zu schnell. Wir mögen es beide ... langsam. So etwas wie *Vorfreude* wird oft unterschätzt.«

»Find ich gut, Luna. Denn du kennst ihn kaum«, sagte Gitta warnend, während sie Valentino bei seiner vierten Geige zuschaute. »Auch nach einer weiteren Woche nicht!«

»Ich weiß. Heißt das, es ist zum Scheitern verurteilt?«

»Keineswegs. Halte dich an deinen Plan. Der mit den Schritten, der begrenzten Zeit, der begrenzten finanziellen Zuwendung ...«

»Na klar, mein *Biesines*-Plan!« Sie kicherten immer noch, als sie die Treppe hinter Fabio hinaufstiegen. Hör jetzt auf, Luna stieß Gitta in die Seite. Hör doch selbst auf, gab Gitta mit einem leichten Schlag auf Lunas Schulterblatt zurück. Valentino hatte sich wieselschnell an ihnen vorbeigedrängelt. »Ihr müsst die Augen zumachen, es ist eine Überraschung!«, rief er von der obersten Stufe.

Als sie sich zu zweit in die schmale Tür der Kammer drängten, wusste Luna, was er meinte. Der kleine Raum war bereits eingerichtet. Auf dem Bettgestell lag eine Matratze, die mit einem bunten Überwurf geschmückt war, ein braun-gold-geblümter Ohrensessel stand unter den Dachbalken in der Ecke, ein kleines, schmiedeeisernes Regal und ein schmaler Holzspind sowie ein Flickenteppich auf dem Steinboden rundeten das Bild ab. Genau, wie sie es sich vorgestellt hatte. Nur der Terrakottatopf vor der Glastür mit dem kleinen Rosenbusch war nicht in diesem Bild enthalten gewesen. »Und meine Geige für dich hängt immer noch«, rief Valentino und sprang vor dem Bett auf und ab, über dem das Papiergebilde an der Wand hing.

»Der schönste Wandschmuck, den ich mir für dieses sehr, sehr gemütliche Zimmer vorstellen kann«, sagte Luna gerührt. »Wie habt ihr beide das so schnell hinbekommen, ich war doch nur ein paar Tage weg.«

»Es kam uns zu lang vor«, sagte Fabio.

»Der Sessel ist alt«, sagte Valentino. »Und das Regal auch, das war in der Halle. Und der Schrank auch«, er machte die Tür auf und schaute hinein. »Sehr urewig-alt.«

»Wie gut, dass ich alte Sachen mag!«, sagte Luna. »Hier kann man prima wohnen!« Sie ging durch das Zimmer, setzte sich probehalber auf die Matratze und bewunderte draußen zusammen mit Gitta den Blick über die Dächer von Cremona und nach unten auf die Straße, wo Signora Bergonzis Margeriten durch leuchtende Herbstastern ausgetauscht worden waren.

»Kommst du jetzt mit deinen Koffern?« Mit diesen Worten zwängte Valentino sich zwischen sie.

Luna strich ihm über den Kopf, um Zeit zu gewinnen, und Gitta erfasste die Gelegenheit und prüfte seine langen blonden Haare zwischen ihren Fingern. »Viel zu schön zum Abschneiden, würde man bei einem Mädchen ja auch nicht tun ... wir müssen nur deine Augen frei kriegen. Einen Pony oder ein Spängchen vielleicht?«

»Kommst du bald?« Valentino schüttelte unwillig den Kopf, als ob er eine lästige Fliege vertreiben wollte, und schaute Luna von unten mit lang geübtem Bettelblick an.

»Ich muss darüber nachdenken.«

Er verzog seinen breiten Mund und drehte sich zu Fabio: »Ach, Mensch, Papa, du hast gesagt, sie kommt zu uns, wenn wir alles schön machen!«

»Drängel nicht, Vale!« Doch auch in Fabios Stimme war die Enttäuschung nicht zu überhören.

»Heute Abend reden wir darüber, okay?« Luna schaute von dem kleinen zu dem großen Mann. Grinsend sagt sie auf Deutsch zu Gitta: »Komisch, aber ich habe mich noch nie wohler zwischen zwei Männern gefühlt!«

Am Abend führte Fabio Luna wie versprochen zum Essen aus. Er hatte die »Trattoria Cattivelli« gewählt, in der sie schon beim ersten Mal gewesen waren. Er schien nervös, als er den Stuhl für sie zurechtrückte. »Ich habe echt lange überlegt, will ich ein romantisches Date daraus machen oder soll das heute ein Geschäftsessen werden?«

»Ein *Biesines*-Dinner?« Luna versuchte, nicht zu lachen.

»Ja, wie wir es auch nennen, es ist wichtig, ich habe etwas zu schreiben mitgebracht.« Umständlich kramte er einen gefalteten

Zettel und einen Kugelschreiber hervor. »Falls wir Zahlen ins Spiel bringen sollten …?« Er brach ab und stotterte ein wenig. »So oder so wollte ich mich nicht auf das Essen konzentrieren müssen, und da ich weiß, dass es hier immer exzellent ist …«

»Fabio!«

»Ja?«

»Es ist alles wunderbar. Ich bin hier. Mit dir. Darauf habe ich mich schon gefreut, seit ich nach Milano zum Flughafen gefahren bin.«

»Ach so. Ja. Gut. Nehmen wir wieder den gleichen Wein?«

Sie nickte, und als die Gläser gefüllt waren, stießen sie an.

»Auf deine Rückkehr nach Cremona!«

»Auf Anna und ihre Werkstatt und alle, die jetzt dazugehören. Auf euch!« Auch Ignazio, den Sturkopf, den ich wohl als Altlast betrachten muss, fügte sie unhörbar hinzu.

»Und auf deinen Vater, du musst mir alles noch genauer erzählen, wie war er, was ist er für ein Mann?«

»Später.« Luna lehnt sich zurück, als der junge Kellner die große schwarze Tafel anschleppte und aufzählte, was der *Capo* in der Küche sonst noch für sie an Köstlichkeiten bereithielt. Sie nahmen eine gemeinsame Vorspeise, Luna entschied sich für ein *Risotto alla Milanese,* und Fabio wollte die gefüllten Ravioli probieren. Wieder nahm er sein Glas, setzte es aber sofort wieder ab. »Also, schmeißen wir unsere Ideen zusammen?«

»Gern, aber mein Kopf ist gerade abgelenkt von anderen Dingen. Von dem guten Wein, den köstlichen Gerüchen, dem italienischen Stimmengemurmel, der Vorfreude auf mein Essen, überhaupt Vorfreude auf alles Mögliche …« Sie machte eine bedeutsame Pause.

Fabio ging darauf ein: »Ach ja? Als da wäre …?«

Sie mochte seinen Cremoneser Akzent, mit den lang gezogenen Vokalen und ein ganz klein wenig nuschelig. Sie mochte auch seine Haare, sein waches Gesicht, die eigentümlich dunkelgrünen Augen, die so warm und lebhaft schauten.

»Als da wäre … ein Mann, der mir gegenübersitzt und mich etwas durcheinanderbringt …?«

»Ach, verdammt, was mach ich denn, mir geht's doch genauso, ich kann jetzt keine Zahlen aufschreiben.« Er nahm den Kugelschreiber vom Tisch und warf ihn wieder hin. »Ich kann doch nicht so tun, als ob ich hier nicht mit der tollsten Frau der Welt … sitzen würde.«

Luna griff nach dem Brot. »Mensch Fabio, reiß wenigstens *du* dich zusammen, versuche es! Bitte! Einer von uns muss den Durchblick behalten!«

Sie lachten, und Luna hatte einmal mehr das Gefühl, an einem ganz besonderen Ort, ihrem Ort, angekommen zu sein.

Die nächsten zwei Tage vergingen wie im Fluge. Nachdem Fabio und Luna am ersten Abend zusammen aus waren, hatten sie keine Minute mehr für sich, ständig war Gitta und nach Schulschluss auch Valentino bei ihnen. Sie saßen im Hof beieinander und beratschlagten sich über mögliche Geschäftsideen oder sie durchstreiften Halle und Haus, natürlich immer mit einem Bogen um die Werkstatt, um das kleine Anwesen besser kennenzulernen.

»Wäre das okay für dich, wenn sie dabei ist?«, hatte Luna Fabio vorher gefragt. »Schließlich ist Gitta schon mit einigen ihrer Projekte äußerst erfolgreich gewesen!«

»Ja, ja! Ich mag *La Bri-Gitta*. Aber warum hat sie mit den Sachen denn wieder aufgehört, wenn sie so erfolgreich waren?«

»Sie hat sie aufgebaut und dann abgegeben. Ich glaube,

sie hat viel Power und zieht die Dinge durch, langweilt sich aber schnell.«

»Vielleicht sollten wir sie einstellen!«

»Aber als was? In was? Für was?« Lunas Stimme klang schriller als beabsichtigt.

Er zuckte mit den Schultern. »Es ist alles da, Luna! Wir müssen es nur entdecken.«

»Die Frage ist, an wen richtet sich das Angebot?« Gitta sondierte gleich am Anfang der Gespräche die Lage. »Wollt ihr lieber für die Einwohner von Cremona oder für Touristen etwas anbieten? Von denen es hier ja selbst im Winter eine Menge geben soll.«

»Eine Mischung aus beidem?«, schlug Luna vor und kritzelte einen Notenschlüssel nach dem anderen auf den leeren Schreibblock vor sich.

»Ausschließlich Touristen halte ich nicht aus«, stimmte Fabio ihr zu. »Aber ob die Leute aus Cremona auf unsere Ideen anspringen, ist auch nicht gewiss. Die können manchmal recht konservativ und unberechenbar sein.«

»Was braucht Cremona?«, fragte Luna. »Ein weiteres Café? Einen Raum für Lesungen? Eine Ausstellungshalle für Kunst?«

»Oder eine für Ledersofas«, warf Fabio ein, und als Luna übersetzt hatte, lachte auch Gitta, bevor sie sagte: »Ein winziges Hotel? Eine *fancy* Prosecco-Bar in der Halle?«

»Prosecco? Bar? Da bekämen wir es dann aber mit Ignazio zu tun …!«, sagte Luna.

»Mit dem bekommt ihr es sowieso zu tun«, warf Gitta unbarmherzig ein.

»Ach, ich weiß nicht, was Cremona braucht. Noch mehr Geigen und noch mehr Musik?« Luna seufzte. »Lass uns die

Sitzung vertagen.« Valentino klappte sein Rechenheft zu, und sie gingen ins »Il Cantinone«, das mittags nur drei einfache Pasta-Gerichte anbot, die aber waren allesamt hervorragend.

Sie diskutierten, entwickelten die Idee von einem Hühnerhof, für die besten Stadt-Bio-Eier in der Lombardei, einer Fahrradwerkstatt, weil es in Cremona ein sehr gut ausgebautes Netz von Fahrradwegen gab und auch viele Touristen diese nutzten, von einem Antiquitätengeschäft mit tollen Möbeln und Lampen, die Luna und Fabio auf ihren Touren durch ganz Italien aufstöbern sollten. Sie erstellten fantasiereiche Gewinn- und Verlustrechnungen, doch all das überzeugte sie nicht, die Suche ging weiter.

Zwischendurch schlenderten sie durch die Stadt, auf der Suche nach dem schönsten Platz, der schönsten Aussicht, dem besten Cappuccino, dem lustigsten Ladenlokal. Was gab es schon, was wollten sie kreieren? Die Lage abchecken, nannte Fabio es. Rumrennen, sagte Vale dazu. »Wie herrlich, mit Einheimischen unterwegs zu sein«, betonte Gitta immer wieder. »Werde du hier mal sesshaft, dann komme ich mit Stevie, und du kennst dich dann schon ganz *bellissima* aus!«

»Könnte klappen«, antwortete Luna. »Wenn uns nur endlich eine zündende Idee käme. Sonst bin ich bald wieder in München.«

An Gittas letztem Tag gingen sie zu dritt los, um auf dem Markt vor dem *Duomo* Lebensmittel zu kaufen, denn später wollten sie zusammen kochen. »Er soll sehen, was du kannst, Luna!« Gitta schwenkte den großen Korb, der sich bei Fabio in der Küche gefunden hatte.

»Ein Lokal tue ich mir nicht an, Gitta«, antwortete Luna.

»Ich weiß, wie es ist, jeden Tag in der Küche zu stehen, das ist mir zu viel Arbeit!«

Sie bogen in die Via Stefano Jacini, eine enge malerische Gasse mit runden Pflastersteinen, ein. »Ich brauche Abwechslung, ich bereite gerne vor, plane und organisiere, arbeite gerne mit meinen Händen, aber ich will auch an der frischen Luft sein, mich mal um dieses, mal um jenes kümmern, was immer es auch ist.«

Sie gingen an Fabio vorbei, der einen älteren Mann begrüßt und nun Halt gemacht hatte, um ein paar Sätze zu wechseln. In ein paar Metern Entfernung blieben sie stehen und beobachteten, wie Fabio mit den Händen gestikulierte und der Mann ebenso antwortete.

»Habt ihr euch eigentlich schon geküsst, also so richtig, meine ich?«, flüsterte Gitta, als ob Fabio plötzlich Deutsch verstehen konnte. »Oder übt ihr euch noch in Vorfreude?«

»Vorfreude.« Luna grinste vor sich hin.

»Du glühst ja richtig, du strahlst, ich sehe dich wirklich gerne so!«

»Ich weiß nicht, ob Verliebtheit der beste Ratgeber ist«, meinte Luna.

»Ach, mach dir keine Sorgen. Soviel ich mitbekommen habe, geht es bisher immer nur um *sein* Geld, oder?«, erkundigte sich Gitta.

»Das, was er durch den Verkauf der Klanghölzer verdienen wird, ja. Die allerdings auch Ignazio gehören. Vor dem will er das aber geheim halten. Wenn das mal alles richtig ist …«

»Das muss Fabio entscheiden. Hauptsache, er rechnet nicht mit deinem Erbe.«

»Nein, er will etwas anderes von mir.«

»Kann ich mir denken!«

»Nur meine *Ideen*!« Luna lachte auf. »Na ja, unter anderem. Ob wir jemals etwas finden, wir haben doch schon so viel herumgesponnen ...«

»Ja, und deine Jobbeschreibung eben war gar nicht schlecht. Draußen sein, mit den Händen arbeiten, organisieren, Abwechslung inklusive ... Wie ist es mit Menschenkontakt?«

»Mag ich! Nur nicht dauernd.«

Gitta nickte. »Versuche, zu erspüren, was wirklich in dir brennt, worauf du am allermeisten Lust hast. Schwierig genug wird es dann, bei aller Leidenschaft, ganz von selber, das ist meine Erfahrung. Da braucht man einen langen Atem, wie bei einer Bergwanderung, weißt du?«

Aus einem der Fenster über ihnen erklang plötzlich Musik. Jemand übte auf seinem Cello und schickte die tiefen, satten Töne hinaus auf die Gasse. »Hach! Wie wunderschön.« Gitta atmete tief ein und reckte ihre kleine Nase in den blauen Oktoberhimmel. »Was ist das für ein Stück? Kommt mir irgendwie bekannt vor.«

»Bachs Cello Suite Nummer 1 in G-Moll«, sagte Luna. »Der Klassiker für jeden geübten Spieler.« Sie lächelte, doch gleichzeitig stiegen ihr die Tränen in die Augen, so sehr wurde sie von der Wucht der Erinnerungen an ihre Mittenwalder Kinderjahre überwältigt. Das Haus mit dem verzierten Giebel, die nach Holz duftende Werkstatt, Mama an ihrer Bank, die die Saiten auf eine beinahe fertige Geige spannte, die allgegenwärtigen Berge mit ihren weißen Kuppen, der Hinterhof in der Sonne mit dem Brennholz an der Mauer, Papa, der im Winter mit ihnen rodeln ging und danach einen heißen Kakao für sie machte, nasse Wollfäustlinge auf der Heizung in der Küche ... über allem lag diese Musik, war damit verwebt und zu einem Gefühlsteppich zusammengewachsen. Sie liebte diese Musik, sie brauchte sie!

»Siehst du, das ist für mich Cremona!«, sagte Gitta andächtig.

»Für mich auch!« Lunas Hals war immer noch eng, sie räusperte sich. »Die haben ja auch jede Menge Musikschulen und Akademien hier, und seitdem der Studiengang Musikwissenschaften von der Universität Pavia nach Cremona ausgelagert wurde, übt natürlich an jeder Ecke jemand! Das ist einfach schön!«

Fabio machte ihnen ein Zeichen: »Komme gleich!« Also gingen sie langsam weiter, begleitet von der leiser werdenden Musik.

»Moment mal«, sagte Luna und stoppte vor einem Schaufenster, denn sie waren in der Via Felice Cavallotti angekommen. »Schau dir das an!«

»Was?«, fragte Gitta verwundert. »Etwa den Souvenirkram da?«

»Ja genau! Mir ist aufgefallen, dass es keine schönen Andenken an die Stadt gibt. Also mal abgesehen von den kleinen silbernen Geigenanhängern im Museo del Violino, für vierundzwanzig Euro fünfzig, die waren wirklich hübsch und geschmackvoll. Aber sonst. Kühlschrankmagnete, Armbänder, knallbunte Tassen mit Stradivaris Unterschrift, nur Kitsch!«

»Und deine Idee wäre also?«

»Wir machen Geigen, wir bauen sie! Kleine Violinen aus Teig oder aus Schokolade, als essbare Erinnerung. Statt einer hohlen Weihnachtsmannfigur nehmen wir ein Cello! Und aus den kleineren Geigenformen werden Violas! Ob es so was schon gibt? Muss ich unbedingt googeln! Wenn nicht, eröffne ich meine eigene Patisserie-Werkstatt, vom Geigenbauhandwerk verstehe ich doch eine Menge!«

Luna drehte sich zu Gitta und rüttelte sie sanft an den

Schultern, während die Sätze nur so aus ihr heraussprudelten. »Und die beiden Räume oben über der Halle machen wir so schalldicht wie möglich und vermieten sie als Proberäume an Studenten! Da stören die keinen, wenn wir die Mauern von innen noch gut dämmen. In der Halle selbst veranstalten wir Konzerte, Ausstellungen, auch private Feiern, Hochzeiten … wir organisieren das. Wir werden eine kleine Eventagentur! Ein Café mit wenigen Tischen im Hof, aber nur, wenn wir Lust haben … vielleicht vermieten wir über eine Internetplattform wirklich die Zimmer unter dem Dach, und auch ein, zwei größere im zweiten Stock. Als finanzielle Grundlage. Ich mag es nämlich, Menschen aus anderen Ländern um mich zu haben. Und Touristen kommen immer!«

»Ja! Ja! Und noch mal ja!«, rief Gitta und fasste Lunas Hände. »Du hast es! Du kannst jetzt aufhören, mich zu schütteln, sonst muss ich mich übergeben!«

»*Che è successo?*« Fabio stand plötzlich hinter ihnen.

»*She just got it!*«, rief Gitta. »*Luna has had a fucking gorgeous idea!*«

»*Cosa?*«

Luna übersetzte in alle Richtungen. »Es ist nichts passiert, ich habe nur eine Idee gehabt, was wir machen könnten.«

»*Meraviglioso!* Wunderbar! Erzähl!«

Während sie zum Markt gingen, fasste Luna noch einmal auf Italienisch zusammen, was ihr eingefallen war. »Es ist eine Mischung, das Beste von dem, was ich mag, und was du magst, das glaube ich jedenfalls … aber von allem nicht zu viel!«

Fabio schaute sie an. »Das könnte ich mir sehr gut vorstellen«, sagte er langsam. »Aber was machen wir mit Ignazio?«

»Den lassen wir ganz in Ruhe in seiner Werkstatt sitzen. Obwohl die Touristen ihm natürlich auch gerne bei der Arbeit zuschauen würden und die Schaufenster perfekt wären, um seine Geigen neben meinen aus Schokolade und knusprigem Plätzchenteig auszustellen.« Sie sah Gitta an und fuhr auf Deutsch fort: »Oder ich mache Geigen aus Briocheteig, also wie ein Krampus, aber in Geigenform …«

»Was ist ein Krampus?!«

»Ach, ich vergesse immer, dass du ja nicht aus Bayern kommst. Das sind Hefemänner, die zu Nikolaus überall in den Bäckereien liegen. Mmmh, ich sehe sie schon vor mir! Statt einer Pfeife aus Ton haben sie Klanglöcher aus … aus, keine Ahnung? Rosinen?«

»Guck dir Fabio an, ich wette, der rechnet gerade!« Gitta kicherte, und Luna verlor sich in Fabios Gesicht, das sie in den letzten Tagen so unendlich lieb gewonnen hatte.

»Das Teuerste wird die Treppe hinauf auf die Empore. Und natürlich die Stabilisierung derselben!« Er schaute Luna kopfschüttelnd an. »Ich merke gerade, du hast die besten Komponenten dieser Stadt genommen, sie mit unserem ganz spezifischen Kapital gemischt und etwas einmalig Neues erschaffen!«

»Wir müssen das alles noch mal durchplanen«, warf Luna ein, »aber ja, ich habe ein gutes Gefühl dabei. Als Erstes Musik, viel schöne Musik! Und dann Geigen! Dazu unsere Gastfreundschaft! Herzlich, na klar, aber wir stehen nicht ständig zur Verfügung, wie ein Hotel. Wir entscheiden, wann wir wen aufnehmen wollen. Und ich begebe mich einmal in der Woche in eine Mischung aus Küche, Backstube und Werkstatt und darf wieder Geigen bauen … Das habe ich nämlich vermisst. Ist doch perfekt, oder?«

Perfekt war auch der Abschied. Es war zwar geradezu unwirklich, Gitta nach dem letzten gemeinsamen Frühstück zu umarmen und in ihr Cabrio steigen zu sehen, doch Luna bemühte sich um ein Lächeln, denn bei allem Trennungsschmerz spürte sie gleichzeitig eine große Portion Tatendrang in sich.

»Schreib mir sofort oder ruf mich an«, sagte Gitta, die natürlich offen fuhr.

»Sobald du um die Ecke bist, bekommst du von mir die erste WhatsApp! Aber nicht beim Fahren lesen!«

»Mache ich nicht. Dafür ist mir mein Leben zu kostbar!« Gitta rückte sich ihr Seidentuch auf dem Kopf zurecht und schaute lächelnd vor sich hin, dann schnallte sie sich ab und sprang noch einmal aus dem Wagen, obwohl es hinter ihr schon hupte. »Ich werde dich vermissen, meine liebe, allerliebste Luna, aber ich weiß, dass du das Abenteuer hier ab nun alleine durchstehen musst und wirst, was immer auch kommt!«

»Danke für alles, ich kann es selbst kaum glauben, hier zu bleiben, aber wenn ich meinen Verstand ausschalte, spüre ich, dass ich das Richtige tue.«

»Das glaube ich auch, sonst würde ich dich gewaltsam wieder mit nach München schleifen! Ich bin gespannt, was du in einer Woche erzählst!«

Gitta schlüpfte wieder hinter das Steuer, und sie verabredeten sich gleich am Abend von Lunas Rückkehr im »Il Violino«. Gitta warf ihr ein Küsschen zu, gab Gas und preschte los.

Kaum war sie winkend um die nächste Straßenecke verschwunden, spürte Luna einen diffusen Schmerz. Hilfe, jetzt ist sie weg, und ich stehe hier, ging ihr durch den Kopf. Allein. Doch die leichte Panik verwandelte sich in Dankbarkeit, sobald sie Gitta vor sich sah. Danke, du Wahnsinnige! Ohne dich wäre ich nie in Cremona gelandet, dachte sie und ging zurück auf ihr Zimmer, das jetzt seltsamerweise ganz ihr gehörte. Sie schlich planlos umher. Es war so still! Gittas Klamotten, die gerne mal über alle Möbel verteilt lagen, waren weg, nur ihr

Parfüm hing noch im Raum. Im Bad entdeckte Luna einen von Gittas knallroten Lippenstiften, der vergessen auf der Ablage über dem Waschbecken lag. Sieben Tage habe ich Zeit, dachte sie und zog sich versonnen die Lippen nach. Ihr Flugticket Milano – München war schon gebucht. Würde sie in sieben Tagen wissen, ob Fabio der Richtige für sie war, in der Liebe wie auch im Geschäftlichen? Wahrscheinlich nicht. Würde sie wissen, ob sie ihm vertrauen konnte und einen beträchtlichen Teil ihres Geldes tatsächlich in das Haus ihrer *nonna* stecken wollte? Wahrscheinlich ebenso wenig, doch ob sie einen weiteren Monat mit ihm hier in Cremona verbringen wollte, das würde sie entscheiden können.

Sie warf sich selbst einen Kussmund zu, verließ das Bad und begann, ein paar Sachen zusammenzupacken. Eine dicke Strickjacke, denn abends wurde es schon empfindlich kühl, ihr Schminktäschchen und die neue Kladde mit den blütenweißen Seiten, in die sie von nun an alle Ideen und Pläne niederschreiben wollte. Sie setzte sich aufs Bett, blätterte das Buch auf und studierte die Grundrisse, die sie von dem L-förmigen Haus angefertigt hatte. Halle und Hof waren noch nicht exakt ausgemessen, und auch die drei Zeichnungen vom Erdgeschoss und von den zwei Stockwerken darüber waren nicht maßstabsgetreu. Doch einen Überblick boten sie bereits: Das Haus war groß, sie hatten Platz! Ignazio konnten sie getrost das ganz Erdgeschoss überlassen, er hatte dort seine Werkstatt, seine Küche und sein Schlafzimmer, mehr brauchte er nicht, das hatte sie ihn selbst sagen hören. Darüber gab es noch zwei Stockwerke von jeweils achtzig Quadratmetern. Mehr als genug Raum für eine Kleinfamilie mit Leihkind Valentino. Und vielleicht eines Tages eigenen Kindern? Ihr wurde ganz heiß an einer gewissen Stelle. Ja, sie wollte mit ihm schlafen, ja, sie wollte ihn wild und leidenschaftlich erobern und mit ihm über die Laken rollen. Diesen Gedanken hatte sie immer öfter. Sie grinste. Eigentlich jedes Mal, wenn sie ihn sah. Ein absolut archaischer Vermehrungstrieb, der sich ganz instinktiv in ihr bemerkbar machte und schon ziemlich drängelte. Ob sie noch eine Woche durchhalten würde? Es wäre taktisch klug ... doch sie wollte nicht taktisch klug sein. Sie wollte ihn! Am letzten Abend, bevor du nach München zurückfliegst, versprach sie sich. Dann weißt du, ob es auch in dem Bereich klappt. Wieder konnte sie ihre Gedanken nicht von ihm losreißen. Sie mochte seine Hände, seine schmale Taille und wie er roch, besonders das! Und dass er so toll zu Valentino war und nicht mies über seine Ex-Freundin sprach. Und dass er so praktisch veranlagt war und Dinge zu regeln verstand, wenn er wollte ... Sie sah sein Gesicht vor sich, und ein verrücktes Glücksgefühl durchströmte sie, sie könnte ihn andauernd küssen, was war nur mit ihr los ... auch nach diesen zwei weiteren Tagen kannte sie ihn doch im Grunde gar nicht. Nicht genug.

Luna nahm ihre Sachen und zog die Zimmertür hinter sich zu. Im Fahrstuhl prüfte sie ihr Spiegelbild und stellte sich noch aufrechter hin. Sie hatte das dunkelrote T-Shirt mit dem etwas zu üppigen V-Ausschnitt angezogen, weil ... weil es auch so gut zu ihren Haaren passte, und die Hose, in der ihr Hintern und die Beine gut zur Geltung kamen. Wer war diese Frau da vor ihr? Die Frau war verliebt, das war es, aber es war nicht alles. Es war eine veränderte Frau, die Lust hatte, die ihr *fiorellino*, ihr Blümchen, für sich denken ließ. Und dazu ist es ja auch da, hörte sie Gittas Stimme. Sie lachte und sah sich dabei selbst in die Augen. Ich bin diese großartige Frau, die auf all das, was ihr begegnen wird, Lust hat, die ihr Leben ab jetzt ganz in die eigene Hand nimmt, dachte sie.

20

Die Tage rasten dahin, stopp, stopp, dachte Luna manchmal, nicht so schnell, doch sie konnte die Zeit nicht entschleunigen, je mehr sie es versuchte, desto weniger Erfolg hatte sie damit.

— *Es ist einfach zu schön hier,* schrieb sie an Gitta. *Fabio ist total sweet, er hofiert und umsorgt mich, er macht so viele Dinge auf einmal, ist so aktiv, ich glaube, er will in wenigen Tagen aufholen, was er zehn Jahre hat schleifen lassen. Valentino wird jeden Tag ein bisschen ruhiger, er fragt nur noch zehnmal, ob ich etwa irgendwann wieder gehen müsste, und ich entdecke immer mehr, was mir an dieser Stadt so sehr gefällt. Der Herbst ist großartig, ich liebe den Morgennebel, und vorgestern waren wir im Valle Salimbene Pilze sammeln, jetzt weiß ich, wo die guten Steinpilze auf dem Markt herkommen.*

— *Hört sich sehr gut an, aber kommst du wirklich wieder? Oder gibt es eine Änderung im Einser-Plan?*

— *Nein. Das Ticket ist gebucht. Ich muss doch alles in München für meinen weiteren Monat hier organisieren!*

Luna blickte über den sauber gefegten Hof. Die Plastikplane vor der Mauer und der Bauzaun auf der anderen Seite waren weg. Als sie gestern einen halben Tag unterwegs gewesen war, um nach einer geeigneten Unterkunft für den nächsten Monat zu suchen, hatte Fabio die zusammengefallene

Mauer mit den alten Ziegelsteinen aus den zahlreichen Haufen wieder aufgebaut und sogar ein kleines Tor eingefügt, um dem Hof einen weiteren Eingang zu geben.

»Ich dachte, so was geht nicht so schnell«, hatte Luna erstaunt gesagt und die wunderschön geschmiedeten, alten Eisenstreben bewundert, aus denen die Pforte gemacht war. »Bei Handwerkern dauert doch normalerweise immer alles ewig lange.«

»Nicht, wenn man sich noch mal die geliehene Zementmischmaschine zurückholt, ein paar Freunde und ein altes Tor mit guten Scharnieren hat ...«

Überhaupt überholte Fabio sie mit seinen Ideen und seiner Tatkraft. Er maß und rechnete und zeichnete. Auf sein Betreiben hin waren sie in eine Baumschule gefahren, hatten zwei große Bougainvillea gekauft und mit Valentino als Assistent an die Mauer gepflanzt. Die Pflanzen würden schnell wachsen, hatte Fabio gesagt, und dem Hof eine *noch* schönere Atmosphäre verleihen.

»Luna, kommst du?«, hörte sie durch das offen stehende Fenster im ersten Stock, hinter dem sich Valentinos Zimmer befand. »Du musst hören, wie ich lese.« Schon war sein blonder Schopf in der Öffnung mit den türkisen Fensterläden zu sehen.

»Bin sofort bei dir!« Sie ging durch die Tür an Ignazios Werkstatt vorbei, aus der leise Radiomusik erklang, und stieg die Treppe hoch. Mit Fabios Bruder hatte sie nach ihrer Rückkehr aus Turin nicht mehr geredet, wie auch, sie hatte ihn nur zweimal kurz gesehen. Bei der Gelegenheit hatte er einen Gruß gemurmelt und war gleich wieder hinter einer Tür verschwunden.

»Mach dir nichts draus, er ist ein hoffnungsloser Fall«, hatte Fabio gesagt.

»Aber wir brauchen ihn doch«, war ihre Antwort gewesen. »Wir können die nächsten Jahre doch nicht ewig einen Bogen um ihn und die Werkstatt schlagen!«

»Vale!« Luna klopfte kurz an die Zimmertür und trat ein.

»Ich habe geübt, aber es geht noch nicht so gut.«

»Lass mal hören!« Sie setzte sich auf Spidermans Beine und sah sich zufrieden um. Das dunkle schwere Schlafzimmermobiliar hatte seinen Weg durch das Fenster in den Hof gefunden und lag als Brennholz in dem kleinen Verschlag, der sich links neben der Torduchfahrt in der Mauer befand. Auch die Gemälde mit den gemarterten Heiligen waren abgehängt worden. Valentinos Bett bestand nur noch aus einer Matratze und einem einfachen Metallgestell. Außerdem gab es ein paar helle Holzregale, die Fabio selbst gezimmert hatte, in denen tatsächlich drei Bücher und ein paar Spielzeugautos lagen, und einen kleinen Kleiderschrank aus Nussbaumholz, mit zwei Schubladen und gedrechselten Füßen. Valentino las, stockend, aber ohne abzubrechen.

»Super«, sagte Luna nach einer Minute. »Ich habe alles verstanden. Coole Geschichte.«

»Echt?!« Er drehte sich um und strahlte sie an. »Die *maestra* kapiert immer nichts von dem, was ich lese, sagt sie.«

»Du bist richtig gut geworden! Heute Abend gibt es *tagliatelle ai funghi porcini*, vorher kannst du es Fabio noch mal vorlesen. Der mag Geschichten mit Flamingos und Dinos. Was hast du noch auf?«

»Eine halbe Seite Rechnen.«

»Schaffst du das alleine?«

»Na klar.«

»Ich schaue mir nachher an, ob alles richtig ist!«

»Okay.«

»Luna!«, tönte es von oben.

»Er ruft dich.« Valentino grinste, als ob er sehen könnte, was in Luna vorging, als sie sich erhob.

In ihrem Bauch und auch tiefer sammelte sich mal wieder … Vorfreude. »Wir wollen etwas besprechen. Über das Haus. Wenn du mit dem Rechnen fertig bist, komm doch hoch. Du sollst ja auch mitbestimmen, wie wir alles am Schönsten und Besten machen können.«

Fabio kam ihr mit einem Lächeln entgegen. »Wo bleibst du denn?«

»Ich habe Vale noch geholfen«, sagte Luna. »In seinem Zimmer kann man jetzt atmen, ist zwar noch ein bisschen kahl, aber schön geworden … Sag mal, will seine Familie ihn eigentlich gar nicht wiederhaben?«

»Seine Familie? Seine Mutter ist in Milano mit diesem Alkoholiker-Typ, wie du weißt, und dem Rest des Clans fällt seine Existenz nur sehr selten ein.« Sie standen im Salon.

»Ich weiß nicht, wie man es am geschicktesten aufteilt, aber du willst den Gästen ja nicht in der eigenen Wohnung begegnen.« Luna überlegte. »Das Zimmer, das ich gestern in der Villa Lina gemietet habe, liegt auch in der zweiten Etage, dort gibt es drei Räume, man teilt sich ein Bad, und unten wohnt Patrizia, die Vermieterin, die scheint sehr nett zu sein.«

»Gibt es dort eine Küche für dich?«

»Nein, aber ich kann mir bei ihr im Erdgeschoss etwas kochen.«

Fabio schüttelte den Kopf. »Nein. Kommt hier nicht infrage, niemand stört mich in meiner Küche!«

»Aber die Gäste erwarten eine Küche!«

»Dann bekommen sie die hier, und ich ziehe ganz runter in den ersten Stock und ... ach, dann muss Ignazios Küche im Erdgeschoss eben dran glauben. Warum soll der eine riesengroße Küche für sich allein haben?«

Luna seufzte. Das hörte sich nach Ärger zwischen den Brüdern an. Sie musste nur aufpassen, nicht selbst zwischen die Fronten zu geraten, denn sie hatte die schöne geräumige Küche neben der Werkstatt im Geiste schon heimlich zu einer Backstube gemacht, von der aus man auch die Bewirtungen im Hof und die Veranstaltungen in der Halle locker bewältigen konnte. Aber das sprach sie jetzt nicht an. Stattdessen diskutierten sie, was für eine Auslastung sie brauchten, um mit der Zimmervermietung einen sicheren finanziellen Grundstock zu erwirtschaften, und ob sie dieses Ziel auch über das Jahr im Durchschnitt erreichen würden.

»Patrizia sagt, sie kann sich vor Gästen kaum retten, sie muss sogar vielen absagen. Gerade wenn Messe ist.«

»Okay, ich werde sehen, wo wir genauere Zahlen herbekommen können und werde das mal durchrechnen.« Fabio setzte sich an den kleinen Tisch im *salotto*. Er besaß keine Kladde mit buntem Einband wie Luna, sondern trug neuerdings ein modernes iPad mit sich herum, auf dem er Listen anlegte und Berechnungen anstellte. »Vorher müssen wir aber noch überlegen, was wir für die Musikzimmer in der Halle an Miete nehmen können. Zu teuer können wir sie nicht machen, wir wollen uns an den Studenten ja nicht bereichern, oder?«

»Nein.« Luna schüttelte den Kopf.

»Genau, das denke ich auch.« Er schaute sie triumphierend an und machte sich eine Notiz. »Ich habe übrigens heute Morgen schon mit Ale Bagnardi besprochen, welche Treppenform am sichersten und bequemsten für die Empore ist und wie viel sie kosten würde. Ach, den muss ich auch noch zurückrufen!« Wieder tippte und wischte er geschäftig auf dem Display herum.

Offenbar will er mir beweisen, dass er alles im Griff hat, dass ich mich auf ihn verlassen kann, dachte Luna, und ihr wurde wieder einmal warm ums Herz. Fabio hatte auch schon einen Termin mit einem Notar ausgemacht, der ihnen in einem ersten inoffiziellen Gespräch darlegen wollte, wie sie weiter vorgehen sollten. Würden sie Ignazio auszahlen können? Oder ihn zwingen müssen, einen Vertrag zu unterzeichnen, der Luna einen Anteil des Hauses überschrieb, wenn sie investierte? Luna schüttelte leise den Kopf. Der Termin fand erst in zwei Wochen statt, lange, nachdem sie wieder aus München zurück war, doch wie sollte sie den Notar ausfragen, ohne zu verraten, *ob* sie tatsächlich investierte?

»Wie viel Miete können wir pro Tag nehmen?«, unterbrach Fabio ihre Gedanken. »Was zahlst du jetzt für einen Monat?« Fabio tippte immer noch auf das iPad ein, doch bevor Luna antworten konnte, setzte er hinzu: »Ist doch eigentlich völlig unnötig, du könntest auch *hier* wohnen und das Geld sparen. Guck, wie viel Platz wir haben!« Er zeigte in dem kahlen Salon umher, in dem außer dem modernen Sofa und einem Couchtisch nur wenige, leider nicht sehr geschmackvolle Möbel standen.

»Das ist mir zu gefährlich.« Luna lehnte sich an eine hässliche Anrichte, verschränkte die Arme und versuchte, das Gesagte mit einem Lächeln zu entschärfen, aber das gelang ihr nicht ganz.

»Gefährlich?!« Fabio wirkte empört. »Vertraust du mir nicht?«

»Doch. Nur ich ... Ich traue mir *selbst* nicht. Ich könnte ja nachts über dich herfallen.« Sie grinste frech. »Immerhin ist auf dieser Etage auch *dein* Zimmer. Das ich übrigens noch nicht kenne.«

»Nein? Kennst du das noch nicht?« Seine Stimme wurde ganz weich und neckend, als er jetzt aufstand und zu ihr hinüberkam. »Wenn du es sehen willst, dann zeige ich es dir.«

»Oh, so plötzlich?«

»Ja, ich glaube, das ist eine Wissenslücke, die wir nicht länger ungefüllt lassen sollten, Signora Kreutzner.« Er sprach ihren Namen genüsslich und dabei herrlich falsch aus, es klang wie *Kre-ut-ssnar*.

»Gut. Tun Sie das, Signor Amati!«

Sie sah zu ihm hoch, denn er stand jetzt dicht vor ihr. Ihr ganzer Körper kribbelte unerträglich, und sie musste sich zusammenreißen, um ihn nicht mit ihren Armen zu umschlingen. Aber nein, sie wollte ihm nicht zuvorkommen, sie wollte erobert werden. Jetzt. Von ihm.

Er sah auf sie herab, seine dunkelgrünen Augen leicht zusammengekniffen, als ob er sich etwas ganz Bestimmtes mit ihr vorstellte. Etwas sehr Körperliches ... Ihr wurde heiß, alles lief an diesem einen süßen Punkt in ihr zusammen, er war ein genetisches Ja, mit dem sie sich fortpflanzen wollte, ein rein biochemischer Vorgang, wie Gitta immer sagte, dem sie gar nicht groß entgegensteuern konnte und wollte ... Aber das Herz, was, wenn das Herz auch noch dabei ist, dachte Luna. Sie warf einen kurzen Kontrollblick in ihren Ausschnitt, diese Aussicht genoss er auch gerade – und von seinem Standpunkt wahrscheinlich noch besser ... sie merkte, wie sie sich über die Lippen leckte. Oh Mann, warum tat sie das? Sie schaute wieder zu ihm hoch, sie liebte seinen Mund, der ihr jetzt immer näher kam. »Kommst du mit mir?« Sein heiseres Flüstern ließ ihr einen Schauer über den Rücken laufen.

»Ich weiß nicht.«

»Du weißt es nicht?« Er nahm ihre Schultern und zog sie ein winziges Stück zu sich ran, und sie dachte schon, er würde sie küssen, doch er drehte sie nur schwungvoll um und ging, ja, schob sie mit seiner Brust, an die sie sich nun extraschwer lehnte, zu der hohen Tür, die am Ende des Raumes lag. »Aber *ich* weiß es«, flüsterte er in ihren Nacken, es hörte sich rau und etwas finster an und erregte sie noch mehr. Er suchte nach ihren Armen, sie überließ sie ihm bereitwillig, er fasste sie um beide Handgelenke und drückte mit der anderen Hand die Türklinke nieder. Der Raum war nicht besonders groß, in der Mitte stand ein breites Bett. Weiße Laken, zwei Kopfkissen, sonst nichts, sieht sehr sauber aus, registrierte Lunas Gehirn beruhigt. Er schloss die Tür hinter sich und drückte sie sofort einen Schritt zurück, gegen die Wand, dann lagen seine Lippen endlich auf ihren. Wieder verharrten sie einen Moment, wie erst vor ein paar Tagen, wie lange das schon her zu sein scheint, dachte Luna, doch diesmal konnte Fabio es offenbar nicht länger aushalten, er öffnete sie, langsam. Luna gab ein kleines bisschen nach, hielt dann wieder inne. Sie hörte seinen heftigen Atem, es war ein Spiel, das sie spielen, auskosten und hinauszögern wollten, beide darauf aus, diesen köstlichen Moment des ersten Mals keinesfalls zu schnell vergehen zu lassen. Seine Lippen waren weich, doch seine Zunge hatte er ihr immer noch nicht gegeben, er war eben niemand, der den Mund aufriss und sofort alles verschlang, sobald sie ihm ein bisschen von sich gab ... Sie drängte Erinnerungen zurück, die sich nun gewaltsam Zutritt zu ihrem Gehirn verschaffen wollten, es gelang ihr sogar, den Namen zu vermeiden, der unbedingt in ihren Kopf wollte, denn jetzt und hier gab es nur noch Fabio. Fabio. Fabio, der sich an sie presste und ihren Körper mit seinen Händen und seiner Zunge vorsichtig erkundete. Luna driftete davon, sie dachte an gar nichts mehr, sie spürte nur noch und wollte ihm alles zurückgeben, was er ihr anbot. Beide wurden sie immer hastiger, erregter, Luna fühlte, wie Fabio ihr T-Shirt aus der Hose zupfte und darunterfuhr. Sie selbst nestelte an seinem dünnen Pullover herum, schob ihn hoch, spürte die glatte, warme Haut seines Rückens. Fabio ging rückwärts, sie bewegten sich wie ein einziges Wesen mit vier Beinen auf das Bett zu, ihre Küsse wurden wilder, sie hingen aneinander, ließen sich nicht los ... Da rief es draußen »*Babbo*!«, und schon schwang die Tür auf.

Sie fuhren auseinander. »Oh Mann, Vale!«, rief Fabio und rieb sich verlegen die Stirn. »Was ist denn?!«

»Ihr habt euch geküsst!«

»Ja. Haben wir«, sagte er. »Und deswegen klopft man an, wenn irgendwo die Tür zu ist.«

Luna lächelte Valentino an. »Wir haben uns nicht nur geküsst, sondern auch überlegt, wie wir die Zimmer besser einteilen.« Ihre Stimme klang nur ein kleines bisschen hoch und außer Atem.

»Ich ziehe runter zu dir, Vale. Wie findest du das?«, sagte Fabio.

»Super, dann muss ich nicht immer die dunkle Treppe hochsteigen!«

Luna nickte. Sie hatte sich sowieso schon gefragt, warum der arme Vale so weit weg von Fabio schlafen musste.

»Wenn ich nebenan bin, kommst du aber nicht mehr jede Nacht vorbei, sondern bleibst in deinem Bett, okay?« Er sah Luna an. Seine Augen fragend: Heute Nacht? Hier?

Sie nickte und leckte sich unwillkürlich erneut über die Lippen. Sie wollte bei ihm sein, ihn wieder umarmen und sich ganz von ihm umschlingen lassen.

»Es ist zwar die vorletzte, nicht die letzte Nacht vor meiner Abreise, aber Prinzipien sind dafür da, sie zu übergehen, oder etwa nicht?«, fragte sie Gitta, als sie in ihrem Hotelzimmer auf dem Bett lag. »Aber ja«, kam es aus ihrem Handy, »wenn dein Gefühl dir das sagt, dann *fuck off* mit den Prinzipien!« Sie lachte, und Luna merkte, wie sehr sie ihre Freundin vermisste. »Wie kommt ihr mit den anderen Sachen, außer dem Küssen, voran?«

»Richtig gut, ich kann es selbst kaum glauben, wie schnell und konsequent Fabio die Sachen angeht und auch durchführt. Als ob er die letzten Jahre Anlauf genommen hätte, um jetzt alles auf einmal zu machen.«

»Und Geld?«

»Von meinem war noch nicht die Rede!«

»Ein gutes Zeichen«, stellte Gitta fest, und Luna erzählte ihr, was sie schon alles geplant und geschafft hatten.

»Wir sehen uns ja schon übermorgen Abend im ›Il Violino‹, dann möchte ich jede Menge Details über eine der schönsten Liebesnächte in deinem Leben hören!«

Eine der schönsten Liebesnächte in meinem Leben, dachte Luna, als sie sich eine Stunde später fertig machte. Der Auftakt von vielen, die noch folgen werden? Komm erst so gegen neun, hatte Fabio zu ihr gesagt. Wenn wir zusammen essen, kriege ich den Kleinen doch nie ins Bett, weil er beobachten wird, ob wir uns küssen. Luna lächelte und trocknete sich nach dem Duschen ab, sie tuschte sich die Wimpern und betrachtete ihr Gesicht und ihren Busen im Spiegel. Was sie sah, gefiel ihr. Heute Abend würde sie zu ihm gehen, und es würde passieren, es war komisch, das schon so genau zu wissen. Es war ein Spiel, er würde sich anstrengen müssen, denn sie war nicht leicht zu haben. Er wusste, dass sie sich ihm noch ein paarmal verweigern würde, bevor es dann wirklich dazu kam. Auf seinem Bett. Bei abgeschlossener Tür, dafür würde sie diesmal sorgen!

Sie sah ihn durch das große Hoftor, das für sie offen stand. Auf dem runden Tisch brannte eine Kerze in einem Einmachglas. Er saß davor, starrte in die Flamme und wartete auf sie. Wie süß! Als er sie entdeckte, sprang er auf: »*Buona sera*, ich hatte Angst, dass du nicht kommst.«

»Du wolltest mir doch noch dein Zimmer *richtig* zeigen, danach gehe ich wieder.« Luna lachte und blieb in einigem Abstand zu ihm stehen. Sie wussten beide, dass das nicht stimmte. »Schläft er?« Sie schaute nach oben zu Valentinos Zimmer. Die dunklen Fenster schienen sie zu beobachten. Ob hinter einem der unteren Ignazio stand? Ihr blieb keine Zeit, weiter darüber nachzudenken, denn schon nahm Fabio ihre Hand und zog sie an sich. »Ja, ich muss ihm jetzt immer vorlesen, weil *du* das neulich gemacht hast. Na, toll ...«

»Es ist gut für ihn!«

»Ich weiß. Zu Hause steht in dem Zimmer, in dem er schläft, ein Fernseher, der Tag und Nacht läuft, auch wenn er ins Bett geht.«

»Nicht gut, wenn sich niemand um ihn kümmert.«

»Jetzt sind *wir* ja da.« Fabio umarmte sie, und sie machten dort weiter, wo Valentino sie am späten Nachmittag gestört hatte. Luna musste sich beherrschen, um nicht aufzustöhnen, so gut und zärtlich küsste er sie.

»Lass uns reingehen!«, murmelte er, und vergessen war ihr Vorsatz, sich zwischendurch ein bisschen zu zieren, als sie ihm bereitwillig folgte. Vor dem Schlafzimmer ließ er sie plötzlich stehen. »Moment, ich rufe dich«, schon war er hinter der Tür verschwunden.

Oh je, was macht er da drin, fragte sie sich. Schnuppert er, ob er nach Schweiß riecht? Es klang komisch, aber sie mochte seinen Schweißgeruch. Ob er mit den Füßen noch schnell ein paar Sachen unter das Bett befördert, die ich nicht sehen soll? Ob er sich auszieht und mich nackt auf dem Bett liegend empfängt? Bitte nicht! Sie kicherte, weil sie sich bereits vorstellte, wie sie Gitta davon erzählen würde. Ja, Frauen waren schrecklich, Frauen machten das. Doch als sie endlich die Tür öffnen durfte, hatte er nur die Schuhe ausgezogen, denn er war barfuß. Ein paar brennende Kerzen standen auf dem Boden um das Bett herum und tauchten den Raum in warmes Licht. In einem Sektkübel, ebenfalls auf dem Boden, wartete eine Flasche, zwei Gläser dazu. Luna seufzte innerlich vor Zufriedenheit. Ja, so wollte sie sich verführen lassen.

»*Buona sera, Signor Amati.* Bin ich hier richtig zur Zimmerbesichtigung? Oder passt es Ihnen gerade nicht, ich kann auch wieder gehen …«

Mit einem Satz war er bei ihr. »Nichts da, Sie bleiben schön hier!«

Am nächsten Morgen wachte sie auf und wusste zunächst nicht, wo sie sich befand. Die Decke war hoch, die Wände kahl, das Licht fiel in Streifen darauf. Es war still. Sie war nackt, stellte sie fest, und drehte sich zur Seite. Fabio drehte ihr den Rücken zu, seine Haare lagen hinter ihm auf dem Kissen. Sie setzte sich auf. Oh *no*, sie hatte doch zurück ins Hotel gehen wollen, besser, dass Valentino sie nicht am Frühstückstisch sah, hatten sie gestern gemeinsam beschlossen, aber nun war sie offenbar doch eingeschlafen. Wie spät mochte es sein? Sie sah im Zimmer umher, auf dem Boden lagen ihre Kleidungsstücke verstreut, ihr Unterhöschen, ihr BH, dazwischen die Gläser und die heruntergebrannten Kerzen. Wie in einem Film, wenn die Kamera darüberfährt, um zu zeigen: Es ist passiert, dachte sie und ließ sich wieder unter das Laken rutschen. Ja, es war passiert, und es war wunderwunderschön gewesen ...

»*Buon giorno!*«, brummte es vom anderen Kissen, er drehte sich zu ihr. Sie bekam einen Kuss auf die Stirn. »Wie spät ist es?« Jetzt war Fabio es, der sich mit einem Ruck aufsetzte und nach seiner Armbanduhr angelte. »Schon neun, verdammt, wo ist Valentino, warum hat der uns nicht geweckt?«

»Es ist Samstag«, sagte Luna. »Er muss ja nicht zur Schule ... Vielleicht ist er unten bei Ignazio, und der hat ihm Frühstück gemacht?«

»Ja, vielleicht ...« Fabio warf seine Haare mit einer unwilligen Bewegung zurück, wollte gerade aus dem Bett steigen, als er innehielt. »*Grazie* für diese Nacht«, sagte er, und küsste sie kurz auf den Mund. »Ich muss mir erst die Zähne putzen ...«

»Ich mag dich auch mit Morgenmundgeruch«, sagte Luna, die sich schon wieder nach seinen verdammt guten Küssen sehnte.

»Okay! Ich habe dich gewarnt ...« Sie küssten sich lange, schon sehr viel vertrauter miteinander als noch vor ein paar Stunden.

»Du bist bezaubernd. *Adorabile.*« Fabio ließ von ihr ab und grinste. »Ich könnte mir vorstellen, dir noch öfter mein Zimmer zu zeigen.« Er streichelte ihr Haar, verbarg seine Nase dann an der Stelle zwischen ihrem Hals und ihrer Schulter und küsste sie auch dort. »Du schmeckst so wunderbar. Überall.«

Luna lächelte. »Ich habe das Zimmer gar nicht richtig gesehen, glaube ich ...«

»Besichtigungen führen wir jederzeit durch, meine Dame«, sagte Fabio, während er aufstand und ohne Unterhose in seine Jeans schlüpfte.

Luna erfreute sich am Anblick seiner muskulösen Brust und der kräftigen Oberarme, kein Fitnesscenter, nur körperliches Arbeiten, das wusste sie mittlerweile. Sie wartete, bis er mitsamt seinem herrlichen Männerhintern entschwunden war, klaubte ihre Wäsche vom Boden und huschte ins Bad. Hier wusch sie sich das Gesicht, schminkte sich mit den wenigen Utensilien, die sie dabeihatte, und zog sich mit langsamen Bewegungen Slip und BH an. Hinter ihrer Stirn machte sich ein kleiner Kater bemerkbar. Fabio hätte die Flasche gestern nicht so gerecht aufteilen sollen, dachte sie, ging nur mit ihrer schönsten lachsroten Unterwäsche bekleidet wieder ins Schlafzimmer und grinste sich glücklich in dem vergoldeten Wandspiegel an. Sie sah sexy und verwegen aus, übernächtigt, durchgewalkt und durchge... Ja, sprich es ruhig aus, dachte sie.

Fabio war indessen offenbar in der Küche gewesen, denn er kam jetzt mit zwei Schalen Milchkaffee wieder zurück. »Er ist nicht da«, rief er und drückte ihr eine der Schalen in die Hand. Der Kaffee duftete köstlich. »Gnazio auch nicht!« Er öffnete das Fenster zum Hof.

»Wo können sie denn sein?« Zufrieden schlürfte sie den ersten Schluck.

»Komm mal her!« Er griff nach ihr und zog sie an sich. »Du siehst so wunderschön aus!« Er schob sie vor sich her und ging mit ihr ans Fenster, berührte sanft ihre Brüste und knabberte von hinten am Träger ihres BHs, während sie mit beiden Händen ihren Kaffee hielt und sich einfach nur gegen ihn lehnte, so herrlich vertraut waren sie schon miteinander.

»Wir werden sie schon finden, guck mal was für ein schöner Herbsttag da draußen ist!«, raunte Fabio in ihr Ohr. So darf mein Leben ab jetzt immer sein, dachte sie glücklich und schaute mit ihm hinaus. Durch die wiederhergestellte Mauer und die Bäume des angrenzenden Platzes waren sie geschützt. Niemand konnte sie sehen, es sei denn, jemand kam ausgerechnet in diesem Moment an dem Tor mit den Gitterstäben vorbei. Aber da war niemand. Bis auf … die Menschen, die zwei Sekunden später an der Klinke rüttelten, das Tor aufstießen und in den Hof gestiefelt kamen! Sie sahen sich um, entdeckten sie sofort dort oben im zweiten Stock und nahmen sie ins Visier. »Shit!« Luna wand sich aus Fabios Armen, sprang zurück ins Zimmer und verschüttete dabei ein wenig Kaffee. »Wer ist das?«

»*Cazzo*, warum ist die Pforte überhaupt auf?«, fragte Fabio zurück.

»Ouh! Fabio, wir wollen Vale holen!«, schallte es von unten herauf.

»*Cavolo!* Falls du es noch nicht gemerkt hast, das ist seine asoziale Familie«, murmelte er. »Zieh dich lieber an!«

»Vale!«, brüllte es im Hof. »Komm runter!« Fabio lief aus dem Zimmer.

Luna beeilte sich, in ihre Klamotten zu kommen, und folgte ihm dann. Warum wollten sie den Kleinen abholen, ausgerechnet jetzt, wo er nicht zu finden war?

Sie ging in den Hof, wo lautstark gestritten wurde. »Erklär mir das mal!«, rief einer der Eindringlinge, ein bulliger junger Mann, die Arme schwarz von Tattoos.

»Er ist mit Ignazio unterwegs!«

»Mit dem *vecchio*? Haben wir dir das erlaubt?!« Der andere Typ sah dem Bulligen ähnlich, wahrscheinlich waren sie Brüder. Auf seinen Armen war sogar noch etwas Platz, dafür kringelte sich ein Schriftzug um seinen Hals bis hoch zu seinen Ohren. »Vale!!«, brüllte er wieder.

»Wieso, was ist gegen Ignazio einzuwenden? Mein Bruder kümmert sich besser um den Jungen als ihr alle zusammen!«, sagte Fabio laut. Luna stellte sich neben ihn.

»Und wer ist die Schlampe da?«, keifte die ältere Frau mit den dunklen Leggings und dem weißen Pullover, die bei ihnen war, und zeigte anklagend auf Luna.

»Nimm das sofort zurück, Victoria!«, rief Fabio.

»Unser Kleiner soll nicht mit deinen, deinen ...«

»Ich warne dich!«, sagte Fabio.

»... zusammenkommen!«

»He, *mamma* meint nur, der Junge soll für einen Tag zu uns, und dann ist er nicht aufzufinden, und du weißt nicht mal, wo er steckt, und irgendwelche Schlampen laufen hier rum ... *una troia come lei* ...«

Fabio sog scharf die Luft ein. »Das ist Luna, sie ist hier zu Besuch. Sie ist mein Gast, kein Grund also, sie zu beleidigen!«

»Ja ja, sieht man ja, was die beim Besuchen hier macht, steht da nackt am Fenster. Bekommst du das gut bezahlt, oder was?!«, wandte sich der Typ mit den schwarzen Armen an sie.

Luna war dermaßen perplex, dass sie nicht wusste, was sie antworten sollte.

»Es reicht!« Fabio zeigte zum Tor. »Raus mit euch!«

»Aber wir müssen den Jungen mitnehmen«, quengelte die dicke Frau, die vermutlich seine Oma war.

»Dann erzähl mir auf dem Weg hinaus den wichtigen Grund,

den es gibt, dass ihr hier zu dritt am Samstagmorgen bei mir auflauft.«

»Bei unseren Nachbarn war'n sie schon, und wenn er nicht bei uns ist, streichen sie uns diese einmalige Sache, die man jetzt bekommt für jedes Kind unter acht Jahren! Wo doch unsere Evi nicht da is'!« Die Stimme der alten Frau klang nach vielen Zigaretten, schon steckte sie sich eine an.

»Kannst dich um ihn kümmern, aber das Geld, das kriegen wir.«

»Du gibst es ja sowieso für die falschen Sachen aus, wie man sieht.« Tattoo-Kerl Nummer zwei grinste Luna lüstern an, bis Fabio vorsprang und ihm mit seiner großen Hand um den tätowierten Hals fasste. »Halt dein dummes Maul!«, herrschte er ihn an und zwang ihn ein paar Schritte rückwärts über den Hof. »Letzte Warnung!« Er stieß ihn von sich und wischte sich angeekelt die Hände ab.

21

»Und wie ging es dann weiter?« Gitta beugte sich gespannt über den Tisch und ihren Teller *Vitello Tonnato*, sodass ihr Seidenschal fast in den Resten der Thunfischsoße gelandet wäre.

»Die drei sind durch das Tor wieder abgehauen.« Luna schüttelte bei der Erinnerung den Kopf. »Fabio sagte, dass die Familie sich immer dann, wenn's gut läuft mit dem Jungen, einmischt. Und dass es ihm leidtäte, dass ich das mitbekommen habe.«

»Na ja, es geht dich bald vielleicht ja auch etwas an, oder?«, sagte Gitta. »Wie ist das denn mit dem Sorgerecht für Valentino, kann das nicht mal geklärt werden?«

Luna zuckte mit den Schultern. »Scheint kompliziert zu sein, ich habe mich jedenfalls geärgert, dass mir keine schlagfertige Antwort für diesen unverschämten Arsch eingefallen ist.«

»Und wo *war* Valentino dann?«

»Das haben wir erst am Nachmittag herausbekommen, als Ignazio mit ihm wiederkam. Im Klettergarten angeblich. Als ob Ignazio in der Lage wäre zu klettern.«

»Wie alt ist der Typ denn? Ich könnte den gar nicht einschätzen, habe ihn ja nur mal kurz gesehen.«

»Ach, mindestens zehn Jahre älter als Fabio, aber irgendwas ist mit ihm nicht in Ordnung, er kommt mir zumindest nicht fit und gesund vor. Mit mir direkt spricht er ja sowieso nicht, aber er hat gesagt, er wolle das Zusammensein mit dem Jungen *auskosten*, das kam mir komisch vor. Man kostet etwas doch nur aus, wenn es begrenzt ist, oder? Ob er es selbst war, der die Familie auf uns gehetzt hat, und damit rechnet, dass Valentino bald gar nicht mehr zu uns darf?«

»Oh, Mann, Luna, da hast du ja zu dem wunderschönen Haus auch ein fettes Paket voller Altlasten vererbt bekommen.«

»*Noch* bin ich nicht beteiligt!«

»Aber du hast es vor.«

Luna lächelte, da war sie wieder, ihre gute alte Gitta, die nicht lockerließ, und die Wahrheiten meistens schon viel eher aussprach, als sie sie selbst als solche wahrnahm.

»Wenn hier in München alles so läuft, wie ich mir das denke …«

»Ja ja, meine Schwester denkt sich alles aus, und ich muss sehen, wie ich klarkomme!« Ohne dass sie es bemerkt hatten, war Lorenzo an ihren Tisch getreten und räumte die beiden Vorspeiseteller ab.

»Wie gut, dass ich einen so verständigen Bruder habe!« Luna warf ihm eine Kusshand zu, als er Richtung Küche eilte. Dabei machte sich zwischen Solarplexus und Magen das altbekannte, sorgenvolle Gefühl breit, auf das sie gerne verzichtet hätte. So aus der Entfernung klang das alles ziemlich Hals über Kopf, was sie da vorhatte, niemand schien sie allerdings von ihren Plänen ernsthaft abhalten zu wollen, im Gegenteil.

Sie waren sich schnell einig geworden, vor allen Dingen, nachdem Lorenzo erfahren hatte, dass Luna keineswegs vorhatte, ihren Anteil aus dem Laden zu ziehen. »Und mit welchem Geld willst du dann in Cremona investieren?«, hatte er gefragt.

»Mit dem, was ich zurzeit in Aktien angelegt habe …«

»Das willst du riskieren? Und wenn es schiefgeht? Das ist immerhin deine Altersvorsorge.«

»Ich habe auch noch das Haus, Lollo, und wenn Mama mal nicht mehr ist … auch einen Teil der Werkstatt.«

»Also, ich könnte das nicht, aber ja klar, mach das! Ich finde es mutig!« Bewundernd hatte er sie angestarrt, plötzlich wieder ganz kleiner Bruder.

»Ich hatte immer finanzielle Sicherheit in meinem Leben, was ja wirklich großartig war, die mir aber meine Zweifel nicht nehmen konnte«, war Lunas Antwort gewesen. »Ich war unglücklich, wusste nie, was ich tun wollte, fühlte mich für alles nicht gut genug, nicht ausreichend geschult, nicht passend, nicht am richtigen Platz. Aber dort in Cremona war das auf einmal weg, ich traue mir diese Mischung aus Gastgeberin, Vermieterin, Veranstalterin, Geigenbäckerin und so weiter zu.«

Stimmte das überhaupt? In dem Moment, in dem sie auf Münchens schickem Flughafen gelandet und zur S-Bahn gegangen war, waren ihr Zweifel gekommen, und ihr überschwängliches Cremona-Gefühl wich langsam, Tag für Tag, immer mehr von ihr.

Lorenzo kam wieder, diesmal trug er zwei Teller mit Pasta in den Händen.

»*Spaghetti alla trapanese* und *Tortelli di zucca*. *Saluti* von der Küchencrew, sie fragen, ob du gleich mal vorbeischaust.«

»Ja gerne, aber ist denn noch jemand da, den ich kenne?« Es war schön, wieder in der vertrauten Umgebung zu sein, doch noch erhebender war es, als Gast an Tisch zwölf zu sitzen und nicht mehr hinter die Schwingtür mit dem Bullauge zurückkehren zu müssen, außer, um Hallo zu sagen.

»Du warst ein paar Wochen weg, nicht mehrere Jahre ... Alfredo und Adamo sind da und heute Abend auch Piero. Nur Bianca und Domenico sind neu.«

»Mal sehen, ob sie es draufhaben«, sagte Luna und nahm ihre Gabel. Sie war so erleichtert, dass Lorenzo nicht böse über ihren Ausstieg war.

»Hast du übrigens mal was von Diamantino gehört?«, fragte er.

»Nein, du?«

»Nichts. Hat noch nicht mal seine Ersatz-Kochklamotten abgeholt, die hängen hier noch. Gibt es denn überhaupt eine Chance, das Geld von diesem spielsüchtigen Penner wiederzubekommen? *Scusami*, Gitta! Vielleicht sollte ich das nicht vor dir besprechen ...«, sagte Lorenzo.

»Keine Ursache, ich habe das ganze Theater unten in Sizilien ja hautnah mitbekommen!«

»Meine Anwältin hat ihm eine Frist gesetzt. Wenn bis Ende des Monats nichts passiert, werden wir klagen«, sagte Luna und ballte die Faust. Eine weitere Baustelle in ihrem Leben, die ihr zu schaffen machte.

Während Gitta und Lorenzo ihre Erfahrungen mit säumigen Schuldnern austauschten, fiel Lunas Blick auf den Glaskasten über der Tür mit der kleinen Violine. Sie war nur ein Ersatz für LA PICCOLA, die immer noch in Cremona lag, sicher aufgehoben in ihrem neuen Domizil, das sie vor ihrer Abfahrt bei Patrizia bezogen hatte. Lorenzo war einverstanden und auch der Meinung, dass Anna Battistis kleine Geige in ihrer Heimat besser aufgehoben war.

»Du musst mir alles über unseren Vater erzählen!«, hatte er gesagt. »Vielleicht will er sie ja wiederhaben.«

Luna seufzte und nahm seine Hand, während er immer noch am Tisch stand. Sie würden sich morgen Abend, am Ruhetag, sehen, und mit Schwägerin Margherita und ihren beiden süßen Nichten Alice und Ellen ihr Wiedersehen und ihren vorläufigen Umzug nach Italien feiern. War sie sich wirklich sicher, dass sie das wollte? Wieder stieg die Angst vor der eigenen Courage, für die ihr Bruder sie so bewunderte, in ihr hoch. In dem Moment drückte Lorenzo ihre Hand und warf ihr einen liebevollen Blick zu. »Ich muss weitermachen, und ihr esst lieber, die Pasta wird sonst kalt.«

»Ist es seltsam, wieder in Deutschland zu sein?«, fragte Gitta, als sie beim Dessert angekommen waren.

Luna sah auf den Teller vor Gitta, den diese binnen weniger Minuten leer geputzt hatte. Sie dachte über ihre Antwort nach, wurde dann aber von einer Sache abgelenkt: »Sag mal, seit wann isst du eigentlich so dermaßen viel? Das ist mir schon in Italien aufgefallen.«

Gitta runzelte ihre makellose, hohe Stirn. »Das beantwortet meine Frage nicht, aber ich antworte dir trotzdem. Ich habe eben auf manche Sachen wahnsinnigen Appetit, während mir bei anderen manchmal echt flau im Magen wird. Ich rauch auch nicht mehr, ist dir das aufgefallen? Find's auf einmal ekelhaft ...«

»Und beim Zähneputzen? Der Geschmack der Zahnpasta?«

»Nein, wieso? Alles gut. Aber der Duftstein, hier bei euch in den Toiletten, da muss ich schon würgen, wenn ich nur an den Geruch *denke* ...«

»Der Duftstein! Gitta!« Luna griff über den Tisch nach dem Arm der Freundin. »Fällt dir nichts auf?«

»Nö? Ich esse eben gerne, bin auch nicht fetter geworden, falls du das meinst.«

»Bei dem Duftstein hätte ich auch kotzen können, als ich ... Wenn ich es nicht besser wüsste, würde ich sagen, du bist schwanger!«

»Was? Nee, glaube ich nicht ...«

»Aber theoretisch ginge es doch, es ist doch noch, äh ... alles vorhanden bei dir?« Lunas Gewissen meldete sich, sie hatte vergessen, worin das Problem bei Gitta bestand, obwohl sie es ihr bestimmt irgendwann erzählt hatte.

»Ja, aber ...« Gittas blaue Augen wurden noch größer. »Meine beiden Eileiter sind undurchlässig, es besteht eine Chance von unter fünf Prozent, dass sich ein Ei überhaupt dort durchquält. Und je älter ich werde, desto ... vergiss es!«

»Und Stevie?«

»Hat's trotzdem immer wieder mit Freuden provoziert und seinen Teil beigesteuert ...« Sie lachten.

»Du musst so einen Test machen!«, rief Luna aufgeregt.

»Ich muss *unbedingt* so einen Test machen!«

»Hier auf der Toilette! Die sind häufig mal positiv ...«, sagte Luna.

Gitta grinste, sie fuhr mit dem Finger noch einmal über den Teller mit den letzten Tiramisu-Krümeln und leckte ihn ab. »Traditionen soll man pflegen! Shit, es ist nach acht, die Apotheke nebenan hat schon zu, du hast nicht noch zufällig einen von den Dingern hier?«

Luna schnaubte durch die Nase und lachte noch lauter. »Den zweiten von dem Doppelpack habe ich nach oben, ganz hinten in meinen Spind gefeuert, der liegt da bestimmt noch ...«

»Hol ihn! Bitte!«

»Na klar«, Luna erhob sich, »ich wollte in der Küche ja sowieso Hallo sagen! Einen Espresso für dich?«

»Keine Ahnung, ist Koffein gut? Eher nicht, oder? Wein sollte ich ab jetzt auch lieber lassen … wenn es denn so wäre.« Gitta schob ihr Glas von sich und strahlte über das ganze Gesicht.

Ein paar Minuten und einen erfolgreich durchwühlten Spind später standen sie beide in der Damentoilette. Gitta drinnen in der Kabine, Luna davor. »Und?!« Sie lauschte den Geräuschen hinter der Tür, während sie sich im Spiegel tief in die Augen sah. Hier hatte ihre Freundschaft vor etlichen Wochen begonnen. Es kam ihr vor wie ein halbes Leben. Was für eine Reise hatten sie miteinander zurückgelegt, und was für Wandlungen durchgemacht, alle beide, denn dass Gitta schwanger war, dafür gab es für sie keinen Zweifel. In dem Moment hörte sie ein Schniefen. »Und?!«, fragte sie noch mal. Die Tür ging langsam auf, nicht einmal die Hose hatte Gitta sich richtig zugemacht. Ihre Augen standen voller Tränen, als sie ihr den Stab hinhielt, und Luna rieselte eine Gänsehaut der Freude über den Rücken. Zwei Striche, die für sie selbst vor ein paar Wochen noch der Auslöser für eine Tränenflut der ganz anderen Art gewesen waren. »Ich freu mich so für dich!« Sie umarmte Gitta und drückte sie, aber nur ganz zart. »Du musst auf dich aufpassen, du bist bestimmt schon weit. Soll ich Stevie anrufen? Soll er herkommen?«

»Ja! Ja, natürlich!« Gittas Gesicht war ganz nass, und die Tränen strömten immer noch. Luna stieß kurz die Luft aus. Sie hatte Stevie eigentlich bitten wollen, nach Cremona zu kommen, und einen sachverständigen Blick auf die Halle zu werfen. Ob er dazu in den nächsten Monaten Zeit hatte, war jetzt noch fraglicher als zuvor. Egal, er wurde Vater, das war wichtiger als alles andere.

Es wurde eine herzzerreißende Eröffnung der großen Neuigkeit! Alle drei weinten sie am Tisch, Stevie schmiss eine Runde Champagner für das Lokal und kündigte an, die Testfirma zu verklagen, wenn das Ergebnis wider Erwarten doch nicht stimmen sollte! Gitta nippte nur an ihrem Glas und bekam das Lächeln gar nicht mehr aus ihrem Gesicht. »Nun muss ich mich wirklich beeilen, um den Roman noch vorher fertigzubekommen«, sagte sie nachdenklich. »Ich denke, mindestens eine Person sollte schwanger werden …«

Luna blickte dem eng umschlungenen Pärchen hinterher, als es das »Il Violino« verließ, um zu Hause weiterzufeiern. Sie seufzte. Die beiden waren im Glücksrausch, wie schön! Sie hatte unbändige Lust, Fabio anzurufen, um ihm an der wunderbaren Nachricht teilhaben zu lassen, also ging sie hinaus in den späten Oktoberabend und stellte sich hinter die Töpfe mit den Buchsbäumchen. Die Tische auf der Außenfläche waren längst weggeräumt, und die Laternen trugen nebelige Lichtkränze, der Herbst hatte in München gut vier Wochen früher Einzug gehalten als in Oberitalien.

Fabio ging nicht ran. Das war ungewöhnlich. Sie wollte ihm gerade eine Nachricht schreiben, als Antonia anrief. Eine ihrer drei Freundinnen, die sie in den letzten Wochen sträflich vernachlässigt hatte! Mit schlechtem Gewissen ging sie ran.

»Luna, du musst mir helfen!«

»Na klar, immer, was brauchst du?« Sie atmete auf. Vielleicht konnte sie an Antonia ihr nicht sehr freundschaftliches Schweigen der letzten Wochen sofort wiedergutmachen?

»Entschuldige, wenn ich buchstäblich mit der Tür ins Haus

falle! Ich muss ausziehen, bin es eigentlich schon, kann ich bei dir wohnen? Wenigstens die nächsten Tage?«

»Aber ja. Gerne auch vier Wochen.« Vielleicht auch ein ganzes Jahr, dachte Luna. »Was ist passiert?«

Antonia erzählte von Arnos Fremdgeh-Eskapaden, die sie nicht länger hinnehmen wollte. »Er hat es mit Friederike Hindersmann sogar in unserem Wohnzimmer getrieben!«

»*Das* erzählt er dir? Und ihren kompletten Namen weißt du auch schon?«

»Nein, hab was zwischen den Polstern gefunden, ganz klassisch ...«

»Ihren Ohrring?« Bitte lass es nicht ihr Höschen gewesen sein, hoffte Luna.

»So einen blöden Messeausweis, am Band.«

»*Oh no*. Wie ... fantasielos.«

»Ich kann dort nicht mehr sein!«

»Verstehe ich, aber ist es klug, dass du das Feld räumst? Der, der betrügt, muss gehen! Ist das nicht ein ungeschriebenes Gesetz?«

»Ich bin bei ihm damals eingezogen, weißt du noch? Wir hatten Streit um die Rennautobilder an der Wand über dem Bett und diesen grässlichen Flur, ach, es war sowieso nie meine Wohnung.«

»Du kannst bei mir wohnen.«

»Echt?! Das wäre wirklich zu schön!«

»Als moralische Unterstützerin falle ich aber leider aus, ich bin nämlich die nächsten vier Wochen weg ...« Schnell erzählte Luna Antonia von der Reise nach Cremona und ihren weiteren Plänen.

»Das müssen die anderen doch auch hören!«, rief Antonia.

»Bevor ich morgen früh in mein Büro gehe, stelle ich meine

Sachen bei dir ab, und übermorgen Abend koche ich in deiner Küche für uns vier. Ein Abschiedsessen! Du musst absolut gar nichts tun!«

Zu anderen Zeiten wäre mir das viel zu spontan, dachte Luna, aber in diesem Moment ist es einfach nur perfekt! »Das passt mir gut, morgen Mittag besuche ich meine Mutter in Mittenwald. Kann sein, dass ich dort übernachte.« Es wird sicherlich ein längeres Gespräch werden, dachte sie. Das mit dem Lover, den du hattest, während Papa mit seinen Depressionen im Bett lag, möchte ich von dir erklärt bekommen, Mama!

»Das war alles etwas anders, als es sich vielleicht für dich anhört«, sagte Isabell, nachdem Luna sie am nächsten Tag aus ihrer Werkstatt entführt hatte und sie es sich mit einem Tee in der Küche gemütlich gemacht hatten. »Aber du hast ihn gefunden ... allein diese Tatsache kann ich immer noch nicht fassen!«

»Es war eine Mischung aus Glück und Beharrlichkeit. Also nicht meine, die von Gitta.« Luna wärmte sich die Hände an dem Teebecher und schaute ihre Mutter an, die ihren Blick ruhig erwiderte.

»Du bist verändert«, sagte Isabell. »Ich sehe da auf einmal so viel Verständnis in deinen Augen!«

»Ich habe dieses Haus gesehen und die Geschichte von Anna Battisti gehört. Und später dann auch die von Papa ... Es war wie ein Sprung in die Vergangenheit, ein Film mit immer mehr traurigen, kaum zu ertragenden Details, der vor mir ablief, Hauptdarsteller meine Großmutter und natürlich Papa als kleiner Junge!«

»Und dass du jetzt auch so viel mehr über seine Brüder weißt, von denen hat er nie viel erzählt! Das ist unglaublich!«

»Tat ihm vielleicht zu weh!«

»Da gab es wohl einiges, was ihm zu wehtat.« Isabell sah auf die Tischplatte zwischen ihnen und zog mit der Fingerspitze eine Spur durch einen Tropfen Tee. »Alle haben ihn verlassen. Ich dann am Ende auch ... Obwohl Micha nur eine kleine Ablenkung für mich sein sollte, ein junger Geiger, der mit mir flirtete. Dass daraus mehr wurde, habe ich nie gedacht.«

»Von Papa bekamst du wahrscheinlich keine Komplimente mehr.«

»Oh, nein. Dafür hatte er in dieser Phase keine Kraft.«

»Vermutlich hat er deinen Liebesentzug aber schon immer erwartet und sich dann so benommen, dass es dazu kommen musste.«

»Ja«, stimmte Isabell zu. »Das war sein System. In dem lebte er.«

»Vielleicht war seine Herumreiserei ja auch nur eine Entschuldigung dafür, nie lange genug an einem Ort zu sein. So konnte er dort nicht enttäuscht werden«, sagte Luna. Es war seltsam, den eigenen Vater auf diese Weise zu analysieren. Sie begann nun auch, nach Teetropfen auf der Tischplatte zu suchen, mit denen sie herummalen konnte.

»Mag sein.« Ihre Mutter atmete tief ein und wieder aus. »Deswegen hat er auch nicht für mich gekämpft, und für euch auch nicht. Und ich habe ihn nicht zurückgeholt.«

Sie sahen sich wieder an. Die Küchenuhr tickte, und für einen wunderschönen Moment herrschte ein tiefes Verständnis zwischen drei Menschen, von denen einer nicht mit am Tisch saß.

»Und du willst es wirklich wagen mit Anna Battistis Werkstatt?«, fragte Isabell nach einer Weile. »Obwohl der grantige

Bruder da drinsitzt? Unterschätz den nicht. Ich kenn mich da aus. Mit Willi und Hubert war es auch nicht immer leicht ...«

Ja, wie wollte sie das Ignazio-Problem eigentlich lösen? Luna wusste darauf keine Antwort, doch obwohl sie gerade an allem zweifelte, sagte sie: »Ich war mir noch nie so sicher!«

»Das ist wunderbar, wenn du so an etwas herangehst, dann ist das schon sehr vielversprechend!« Isabell strich über die Hand ihrer Tochter.

»Hast du einen Tipp, wie ich den grantigen Geigenbauer behandeln soll?«, fragte Luna.

»Zeig ihm deine Wertschätzung, für das, was er tut, und stell ihn möglichst nicht vor vollendete Tatsachen, lass ihn teilhaben an deinen Plänen. Redet miteinander!«

Wenn er sich nicht dauernd einschließen würde gerne ...

»Danke, dass du mir keine Vorschriften wegen des Geldes machst.« Luna goss Isabell Tee nach. »So sind keineswegs alle Mütter drauf!«

»Es ist deins, und du bist meine Tochter, also wirst du es klug ausgeben. Das nehme ich jedenfalls an.« Sie lachten.

»Ich lasse ein Gutachten machen für die Bausubstanz«, sagte Luna. »Wenn keine Gefahr besteht, dass die Halle in sich zusammenkracht, müssen wir gar nicht so viel verändern, der Charme soll ja erhalten bleiben!«

»Apropos Geld. Hat Daniele welches?«

Luna runzelte nur die Stirn, sie wollte ihren Vater nicht bloßstellen, doch Isabell gab sich schon selbst die Antwort. »Natürlich nicht. Ich weiß. Diese italienischen Alt-Kommunisten und 68er ... Bloß nicht Profit machen, bloß nicht in der Gesellschaft ankommen, die sie früher so verachtet haben. Er konnte so stur sein!«

»Viel besitzt er nicht«, gab Luna zu. »Er teilt trotzdem das, was er hat. Mit seinen Nachbarn und so.«

»Hast du ihm Geld gegeben?«

»Nicht direkt. Ich dachte, ein Stück Familie und soziales Leben hilft ihm mehr als ein monatlicher Scheck. Und ob er überhaupt ein Konto hat, möchte ich bezweifeln.«

»Was macht er den ganzen Tag?«

»Er passt auf ein altes Kino auf, das aber bald abgerissen wird. Er ist einfach nur einsam. Und alt. Viel älter als du, also äußerlich. Aber Gitta hat ihm die Haare geschnitten, du musst die Fotos sehen! Mit dem Haarschnitt sah er dann richtig cool aus. Moment ...« Sie zeigte ihrer Mutter die Fotos auf dem Handy, die Gitta von ihnen bei ihrem ersten gemeinsamen Essen geschossen hatte. »Ach, und hier hat er auch den Pullover an. Gitta hat mit meiner Karte auch ein paar neue Klamotten für ihn gekauft. Die wollte er eigentlich nicht anziehen, aber zu dem Pullover hat sie ihn überreden können.«

»Ja, ja, ich erkenne ihn. Er war immer ein gut aussehender Mann!« Isabell nickte vor sich hin. »Dein Bruder Lorenzo hat viel von ihm, du auch!«

»Und ich sehe auch *nonna* Anna sehr ähnlich.« Luna zeigte ihrer Mutter das Foto, das sie von dem Bild im Album der Signora Bergonzi gemacht hatte.

»Tatsächlich! Die Augen, das Kinn, die Nase!«

»Die alte Nachbarin konnte es gar nicht fassen. Anna, sagte sie immer wieder, Anna ist wieder da!«

»Zeig noch mal die Bilder von ihm!«, bat Isabell. Luna hielt ihr das Display hin.

»Meine große Liebe Daniele.« Isabell hielt eine Hand an ihre Wange. »Er ist so weit weg von mir, dabei hat er mich ein halbes Leben lang begleitet und ist der Vater meiner Kinder.«

»Ich dachte, wenn das in Cremona gut läuft, könnte ich ihm vorschlagen, von Torino wegzugehen und zu uns zu kommen. Zu tun gibt es genug für einen praktischen Mann wie ihn!« Was, wenn er sich weigern würde? Darüber wollte Luna jetzt nicht nachdenken.

»Du scheinst wirklich versöhnt mit ihm zu sein.« Isabell klang skeptisch. »Solltest du nicht erst einmal wütend auf ihn werden?«

»Wütend war ich jahrelang! Doch dieses Gefühl liegt hinter mir ... seitdem ich vor diesem halb abgerissenen Haus stand. Und so, wie ich ihn jetzt erlebt habe ... Ich spüre da jedenfalls keine Wut.« Luna stand auf und umarmte ihre Mutter. Sie hatte nicht vor, ihr von den Zweifeln zu erzählen, die während des Gesprächs in ihr aufgestiegen waren.

Wann kommst du, wann kommst du, wann kommst du?

Wie wunderschön, wenn man so erwartet wird, dachte Luna, und dass ein paar Worte dafür sorgen, dass sich eine ganz bestimmte Art von *Vorfreude* in ganz bestimmten Körperteilen ausbreitet! Sie grinste und warf sich in ihrem kleinen Zimmer auf ihr Bett. Hier hatte sie vor ein paar Wochen an die Decke gestarrt und Onkel Huberts wunderbare Gerichte verweigert. Sie versuchte, Fabio anzurufen, doch das WLAN im Haus war noch nie gut gewesen, und der Anruf brach ab, bevor sie ihn erreichen konnte. Also schrieb sie zurück. Nichts über ihre Pläne, nichts über Deutschland oder ihre Freundinnen, auch nicht über ihre Mutter oder Gittas Schwangerschaft. Nein. Es ging um Sex. Luna schrieb über die gemeinsame Nacht, was sie mit ihm angestellt hatte. Fabio schrieb zurück, was er mit ihr angestellt hatte und noch anstellen wollte. Luna erläuterte ihrerseits, was sie noch mit ihm anstellen wollte ... Sie liefen sich warm, die Nachrichten flogen nur so hin und her.

Zwischendurch gab es Pausen, in denen Luna sich wohlig streckte, auf das ›Fabio *schreibt*‹ schaute und sehnsüchtig wartete ... sie wollte seine anzüglichen Sätze und Fantasien lesen, gleichzeitig war sie erleichtert, dass er nie zu direkt wurde und die Kunst der Andeutungen beherrschte. Ein rüdes *scopare* würde alles verderben, Fabio wusste das.

Eine Stunde später schrieben sie sich endlich gute Nacht, *buona notte,* denk an mich, Kuss, an welcher Stelle du ihn am liebsten magst ... sie fanden kein Ende. Gegen zwei Uhr schlief Luna erschöpft und glücklich ein.

Wenn du deine Wohnung wie mit fremden Augen betrachtest, bist du schon längst gegangen, dachte sie, als sie Antonia am nächsten Abend in ihrer Küche herumwirbeln sah. Sie schaffte es, ruhig an ihrem Platz am Tisch sitzen zu bleiben, den eiskalten Cremant zu trinken und nicht aufzuspringen und einzugreifen, als Antonia einen geeigneten Topf und Weingläser suchte und mit dem Korken einer weiteren Flasche kämpfte. Es war Antonias Essen, Luna war weder Gastgeberin noch Köchin, nur Gast.

»Wie toll, dass ich in dieser herrlich hellen und ruhigen Wohnung unterkommen darf!« Antonia geriet ins Schwärmen, als sich alle um den Tisch scharten und die Gläser hoben. »Also auf Luna, die gastfreundlichste, generöseste Freundin der Welt!«

»Was für ein Zufall, dass du gerade jetzt eine Auszeit nimmst, Luna!«, sagte Mila.

Luna nickte. Dass es bei dieser Auszeit möglichst nicht bleiben sollte, hatte sie bisher noch verschwiegen.

»Und allein dieser große Tisch, was man hier für Küchenpartys feiern kann! Und ich *werde* feiern!«

»Zu zweit?! Oder mit uns, Antonia?«

»Zu zweit und manchmal mit euch. Ich habe da jemanden im Fitnesscenter kennengelernt, der ist mehr als interessant und interessiert! Hey, ich bin dreiunddreißig, wenn mein Mann mich nicht mehr will …«

»Dann gibt es auch noch viele andere Kandidaten!«

Josina pries Luna als zuverlässige Retterin in der Not, und Mila strich über ihren schon wieder größer gewordenen Bauch und sagte verträumt: »Ich würde auch aus München weggehen, ich würde rennen, wenn ich noch die Chance hätte!« Schallendes Gelächter zog mit dem Geruch der Schalottentarte und der Zanderfilets durch die Wohnung.

Es ist toll, gute Freundinnen zu haben, dachte Luna und lehnte sich zurück, obwohl ich sie in der eigenen Stadt manches Mal nicht zu schätzen gewusst habe und mich stattdessen als Außenseiterin fühlte. Ich habe die drei sogar teilweise als Last empfunden … Innerlich schüttelte sie den Kopf über sich. Werden wir Freundinnen bleiben, auch wenn sie gezwungen sind, zu mir nach Cremona zu reisen? Oder werde ich nach den vier Wochen sowieso wieder zurückkommen?

Zur Vorspeise berichtete sie ausführlich von ihren Plänen. Die Freundinnen hörten aufmerksam zu und stellten Fragen zu dem Unterfangen, das Luna kurzerhand auf den Namen *Das-Werkstatt-Zimmervermietung-bella-musica-Schokoladengeigen-Projekt* taufte, doch beim Hauptgang brach die mühsam unterdrückte Neugier dann vollends hervor. »Jetzt erzähl aber mal: Fabio dies und Fabio das, dieser Bruder vom Geigenbauer steckt doch auch dahinter, so wie du strahlst!?«

»Mir hat sie ja schon was erzählt«, deutete Antonia stolz und mit geheimnisvollem Lächeln an.

Endlich wurde Fabio diskutiert. Wie war er? Wie sah er aus?

Sah er gut aus? Fotos auf Lunas Handy wurden herumgereicht. Ja, er sah definitiv gut aus! Auch die Schwarz-Weiß-Fotos von ihrem ersten Treffen im Hof, die Gitta für sie abgezogen hatte, wurden kommentiert. Wow, was für tolle Bilder! Wie der dich anschaut und du ihn ... da ist ja Spannung zwischen euch. Und körperliche Anziehung von Anfang an! Was hat er gelernt, was mit seinem Leben gemacht, was macht er heute? Besonders Josina wollte mehr über Fabios beruflichen Werdegang wissen.

»Ich glaube, er ist vom Gymnasium abgegangen und hat dann eine Lehre als Tischler gemacht.«

»Du glaubst?«

»Ich weiß nicht, ob er die Lehre wirklich abgeschlossen hat, so ganz habe ich das nicht verstanden.«

»Aha. Oder war etwas anderes wichtiger, was er in dem Moment gerade tat?«, fragte Antonia. Alle lachten.

»Irgendwas mit Automechaniker war da auch noch. Und, ach ja, er ist früher mal geschwommen, war sogar im italienischen Kader und hätte beinahe an der EM 2004 in Madrid teilgenommen.«

»Beinahe«, sagte Josina und verzog ihren Mund. »Beinahe die Schule und die Lehre beendet. Beinahe Automechaniker geworden, beinahe an der EM teilgenommen.«

»Jetzt sei nicht so kritisch, Josina, du bist hier nicht als Richterin über Fabio unterwegs«, sagte Mila.

»Sein Bruder, der grantige Ignazio, ist ungefähr zehn Jahre älter als er, der hat ihn immer unterstützt, gerade auch beim Training und so. Der war wohl sehr enttäuscht, als das nicht hinhaute, als nichts so richtig hinhaute ...«

Er wusste eben nie so genau, was das Richtige für ihn war, genau wie ich, dachte Luna.

»Wo kommt er denn her? Ist doch toll, dass sie ihn für das Schwimmen entdeckt haben ...«, fragte Antonia, und Luna war dankbar, wenigstens zu dieser Frage eine Antwort zu wissen:

»Er und sein Bruder kommen aus der Nähe von Bologna und sind bei ihrem Onkel aufgewachsen. Ignazio ist drei Jahre auf der Geigenbauschule gewesen, dann aber wieder zurückgekommen. Als der Onkel ihnen dann das Haus mit Hof und Halle in Cremona vererbt hat, sind sie dorthin gezogen.«

»Und das nutzten sie bisher als ...?« Josina konnte es nicht lassen. Eine Berufskrankheit vermutlich.

»Geigenbauwerkstatt. Und Werkstatt für Autos. Und Holzlager.« Luna grinste belustigter, als ihr eigentlich zumute war. »Ja, es hört sich alles etwas ungeordnet an, aber wir haben ja diesen Plan. Wir versuchen es!«

»Wie viel wirst du investieren?«

»Nein, Josina, jetzt hör auf!« Die Freundinnen retteten Luna vor weiteren Kreuzverhörfragen, und die Gespräche des restlichen Abends drehten sich um angesagte Kindernamen, Pro und Kontra von Hausgeburten, die Frage, ob es möglich sei, auf Plastikverpackungen ganz zu verzichten, zwei von Josinas Fällen vor Gericht und die anstehende Münchner Bürgermeisterwahl.

Sie würden einander nahebleiben, das versprachen sie sich beim Dessert. Wir skypen, wir zoomen, wir besuchen dich, Luna, und belagern dein Airbnb!

Luna wurde zum Abschied herzlich umarmt und hatte am nächsten Tag noch reichlich zu tun, sie musste ein Gespräch mit ihrer Bankberaterin führen und ihren großen Koffer mit warmen Herbstklamotten füllen, die auch noch sexy aussahen. Es war albern, aber alles musste auf einmal die Hürde »gut genug für Fabio« nehmen. In der Nacht ihrer Abreise konnte sie nicht schlafen.

Was, wenn ihr Plan trotz des Zuspruchs, den sie von überall erhalten hatte, ein großer Fehler war? Sie war unsicher, ob ihre Pläne etwas taugten, und was noch schlimmer war: Sie traute ihren Gefühlen für das *Werkstatt-Zimmervermietung-bella-musica-Schokoladengeigen-Projekt* nicht mehr. Es konnte so viel schiefgehen, so viele unwägbare Dinge konnten passieren, von denen sie jetzt noch gar nichts ahnte. Und was, wenn es zwischen ihr und Fabio trotz allem nicht klappte? Er hatte ihr am Morgen zwar geschrieben, dass er sie abholen würde, doch das war seit zwölf Stunden seine letzte Nachricht gewesen. Immerhin hatte er noch angekündigt, dass er sehr beschäftigt sein würde: *Ich will alles regeln, bevor du kommst, sorry! Selbst mit Ignazio habe ich wieder geredet.*

Regel nichts, sondern ruf mich an, dachte sie, während sie sich zum letzten Mal in ihrem eigenen Bett hin und her wälzte.

Die Fahrt von München nach Verona genoss Luna in der ersten Klasse, warum auch nicht. Dadurch, dass sie kein Auto hatte, sparte sie jedes Jahr eine Menge Geld, das sie nur zu gerne für Taxifahrten und Erste-Klasse-Tickets ausgab. Der Anschlusszug nach Cremona bummelte durch die oberitalienische Landschaft, und langsam, langsam schöpfte Luna wieder Mut. *Ich habe das Gefühl, dass ich genau das mache, was ich brauche,* schrieb sie in die Freundinnengruppe und auch an Gitta. *Es mag ein wenig egoistisch klingen, aber ich habe vor, in Cremona auf niemanden zu achten, außer auf mich, und fühle mich auch noch gut dabei!* Was für einen Antwortsturm sie damit lostrat!

– *Wie schön! Genieße es! Aber natürlich achtest du auf jemanden …*
– *Auf deinen Fabio!*

– *Und auf den Kleinen, wie hieß der noch?*
– *Und was ist mit deinem Vater? Den hast du doch auch im Gepäck!*
– *Vergesst nicht den gnatzigen Geigenbauer-Bruder!*
– *Egoistisch geht anders, keine Angst, du machst das schon richtig!*
– *Gönn dir was!*
– *Egoistisch ist gut – verlier dich niemals selbst aus den Augen!*

Von Gitta kam ein Herzsmiley: *Du wirst es großartig machen, Bella!*

Nur von Fabio hörte sie nichts. Na ja, er ist auch kein Nachrichtenschreiber für tagsüber, dachte sie, und las gleich noch zweimal ihren so prickelnd anregenden, endlos langen Gute-Nacht-Chat durch.

Als der Zug pünktlich um sechzehn Uhr fünf in die *stazione* von Cremona rollte, stand sie als Erste vor der Waggontür und wartete ungeduldig darauf, dass der Zug endlich hielt. *Arrivata!* Mit ihrem Rucksack und dem schweren Koffer zog Luna mit dem Pulk anderer Reisender am Gleis entlang. Sie war aufgeregt und hielt schon hier nach Fabio Ausschau, obwohl sie sich doch vor dem Bahnhof treffen wollten.

Ihr anderes, ihr neues Leben wartete auf sie, und ob es nun an der Cremoneser Luft oder an etwas anderem lag, wie auch immer, auf einmal war sie sich wieder ganz sicher: Es war kein Fehler gewesen herzukommen.

22

Fabio, Fabio, Fabio, während sie nur noch seinen Namen denken konnte, rollerte sie ihren Koffer bis in die Bahnhofshalle. Und siehe da: In ihrer neu gewählten Stadt war selbst die Bahnhofshalle hübsch! Sie eilte nach draußen vor den Haupteingang, wo Fabio sie abholen wollte. Die Fassade war in einem leuchtenden Gelb gestrichen, die Luft war mindestens zehn Grad wärmer als in München, und alle Menschen sprachen wieder Italienisch! Du bist keine Touristin mehr, du gehörst hierher, riefen sämtliche ihrer Körperzellen. Die Menschen gingen langsamer ihrer Wege, und die Männer hatten viel freundlichere Gesichter als in München und schienen alle mit ihr flirten zu wollen. Das bildete Luna sich zumindest ein. Oder lag es an ihrem erwartungsvollen Grinsen, das sie auf den Lippen trug? Die fünf großen Glasbögen und die Uhr darüber befanden sich in ihrem Rücken, als sie nun vor dem Bahnhof stand und jedes Auto, in dem ein einzelner Mann am Steuer saß, mit einem Kribbeln im Magen taxierte. Fabio? War er es? Oder der da? Nein. Ob er mit dem Cinquecento kam? Aber er würde doch an ihr Gepäck denken, oder nicht? Auch zehn Minuten später waren ihre Mundwinkel nicht davon abzubringen, nach oben zu zeigen. Er würde schon kommen!

Zwanzig Minuten später spürte sie, wie ihr Kiefer sich jedes Mal verkantete, wenn ein Mann an ihr vorbeiging und ihr einen dieser unverschämt flirtigen Blicke schenkte. Guck weg, hätte sie am liebsten gefaucht! Und nein, die Signora brauchte auch kein Taxi, kein *passaggio*, keine Begleitung. Die Fahrer parkten extradicht neben ihr, stiegen aus und begafften sie in Ruhe von oben bis unten.

Wo war Fabio?

Keine Nachricht. Auch als sie ihn anrief, ging er nicht dran. Ein dumpfes Gefühl durchzog ihren Bauch. Dein neues Leben fängt ja großartig an, dachte sie und versuchte, zu grinsen, doch der eine vorherrschende Gedanke ließ sich jetzt nicht mehr unterdrücken: Er hat dich verlassen, bevor ihr richtig zusammen seid, gewöhn dich schon mal dran ... Verdammt, hör auf damit! Es wird etwas Schwerwiegendes passiert sein wie zum Beispiel ein Todesfall, es kann ja nichts anderes infrage kommen. Na gut, aber etwas Geringeres als Tod oder Entführung wirst du als Entschuldigung nicht akzeptieren, versprich mir das!

Um fünf nach halb fünf sah sie sich um und zuckte niedergeschlagen mit den Schultern. Sie hasste ihn! Jetzt würde sie doch mit dem Taxi zu ihrem neuen Zimmer fahren müssen.

Dort angekommen, freute sie sich wieder einen kurzen Moment über die prächtige Villa in dem weitläufigen Garten, wenig später wurde ihre Laune jedoch wieder von üblen Vorahnungen überschattet. Er war nicht erreichbar und hatte sie nicht abgeholt, deutlicher ging es doch nicht mehr ... und sie suchte trotzdem nach dummen Durchhalteparolen, um sich Mut zu machen.

Patrizias Mann Ciccio schleppte ihren Koffer in die erste Etage, die Katzen wurden ihr erneut vorgestellt, ihr Fach im

Kühlschrank gezeigt, der Haustürschlüssel überreicht. Selbst ein Fahrrad wurde ihr angeboten, das sie während der Zeit benutzen durfte. Die Viale Etrusco lag zwar nur zehn Minuten weit weg, aber mit einem Fahrrad war sie in weniger als drei Minuten da. Ist das denn noch wichtig, fragte sie sich, riss sich aber zusammen und bedankte sich gebührend. Als sie die Zimmertür hinter sich zuzog, kämpfte sie mit den Tränen.

Ihr war danach, sich auf das Bett zu werfen und zu weinen, doch nein, das gönnte sie ihm nicht, diesem, diesem ... was war nur passiert? Wo war Fabio? Sie öffnete ihren Koffer und begann, mit mechanischen Bewegungen auszupacken. Im Kleiderschrank begrüßten sie eine Menge leerer Kleiderbügel und LA PICCOLA, die hier auf sie gewartet hatte. Sie streichelte über den Geigenkasten. »Das Abenteuer ist noch nicht zu Ende«, sagte sie leise, doch nur einige Minuten später hielt sie inne. Das war doch Quatsch, wem wollte sie hier denn etwas vorspielen? Vielleicht würde sie morgen schon wieder nach München zurückfahren. Sie checkte erneut ihr Handy. Keine Nachricht. Doch nun stiegen neben Wut und Empörung auch Angst und Sorge in ihr hoch. Sie musste sofort zur Werkstatt fahren und schauen, was dort vorgefallen war!

Fünf Minuten später schwang sie sich auf das Rad und fuhr über die breiten Fahrradwege, von denen das Städtchen durchzogen war. Kurz darauf hielt sie in der Viale Etrusco vor dem Haus. Es stand noch, war also nicht abgebrannt, in ein Erdloch gerutscht oder mit Brettern verbarrikadiert worden. In ihrer Fantasie hatte sie all diese und noch viel mehr Szenarien vor sich gesehen. Was war also los, warum bekam sie kein Lebenszeichen mehr von Fabio? Sie stellte das Fahrrad ab und sah sich um. Das große Tor war verschlossen, die Haustür, an der sie probeweise rüttelte, ebenso. Die Fenster der Werkstatt dunkel, die Scheiben schmutzig, auch die Geige aus Zeitungspapier klebte noch an ihrem alten Platz. Hätte sie Ignazio überhaupt je überreden können, seine Werkstatt für mehr Licht und mehr Publikum zu öffnen? Niemals. Sie dachte schon in der Vergangenheit von ihren Plänen, registrierte sie, und wieder wollten ihr die Tränen in die Augen steigen, wurden aber durch ihr rigoroses Schniefen verdrängt. Nein, sie wollte sich nicht herunterziehen lassen, was war denn schon passiert? Er war nur zu spät, er hatte sie nicht abgeholt, es würde eine Erklärung dafür geben, kein Grund also, gleich alles hinzuwerfen! Oder etwa nicht?

Sie ging zu dem neuen kleinen Tor, das Fabio in die Mauer zum Platz eingelassen hatte, und schaute durch die Gitterstäbe auf den Hof. Sehnsucht kam in ihr hoch. Hier hatte er für sie den Tisch gedeckt, für sie aufgeräumt, die Halle entrümpelt, Valentino war um sie herumgekreist wie ein Satellit, sie hatten Pläne geschmiedet. Dort oben am Fenster hatte Fabio sich nach ihrer ersten Nacht von hinten sanft an sie gepresst... Nein, es war nicht möglich! Seine Gefühle für sie konnten nicht falsch und aufgesetzt sein, wenn ja, würde sie ihre über die Jahre gesammelte Menschenkenntnis freiwillig wegwerfen und noch mal ganz von vorne anfangen. Sie drückte die Klinke hinunter. Natürlich umsonst. An ihrem letzten Morgen dagegen war die Tür nicht abgeschlossen gewesen, Valentinos Familie war hineingestürmt... Valentinos Familie! Luna schnappte unwillkürlich nach Luft. Sie mussten auf irgendeine Weise mit der Situation zu tun haben, plötzlich spürte sie die unwiderlegbare Gewissheit. Fabio hatte alles regeln wollen, bevor sie wiederkam, bestimmt auch die Sache mit Valentino. Aber wo wohnten diese Menschen? Hier in der Nähe, hatte Fabio das nicht erzählt? Aber ja, sonst könnte der Kleine doch nicht zu jeder Tageszeit einfach angerannt kommen. Sie sah sich um. Sollte sie jetzt die Straßen absuchen, auf geöffnete Fenster achten, aus denen tätowierte Arme ragten und drei Fernseher gleichzeitig plärrten?

Plötzlich hörte sie ein Kläffen. Ganz eindeutig die beiden Pinscher von Signora Bergonzi! Da kam sie auch schon mit Brutus und Cesare über den Platz, prompt verhedderten sich die Leinen der Hunde wieder zwischen den Stühlen und Tischen, an denen einige Gäste des Cafés in der milden Herbstsonne saßen. »Signora Bergonzi!« Lunas Hals wurde ganz trocken, so sehr freute sie sich, die alte Dame zu sehen.

»Wer ruft mich?« Die Signora schaute sich irritiert um.

»Ich bin's!« Luna ließ die Gitterstäbe des Tores los und lief unter den Maulbeerbäumen auf sie zu.

»Ah, wer bist du denn?« Der Blick ihrer wässrigen Augen huschte über Lunas Gesicht. »Die Anna? Bist du wieder da?«

»Aber ...« War sie schon so durcheinander, dass sie sie nicht mehr erkannte? »Ich bin Luna, Annas Enkelin!«

»Ach so! Na ja. Das ist gut. Das ist sehr gut, dass du da bist!«

»Finde ich auch!« Luna versuchte, die Hundeleine freizubekommen. »Wo wollen Sie hin?«

»Die beiden mussten raus, aber ihr Geschäft wegmachen, das kann ich nicht mehr.« Sie kicherte. »Ist ja auch nur ganz klein ...«

»Wollen Sie sich setzen, einen Kaffee trinken?« Luna sehnte sich nach einem Espresso, doch Signora Bergonzi lehnte ab. »Muss gleich wieder rein, Abendessen kochen. Mein Mann kommt von der Arbeit.«

Hatten Tochter und Schwägerin nicht behauptet, die Signora wäre schon seit Jahren Witwe? Sie wird immer vergesslicher, dachte Luna, aber egal, vielleicht erinnerte sie sich ja noch an den heutigen Tag. »Ist irgendwas passiert heute vor Annas Haus, bei Ihnen gegenüber?«, fragte sie.

»Aber ja. Das kann ich dir sagen! Die Ambulanz war da, er hat geweint, der Signor Battisti, seine Hände haben geblutet, also die eine, das habe ich gesehen.«

»Er hat geblutet? Und ein Krankenwagen war da?« Luna schien es schlauer, nicht auf die Battisti-Amati-Verwechslung einzugehen. »Und der Bruder, Fabio, war der denn auch da?«

»Der *wer*? Nein, der Signor Battisti war alleine, die haben ihn mitgenommen.«

Aha! Jetzt wurde ihr alles klar, es hatte einen Unfall gegeben. Vielleicht war Ignazio mit dem Hohleisen abgerutscht. So etwas konnte schon mal zu heftigen Verletzungen führen, wenn man nicht konzentriert war, denn die Klingen dieser oftmals selbst gebauten Werkzeuge waren messerscharf. Und Fabio war natürlich bei dem Verletzten im Krankenhaus, und sein Akku war leer ... wie immer, denn sein Handy war ein uraltes Modell und gab, kaum aufgeladen, schnell wieder den Geist auf. Das war die Erklärung! Luna lachte erleichtert auf. »Danke, Signora Bergonzi, Sie haben mir sehr geholfen, wie gut, dass Sie so scharfe Augen haben!«

»Scharfe Augen, nein, mein Mädchen, schon seit dem Krieg nicht mehr ...«

»Kommen Sie alleine nach Haus?«

»Aber ja, ich bin ja nicht senil.«

»Nein, natürlich nicht!« Am liebsten hätte Luna die Signora umarmt, denn jetzt wusste sie endlich, was los war. Sie winkte ihr hinterher, da klingelte ihr Handy. Fabio, meldete das Display. Na, endlich!

»Fabio, *finalmente*!«, rief sie und spürte, wie die Anspannung der letzten Stunden von ihr abfiel. »Was ist passiert?«

»Du weisches schon, warum weischduesch schon?«

Er hörte sich nuschelig dumpf an, als ob er seinen Mund nicht richtig öffnen konnte.

»Du warst nicht am Bahnhof, und ich stehe vor deinem, eurem Haus und ...«

»Ich habe den Schlag nisch kommen schehen, ich wollte dasch vorher klären mit Valentino, bevor du da bischt, weil ich doch weisch, wie gut du ihm tuscht, und dass du ihn magscht, aber die jungen Arschlöcher haben misch überrascht ...«

»Welche jungen ...? Was ist los, Fabio, warum nuschelst du so, bist du auch verletzt?«

»Wiescho, wer denn noch?«

»Na, Ignazio!«

»Ach scho der, ja der auch. Liegt zschwei Stockwerke tiefer, hat sich mal kurz 'ne Schehne an der Hand durchtrennt. Schieht gar nicht gut aus!«

»Ach du meine Güte, ihr seid beide im Krankenhaus? Und du, was hast du?«

»Ja, wir haben uns hier getroffen. Familienschuschammenführung war dasch heute Morgen.«

»Heute Morgen? Darum hast du dich nicht gemeldet! Was haben sie dir angetan, waren das diese asozialen, tätowierten Onkel von Vale?«

Fabios Lachen ging in ein Jammern über, wahrscheinlich vor Schmerzen. »Die haben mich erwischt, mit nem Beischbollschläger. Kiefer ist angeknackst, Jochbein auch, stehe bischen unter Drogen, und mein Handy war nisch aufgeladen ... *schcusami, teschoro*. Dasch war ein schlechter Start. Ich darf nisch scho viel schpreschen.«

»Soll ich vorbeikommen?«

»Nein! Ich schehe fürschterlisch ausch.«

»Aber dann morgen!«

Jemand kam offenbar in sein Zimmer und ermahnte ihn mit hoher Frauenstimme, augenblicklich das Handy wegzulegen.

»Schreib mir«, rief sie ins Telefon.

»Okay, *bascho*«, kam die Antwort, dann legte er auf.

O Dio! Luna atmete tief durch. Beide Brüder verletzt und im Krankenhaus, aber Fabio hatte sie nicht versetzt, er wäre gekommen, wenn er gekonnt hätte, das war am Wichtigsten!

– *Tesoro,* kam sofort seine Nachricht. *Es tut mir so leid, es sind auch noch ein paar andere unvorhergesehene Dinge passiert, ich war nicht in der Lage, alles in Ordnung zu bringen. Wenn du ins Haus willst, der Schlüssel liegt bei Signora Bergonzi, sie wird ihn dir geben, sag einfach: Es ist der Fall der Fälle.*

– *Ich bin so froh, dass du ...* schrieb sie zurück, wusste dann aber nicht, wie sie den Satz beenden sollte. Dass du mich nicht angelogen hast, nicht verlassen hast, dass du nicht tot bist? Sollte sie ihre Angst am Bahnhof eingestehen? Auf keinen Fall, das klang zu schwach, sie löschte den Satz.

– *Wann kann ich dich sehen?,* schrieb sie stattdessen. *Vermisse dich!*

– *Ich sehe schlimm aus, aber morgen komme ich raus.*

– *Ist mir egal, wie du aussiehst!*

– *Morgen Nachmittag, bei uns im Haus? Ich freu mich so auf dich, obwohl ich dich in den nächsten Tagen höchstwahrscheinlich nicht küssen kann. Es gibt so viel zu besprechen, und auch das kann ich gerade nicht gut. Muss jetzt schlafen ...*

– *Schlaf dich gesund,* schrieb Luna mit vielen Herzen. *Bis morgen! Ich bin so froh, dass du lebst!*

So, Luna drückte auf ›senden‹, denn das war nun mal die Wahrheit, für die sie sich nicht mehr schämte. Sie sah vom

Platz zu der Viale Etrusco hinüber. Signora Bergonzi kämpfte noch immer mit den Hündchen vor ihrer Haustür. Luna lächelte, sie würde sich den Schlüssel holen und ein bisschen auf Entdeckungstour in Haus und Werkstatt gehen, sie ganz allein!

Mit einem dicken Schlüsselbund ausgerüstet, machte sie sich keine fünf Minuten später auf ihren Rundgang. Im Haus war alles ruhig, doch es atmete, sie konnte es hören. Und es war ihr wohlgesonnen, auch das fühlte Luna, die direkt hinter der quietschenden Haustür andächtig stehen geblieben war. Wohin zuerst? In Annas, besser, Ignazios Werkstatt, die im Dunklen vor ihr lag? Hinauf, in ihr eigenes, kleines Kämmerchen? Oder sollte sie in Fabios Schafzimmer vorbeischauen, um die Erinnerungen an die gemeinsame Nacht aufleben zu lassen? Ob er das Bett frisch bezogen hatte? Sie hätte bestimmt auch noch eine Woche später seinen Geruch in den Laken erschnuppern wollen, wenn es *ihr* Bett gewesen wäre …

Sie entschied sich, als Erstes in die Halle zu gehen. Ihr größtes Kapital! Sie schloss die Hintertür auf, durchquerte den kleinen Innenhof, der lange Schlüssel für die Halle wog schwer in ihrer Hand, bevor sie die Tür und die zwei Nebenschlösser aufschloss. Mit feierlicher Miene trat sie ein. Es war still wie in einer Kirche und roch immer noch ganz wunderbar nach trockenem Holz. Es war ein ganz besonderer Ort, hier fühlte sie sich Anna so nah wie sonst nirgendwo im Haus. Ohne weiter nachzudenken, kletterte sie die Stufen der Leiter hinauf, um sich die Klanghölzer in Ruhe anschauen zu können. Auch das Holz war etwas Besonderes. Wenn sie das nächste Mal nach München fuhr, musste sie Isabell und den Onkeln die zwanzig Decken unbedingt mitbringen. Es war einzigartiges Holz, das würden die drei natürlich sofort erkennen. Sie ging in das linke

Kämmerchen, doch der Holzvorrat war ... weg. Der Verschlag stand offen, auch der Fußboden war leer, offenbar hatte sogar jemand gefegt. Es war auch ihr Holz, und das war nicht mehr da! Sie wollte Fabio spontan anrufen, doch dann ließ sie das Handy sinken. Es würde schon einen Grund geben. Vielleicht hatte er eine tolle Gelegenheit gehabt und sie überraschen wollen. Vielleicht hatte er ihren Anteil beiseitegelegt ... »Alles hat seine Richtigkeit, alles, alles, alles«, wisperte sie beschwörend vor sich hin, als sie aus dem Fenster auf die Nachbardächer sah.

Sie kletterte wieder von der Empore und stand unschlüssig im Hof. Die beiden Bougainvilleas an der Mauer waren noch keinen Zentimeter gewachsen, wie es schien. Ihr wartet auch erst einmal ab, dachte sie, ob sich die ganze Mühe hier lohnt, oder?

Sollte sie auch noch den Rest des Hauses anschauen? Sie öffnete die Hintertür, fühlte sich aber plötzlich wie ein Eindringling, der herumspionierte. Es war einfach zu ruhig, zu unbelebt hier drinnen. Sie vermisste die helle Stimme und das eilige Fußgetrappel von Valentino, und natürlich Fabio, ja, sogar die Tatsache, dass Ignazio nicht grummelnd in seiner Werkstatt saß, deprimierte sie. Sie sollte gehen ... Doch dann siegte die Neugier, das war eine einmalige Gelegenheit, in Gnazios Heiligtum, *il laboratorio,* zu kommen und sich in Ruhe umzuschauen. Gespannt betrat Luna den dunklen Raum und tastete nach dem Lichtschalter. Die funzelige Deckenlampe ging an. Hier sah alles noch so aus wie beim ersten Mal, als sie Annas Geige vorzeigen wollte. Obwohl ... vielleicht doch ein bisschen aufgeräumter. Sie betrachtete die zahlreichen Geigen, die von der Decke hingen. Fand er keine Käufer, oder wollte er sie nicht verkaufen?

Auf der Werkbank lag die Geigendecke, an der Ignazio gerade gearbeitet haben musste, als er sich verletzte. Neben dem hellen Fichtenholz hatte sich eine Blutlache ausgebreitet, groß wie eine Untertasse, schon ganz dunkel und zum Teil eingetrocknet. Der Hohlbeitel war auf den Boden gefallen. Luna hob ihn auf, nahm dann das bearbeitete Holz in die Hände und betrachtete es. Ignazio hatte die Oberfläche bereits ausgearbeitet und glatt geschliffen und daraufhin das Holz an der Unterseite mit dem Beitel grob bearbeitet. Hier im Innern der Geige wurde das Holz in unterschiedlichen Stärken stehen gelassen, um den Klang der Geige zu gestalten und das Holz optimal zum Schwingen zu bringen. Ganz offenbar war der Unfall dabei passiert. Luna knipste die Lampe an der Werkbank an und hielt die Geigendecke darunter. Onkel Willi hatte immer gepredigt, dass man nur unter einem bestimmten Einfallswinkel des Lichts das ganz besondere Spiegeln der Markstrahlen im Holz sehen konnte, sie reflektierten das Licht einfach stärker. Wie schaffte Ignazio das unter dieser Lampe, ohne Tageslicht? Die Decke sah perfekt aus, soweit sie das beurteilen konnte, kein Blut klebte am Holz, es war unversehrt. Wäre auch zu schade um die ganze Arbeit gewesen, die er schon hineingesteckt hat, dachte sie. Sie legte das Oberteil der Geige vorsichtig auf einen freien Platz und suchte nach einem Lappen, um das Blut wegzuwischen. Neben der kleinen Herdplatte, zwischen den Schraubverschlussgläsern mit den verschiedenen Lacken, fand sie einen, machte ihn am Spülstein etwas nass und säuberte die Bank.

Langsam, den Lappen noch in der Hand, ging sie dann durch Ignazios Räume. Die kleine Kammer mit dem schmalen Bett, die sich an die Werkstatt anschloss, die große, altmodische Küche mit dem einsam brummenden Kühlschrank, der noch aus den Fünfzigerjahren zu stammen schien. Alles strömte eine beklemmende Einsamkeit aus. Dabei wäre hier genug Platz für eine herrliche Backstube, dachte Luna. Mehr Leben in diesen Räumen, im ganzen Haus, würde auch Fabios Bruder guttun. Doch er würde ihre Pläne bestimmt ablehnen, sobald er sie zu hören bekam, da war sie sicher.

Luna schaute aus dem Küchenfenster, im Hof wurde es langsam dunkel. Zeit, in ihr neues Zuhause zu fahren, eine heiße Dusche zu nehmen, auszupacken, vielleicht noch ein bisschen mit Fabio zu chatten und sich auf morgen zu freuen!

An diesem Abend kam jedoch keine Nachricht mehr von Fabio. Wie auch, hatte er nicht gesagt, er stünde unter Schmerzmitteln? Vielleicht war sein Handy auch wieder leer, und das Ladekabel unter das hohe Krankenhausbett gefallen … Luna wollte sich keine Sorgen mehr machen und ihn auch nicht unter Druck setzen. Sie hatte sich in einem Delikatessenladen eine Flasche Bier und ein paar leckere Antipasti gekauft, saß in einem dicken Pullover auf ihrer kleinen Terrasse, genoss die Abendluft und jede Gabel, auf der sie eingelegte Paprikaschoten oder einen gefüllten Champignon bedächtig zu ihrem Mund balancierte. Morgen Nachmittag würden sie endlich wieder zusammen sein und neue Pläne machen!

Der erste Blick am nächsten Morgen galt ihrem Handy. Immer noch keine Nachricht.

– *Buon giorno*, schrieb sie. *Wie geht es dir nach dieser Krankenhausnacht, mein Held!*

Held? War das nicht übertrieben? Aber sie hatte ihn doch so bewundert für die Kraft und die Entschlossenheit, mit der er gegen den bulligen, tätowierten Valentino-Onkel auf dem Hof vorgegangen war, um ihre Ehre zu verteidigen. Er war ein Held. Basta!

— Was macht dein armer Kiefer, und was ist mit Ignazio? Ich habe gestern in der Werkstatt eine Menge Blut gesehen, ich hoffe, er und seine Hand sind okay! Warte hier draußen auf deine Nachricht, einen dicken Kuss, wohin du willst ... Luna

Sie seufzte. So munter wie die Nachricht klang, fühlte sie sich keineswegs, es war, als ob sie auf eine Erlaubnis warten würde, als ob nur Fabio ihr Leben mit einem Startschuss endlich in Bewegung setzen könnte. Das war natürlich Quatsch. Sie würde die Zeit auch ohne ihn sinnvoll verbringen können!

Sie machte sich unten in der Küche einen Milchkaffee, sie würde später Milch und ein Päckchen Kaffee für alle kaufen, und setzte sich an den großen Küchentisch. Patrizia kam mit einem Putzeimer vorbei, ganz offenbar froh über die Gelegenheit zu einem kleinen Schwätzchen. Luna hörte sich einige Horror- sowie auch viele gute Geschichten über Patrizias Gäste an, ohne allerdings zu verraten, dass sie selbst mit der Idee spielte, Zimmer zu vermieten. Später wusch sie sich die Haare und föhnte sie besonders sorgfältig, mittags ließ sie sich von ihren Gastgebern zu einem Stück Pizza überreden, denn Patrizia hatte zu viel gebacken. Luna fühlte sich wohl in der Villa Lina, hier würde sie es locker einen Monat aushalten, doch in ihr kribbelte die Ungeduld. Sie wollte Fabio sehen, mit Blessuren im Gesicht oder ohne, sie wollte ihn endlich wieder im Arm halten, denn vergeblich versuchte sie, sich an seinen Geruch zu erinnern. Um kurz vor drei, sie stand gerade vor ihrem Kleiderschrank, um sich doch noch einmal umzuziehen, kam endlich seine lang ersehnte Nachricht! Ein freudiger Schreck fuhr in ihren Magen, als sie das Handy vom Bett nahm.

— Es tut mir leid, das mit heute Nachmittag klappt nicht. Bin noch im Krankenhaus, jetzt aber in einem anderen, in Milano, mit Gnazio. Ich weiß nicht, ob wir alles so hinbekommen, wie wir das dachten, Luna.

Es wird ein paar Änderungen geben müssen, denn ich werde erst einmal hierbleiben mit ihm. Es ist dringend, und es tut mir leid, ich melde mich später und erkläre dir alles!

Wie bitte?! Warum waren sie in einem anderen Krankenhaus, und noch dazu in Milano? Die Stadt war ungefähr neunzig Kilometer entfernt, wie kamen die beiden dahin? Von was für Änderungen sprach er, und was tat ihm gleich zweimal leid? Luna warf empört das Handy auf ihr Bett. Alle ihre Gefühle waren plötzlich durcheinandergeworfen. Was wurde jetzt aus ihr und ihrem Umzug nach Cremona? Was aus ihrem gemeinsamen Projekt, und ja, auch der kleine zarte Anfang ihrer Beziehung stand offenbar auf dem Spiel. Sogleich holte sie sich ihr Handy wieder, um die Nachricht noch einmal zu lesen und die Lösung darin zu finden. Doch so oft sie die Worte auch las, sie verstand nichts von dem, was da stand, also rief sie ihn an. Nein sie wollte ihn nicht per WhatsApp höflich vorwarnen, sie wollte Antworten! Sofort! Es klingelte ein paarmal. Dann wurde ihr Anruf unterbrochen.

Wie bitte?! Hatte er wirklich auf den Ablehnen-Button gedrückt? Sie hätte ihn am liebsten geschüttelt, wenn er da gewesen wäre, doch er war ja nicht da. Er war in Milano, und es hörte sich nicht so an, als ob er morgen wiederkommen würde. Vielleicht war Ignazios Handverletzung doch schlimmer als gedacht und konnte nur in Milano erfolgreich operiert werden? Aber ich, was ist mit mir? Bin ich etwa nicht wichtig, fragte Luna sich, und schämte sich gleich darauf. »Wenigstens sagen, was los ist, könnte er doch«, schimpfte sie laut und schaute im Zimmer umher. Hier wollte sie nicht bleiben, auch mit dem Fahrrad ziellos in Cremona herumzufahren oder erneut ins Haus zu gehen kam nicht infrage. Es hätte sie nur noch trauriger gemacht.

Sie war nach Italien gekommen, um ihr Leben endlich in die Hand zu nehmen, und nun ließ man sie nicht! Am liebsten wäre sie in einen Zug nach Milano gesprungen, um Fabio zur Rede zu stellen, und um bei ihm zu sein, doch darauf legte er augenblicklich offenbar keinen Wert. Sie ließ sich auf ihr Bett fallen. Hinter Milano lag Turin … Warum nicht dorthin fahren, warum sollte sie nicht ihren Vater besuchen? Alles, bloß nicht hierbleiben und warten! Sie setzte sich auf und rief Daniele auf seiner Festnetznummer an. Während es in der Ferne tutete, stellte sie sich vor, wie das altmodische Telefon in seiner winzigen Küche auf dem Stuhl vor sich hin klingelte, wie er es nur anschaute und die Arme verschränkte. Geh ran, Papa!, dachte sie. Nach dem fünften Klingeln tat er ihr den Gefallen.

»Papa! Du bist da, wie schön! Was machst du heute Abend? Sollen wir zusammen essen gehen? Ich komme vorbei!« Die Worte sprudelten nur so aus ihr heraus.

Auch er schien redselig zu sein: »Ja, das wäre schön, was für eine Überraschung, bist du wieder in Italien? Wann kommst du an?«

Schon drei Stunden später bummelte Luna mit ihrem Vater durch die Straßen von Turin. Diesmal war sie vom Bahnhof abgeholt worden!

– *Habe mir ein Zimmer in unserem schönen ›Hotel Vittoria‹ genommen*, schrieb sie an Gitta, *Traditionen müssen eingehalten und gefeiert werden.* Sie schickte ihr ein Selfie von sich und Daniele vor den hell erleuchteten Arkadenbögen des Piazza San Carlo.

– *Oh, ihr Sweetys, ich beneide euch, habt einen schönen Abend und saluti an Daniele, sag ihm, er und sein Haarschnitt sehen gut aus,* schrieb Gitta umgehend zurück.

Luna lachte erleichtert, sie rückte ihren kleinen Übernachtungsrucksack auf dem Rücken zurecht und übersetzte ihrem Vater Gittas Nachricht. Turin war eine gute Ablenkung! Von Fabio dagegen: nichts! Luna ärgerte sich und merkte, wie ihre Sorgen um ihn zu einem Klumpen Wut wurden, der immer weiterwuchs und sich in ihrem Bauch einnistete.

Sie gingen essen. Luna lud Daniele ganz beiläufig ein, »beim nächsten Mal bist du dran«, und bestellte eine Flasche Nebbiolo d'Alba. Obwohl sie sich vorgenommen hatte, nichts über den verpatzten Start in Cremona zu erzählen, fielen die Sätze nach zwei Gläsern Wein immer schneller aus ihrem Mund. Sie erzählte ihrem Vater ausführlich, was Fabio und sie alles zusammen geplant hatten, und schmückte ihr Vorhaben prächtig aus, nur um dann preiszugeben, wie die Sache in den letzten beiden Tagen gelaufen war, und damit alles wieder einzureißen. »Er ist in irgendeinem Krankenhaus in Milano und hat es nicht mal nötig, mir zu erklären, was los ist! Er lässt mich außen vor.« Mit all dem Wein im Kopf erschien ihr die Lage einfach und vollständig erklärt. Daniele hörte aufmerksam zu. Er zog nur ab und zu die Augenbrauen zusammen, stellte aber kaum eine Zwischenfrage und gab auch sonst keinen Kommentar von sich.

»Ich bin so froh, dass ich dich gefunden habe, Papa«, sagte Luna beim abschließenden Espresso und Averna. »Hat sich doch alles gelohnt!« Sie merkte, dass ihre Zunge ein wenig schwerer war als sonst, sie nuschelte schon, fast wie Fabio. Verdammter Fabio, dachte sie, soll er doch in seinem Krankenhaus versauern, wenn er mich nicht an seinen Problemen teilhaben lässt!

»Komm doch um zehn zum Frühstück, ich backe einen Hefezopf, wenn es nicht regnet, können wir uns in den Hof setzen«, sagte Daniele, als sie vor dem Hotel standen.

»Gute Idee! Und *buona notte*!« Erst an der frischen Luft merkte Luna, dass sie wirklich viel zu viel getrunken hatte. Sie wankte hinauf in ihr Zimmer und hatte Mühe, die Tür mit der Karte zu öffnen. Vor dem Spiegel im Bad schnitt sie ihrem leicht verzogenen Gesicht Grimassen. Ihre Augen füllten sich mit Tränen, doch die kamen vom Alkohol und zählten nicht. Sie war so blöd! Sie machte sich irgendwelche Geschichten vor, dabei war sie es nicht einmal wert, von einem Mann am Bahnhof abgeholt zu werden, der nicht ihr Vater war. »Wenigstens der steht zu mir«, sagte sie zu ihrem Spiegelbild. »Wenn auch erst neuerdings.«

23

Ihre Kopfschmerzen am nächsten Morgen waren nicht so schlimm wie befürchtet. Dennoch fühlte sich Lunas Hirn matt und wattig an, und da sie zunächst gar nicht auf ihr Handy schauen mochte, sparte sie sich den Blick bis nach der Dusche auf, um dann als Belohnung gleich sechs Nachrichten zu entdecken. Ja, ja, ja! Mit heftig pochendem Herzen scrollte sie nach unten, gleich zwei von Gitta, von Lorenzo, Antonia, Josina, sogar Margherita, ihre tüchtige Schwägerin, schrieb aufmunternde Worte. Doch von Fabio: *niente*! Das konnte nur bedeuten, dass er tot war oder mindestens im Koma lag oder dass Ignazio tot war oder im Koma lag. »Genau. So wird es sein!«, sagte sie tonlos und wischte ein klares Loch in ihr vom Wasserdampf verschwommenes Spiegelbild. »Oder dein brandneues *Love Interest* hat eine attraktive Krankenschwester kennengelernt, und es ist ihm egal, ob Lunetta Kreutzner noch eine Rolle in seinem Leben spielt oder nicht. Was für ein Arsch!«

Sie versuchte, ihn anzurufen. Der Teilnehmer ist nicht erreichbar, verkündete eine weiche Stimme auf Italienisch. Nicht einmal die Mailbox ging ran. Hatte er überhaupt eine? Luna wusste es nicht. Sie wusste *gar nichts* von ihm! Frustriert warf sie ihr Handy in ihren Rucksack, holte es aber gleich wieder hervor. Sollte sie ihm eine Sprachnachricht schicken? Hinter ihrer Stirn hämmerte es leicht. Auf keinen Fall. Zu groß war die Gefahr, dass ihr bemüht lockerer Ton sofort ins Weinerliche oder in eine peinliche Anklage umschlagen würde.

Sie checkte an der Rezeption aus und machte sich auf den Weg zum alten Cinema Adua, in dem ihr Vater hauste. Die Sonne schien, der herbstliche Himmel war blau, doch Luna war flau im Magen, der nun auch noch knurrte. Sie hätte im Hotel frühstücken sollen, aber ob es dort eine saure Gurke und einen ordentlichen Rollmops gegeben hätte, nach denen sie sich jetzt sehnte, war fraglich. Sollte sie Kaffee mitbringen, oder würde das ihren Vater beleidigen? Egal, Luna ging in einen kleinen Eckladen, in dem es aber leider keinen *caffè da portare via* gab und auch keine eingelegten Gurken, nur ein Glas Silberzwiebeln, das sie nach dem Bezahlen gleich in der Hand behielt und vor sich hertrug. »Statt Blumen«, murmelte sie und machte noch einen Abstecher auf die Ponte Regina Margherita. Sie war sowieso zu früh. Mit dem Glas in der Hand stellte sie sich genau in der Mitte der Brücke an das Geländer und schaute auf den Fluss, der grün und träge unter ihr hindurchfloss. Schon waren der Moment und ein paar Millionen Liter an ihr vorbei, unwiederbringlich hinfort, auf dem Weg nach woandershin. Die *Zukunft* ist etwas völlig Abstraktes, wo hatte sie das noch gelesen? Nur den Moment, den wir jetzt gerade erleben, gibt es, nur den allein haben wir! Das war er also, der Moment, der ihr Leben war. Na toll. Mehr bekam sie nicht?

Hinter ihr fuhren die Autos entlang, jeder saß in seiner kleinen abgekapselten Zelle, niemand war zu Fuß unterwegs, sie war ganz allein. Siehst du? Damit hast du nicht gerechnet, so allein zu sein, sagte eine leise Stimme in ihr. Du hast vergessen, dass du dich auf niemanden verlassen kannst, oder? Sie sah sich von oben wie auf einem Satellitenbild auf der Brücke stehen. Sie war klein, wurde immer winziger, denn der Satellit entfernte sich immer weiter von ihr. Sie war verloren. Nichts blieb bei ihr, das Wasser nicht, gar nichts. Prima. Was tat sie hier gerade? Sie klammerte sich krampfhaft an den neuen, italienischen, einzigen Lebensmoment, den sie hatte, um dann doch vergeblich nach deutschen Essiggurken zu suchen und mit einem winzigen, überteuerten Gläschen Silberzwiebeln, die sie eigentlich gar nicht mochte, vorliebzunehmen. Wie waren ihre Pläne gewesen, was hatte sie tun wollen? Sie hatte sich mal wieder etwas vorgemacht und war dem bisschen, was von ihr verlangt wurde, einfach nicht gewachsen. Was wurde denn von ihr verlangt? Nicht einmal das wusste sie mehr ... Ihr Handy klingelte im Rucksack. Sie zuckte so heftig zusammen, dass ihr das Glas beinahe aus den Händen gerutscht wäre. Was, wenn es Fabio wäre? Schnell! Verdammt, wohin mit dem Glas? Sie stellte es auf das breite Geländer und suchte nach ihrem Handy. Ach ... Nur Mama! Was wollte *die* denn?

»Guten Morgen!« Isabells Stimme klang wie immer ruhig und warm. »Ich wollte mich mal erkundigen, wie alles so läuft!«

»Na ja. Ganz gut.« Sie räusperte sich den Schreck aus der Stimme. »Bin gerade in Torino, Papa besuchen. Wir frühstücken gleich!«

»Grüß ihn von mir, meinst du, das ist okay?«

»Ja klar. Er hat nichts gegen dich, Mama.«

»Das freut mich. Übrigens der Walser Hannes ist gestern gestorben.«

Der alte Herr Walser, ihr Geigenlehrer, nein, nicht auch das noch! Warum war sie nicht noch mal bei ihm vorbeigegangen? Er hatte immer die Namen von allen ihren Stofftieren gewusst, vielleicht hätte er auch einen guten Tipp für sie und ihr Leben gehabt?! Plötzlich schienen ihre vergangenen Lebensjahre eine Aneinanderreihung von verpassten Chancen zu sein. »Wie traurig!«, brachte sie hervor. »Aber rufst du deswegen an?«

»Du hattest ihn ja neulich noch besuchen wollen, nun ist er tot«, sagte ihre Mutter. »Aber ach, er hatte ein erfülltes Leben, ist siebenundachtzig geworden und immer seiner Leidenschaft, der Musik, nachgegangen. Er war abends noch bei seinen Kindern eingeladen, hat sich nach einer Schweinshaxe mit Kraut ins eigene Bett gelegt und ist nicht mehr aufgewacht. Was will der Mensch mehr? Du, ich muss Schluss machen, Gwendolin Langhans, erste Violine bei den Berliner Philharmonikern, ist mit ihrem Instrument aus Berlin angereist und gerade angekommen. Pass auf dich auf und melde dich, wenn du etwas brauchst!«

Stumm stand Luna mit dem Handy da. *Immer seiner Leidenschaft nachgegangen*, echote Isabells Stimme in ihrem Kopf, das konnten nicht viele Menschen von sich behaupten. Sie schon mal gar nicht ... Sie spürte, wie das Weinen in ihr aufstieg, drehte sich, um den Rucksack aufzusetzen, und fegte bei dieser Bewegung das kleine Silberzwiebelglas vom Geländer. Mit einem kaum hörbaren Platsch versank es unter ihr in den Fluten. Sie starrte auf die Stelle, an der es verschwunden war. Herr Walser hatte ein letztes Mal Schweinshaxe gegessen, und für sie gab es nicht mal mehr Silberzwiebeln! Das war doch gemein. Die absurde Mischung ihrer Gedanken hätte sie beinahe zum Lächeln gebracht, wenn nicht im nächsten Moment eine Nachricht von Fabio eingetroffen wäre:

– *Es tut mir leid, das Geld vom Klangholz ist weg, und ich befürchte, wir müssen auch Haus und Halle verkaufen. Du wirst diese Wendung in meinem Leben nicht mitmachen wollen, ich kann es dir nicht verdenken.*

Kein Gruß, kein Kuss, keine Adresse, wo er sich gerade aufhielt. Luna stützte die Ellenbogen auf das Geländer wie auf eine Kirchenbank, verbarg ihr Gesicht in den Händen und weinte.

Daniele saß schon auf dem Hof und erwartete sie. Er trug den hellblauen Pullover, der so gut zu seinen grau melierten Haaren passte, und tatsächlich eine der neuen hellen Hosen, die Gitta für ihn gekauft hatte. Es geht voran, dachte Luna, wenn auch langsam. Vor sich auf dem verwitterten Tisch lag ein frisch gebackener Hefekranz auf einem Teller, daneben zwei unterschiedliche Tassen, eine *caffettiera* aus grauem Aluminium, ein Milchtopf mit abgeschlagener Emaille. Luna zwang sich, zu lächeln, und hoffte, dass er ihre verweinten Augen nicht bemerkte.

»*Buon giorno, figliola!*«, rief er, als sie sich zwischen den verrosteten Schreibmaschinen ihren Weg suchte. Sie hatte immer seine *figliola*, seine Tochter, sein wollen, doch auch dieses Wort und seine offenbar gute Laune konnten sie nicht trösten.

»Geht es dir gut?« Er stand auf und küsste sie auf beide Wangen.

»Na ja.« Sie griff sich an die Stirn und war froh, alles auf den Alkohol schieben zu können: »Vielleicht hätte ich den letzten Averna nicht trinken sollen. Und das dritte Glas Wein auch nicht. Müsstest du als mein Vater mich nicht von solchen Sachen abhalten?«

»Du hast so schön erzählt, wollte dich nicht unterbrechen.«

So schön!? Sie hatte ihm das Desaster ihres neu gewählten Lebens beschrieben, das auch an diesem Tag weiterzugehen schien. Oder bereits ganz beendet war? Wofür hatte Fabio das Geld von den Klanghölzern ausgegeben? Wieso weihte er sie nicht ein? Sie bedeutete ihm nichts mehr, das war die einzige

Erklärung, die es dafür gab. Luna ließ sich neben ihren Vater auf die Bank fallen, auf der ein platt gesessenes Sofakissen für sie bereitlag.

Daniele goss Kaffee und Milch ein, sie aßen und tranken, ohne ein Wort zu sagen, dafür schwirrten die Worte von Fabios Nachricht in Lunas Kopf herum, wie ein aufgescheuchter Vogelschwarm. *Geld. Das Geld ist weg. Du wirst diese Wendung in meinem Leben nicht mitmachen wollen … diese Wendung.* Welche *Wendung*? Warum fragte er nicht wenigstens, ob sie womöglich doch mitmachen wollte? Wohin war ihre Vertrautheit entschwunden? Wieso beschloss er alles allein? »Sorry«, sagte sie leise, »ich muss hier kurz antworten«, und holte ihr Handy hervor. SCHICK. MIR. DIE. VERDAMMTE. KRANKENHAUSADRESSE!, schrieb sie mit zusammengepressten Lippen, und steckte es wieder weg. DU. IDIOT., hatte sie sich gerade noch verkneifen können.

»Weißt du, ich habe über das nachgedacht, was du mir gestern gesagt hast«, murmelte Daniele in diesem Moment in seine Tasse.

Luna schaute auf.

»Denn mir scheint, du bist nicht glücklich, sondern ziemlich bedrückt.« Er setzte seinen Kaffee ab. »Ich weiß ja nicht, ob du einen Ratschlag von deinem alten Vater hören willst, aber meine Meinung dazu ist Folgende.« Er machte eine Pause und schaute sie ernst an, dazu ballte er die Faust. »Verlass dich nicht auf diese Brüder! Bleibe unabhängig, mach immer nur dein eigenes Ding, dann bist du frei!«

Luna atmete tief ein. Sie hatte nicht vor, ihren Vater an der neuerlichen *Wendung* teilhaben zu lassen, doch nun stieß sie die Luft wieder aus und ihre Augen wurden schmal. »Wie meinst du das?«

»Nun ja, sobald du etwas mit jemandem zusammen machst, gehst du ein Risiko ein. Ich dagegen bin zwar allein, habe aber meine Freiheit. All das hier.« Er zeigte in die Runde, schloss die gemalten Parolen an der Mauer und das Müllgebirge aus verrosteten Gegenständen mit ein. »Bin niemandem Rechenschaft schuldig!«

Luna biss die Zähne zusammen und merkte, wie sie wütend wurde. Sie mochte ihren Vater wirklich, seitdem sie seine Geschichte kannte, verstand sie sein Handeln sogar, doch das war zu viel! »Das nennst du *Freiheit*? Dass man dir jederzeit die Bude über dem Kopf abreißen kann? Dass sie dich von heute auf morgen ohne *Wohnung*, na ja, oder wie du es auch nennen willst, stehen lassen können?«

»Sie sagen rechtzeitig Bescheid, das haben sie mir versprochen.«

»Wie gnädig!« Luna schnaubte.

»Ich meine nur.« Er schob seine Tasse hin und her. »Vertraue niemandem, mache dein alleiniges Ding. Alle, auch deine Gefühle, wollen dich nur betrügen.«

Nein! Nein, nein, nein! Luna schüttelte den Kopf. Was Daniele ihr da beibringen wollte, war die falsche Lehre, sie hatte *ihn* nicht weitergebracht und würde auch sie immer nur im Kreis laufen lassen.

»Jemandem nachzulaufen und seine Dienste oder seine Liebe anzubieten ist kein würdevolles Gefühl«, sagte er jetzt.

Sah er das etwa so? Dass sie ihre Dienste und ihre Liebe anbot? Luna schnaubte. »Aha, also ist es würdevoller, aufkommende Probleme für sich zu behalten, abzuhauen, allein vor sich hin zu leben und niemanden mehr um Hilfe zu bitten?«, rief sie.

Daniele zuckte die Achseln. »Du bist immer noch böse auf mich. Wegen ... damals.«

»Ja! Bin ich!« Luna spürte wie ihre Stimme noch lauter wurde, und merkte, dass es ihr gefiel. Sie stand auf. »Manchmal hilft reden! Manchmal hilft es, sich vor den anderen hinzustellen und zu sagen: So geht es mir. Ich bin wütend, ich bin wie gelähmt, bin hilflos, verletzt!« Sie ging zwischen den Schreibmaschinen auf und ab. Ihr Vater schaute sie nur an, in seinen Augen konnte Luna lesen, dass ihm ein solches Geständnis tatsächlich nie in den Sinn gekommen war, und natürlich wusste sie warum. »Sorry, Papa«, sie hob die Hände. »*Scusami babbo*, aber ab einem bestimmten Punkt bist du verantwortlich für dein Leben, egal was dir zugestoßen ist!«

Er winkte ab. »Ich habe immer gekämpft«, sagte er zu der Tischplatte, es klang trotzig. »Mir wurde nichts geschenkt!«

»Das weiß ich, es wurde dir nicht nur *nichts* geschenkt, es wurde dir auch noch ganz früh das Liebste, Wichtigste weggenommen, das du und deine Brüder hatten: deine Mutter!«

Er nickte müde: »Also weißt du ja, warum ich so bin.«

»Ja, und deine Erlebnisse waren schrecklich! Aber ich habe als Kind auch gelitten, ich fühlte mich so verlassen, wertlos und ungesehen, als du gegangen bist, was auch immer Mama unternommen hat, um mich zu trösten!« Luna schluckte, denn ihre Stimme war schon wieder voller verdammter Tränen.

»Aber was hätte ich tun sollen? Über mir waren nur dunkle Wolken, ich war zu nichts mehr fähig.«

»Es ging aber nicht nur um dich. Es ging um deine Kinder!« Luna zog die Nase hoch, doch dann ließ sie die Tränen einfach laufen. Es waren Tränen der Empörung, der Wut, der Enttäuschung, und sie taten so gut! »Für deine Kinder hättest du dir etwas einfallen lassen müssen, damit du wieder *fähig* wirst!« Anklagend wies sie mit dem Finger auf ihn: »Für uns hättest du dafür sorgen müssen, dass deine beschissene Vergangenheit dir nicht auch noch die gesamte Zukunft versaut! Die Zukunft, immerhin zusammen mit deiner Tochter und deinem Sohn! Du dagegen hast deinen alten Kinderschmerz zusammengepackt und bist gegangen, und das, nur das, werfe ich dir vor!«

»Es tut mir leid, so habe ich das noch nie betrachtet.« Er schaute sie an, er wirkte alt und ganz klein. »Damals habe ich nicht gesehen, was ich hätte tun sollen, und heute? Heute weiß ich das auch noch nicht.«

Luna wischte sich die Tränen ab und rollte ungeduldig mit den Augen. Doch sie merkte plötzlich, dass sie versöhnlich gestimmt war. Ihr Vater war der denkbar mieseste Ratgeber, doch sie brauchte ihn auch nicht als solchen! Sie war ja jetzt erwachsen und kein Kind mehr. Ihn als Vater an ihrer Seite zu wissen wäre schön! Nicht mehr und nicht weniger. »Mensch, Papa, das haben Gitta und ich dir doch schon gesagt! Du musst dir helfen lassen, indem du das alles jemandem erzählst!«

»Gut. Einer von diesen Therapeuten also ... Könnte man machen, ja.«

Luna schloss für einen Moment die Augen, wieder diese ausweichende Antwort! Als sie sie öffnete, lächelte er schwach. »Ich werde mich drum kümmern. Versprochen! Und du?«

»Ich?!« Sie lachte laut auf, obwohl ihr nicht danach zumute war. »Ich werde deinen Ratschlag keinesfalls annehmen!« Sie zog ihr Handy aus der Hosentasche und schaute darauf. Nichts. War ja klar.

»Vielmehr werde ich nach Milano fahren, dieses Krankenhaus suchen und nicht aufgeben, bis ich Fabio gefunden habe, dann werde ich mich vor ihn stellen und sagen: Ich bin wütend, ich bin wie gelähmt, bin hilflos und total verletzt! Das sind dann vielleicht die letzten Worte, die ich an ihn richte, aber einfach abhauen, das kommt nicht infrage!«

»Komm mal her!« Daniele war aufgestanden und breitete seine Arme aus. Bereitwillig ging sie auf ihn zu und ließ geschehen, dass er sie umarmte. »Du bist wundervoll, ich bin stolz, eine solche Tochter zu haben!«, murmelte er in ihr Ohr.

Sie drückte sich an ihn und trocknete ihr nasses Gesicht an seinem Pullover, und plötzlich war sie da: die Gewissheit, genug zu sein, absolut genug und vollkommen! Wie eine schillernde Luftblase unter Wasser tauchte er plötzlich auf, der Mut, es mit Fabio, mit dem Haus, der Werkstatt und der Halle versuchen zu wollen. Das Gefühl stieg empor und füllte alles in ihr mit Wärme und Zuversicht! Sie würde sich durch ihre Vergangenheit nicht die Zukunft versauen lassen, also besser gesagt, diesen Moment zwischen Vergangenheit und Zukunft, der nur zählte. Gut, das wäre beschlossen … sie lächelte gegen den weichen Stoff des Pullovers, jetzt musste sie die beiden Brüder nur noch finden.

»Wie mache ich das, ich kann doch nicht alle Kliniken in dieser großen Stadt abklappern«, fragte sie Gitta, als sie eine halbe Stunde später im Zug saß.

»Der grummelige Ignazio ist also nach Mailand verlegt worden, lass mich überlegen«, antwortete Gitta, die anscheinend gerade aß, denn sie schmatzte ein wenig beim Sprechen. Sie war jetzt in der vierzehnten Woche. Morgens übergab sie sich neuerdings, den Rest des Tages futterte sie mit gutem Appetit, hatte sie Luna erzählt. »Meinst du, wegen der Hand?«

»Das war auch mein erster Gedanke: Er fährt zu einem Handspezialisten, um seine begnadete Geigenbauerhand zu retten. Es gibt aber keine spezielle Klinik für Handchirurgie in Milano, nur eine in Bologna, ich habe recherchiert.« Luna seufzte. »Es sei dringend, hat er geschrieben.«

»Also vielleicht was Schlimmeres? Ein aggressiver Krebs, ein Aneurysma im Hirn, solche Sachen müssen sofort operiert werden!« Gitta klang wieder begeistert, wie zu ihren besten Recherchezeiten.

»*O Dio*, das kann natürlich sein! Fabio hat geschrieben, das Geld für das Holz sei weg, auch das ergibt Sinn. In Italien musst du sofort bezahlen, wenn du eine bessere Behandlung als die von der staatlichen Gesundheitsvorsorge haben willst, meistens von ausländischen Ärzten, denn sie trauen ihren eigenen nicht, weil die schlechter ausgebildet sind.«

»Woher weißt du das?«

»Von unseren italienischen Gästen im ›Il Violino‹.«

»Verstehe«, sagte Gitta gedehnt, und es hörte sich an, als mache sie sich Notizen.

Luna seufzte wieder, während sie den Masten vor dem Fenster beim Vorbeifliegen zusah. »Ich komme mir vor, als ob ich blind wäre, und trotzdem in diese große Stadt fahre, um die beiden zu suchen … Was für eine Wahnsinnsidee.«

»Moment, ich habe doch diesen Chirurgen aus Milano in Cremona getroffen, weißt du noch? Matteo hieß der, glaube ich. Das war in dem Lokal, in dem wir die geniale *Focaccia* gegessen haben.«

Luna nickte und musste unwillkürlich grinsen. »Ja klar.« Einer von diesen vielen Männern, die dich angehimmelt haben, einen Umstand, den du genutzt hast, um ihnen unaufgefordert von deinem Buch erzählen zu können.

»Von dem habe ich immer noch die Visitenkarte, den frage ich! Ich melde mich gleich wieder bei dir!« Schon hatte sie aufgelegt.

Das wird auch nichts bringen, dachte Luna. Dieser Matteo wird nicht rangehen oder nicht mehr wissen, wer du bist, und sprach er überhaupt gut genug Englisch? Doch dann rief sie sich zur Ordnung. Warum war sie immer so negativ? Gitta würde mit ihrer entwaffnend charmanten Art womöglich tatsächlich irgendetwas erfahren. Und richtig, fünf Minuten später war es Luna, die sich auf einem eilig hervorgekramten Kassenbon Notizen machte. Nur zwei Privatkliniken kamen bei Krebs in Frage, die anderen lagen nicht direkt in Milano, sondern weiter außerhalb. Sie notierte die Adressen.

»Die eine ist ein Abzocker-Laden, sagt Matteo. Die gelten zwar auch als Spezialisten für Tumorentfernung, doch sie operieren schon mal gerne, wenn es gar nichts zu operieren gibt, und verdienen Unmengen, es gab schon zwei Skandale. Wenn die Amati-*Brothers* da drin sein sollten, sollst du sie sofort rausholen und zu ihm bringen, er arbeitet natürlich in der *guten* Klinik! Ich schick dir seine Nummer.«

»Gitta, du bist fantastisch«, stammelte Luna. »Was du alles mal eben herausbekommst, werde doch Privatdetektivin!«

»Das hast du schon mal vorgeschlagen. Heißt das, du rätst mir von einer Karriere als Schriftstellerin ab?«

»Nein, natürlich nicht.« Luna wäre bei dieser kleinen Notlüge unter Freundinnen beinahe rot geworden. »Wie geht es denn übrigens mit dem Buch, kommst du voran?«

»Ja, sehr gut sogar. Wenn ich nicht mehr weiterweiß, denke ich an unsere Reise und erfinde die absurdesten Sachen, lasse die komischsten Zufälle passieren. Ich finde das okay, im echten Leben geht ja auch nicht immer alles logisch zu, haben wir schließlich selbst erlebt, oder?«

»Stimmt.« Was das wohl für eine Geschichte gab ... Luna schüttelte den Kopf, doch das konnte Gitta ja nicht sehen. »Danke für deine Hilfe, ich melde mich, sobald ich die Brüder gefunden habe!«

Milano war grau. Und seine Plätze zu groß. Luna fühlte sich sofort verloren, als sie aus dem Portal des Hauptbahnhofs trat. Ein paar Hochhäuser reckten sich weit entfernt in den trüben Himmel, das Wetter hatte sich geändert, es war bedeckt und begann, leicht zu nieseln. Sie nahm ein Taxi zu der Adresse, die näher lag, die Clinica San Rocco, im Norden der Stadt. Das Taxi bog nach wenigen Minuten in eine breite, mit Bäumen gesäumte Straße und hielt vor einer glitzernden Fassade aus spiegelndem Glas. Sie würde es zunächst in San Rocco versuchen. Dem Abzocker-Laden. Luna bezahlte das Taxi und ging durch die lautlos auseinandergleitenden Schiebetüren an den Empfang, hinter dem ein riesiges, modernes Gemälde hing und zwei ausgesprochen gut aussehende junge Frauen vor ihren Computern saßen, die sich ihr sofort zuwandten.

»Ich möchte gerne zu einem Ihrer Patienten!«, sagte Luna so selbstsicher, wie sie nur konnte. »Ignazio Amati, begleitet wahrscheinlich von seinem Bruder Fabio Amati.«

Ja, die Brüder seien bei ihnen, sie könne aber im Moment leider nur mit Herrn Fabio Amati sprechen.

»Das würde ich *zu* gerne tun!«

Sie bekam einen Passierschein mit ihrem Namen und durfte sich dann auf den Weg in den achten Stock machen. Das Licht im Fahrstuhl war angenehm, stellte sie fest, dann war sie auch schon angekommen. Luna ging über weiche Teppiche, vorbei an hellen Wänden mit weiteren Gemälden, aus unsichtbaren Lautsprechern erklang klassische Musik, nichts erinnerte an ein Krankenhaus. Schon deswegen musste es ein Heidengeld kosten, hier behandelt zu werden! Sie kam in einen hellgelb gestrichenen, menschenleeren Wartebereich, auch hier moderne Kunst, bequeme Sessel und Sofas wie in einer Hotellobby. Luna schaute sich um. Achter Stock, Wartebereich C, hier sollte

Fabio eigentlich ... Sie erschrak, als sie auf einem der Sofas eine zusammengekrümmte Figur entdeckte. Lange, auf die Polster hochgezogene Beine, dunkles Haar ... es war Fabio! Und er schlief. Seine gelbbraunen Arbeiter-Boots hatte er ausgezogen und ordentlich nebeneinander auf den teuer aussehenden Teppichboden gestellt, sein Gesicht war verborgen, der Kopf halb verbunden.

Sie ging auf ihn zu. Sie wollte bei ihm sein, ihn beschützen, von ihm beschützt werden, sich an ihn klammern, ihn festhalten, ihn nicht mehr allein lassen!

Sie beugte sich über ihn und betrachtete sein Gesicht, besser gesagt das, was unter dem Verband zu sehen war. Das Auge selbst schien nichts abbekommen zu haben, der Mund schon. Ober- und Unterlippe waren geschwollen. Als sie sich über ihn beugte, konnte sie die sterilen Verbände und den typischen Geruch von Desinfektionsmittel erschnuppern.

»Coscha?!« Mit einem Mal schlug er die Augen auf, Luna fuhr zurück. Fabio tastete nach seinem Unterkiefer und zog sich stöhnend hoch, als er sie erkannte. »Luna!«

»Sag jetzt nichts.« Sie lächelte über diesen klischeehaften Satz. »Ich bin so froh, dich gefunden zu haben!«

»Oh ...« Fabio stand auf, er schwankte.

»Vorsicht!« Luna breitete die Arme aus, um ihn zu stützen. »Wo ist Ignazio, ist er schon operiert?«

Fabio umarmte sie vorsichtig, und sie hielt ihn einfach nur fest. Eine Zeit lang sagte niemand von ihnen etwas. »Du bist da ...«, nuschelte er irgendwann auf Italienisch und entschuldigte sich mehrfach, es hörte sich an wie: »Schkuschami, schkuschami!«

»Schon gut! Du hast dich nur nicht mehr gemeldet, ich dachte, wer weiß was, wäre passiert ...«

»Ich muss mich setzen, sorry, bin ziemlich fertig!« Sie setzten sich dicht nebeneinander, und Fabio beschrieb Luna mit stockenden, zischenden Worten, dass Ignazio vor zwei Tagen nach der Handoperation über Bauchschmerzen geklagt hätte. Im Krankenhaus in Cremona habe man einen Tumor, einen sogenannten GIST, in seinem Bauchraum entdeckt, der sich dort wie eine bösartig wachsende Pampelmuse immer mehr ausbreite. Um seinem Bruder die beste Behandlung zu garantieren, habe er ihn hierher, nach Milano, gebracht, man hätte Gnazio schon längst operieren wollen, doch der zuständige Arzt sei plötzlich selbst schwer erkrankt, ein Ersatz noch nicht gefunden, er warte schon seit gestern Mittag auf den Eingriff. Außerdem sei ihm, Fabio, sein Handy geklaut worden, unvorstellbar, in diesem pompösen Luxusladen! Er habe es hier im Wartebereich an das Kabel gehängt, schön versteckt neben dem Sofa, und als er von einer Vorbesprechung für Ignazios OP wiederkam, sei es weg gewesen. Das alte Ding! In dieser reichen Umgebung! Wahrscheinlich hätten es die Leute von der Putzkolonne mitgehen lassen oder schlicht weggeschmissen, die leugneten es aber. »Ich hatte Angst, dass du aus Cremona wieder abfährst, weil ich mich nicht melde«, nuschelte er. »Aber du findest mich, wo immer ich auch bin! Selbst in Milano, das ist eigentlich unmöglich, aber großartig!« Er stöhnte auf und legte seine große Hand auf ihr Bein. Luna beugte sich vorsichtig zu ihm und küsste ihn auf den Hals. »Nach unserer ersten erfolgreichen Zimmerbesichtigung konnte ich mir nicht vorstellen, dass du mich einfach abservierst!« Aber befürchtet habe ich es trotzdem, dachte sie.

»Abservieren? Niemals. Ich wollte dich abholen mit einem Strauß Rosen, die stehen noch oben in meinem Salon, und etwas ganz Besonderes zu essen hatte ich auch schon vorbereitet ... *gnocco fritto*, kennst du das?«

Luna sah sich mit einem Rosenstrauß im Arm vor dem Bahnhof. Wie wunderbar von ihm! So wäre es gelaufen, wenn ...

»... in dieser protzigen Klinik hier wollte ich dir ganz bestimmt nicht begegnen, und so zerknittert und zerschlagen aussehen wollte ich auch nicht! Mein Plan war, dich in bester Wiedersehensfreude nach Hause zu bringen, dich zu bekochen und dir dann, nachdem ich dich ordnungsgemäß verführt hätte ...«

Das Wort *verführt* reichte, sie bekam sofort wieder Lust auf ihn. Jetzt sah er ihr auch noch in die Augen! Er sieht so schön aus wie nie, dachte Luna, obwohl er diesen Kopfverband trägt und sein rechtes Auge rot unterlaufen und etwas zugeschwollen ist. Himmel, dieser Mann könnte mit Verbänden am ganzen Körper verpflastert sein, er macht mich trotzdem ganz ...

»Hörst du mir zu?«

Nein. Doch sie nickte.

»*Allora*, nachdem ich dich erfolgreich verführt hätte, wollte ich dir die Hälfte meiner Hälfte schenken ... also vom Haus, du weißt schon.«

Luna hielt die Luft an. Was? *Das* hatte er vorgehabt? Was für ein Geschenk! Sie hatte sich nicht getäuscht in seinen Absichten, im Gegenteil, er war noch viel generöser, als sie sich jemals hatte vorstellen können! »Aber ...«, setzte sie an, doch Fabio redete schon weiter.

»Aber dann attackierten diese asozialen Onkel mich dummerweise und, Gnazios Unfall passierte, und alles lief anders, und ich wusste nicht, wie ich dir das mit dem Geld beibringen sollte. Unserem Startkapital ... Deine zwanzig Decken habe ich natürlich nicht verkauft, die liegen in der Werkstatt unter der Bank, in der Halle liefen in letzter Zeit zu viel Leute rum ...«

Fabio, du weißt gar nicht, wie süß du bist, dachte Luna voller

Zärtlichkeit, doch das hätte ihn vielleicht aus dem Konzept gebracht. »Mach dir keine Sorgen um das Geld«, sagte sie stattdessen, »wichtiger ist jetzt erst mal Gnazio, das mit der verschobenen OP hört sich überhaupt nicht gut an! Denn wahrscheinlich zählt doch jeder Tag!«

»Und kostet.« Fabio schaute zu Boden und entschuldigte sich schon wieder. »Tut mir leid, ich lande immer beim Geld, das schon verplant, schon weg ist! Aber ich musste es für ihn nehmen, die wollten hier einen Vorschuss, und wahrscheinlich werden wir auch das Haus verkaufen müssen«, fügte er dumpf hinzu. »Und die Halle. Es war eine schöne Idee, aber es ist nichts mehr da, was ich mit dir teilen könnte.«

»*Vaffanculo* mit dem Geld«, sagte Luna trocken, und Fabio lachte, hielt sich aber gleich vor Schmerzen die Hand an die Wange.

»Okay, ich verzichte auf Witze in nächster Zeit«, Luna lächelte. »Aber mach dir keine Sorgen, für meinen Bruder hätte ich das auch getan!«

»Aber so eine OP kostet schnell mal an die fünfzigtausend Euro.«

»Ich kann dir Geld geben.«

»Aber nicht so viel!«

»Doch. So viel!«

»Ehrlich? Du bist reich?«

»Reich genug.«

Er besah sich seine Schuhe, die er wieder angezogen hatte. »Warum machst du das alles, Luna? Warum hilfst du zwei verarmten Brüdern?«

Weil ich mich in einen von ihnen verliebt habe, dachte Luna, der mir die Hälfte seiner Hälfte schenken wollte, bevor er wusste, dass ich Geld habe.

»Damit Haus und Hof in der Familie bleiben …«

»Ich wollte dir sowieso einen Heiratsantrag machen, sagte ich das schon?« Er grinste sie schief an. »Ich schwöre!«

Ganz anders als noch vor ein paar Wochen löste das Wort eine unbändige Freude in Luna aus. Ja. Ja. Ja, probte sie schon mal die Antwort. »Darüber reden wir später!« Sie studierte liebevoll sein Gesicht und strich ihm ganz zart eine Haarsträhne aus der Stirn. »Gut, dass sie nicht dein Auge erwischt haben. Sind alle Zähne noch drin?«

Er nickte und sprach mit beinahe geschlossenen Lippen: »Ja, aber guck mich besser nicht so genau an! Ich habe kaum geschlafen. Nur gewartet! Ich habe das Gefühl, die halten uns absichtlich hin. Niemand sagt mir was, ich weiß nicht, was ich machen soll.«

»Ich könnte einen Chirurgen in der Clinica West anrufen und ihm schildern, was Ignazio hat … wie heißt das Ding in seinem Bauch noch mal?«

»GIST. Ein gastrointestinaler Stromatumor, ein Ball von bereits neun Zentimetern Durchmesser.« Fabio schüttelte den Kopf. »Aber woher kennst du ausgerechnet einen Chirurgen in Milano?!«

»Über Gitta! Die lernt dauernd Leute kennen, das passiert ihr ganz nebenbei. Wenn es für dich okay ist, rufe ich ihn an und frage, was wir tun sollen!«

»*Certo!*«

Luna holte den Kassenbon mit der Nummer hervor, stellte sich an eines der großen Fenster und wählte. Dass der Chirurg sich nicht sehr positiv über die Rocco-Klinik geäußert hatte, würde sie Fabio erst später sagen. Matteo meldete sich sofort und begrüßte Luna wie eine alte Freundin. Gitta hatte mal wieder gute Arbeit geleistet! Er duzte sie und fragte, wo das

Problem liege. »*Dimmi tutto!*« Sag mir alles! Luna beschrieb ihm den Fall so gut sie konnte und hörte sich seine ausführliche Antwort an. Seine Stimme klang jung, ruhig und dennoch voller Energie. Schon nach dem dritten Satz spürte sie, auf den Mann konnte sie sich verlassen. Außerdem hatte er in London studiert, erzählte er. Im Ausland, was in Italien ein Vorteil war.

»*Allora*«, sagte sie zu Fabio, der ihr aufmerksam von seinem Sofa entgegensah. »Matteo sagt, wir müssen unbedingt herausfinden, wann Gnazio operiert wird. Wenn er nicht heute noch auf dem OP-Plan steht, sondern sie uns weiterhin vertrösten, sollten wir dringend woanders mit ihm hingehen, bei dieser aggressiven Art von Krebs zählt tatsächlich jeder Tag! In der Klinik, wo er arbeitet, gibt es immer Notfalltermine, er selbst würde sogar heute noch reinkommen, obwohl er frei hat.«

»Was für ein Glücksfall *La Bri-Gitta* ist ...«, sagte Fabio und sah mit einem Mal schrecklich erschöpft aus.

»Und ihre flüchtigen Bekannten erst!« Luna lachte und beugte sich zu ihm. »Hätten sie dir nicht auch gleich ein Zimmer geben können?«, fragte sie. »Du siehst aus, als ob du gleich umkippst!«

»Hätte noch mehr gekostet!«

Sie sahen einer Schar Ärzte und deren Assistenten hinterher, die, ohne sie auch nur eines Blickes zu würdigen, an ihnen vorbeizogen.

»Soll ich mal schauen, wie die Chancen für Ignazio stehen, heute noch operiert zu werden?«

»Ja, gern. Ich glaube, du hast zurzeit ein anderes Auftreten als ich, schau mich an ... Ich stecke seit vorgestern in denselben Klamotten, und dieser Verband macht mich auch nicht gerade schöner ...«

»Angeschaut habe ich dich durchaus«, Luna lächelte. »Und was ich sehe, gefällt mir immer noch!«

»Ah, Luna! Was machst *du* denn hier?«, fragte Ignazio mit schwacher Stimme. Immerhin, er dreht sich nicht weg, dachte Luna.

»Setz dich doch!« Er wies mit der dick verbundenen Hand auf den Stuhl neben seinem Bett.

»Grazie!« Luna sah sich im Zimmer um. Auch hier herrschte keine Krankenhausatmosphäre, wenn man die Leiste mit den medizinischen Anschlüssen über dem Bett außer Acht ließ, konnte man sich vielmehr in einem recht netten Hotelzimmer wähnen. Das Bettzeug war gestreift, auf dem Nachttisch stand eine kleine Vase, doch Ignazios Gesicht sah trotz all dieser Bemühungen fahl und eingefallen aus.

»*Allora.*« Ignazio fuhr sich mit der gesunden Hand durch den Bart. »Ich habe schlechte Nachrichten bekommen. Aber das weißt du ja.«

»Ja. Was für eine scheußliche Überraschung! Es tut mir so leid!«

»Ich weiß, die Aussichten stehen nicht gut!«

Luna knetete ihre Hände. »Aber du wirst alles überstehen, du erholst dich und kommst zurück, dann geht es in deiner Werkstatt weiter!«

Er schüttelte den Kopf. »Wie man sich täuschen kann. Immer dachte ich, meine Hände wären mein kostbarstes Werkzeug.« Er drehte und betrachtete den Verband. »Und nun spielt mir mein restlicher Körper so einen Streich!«

»Du solltest nicht aufgeben, Ignazio!«

»Ich bin am Ende, mein Mädchen. Ich werde sterben.« Er schloss die Augen.

Mein Mädchen? Der Krebs schien ihn wirklich weich und milde zu stimmen.

Er schlug die Augen wieder auf, vermutlich um nachzuschauen, warum sie nichts sagte. »Ich denke, ich werde nicht mehr erwachen nach der Narkose, die wissen doch gar nicht, ob mein Herz das aushält. Immerhin gehe ich auf die fünfzig zu.« Er strich mit den Fingerspitzen über die Bettdecke. »Ja ja, ich werde nicht mehr aufwachen, einfach nicht mehr aufwachen …«

»Auf die fünfzig zu?« Ignazio war zehn Jahre älter als Fabio, also gerade mal fünfundvierzig. »Aber das ist doch noch jung, und du bist kräftig!«

Wieder winkte er ab. »Um eins möchte ich dich bitten, denn mein Bruder hat keine Ahnung davon. Du musst alle meine Geigen verkaufen, wenn es dir möglich ist. Du kannst sie auch für einen ganz passablen Preis bei Antonio Martini in Zahlung geben, weißt du, der hat seine Werkstatt gleich am Domplatz und will sie alle. Erstaunlich!« Plötzlich schienen wieder neue Lebensgeister in ihm zu erwachen. »Hätte ich ja auch schon früher machen können, war aber wohl zu stolz.« Er lächelte traurig vor sich hin, und Luna hätte gerne nach seiner unverbundenen Hand gegriffen, doch sie traute sich nicht.

»Natürlich verkaufe ich deine Geigen, wenn du das willst. Sie sind übrigens wunderschön, ganz eigen, ein unverwechselbarer Stil!«

Er schien ihre Komplimente nicht gehört zu haben. »So kann ich wenigstens ein paar der Kosten ausgleichen, denn Fabio …« Jetzt schniefte er und wischte sich mit einem Taschentuch die Nase ab. »Der hatte wohl irgendwo einen Vorrat von kostbarem, altem Klangholz ergattert, und jahrelang versteckt vor mir. Aber nun hat er alles zu Geld gemacht, der Gute, nur damit sein armer alter Bruder hier die Chefarztbehandlung bekommt.«

Luna lächelte. Ja, Fabio hatte den kostbaren Schatz, seinen kleinen Triumph, sein Auflehnen gegen den Bruder, alles, was er in ihre gemeinsame Zukunft stecken wollte, geopfert! Nur um Ignazio zu helfen.

»Er mag dich eben! Er liebt dich!«

»Und ich mag ihn! Ach, wir haben uns das nie gesagt oder gezeigt, ich bin ein alter dummer Esel, erst wenn ich an der Schwelle des Todes stehe, erst wenn ich sterben muss, erst dann komme ich damit heraus, es ist eine Schande!«

»Ja, du wirst wirklich sterben, Ignazio! Leider.«

Er schaute sie erstaunt an und zog dabei seine buschigen Augenbrauen hoch.

»So wie wir alle, eines Tages, aber nicht so bald, glaub mir!«

»Das ist sehr freundlich von dir, aber nein, auch wenn ich die Operation überstehen sollte, werde ich nie mehr so sein wie früher, ich werde mein Leben lang teure Medikamente nehmen müssen und eine Reha machen, vielleicht auch für meine Hand, ob die mit ihrer zusammengeflickten Sehne noch zu etwas zu gebrauchen ist, wissen wir ja auch noch gar nicht, und das können wir uns nun wirklich nicht mehr alles leisten!« Er schaute auf. »Aber ich will mit dir nicht über Geld reden, Lu … Lunetta.«

Sie lächelte ihn an, er hatte zum ersten Mal ihren Namen gesagt.

»Auf diesem Sterbebett hier habe ich viel nachdenken können. Über das Leben, das so schnell zu Ende gehen kann, wie in meinem Fall jetzt.«

Luna schnalzte mit der Zunge, sagte aber nichts.

»Und ich möchte, dass du weißt, dass du … nun ja, Fabio mag dich so gerne, er hat in den letzten zwei Jahren nie so ergriffen, so verliebt von einer Frau gesprochen wie von dir. Er hat überhaupt so wenig gesprochen. Zu zweit könnt ihr etwas aus Haus und Hof machen. Er hat mir erzählt, dass ihr schon erste Pläne geschmiedet habt. Ich möchte, dass ihr glücklich seid, du mit ihm, ich stehe euch nicht mehr im Wege, meinen Segen habt ihr!«

»Ignazio!« Nun hielt sie nichts mehr auf ihrem Platz, sie stand auf und griff nach seiner Hand. Auch er setzte sich auf, obwohl er das vermutlich nicht sollte, umschlang sie und drückte seinen Kopf diskret an ihre Seite. Völlig still, aber im gleichen Takt atmend, hielten sie sich umfangen und blieben eine Weile auf diese Weise miteinander verbunden.

»Ich bin mir sicher, die Operation wird gelingen, und wenn es eine Reha gibt, dann machst du sie! Keine Widerrede!« Luna lächelte auf seinen dunklen Scheitel herab. »Wir brauchen dich doch in der Werkstatt, damit unsere Gäste etwas zum Gucken haben, schon deswegen werden wir dich wie ein altes Rennpferd wieder auf Vordermann bringen müssen. Lästig, aber es bleibt uns ja nichts anderes übrig!« Erleichtert nahm sie wahr, dass er leise lachte.

»Ich habe mich in Cremona verliebt«, fuhr sie fort, »und in das Haus, weil ich dort entdecken durfte, woher ich komme und wer meine Großmutter Anna war, und in euch Bewohner habe ich mich auch verliebt, sehr seltsame Bewohner allerdings, das muss ich zugeben.« Sie kicherte und drückte ihn etwas fester an sich. »Und mit deinem Bruder ...« In diesem Augenblick ging die Tür auf, Fabio erschien im Türrahmen und starrte sie entgeistert an: »Oh, *scusa*!« Bevor Luna ein Wort hinausbringen konnte, fiel die Tür wieder ins Schloss.

Luna hatte Ignazio dennoch nicht losgelassen. »Ist er eifersüchtig?«, fragte sie.

»Auf mich? Früher schon, aber zurzeit verkneift er sich das, ich kann alles von ihm bekommen. Auch seine Frau.« Er schaute zu ihr hoch. »*No, scherzo!*« Er ließ sie los und ließ sich wieder zurück auf das Kissen sinken.

Luna räusperte sich. »Also ... noch mal zu Fabio und mir. Liebe ist nun mal nicht vorhersagbar, keiner weiß, was passieren wird. Aber ich würde gerne in Cremona bleiben, um es auszuprobieren.«

»Bleib, bleib bitte! Jemand muss sich um ihn kümmern, wenn ich nicht mehr bin!«

»Du musst jetzt erst mal gut durch die OP kommen, und dann schauen wir zusammen, was jeder von uns braucht und möchte.«

»Das hast du schön gesagt.« Er schloss die Augen, legte die unverbundene Hand darüber und schniefte gerührt. »Entschuldige, ich bin sonst nicht so ... schwach.«

»Du bist in den letzten Tagen ganz besonders stark gewesen, Ignazio. Und denk daran, du bist unser *cavallino da corsa*, unser Rennpferdchen.« Ihr fiel etwas ein: »Wie wirst du eigentlich genannt? Also in der Familie?«

»Außer der Abkürzung Gnazio hatte ich noch nie einen Spitznamen, wenn du das meinst.«

»Also, ich wüsste da schon einen ... fängt mit C an.«

»*No!* Sag mir alles, aber das nicht!«

»Nein. *Scherzo.* Und jetzt werde ich schauen, ob die dich heute noch von diesem unnötigen Gewächs befreien können oder ob wir dich woanders hinbringen müssen. Es eilt nämlich, Ignazio!«

»Ich mach alles mit«, sagte er und dann leiser: »*Cavallino,* nicht zu fassen ...«

Erleichtert vor sich hin lächelnd, verließ Luna das Zimmer.

»Wir müssen ihn sofort in die andere Klinik bringen«, sagte sie zu Fabio, der an einem der großen Fenster stand und ihr den Rücken zuwandte. »Hier hat keiner einen Plan, was heute noch passiert, sie wollen nur, dass du endlich den Kostenvoranschlag unterschreibst! Wie bei einer Autoreparatur ...«

Fabio drehte sich um: »Oh Mann, das sind echte Halsabschneider«, knurrte er. »Haben noch nichts gemacht, aber kassieren schon mal.«

»Bringen wir ihn in die andere Klinik?«

»Ich denke, das sollten wir! Ist mein Bruder denn einverstanden, es woanders zu versuchen?«

»Ja. Er hatte nichts dagegen. Wir haben das erste Mal wirklich miteinander geredet.«

»Du hast ihn ganz schön um den Finger gewickelt ... hab ich recht?« Fabio grinste mühsam mit seinen geschwollenen Lippen.

»Er hat Todesangst, und da ändern Menschen sich vermutlich.«

Fabio schaute sie an und legte den Arm um sie. »Du bist wie die Prinzessin aus dem Märchen«, sagte er und zog sie an sich. »Die sich allerdings nicht retten lässt, sondern sich selbst und gleich den Prinzen mit dazu rettet!«

Luna lächelte. »Aber egal, wer jetzt wen rettet, ich bleibe in Cremona, denn das ist der Ort, an dem ich sein will. Und zwar mit dir.«

»Keine Zweifel?«

»Keine Zweifel, nur endlich das Gefühl, dass es gut ist.« Sie küsste ihn vorsichtig auf die Wange. Endlich gut und genug und noch viel mehr als das, dachte sie.

Epilog

»Vorsicht mit den Geigen!«, ruft Luna, aber da hat Valentino schon das große Aluminiumblech vom Hocker gehoben, auf dem es zum Auskühlen stand. Es ist natürlich zu schwer für ihn, und die Teigstücke rutschen langsam auf den Rand zu. Luna kann nicht schnell genug hervorspringen, und schon fallen alle, plock, plock, plock auf den Boden.

»Oh, ich wollte nur …«

»Vale, was habe ich dir gesagt?«

»Ich soll *draußen* schmücken?«

»Ja. Draußen! Hier drinnen ist es zu eng, zu heiß, zu voll! Nun heb das bitte auf und dann raus mit dir.«

Valentino schaut besorgt auf den Haufen Violinen auf dem Kachelboden. Jede ist etwa so groß wie ein bayerischer Krampus und besteht wie dieser aus Hefeteig, doch bis auf die schöne goldbraune Farbe stimmt einiges noch nicht mit ihnen. »Kann man die trotzdem essen? Kann *ich* eine essen?«

»Aber ja!« Luna nickt, sie hat ihm längst verziehen, und außerdem sind die Gebäckstücke sowieso noch nicht gut genug, um sie zu verkaufen, denkt sie. Die Hälse sind zu dünn und brechen zu leicht ab, die Schalllöcher, die sie unbedingt offen halten wollte, schließen sich trotz eingesetzter Form beim Backen, das ganze Backwerk ist schwer und irgendwie ... klitschig statt locker und fluffig. Ist der neue Teig denn wenigstens aufgegangen? Luna lupft das Tuch über der großen Schüssel vor sich. Nein, verdammt. Zumindest nicht so hoch, wie er das eigentlich müsste ... Ob sie nicht doch das Rezept ihres Vaters ausprobieren soll? Aber der nimmt Trockenhefe, und sie hat etwas gegen Trockenhefe ... andererseits wird der nächste Schwung Geigen auf diese Weise kaum besser als der erste gelingen.

Vale hat sich ein Stück ihrer Backwerk-Kunst genommen, bohrt begeistert einen Finger in eins der zugewachsenen Schalllöcher und beißt ein Stück ab.

»Ich geh schmücken!« Der Junge lässt die Violine liegen und rennt durch die offen stehende Tür in den Hof. Wenn sie kleinen Jungs wie Valentino noch nicht mal schmecken, dann gehen sie überhaupt noch nicht, denkt Luna, und ruft ihm rasch noch »aber nicht wieder mit der Schere!« hinterher. Sie seufzt. Gestern hat er die prächtig ausgetriebenen Bougainvilleas ins Visier genommen, die blühenden Ranken mit seiner Kinderschere gekappt und über Tische und Stühle verteilt. Mit dem Ergebnis, dass die Mauer nun, Anfang Mai, wieder recht kahl aussieht ... Sie wischt sich über die Stirn und schaut sich in Gnazios Küche um, sie haben noch dermaßen viel zu tun bis nächste Woche!

Gnazios Küche heißt immer noch Gnazios Küche, ist aber zu einer kleinen, modernen Gastronomieküche geworden, seitdem sie im ganzen Haus renoviert haben. Der Fünfzigerjahre-Kühlschrank hat einen Liebhaber gefunden und ist wahrscheinlich in ein Museum gewandert, nun strahlen die Oberflächen der Küche in gebürstetem Stahlgrau. Es gibt breite Arbeitsflächen, geräumige Gefrierfächer und zwei Öfen. Perfekt, um gleichzeitig einen Apfelkuchen bayerischer Art zu backen, Tee und Kaffee für die vier Tische im Hof bereit zu halten und natürlich, um die Hefeteig- und Schokoladengeigen-Produktion voranzutreiben.

A proposito Geigen aus Schokolade. Luna holt das Tablett mit zwei ihrer Kreationen aus dem Kühlschrank. Die Formen für die flüssige Schokolade hat sie selbst entworfen, die abgekühlten Einzelteile baut sie dann, wie damals in der Werkstatt bei Onkel Willi und Onkel Hubert, Stück für Stück zusammen. Als Kleber dient wiederum flüssige Schokolade. Die Violinen haben die Maße von sehr großen Schokoladen-Nikoläusen, oben natürlich sehr viel schmaler, sie sind wunderschön und viel zu schade zum Essen! Eine Rolle durchsichtiger Folie, Schleifen und hübsche, mit Violinschlüsseln bedruckte Faltkartons für den Transport liegen auch schon parat. Luna will die Violinen gerade zu den anderen in den Vorratsschrank legen, als Fabio die Küche betritt. »Wenigstens die sind schon mal gelungen«, sagt sie. Fabio kommt zu ihr und küsst sie auf den Mund.

»Ja, die sehen zumindest besser aus als die draußen im Schaukasten, die erinnern mich an ein gewisses Gemälde von Dalí ...«, sagt er.

»Was, warum?«

»Tesoro.« Er reibt sich über die Stirn, wie immer, wenn er befürchtet, etwas Unangenehmes verkünden zu müssen. »Ich suche gerade nach dem Schlüssel, um sie da rauszuholen. Sie schmelzen! Mittags liegen die Vitrinen nun mal in der Sonne.«

»Sie schmelzen?! Mist, daran habe ich nicht gedacht. Meine schönen Geigen!«

Fabio hat zwei kleine Schaukästen gebaut und rechts und links vom großen Hoftor angebracht. Noch sind sie leer, nur drei der Schokoladenviolinen lehnen dekorativ am Glas. »Wir müssen uns etwas ausdenken, in den letzten Tagen sind die Leute wirklich oft stehen geblieben, haben die Geigen bewundert und mich sogar schon nach Preisen für deine Kunstwerke gefragt, aber da war es auch bewölkt, und jetzt ...«

»... ist es zu warm«, beendet Luna seinen Satz und denkt ein paar Sekunden nach. »Ich könnte sie aus Holz bauen und so anmalen, als ob sie aus Schokolade wären. Die echten zum Verkaufen liegen hier im Haus kühl genug.«

»Du bist nie um Ideen verlegen, das mag ich so an dir«, sagt Fabio und nimmt Luna in den Arm.

»Das lernt man in der Gastronomie. Wenn du in der Küche stehst und der letzte Eimer mit Sahne kippt dir plötzlich um, dann musst du improvisieren.« Sie schmiegt sich eng an ihn. Trotz der vielen Probleme, die der Umbau mit sich gebracht hat – ihre Liebe und das Vertrauen zueinander sind seit dem Tag in der Klinik immer mehr gewachsen. Doch was immer Luna auch erledigt, welche Fehler und Missgeschicke sie auch beseitigt, die Liste der Dinge, die getan werden müssen, wird jeden Tag länger statt kürzer. Seit Monaten verhandelt sie jeden Tag mit Handwerkern, Leuten der Stadtverwaltung, Musikern und Musikerinnen, Lieferanten, und es nimmt kein Ende ... Größere und kleinere Desaster passieren, werden behoben und sofort von neuen Desastern abgelöst; Luna merkt, wie das an ihren Kräften zehrt, doch in diesem Moment will sie sich auf das Positive konzentrieren. Manchmal hilft das.

»Und die Leute fanden meine Geigen gut?« Natürlich sind ihre Geigen gut! Luna hat schon mehrere Angebote bekommen, sie auf dem Markt oder in einigen Geschäften zu verkaufen, sie weiß nur noch nicht, was sie pro Geige nehmen soll, und im Sommer kann sie den Markt auch vergessen, wenn sie nicht schmelzende Dalí-Geigen riskieren möchte ... wieder ein paar Probleme mehr.

»Ja«, bestätigt Fabio jetzt, »sie bleiben davor stehen, und wenn sie mich zufällig sehen, fragen sie mir Löcher in den Bauch. Ich hätte nie gedacht, dass Touristen und auch ganz normale Passanten so neugierig sind! Wenn das Tor wegen der Bauarbeiten in der Halle mal offen steht, rennen die sofort auf den Hof.«

»Wenn wir die Türen geschlossen halten, haben wir unsere Ruhe. Wir können es regulieren, das wollten wir doch so!«

Fabio nickt. »Ich mag den Trubel«, sagt er. »Handwerker, Geigenbauer, Musiker, alles gut. Ich mag auch die Touristen, aber die haben alle Zeit der Welt und halten mich dann echt von der Arbeit ab!«

»Schick sie doch zu Daniele ...«, sagt Luna, und der Unterton in ihrer Stimme ist nicht zu überhören. Sie sehen sich an. Auch Lunas Vater ist eines dieser Probleme, die sie noch nicht gelöst haben.

»Na ja, er ist großartig darin, jedermann herumzuführen und in stundenlange Gespräche zu verwickeln«, sagt Fabio zögernd.

Luna weiß, dass er sie nicht verletzen will. »Ich dachte, Papa kann die Zimmervermietung größtenteils übernehmen, aber solange er diese extreme Abneigung gegen den digitalen Buchungskalender und unseren Zimmerbelegungsplan, ja, das gesamte Internet hegt, funktioniert es nicht!«

»Er wohnt schon mal im richtigen Stockwerk, und er macht das super mit unseren Gästen.«

»Fabio!« Luna verdreht die Augen. »Schön, dass du meinen Vater in Schutz nimmst, aber er hat in den letzten vier Wochen schon dreimal private Abmachungen getroffen und die Aufenthalte einfach verlängert, sodass unsere neu angereisten Gäste vor besetzten Zimmern standen. Das geht nicht!«

»Wir haben ja eine Lösung gefunden.«

»Genau, indem wir ihnen unser Schlafzimmer gegeben haben und in Vales Zimmer gezogen sind und der Kleine auf einer Matratze zu unseren Füßen schlief.«

»Das war ein bisschen unbequem, du hast recht. Aber es ist doch ein gutes Zeichen, dass niemand abreisen möchte. Trotz der Baustelle.«

»Die Doppelbelegung hat uns schon eine negative Kritik auf dem Portal beschert. Und der Lärm aus der Halle auch. Und die da ...« Sie zeigt auf die klitschigen Hefegeigen. »Die sind auch Teil der vielen Dramen, die sich hier abspielen!«

»Ach ja? Kann ich mir nicht vorstellen.« Fabio bricht sich ein Stück vom Griffbrett ab und beißt hinein. »Oh. Hmh.« Er hört auf, zu kauen, und schaut sie an. »Verstehe ...«, sagt er mit vollem Mund.

»Ich experimentiere noch, ich krieg den Teig mit diesem italienischen Mehl nicht richtig hin ...«

»Du schaffst das schon, auch Daniele wird noch in seine Aufgabe reinwachsen. Der Unterschied zwischen seinem einsamen Leben in einem Turiner Kino und dem als seriöser Ansprechpartner für unsere Gäste ist eben gewaltig.«

»Er sitzt stundenlang mit jungen Tschechen und Koreanern am Küchentisch und diskutiert über Politik und die globale Erwärmung, und sie trinken zusammen unseren Biervorrat weg!«

»Völkerverständigung!« Fabio grinst. Luna liebt sein freches intelligentes Gesicht mit diesem unwiderstehlichen Blick. »Das wird schon«, sagt das freche intelligente Gesicht jetzt, »aber was ist denn sonst noch ein Drama?«

»Ich könnte mir vorstellen ...« Luna zuckt mit den Schultern. »Na ja, das wird erst noch eins geben ...«

»Was denn? Sprich nicht in Rätseln mit mir, *tesoro*!«

»Ignazio? Und seine Werkstatt?«

Nun ist es an Fabio zu seufzen. »Stimmt. Darauf freue ich mich auch nicht ... andererseits ... nach der ersten Reha haben wir ihn doch in Ruhe gelassen, da war er zwei Monate hier, ohne dass irgendetwas Außergewöhnliches passiert ist.«

»Außer dass wir die Fenster der Werkstatt endlich von der Pappe und dem Schmutz befreit haben.« Selbst bei der Erinnerung atmet Luna noch erleichtert auf.

»Und er hat es zugelassen!«

»Er war zu schwach, um zu protestieren.« Luna legt eine Hand vor den Mund. »Meine Güte, ging es ihm schlecht.«

»Du hast ihn so toll umsorgt, Luna, ihn wieder und wieder zu den Ärzten begleitet, bis das mit der Einstellung seiner Medikamente endlich richtig lief, ich glaube, dafür wird er dir auf ewig dankbar sein.«

»Trotzdem wissen wir nicht, wie er reagiert, wenn er sieht, dass seine Geigen weg sind, bis auf die beiden Instrumente, die jetzt im Fenster hängen«, sagt Luna. »Was übrigens wunderschön aussieht!«, fügt sie hinzu.

Fabio zuckt mit den Schultern. »Die Erlaubnis, sie zu verkaufen, hat er dir ja in der Klinik in Milano schon gegeben. Und wir haben gut Geld für sie bekommen.«

»Vielleicht hätten wir dennoch nicht alles aufräumen und putzen sollen. Wenn er aus der Schweiz zurückkommt, findet er sich in seiner eigenen Werkstatt nicht mehr zurecht, so sauber und hell ist es da jetzt. Was er zu der Küche sagt, möchte ich gar nicht erst wissen ...« Luna zeigt hinter sich. »Andererseits, hat er gesagt: Mach du ruhig«, murmelt sie.

»Er mag dich eben«, bestätigt Fabio. »Da haben wir Glück! Der Zeitpunkt seiner Rückkehr ist dennoch ungünstig.«

»Ausgerechnet am Tag des Eröffnungskonzerts.«

»Und dann noch ein anderer Mann im Haus. Älter als er.« Fabio schnaubt.

»Könnte aber auch sein, dass die beiden Einzelgänger sich gut verstehen.«

»Oder es wird eine Katastrophe.«

»Die größte von allen!«

Fabio sieht Luna liebevoll an und legt seine Stirn an ihre.

»Gibt es auch gute Nachrichten?«, fragt Luna zu ihm hoch und schlingt ihre Arme um seinen Hals.

»Das *dipartimento della salute* hat uns geschrieben.«

»Das Gesundheitsamt? Hört sich nicht wirklich positiv an.«

»Stimmt, deswegen hatte ich auch keine Lust, den Brief aufzumachen«, antwortet Fabio.

»Was wollen die denn noch?«, fragt Luna. »Die haben die Küche zu dritt stundenlang inspiziert und sich dann ohne einen Kommentar verabschiedet.«

»Was sie wollen, teilen sie uns jetzt wahrscheinlich mit!«

»Wir haben noch eine Woche für das *Casa di Anna*.« Luna zuckt mit den Schultern. »Wenn das mal klappt. Was hat unser *cavallino* übrigens zu dem Namen gesagt«, will sie von Fabio wissen.

Er schweigt.

»Du hast es ihm gar nicht gesagt, oder …?«

»Es war nicht der Zeitpunkt.«

»Jetzt sind die Flyer für unser Einweihungsfest schon gedruckt und verteilt …«

»Und das kleine Schild, das über der Haustür hängen soll, ist auch fertig.«

»Na, das werden noch mehrere Überraschungen für ihn.« Luna löst sich von Fabio und nimmt das Aluminiumblech mit den misslungenen Geigen. »Ob die Hühner von unserem Nachbarn so was fressen?«

»Nicht dass die von der Hefe explodieren und der uns verklagt!«, murmelt Fabio.

»Hey! Das habe ich gehört.« Luna gibt Fabio einen liebevollen Knuff, während er das Schreiben aus dem Briefumschlag zieht.

»Oh verdammt, die wollen zweihundertfünfundachtzig Euro von uns. Bußgeld!«

»Wie bitte?!« Luna schnappt nach Luft. »Warum? Diese Küche ist ein Meisterwerk, alle deutschen Standards und gesetzlichen Bestimmungen sind mehr als erfüllt! Ich kenn mich da aus!«

»Ja, aber die italienischen Gesetze legen neuerdings immer noch eins drauf!«

»Lies vor, was sagen die, was ist hier nicht ordnungsgemäß? Wir haben die wasserdichten Verfugungen der Arbeitsflächen, wir haben eine mörderische Abluftanlage, wir haben korrekten Brandschutz, wir haben sämtliche Oberflächen aus rostfreiem Stahl und einen rutschfesten Boden …«

»Moment … mussten wir feststellen, dass die Ablage im Bord unter der Spüle eine Lücke aufweist …«, liest Fabio vor.

»Wie? Ablage weist eine Lücke auf? Bord unter der Spüle?« Luna kniet sich hin, reißt den Schrank auf und schaut hinein. »Hier ist keine … na ja, hier ist eine kleine Lücke, weil dort hinten das Rohr rauskommt, also haben sie die letzten zwanzig Zentimeter ausgespart. Was ist daran bedenklich für die Sicherheit der Mitarbeiter oder die Gesundheit der Gäste?«

»Aus meiner Sicht nichts, aber …«

»Die spinnen doch!« Luna erhebt sich. »Ein Strafe wegen dieser Lücke? Ich ruf da an!«

»Vergiss es, das ist ein Amt, da geht sowieso keiner ran.«

»Dann gehe ich hin.«

»Das bedeutet, einen Morgen lang in der Schlange zu stehen ...«

»Ich kenne die Schwiegertochter von Federico Pippo.« Mit dem Schmetterlingsmann verbindet Luna mittlerweile eine innige Freundschaft. Ob seine Schwiegertochter ihr allerdings in diesem Fall helfen kann, ist fraglich.

»Höchstwahrscheinlich wirst du doch nichts erreichen, lohnt sich das?« Fabio sieht sie zweifelnd an.

»Für zweihundertfünfundachtzig Euro. O ja!« Luna merkt, wie sie immer wütender wird. Ist ja nicht dein Geld, würde sie gerne sagen, doch sie kann sich gerade noch bremsen. Es war ihre Entscheidung, zum Notar zu gehen und eine Hälfte des Hauses zu kaufen. Das Geld investieren sie jetzt. »In Deutschland gehen die Mitarbeiter des Gesundheitsamts bei dir durch die Räume, sie machen dich auf Mängel aufmerksam und legen Fristen fest, bis wann du diese behoben haben musst. Erst wenn du die nicht einhältst, bekommst du eine Strafe. *Basta.* So kenne ich das aus München. Das ist fair!«

»Willst du zurück nach München?« Fabio zieht die Augenbrauen zusammen.

»Warum fragst du?« Sie funkelt ihn an.

»Du erwähnst München so oft in letzter Zeit!«

»Weil ich mich über diese Scheißbürokratie hier, in diesem Land, aufrege! Ich dachte, schlimmer als in Deutschland geht es nicht, aber ihr toppt alles!« Am liebsten würde Luna sich jetzt einen Moment auf dem schmalen Bett in ihrer Kammer ausstrecken, ihrem Refugium, das sie bei allen Änderungen im Haus nicht aufgegeben hat und sich auch weiterhin unbedingt erhalten will. Der kleine Rückzugsort ist ihr heilig.

»Wieso *ihr*? Was kann *ich* denn jetzt auf einmal für Italiens beschissene Gesetzgebung?« Auch Fabio wird jetzt lauter.

»Nichts«, gibt Luna zu, doch sie ist noch nicht fertig. »Schlimm genug, dass wir das mit Vale immer noch nicht regeln konnten, diese Mitarbeiter vom Jugendamt sind wirklich unter aller Kanone, das hast du mir gleich gesagt, aber so was wie eine normale Gastroküche sollte mit der hiesigen Bürokratie doch hinzubekommen sein!«

»Da sieht es übrigens ganz gut aus.«

»Was?«

»Das mit Vales Familie. Diese letzte Auseinandersetzung da ...«

»Auseinandersetzung?«, ruft Luna. »Sie haben dich angegriffen und krankenhausreif geschlagen, Fabio!«

»Also gut, die Prügelei ist von der Polizei aufgenommen und sogar weitergeleitet und beim Jugendamt auch gegen sie verwandt worden.«

»Wow!« Luna ist erstaunt. »Die haben sich *gegen* Valentinos asozialen Onkel und seine kettenrauchende Oma entschieden?«

»Ja, da soll noch einer sagen, Italiens Ämter arbeiten nicht für das Kindeswohl zusammen ...«

»Das ist wirklich toll!« Luna lächelt. »Wo ist Vale überhaupt?«

»Bei den Arbeitern, die die Übungszimmer oben auf der Empore schalldicht dämmen.«

Lunas Augen weiten sich.

»Es ist alles gesichert, Luna! Das Geländer ist repariert, es ist jetzt sogar höher als vorher, außerdem ist Vale immerhin sieben, fast acht, er kann eine Treppe rauf- und runterlaufen, ohne zu fallen!«

Luna nickt, einigermaßen beruhigt. Die beiden Treppen, die jetzt rechts und links an der Wand entlangführen, betritt man unter der Empore. Sie machen auf halber Höhe einen Knick und enden jeweils vor den Musikzimmern. Sie sind aus schwarzem Stahl und sehen aus, als ob sie schon immer dort hingehörten.

»Du bist ein bisschen zur Glucke geworden, kann das sein?« Fabios Ton ist wieder neckend und zärtlich.

»Wenn Vale fällt, fällt er zumindest nicht alle zwanzig Stufen auf einmal hinab, sondern nur zehn.« Sie seufzt.

»Es wird *meraviglioso*, ganz großartig«, sagt Fabio, zieht sie an sich und küsst sie, und Luna küsst ihn zurück, obwohl sie eigentlich doch gar keine Zeit hat ...

»Bonn schorrno! *Excuse me*, was wird das denn hier?«

Unwillig beenden sie ihren Kuss. Die beiden Damen, die plötzlich vor dem Küchenfenster stehen, sind ungefähr sechzig, sie tragen weiße Sommerhütchen und wippen synchron auf ihren Hacken, wie Lehrerinnen, die auf eine Antwort warten.

Warum denken die Deutschen immer, dass sie mit Deutsch weiterkommen, fragt Luna sich, doch sie antwortet bereitwillig. »Sie stehen in unserem *Casa di Anna*! Wir eröffnen bald ein Café und einen kleinen Souvenirverkauf, in dem es essbare Geigen geben wird. Außerdem vermieten wir jetzt schon Zimmer in diesem wunderbaren alten Haus, mein Vater erzählt ihnen gerne auf Deutsch etwas über unsere günstigen Konditionen oder auch über den großen Arbeiterstreik in Turin, wenn Sie das wünschen.« Luna zügelt ihr Lächeln, das in diesem Moment ihre Miene erobert, um den Damen nicht den Eindruck zu vermitteln, sie mache sich über sie lustig. »Aber vielleicht möchten Sie zur Eröffnung unserer Halle kommen, aus der Sie gerade das Hämmern hören? In einer Woche gibt es dort das erste von vielen Konzerten!« Sie lacht nun strahlend, und der Stress fällt von ihr ab. »Das alles ist unser *Casa di Anna*, und es wird großartig! *Meraviglioso,* wie mein Mann hier schon sagte!«

***

Eine Woche später ist es so weit. Es ist der 9. Mai, ein Samstag; gegen sechs Uhr senkt sich die Abenddämmerung knallrot über die Stadt und lässt die terrakottafarbenen Mauern im Innenhof glühen. Luna zündet die letzte Kerze in den Windlichtern an. Mehr als zwanzig der dickbauchigen Gläser sind im Durchgang zum Hof, auf den Fensterbänken, auf den Steinstufen vor der Küche und vor der Werkstatt verteilt. Es sieht bezaubernd aus. Sie geht in die Halle, auch hier stehen Windlichter dicht an den Wänden auf dem Boden. Der Raum ist bis auf fünf Stehtische und einige gemütliche Sitzecken leer. Sie hätten auch zehn Reihen à sechs Stühlen aufbauen können, doch sie haben die zusammenklappbaren Stühle auf der Empore gelassen. Luna nickt zufrieden. Es war eine gute Entscheidung, kein richtiges Konzert zu veranstalten, heute Abend soll die Musik das Fest nur untermalen. Unter der Empore, von weichen Lichtkegeln angestrahlt, stehen vier Stühle. Geige, Geige, Bratsche, zählt Luna durch, am äußeren Stuhl rechts lehnt das Cello und macht das Streichquartett komplett. Die Musikerinnen haben sich bereits unter der Empore eingefunden, bis auf die Cellistin haben sie ihre Instrumente in den Händen, sie drehen Luna den Rücken zu. Vermutlich konzentrieren sie sich. Nur Frauen, das hätte Anna bestimmt gefallen, denkt Luna. Schon bei den Proben hatte sie eine Gänsehaut. Vom Hof weht Stimmengemurmel durch das große Portal hinein. Die Gäste scharen sich um die Tische mit den

Getränken und den *stuzzichini*: *bruschette* mit Fontina-Käse und Speck, kleine Focaccia-Quadrate, Teigtäschchen mit Zucchini, Oliven-Käse-Spieße und viele Köstlichkeiten mehr, die Luna heute Morgen zusammen mit Isabell zubereitet hat. Ja, ihre Mutter ist mit ihrem Freund Ronald da, auch alle Freundinnen haben den Weg von München nach Cremona gefunden. Antonia, allein angereist, doch frisch verliebt, Mila mit Ehemann und Klein-Louis, ihrem entzückenden, gerade mal drei Monate alten Baby, sogar die viel beschäftigte Josina hat sich Zeit genommen! Nur Gitta kann heute nicht da sein. Luna kommen die Tränen, als sie an Gitta denkt. Sie könnte sowieso nur den ganzen Tag weinen vor Freude, denn Gitta hat gestern ein gesundes Mädchen auf die Welt gebracht. Ihre Tochter Anna-Marie, mit großen dunkelblauen Augen und dem süßesten Schmollmund der Welt! Stevie hat ganz viele Bilder geschickt.

Luna atmet tief ein, das ist ihr Leben, es ist immer wieder anders und manchmal wunderschön, und es muss nicht perfekt sein, auch die Eröffnungsparty heute Abend nicht! Was noch nicht fertig ist, machen wir eben später, und was schiefgeht, geht schief, hat sie sich vor ein paar Tagen gesagt und damit tatsächlich einen beträchtlichen Anteil der Anspannung abschütteln können. Luna schaut zu den jungen Frauen, die sich auf ihre Stühle gesetzt haben, noch einmal das eingestrichene a' anspielen und dann ihre Instrumente sinken lassen. Fangen wir an?, fragen ihre Blicke. Ja! Luna nickt ihnen zu und schaut dann kurz zu LA PICCOLA, die in ihrem neuen Glaskasten, dezent angestrahlt, über der Eingangstür hängt. Fangen wir an! Sie hat sich den »Schwanengesang« von Schubert zu Beginn gewünscht. Die ersten Töne des Stücks verzaubern den hohen Raum und wärmen ihr Herz wie immer auf eine ganz besondere Art. Langsam geht sie zur Hallentür, die Musik wie ein warmes Kissen im Rücken.

Auf dem Hof wird es ruhiger, die Gäste schauen auf, sehen zu ihr hinüber. Luna lächelt, denn sie sieht, wie Fabio sich durch die Menschen schiebt, sich Valentino schnappt und ihn, obwohl er schon ein bisschen zu groß dafür ist, auf seine Schultern setzt. Valentino lacht auf, Daniele und Ignazio, tief im Gespräch, schließen sich den beiden ohne zu zögern an, zu viert kommen sie auf Luna zu. Was soll also schon schiefgehen, bei dem Team, bei so viel Hilfe, die sie hat?

Siehst du, Anna, denkt Luna, das haben wir gut gemacht, dein Haus, *la casa di Anna,* ist wieder erfüllt von Leben, Lachen und Musik!

Danksagung

Ich liebe Danksagungen einfach, ich lese und schreibe sie sehr gerne – und deswegen gibt es am Ende dieses Romans auch wieder eine ...

Ja, dieses Buch spielt im Jahre 2020, das uns allen als Corona-Jahr (Nummer eins) in Erinnerung bleiben wird. Im Text ist von der Pandemie allerdings nichts zu finden, es gibt sie einfach nicht, denn ich hatte überhaupt keinen Drang, auch noch Lunas Leben und ihre Reise quer durch Italien durch die alltägliche Problematik der zahlreichen Lockdowns, der Quarantänewochen, der Schnelltests usw. einzuschränken. Also keine Maskenpflicht auf Cremonas Straßen, keine Desinfektionsmittelspender, kein Fiebermessen vor dem Betreten des Bahnhofs und des Geigenbaumuseums, all diese Vorsichtsmaßnahmen, die ich selbst im September 2020 (in den wenigen Wochen der Reiselockerung) in Cremona erlebt habe, durfte ich weglassen.

Dennoch war es eine sehr erfolgreiche Reise. Ich habe mich (ähnlich wie Luna) sofort in diese kleine Stadt verliebt und erst einmal alles fotografiert, was mir vor die Linse kam. Ich habe ausschließlich wunderbare Menschen getroffen, angefangen bei meiner Vermieterin Patrizia in der Villa Lina, die mir sofort ihr Fahrrad zur Verfügung stellte. Und Pizza gab es auch! Ihr findet sie und ihre wunderschöne Villa Lina auf Buchungsportalen im Internet.

Und Patrizia kannte natürlich auch wichtige Leute! Sie schickte mich zu Fausto Cacciatori, einen der Kuratoren des *Museo del Violino*. Er empfahl mir, mich für die historischen, das Handwerk betreffenden Fragen, an Giorgio Scolari, einen der erfahrensten Geigenbauer der Stadt, zu wenden.

Ich traf Giorgio und auch Davide Sora, ich traf Giovanni, den Enkel des berühmten Giobatta Morassi, und Gaspar Borchardt. Sie alle ließen mich in ihre Werkstätten und erzählten mir viel über die Feinheiten des Geigenbaus, die Zeit des Faschismus und die Geigenbauschule, die in den 50er-Jahren in Cremona langsam wieder auflebte.

Aus purer Neugier sprach ich auch Sebastian Gonzalez (beim Müllraustragen) an, weil mir das alte Haus, aus dem er kam, so ungewöhnlich erschien. Es stellte sich heraus, dass Sebastian ausgerechnet im *Laboratorio* des Geigenmuseums arbeitete. Am nächsten Tag ließ er mich netterweise einen Blick auf äußerst interessante Messapparaturen werfen, mit denen dort u. a. alte Stradivari-Geigen untersucht werden. Ich erzählte ihm von meiner größtenteils erfundenen Geschichte, in der Anna Battistis geheimer Holzvorrat siebzig Jahre in seinem Versteck ausharrt. Keine zwei Wochen später schrieb Sebastian mir, dass man auf dem Dachboden der alten Villa, in der er wohnt, ein ebensolches Versteck voller Klangholz gefunden hatte, das nun im Labor auf Alter und Qualität geschätzt würde. Das Leben schreibt doch die besseren Geschichten!

Auch der in München ansässigen Geigenbauerin Eva Lämmle bin ich zu Dank verpflichtet.

Sie hat meinen Text gegengelesen, mich mit den richtigen deutschen Fachbegriffen vertraut gemacht und meine endlosen Fragen (und später auch die der Lektorin) geduldig beantwortet.

Danke auch an dich, Juliana, für dein Insiderwissen, das man nur hat, wenn man seit dem dritten Lebensjahr Geige spielt.

Herzlichen Dank an meine Erstleserin Stefanie Roge und diesmal endlich auch an Michael Knuth. Euer Wohlwollen, gepaart mit erbarmungsloser Kritik, ist toll und unbezahlbar!

Und Danke an den Freund, den ich hatte, bevor er seine Frau und seine kleinen Kinder verließ und abtauchte. Deine schockierenden Kindheitserlebnisse dienten mir als Vorlage für Daniele, lieber F. Schade, dass wir nicht noch mehr darüber reden konnten.

Ich wünsche dir alles Gute!